역주 신단공안

서남동양학자료총서
역주 신단공안 神斷公案

초판 1쇄 발행/2007년 4월 30일

역주자/한기형·정환국
펴낸이/고세현
책임편집/신채용
펴낸곳/(주)창비
등록/1986년 8월 5일 제85호
주소/413-756 경기도 파주시 교하읍 문발리 513-11
전화/031-955-3333
팩시밀리/영업 031-955-3399 · 편집 031-955-3400
홈페이지/www.changbi.com
전자우편/human@changbi.com
인쇄/상지사P&B

ⓒ 한기형·정환국 2007
ISBN 978-89-364-1304-0 93810

역주 신단공안

한기형·정환국 역주

서남동양학자료총서

창비

서남동양학자료총서 간행사

　전체주의에 깊이 물든 20세기의 우울한 황혼을 진정으로 넘어설 새로운 문명은 어떻게 가능하며, 그 문명을 머금은 사상의 씨앗은 어디에서 발견될 것인가. 이것이 우리가 서남동양학술총서라는 새로운 기획을 시작하면서 스스로에게 제기했던 물음이다. 동아시아라는 것에서 그 씨앗이 발견될 수 있으리라는 작업가설이 우리의 총서 작업의 출발점이었고, 그 출발점에서 우리는 우리 작업의 축적이 그 씨앗을 발견하고 키우는 데 기여할 수 있기를 간절히 희망했다.

　그동안 수행되어온 총서 작업은 크게 보면 동아시아 담론 세우기라고 할 수 있다. 담론은 범주상으로 객관적 진실과도 다르고 실제 현실과도 다른 것이지만, 객관적 진실을 자처하며 현실에 관한 설명을 산출함으로써 주체성의 형식과 모양을 만들어내고, 그리하여 결과적으로 진실 및 현실과 불가분의 관계를 갖는다. 서양 중심주의와 자민족 중심주의가 뒤얽혀 있는 기존의 지배담론에 대항하여 주체성의 형식과 모양을 새롭게 바꾸고자 하는 것이 동아시아 담론 세우기가 뜻하는 바이다.

　우리가 또 하나의 새로운 기획으로 시작하는 자료총서는 동아시아 담론의 기초를 튼튼히하자는 데 뜻이 있다. 자료학을 경시하고 거대담론으로만 치닫는 것은 관념적이고 추상적인 데로 추락하는 결과가 되기 십상이다. 반대로 자료학에만 편향되어 담론 차원에서의 반성과 탐색이 없는 자료주의는 일종의 실증주의에 갇히기 십상이다. 한국 학계에서 널리 발견되는 이 두 편향을 동시에 극복하고 변증법적 지양을 이룰 때 동아시아 담론은 보다 튼튼해질 수 있을 것이다.

역점은 주로 근대 자료에 주어질 것이다. 동아시아가 문제로 떠오르는 것은 서양이라는 타자와의 관계 속에서이기 때문에 시대적으로 서세동점 이후를 주목하게 되는 것이다. 하지만 고전을 전적으로 배제하자는 것은 아니다. 고전은 소극적 의미에서든 적극적 의미에서든 뿌리이기 때문이다. 다만, 고전이 상업출판에 의해 그중 소수의 일반적인 것들만 중복 출판되어왔고 정작 중요한 자료들은 외면당해왔다는 점을 잘 알기에, 우리는 외면당해온 중요한 자료들을 우선시하고자 한다. 물론 일반적인 고전의 경우도 정말 충실하게 다루는 일이 절실히 필요하므로 이에 대해서도 열린 자세를 취할 것이다. 중요한 것은, 서두르지 말고 천천히 단단하게 작업을 해나가야 한다는 점이다.

아무쪼록 뜻있는 이들의 광범한 동참으로 자료총서의 작업이 활발해지고 그 축적이 새로운 문명을 머금은 사상의 씨앗을 발견하고 키우는 데 튼튼한 기초가 되어주기를 바란다.

서남포럼운영위원회
www.seonamforum.net

8

해제

1

　『신단공안(神斷公案)』은 1906년 5월 19일부터 같은 해 12월 31일까지 『황성신문(皇城新聞)』에 한문현토체(漢文懸吐體)로 연재된 작품이다. 총 190회에 걸쳐 일곱 개의 독립된 이야기가 옴니버스식으로 실려 있는데, 그 형식은 '회장체소설(回章體小說)'의 모범을 따르고 있다. 제목 '신단공안'은 범죄 수사 및 송사[公案]를 귀신같이 해결한다[神斷]는 뜻이다. 이런 내용을 담은 서사물을 공안소설(또는 송사소설)이라 하며, 중국 송나라 때 명판관 포증(布拯)을 주인공으로 한 『포공안(包公案)』이 그 대표적인 작품이다. 한참 전 TV 드라마로 인기를 끌었던 「판관 포청천」이 바로 이 소설을 바탕으로 제작된 것이다. 하지만 한국 고전서사의 전통에서 공안소설은 그리 익숙한 양식이 아니다. 현재 『와사옥안(蛙蛇獄案)』 등 소수의 작품이 남아 있을 뿐이다. 중국에서는 근대문학의 기원적 형태로 사회개혁에 목표를 둔 견책소설(譴責小說)이 나타나는데, 공안류와 견책소설은 19세기 후반 신문의 등장과 함께 연재소설로도 대중의 각광을 받게 된다. 어쩌면 『신단공안』도 그러한 중국 쪽 움직임에 자극을 받아서 출현했을지 모른다.

　『신단공안』은 공안소설의 전통을 이어받았지만, 그렇다고 전형적인 공안소설이라 하기도 어렵다. 그 점을 설명하기에 앞서 우선 일곱 이야기의 제목과 내용을 소개한다.

第一話　美人竟抃一命　貞男誓不再娶 (총 6회)
第二話　老大郞君遊學　慈悲觀音托夢 (총 12회)
第三話　慈母泣斷孝女頭　惡僧難逃明官手 (총 16회)
第四話　仁鴻變瑞鳳　浪士勝明官 (총 45회)
第五話　妖經客設齋成奸　能獄吏具棺招供 (총 21회)
第六話　踐私約頑童逞凶　借神語明官捉奸 (총 20회)
第七話　癡生員驅家葬龍宮　孼奴兒倚樓驚惡夢 (총 70회)

　1화, 2화, 3화는 죄없는 부녀자가 완악한 중에 의해 죽임을 당하거나 고초를 당하는 사건을 중심 소재로 삼고 있다. 4화는 김인홍(金仁鴻)이란 기발한 인물이 세상을 조롱하는 내용이며, 5화와 6화는 비틀린 애정 행각을 위해 자식과 남편을 죽이려는 여성 형상에 초점을 맞추고 있다. 마지막 7화는 기지가 뛰어난 노비 어복손(魚福孫)이 '속량(贖良)'의 욕망 속에서 어리석은 주인을 속여먹다, 결국 주인 일가를 힘징에 빠드려 동반 자살케 하는 내용을 담고 있다.

　이들 일곱 편은 기본적으로 독립된 작품이며 작품의 구성 방식이나 배경 또한 일정한 편차가 있다. 먼저 지적할 것은 1, 2, 3, 5, 6화가 공안소설의 면모를 뚜렷이 갖추고 있는 데 반해 4화와 7화는 그 내용상 공안소설의 문법과는 일정한 거리가 있다는 점이다. 이런 차이는 개별 작품들의 서사배경이 달랐던 데 기인한다. 1~3화는 앞서 언급한 『포공안』의 작품 「아미타불강화(阿彌陀佛講話)」 「관음보살탁몽(觀音菩薩托夢)」 「삼보전(三寶殿)」 등을 개작한 것이다. 주지하듯이 이 『포공안』은 조선후기에 『포공연의』란 작품으로 번안되어 읽혀지기도 하였다. 그리고 5, 6화는 역시 중국 공안류의 하나인 『당음비사(棠陰比事)』에 수록된 「자산지간(子産知姦)」 「이걸매관(李傑買棺)」 등과 그 모티프가 같다. 따라서 이 다섯 작품은 대개 중국 공안소설에서 그 출처를 확인할 수 있는 것들이다. 그러나 4화와 7화는 전래의 구비전승에 기반을 둔 것으로 각각 「봉이 김선달」과 「꾀쟁이 하인」이 환골탈태한 예다. 이러한 기원서사의 차이가 작품 내용의 구성적 이질성을 만든 요인이다. 하지만 『신단공안』의 일곱 작품은 그러한 서사배경의 차이에도 불구하고 모두 조선후기의 사회상을 대단히 예리하게 반영한 공통점을 지니고 있다. 그 점에서 이들 작품들은 그 원형의 구심력이 크게 작용할 수 없도록 변형된 것이라는 느낌을 우리에게 전해준다.

　『신단공안』 전체를 꿰뚫고 있는 핵심적 메시지는, 중세적 상황 속에 처해 있는 다양한 인간군상의 염원과 욕망의 실현과정에서 야기된 비극성의 문제와 연관되어 있다. 첫번째 작품은 젊은 수재와의 사랑을 위태롭게 이어가던 규중처자의 어이없는 죽음을, 두번째 작품은 계율 속에 갇혀 있던 선승의 성적 욕망이 야기한 비틀린 납치행각을 다룬다. 세번째 작품에는 살인자로 몰린 아버지를 구하기 위해 자기 머리를 잘라 사라져버린 죽은 여인의 머리를 대신하기를 모친에게 요구하는 소녀가 등장한다. 이 소녀의 요구는 충격적이다 못해 엽기적인데, 더 놀라운 것은 그 모친이 딸의 요구를 받아들인다는 것이다. 옥사를 해결하지 못하면 온 식구가 결국 굶어 죽을 것이기 때문에 아비가 풀려나는 것은 '효'의 차원을 넘어 가족의 생존과 직결된 문제였다. 모친이 친딸의 머리를 자를 수밖에 없는 사건의 시대적 합리성이 그곳에 있었던 것이다.

　몰락한 양반의 사회적 한계를 위악적 협잡과 기행으로 돌파하려는 김인홍이란 인물을 그린 네번째 작품의 역사적 의미는 이미 오래전 서구의 피카레스크 소설과의 관련성과 함께 언급된 적이 있다. 이 소설은 욕망의 파괴적 결과를 잔혹한 사건과 결부짓지 않는 『신단공안』 내의 유일한 작품이기도 하다. 다섯번째 작품은 간부와의 애정행각에 방해가 된다는 이유로 친자식을 불효자로 몰아 죽이려는 과부의 심리를 추적하며, 여섯번째 작품은 결혼 전의 애정을 이어가기 위해 애인과 함께 남편을 죽이는 여성의 행각에 초점을 맞춘다.

분량이나 구조, 그 문학적 울림에 있어 『신단공안』의 정점은 역시 마지막 일곱번째 작품에 있다. 그 점에서 이 소설을 「어복손전」이란 제명으로 독립시켜도 좋다고 생각한다. 어복손이라는 노비가 보여주는 속량을 향한 집요한 노력과 그 과정에서 양반 주인을 기롱하는 주인공의 수완이 그저 놀랍기만 하다. 하지만 더욱 주목되는 것은 결국 주인을 죽이지 않고서는 해방될 수 없다는 그 섬뜩한 단절의 결심이다. 야유와 기롱만으로 자유를 얻을 수 없다는 절망적 사유의 획득은 근대의 도래가 낭만적인 모더니티의 문명적 환상에 귀일할 수 없다는 점을 분명하게 환기시킨다.

그런데 흥미로운 것은 '속량' 곧 '면천(免賤)'의 문제와 연계된 모해자(謀害者)로서의 하인의 형상은 동시대 신소설 작품인 이인직의 『치악산』과 『귀의 성』에서도 유사한 형태로 등장한다는 점이다. 아울러 임화에 의해 '무능력하고 그저 호색탐재(好色貪財)한 양반의 전형'이라는 점에서, 조선의 '오블로모프'이자 '신소설이 창조한 최대의 인간형'(『신문학사』)이라 평가된 『귀의 성』의 김승지와 「이복손전」의 오진사의 인간상은 놀랄 만큼 흡사하다. 이러한 유사성은 근대초기 소설들이 상당한 수준에서 시대정신을 공유하고 있었다는 것을 드러낸다. 「어복손전」은 그 결말 또한 매우 이채롭다. 어복손에 속아 용궁으로 들어간다며 호수로 자진해 투신하는 오진사 일가의 최후에는 중세의 몰락이 그 중세적 주체 자신에 의해 스스로 추진되었다는 시각이 투영되어 있다. 이는 역사의 이행이 돌이킬 수 없는 방식으로 진행되었음을 강조하려는 태도의 소산이다.

2

『신단공안』은 소설 표기체계의 변환 문제와 관련해서도 주목될 필요가 있는 작품이다. 국한문체는 근대초기의 중심 문체임에도 정작 그 변종인 한문현토소설은 그렇게 많이 창작되지 않았다. 한문현토체 소설의 대표적 작품은 「일념홍(一捻紅)」(『대한일보』, 1905), 이해조의 「잠상태(岑上苔)」(『소년한반도』, 1906~1907), 그리고 『신단공안』 등이다. 따라서 한문현토체 소설은 짧은 기간 유행했던 과도기적인 양식이었다. 그런데 근대초기 사회에서 한문현토체 소설이 등장한 원인은 무엇일까? 이것을 한문문학이 근대 민족문학으로 이행해나가는 상황을 보여주는 사례, 혹은 중세 한문소설의 해체과정을 반영하는 일종의 잔존현상 등으로 해석하는 시각이 있다. 하지만 이러한 이해방식은 타당하되 일면적이다.

왜냐하면 1904년 『대한일보』에 연재된 『관정제호록(灌頂醍醐錄)』은 당초 순국문으로 발표되다 나중에 한문현토소설로 변화되었는데, 그것은 독자의 소설 기호에 맞추려는 신문 편집진의 의도가 작용한 결과였다. 1910년 2월 『황성신문』에 백화가 뒤섞인 한문현토체로 발표되었던 「소시종투신향(少侍從偸新香), 노참령읍구연(老參領泣舊緣)」은 같은 해 3월 『대한민보』에 연재되기 시작한 이해조의 신소설 『박정화』의 모본이었다. 『관정제호록』과 『박정화』의 사례는 표기법과 관련된 독자들의 소설관이 분열되어 있었다는 것을 드러낸다. 최찬식이 활발하게 신소설을 발표하는 와중에서 백화체 한문소설인 「백장홍(白丈紅)」(『신문계』, 1914)을 집필한 이유는 그러한 상반된 독자의 요구를 의식했던 탓이다. 근대초기 소설 표기언어의 분열현상은 당시의 국민언어가 순국문과 국한문으로 나뉘어 병존할 수밖에 없었던 것과 대비되는 현상이었다.

다음으로 『신단공안』 문체의 특질 가운데 하나인 '평어'의 문제를 살피려고 한다. 전(傳)의 전통을 이어받은 고전소설의 경우, 결말에 평을 붙이는 예가 적지 않다. 그러나 『신단공안』은 평자가 결말뿐 아니라 수시로 작품 속에 개입한다. 『신단공안』 평어는 '계항패사'와 '청천자'에 의해 이루어지는 '이중평어', '평자왈(評者曰)' 하면서 시작하는 작품외적 비평가의 개입, 그리고 아무런 주체 표시 없이 괄호의 형태로 작품 진행에 개입하는 세 가지 방식으로 이루어져 있다.

먼저 '이중평어'의 성격부터 살펴보자. 계항패사(桂巷稗史)와 청천자(聽泉子)라는 두 인물에 의해 이루어지는 '이중평어'는 상호 보완적인 시각을 보여주기도 하지만 경우에 따라 상반된 의견을 개진하기도 한다.

桂巷稗史氏曰仁鴻이 果不忍哉라 平日之自許良平者ㅣ竟作一欺人挾雜之輩ᄒ니 此其本來之面目을 不可掩得歟아 抑亦不遇英雄이 不得已而出此下策歟아 讀之에 可歎이로다

聽泉子曰此世ᄂᆞᆫ 何世오 無爾眼이면 斷爾鼻ᄒᄂᆞ니 嗟乎君膺이여 又誰怨咎오 今以是로 警告一般世人ᄒ노니 戒之哉戒之哉어다 (4화 15회, 1906.7.14)

예문은 4화 '仁鴻變瑞鳳 浪十勝明官'의 중간 부분에 들어 있는 평어다. 김인홍이 치객(癡客)을 속인 행태에 대해 '계항패사'는 김인홍을 비판하며 개탄을 금할 수 없다고 하지만, '청천자'는 누구를 탓할 것이 아니라 지금 세상을 확실히 이해하고 대처하란다. 이같은 이중평어의 상반성은 작품의 여기저기서 발견된다.

그런데 왜 『신단공안』의 작자는 이러한 이중평어 방식을 채택하였을까? 『신단공안』의 독자층은 대체로 한문에 익숙한 독서인으로 예상할 수 있는데, 이들은 근대적 가치를 수용하기도 했지만 동시에 배척하기도 했던 존재들이다. 『신단공안』의 작자는 '이중평어'를 통해 그들의 보수적 심리를 무마하면서 동시에 새로운 가치로의 적극적 유도를 추구했던 것이다. 결국 '이중

평어'는 독자들을 근대로 이끌기 위한 언어전략의 소산이었다고 할 수 있다.

'이중평어'와 함께 『신단공안』의 두드러진 특징은 4화부터 구체화되는 작품외적 '평자'의 빈번한 작품내적 개입이다. 이 평자는 '계항패사', '청천자'와는 달리 작품 전체의 의미를 논변하는 것이 아니라 서사 진행의 곳곳에서 등장해 작품의 진행방향을 비틀고 구부려 작품의 표면적 흐름과 배치되거나 독립적인 새로운 의미망을 적극적으로 생산해냈다.

①　向鷄商大喝道無嚴奸氓아 爾雖瞞過了峽中愚氓이나 安敢欲瞞過我也오ᄒ며 (**評者曰 但恐愚氓이 瞞人이오 不是奸氓이 瞞人**) 促家僮ᄒ야 (4화 27회, 1906.7.27)

②　這點奴魚福孫이(**魚福孫이 又出來ᄒ다**) 立了門外ᄒ야 自初至終을 ──聽得ᄒ얏도다 (7화 5회, 1906.10.15)

4화부터 이같은 현상이 자주 등장하더니 마지막 7화에서는 지나칠 정도로 빈번하게 나타난다. '평자왈'은 있기도 하고 없기도 한데, '평자왈'이 붙는 경우는 나름의 평가 의도가 상대적으로 강해질 때이며, '평자왈'이 붙지 않는 경우는 대개 서사진행에 대한 상황 설명의 의도가 두드러진다. 그런데 이러한 외부의 시각이 빈번하게 작품 속에 개입함으로써 뜻하지 않은(어쩌면 이것이 작가의 진정한 의도였는지도 모르지만) 작품의 활발함을 만들어냈다. 서사구조의 일반적 진행내용과 상반되거나 특정 문장의 의도를 변형시키는 작품외적 주체의 개입이 활발해질수록 작품의 전체적 생동감이 매우 높아졌다는 것이다. 이는 '평어의 개입'이라는 방식으로 전통적 서사질서 혹은 서사관념을 교란시키고 해체하려는 의식적 태도의 결과라고 보아야 할 것이다.

대화가 『신단공안』의 중요한 문체 특질이라는 점도 지적되어야 한다. 작자도 이를 의식하여 대화문일 경우 행을 바꾸어 대화의 구분을 시도하였다.

「어복손전」에서 그 사례를 살펴보자.

　　一枝紅이 問道是誰오
　　○○答道是我이지
　　一枝紅이 再問道我是誰오
　　○○答道我是我이지 (7화 25회, 1906.11.8)

어복손과 기녀 일지홍(一枝紅)의 대화문인데, 질문과 답변을 줄을 바꿔 구분했으며, 약간 뜸을 들여 대답하는 부분에 ○○으로 표시하였다. 이런 대화의 행 구분은 한문체로는 대단히 생소한 것인데, 다음의 예문은 이 작품의 표기가 과연 한문현토인지 의심스럽게 한다.

　　① 那客이 心中不憤가 這廝가 昨日에도 空然作氣ㅎ야 叱人如叱狗ㅎ더니 今日에는 怒甲移乙ㅎ야 親舊之間에 有問無答ㅎ니 괘씸괘씸ㅎ도다 (7화 11회, 1906.10.22)
　　② 一枝紅○ **그러치요 這守錢虜가 오직 씁씁ㅎ얏시リ요** (7화 19회, 1906.10.31)

이런 표현들은 이미 현토소설의 범주를 벗어나고 있다. 친구간의 신의를 저버린 것에 대한 억누를 수 없는 분노를 '괘씸하다'는 국문으로 그대로 표현하고 있으며(①), 일지홍이 수전노 오진사의 사정을 듣고 반색하는 표정(②)이 눈에 잡힐 듯하다. 다음의 표현은 그러한 변형과 해체가 한층 더 진행된 상태를 보여준다.

　　魚福孫이 聽得了推窓的響子ㅎ고 遂不住地大哭起來ㅎ니 淚滂滂如珠落地ㅎ며 故作哽咽的聲音ㅎ야 向了那宰相前陳訴호되 小人이

16

死罪로소이다 小人이 果然死罪로소이다 死罪로로로로로소소소소소소소. 語
不分明ᄒ고 但咽咽地哭來不住어늘 (7화 36·37회, 1906.11.20~21)

어복손이 거짓으로 자신의 죄를 실토하며 울먹이는 부분인데, 흐느끼는
장면의 끝말을 반복하는 것으로 처리하였다. 이런 부분은 한문현토체의 형
식을 벗어났을 뿐만 아니라, 거의 구어적 표현에 접근한 예에 해당한다.

이런 파격적 문체변화는 도처에 표기된 우리말식 한자어 표현과도 연결된
다. 『신단공안』에는 風魔子(바람둥이)·鱉魚(모릿모지)·冊床退物(칙상물임)·
丐兒(거지) 같은 명사 표현이 수없이 나온다. 뿐만 아니라 鎖喉(목수여, 목이 쉬
다)·石子響(달그락 달그락)·溫溫熟熟(쓰근쓰근)·打發(늬보닌다)·晦氣(우중충)
등의 의성·의태어도 자주 구사되고 있다. 이러한 사례들은 한문현토체 소
설이 언문일치라는 근대적 요구를 전적으로 외면하지 못했다는 사실을 명백
히 보여준다.

『신단공안』의 작자 고증과 관련된 문제도 조금 언급하려고 한다. 현재까
지 이 소설의 작자를 밝힐 수 있는 결정적 증거를 확인하지는 못했다. 다만
『신단공안』이 고문과 백화를 넘나드는 한문적 소양이 없고서는 집필하기 힘
든 작품이라는 것과 평자 '계항패사씨(桂巷稗史氏)'의 '계항'을 근거로 당시
계동(桂洞)에 살았던 현채(玄采, 1856~1925)를 떠올려본다. 현채는 한어역관
(漢語譯官) 출신으로 중국어에 능통했다. 아들 현공렴(玄公廉)은 1907년부
터 계몽서적과 소설을 비롯한 각종 서적 간행에 주력했다. 현채는 자신의 초
기 역술서 『중동전기(中東戰記)』를 황성신문사에서 발간했으며, 『황성신문』
논설란을 통해 '국민의 민지개발을 위한 외국서적의 번역'을 역설하기도 했
다. 이런 몇 가지 정황이 신단공안의 작자로 현채를 생각해보게 하는 사례들
이다. 그러나 그가 아니더라도 중국소설과 백화체, 그리고 고전소설에 해박
했던 인사가 전환기 사회의 요구를 전향적인 자세로 이 작품에 반영시켰다
는 점만은 분명하다.

3

약간의 문장을 덧붙여 두서없는 해제를 맺으려 한다.

번역자들은 번역과정에서 두 가지 난점을 만났다. 그 하나는 원문 교감의 정확성을 확보하는 것이었다. 『황성신문』 자체의 상당한 오탈자와 불량한 영인상태는 원문 교감의 어려움을 배가시켰다. 다행히 임형택 교수가 소장하고 있는 『신단공안』 필사본을 통해 4화까지의 오류를 바로잡을 수 있었다. 5화부터 7화까지는 참고할 만한 자료가 없었지만 후반부 영인 상태가 비교적 선명한 편이라 그런 대로 신문 원문을 통해 교감을 마무리할 수 있었다. 그러나 영인본 자체가 결락된 부분은 자료를 찾을 수 없었던 탓에 그 내용을 싣지 못했다. 또 다른 하나는 독특한 특질을 지닌 한문현토 문장을 제대로 해득해내는 것이었다. 속담, 속어 등 당시 사용되던 특정 용어가 백화체와 어우러져 있어 문맥 파악의 어려움이 적지 않았다. 이 번역을 통해 역자들은 한문문장, 백화문체, 국문 현토 등이 결합된 근대초기 문체의 현대어 번역이 생각보다 쉽지 않은 일임을 절실히 경험했다.

끝으로, 기금을 지원하고 오랫동안 묵묵히 기다려준 서남재단 측에 감사의 말씀을 전한다. 한국학 자료의 현대어 번역이라는, 요즘 세상에서 그리 빛날 수 없는 작업을 후원한 그 인문정신의 견지에 번역자들은 손을 모아 깊은 공감을 보낸다. 앞으로도 서남재단의 이러한 '뜻'이 오랫동안 계속되길 진심으로 기원한다. 아울러 책의 제작과 간행에 주밀한 공력을 기울여주신 창비 관계자 여러분께도 고마운 마음을 표한다.

2007년 봄
한기형 · 정환국

제1화

산승의 잔혹함으로 깨어진 혼인의 꿈

제1화

산승의 잔혹함으로 깨어진 혼인의 꿈

미인은 끝내 한 목숨 버려 정절을 지키고,
사내는 맹서한 후 장가들지 않다

1

각설. 때는 숙종대왕이 즉위한 지 16년인 1690년의 일이었다.

경상도 진주 성내에 한 사족(士族)이 있었는데, 그의 성은 허씨(許氏)이고
이름은 헌(憲)이다. 이제 18세로 미목(眉目)은 맑고 수려하며 풍신(風神)은
뛰어나고 전아하였다. 이 빼어난 풍채를 사람들이 모두 선망하며 칭찬해 마
지않았다. 거기다가 재주와 기예를 일찍부터 갖추었고 글솜씨까지 대단하였
다. 때문에 진주성 안팎에서 규수를 데리고 있는 사람이라면 누구든 쉴 새
없이 매파(媒婆)를 보내 혼인을 맺고자 하였다. 그러나 허헌의 부모는 항상
조혼(早婚)이 불리하다고 꺼렸기에 청혼을 모두 거절하였다.

그 이웃에 한 부호(富戶)가 있었는데, 성명이 하경한(河景漢)이었다. 나이
가 오십에 가깝도록 슬하에 집안을 지킬 사내아이 하나 없이 다만 여식 하
나를 두었다. 그녀의 이름은 숙옥(淑玉)이다. 이제 나이 열여섯에 자색이 아

리따워 부모는 그녀 사랑하기를 손바닥에 쥔 보배인 양하였다. 후원에 작은 단층 누각을 짓고 이름난 꽃과 기이한 풀을 둘러 심어 숙랑(淑娘)을 그곳에 거처하도록 하였다. 숙랑은 이 누각에 있으면서 자수와 길쌈을 하곤 하였다. 누각이 도로에 인접해 있던 까닭에 허생이 매번 이 누각 아래를 지나갈 때면 숙랑과 두 눈이 마주치곤 하였다. 그러다가 정다운 사내와 아리따운 여인은 서로 그리워하며 사랑하는 마음을 품게 되었다.

이런 날이 오래 되자, 둘 사이엔 낯이 익숙해졌고 어느덧 말과 웃음이 오가게 되었다. 이때 허생이 말로 숙랑을 유혹하자 그녀도 바로 응하였고, 그날 밤 허생은 어둠을 틈타 긴 나무 하나를 누각에 기대어놓고 사다리 삼아 올라가게 되었다. 난간에 둘러 핀 꽃과 풀들의 향기가 사람에게 끼쳐왔고, 은은한 달빛은 등불과 함께 밝게 빛났다. 단순호치(丹脣皓齒)의 숙랑은 약간 수줍어하면서도 미소를 머금고 나와 맞이하는데, 정말이지 요대(瑤臺)의 선녀[1]가 인간 세상에 내려온 듯하였다. 허생은 미친 듯 취한 듯 그 마음을 억누르지 못하고 물을 만난 원앙처럼 꽃을 탐하는 나비처럼 빠져들었다. 두 사람이 도타운 정을 아직 다 나누지 못했는데, 먼 마을의 새벽닭은 '꼬끼오, 꼬끼오' 하며 서로 울어댔다. 각자 옷을 추스르며 다시 내일 밤을 기약하는데, 숙랑이 이렇게 말하는 것이었다.

"올라오는 사다리가 매우 불편하더이다. 밤중에 행인이 지나가다가 필시 보게 될 테니, 그러면 위험한 일이지 않겠어요? 그래서 제가 묘책 하나를 강구했나이다. 내일 밤의 기약을 낭군께서 저버리지 않는다면 제가 흰 베 한 필을 가져다가 한 꼭지는 이곳에 꽉 잡아매고 다른 한 꼭지는 누각 아래로 늘어뜨려놓을 테니, 낭군께서는 양손으로 흰 베를 틀어잡고 저더러 끌어올리게 한다면 어찌 좋지 않겠어요?"

---

1) 요대(瑤臺)의 선녀: 요대는 신선이 거처한다는 전설상의 누대이며, 이곳에서 무산(巫山)의 신녀(神女)가 노닐었다고 전해진다.

이 말을 들은 허생은 크게 기뻐하고 고개를 끄덕이며 알겠노라고 하였다. 이때부터 저녁에 들어갔다가 새벽에 나오며 서로를 저버리지 않은 지 바야 흐로 반년이 넘어가고 있었다. 그러니 이웃에서 그 누가 이 사실을 모르겠는 가? 모르는 이는 오직 숙랑의 아비 하경한뿐이었다.

어느 날 밤 날씨는 음침한데 친구가 술을 마시자고 하는 바람에 허생은 밤이 깊도록 숙랑에게 가지 못하고 있었다. 그날도 숙랑은 손으로 흰 천을 쥐고 누각 아래로 늘어뜨린 채 난간에 기대어 기다리고 있었다. 마침 한 화 상(和尙)²⁾이 그곳을 지나가고 있었으니, 그의 법명은 오성(悟性)이요 머물고 있는 산사는 진주성과 불과 몇 리밖에 떨어지지 않은 곳에 있었다.

2

거리를 돌아다니며 쌀을 시주받고 날이 어두워 돌아가는 중에 뜻밖에 숙 랑의 누각 아래로 흰 천이 땅에 늘어뜨려진 광경을 목격하게 된 것이다.

'이는 필시 이 집에서 천을 말리다가 걷지 않은 것일 게다. 어찌 하늘이 내려준 것을 챙기지 아니하여 옛사람의 깨우침을 범하겠는가?'

곧바로 손에 목탁을 든 채로 몰래 그 천을 거두기 시작했다. 이같이 깜깜 한 밤에는 숙랑이 내려다보았다 해도 화상이 보이지 않았을 테고, 화상이 올 려다봤어도 숙랑이 보이지 않았을 것이다. 숙랑이 아무리 지혜롭다 해도 천 을 끌어당기는 사람이 어찌 허생이 아니고 저 화상일 줄 알겠는가. 드디어 팽팽하게 잡아당겨 끌어올려지자 화상은 처음엔 놀라고 의아하여 돌연 손을 놓아버렸다. 그러다가 재삼 생각한 끝에,

---

2) 화상(和尙): 원래 수행을 많이 해 불법이 높은 중을 의미하나, 일반적으로 비구의 비칭 으로 쓰이며 심지어 민간에서 비속어로 쓰이기도 한다. 이는 유교사회에서 비롯된 하나 의 현상이라 하겠다.

'이는 필시 어떤 여자가 몰래 정부(情夫)와 왕래하며 밀통하는 것일 게다.'

라는 판단이 섰다. 그래서 위에서 끌어당기는 대로 따라 올라가보았다. 그랬더니 과연 곱게 단장한 여자가 난간에 의지하여 서 있는 것이 아닌가. 그 자태와 차림새는 세간에 보기 드문 절색이었다. 이 화상은 놀랍고 또 기쁜 마음을 누를 수 없었으나 예를 차리고 말하였다.

　"낭자께서 소승을 즐겨 맞아주시니, 소승은 감사하여 몸둘 바를 모르겠나이다. 낭자께서 소승을 붙잡아 하룻밤을 함께 보낸다면 복전(福田)[3]이 바다와 같고 은덕이 하늘과 같겠나이다. 게다가 낭자께서는 이생에서 수(壽)와 부(富)에 사내 복까지 누릴 것이며, 내세에서도 그 복록이 무궁할 것이외다."

　그러자 숙랑이 꾸짖었다.

　"이 개 같은 화상아! 어찌 감히 이렇듯 무례하게 구느냐? 나는 티 없는 백옥(白玉)이요 짝을 둔 청란(靑鸞)[4]이거늘, 어찌 너 같은 화상에게 더럽힘을 당하겠느냐? 이 개 같은 화상아! 속히 내려가거라!"

　이에 화상은,

　"소승이 소저를 찾아온 것이 아니고 소저가 소승을 올라오도록 해놓고서는 무슨 까닭으로 다시 소승더러 내려가라고 하는 겝니까?"

라며 대꾸하더니 억지로 겁탈하려 들었다. 그러자 숙랑은 큰소리로 외쳤다.

　"도적이야, 도적이야!"

　그러나 이때 숙랑의 부모는 밤이 깊어 곤히 잠이 든 터라 전혀 이 소리를 듣지 못했다. 화상은 남에게 들킬까 염려한 나머지 한 손으로 숙랑을 때려눕

---

3) 복전(福田): 불가에서 복을 낳게 하는 밭이라는 의미에서 삼보(三寶)·부모·빈자(貧者)를 가리킨다. 즉 삼보(佛·法·僧)를 공양하고, 부모의 은혜에 보답하며, 가난한 사람을 불쌍히 여겨 도와주면, 그 결과로 복덕(福德)이 생긴다고 한다.

4) 짝을 둔 청란(靑鸞): 원래 청란은 소식을 전해준다는 전설상의 새로, 흔히 '청조(靑鳥)'로 불린다. 한편 청란은 떠난 임을 그리워하는 여인을 상징하기도 하는데, 여기서도 허생을 기다리고 있는 여인이라는 뜻이다.

히고, 다른 한 손으로 칼을 뽑아 곧장 찌르고 말았다.

아 슬프다, 숙랑이여! 열여섯 꽃다운 나이에 결국 저 화상의 표독한 손에 죽고 말았구나. 마침내 화상은 비녀와 귀고리, 가락지 한 쌍, 그리고 흰 베 한 필까지 챙겨서 누각을 내려가 도망쳤다.

다음날 아침 식사 후, 숙랑의 부모는 딸이 해가 높이 뜨도록 일어나지 않은 게 괴이쩍었다. 불러도 대답이 없고 문을 두드려도 대꾸가 없었다. 몹시 화가 나서 창문을 밀치고,

"해가 이미 삼간(三竿)에 이르도록 전혀 일어날 기색이 없다니…… 이웃집 딸애가 벌써 베를 석 자나 짠 것도 모르겠구나!"

라고 말하며 머리를 치켜들고 방안을 살펴보는데, 보이는 것이라곤 선혈이 낭자한 가운데 목에 칼이 꽂힌 채로 누워 있는 칠 척의 시신이 아닌가. 하늘을 우러러 크게 통곡하고 가슴을 치며 방안으로 들어갔다. 이에 온 집안이 발칵 뒤집혀 사방으로 도적을 찾았으나 보이지 않았고, 하경한 부부가 통곡하느라 눈이 붓고 가슴이 찢어지는 모습만 볼 수 있을 뿐이었다. 하경한은 무남독녀가 처참하게 죽음을 당하자 백방으로 도적을 찾으며 원수를 갚고자 하였다. 그러던 중 이웃집에 허생과 정의(情義)가 맞지 않던 어떤 자가 하경한에게 은밀히 말하였다.

"당신 딸이 누구에게 죽임을 당했는지 아시겠소?"

3

그러자 하경한은,

"모르오. 안다면 내 마땅히 그놈의 간을 씹고 살을 먹을 것이오. 어찌 그런 도적놈을 세상에 살려둔 채로 세월을 같이 보낼 수 있단 말이오?"

라고 대답하며 흐르는 눈물을 옷깃으로 훔쳤다. 그러자 그자는 당장 허생이

전후로 왕래했던 일을 낱낱이 이야기하였다.

"당일 허생이 아무개 집에서 술을 과도하게 마셨으니, 필시 허생이 술기운에 잘못하여 죽인 게 확실하지요."

하노인은 이 말을 듣고 슬프고 분하여 곧장 가서 허생을 죽이려고 하는데, 그자가 말렸다.

"꼭 그렇게 감정대로 할 필요가 없지요. 지금 진주목사 이관(李琯)공께서는 신명(神明)같이 정사를 처리하시니 결단코 이 도적을 내버려두지는 않을 터. 가서 고소를 해야지요."

하노인은 이 말을 받아들여 곧바로 소장을 갖추고 관아로 가서 소송하였다. 그 소장은 이러하다.

　　삼가 아래와 같이 진술하옵니다. 이 몸은 오십의 노쇠한 나이로 팔자가 지극히 흉악하여, 슬하에 집안을 돌볼 사내아이 없이 목전에 빗자루나 받들 여식이 하나 있었사옵니다. 부녀(父女)가 서로 의지하여 마을에서 모두 어여뻐 여겼지요. 이웃에 악한(惡漢) 허헌(許憲)이란 자는 하찮은 일이나 배워 그 행실이 개나 돼지와 같사옵니다. 지금 불과 17, 8세밖에 되지 않았으나 이미 온갖 만행을 다 저질렀을 정도였지요. 제 여식의 아름다운 자태를 엿보고 차마 헤아리지 못할 흉측한 생각을 품었던 것이옵니다. 고요한 밤 아무도 모르게 잠자는 방에 잠입하였으나, 깊은 규방에 홀로 잠든 여식의 곧은 마음을 쉽게 허물어뜨릴 수 있었겠습니까? 백방으로 더럽히려 했으나 여식은 한결같이 굳게 거절하였지요. 아! 결국 표독한 마수의 흉측한 짓에 슬프게도 저 연약한 목이 금방 끊어지고 말았나이다. 깊은 밤 어두운 때라 비록 남들에게 발각되지 않았다 하지만, 그 평소의 행실을 따져볼 때 이놈이 흉악한 짓을 저질렀다고 단정할 수 있나이다. 동산에 꽃필 적에도 항상 누각 앞을 왕래하였으며, 산월(山月)이 밝은 때도 매양 난간 밖을 어슬렁거렸습니다. 이왕의 일들이 모두 의심쩍은데, 하물며 그날 밤 과도하게 술을 마셨음에라! 비녀와 귀고리 한 쌍은 어찌 그자가 훔쳐간 것이 아니겠습니까? 곤장 몇 대면 어찌 그자의 입으로 불지 않겠습니까? 푸른 하늘에 우러러 애걸하지만 들어주지 않기에 이 붉은 심장을 드러내어 감히 호소하나이다. 아무리 많은 입으로 이야기하더라도 지극히 원통한 일이며, 몇 줄로 표현하더라도 슬프기 그지없나이다. 애걸하건대 헤아려주시옵기를……

이때 목사 이공은 부임한 지 몇 년이 되었는데, 정사는 평탄하고 송사는 간결할 뿐만 아니라 간사한 일을 캐고 감춰진 사실을 적발해내는 데 그 신통함이 헤아릴 수 없었다. 그날 이 소장을 접수하여 재차 읽어보더니 곧장 관리를 파견하여 원고와 피고, 간증인 등을 관아로 끌고 오라고 하였다. 이공이 먼저 간증인들에게 물었더니, 이웃들의 대답은 한결같았다.

"하숙옥(河淑玉)이 거처했던 누방(樓房)이 길가에 인접해 있어 허생이 정을 통하며 왕래한 지 이미 반년이 흘렀기에 이웃에서는 이 사실을 모르는 이가 없사옵니다. 다만 하경한만 그때껏 모르고 있었지요. 이번 하숙옥이 살해된 연유라면 야심한 밤의 일인지라 허생에게 죽임을 당했는지 아닌지 저희가 알 길이 없으나, 생각건대 하숙옥이 허생에게 죽임을 당했다 하더라도 강간치사가 아니라는 사실은 명백합니다."

이어서 허생이 공술(供述)하였다.

"몰래 정을 통한 일은 이미 온 마을이 다 알고 있는 사실이니, 제가 감히 털끝만치도 속일 수 없고 또 속이고 싶지도 않사옵니다. 이것으로 죄를 정해 형률을 주신다면 비록 죽더라도 남은 여한이 없습니다마는 사람을 죽인 일에 대해서는 다르옵니다. 제가 그녀와 돈독한 정의로 5, 6개월 동안 저녁에 들어갔다가 새벽에 나오기를 거의 하루도 거르는 일이 없었으며, 서로 산과 바다에 극진히 맹서하였습니다. 비록 일이 뜻대로 되지 않았다고 차마 하룻밤 사이에 죽일 수 있겠습니까? 엎드려 빌건대 부모와 같은 성주(城主)께서는 밝게 통촉하시어 '잠통미가녀(潛通未嫁女)'[5] 다섯 자로 저의 죄안을 정해주시옵고, 살인을 저지른 흉악한 자를 붙잡아 숙옥이 죽게 된 원통함을 씻어주신다면 저는 만 번 죽더라도 구천에서 춤을 추겠나이다."

4

이공은 허생을 꾸짖어 공술을 멈추게 하더니 이번에는 하노인에게 물었다. 하노인은 목이 메어 한동안 가만있다가 겨우 소리를 삼키며,

"허가, 이 악랄한 놈아! 네 비록 쓸데없는 헛말만을 주절거리며 이리저리 숨기고 돌려서 가벼운 죄는 쉬이 인정하면서 중한 죄는 면하려고 하다니, 네 심장의 간악함과 흉측함을 내 이미 다 알아봤다. 네 스스로 지난 5, 6개월 동안 딸아이의 방을 들렀다고 하였으니 말인데, 네 손으로 죽이지 않았다면 과연 그 누가 이 일을 저질렀단 말이냐? 또 네 스스로 한 말에 '강간한 것이 아니다'라고 했겠다? 만일 진실로 강간치사가 아니라면 분명 중간에 정의가 어그러져 딸아이가 너를 거절하고 잠자리를 하지 않으려 했던 까닭에 네가 앙심을 품고 죽였을 것이다. 그랬다 해도 너같이 경박하고 미친놈에게 어찌 바탕 곧은 내 딸아이가 눈곱만큼이라도 마음을 두었겠는가?"
라고 하더니 이번에는 이공을 올려다보며 크게 통곡하였다.

"성주께서는 어찌 엄히 형구를 갖춰 심문하지 않으시고 다만 입으로만 힐문하시옵니까? 저자가 지은 죄로는 사형이 마땅한데 순순히 자백하겠습니까? 엎드려 애걸하건대 성주께서는 이 흉측한 도적놈을 죽여 만고에도 잊을 수 없는 이 지극한 원통을 씻어주시옵소서."

이공이 허생의 됨됨이를 자세히 살펴보니, 용모가 단아하고 품성이 찬찬

---

5) 잠통미가녀(潛通未嫁女): 시집가지 않은 처녀와 몰래 정을 통했다는 뜻.

하여 분명 흉패한 자제가 아닌데 어찌 이런 차마 못할 일을 저질렀겠는가 싶었다. 그래서 허생에게 물었다.

"네가 숙옥과 왕래할 적에 일찍이 누군가 누각 아래를 지나간 일이 있었더냐?"

"예, 제가 숙옥과 만나던 때는 늘 이경(二更)이나 삼경(三更) 때였으니 어찌 그 시간에 지나가는 행인이 있겠습니까? 다만, 가까운 절의 중이 쌀을 시주받아 되돌아갈 땐 날이 어두워지는 즈음으로, 제가 숙옥과 만날 때면 왕왕 목탁소리가 누각 아래에서 들리곤 하였습니다."

이공은 그제야 실마리가 대략 풀렸다. 이윽고 버럭 화를 내는 척했다.

"이 여자는 정녕 네 손에 죽은 게 틀림없다. 이런저런 증거를 참작해볼 때 이미 명백하여 의심할 여지가 없거늘, 다시 어떤 어지러운 말로 꾸미려 드느냐?"

호되게 꾸짖고 나서는 큰소리로 나졸들을 불러 허생을 잡아 가두라 하였다. 그러나 허생은 아직 어린 수재(秀才)[6]였기에 사지를 떨며 감히 더는 말하지 못하였다. 결국 허생을 옥에 가두게 하고 이공은 한편으로 은밀히 나졸 두 명을 불러놓고 물었다.

"접때 쌀을 구걸하던 화상이 요즈음도 구걸하러 다니더냐?"

"예, 전처럼 구걸을 다니고 있사옵니다."

"그럼, 오늘 밤 성 밖의 아무 곳에 가서 여차여차 하거라."

이공이 분부를 내리자 두 나졸은 명을 받들어 그곳으로 떠났다. 그날 밤중 오성(悟性)은 쌀 시주를 다 받아 목탁을 두드리며 산사로 돌아가려고 성 밖으로 나왔다. 수십 걸음을 옮겼을까, 갑자기 덤불 속 깊은 곳에서 서늘한 바람소리가 '쉭쉭' 들리더니 곧이어 두 귀신이 소리를 크게 내며 일어나는

---

6) 수재(秀才): 원래 학문과 재능이 뛰어난 인물을 뜻하지만, 여기서는 미혼 남자의 존칭으로 쓰였다.

게 아닌가. 한 귀신은 '올라와!' 하고 외치고 또 한 귀신은 '내려와!' 하고 외치는데, 하나는 남자 목소리 같고, 다른 하나는 부인네 목소리 같았다. 그 소리가 높았다 낮았다, 동쪽에서 불쑥 서쪽에서 불쑥 들리는데 너무나 처절하여 차마 들을 수 없을 지경이었다. 부인네 소리를 내는 귀신이 통곡하다가 울부짖다가 하더니 이렇게 말하는 것이었다.

"오성아, 오성! 네 어찌하여 나를 죽였느냐? 네 어찌하여 나를 죽였단 말이냐? 내가 이생에서 누릴 수(壽)가 아직 끝나지 않았거늘, 너는 무고하게 나를 죽이더니 내 비녀와 귀고리까지 빼앗아가선 전혀 돌려줄 뜻조차 없구나. 내 이 사실을 이미 염라대왕에게 고하였느니라. 대왕께서는 저승사자를 보내 너의 목숨을 잡아오게 하였으니, 너는 속히 와서 결박을 받으라."

오성은 두려움에 부들부들 떨면서 길가에 그대로 주저앉아 정신없이 목탁을 두드리며 연신 '아미타불'을 불러댔다. 그러자 귀신이 또 소리쳤다.

"네가 아미타불을 읊어댄들, 장차 나를 어찌할 수 있겠는가? 네가 빼앗아간 비녀와 귀고리 한 쌍은 내 평소 아껴 지니던 물건인데, 어찌하여 돌려주지 않는 것이냐? 나와 저승사자가 지금 몹시 배고프고 목이 마른데도, 너는 어찌 나를 구하지 않는단 말이냐?"

두 귀신이 위와 아래 양쪽에서 울고불고 통곡을 하였다.

5

오성이 소리내어 말하였다.

"숙랑 소저! 제가 그때 욕망이 불길처럼 치솟아 유혹하였으나 당신은 따르지 않는데다가 남들이 나를 잡아갈까 두려운 나머지 한순간의 잘못으로 죽이고 말았소이다. 그 죄 마땅히 만 번 죽어야 될 것이외다. 그러나 그때 비녀와 귀고리, 가락지, 그리고 흰 베 한 필은 아직 보관하고 있으며 하자가 없습니다요. 당연히 내일 그것들을 하나하나 찾아다가 술과 고기를 사서 당신의 허기를 풀어줄 것이외다. 아울러 불경을 외고 부처에게 빌어 당신을 곧장 천당(天堂)에 오르게 하겠으니, 제발 저를 잡아가지 말아주시오.”

그러자 한 귀신은 통곡하고 또 한 귀신은 절규하여 한층 더 처참한 모습이었다. 그러다가 갑자기 덤불 속 어두운 곳에서 한 귀신이 땅을 뚫고 뛰쳐나와 오성의 목을 낚아채 묶고 쇠사슬로 두 손을 감더니 쇠 채찍으로 온몸을 내리치는 게 아닌가. 오성은 온몸이 땀으로 흥건히 밴 채 간신히 소리내어 애걸하였다.

“숙랑 소저! 저를 살리소서. 저승사자시여, 저를 풀어주시오!”

두 나졸이 큰소리로 꾸짖었다.

“이 하찮은 중놈아! 너는 다만 귀신 무서운 줄만 알고 사람 무서운 줄 모른단 말이더냐? 우리는 성주의 명령을 받들어 악적(惡賊) 화상을 잡으러 온 것이다. 여기 패자(牌子)⁷⁾가 있느니라.”

놀란 오성은 얼굴이 흙빛으로 변하며 고작 한다는 말이,

“저에게 은자(銀子) 열 냥이 있으니, 당신들이 내가 도망치도록 해준다면 내일 이 돈을 다 드리리다.”

그러는 것이었다. 그러나 두 나졸이 어찌 그 말을 듣겠는가? 결국 화상을 꽁꽁 묶어서 성 안의 관아로 잡아갔다.

원래 이공이 이들에게 내린 분부는 두 나졸더러 덤불 속 어두운 곳에 있으면서 한 사람은 남자 귀신 소리를 내고 한 사람은 여자 귀신 소리를 내게 하여 오성에게 전후 실상을 자백하게 한 것이다. 두 나졸이 관아로 들어와 이공을 뵙고 오성이 자백한 것을 일일이 아뢰었다. 이공은 금고를 가져오게 하여 두 관리에게 도적을 잡은 공로로 상을 내리고 당장 오성을 매질하라고 명하였다. 화상의 찢어진 승복 속에서 비녀와 귀고리, 그리고 가락지 한 쌍

---

7) 패자(牌子): ‘감찰(鑑札)’이라고도 하며, 요즈음의 체포영장에 해당한다.

을 찾아내자, 하경한은 그 물건들이 숙옥이 항상 지니고 다니던 물건임을 확연히 알아볼 수 있었다. 오성이 백 가지로 간교하고 말발이 강줄기 같다 하더라도 다시 어떤 말로 그 잘못을 덮을 수 있겠는가? 곤장 한 대를 내려치기도 전에 죽을죄를 자백하고 말았다.

이공이 마침내 중의 죄를 목숨으로 갚도록 하고 허생을 풀어주면서 물었다.

"네가 원래 숙옥을 창루(娼樓)의 여자처럼 보아 한때의 방탕한 정으로 생각한 것이냐? 아니면 깊고 두터운 정의(情義)에서 남편과 아내가 되겠다는 맹서와 약속으로 허락한 것이냐? 지금 하숙옥은 너 때문에 죽었으니, 너는 장차 어떻게 하겠는가?"

허생은 눈물을 흘리며 이렇게 대답하였다.

"제가 원래 장가를 들지 않았고 숙옥도 시집을 가지 않은 상태였으니, 비록 정을 통했다 하나 또한 머리를 묶고 부부가 된 것이나 마찬가지였습니다. 하물며 저 숙옥은 본성이 비할 데 없이 곧고 착한 여자였는데, 어쩌다 저를 만나 인연을 맺은 후로는 사랑에 눈먼 앵무새나 꽃을 탐하는 나비마냥 서로를 버릴 수 없게 되었답니다. 그리하여 그녀가 일찍이 저에게 결혼할 것을 청했고, 저 또한 그녀와 혼인하기로 마음먹고 완전한 결혼을 도모하여 백년해로할 것을 기약했습니다. 그러던 중에 뜻하지 않게 조물주가 막고 귀신이 시기하여 이런 흉악한 중의 칼을 받게 되었으니, 금석(金石) 같은 굳은 맹서와 약속이 모두 허사로 돌아가고 말았습니다. 다만 숙옥이 흉악한 중에게 더럽힘을 당하지 않으려다가 죽은 것이 명백하니 이는 정절을 온전히 한 것이겠지요. 전날의 맹서로 생각해봐도 한때의 탕정(蕩情)이라 하심은 만만 불가합니다. 저의 몇 마디 애끓는 창자가 거의 녹아 없어지려 하나이다. 이제 다시는 혼인할 마음이 없사옵고, 다만 숙옥을 거두어 땅에 묻고 정실로 여기며 그때의 맹약을 저버리지 않고자 합니다. 엎드려 바라옵건대 성주께서는 저의 이 간곡한 충정을 헤아려주옵소서."

이공은 측은해하며,

"나는 남의 집 처녀를 간통한 형률로 너를 죄주려고 하였으나, 너의 진술을 들어보고 너의 마음을 헤아려보니 차마 그렇게 하지는 못하겠다."
고 말하고는 곧장 문건을 갖추어 도백(道伯)[8]에게 이 사실을 상세히 보고하였다.

6

그 내용은 이러하다.

(…) 수재 허헌(許憲)은 아직 결혼하지 않은 총각이며, 이웃의 하랑(河娘)도 결혼하지 않은 규수였습니다. 두 젊은이는 서로 얼마간 정의가 두터워 고요한 밤 월하(月下)에서 좋은 만남[9]을 기약하고 일심으로 합치하여 반년을 누각에서 몰래 인연을 맺어왔습니다. 바야흐로 백년의 인연을 맺으려 기약했더니 뜻하지 않게 어느 날 변고가 생기고 말았습니다. 흉악한 중 오성(悟性)은 걷잡을 수 없이 마음이 날뛰어 머뭇거리며 떠나지 못하다가 곧장 두 겹 누각으로 올라갔고 개나 시랑이 같은 탐욕으로 더러운 흙이 흰 구슬[璧]을 더럽히려 하였습니다. 그런데 계획한 대로 되지 않는다고 소매 속에서 칼을 뽑아들고 죽일 줄이야 어찌 알았겠습니까? 몰래 비녀와 귀고리까지 벗겨 갔지요. 애석하게도 저 하랑은 이런 흉악한 중을 만나 실같이 약한 목숨을 잃고 말았고, 의로운 허생은 그녀를 생각하여

---

8) 도백(道伯): 관찰사.
9) 월하(月下)에서 좋은 만남: '월하(月下)의 인연'은 남녀의 혼인을 말한다. 옛날 위고(韋固)란 이가 여행중에 한 노인을 만났는데, 그 노인이 달빛 아래에서 보따리를 깔고 있기에 무엇이 들어 있냐고 물었다. 그랬더니 노인은 '붉은 실인데 이 실로 남녀의 발을 묶어두면 원수 사이에도 부부가 된다'고 하였다. 이 노인이 바로 '월하노인(月下老人)'이고, 이후 월하의 인연은 결혼을 미칭하는 용어로 쓰인다.

다시 결혼하지 않을 것을 맹세했답니다. 이제 중의 목숨으로 그 죄를 갚게 하여 정절을 지킨 여인의 원통함을 풀어주고, 허생에게는 간통한 형률을 적용하지 않았습니다. 조금이나마 의로운 사내의 절개를 장려하려 하나, 감히 멋대로 처리할 수 없기에 엎드려 결정을 기다립니다.

도백은 이 문건에 즉시 결재하고 아울러 이공이 옥사를 정확하고 명쾌하게 처리한 것을 표창하였다.

2년 후, 허생은 향시(鄕試)에 합격하고 회시(會試)에도 합격하였다. 고향으로 돌아와 이공에게,

"성주가 아니셨더라면 저는 이미 그때 옥에서 고혼(孤魂)이 되었지, 어찌오늘이 있었겠습니까?"

라고 사례하자, 이공이 웃으면서 물었다.

"지금도 결혼할 생각이 없는가?"

"종신토록 감히 하지 않겠나이다."

"'삼천 가지 죄 중에 불효하는 것이 가장 크고, 불효에는 세 가지가 있으니 자식이 없는 것이 가장 크다'[10]고 한 이 두 구절을 너는 일찍이 읽어보지 않았던가?"

"그러한 줄은 아오나 한 번 굳게 맺은 마음을 영원히 풀지 않겠나이다. 설령 다른 사람들이 '부부의 인연은 중히 여기고 부모의 의는 가볍게 여긴다'고 저를 꾸짖더라도 감히 그 죄를 마다하지 않을 것이며, 그 말 또한 따르지 않겠나이다."

"그렇지 않네. 현철한 자네가 오늘 이름을 이룬 데에는 비록 저승에 있기는 하나 하부인(河夫人)도 분명코 그지없이 기뻐할 것이요, 가령 살아 있다

---

10) 불효에는 (…) 가장 크다:『맹자』에 나오는 내용으로,「이루(離婁)」상편에 "孟子曰: '不孝有三, 無後爲大'"라고 되어 있다.

해도 반드시 자네로 하여금 부실(副室)을 두게 하였을 것이네. 지금 하부인으로 정실을 삼고 재취하여 아내를 두는 것도 무방하고, 재취하고도 첩을 두는 것 또한 무방할 터인데, 어찌 하필 이처럼 고집을 부린단 말인가?"

허생이 끝내 수긍하지 않는데도, 이공이 강제로 첩을 두게 하여 아들 둘을 낳았다. 지금 진주(晉州)에 그 후손이 있다고 한다.

계항패사(桂巷稗史)는 말한다.

'하씨의 올곧은 절개와 허생의 굳은 의로움이여! 열부정부(烈婦貞夫)로 그 도(道)를 다했다 할 것이다. 저 이관(李琯)은 어떤 인물인가? 역사책이나 족보에도 그 이름이 일실되어 실려 있지 않으니 애석하도다!'

제2화

기지로 죽음을 모면한 이 낭자

기지로 죽음을 모면한 이낭자

낭군은 나이 들어 유학遊學을 가고,
자비로운 관음보살이 꿈에 계시하다

1

각설. 정조가 등극한 지 8년 되는 해[1]였다. 전라도 진안군(鎭安郡)에 한 수재가 있었으니, 성은 송(宋)이요 이름은 지환(之煥), 관향은 여산(礪山)이다. 일찍 부모를 여의고 나이가 들도록 배우지 못하여 남의 고용살이를 하였는데, 엄동과 혹서에도 노고를 마다하지 않고 능력의 여부를 따지지 않은 채 한 해를 힘써 노역하였다. 그러다가 세밑이 되어 수십 냥의 품삯을 받으면 저포(樗蒲)[2]나 바둑, 장기판에 모두 쏟아붓는 것이었다. 그랬으니 고을 사람 가운데 그를 비웃지 않을 자가 있었겠는가?

그 당시 같은 군에 이씨(李氏) 성을 가진 아무개는 아직 시집가지 않은 딸

---

1) 8년 되는 해: 1784년.

2) 저포(樗蒲): 나무(가죽나무나 부들)로 만든 주사위를 던져 승부를 내는 놀이. 두 개의 주사위를 가지고 노는 놀음의 일종으로, '쌍륙(雙六)'도 이와 비슷하다.

을 하나 두고 있었다. 그녀 나이 이제 막 열일곱, 용모가 수려하고 미목(眉目)이 그림같이 예뻤다. 게다가 온갖 재예에도 뛰어나 남들이 따라올 수 없을 정도였다. 이 때문에 부모는 그녀를 사랑하기를 마치 세상에 보기 드문 진기한 보배인 양하여, 진정 명문귀족으로 가슴에 천 권의 책을 간직하고 만언(萬言)의 필력이 용솟음치는 기절(奇絶)한 사내가 아니라면 시집보내지 않겠다고 항상 다짐하곤 하였다. 그런데 얼마 지나지 않아 아버지가 갑자기 병으로 죽고 어머니가 집안일을 맡았으나 가산은 기울고 말았다. 그후 3년이 지나자 사람들은 모두 이낭자가 과년하다며 결혼하려 들지 않았고, 재취나 삼취 자리로는 더러 청혼하는 자가 있긴 했지만, 어머니가 이를 받아들이려 하지 않았다.

이때에 송지환은 이미 정신없는 짓거리로 아내를 얻을 길이 없는데다가 나이가 삼십에 가까워지자 이웃에서는 모두 '송도령(宋道令)'[방언에 나이 많은 총각을 도령이라 한다.]이라 불렸다. 그러다가 이씨 집 낭자가 과년토록 시집을 못 가고 있다는 소식을 듣고 평소 가까이 지내던 술집 할미에게 부탁, 낭자의 어머니를 설득하게 하였다. 술집 할미는,

"아무 동(洞) 송씨 집에 젊은 남자가 있는데, 용모가 준수하고 문예(文藝)가 비범하니, 진정 부인이 좋은 사위를 얻고자 한다면 이 사람을 제쳐두고 누구를 찾으려 하는지요?"

라고 하며, 백방으로 꾸며서 설득하였다. 이씨 부인은 규중의 여자였으니, 어찌 송가가 그렇듯 광태하다는 얘기를 들어봤겠는가? 바로 허락하더니 사주단자(四柱單子)를 교환하고, 즉시 혼례 날을 정하였다. 혼례 날, 이씨 부인이 송가의 모습을 보고는 애초에 기쁜 마음이라곤 전혀 들지 않았다. 첫날밤 이낭자는 직접 송가를 보고 물었다.

"당신은 독서한 지 몇 년이 되었으며, 스승은 어느 분입니까?"

그러자 송가는 묵묵히 한참 있다가 겨우 한다는 말이,

"나는 일찍이 독서를 한 적도 모신 스승도 없소. 나도 물어봅시다. 당신이

배운 것은 과연 어떤 일이오?"
라는 것이었다.

"남녀의 업이 다른지라 배우는 것 역시 다르지요. 첩이 배운 것은 자수와 길쌈 등의 일이며 감히 남에게 뒤지지는 않지요. 때때로 문자도 조금 익혔습니다만, 당신께서 배운 것은 어떤 것인지 말씀해주시지요."

"찌는 듯한 여름 날에 밭이랑을 갈아엎는데, 땀이 비오듯 쏟아져도 감히 힘들다 말하지 못하고, 온갖 잡풀을 제거하고 좋은 곡식을 생장시킨다오. 그러니 지금 동서의 이웃들이 편안히 거처하며 배부르게 먹는 것이 모두 나 같은 이의 공로가 있어서요. 또 추운 겨울 날씨에 손과 발이 얼어서 갈라지는데도 등에 땔나무를 짊어지고 무겁기가 태산 같아도 일순간에 5리 10리 되는 저자로 달려가서 파오. 전에 우리가 없었다면 겨울에 얼어 죽은 자가 얼마나 될 것인지 알 수 없는 일이오. 이 또한 우리의 공로인데도 당신은 이 수고로움을 알기나 하오?"

이씨 낭자는 이 말을 듣고 넌지시 웃으며 입을 가리고 대답하였다.

"일상의 미물도 사람을 위하여 효용이 있는 법, 그것도 공로가 없다고 할 수 없지요. 하물며 당신이 남의 고용살이로 한 해가 다 가도록 노동을 하니 어찌 공로가 없겠습니까? 그런데 당신은 '공로(功勞)'라는 두 글자에도 크고 작은 것이 있음을 아시는지요? 감히 길게 늘어놓지는 못하고 한 말씀 올리겠나이다. 당신과 같은 경우는 씨를 뿌려 경작하고 물건을 나르는 것으로 남의 수용(需用)에 이바지하니 그 공이 우마(牛馬)에 불과하며, 저와 같은 경우는 방직과 침선으로 남이 따뜻하게 지내는 데 바탕이 되니 그 공이 모피(毛皮)에 불과합니다. 그러나 만백성의 위에 계시며 만민에게 은덕을 베풀고 횡포로 해를 입는 일이 없게 하는 저 본도(本道)의 관찰사와 같은 경우는 그 공이 어떠합니까? 당신은 양반집의 자제이니만큼 진실로 학문을 하신다면 임금을 받들고 백성을 교화하는 데 못할 것이 없을 테지요. 그런데 지금 고작 남의 부림을 받는 사람이 되어서는 스스로 우마의 공로를 떠벌리고 있으니, 어찌 슬프지 않겠습니까?"

송가는 이내 고개를 떨구고 부끄러워하며 더이상은 말하지 못하였다.

2

이낭자는 그의 앞으로 다가갔다.

"여자의 한 몸은 그 지아비를 우러러볼 뿐, 빈부와 귀천에 있어서 털끝만치도 제 스스로의 힘으로 하는 것이 아니지요. 헌데 지금 당신은 이렇듯 부질없고 멋대로인 채 학문은 알지도 못하십니다. 당신이 이렇게 계속 깨닫지 못한다면 첩은 마땅히 칼을 들어 자결하겠거니와 당신 과오를 후회하고 스스로 새로워져 학업에 종사한다면 첩은 죽어도 여한이 없을 것입니다. 그러니 당신께서는 장차 어찌하시렵니까?"

송가는 몸을 일으키면서 말하였다.

"끝까지 나 스스로를 채근하며 감히 당신의 말을 저버리지 않겠소."

그러자 낭자가 송가에게 맹서하라고 요구하니, 송가는 이렇게 서약하였다.

"내일부터 시작하여 10년을 기한으로 독서하리니, 혹시라도 그렇게 하지 못한다면 절대 다시는 부인을 보지 않으리다."

그런 다짐을 들은 후 낭자는 절을 올려 사례하였다. 닭이 세 번 울자, 낭자는 송가에게 일어나라고 재촉하며 먼 곳으로 유학(遊學)을 가라고 하였다. 이에 송가는 어쩌지 못하고 몸을 일으켜 문밖으로 나오긴 하였으나 어디로 가야 할지 모르고 멍하니 있다가 이렇게 생각하였다.

'정신과 몸이 이미 둔해져서 배워도 필시 이룰 바가 없을 것이고, 설사 이룬다 하더라도 어찌 10년을 그와 같이 답답하게 지낸단 말인가? 그렇다면 지방으로 가서 저포나 바둑, 장기 따위로 이 생을 보내는 게 낫지 않겠는가?'

그러나 다시 자책하였다.

'그렇다고 마음 내키는 대로 해서도 안되지. 낭자의 고대하는 그 마음을 어찌 잊는단 말인가?'

그러고는 마침내 책 상자를 짊어지고 사방으로 스승을 좇아 공부하였으니 10년이 흐르자 그의 학문은 큰 진전이 있었다. 향시를 거쳐 진사에 합격하여 돌아오니, 그 사이 이씨가 낳은 아들이 있었는데, 똑똑하고 준수한 외모에 나이가 벌써 열 살이었다.

차설(且設). 진안읍(鎭安邑) 부근에 산 하나가 있으니, '마이산(馬耳山)'이라 한다. 산꼭대기에 쌍 바위가 우뚝 솟아 빼어남을 자랑하고 있는데, 그 모양이 말의 귀와 흡사하였다. 전해지기를 우리 태종(太宗)께서 임금이 되기 전에 이곳에 행차하여 노닐다가 '마이'라고 명명한 뒤로, 전라도 내에서 명승지로 알려지게 되었다고 한다. 이 산엔 '복안사(福安寺)'라는 절이 있는데, 또한 수백 년 이어 내려온 고찰이다. 절에는 승도가 수십 명이나 있었으나 모두 우악스럽고 거만한데다 무식하기까지 했다. 그런데 유독 '혜명(慧明)'이라 불리는 자만은 문자를 어느 정도 터득하여 곧잘 사대부와 교유하였다.

송생(宋生)이 명예를 이루고 집에 돌아온 후로 더욱 글 읽기를 좋아하였다. 그러다가 복안사의 입지가 외지고 사람이 적다는 얘기를 듣게 되었다. 그는 그곳에 가서 묵으며 조용히 앉아 독서를 하였다. 혜명의 사람됨이 교활한지라, 송생의 사소한 요구에도 다른 중들은 거들떠보지도 않는데, 혜명만은 한마디에도 백방으로 응대해주었다. 또 송생이 먼 곳에서 기별을 통하면 다른 중들은 꺼려하는데 혜명만은 일순천리(一瞬千里)였다. 뿐만 아니라 혜명은 항상 차나 마실 것을 준비하여 송생을 대접하니, 송생이 혜명을 자기의 수족이나 이목인 듯이 여겨 그를 놓으려 하지 않았다. 그리하여 집에 돌아가서 매번 이씨를 마주하고는 침이 마르도록 얘기하였다.

"혜명의 사람됨이 순수하고 진실하여 거짓이 없고, 부탁을 제때 들어줄 뿐만 아니라 나를 마치 부모나 상전 대하듯 하여 곁을 떠나지 않는다오. 맛좋은 과일과 반찬이 생기면 자기 먹는 것을 잊어버리고 나에게 바친다오. 참으로 괜찮은 화상이요, 만나기 힘든 화상이잖소."

이에 이씨도 한마음으로 감사해하며 혜명의 은덕을 갚으리라 생각하였다.

그러던 어느 날이었다. 송생이 먼 곳으로 출타하고 없을 때였는데, 혜명이 문을 두드리며 뵙기를 청하였다. 부인 이씨는 계집종을 시켜 혜명에게 물었다.

"당신이 바로 진사께서 산사에서 독서할 때에 항상 옆에서 돌보아주었던 그 혜명이십니까?"

혜명이 대답하였다.

"소인이 바로 그이옵니다."

계집종이 와서 알렸다.

3

이씨는 바삐 나와 맞이하였다.

"대사의 존명을 들은 지 이미 오래되었습니다. 진사께서 집에 돌아오시면 하루도 빠뜨리지 않고 대사의 은덕을 이야기하였지요."

"소인에게 무슨 은덕이 있겠습니까?"

혜명은 그러면서 슬쩍 눈을 들어 이씨를 쳐다보았다. 그런데 그녀의 얼굴은 막 피어난 부용꽃 같고 입술은 살 익은 앵두 같았다. 눈썹은 팔자로 쌍으로 나누어졌고, 눈빛에는 추파가 가늘게 맺혀 있었다. 게다가 양쪽 귀는 크지도 작지도 않으며 코끝은 높지도 낮지도 않았다. 열 손가락은 봄 죽순이 막 틔어 나온 것 같고 양쪽 귀밑머리는 저녁 구름이 이제 막 걷히는 듯하였다. 처음 볼 때는 꽃 같고 달 같더니, 다시 보니 꽃도 달도 아니었다. 저렇듯 아름다운 여인이 어느 세상에 다시 있겠냐 싶었다. 몸에 걸친 의복은 거친 명주와 가는 베로 짜여진 게 여느 시골 아녀자의 모습에 불과한데도, 이상야릇한 모습은 그렇듯 황홀하여 사람의 이목을 빼앗을 정도였다. 혜명은 정신이 모두 구름과 안개 속으로 날아가버리고 초인목우(草人木偶)3)가 된 것이나 마찬가지였다. 이윽고 미친 듯 바보가 된 듯, 술에 취한 듯 목이 멘 듯하여 곧장 앞으로 와락 덮쳐서 꽉 껴안고 싶었다. 하지만 주위에서 보고 듣고 있기에 계획 없이는 일을 망칠 것 같았다.

'아무래도 절로 돌아가 곰곰이 생각한 후 묘책을 얻는 게 낫겠다.'

그렇게 재삼 생각하고는 이내 몸을 굽히며 인사를 하였다.

"날이 벌써 저물었으니 소승은 이만 물러나겠습니다."

그러자 이씨는 계집종을 시켜 만류하며 더 머물기를 청하였다.

"대사께서 이곳에 왕림하시기가 쉬운 일이 아닌데, 어찌 그렇듯 쉬이 돌아가려 하시며, 하룻밤도 주무시려 하지 않는지요? 게다가 날이 이미 저물어 외진 산 오솔길에서 낭패를 보시면 어쩌나 염려되는군요."

"소승에게 긴급한 사정이 있어 칠흑 같은 깊은 밤이라 할지라도 이곳에 머물러 묵을 수 없나이다. 며칠 뒤에 다시 이 길을 지나게 될 테니, 그때는 감히 쉬이 지나치지 않겠습니다. 헌데 진사께서는 언제나 돌아오시는지요?"

"서방님께서 돌아오는 날은 앞으로 너댓새 뒤일 것입니다."

혜명은 얼굴을 들어 인사를 하고는 급히 복안사로 돌아갔다.

차설. 혜명이 산사로 돌아와서 사흘 밤을 잠 못 이루고 이리저리 뒤척이며 앉고 눕기를 반복하다가 새벽닭 우는 소리에 갑자기 베개를 확 밀어제치더니 크게 소리쳤다.

"내 계획이 이제 이루어졌도다!"

그러더니 곧장 산 아래 촌가로 내려가서 가마 한 대를 구입하고, 가마꾼 두 명을 고용하여 이들에게 거짓말로 이렇게 일렀다.

"아무 마을의 송진사가 멀리 출타하였다가 느지막이 돌아오는 길에 우연

---

3) 초인목우(草人木偶): 풀이나 나무로 만든 사람의 형상으로, 여기서는 사람이지만 전혀 움직임이 없는 상태를 가리킨다.

히 이곳 산사를 지나게 되었는데 갑자기 풍(風)에 걸려 죽게 되었단다. 그래서 내가 정성으로 치료하여 어느 정도 사람을 알아볼 수 있게는 되었지만, 아직껏 병상에서 가물가물하여 생사가 불분명하구나. 그래서 당장 이 가마를 빌려 본가로 돌려보내고자 하는데, 이곳과의 거리가 10리 남짓이라 만일 송진사가 가는 도중에 바람이라도 쐬었다가 증세가 더 위중해지기라도 하면 다시 치료하기 어렵게 될 것이다. 해서 지금 너희에게 품삯으로 구리돈 두 꿰미를 줄 테니, 너희들은 속히 송진사댁으로 가서 이씨 낭자를 찾아뵙고 이 일에 대해 일일이 말씀 올려야 한다.

4

낭자가 직접 절로 와서 송진사의 병세를 살펴보고 바로 송진사를 가마에 태워 본가로 돌아가든지, 아니면 여기에 머무르면서 치료를 하든지 간에 낭자가 하고 싶은 대로 하시란다고 이야기하거라."

이에 두 가마꾼은 그 즉시 가마를 메고 송진사댁으로 달려가 대문을 두드렸다.

"큰일났습니다, 큰일났습니다!"

이에 이씨가 계집종을 시켜 빨리 나가 물어보게 하니, 가마꾼은 송진사가 풍에 걸렸다며 증세를 일일이 얘기해주는 것이었다.

"그렇다면 어찌 가마에 태워 집으로 돌아오지 않고 나보러 가자고 하는가?"

가마꾼은 그 또한 혜명이 말한 그대로 보낼 수 없었던 사정을 자세하게 고하였다. 이씨는 이를 굳게 믿고 아무 의심 없이 가마에 올라앉고는 곧장 절로 향했다.

이씨가 도착하자 혜명은 매우 기뻐하며 맞이하였다.

"낭자께서 왕림하여주시니, 소승은 기뻐 몸 둘 바를 모르겠습니다."

이씨가 다급하게 물었다.

"아픈 사람은 지금 어디에 있습니까?"

"진사께서는 어제 느지막이 이곳에 도착하여 함께 동행한 손님들과 같이 성 밖 구경을 갔더이다. 그런데 마침 이곳을 들른 사람이 알리기를 '진사께서 갑자기 풍에 걸려 혼절하여 쓰러졌다'고 하기에 제가 직접 달려가서 살펴보니, 다행히도 평안을 되찾아 아무 일이 없었답니다. 낭자께서는 너무 염려하지 않으셔도 됩니다."

"그런데, 가마꾼이 한 말은 어찌 그리도 얼토당토않단 말입니까?"

이씨가 가마꾼이 전해준 얘기로 자초지종을 세세하게 늘어놓자, 혜명이 대꾸하였다.

"그 두 놈은 원래부터가 미치고 망녕된 자들이지요. 소승이 막 진사께서 풍에 걸렸다는 소식을 접하고 한편으로는 직접 가서 구원하였고, 한편으로는 낭자께서 오셔서 돕기를 바랬을 뿐, 애당초 진사께서 병에 걸려 여기 절에 누워 계시다고는 말하지 않았답니다."

"그럼 가마꾼들은 지금 어디 있습니까?"

"모두 돌려보냈습니다만……"

"어째서 서방님은 바로 돌아오지 않습니까?"

"진사께서 거처하고 있는 곳이 이곳과는 5리 남짓이니, 금명간이면 여기에 오실 듯싶습니다. 낭자께서는 염려하지 마십시오. 이곳에 정결한 방이 한 칸 있으니, 가서 편안히 쉬고 계십시오."

이씨는 아직 의구심이 풀리지 않았으나, 속담에 '처자가 승방에 잘못 들어온 격'이라 했으니 혜명이 하라는 대로 따를 수밖에 없었다.

"그 방은 어디에 있는지요?"

그러자 혜명은 곧바로 젊은 비구를 불러 이씨를 모시고 깊고 조용한 방으로 인도하게 하였다. 그곳에는 비단 이불에 수놓은 담요, 비단 휘장, 꽃무늬 베개가 있는데 물건마다 모두 아름다웠다. 등불을 비춰보니 사방이 모두 엄숙하고도 주밀해 보였다. 이씨는 옷과 허리춤을 단단히 묶은 채로 누웠으나 잠이 오지 않았다. 그런데 타종 소리가 멎은 후, 혜명이 방문을 열고 술에 얼큰하게 취해서 들어오더니,

"낭자! 벌써 잠들었소?"

라고 하며, 곧장 침상까지 접근하더니, 이씨를 안는 게 아닌가.

"도둑이야!"

하고 소리쳤으나, 혜명은 웃을 뿐이었다.

"네 아무리 날 밝을 때까지 소리친다고 해도 네 입만 찢어지고 입술이 터질 뿐이요, 도적을 잡으러 올 자는 결코 없을 것이니, 일찍 포기하거라. 내 너 때문에 심사를 많이 허비해가며 여기까지 올 수 있었으니, 이 또한 전생의 연분인 게야.

　　　5

　그리고 오늘 밤의 일은 이 몸의 의지에 달린 것이지 너의 의지와는 상관 없으니 괜한 수고 말게나. 네가 아무리 날 밝도록 괴롭게 절규하더라도 도적을 잡으러 올 사람은 없고 그저 네 목구멍만 아프고 혀만 닳아빠질 테니."

　곧장 손발을 묶고 옷을 벗기려고 하였다. 그러자 이씨가 혜명을 속여 말하였다.

"내가 한마디 알려줄 것이 있는데, 너는 들어볼 테냐? 그렇지 않으면 나는 입을 다문 채로 혀를 깨물어 당장 죽고 말 테다. 그러니 어찌할 테냐?"

"너는 무슨 말을 하려는 거냐? 듣고 안 듣고는 나에게 달려 있고 말하고 안 하고는 너에게 달려 있으니, 너는 일단 말해보거라. 그럼 내 생각해보지."

"내 할머니께서 살아 계실 때 나를 무척이나 사랑하여 옥구슬같이 귀여워

48

해주시고 금처럼 사랑해주셨지. 팔순 노인이 숨소리가 가물가물한 중에도 나를 무릎에 앉히고 가슴에 안기도 하셨고, 떡 한 조각과 고기 한 덩어리가 있어도 차마 나를 두고 혼자 드시지 아니하였으며, 대추 한 개와 감 반쪽이라도 나를 깜빡 잊고 혼자 잡수시는 일이 없었다. 때문에 내 나이 열대여섯 살이 되었어도 잠시도 당신 곁을 떠나지 아니하였지. 내가 출가한 후 한 번 귀녕(歸寧)을 갔더니, 그때 조모의 보령이 3년만 지나면 백 세가 되는 때인데도 정신이나 기력이 한층 강건하셨고, 때때로 나의 이마를 쓰다듬고 내 얼굴을 만지면서 '내 손녀구나 내 손녀구나' 하셨지. 그랬는데 아무 해 아무 달 아무 일에 우연히 하룻밤 미통(微痛)을 앓더니 그 일로 돌아가셨지. 운명하던 그때도 내 이름을 부르며 눈을 크게 뜬 채로 사방을 돌아보며, '내 손녀 어디 있냐?' 하셨다고 했다지. 하지만 여자는 출가외인이라 가서 곡 한 번 못했으니, 평생의 지극한 원통이 가슴속에 맺혀 있지. 모레가 곧 기년(期年)이 되는 날이고, 오늘이 바로 입재(入齋)하는 날이야. 네가 나를 아무리 좋아한다 해도 오늘밤 내 몸을 더럽히기라도 했다가는 응당 혀를 깨물고 죽고 말 것이야. 내게 사흘의 여가를 준다면 그땐 네가 하자는 대로 따르겠다. 어쩔 테냐?"

혜명은 한참을 묵묵히 있다가 말하였다.

"너는 한 치의 교묘한 혀로 나를 속이려고 하느냐?"

"사흘을 속여서 지나치더라도 반드시 때가 있을 터, 내가 바보가 아닌데 무슨 까닭으로 너를 속이겠는가? 대사가 되어서 어찌 성질을 못 참고 그러시는가?"

그러자 혜명은 겨우 수긍을 하고 손을 풀어주었다. 다음날 날이 밝았으나 깊은 방에 갇힌 이씨는 아무리 생각해보아도 도망칠 방법이라곤 없었다. 목이라도 매어 자결하려고도 했지만, '죽어서 깊은 산에 버려지면 알아주는 사람도 없을 터, 골수에 맺힌 원한을 누가 갚아주겠냐' 싶어 종일토록 수심에 젖어 앉아 있었다. 어느덧 하늘색이 저무는데, 어떤 행인이 손에 작은 작대

기를 들고 문을 두드리며 대뜸 절로 들어오더니,

"혜명, 어디 있소?"

라고 하였다. 혜명이 살펴보니 바로 진사 송지환이었다. 원래 송생이 먼 곳으로 출타했다가 달을 넘기고 돌아오던 중에 산사를 지나게 되었고 혜명의 안부가 궁금하여 찾아온 것이다. 문을 밀치고 곧장 들어왔다가 마침 이곳에 있던 이씨와 두 눈이 마주치게 된 것이었다. 송생은 이씨를 보고 놀라 의아해하면서도 감히 아는 척을 못하였고, 이씨는 송생을 보고 놀라며 기쁨에 감히 말을 못하였다. 그러자 혜명이 바로 큰소리로 송생에게 이렇게 말하였다.

"이봐, 어리석은 송생! 너는 네 처도 몰라보느냐? 제 처도 몰라본다면 만고에 이 어리석은 물건을 어디에 쓸꼬? 허나 지금 이후로는 감히 네 처라고 아는 척도 말아라. 노승이 최근에 색념(色念)이 우연히 발동하여 지금 이미 네 처를 잡아다가 하룻밤 함께 묵었으니, 네가 만약 다시 네 처라고 했다가는 이 자리에서 너를 만단으로 때려죽이고 말 테다."

그러면서 두 눈을 휘둥그레 치켜뜨고 고래고래 고함을 지르며 꺼지라고 하였다. 송생은 끓어오르는 분노를 이기지 못하여 곧바로 앞으로 다가가 혜명을 넘어뜨려 두들겨팼다. 그러자 혜명이 큰소리로 외쳤다.

"얘들아, 빨리 나를 살려라!"

이 소리를 들은 중들이 일제히 모여들더니 송생을 둘러싸고 양손과 두 발을 꽁꽁 묶었다. 그리고 송생의 위아래 옷을 차례로 벗기고 좌우에서 마구 두들겨패니 선혈이 낭자하였다.

혜명은,

"이 물건을 그대로 둘 수 없다!"

고 소리치더니 소매 속에서 단도를 뽑아들고 곧장 송생의 목숨을 끊으려 하였다. 그 순간 이씨가 앞으로 나와 칼을 빼앗으며 큰소리로 통곡하였다.

"이 나쁜 중놈아! 너는 그 칼로 먼저 내 목숨부터 빼앗고 나서 내 남편을 죽이거라!"

그러자 혜명은 씩 웃었다.

"낭자가 발광을 하는구려."

곧바로 칼을 거두고는 이씨를 끌고 가서 방안에 가두어버렸다. 그리고 다시 나와 송생을 죽이려는데 송생이 혜명을 꾸짖었다.

"네가 내 처를 약탈하더니 이젠 나까지 죽이려 드는구나. 내가 저승에 가거든 필연코 염라대왕께 아뢰어 이 한을 씻을 테다!"

6

그러자 혜명이 하늘을 쳐다보며 웃었다.

"내가 머리를 깎고 항상 아미타불을 염송한 지가 근 수십 년 세월이다. 네 비록 염라왕에게 가서 아뢴다 하지만 하늘에 계신 여러 부처가 필시 나의 몸을 보호해줄 게야. 염부(閻府)라고 어찌 부처의 가르침을 따르지 않겠느냐?"

"나를 죽이려거든 우리 부부를 함께 죽이거라!"

"이씨는 너와 배필 되고 싶지 않은 까닭에 이 절로 찾아와 지내면서 종신토록 내 아내가 되겠다고 이미 허락하였다. 그러니 어찌 너와 함께 죽으려 하겠느냐?"

"그런가? 그렇다면 평소의 교분을 생각하여 내 몸을 풀어주어 스스로 목숨을 끊도록 해주게. 감히 대사의 은덕을 바라네."

혜명은 송생이 도리어 애걸하는 태도를 보이자 크게 웃었다.

"허허허, 네가 나한테 애걸하다니…… 역시나 가련한 인생이구나. 그러니 이씨가 너랑 함께 살지 않으려고 하는 것도 당연하지. 살생하고 목숨을 끊는 것은 본래 불가에서 경계하는 바이지만, 너를 죽이더라도 한편으론 모름지기 음덕을 쌓는 일일 수도 있겠구나."

그리고 한참을 생각하더니 다시 말을 이었다.

"일이 이렇게 된 이상, 내 너를 죽이지 않을 수 없고 너 또한 죽을 수밖에 없는 일이다. 헌데 너는 네 몸뚱이를 온전히 지켜 스스로 죽을 것을 원하고 있겠다? 마침 이 절 뒤에 큰 종이 하나 있다. 그 안은 천지가 항아리 속이요 해와 달은 바늘구멍만 하지. 내 너를 이 종 밑에 가두어 스스로 죽을 수 있도록 해줄 테니, 너는 그렇게 하겠느냐?"

"그렇게라도 하겠네."

마침내 혜명은 여러 중들과 함께 송생을 끌고 가서 종 아래에 집어넣고 뚜껑을 덮어버렸다.

차설. 혜명이 돌아와 방문 자물쇠를 풀고 방안으로 들어가 이씨에게 말하였다.

"내가 본시 송생을 쳐죽이려 했는데 저가 한 차례 애걸을 하기에 종 밑에 가두었다. 몇 시간도 안 돼서 자연히 애를 태우다 죽고 말 터, 네 마음은 유쾌하냐 불쾌하냐?"

이씨는 마음속으로 헤아려보았다.

'일이 이미 이 지경까지 이르고 말았으니 백 번 천 번 꾸짖은들 무익한 일이다. 또한 성인이 말씀하였으되, "조그만 일을 참지 못하면 큰 일을 망친다"고 하였으니, 나도 이 통분함을 참았다가 보복할 때를 기다리리라.'

그러고는 이내 거짓으로 웃으면서 말하였다.

"대사가 이렇듯 자비를 베풀어주시니 여러 부처가 반드시 내려다볼 것입니다. 그렇기는 하지만 사람이 안타까움을 이기지 못하여 죽는 것은 남에게 죽임을 당하는 것보다 심한 경우이지요. 가령 두 사람이 와서 대사의 생명을 노릴 때 한 사람은 대사의 목을 끊어서 가뿐하게 죽이려 하고, 다른 한 사람은 대사의 입을 틀어막아 통분해하다가 죽게 하려 한다면 대사는 어떻게 죽기를 바라겠소? 차라리 가뿐하게 죽을지언정 애통하게 죽으려 하지는 않을 테지요."

"낭자의 말이 정말로 맞다. 그렇다면 다시 끌고 나와 단칼에 그의 목숨을 결딴내는 것이 어떻겠는가?"

"아니지요. 제가 이미 스스로 죽고자 하여 대사께서 자비로운 덕으로 그 죽음을 허락했으니, 청컨대 대사께서는 다시 한 번 자비를 내리소서."

"무슨 자비를 내리라는 것인가? 그를 꺼낼 수도 없고 또한 그곳에 오래도록 가두어둘 수도 없는 바에야 죽여주는 것과 스스로 죽는 것 외에는 더는 죽을 방법이 없을 텐데, 도대체 무슨 자비를 베풀라는 것인가?"

"대사는 어찌 그리도 변통이 없으시오? 나는 다만 종의 덮개 네 귀퉁이에 조그맣게 구멍 하나를 뚫어주어 그로 하여금 잠시라도 우울하고 안타까운 마음을 풀어준 다음 수일 내에 굶어 죽도록 한다면 어떻소? 그 또한 죽는 건 마찬가지만 안타까움에 죽게 하는 것과 비교해보면 어찌 자비의 도리가 아니겠소? 대사께서는 의향이 어떠시오?"

7

혜명이 손바닥을 매만지며 말하였다.

"소승의 지혜가 여기까지 미치지 못하였소. 낭자는 불가의 책을 읽지도 않았을 텐데, 어디서 이런 자비의 법문(法門)을 터득했소?"

"대사께서 제가 불경을 읽었는지 안 읽었는지 어찌 아십니까? 이미 10년 동안 몸소 불지(佛旨)를 받들면서 입으로는 불경을 염송해왔답니다."

혜명은 기뻤다.

"낭자가 이미 불경을 외운 지 오래되었다 하니 더욱 소승과 인연이 있음을 깨닫게 되오."

그러고는 이씨와 함께 절 뒤편으로 가서 종의 덮개 귀퉁이에 조그마한 구멍 한 개를 만들어놓았다. 혜명이 껄껄 웃으며 말하였다.

"송생아! 네 어찌 답답하게 그 안에서 오랫동안 있을 수 있겠느냐? 낭자가 너와 평소 함께 지내온 옛정을 생각하여 잠시라도 숨쉴 수 있도록 해달라 부탁하더라. 그러니 저승에 가더라도 낭자와 나의 은덕은 잊지 말거라."

그리고 다시 방으로 들어와 술을 내오게 하고 이씨와 함께 마시려고 하였다.

"나는 본래 술을 못합니다. 그리고 대사는 어젯밤의 이야기를 잊으셨습니까?"

"어젯밤에 무슨 말을 했었는데? 나는 벌써 잊었소."

"나는 어젯밤에 이미 대사께 내일이 내 조모의 제삿날이라고 했는데요."

"조모의 제사라니? 이제 송생을 가두어뒀겠다, 만사에 걸릴 게 없는데, 조모 제사는 무슨!"

다짜고짜 이씨의 팔을 끌어 잡자, 이씨가 정색을 하였다.

"대사께선 어찌 이리도 예를 모르지요? 백년해로하기로 이미 허락을 한 마당에 허다한 날 중에 하필 유독 오늘 같은 때 임기응변의 방편을 행하려 하다니요? 나는 결코 조모의 은혜를 저버릴 수 없어요. 그런데도 당신이 나를 억지로 겁박하고야 말겠다면, 차라리 송생과 같이 죽으면 죽었지 대사와는 함께 살고 싶지 않아요."

"허허. 에이, 내 잠깐 장난삼아 한 얘긴데, 낭자는 어찌 그리도 성을 내시오. 내 황공하오. 사죄하리다."

"대사께서 이미 이 몸을 멀리 버리지는 않았으나, 다시 세 가지 일을 요청하고자 합니다. 세 가지 일 중에 혹여 한 가지라도 따라주지 않는다면 맹세코 당신을 따르지 않으리니, 대사는 하나하나 들어보시지요. 첫째, 대사께서 술이 과도하여 실없는 농담이 심하신데, 이제부터는 음주도 농담도 하지 말 것이며, 둘째, 송생은 내 전 남편이니 그 은혜를 금방 잊어버릴 수 없어요. 해서 내가 수십 일 동안은 아침저녁 밥의 반을 그에게 주어 지난날의 은정을 갚을 것이며, 그가 죽은 후를 기다려 모름지기 한 장의 해진 거적과 몇

자의 짧은 새끼줄로 그를 산의 남쪽 양지 바른 곳에 묻어주어 해골이 까마귀나 솔개, 벌레나 개미들에게 침탈당하지 않도록 해줘야 합니다. 셋째, 대사가 아무리 성미가 급하시다 해도 또한 며칠만이라도 참고 나에게 달력 하나를 주어, 길일을 택하여 예를 갖춰 혼인할 수 있게 해주시오. 목안건치(木鴈乾雉)⁴⁾를 하나는 받들고 하나는 주며 화촉 밝힌 환한 방에 옷과 이불이 안온해지면 '오늘밤이 무슨 밤인가, 여기 아름다운 부인을 보게 되네'⁵⁾라고 한 후에야 사생(死生)을 굳게 약속하여 당신과 해로할 수 있지 않겠어요? 그러나 만약 음부(淫夫)와 추녀(醜女)가 서로 만나 예의를 갖추지 않고 야합하는 것처럼 한다면 이 몸이 만단으로 죽더라도 감히 따르지 않을 것이니, 대사께서는 재삼 생각하소서. 이 세 가지 일 가운데 만약 한 가지라도 따라주지 않는다면 이 몸은 빈산의 원귀(寃鬼)가 되어, 비오고 흐린 낮이나 산은 고요하고 달 밝은 밤이면 그때마다 처량한 원성(寃聲)이 동서로 불쑥 위아래로 불쑥 들리게 될 테니, 그러면 대사도 잠을 편히 자지는 못할 겝니다."

혜명은 잠시 생각을 하더니 묻는다.

"낭자가 아직도 송생과의 옛정을 잊지 못하는 것 아니요?"

"그가 비록 어리석은 지아비이기에 미워할 만하지만 10년을 받들어온 낭군입니다. 속담에도 그렇지 않던지요. '하룻밤을 뫼셔도 장성(長城)을 쌓는다'고. 어리석은 송생을 지금 감히 생각해서도 아니고, 그렇다고 완전히 망각할 수도 없는 일이지요. 오늘 송생을 잊을 수 있다면 훗날 당신도 쉬이 잊지 않을 거라고 어찌 장담하겠습니까?"

---

4) 목안건치(木鴈乾雉): 나무 기러기와 말린 꿩고기. 모두 전통 혼례에 쓰이던 물품으로, 기럭아비가 신행 때 소지하였다.

5) 오늘밤이 (…) 보게 되네: 원문은 "今夕何夕, 見此粲者"로, 『시경』 당풍(唐風)의 '주무(綢繆)'편에 나오는 구절인데, 음란에 빠지지 않는 풍속을 읊은 내용이다.

"이 세 가지 조건을 받아들이는 것은 어려운 일이 아니나, 다만 낭자가 어떻게 날짜 보는 법을 알아서 나에게 달력을 빌려달라고 하는 것이오?"

"어릴 적 잡술에 홀딱 빠져 천문지리의 설과 육임기문(六壬奇門)의 법[6]을 대략 터득하였지요. 그러니 하물며 혼례 날을 택하는 것쯤이야 별로 어려운 일이 아니지요."

"낭자가 술법에 익숙하다 하면서 왜 나의 유혹에 빠져들었단 말이오?"

"술법은 하늘을 따라야 하지 거슬러서는 안되는 것이지요. 대사께서 나를 유혹하고 내가 대사를 만난 일은 하늘이 맺어준 연분입니다. 비록 곽박(郭璞)[7] 같은 재주로도 제 자신이 제명 아닌 상태로 죽는 것을 면치 못했으니, 하늘이 준 죄는 피할 수 없어서였지요. 하물며 월하노인(月下老人)의 붉은 실이 한 번 수족에 묶이고 나면 저 천리 만리 밖에서라도 한 번은 합환하지 않을 수 없는 일, 진실로 좁은 구멍으로 엿보는 작은 술수로 어찌 하늘이 정해준 인연을 피할 수 있단 말입니까?"

혜명이 그 말을 듣고 크게 기뻐하며 이씨가 진정으로 자기와 짝이 되려 한다고 생각하였다. 그리하여 세 가지 일을 일일이 들어주고 달력 한 권까지 구해다가 이씨에게 주었다. 이씨는 몇 번을 펼쳐보다가 손가락을 꼽아보며,

"다만, 너무 늦은 것이 한스러울 뿐이네요."

---

6) 육임기문(六壬奇門)의 법: 둔갑술을 말한다. 육임(六壬)은 옛날 황제(黃帝)가 하늘의 천녀에게서 전수받아 치우(蚩尤)를 물리친 둔갑술이며, 기문(奇門) 역시 둔갑술의 하나다. 이 기문에는 휴(休)·생(生)·상(傷)·두(杜)·경(景)·사(死)·경(驚)·개(開) 등 팔문(八門)으로 나뉘어 있다고 한다.

7) 곽박(郭璞): 중국 진(晉)나라 때 인물로, 박학다문하고 특히 점술에 뛰어났다. 당시는 매우 혼란한 시기여서 그는 난리를 피해 다른 지역으로 옮겼으나, 결국 제명을 누리지 못하고 피살당하고 말았다. 고문(古文)과 기자(奇字)를 좋아하였으며, 『산해경(山海經)』과 『목천자전(穆天子傳)』 등을 정리하였다.

라고 하는 것이었다. 그러자 혜명이 다짜고짜 물었다.

"어느 날이 길일이오?"

"가장 좋은 날은 11월 17일이고, 그 다음 좋은 날은 7월 28일인데……
그 안에는 전혀 길일이 없으니 어쩌면 좋을까요?"

"오늘이 5월 3일이니 11월까지는 아직도 6, 7개월이나 남았네. 에이, 여
러 말 필요 없이 7월 28일만 하더라도 이 달 3일이 지난 것을 빼면 27일이
되고 다음 달은 작은달이니 또 하루를 빼면 29일이 되고 7월 달에 들어서
또 28일을 보내면 도합 84일이나…… 이내 마음 답답하여 하룻밤 지새기도
벌써 힘들어졌는데, 어찌 84일, 168주야를 참고 버틴단 말인가? 낭자가 그
다음 해결책을 생각해보길 바라오!"

"이 84일 이전에는 도시 흉일이고 악일입니다. 혹 제 몸에 불리하거나 혹
대사에게 불리한 날입니다. 대사께서 아무리 성미가 급하더라도 역시나 84
일을 참고 기다려야 좋은 날을 만날 수 있습니다. 백년해로의 언약을 어찌
이처럼 조급하게 서두르려고만 하십니까?"

혜명은 상심이 컸다.

"아, 창천(蒼天)이여! 어찌 이리도 흉한 날은 많고 길일은 적단 말입니까?
84일을 다 보내자면 내 몇 치 간장이 다 녹아 없어질 겝니다!"

그러고는 이내 이씨를 불러 한 겹의 벽 속에 집어넣었다. 그 벽 속 바닥에
는 나무판자를 깔아놓았는데, 판자를 들어올리자 철끈이 아래로 드리워져
있었다. 그것을 따라 내려가보니 지하 다락이 있었다. 등불이 밝게 비치고
있었고 두 명의 여승이 마주 앉아 있는데, 용모가 매우 아름다웠다. 혜명이
밖에서 나무판자를 덮으며 이씨에게 일렀다.

"아침 저녁으로 밥 먹을 때나 잠깐 나올 수 있다!"

이씨가 조용히 두 여승에게 물었다.

"당신들은 무엇 때문에 여기에 있는 것이오?"

"우리는 본래 본군의 양갓집 여자들인데 유혹에 빠져 이곳에 오게 되었답

니다."

이씨는 그 순간 바로 이런 생각이 들었다.

'고려 때 신돈(辛旽)[8]이 썼던 계교를 이 화상이 따라 하고 있구나. 내 장차 어떤 계책으로 이 호랑이 굴에서 벗어나서 치욕을 씻을 수 있을까?'

저도 모르게 가슴속이 꽉 막혔다.

저녁 식사 때 혜명이 이씨를 불러내었다. 이씨는 한줌의 밥을 쥐고 큰 종 덮개 옆으로 가서 송생을 부르며 밥을 건네주는데, 이씨의 소리를 알아들은 송생이 대뜸 꾸짖기부터 했다.

"너는 어찌 이 지경이 되도록 죽지도 않고 있느냐?"

이씨는 마음속의 곡진한 생각을 얘기해보려다가 혜명에게 들킬까 염려한 나머지 도리어 송생을 꾸짖었다.

"당신 또한 이 지경에 이르도록 죽지도 않고 어찌 남한테 죽지 않느냐고 꾸짖습니까? 그래도 나는 옛정을 생각하여 수시로 한줌 밥이라도 던져주며 조석에 놓인 당신 목숨을 부지시켜주고 있는데, 당신은 감히 그 따위 미치고 잡된 소릴랑은 하지도 마세요."

그러고는 곧장 다락방으로 들어가버렸다.

9

차설. 이씨가 낳은 아들이 하나 있었는데, 지금 열세 살로 이름은 서린(瑞麟)이었다. 총명함이 따라올 자가 없어 고시(古詩)와 고문(古文)을 외우기를

---

8) 신돈(辛旽): ?~1371. 고려 공민왕 때의 승려이자 세력가. 권문세가가 득세하던 때 공민 왕의 비호 아래 개혁정치를 단행하였다. 6년 동안 국정을 휘어잡아, 중국에서는 '권왕(權 王)', 백관들에게는 '영공(令公)'으로 불리기도 하였다. 역사에서 그에 대한 평가는 복잡 한데, 여기서는 승려로서 농간을 부리는 부정적인 존재로 파악된 것이다.

빙포(氷匏)[9]같이 하였고, 성품 또한 부지런하여 날마다 이웃집에 가서 글을 읽었다. 이씨가 복안사로 올 적에 서린이 따라가겠다고 조르는 것을 이씨가 꾸짖으며 허락하지 않았다.

"내 금명간 아버지를 돌보다 돌아올 것이니, 마음 푹 놓고 집에 있거라."

그런데 이씨가 떠난 후로 연 이틀 동안 도통 소식이 없자, 서린은 몹시 불안했다. 그래서 열네 살 된 계집종을 불러 집 잘 보고 있으라 당부하고 복안사로 향하는데, 문밖을 나선 지 몇 걸음도 안되어 길에서 김생(金生)이라는 어른을 만났다. 그는 바로 송생의 절친한 벗이었다. 김생이 서린을 보고 물었다.

"아버지는 집에 돌아오셨느냐?"

"아버지께서는 중풍에 걸려 복안사에 누워 계시고 어머니께서 돌보러 가셨는데, 아직 돌아오지 않기에 제가 지금 복안사로 가는 중입니다."

"아버지 병환 소식은 언제 접했으며, 어머니는 또 언제 갔느냐?"

"모두 아무 날 정오였습니다."

김생은 한참 골똘히 생각하더니 말하였다.

"나와 너의 아버지는 아무 날에 아무 곳에서 출발하여 아무 날에 비로소 아무 곳에 도착했다가 너의 아버지는 복안사로 향하고 나는 아무 곳으로 갔단다. 그리고 오늘 너의 집에서 모이기로 약속했는데…… 너의 아버지가 아무 날이 되어서야 겨우 복안사에 도착했을 테고 풍에 걸렸다는 소식은 너의 아버지가 절에 가기 이틀 전일 듯싶은데, 일이 매우 괴이쩍구나. 너는 마땅히 서둘러 절로 가서 살펴보아라."

서린은 이 말을 듣고 놀랍고 의아하기 짝이 없었다. 복안사에 당도해서도 감히 부모의 소재를 묻지 못하고 홀로 왔다갔다하며 탐색했으나 종적이 아

---

9) 빙포(氷匏): 자세한 내용은 알 수 없으나, 전통적으로 사물이나 이치가 막힘없이 순리대로 이루어질 때 사용하는 용어이다. 순암(順菴) 안정복(安鼎福)의 글에도 "馳風帆走氷匏而無所礙, 言正理順, 曲暢旁通"이라 한 예가 보인다.

득했다. 혜명이 서린의 수상쩍은 모습을 발견하고 그 수려한 생김새에 반하여 물었다.

"너는 뉘 집 아이이며 무슨 일로 여기에 왔느냐?"

서린은 거짓말로 둘러댔다.

"저는 아무 마을 송동지(宋同知)의 둘째 아들 아무개의 동자(童子)로 우연히 이곳을 지나다가 맑고 아름다운 풍경에 반하여 혼자 감상하며 거닐고 있던 중이옵니다."

"아무 마을의 송진사 아무개를 들어본 적 있느냐?"

"모르옵니다. 성명과 항렬을 들으니 저의 친족인 듯싶으나 들어본 적이 없사옵니다. 대사께서는 무슨 까닭으로 물으시는지요?"

"그는 나와 친숙한 양반인데 너와 성이 같기에 나오는 대로 말해본 것이지 다른 이유는 없느니라."

서린은 놀라움과 의혹이 더욱 깊어져 일단 산 아래로 내려가 관부에 고발할까 하였다.

이때, 이씨 낭자는 지하 다락 속에 있으면서 아침저녁으로 밥 한줌을 송생에게 바칠 때 말고는 잠시 한 발짝도 밖으로 나올 수 없었다. 단지 관세음보살이 부부를 구하러 오기만을 묵묵히 기도할 뿐이었다.

어느 날 밤 혜명이 지하 다락방으로 들어오더니 두 비구니를 끌어안고 온갖 추태를 부렸다. 이씨는 얼굴을 가리고 차마 보지 못하고 치마끈으로 그 자리에서 자결하려다가 다시 곰곰이 생각해보았다.

'흉악한 중놈이 나에게 20일의 말미를 주어 남편께 밥을 올리도록 했는데, 만약 내가 그에 앞서 스스로 죽어버린다면 이는 곧 남편의 목숨을 하루라도 빨리 재촉하는 꼴이 되는구나. 그러니 20일이 지난 후를 기다렸다가 남편과 함께 죽더라도 오히려 늦지 않을 것이다. 또 이 중놈이 84일 안에는 필시 나를 감히 범할 수 없으리니, 84일 동안 기미를 보아 원수 갚기를 도모하다가 혹 이루지 못하고 죽더라도 그 역시 늦지 않을 것이다.'

60

생각이 거기까지 미치자, 이씨는 다만 '관음보살이시여, 이 사람을 구하고 살리소서'라며 염송만 할 뿐이었다.

서린이야 부모가 이렇게 붙잡혀 갇혀 있는 상황을 어찌 알겠는가? 다만 절로 의아하고 어슴푸레 느껴질 뿐 사태를 파악할 수 없었다. 집으로 되돌아가던 중에 유공(兪公) 척기(拓基)[10]가 본군을 순찰차 들렀다가 군의 사저(舍邸)에 머물고 있다는 소식을 듣게 되었다. 서린은 즉시 문서를 작성하여 호소하였다.

10

흉악한 중 혜명의 헤아릴 수 없는 간교한 일을 갖추어 아뢰나이다. 저의 부친 지환(之煥)과 다년간 왕래하더니, 저의 부친 지환이 출타하여 밖에 있는 틈을 타 저의 부친이 중풍의 병에 걸렸다고 거짓 보고하여 저의 모친을 산사에 오르게 하였답니다. 두 가마꾼까지 어디에선가 꾸며내서 보냈으니 그 갖은 간계를 어느 누가 알아차렸겠습니까? 하루가 지나고 이틀이 가도록 깜깜 무소식이옵니다. 다행히 저희 부친의 벗이 부친의 소식을 전해오기를 '아무 날 아무 곳에서 출발하여 아무 날 산사에 갔다'고 하기에 그곳으로 가서 여기저기 찾아보았으나 모습과 종적을 볼 수가 없었습니다. 밤낮으로 아무리 생각해보아도 저의 부모가 저 혜명의 흉악한 계책에 걸려든 게 분명하옵니다. 산사의 모든 승도는 간악한 그 자와 한통

---

10) 유공(兪公) 척기(拓基): 1691~1767. 조선후기의 문신. 자는 전보(展甫), 호는 지수재(知守齋), 본관은 기계(杞溪). 김창집(金昌集)의 문인으로, 1714년 과거에 급제하여 경상도와 평안도 관찰사를 역임하고 영의정에 올랐다. 고금의 일에 박통하였으며, 대신의 기풍을 지닌 노론 온건파에 속한 인물이었다. 저서로 『지수재집(知守齋集)』 15권을 남겼다. 그런데 유척기는 영조 때의 인물로 이 작품의 시대적 배경인 정조 때(1784년)와는 맞지 않는다. 시대배경과 인물설정에 착오가 있는 듯하다.

속입니다. 의심은 만 겹이나 몇 줄로 전말을 올립니다. 운운.

이에 앞서 순찰사는 고을 사저에 머물러 있으면서 밤에 한 가지 꿈을 꾸게 되었다. 우연히 관음보살이 어느 산사로 자신을 데리고 갔는데, 그 절엔 인적은 전혀 없고 다만 김씨(金氏) 성의 어린아이가 어떤 사람을 결박하여 엎어놓고 흠씬 때려 죽게 만들었고, 곁에 한 젊은 부인이 고통에 절규하며 살려달라고 애원하고 있었다. 처음에는 그 꿈을 꾸고도 대수롭지 않게 넘겼는데 하룻밤에 세 번이나 연달아 그런 꿈을 꾸고서야 비로소 의아한 생각이 들었다. 그런데 바로 그날 이 소장을 접수하게 되었던 것이다. 순찰사는 즉시 서린을 불러다가 그 전말을 물어보았다. 이에 서린이 처음부터 끝까지 세세하게 전체 정황을 얘기해주었다.

순찰사는 아무리 생각해보아도 이 사건은 결코 이곳에 앉아서 결단할 일이 아니라는 판단이 섰다. 그리하여 즉시 가마를 대령하라 명을 내리고 복안사로 달려가 조사를 하였다. 방장(方丈)[11]에 도착하여 좌정한 후 여러 중들을 잡아오게 하여 연유를 심문하는데, 모두들 완강히 부인하며 이야기하려 들지 않았고 혜명은 이렇게 고하였다.

"제가 송진사와 왕래한 몇 해 동안 정이 바다처럼 깊고 의리가 산처럼 중하였사옵니다. 저 또한 사람인데 어찌 이런 일이 있을 수 있겠습니까? 이는 필시 어느 간악한 놈이 송진사가 출타한 틈을 타 이런 간계를 저지른 것일 겝니다. 또 송진사는 최근에는 아예 저의 절에는 들른 일이 없었사옵니다."

이에 순찰사가 김생을 불러들여 물었다.

"송진사가 언제 아무 곳으로 떠났으며 언제 이 절에 도착했는가?"

김생은 송진사가 출발한 날짜를 자세히 아뢴 다음 덧붙여 말하였다.

"저는 다만 송진사의 말 중에 아무 날 이 절을 방문한다는 것은 들었으나

---

11) 방장(方丈): 절의 주지가 거처하는 방.

그가 정확히 그 날짜에 도착했는지 여부는 실제로 확인해보지 못하였기에 감히 분명히 말씀드리지는 못하겠나이다."

순찰사는 산 아래를 지나는 길에 가마 메는 인부가 있거든 모두 잡아들이라는 명을 내렸다. 그날 이씨를 유혹하여 납치한 가마꾼은 혜명에게서 많은 돈을 받고 다른 곳으로 달아나 숨어버린 터라 그 종적이 아득했다. 순찰사가 속으로 고심해보는데도 별다른 묘책이 떠오르질 않았다. 그러던 중 지팡이를 짚고 절 안을 왔다갔다 산책하다가 절 뒤편 으슥한 곳에 이르러 땅에 떨어져 있는 혈흔 한 점을 발견하게 되었다. 그것은 송진사가 중들에게 매질을 당할 때 땅이 홍건하도록 흘렀던 피로, 중들이 모두 흙으로 덮거나 쓸어냈으나 유일하게 이 흔적만 남았던 것이다. 순찰사는 속으로 그냥 핏자국이 아니라는 판단에 사방으로 탐색해보았다. 그런데 도무지 지나간 흔적이라곤 없고 가까이에 놓여 있는 큰 종 하나가 눈에 확 들어오는 게 아닌가.

11

순찰사는 순간 훤히 상황을 파악할 수 있었다.

"이 '종(鐘)'자를 파자(破字)해보면 금(金)과 동(童)이 되니, 어젯밤 꿈의 김씨 성의 아이가 바로 이 종임에 틀림없다!"

수행하던 관리를 급히 불러 이 종을 들어올려 걸자, 그 안에 한 사람이 갇혀 있었다. 주린 나머지 죽어가던 중으로 숨만 겨우 이을 뿐 말을 하지 못했다. 서린은 아버지라는 것을 알아보고 크게 통곡하며 일으켜 세우려 하였다. 그런데 순찰사는 송진사가 홀로 분통한 마음을 품고 있던 중에 기절이라도 할까 염려하여 서린을 밀쳐 물러서게 하였다. 그리고 죽과 탕을 내오게 하여 조금씩 목으로 내리게 하였다. 한 식경이 지나자 겨우 조금씩 기력을 찾기 시작하였다. 이윽고 자신이 혜명을 찾아갔더니 아내가 납치되어 있었

고, 놀랍고 의아한 마음을 누를 수 없는 중에 혜명에게 욕을 먹었으며 급기
야 혜명에게 얻어맞기까지 한 일, 그리고 중놈들이 칼로 자신의 목숨을 끊으
려는데 애걸복걸한 덕에 종 속에 감금된 이유 등을 일일이 아뢰었다. 혜명은
변명하려고 하였으나 어쩌지 못하고 그저 죽을죄를 졌다고만 할 뿐이었다.

이에 곤봉이 차례로 쏟아지며 혜명에게 이씨의 생사를 바로 말하라고 하
자, 혜명이 지하 다락방에 가둬둔 사실을 자백하였다. 순찰사는 곧바로 관리
를 시켜 나무판자를 걷어 올리고 이씨를 나오게 하여 일의 정황을 세세히
캐물었다. 이씨는 그날 꾐에 빠져 붙잡힌 연유와 나중에 욕을 모면하게 된
사유, 그리고 낮이면 송진사를 치료하고 밤이면 관세음보살에게 기도 드린
일을 처음부터 끝까지 자세히 진술하였다. 이야기를 들은 순찰사는 속으로
참 희한한 일이라 여기며 혜명에게 재차 묻는데,

"낭자의 공술이 명백하옵니다."

라고만 대답할 뿐이었다.

이에 순찰사가 바로 판결을 내렸다.

들자하니, 의형(劓刑)·월형(刖刑)·대벽(大辟)[12]의 형벌에 그 조목이
3천 가지나 되지만, 혜명의 간악한 짓을 한두 가지로 규정하는 데 무슨
어려움이 있으랴! 남이 융숭하게 대접해준 것을 모두 망각하고 자신의 음
란하고 사특한 마음을 옮기려고 하였다. 중풍이라고 거짓으로 알렸으니
누가 흉악한 놈의 교묘한 계책임을 알았으리오? 여러 날 갇혀 있었으니
백이(伯夷)·숙제(叔齊)가 굶어 죽은 자취를 좇을 뻔했도다. 사람 목숨을
험악하게 끊으려 한 이 중을 효수시켜야 함은 의심할 여지가 없도다. 함
께 악행을 저지른 간계한 중들은 마땅히 군역(軍役)에 충원하여 먼 곳으

---

12) 의형(劓刑)·월형(刖刑)·대벽(大辟): 모두 오형(五刑)에 드는 형벌로, 의형은 코를 베
는 형벌이고, 월형은 발뒤꿈치를 베는 형벌이며, 대벽은 지금의 사형에 해당된다. 오형에
는 이외에도 묵형(墨刑)과 궁형(宮刑)이 있다.

로 보내리라.

판결이 끝나자 혜명을 참수하여 사람들에게 보이고, 악행을 함께 저지른 나머지 중들은 모두 군적(軍籍)에 올렸다. 이씨는 순찰사에게 고하였다.

"지하 다락에는 아직도 두 비구승이 있습니다. 저들은 모두 사족의 여인으로 이 악승의 교묘한 계책에 빠져 여기까지 왔다고 합니다. 그런데 지금 절 전체가 술렁이는 탓에 나무판자 밑에 바짝 엎드려 있기만 하고 아직껏 나오지 못하고 있나이다."

순찰사는 그들을 불러내어 물었다. 한 여인은 바로 이 군의 남쪽에 사는 최전의(崔全義)의 딸이고, 또 다른 여인은 이웃 고을의 김동지(金同知)의 딸이었다. 그들의 얘기는 이러했다.

"아무 해 무슨 달에 간악한 중놈의 꾐에 빠져 이곳에 끌려와 머리카락은 잘리고 몸은 갇히고 말았는데…… 지금에야 다시 하늘을 보게 되었사옵니다. 이 모두 사또의 은덕이옵니다."

순찰사는 이들을 즉시 본가로 보내주었다. 그리고 이씨의 재주와 지혜를 매우 가상하게 여겨 자신의 누이로 삼았다. 송생 일가는 살려준 은덕에 감격하여 서린을 불러 순찰사에게 절을 올리라 하며 말하였다.

"네 부모는 너를 낳고 사또님은 네 부모를 살렸다. 그러니 너는 순찰사 어른을 네 아버지로 여기고, 자제가 계시거든 그를 형제로 생각하며, 이 분의 명이라면 끓는 물이든 불이든 피하는 일이 있어서는 안되느니라."

이에 서린은 두 번 절을 하고 이 가르침을 받들었다.

순찰사는 송진사가 어른이 되도록 배우지 못하다가 이씨의 격려를 받고 글을 읽어 이름을 알린 얘기를 듣고는 더욱더 이씨를 가상히 여기게 되었다. 그리고 서울로 돌아온 후 즉시 임금께 정려(旌閭)를 아뢰었으나, 순찰사가 마침 남의 모함에 빠져 먼 섬으로 유배를 간 까닭에 그 결과를 보지는 못하였다. 그후 서린은 과거에 급제하여 참판(參判)의 자리에까지 올랐다 한다.

12

계항패사는 말한다.

'대단하다, 이씨의 재주는! 나이 먹도록 공부 못한 낭군을 격려하여 학문을 이루게 했으며 예측할 수 없었던 호랑이 굴에서도 욕을 당하지 않고 정절을 지켰으니, 만약 남자로 태어났더라면 어린 고주(孤主)를 맡기고 백리(百里)의 명을 부탁할 만한 자[13]가 바로 이 사람이 아니었을까? 아, 섭정(聶政)의 누이[14]는 한마디로 저자의 사람들을 놀라게 했으며, 순우공(淳于公)의 딸[15]은 상소 한 번으로 아버지의 육형(肉刑)을 면하게 하였다. 그리하여 이들은 죽백(竹帛)[16]에 그 이름이 새겨져 천년을 내려온다. 그런데 우리나라는 여자 이름을 밝히기를 심히 꺼려하여 '아무개의 딸'이든지 '아무개의 아내'라고만 하고 어렸을 때 불리던 '아무 여자' '아무 아이'라는 칭호까지도 한꺼번에 말살해버리고 부르지 않으니, 왜 그럴까? 이런

---

13) 고주(孤主)를 맡기고 (…) 만한 자: 나라의 운명을 맡길 만한 인재를 말한다. 여기서 고주(孤主)는 어린 나이에 제위에 오른 천자를 말하며, 백 리(百里)는 옛날 제후국을 가리킨다. 『자치통감(自治通鑑)』 한광무제(漢光武帝) 5년조에 "可以托六尺之孤, 寄百里之命者, 龐萌是也"라는 말이 보인다.

14) 섭정(聶政)의 누이: 섭정은 전국시대 인물로, 푸줏간에 숨어서 기회를 보다가 원수인 한괴(韓傀)를 죽이고 자결하였다. 한취(韓取)가 섭정의 시체를 저자거리에 매달고 이가 누구인지를 확인하고자 했으나 아무도 그를 알아보는 이가 없었다. 그의 누이 영(嫈)이 이 소식을 듣고 달려가 시신 앞에서 통곡을 하더니, "이는 내 동생 섭정이다!" 하고는 자신도 그 앞에서 자결하였다.

15) 순우공(淳于公)의 딸: 순우공은 한(漢)나라 효문제(孝文帝) 때 태창(太倉) 군수를 지낸 인물로, 그에게는 아들은 없고 딸만 다섯이 있었다. 그가 한번은 죄에 연루되어 장안으로 압송되었는데, 작은딸 제영(緹縈)이 압송되는 아버지를 따라와 효문제에게 소를 올려 아버지의 육형(肉刑)을 면해주면 자신은 관비(官婢)가 되겠다고 하소연하였다. 그 뜻을 가상하게 여긴 효문제는 마침내 순우공에게 육형을 내리지 않았다고 한다.

16) 죽백(竹帛): 역사서.

까닭으로 오직 난설헌(蘭雪軒)[17]의 자 경번(景樊)만이 우동(尤侗)의 『외국죽지사(外國竹枝詞)』[18]에 보일 뿐, 그 나머지는 비록 우뚝한 정렬(貞烈)의 지조를 행한 여자들이라 해도 대체로 그 이름을 들을 수 없다. 그러니 내가 이씨의 일을 어찌 애석해하지 않겠는가? 야승(野乘)의 기록에 의하면 그때의 순찰사는 대부분 유척기(兪拓基)로 일컬어지고 있는데, 혹자는 '아니다. 이종성(李宗誠)[19] 어른이 일찍이 순찰사가 되어 유안(裕安)[20]을 들른 적이 있다'고도 말한다.'

청천자는 말한다.

'심하도다, 옥사를 처리하기 어려움이여! 옛사람들이 이미 처결했던 공안(公案)을 보면 매우 쉬운 것 같지만 자신이 그 입장에서 일을 하다 보면 전혀 따를 만한 판례가 없기도 하다. 누군가는 '이공이 귀졸(鬼卒)을 풀어 중이 자백하게 한 것은 참으로 자신의 신단에서 나온 것이지만 지금 이 혜명의 죄는 금동(金童)이 꿈에 나타나지 않았으면 어찌 그 정상을 알 수 있었겠느냐?'고 말한다. 아! 그러나 이는 그렇지 않다. 정신이 지극해야만 귀신과 통하는 법이다. 옥사를 처리하는 자가 마음에 공정함을 품고 있으면 물인(物人)과 신천(神天)이 모두 그의 공정함을 도와주는 법이요,

---

17) 난설헌(蘭雪軒): 1563~89. 조선 중기를 대표하는 여류시인으로, 자가 경번(景樊)이다. 허균의 누이이며 시가 탁월했는데, 27세로 요절하고 말았다. 그의 시는 중국에까지 알려져 명나라 시인 주지번(朱之蕃)이 중국에서 『난설헌집(蘭雪軒集)』을 간행하였으며, 이후 일본에서도 간행된 바 있다.

18) 우동(尤侗)의 『외국죽지사(外國竹枝詞)』: 청나라 우동(尤侗)이 편찬한 중국 주변국의 풍속을 읊은 책. 죽지사(竹枝詞)는 민간의 일상을 칠언절구로 읊은 시체의 한 형식으로, 당나라 유우석(劉禹錫)이 처음 지은 것으로 알려져 있다.

19) 이종성(李宗誠): 1692~1759. 영조 시기 문신으로, 자는 자고(子固), 호는 오천(梧川)이다. 그는 암행어사로 유명한 박문수(朴文秀)와 함께 붕당의 폐해를 논했고, 그 자신 경상도 암행어사가 되어 민폐를 일소하기도 하였다. 저서로 『오천집(梧川集)』이 있다.

20) 유안(裕安): '진안(鎭安)'의 오기로 판단된다.

마음에 공정함이 없으면 먼지나 모래까지도 모두 그의 공정함을 가리는 법이다. 평소 청명함이 몸에 배어 있지 않았다면 그 꿈에 나비나 참새나 사슴이나 있었을 테고, 또 꿈에 옥구슬을 얻거나 술이나 밥을 얻었겠지, 어찌 금동을 꿈꾸었겠는가? 그렇지만 혜명의 악행이 오성(悟性)보다 더 심하도다!'

제3화

제목을 잘라 옥사를 해결한 효녀

제 목을 잘라 옥사를 해결한 효녀

어머니는 통곡하며 효녀의 머리를 자르고,
흉악한 중은 명관의 손을 벗어나지 못하다

1

각설, 순조(純祖)가 등극한 첫해[1]였다.

충청도 공주군(公州郡)에 한 선비가 있었으니, 성은 최(崔)요 이름은 창조(昌朝)였다. 창조는 인근 진잠군(鎭岑郡)의 황씨 집에서 아내를 얻어 딸아이를 낳으니, 그녀의 이름은 혜랑(蕙娘)이었다. 어려서부터 타고난 성품이 지극히 효성스러워 부모를 섬기는 데 모든 부분이 의젓하여 어른 같았고 똑똑하고 영리함은 남들이 따라오지 못할 정도였다.

그러던 어느 날, 창조가 느닷없이 병을 얻어 자리에 누워 시름시름 앓더니 두 달이 지나면서 병세가 더욱 악화되어 다시는 일어나지 못하였다. 그럼에도 한 번도 고통을 호소한 적 없이 평온한 얼굴이었으나 기력은 점점 쇠

---

1) 첫해: 1801년.

약해졌다. 마르지 않던 샘이 가뭄으로 인해 절로 마르듯이 용모는 수척해지고 몸은 땔나무처럼 말라갔다. 팔뚝은 손가락같이, 장딴지는 팔뚝만큼 가늘어졌다. 먼 곳에서 병문안 온 친지와 벗들이 그를 만나 얼굴을 맞대고 위로하면서 꼭 다시 일어날 거라고 말했지만, 문을 나설 때는 울음을 삼키며 영결하는 모습이었다. 다녀가는 사람들이 저마다 한결같이 하는 말은, '최생이 금명간에 황천 사람이 되고 말겠구먼'이었다. 사랑하는 아내와 첩, 형제와 조카들이라면 누군들 애를 태우며 근심하고 비통해하면서 하루아침에 다시 일어나기를 바라지 않겠는가? 하지만 속담에 '오랜 병에 효자 없다'고 하듯이 두 달 60일 동안 미음과 약을 먹일 때나 앉히고 눕히느라 부축할 때, 또 아프고 가려운 곳을 긁어주며 땀을 닦고 파리를 쫓는 일에 누가 일일이 아픈 당사자의 마음에 꼭 맞게 해줄 수 있겠는가? 그런데 오직 혜랑만은 어린 몸이면서도 흐트러지지도 않고 달고 맛있는 음식은 먹지도 않으면서 곁에서 약을 먹이고 간호하며 밤낮으로 기도하였다. 그러다 보니 그녀의 얼굴이 병자보다 더 수척하게 변해갔다. 그녀의 정성에 최생의 병세는 차츰 회복되었고 얼마 지나지 않아 결국 기력을 회복했다. 이때 혜랑의 나이 불과 열네 살이었다. 주변의 이웃들은 모두 '최생이 거의 죽었다가 겨우 살아난 것은 다 혜랑의 효성스런 마음에 감동받았기 때문이다'라며 이구동성으로 칭찬하였다.

창조에게는 창하(昌夏)라는 동생이 있었는데, 부자였던 창하는 김씨(金氏)를 아내로 맞이하였다. 그녀의 아름다운 자태는 꽃과 버들이 시샘할 정도였고, 곧고 정숙한 덕성은 참으로 요조숙녀라 할 만하였다. 창하는 금슬(琴瑟)을 벗고 산해(山海)에 맹서하여 삼생(三生)토록 변치 않을 아름다운 약조를 맺으며 백년해로를 기약하였다. 그러나 천도는 측량키 어렵고 인사는 헤아리기 어려운 법, 창하는 나이 삼십이 되기도 전에 병에 걸려 죽고 말았다. 그가 죽은 것도 아득한데 자식 하나 없었으니, 죽은 자야 그만이지만 홀로 남은 김씨의 정경은 사람들의 눈물을 절로 나게 만들었다.

어리석은 창조는 동생이 죽은 뒤 가업을 이을 생각은 전혀 하지도 않았으며 또한 과부가 된 제수씨에게 한 번 찾아가 위로해주지는 못할망정, 마음에 욕망의 불길이 타올라 창하의 재산과 전택(田宅)에만 관심이 있었다. 그는 백방으로 궁리한 끝에 슬며시 김씨의 오라비 대방(大方)이라는 자를 꼬드겨 김씨가 개가하도록 권했다.

2

그러나 김씨는 죽어도 개가하지 않겠다고 맹서하였고, 도리어 채 몇 살도 되지 않은 창조의 둘째 아들을 창하의 후사로 삼으려 했다. 그러자 창조는 불같은 성격에 화를 내며 허락하지 않았다. 김씨는 속으로는 이것이 매우 원통한 한으로 남았으나 자신의 신세를 돌아보니 감히 시숙의 마음을 거스를 수도 없는 노릇이었다. 단번에 거절을 당하고 나서 고개를 떨군 채 무참한 마음으로 수심에 겨워 앉아 있었다. 김대방은 여동생이 젊은 나이에 과부가 된 신세가 안쓰러워 그 집을 지날 때면 항상 찾아오곤 했는데, 그때 창조에게 이같이 원통하게 당한 모습을 보고 치밀어 오르는 분노를 견디지 못하고 대판 욕을 해대고는 뒤도 돌아보지 않고 곧장 나가버렸다.

김씨는 남편의 요절을 애통해하여 매월 보름마다 중암사(中菴寺)의 중 일청(一淸)을 불러들여 불경을 외고 염불을 드려 남편의 원혼(寃魂)을 추모하였다. 열흘이 지나고 달이 지나자 두 사람은 자연 낯이 익고 때때로 말도 통하다가 마음도 열어놓게 되었다. 일청이란 이 화상은 김씨의 자색에 푹 빠져 음흉한 마음이 솟구쳐 억제하지 못하는 지경이 되었다. 김씨의 말투나 자신을 맞이하는 태도를 보고 나서는 '저 낭자가 은근한 마음이 있구나' 하는 얼토당토않은 생각까지 하며 뛸 듯이 기뻐하였다. 그러면서 한 번 틈을 타 그녀의 의중을 탐지해보지 못하는 게 안타까울 뿐이었다.

하루는 김씨가 또 사람을 보내 이 화상더러 들러달라고 청하자, 일청은 불경을 대충 건너뛰면서 외더니 그 사람에게 짐보따리를 짊어지게 하여 먼저 가라고 하였다. 그뒤 일청이 뒤를 쫓아 그녀의 집에 도착하니 텅 빈 방 한켠에 김씨가 얼굴을 묻은 채 홀로 앉아 있었다. 비록 청상과부인지라 화장하고 단장하는 일에 무심하긴 하지만, 먼지 속이라도 백옥의 빛이 가려지기는 어렵고 더러운 흙 속에서도 황금의 정채가 가려지지 않는 것처럼, 꽃 같은 얼굴과 달 같은 자태는 그 곱기가 비길 데 없고, 수심에 찬 눈썹과 서늘한 머리칼엔 비애와 원한이 서려 있었다. 일청이 간악한 마음을 품은 지가 이미 하루 이틀이 아니었던 터. 아무도 없이 홀로 앉아 있는 낭자의 모습을 보니 더더욱 욕정을 걷잡을 수 없었다. 짚고 있던 석장(錫杖)을 툭 내던지고 작은 바랑을 내려놓고는 곧장 방안으로 들어서더니 김씨 앞으로 바짝 다가가 조용한 목소리로 속삭였다.

"낭자께서 소승을 자주 부르시니 소승을 그리워하는 마음이 있어서 아니겠습니까? 낭자께서 오늘 이렇듯 소승을 생각해주시니 은혜가 하늘과 같습니다."

그러면서 덥석 안으려 들었다. 낭자는 다른 사람에게 이를 알렸다가는 도리어 추하다는 욕을 당할까 염려하여 그녀 역시 나지막이 대꾸하였다.

"나는 애초 불경을 염송하려고 너를 불렀지 무슨 다른 뜻이 있어서였겠느냐? 당장 나가고 다시는 머물러 있지 말거라."

그런데도 일청은 씩 웃으며 말했다.

"낭자는 남편이 없고 나는 처가 없으니, 낭자께서 소승을 받아들이기만 한다면 둘 다 좋은 일로 어려움이 없어지는 게 아니겠소?

3

은밀한 이 호사를 바깥 사람들이야 알 리 없고 산사는 지척이라 다니기가 또한 편리하니, 낭자께서는 이렇게까지 고집을 피울 필요가 없지 않습니까?"

낭자는 소리를 죽여가며 욕을 하였다.

"이 개 같은 화상아! 빨리 나가거라. 내 본시 네가 좋은 사람인 줄 알았더니 도리어 이런 냄새나는 더러운 말을 한단 말이냐? 정녕 네가 나가지 않는다면 내 큰소리 한 번에 이웃들이 달려들 테고 너를 묶어다 관아로 끌고 갈 것이다. 수십 대 몽둥이찜질을 당하고 나면 네 온몸이 피로 낭자할 것이야."

그러나 이 흉악한 화상이 순순히 물러나겠는가. 외려 나지막한 소리로 위협하는 것이었다.

"네가 정녕 내 뜻을 따르지 않는다면…… 나한테 작은 칼이 있으니, 너한테 오늘은 제삿날이 될 게다. 잘 생각해보라니까. 너의 연약한 목덜미가 쇠나 돌도 아닐 테니 내 칼을 한 번 내리치기라도 하면 마치 샘물처럼 검은 피가 솟을 테고 머리가 땅에 떨어질 때면 혼은 이미 하늘로 올라갔을 테지. 잘 생각하여 이 노승의 주린 배도 생각하고[속세에서 오랜 시간 색념에서 단절된 것을 '주렸다'고 말한다.] 너한테 남아 있는 목숨도 아껴야지."

그러면서 칼을 휘두르며 접근하자, 김씨는 한 차례 소리를 지르려고 하였다. 그러나 소리가 채 나오기도 전에 가련하게도 연약한 목은 마치 파리처럼 맥없이 칼날을 받고 말았다. 흐르는 피가 방안에 가득하고 머리는 바닥으로 툭 떨어졌다. 일청은 문을 밀치고 나가려다 말고 곰곰이 생각하였다.

'낭자의 머리칼이 땅에 끌리도록 길고 숱이 많고 검어서 좋으니 가채라도 만들어 다른 사람에게 판다면 값이 쏠쏠할 테고, 게다가 비녀와 귀고리는 가격을 매길 수 없을 정도의 보화렷다! 내 이미 낭자를 죽였으니, 이 머리칼과 귀고리는 바로 내 것이다 이거지? 내 본래 산 사람을 두려워하지 않는데 하물며 죽은 자를 두려워하랴!'

생각이 거기까지 미치자 일청은 바로 낭자의 머리를 수습하여 짐보따리 깊은 곳에 감췄다. 그리고는 보따리를 들고 방을 나가 석장을 짚고 유유히 대문을 빠져나갔다. 이 화상은 흉악한 창자와 배포를 지녔을 뿐만 아니라 쓸

개 또한 되만큼 컸던 것이다. 아, 하늘도 그 마음을 이 흉악한 중에게 빌려주었던지 일청이 문을 나서 마을을 빠져나가 산사에 이르도록 도무지 한 사람에게도 들키지 않았다.

얼마 후 창하네 어린 계집종이 이웃집에서 돌아와 방안으로 들어가는데 돌연 사체 냄새가 코를 찌르는 것이었다. 고개를 들어 살펴보니 방 전체에 피가 흥건하고 머리 없는 시신이 바닥에 널브러져 있는 게 아닌가. 어린 계집종은 소스라치게 놀라서 정신없이 달려 나와 소리쳤다.

"큰일났어요, 큰일이…… 낭자께서 어떤 자에게 죽임을 당했어요! 머리가 잘려 나간 채 시신만 방안에 누워 있는데, 피가 흥건히 흘러 옷과 잠자리에 낭자하게 뿌려졌어요. 마을사람들, 모두 와보세요. 이거 정말이지 큰일났어요. 어떡해요. 저는 지금 얼이 빠지고 온몸이 덜덜덜 떨려요. 하늘이 밝고 밝은데 어떤 흉악한 인간이 이런 흉측한 일을 저질렀답니까?"

이렇듯 땅을 치며 큰소리로 통곡하자, 놀란 이웃사람들이 가슴을 쓸어내리며 어안이 벙벙한 채로 일시에 모여들었다. 그리고 함께 생각하고 의논해보았으나 도통 전말을 알 수 없었다.

4

급히 김씨의 시숙인 창조에게 이 사실을 알렸더니 창조 부부가 한걸음에 달려왔다. 이 광경을 접한 창조는 그저 떨리는 가슴에 입만 떡 벌리고 도무지 어찌할 줄을 몰랐다. 그런 중에 어린 계집종이 다시 울먹이며 아뢰었다.

"이 일에 앞서 낭자께서 사람을 시켜 중암사의 중 일청의 짐보따리를 짊어지고 오게 하여 방에 놔두었는데, 모습이 보이지 않사옵니다. 이는 필시 낭자를 죽인 놈이 그것마저 훔쳐갔나 보옵니다."

창조는 이 말을 듣고 동자 하나를 보내 일청에게 뵙기를 청하고 물었다.

"대사께서는 오늘 무슨 이유로 염불하러 오지 않으셨습니까?"

"노승이 오늘 낭자께서 사람을 보내 와주십사 하였고, 해서 보따리까지 짊어지워서 먼저 보냈는데, 공교롭게도 내 몸이 좋지 않기에 아직껏 이렇게 가부좌하고 앉아 있었다만…… 너는 왜 다시 나를 가자고 재촉하느냐?"

"낭자께서 어떤 자에게 피살당해 머리가 잘려 나가고 대사의 보따리도 누군가가 훔쳐가 그림자도 보이지 않나이다."

일청은 몹시 놀라는 시늉을 하였다.

"아니, 이 무슨 변괴며 참담한 소식이란 말이냐! 보따리야 다시 사면 그만이니 전혀 아까울 것이 없다만, 낭자께서 이 노승을 아끼고 신경을 써주었기에 늘 그의 은덕에 보답하리라 생각했는데…… 낭자가 이렇게 느닷없이 큰 불행을 당할 줄이야! 이 흉측한 소식은 귀로는 차마 듣지 못할 일인지라 하늘과 땅이 슬퍼하고 해와 달은 빛을 잃는구나. 낭자가 참혹하게 죽었다는 소식을 듣고도 한 번 가보지 않는 건 말이 안되지."

그러고는 곧바로 일어서더니 산을 내려와 시신이 있는 곳으로 달려갔다. 거짓으로 참혹한 표정을 짓고 비오듯 눈물을 흘리며 통곡하였다.

"낭자여! 노승이 이렇게 와서 곡하나이다. 매일 노승이 낭자를 찾아오면 준비한 산과 들의 채소 나물은 하나하나가 정결하고, 쌀밥 보리밥도 비교할 수 없이 희고 고왔지요. 매번 노승더러 연로하니 잘 먹으라고 하시더니, 하늘이시여 낭자께서 어찌 이런 극악한 일을 당하셨단 말입니까? 낭자를 보고 있긴 해도 얼굴을 볼 수 없으니…… 흉악한 도적놈아, 어찌 이런 일을 저질렀단 말이냐? 하늘이 알고 계신다면 흉도가 저지른 죄악은 반드시 얼마 가지 않아 탄로가 나리니, 낭자를 죽인 원수는 기필코 그 죗값을 치르게 될 것이다. 낭자여, 낭자여! 부디 황천에 잘 돌아가소서. 훗날 흉도를 잡거든 노승이 그놈의 배를 갈라 간을 잘근잘근 씹어서 그 원한을 갚아드리리다."

곡을 마친 일청은 자리에서 일어나더니 곧장 나가버렸다. 하지만 창조의 사람됨이 어리석고 둔하여 한 번이라도 자세히 캐물어볼 줄도 몰랐다. 주변 이웃사람들도 일청이 진짜로 비통해한다고 여겨 감히 의심하지도 않고, 오히려 쑤군대며 창조를 의심하는 말들을 하였다.

"김씨를 죽인 것은 필시 창조 짓이라는 게 의심할 바 없어. 창조가 평소 김씨의 재산에 침을 질질 흘리면서 김씨 보기를 원수 대하듯 하였으며, 죽은 동생의 재산을 지켜줄 생각은 아예 없었다. 그렇게 사람 낯짝에 짐승의 마음을 가졌으니, 무슨 일인들 못하겠어?

5

하물며 청상과부가 된 김씨의 정경이야 길 가던 사람도 눈물을 흘릴 정도인데, 창조는 그러려니 하며 간과하였지. 굳게 정절을 지키는 모습에 남들도 흠모하였건만, 창조만은 기필코 집안에서 쫓아내려고만 하였지. 채울 수 없는 욕심으로 그저 재산만 알고 형제들의 희로애락에는 눈길조차 주지 않았으니…… 그의 이리 새끼 같은 흉악한 속은 더 따져볼 게 뭐 있겠는가!"

이렇게 마을 전체의 여론이 쉴새없이 들끓었다. 창조가 사람을 보내 김대방에게 와서 함께 의논하자고 청하였다. 대방은 이 소식을 듣고 곧장 달려와 시신이 안치된 방 앞에 이르러 한참 동안 큰소리로 통곡하였다. 그러다가 눈물을 훔치더니 창조에게 전후 사정을 자세히 물었다. 그러나 창조는,

"죽기 전의 곡절은 본 사람이 없어 알 수 없고, 죽은 뒤의 광경은 자네와 내가 이렇게 보고 있는데, 나한테 물어서 뭣하겠는가?"

라고 대꾸하는 것이었다. 대방은 창조의 말투가 이처럼 온순하지 않은 것에 분노가 치밀었다. 게다가 슬쩍 째려보는 주변 이웃들의 눈매며 자주 빈정대는 말투로 봐서는 모두 창조를 은근히 비꼬는 모양새인 게 분명했다. 불현듯 창조가 전날에 과부인 동생을 함부로 대하던 때의 일이 떠오르더니, 이런 생각이 들었다.

'누이동생이 창조에게 피살된 것은 의심할 여지 없이 분명한 일이로다. 그렇지 않다면 창조가 평소 무슨 까닭으로 과부가 된 제수를 그토록 심하게 미워했지?'

그 즉시 관부로 달려가려 했으나 다만 이를 증명해줄 이웃이 없으면 옥사로 성사되기 어렵겠다 싶은 생각에, 혼자 대문을 나와 이리저리 방황하며 마음을 정하지 못하고 있었다. 얼마 뒤에 마침 그 앞을 어떤 젊은이가 지나갔다. 그는 바로 지난날 창하의 막역한 친구인 이삼랑(李三郎)이라는 자였다. 대방과는 구면으로 아무개의 자제라는 정도까지는 알고 있었으나, 다만 아직껏 통성명을 하지 못했던 차였다. 대방이 그를 붙잡고 물었다.

"당신은 이삼랑이라는 분이 아니오?"

"그렇소만."

또 물었다.

"당신은 내 죽은 누이의 남편과 친하지 않았소?"

"맞소이다."

"여러 번 뵙기는 하였으나 아직껏 한 번도 인사를 못 드려 저의 실례가 이만저만이 아니군요."

"마찬가지지요. 저 또한 김형의 풍채를 보아온 지 이미 오래되었으나 지금에야 인사하게 되었습니다. 동생 분의 초상이야 어찌 차마 입에 올릴 수 있겠습니까? 길 가던 남이라도 들으면 눈물을 뿌릴 터인데, 하물며 저는 이웃으로서의 정의뿐만 아니라 동생 분의 남편이 살아 있을 때 나와 각별히 친하여 잠시도 서로 떨어지지 못했었지요. 남편은 이미 황천의 고인이 되었고 저는 아직도 이승의 과객으로 남아 있으니 오갈 데 없이 무료함은 짝 잃은 기러기요, 무리를 잃은 사슴과 진배없답니다. 동생 분 남편의 맑고 고운 모습을 생각할 때면 넓은 눈썹과 성긴 수염이 눈에 아른아른하고, 술 마시고 바둑놀이 할 때에 주위에 아무도 없는 듯 집중하던 모습이 가슴에 또렷이 남아서 잠시도 잊혀지지 않습니다.

6

사립문을 굳게 닫고 베개에 기대어 홀로 누워 있을 때면 아득한 생각이 절로 들어 잠을 이룰 수 없으며, 혹 눈이 잠깐 감겼다가도 느닷없는 바람소리나 낙엽소리, 신발 끄는 소리나 누군가의 기침하는 소리에도 벌떡 놀라 일어나서는 속으로 '형 창가가 찾아왔나 보다' 착각하곤 합니다. 황천의 고인이야 이 가슴에 꽉 찬 쓰라린 회포를 어찌 알겠습니까. 지금 이후로 술 한 사발 안주 한 접시라도 누구와 함께 나눌 것이며 봄꽃과 가을달을 누구와 함께 감상하겠습니까? 다 끝났지요, 다! 다만 제수씨라도 수와 복록을 한껏 누리며 집안을 온전히 보존하고 양자를 들여 후사를 이었으면 하고 바랐었죠. 간절한 바람은 그것뿐이었는데…… 그렇게 된다면 두 소매가 비록 짧지만 한 번 일어나 춤이라도 추고 훗날 황천에 가서 고인을 축하해주려고 했답니다. 그런데 이젠 제수씨마저 죽고 말았으니, 푸르고 푸른 하늘은 어찌 이 작은 바람마저 들어주지 않는지……"

이삼랑은 흐느끼며 울음을 삼켰다. 대방은 이삼랑이 고인을 이처럼 절실하게 잊지 못하고 또 누이의 죽음에 이렇듯 괴로워하는 모습을 보고 저도 모르게 비통한 마음이 일었다. 목이 메어 눈물을 흘리다가 갑자기 땅을 치며 통곡하였다.

"한스러움은 갚아야 하고 도적은 잡아야 한다고 했으나, 이같이 지극한 원통함은 언제나 다 갚을 수 있단 말인가?"

통곡소리가 그칠 줄 모르니, 이삼랑도 눈물을 뿌리며 위로하였다.

"도적은 인근에 있을 터. 잡는 게 뭐 어렵겠습니까? 인형(仁兄)께서는 슬피 울지만 말고 속히 이 사건을 맡아서 해결하도록 하세요. 이 원통함을 하루 사이에 갚지 못하면, 그 하루만큼 천도(天道)를 잃는 격이니, 백 번 천 번 통곡을 한들 어찌 그 통곡으로 저 악적을 죽일 수 있단 말입니까?"

그러자 대방이 다짜고짜 물었다.

"도적놈이 누구요? 만약 인형이 알고 있다면 나한테 속 시원히 말하여 원수를 갚도록 해주시오."

"제수씨가 이런 흉악한 칼을 받게 된 것은 이미 아침해가 떠오르고 아침밥 뜸이 아직 덜 든 때였어요. 그리고 제수씨가 평소 남과 원수진 일이 없었을 뿐만 아니라 있었다 해도 인적이 없는 야심한 시간에나 이런 만행이 일어날 수 있지, 누구라도 어찌 감히 백주 대낮에 칼을 품고 멋대로 남의 집에 들어오겠습니까? 설령 음탕하고 추악한 사내가 강간을 하려다가 제수씨가 반항하자 이런 일을 저질렀다고 해도, 그런 일은 밤에나 있을 일이지 해가 한창 떠오른 때에 이런 변이 일어나겠습니까? 필시 친족들 중에 왕래에 불편이 없는 자가 오랫동안 좋지 않은 마음을 품고 있다가 제수씨가 혼자 있거나 누워 있는 틈을 타서 이런 참혹하고 사특한 일을 저질렀을 겝니다. 인형은 잘 생각해보세요. 제수씨와 가장 가까운 친척은 누구이며 그 친척 중에 누가 제수씨를 가장 미워했으며 누가 왕래하는 데에 불편이 없었던 자였는지를요."

"나도 진작에 이놈을 의심했었지만 증명해줄 이웃이 없으니 어떻게 소송을 하겠소?"

"이놈이 평소 유독 재산을 탐내 자못 인심을 잃은 터. 주변 이웃들이라면 누구나 이놈을 몸서리치도록 미워하였지요. 그러니 일단 소송이 들어가기만 하면 정확한 증거가 없다고 할지라도 모두가 한 목소리로 이놈을 지목할 테니, 옥안(獄案)이 이루어지는 데 무슨 어려움이 있겠습니까? 게다가 현장을 목격한 자도 없는 상황에 기필코 증인을 기다리겠다면, 이는 나란히 앉아 황하(黃河) 물이 맑아지기를 기다리는 격일 테니, 어찌 사람들을 고통과 분노에 떨게 하는 처사가 아니겠습니까?"

"맞소! 그 말이 맞소. 형은 속히 소장 하나를 만들어 나와 함께 관에 알립시다."

이삼랑은 이전 같으면 문사(文士)라 할 만한 실력이었기에 붓을 잡고 종이를 펼치자마자 뚝딱 소장을 작성하더니, 관아로 가서 소장을 제출하였다.

7

다음은 소장의 내용이다.

　아래에 삼가 진술하옵니다. 하늘이 만물을 낳으매 그 종류마다 없는 것이 없어서 승냥이나 이리, 뱀이나 전갈에 이르기까지 온갖 종류가 다 구비되어 있습니다. 하지만 어떻게 최창조같이 인두겁을 쓰고서 금수보다 못한 물건이 있단 말입니까? 사람이 세상에 태어남에 별의별 종류가 다 있어서 간흉과 표독한 온갖 악을 다 지녔다지만, 어떻게 최창조같이 어리석고 치졸한 인심으로 제수에게 칼질을 하는 자가 있단 말입니까? 저의 누이는 죽은 선비인 최창하의 아내요, 최창하는 최창조의 동생이옵니다. 제 누이가 창하에게 시집간 지 몇 년 안되어 창하가 병으로 요절하였습니다. 누이는 젊은 나이에 과부가 되었어도 서리와 눈발 같은 지조를 지키며 창조의 둘째 아들을 양자로 삼아 후사를 이으려고 했사옵니다. 그런데 창조는 인간으로서의 자질을 잃어 심사가 괴팍하고 악독하여 죽은 동생의 후사에 대한 생각은 물론 청상과부의 심경을 헤아리려고도 않았답니다. 자신의 자식을 양자로도 주지 않았을 뿐만 아니라, 동기간 보기를 길 가는 사람처럼 대하였습니다. 게다가 고약한 말을 되풀이하더니 '거지 밥그릇을 깬다'고 제수의 집이 조금 풍요로운 것을 탐내 제수더러 개가할 것을 권하였답니다. 하지만 제수가 송백(松柏) 같은 절개로 말을 듣지 않자, 결국 이번 달 아무 날 몇 시 가량에 칼을 품고 들어가 제수를 찔러 꼬꾸라지게 하였고 머리를 잘라 숨겨 가지고 가버려 지금 그 소재를 알지 못하고 있나이다. 세상의 변괴 중에 이보다 큰 것이 있겠사옵니까? 비록 어두운 방에서 저지른 흉악한 짓이라 제 딴에는 누구도 알 수 없을 거라 단정했겠지만, 끝내는 번개 같은 귀신의 눈으로 열 손가락이 다투어 가리키듯 주변 이웃사람들 너나없이 쑤군대고 있습니다. 저는 동기간의 지극한 마음으로 분하고 원통함을 누를 길 없을 뿐만 아니라, 이는 풍기와도 관련이 되어 있어 덮어두고 숨길 수만은 없는 일이기에 감히 원님 아래에 호소하옵니다. 엎드려 비옵니다.

공주군의 판관 남공(南公) 하영(夏永)[2]은 이 소장을 접수하여 자세히 읽고는 당장 포졸을 보내 피고인과 증인들을 잡아들였다. 이웃인 이삼랑이 앞으로 나와 진술하였다.

"이 사건은 어느 누구도 목격하지 못했기에 명확한 증거를 어디서 찾겠습니까? 다만 백주 대낮에 저질러진 흉악한 사건도 참으로 괴이한 일이옵고, 젊은 과부가 이런 참변을 당했으니 오뉴월에도 서리가 날릴 것이옵니다. 저는 그저 증인으로서 감히 이 말 저 말 할 처지는 못 되오나, 한 과부에게 더없이 원통한 일일 뿐만 아니라 온 마을사람들이 분통해하는 일이오며, 온 마을사람들만 분통해하는 게 아니라 원님께서도 차마 들을 수 없는 일이옵니다. 또한 원님께서만 차마 들을 수 없는 일이 아니라, 나라의 풍기와도 얼마나 연관이 크옵니까? 엎드려 바라옵니다. 원님께서는 저희들의 부모이시니 세세한 데까지 살피시어 이 억울함을 씻어주소서."

판관은 주변 이웃들을 모두 불러들여 세세하게 캐물었다. 그 결과 이것이 최창조의 짓이라고 확언할 수는 없었으나 모두들 '창조가 이 사건이 터지기 전까지 김씨를 미워하고 못되게 굴었으며 구박하고 쫓아내려는 짓거리를 가리지 않고 하였다. 그러나 김씨의 절개가 워낙 한겨울 송백같이 꿋꿋하여 변

---

2) 남공(南公) 하영(夏永): 조선 순조 때의 인물인데, 그의 행적은 잘 알려져 있지 않다.

하지 않았기에 여기까지 올 수 있었다'고 이구동성으로 진술한 내용이 조금도 어긋나지 않았다.

8

이에 판관은 창조를 따로 불러 물었다.

"네가 전에 과연 그렇게 김씨를 구박했더냐?"

숨길 상황이 아니었던 창조는,

"제가 어리석어 전날 과연 그와 같은 죽을죄를 저질렀사옵니다. 엎드려 비옵니다. 원님께서 특별히 용서해주신다면 다시는 감히 그런 짓을 하지 않겠나이다."

라고 하였다. 그러자 판관이 버럭 소리를 질렀다.

"이놈을 빨리 묶도록 하여라! 네 제수가 이미 죽었으니 네가 그런 짓을 다시 하려 해도 이제는 그럴 기회도 없겠지. 너의 소행을 보아하니 제수에게 칼을 휘두른 것도 분명 의심의 여지가 없구나."

그러면서 옆에 있던 관속들에게 영을 내려 창조를 그 자리에서 포박하였다. 곤봉과 태장(笞杖)을 한꺼번에 내리치자, 창조가 하늘을 우러러 울부짖었다.

"제가 천 번 만 번 죽더라도 진실로 그런 일은 없었사옵니다. 황천은 굽어 살피시어 이 억울함을 밝혀주소서."

판관이 다시 소리를 질렀다.

"네가 만약 사실대로 인정한다면 그 죄로 비록 죽기는 하겠지만, 이런저런 고초는 받지 않을 게다. 허나 이렇게 끝까지 버티며 항변하다가는 살갗은 다 벗겨지고 살과 뼈는 모두 으깨져서 온몸이 문드러지고 말 테니, 네 스스로 판단하거라."

그 말에 창조는 통곡하였다.

"제 몸이 갈기갈기 찢기더라도 그런 죄를 저지른 일이 없는데, 어떻게 제 스스로 그걸 인정한단 말입니까? 이렇게 엎드려 비옵니다. 부모 같은 원님께 서는 너무도 원통한 이 일을 밝히시어 이 백성이 곤장 아래에서 잘못 죽어 한을 품고 황천을 떠돌게 하지 않도록 하옵소서."

그러나 판관은 더는 응해주지 않고 관속에게 좌우에서 곤장을 내리치라고 다그쳤다. 얼마나 지났을까 피가 튀고 살점이 떨어지며 온몸이 만신창이가 되었다. 죽다 살아난 창조는 이런 생각이 들었다.

'곤장을 맞아 죽든 교수나 참수를 당하든 한 번 죽는 건 마찬가지지. 조금 이라도 빨리 불어 이 목숨을 끊는 편이 낫겠다. 죽으면 원통함이야 말할 수 없겠지만, 이 끝 모를 고통이야 면할 수 있지 않겠는가?'

그래서 이내 자복을 하였다.

"이 몸이 저지른 죄는 만 번 죽어도 남을 것이옵니다. 제수씨의 죽음은 실 로 제가 행한 짓이옵니다."

그러자 판관은,

"진작 자백을 했더라면 이처럼 모진 고초를 당하지 않았을 것 아니냐? 참 으로 어리석고 독한 백성이로다."

다시 캐물었다.

"네가 이미 죽을죄를 지었다고 자백했다만, 그렇다면 시신의 머리는 어디 에 숨겨두었느냐?"

"그 머리는 태워버려 해골 한 조각도 남지 않았사옵니다. 소인이 이런 큰 죄를 저질렀으니, 다만 속히 죽여주시기를 바랄 뿐이옵니다."

판관이 큰소리로 꾸짖었다.

"만약 시신의 머리가 있는 곳을 대지 않으면 너는 살고자 해도 살 수 없 고 죽고자 해도 죽지 못한다. 빨리 아뢰거라."

그러더니 또다시 곤장을 치게 하였다. 수십 대를 맞았지만 그는 단지 이렇게만 말하는 것이었다.

"머리는 이미 태워져 형체라곤 전혀 남아 있지 않사옵니다. 그렇지 않다면 소인이 죽을죄를 자백한데다가 목숨을 구해보겠다는 마음이 없는데 어째서 시신 머리 있는 곳을 대려 하지 않겠사옵니까?"

이에 판관은 분을 이기지 못하고 쇠주리며 회초리질 등의 온갖 모진 형벌로 고통을 주었는데도, 창조는 그저 '다 태워버려 남아 있지 않다'는 말만 되풀이할 뿐이었다.

9

결국 판관은 더이상 어찌할 수 없다고 판단, 전후 진술된 공초(供招)로 창조가 그 죄를 저질렀다고 잠정적으로 단정하고 문서를 켜켜이 작성하여 관찰사에게 올렸다. 그러나 관찰사의 회신은 이러했다.

'만약 떨어진 머리를 찾지 못한다면 결코 죽인 죄를 단정할 수 없으니, 반드시 머리가 떨어진 곳을 조사하여 찾아보되 과연 불타고 남아 있지 않다면 그 확실한 증거라도 찾아서 본부에 보고하라.'

판관은 안 그래도 참혹한 형벌을 내리고 표독스럽게 곤장을 쳐서 겨우 이 옥안을 단정지었던 것인데, 관찰사의 분부를 받고는 어찌해야 할지 답답할 뿐이었다. 고을의 모든 관리들을 불러다 이 일을 세세하게 의논하였으나 관리들도 어병한 무학의 소치들이라 평소 하는 짓거리가 사또의 의중을 잘 헤아려 사람들에게 권세를 부리거나 백성들이 내미는 뇌물이나 탐내어 거둬들이며 제 뱃살 찌우는 일만 궁리할 뿐이었으니, 어찌 이 옥사의 실상을 곰곰이 생각하며 그 이유를 따져보려 하겠는가? '사흘마다 한 번씩 엄히 곤장을 때려 심문하여 가두라'는 자도 있었고, '창조의 마누라와 딸을 잡아들여 무서운 형벌을 가하면서 캐다 보면 반드시 단서를 찾을 수 있다'는 자도 있었다. 의견은 분분하기만 한 채 합치되지 않았다.

창조의 아내 황씨(黃氏)와 딸 혜랑(蕙娘)은 창조가 죄없이 모함에 빠지자 분통해하면서 밤낮으로 사면되기를 하늘에 기도하며 지냈다. 그러던 중, 창조의 살인죄가 확정되었다는 소식을 듣고 억울하고 분통한 심정을 억누르지 못해 열 손가락을 깨물어 혈서로 탄원서를 만들어 관아에 하소연하였다.

삼가 진술하옵니다. 저의 원통함이 헤아릴 수 없사옵니다. 살인은 큰 죄악이라 당연히 죽어야 하는 데에는 의심할 바 없습니다. 하물며 칼로 자기 제수를 죽여 풍기를 문란케 하는데야 더더욱 그러하겠지요. 첩의 남편이 이런 죄를 지었다면 어찌 감히 억울함을 하소연할 수 있겠습니까마는, 첩의 남편이 이런 짓을 하지 않은 것은 저 하늘이 내려다보는 바입니다. 첩이 남편과 함께 산 지 이미 3, 40년이온대 그동안 용렬하고 겁쟁이의 모습만 봐왔을 뿐 음흉하고 표독한 모습은 보지 못하였나이다. 그러니 어찌 이렇듯 엄청나고 끔찍한 짓을 저지를 수 있겠습니까? 원통하고 원통하옵니다. 마을사람들은 다만 제 남편이 평소에 욕심 많고 인색한 구석을 미워했고, 관아의 관리들도 매를 맞고 어쩔 수 없이 공술한 것만 믿고 그것으로 큰 죄악으로 몰아붙였음에도 사또께서는 그것을 살피지 않으시니, 세상에 어찌 이렇게 통분할 일이 있겠습니까? 첩이 가슴을 갈라 간을 내보이며 남편의 무죄를 밝힌다 해도 사람들은 필시 믿지 않을 것입니다. 첩에게는 딸아이 하나와 아들 둘이 있사온대 여자아이는 이제 겨우 열네 살이고 두 아들도 첫째는 여덟 살, 둘째는 다섯 살이옵니다. 저희 남편이 죽는 날이면 첩도 따라서 죽기로 맹서하였나이다. 첩의 부부가 다 죽고 나면 애들은 모두 방안에서 굶주려 죽고 말 것이옵니다. 엎드려 빌건대 사또께서는 이를 불쌍히 여기고 다시 잘 살피시어 첩의 죽음으로 대신 남편을 살려주소서. 첩이 죽고 남편이 살아난다면 아이들도 또한 살 수 있을 것이오나, 첩의 남편이 죽고 첩도 죽게 되면 이 아이들도 역시 죽게 될 것이옵니다. 아아! 한 집안을 살릴 부처는 우리 사또뿐이오니 장차 한 사람을 죽여 한 집안의 네 생명을 살리겠사옵니까, 아니면 한 목숨을 죽여 일가의 네 목숨까지 아울러 죽이겠습니까? 첩은 당장 관아의 문밖에서 칼에 엎어질 것이니, 제발 사또께서는 첩의 남편을 풀어주시옵소서.

10

판관이 소장을 접수하여 읽어보니 말투가 절박할 뿐만 아니라, 종이 가득 혈흔이 뿌려지고 배어 있었다. 관아에서 이 소장을 함께 본 사람이면 눈물을 흘리지 않은 자가 없었으나, 이 판관만은 도대체가 사람 낯짝에 개 같은 마음을 가진 자인지 전혀 측은해하거나 자비로운 마음이 들지 않았다. 그야말로 세속에서 말하는 '타고난 협잡꾼'이었던 것이다. 도리어 교묘한 계책을 떠올리며 나지막이 중얼거렸다.

"기막힌 계획이로다, 기가 막힌……"

그러더니 급히 황씨를 관아로 들게 하였다. 황씨는 찢기고 해어진 옷차림으로 눈물을 머금은 채로 들어와 뜰에 엎드렸다. 판관이 물었다.

"네가 바로 살인자 최창조의 마누라더냐?"

"첩이 최창조의 아내이기는 하오나 첩의 남편이 사람을 죽였다는 말은 참으로 애매하고 원통하옵니다."

"네 남편이 저지른 일을 너는 일일이 알고 있겠지?"

"첩의 남편이 결코 사람을 죽이지 않았다는 사실은 첩이 명백히 알고 있사오며, 또 제수의 목을 베었다는데 이는 참으로 이리나 개 같은 마음이 아니고는 차마 그런 일을 저지를 수 없을 것이옵니다. 첩이 남편과 함께 한 지 3, 40년이오나 이런 흉악하고 표독스런 행실은 일찍이 본 적이 없나이다."

"네 남편이 천 명, 만 명을 죽였더라도 너는 필시 남편이 결코 사람을 죽이지 않았다고 변명을 할 것이다."

황씨는 촌가의 아낙네라, 비록 하고 싶은 말은 가슴속에 천 구절 만 구절 일었지만 입에서는 한두 마디도 내뱉지 못하였다. 관아 뜰로 들어가기 전에는 당장 명쾌하게 진술하려 했는데, 막상 들어가서는 다시 목이 메고 분통이 터져 소리를 내지 못한 채 간신히 앞서 했던 몇 마디밖에 말하지 못하고 그저 울고불고 통곡하며 남편을 풀어달라고 간청할 뿐이었다. 그러자 판관은 씩 웃으며 말했다.

"내 본시 네 남편을 풀어주려고 했으나 상부의 지시가 엄하여 떨어져나간 시신의 머리를 찾지 못하면 죄인을 잠시도 풀어주지 말라 하였다. 그런 이유로 지금 네 남편을 가둬두고 있는 것이지, 본래 다른 뜻은 없느니라. 네가 만약 어디에서든 시신의 머리를 찾아 그것을 아침에 관아로 들여온다면 네 남편은 저녁이면 옥에서 풀려날 것이요, 시신의 머리를 저녁에 들여오면 네 남편은 아침에 나가게 될 게다. 그러니 너는 그 머리가 떨어져나간 곳을 찾을 궁리나 할 것이지 이렇게 부질없이 통곡만 할 게 아니니라. 네가 십만 번 통곡한들 두 눈동자나 쑥 빠질 뿐, 그렇게 해서 네 남편을 구할 수나 있겠느냐?"

황씨는 일개 규중 여자의 몸이라 인정세태를 잘 몰랐으니 판관이 시신의 머리를 찾고자 이런 묘책을 꺼낸 사실을 알 턱이 있겠는가? 그저 통곡만 하면서 물러날 수밖에. 관아를 나와서 곧장 집으로 돌아오는데 혜랑이 눈에 들어왔다. 혜랑은 문밖으로 나와 물었다.

"어머니, 아버지를 구해 오셨어요? 아버지를 구해 오셨냐고요?"

이 두세 마디 소리에 황씨는 저도 모르게 간장이 뒤틀리고 찢어져 털썩 주저앉으며 통곡하였다. 혜랑은 어머니가 그렇듯 비통해하는 모습에 '아버지가 이미 감옥 안에서 돌아가셨구나' 하는 생각이 들었다. 이에 혜랑은

"아버지!"

하고 큰소리로 부르고는 통곡하며 땅에 엎어지더니 인사불성이 되었다. 황

씨는 비통하고 분하던 중에 놀라고 당황스러워 크게 소리를 질렀다.

"네 애비 아직 별 탈 없이 무사하다니까!"

11

그런데도 혜랑은 혼절하여 쓰러지는 것이었다. 황씨는 혜랑을 끌어안고 방으로 들어가 따뜻한 자리에 눕혔다. 몇 모금의 따뜻한 물을 넣어주자 한참 뒤에 겨우 깨어났다. 목구멍으로 기어들어가는 소리로,

"아버님은 오셨어요?"

라고 물었다. 황씨 생각에 '만약 또 사실대로 이야기했다가는 딸아이를 죽일 수도 있겠다' 싶어 거짓으로 대꾸해주었다.

"네 아비가 내일이면 출옥하여 모레면 집으로 돌아올 게다. 그리 애타게 기다리지 말고 네 아픈 데나 신경쓰거라. 네 아비가 긴 시간 옥중에서 고초를 겪으면서 네 얼굴이 얼마나 보고 싶으셨겠니? 집에 돌아오셨다가 너의 이런 모습을 보면 또 얼마나 걱정을 하시겠어? 그러니 너는 그렇게 애타게 기다릴 게 아니라, 어서어서 쾌차하여 네 아비가 돌아왔을 때 문밖으로 나가 맞이하려무나. 그럼 네 아비는 너를 품에 안고 네 이마를 쓰다듬으며 기뻐하실 테니, 얼마나 좋으시겠니?"

"그렇게 된다면 얼마나 좋겠어요? 하지만, 아무래도 어머니께서 잠깐 저를 속이시는 것 같아요."

"내가 왜 너를 속이겠느냐? 만약 믿지 못한다 해도 내일 모레까지 기다려 보면 자연 알게 될 게 아니냐."

혜랑은 그 말을 듣고 우려가 조금은 풀려 큰 차도가 있더니 다음날부터는 아무렇지 않았다. 황씨는 근심하던 중에 반가운 일이라 이만저만 기쁜 게 아니었다. 그러나 남편의 출옥을 생각하면 그 기한은 막막하고 딸이 비록 어리

긴 하지만 계속 속일 수도 없는 노릇이었다. 남편의 생사는 그래도 뒷전에 속하지만 눈앞의 어린 딸이 무고하게 죽는 꼴을 어찌 두고 보겠는가! 꼬리를 무는 생각이 물러진 속을 건드렸는지 황씨는 저도 모르는 사이에 한숨이 나왔다. 그러자 곁에서 지켜보고 있던 혜랑이 갑자기 울먹였다.

"어머니께선 어제 필시 저를 잠시 속이신 것이 분명해요. 그렇지 않다면 무슨 까닭으로 그렇게 탄식을 하시는 거예요?"

"네가 알아듣도록 분명히 얘기할 테니 너무 놀라 자빠지지나 말아라. 네 아비한테는 정말 아무 탈이 없으며 아직껏 감옥에서 나오지 못하고 있는 중이다. 관아에서 분부하기로는 시신의 머리가 아침에 관아로 들어오면 네 아비가 저녁이면 나올 수 있다고 하더라. 그러나 이처럼 망망한 대지, 무수한 산과 물 속에서 어떻게 시신의 머리가 버려진 곳을 찾는단 말이냐? 어느 깊은 산속 풀뿌리나 석굴에 숨겨져 있는지, 어느 깊고 깊은 강물 속 물고기 뱃속에 버려졌는지 알 수 없고, 혹여 맹렬한 화염 속에 타서 재가 되었거나 이웃집 개새끼가 물고 갔거나, 아니면 아무도 없는 빈산에 버려져 참새나 까마귀가 다 쪼아 먹었든지 간에, 이 모두 꿈속에서나 생각해볼 뿐 갈 수 없는 곳이 아니겠니. 튼튼한 다리를 가진 남정네라도 다 찾아볼 수 없거늘, 하물며 우리 둘은 일개 어리석은 아낙네와 어린 여자아이로 빈방이나 지키고 있을 뿐인데, 어느 누가 그 머리를 우리에게 가져다주겠느냐? 흉악한 도적놈! 사람을 죽였으면 그만이지 죽인 사람의 머리는 어디에 쓸데가 있다고 그것까지 잘라 가버려 이렇게 우리 둘을 애타게 한단 말이냐?"

그러면서 목이 메어 더는 말을 잇지 못했다. 혜랑도 땅에 엎드려 통곡을 하다가 한참 뒤에 머리를 들었다.

"어머니! 제 말 한마디 들어보실래요?"

"무슨 말이냐? 얘기해보거라."

12

 "시신의 머리를 찾을 수 없으니 아버님의 출옥은 알 수 없고, 아버님의 출옥을 장담할 수 없으니 어머니와 저, 그리고 젖먹이 두 동생 이렇게 네 식구는 춘궁기 보릿고개에 입을 막고 굶어 죽은 귀신이 되지 않으면, 엄동설한에 헐벗은 몸으로 얼어 죽는 귀신이 되고 말 테죠. 이를 장차 어쩌면 좋아요? 혹여 제가 밤새 두통을 앓고 젖먹이 동생들에게 잠깐 동안의 복통이 있어도 어머니께서는 간장이 이미 천만 마디로 끊어지시는데, 하물며 우리 세 남매가 일시에 얼고 굶주려 죽는다면 어머니께서는 그 꼴을 어떻게 보시겠어요? 어머니, 어머니! 저의 한마디 말을 유념하여 들어보세요."

 "무슨 말인데 그러니? 들어보자꾸나, 들어봐! 내 귀가 멀지 않았으니, 일단 너는 얘기나 해보렴."

 "아버님이 평소 지체가 강건하지 못해서 하루 끼니가 몇 숟갈에 불과하고 기력이 항시 달려 한밤중에는 기침을 그치지 않으시며 아침저녁 식사 후에는 매번 피곤해서 누울 곳을 찾았지요. 집에서 마음을 편히 하고 몸을 쉬던 중에도 항상 이러했는데, 몇 개월 옥살이를 어떻게 하시겠어요?"

 말을 하다 말고 통곡을 하던 혜랑이 다시 큰소리로 울며,

 "어머니, 어머니! 제 말을 잘 들어보세요."

라고 하자, 황씨는 이제는 화가 나서 딸을 꾸짖었다.

 "이년아! 한마디 말이 대관절 무슨 기특한 것이기에 하려다 말고 하려다 말고 하는 게냐? 천만 번을 물어봐야 하니 도대체 너한테 무슨 신출귀몰하고 승천입지하는 계책이라도 있어서 간당간당한 네 아비의 목숨을 구해 옥중에서 외로운 혼이 되지 않게 할 수 있단 말이냐? 도대체 무슨 기묘한 계책이기에 한마디도 내뱉지 않으면서 자꾸 들어보라고만 한단 말이냐? 내 두 귀를 딱 열고 기울일 테니 너는 입을 벌려 이야기나 해보아라."

 "이 어린아이의 가슴속에 무슨 신출귀몰한 기묘한 계책이 있겠으며 또 무

슨 승천입지하는 기이한 술수가 있겠어요. 다만 저에겐 드릴 말씀이 한 가지가 있으니, 어머니께서는 눈 딱 감고 한 번 죽었다 하십시오. 시신의 머리는 찾을 날이 언제일지 모르고 아버지께선 돌아가실 날이 임박했는데 어떻게 가만히 앉아서 아버님이 옥중에서 외로운 혼이 되도록 내버려둔단 말입니까? 어머니께서 잠깐만 차마 하지 못할 일을 감내하신다면 아버지도 살아나올 수 있고, 온 집안이 태평해지리니 어머니께서 시원하게 허락해주세요.”

이 말을 들은 황씨는 화를 거두고 기뻐하며 말했다.

“너한테 무슨 계책이 있단 말이냐? 네 아비가 살아 돌아오게 되는 일이라면 차마 하지 못할 일이 뭐 있겠느냐? 시원하게 말 좀 해보거라.”

13

“반드시 그 시신의 머리를 찾아야 할 필요는 없어요. 다른 시신의 머리라도 있다면 그걸로도 아버지를 구출할 수 있는 거 아닌가요?”

“그건 그렇지. 하지만 어느 곳에 다른 시신의 머리가 있겠느냐?”

“별다른 곳에 있는 게 아니라…… 제가 이 자리에서 제 머리로 그 시신의 머리를 대신하려구요.”

황씨는 이 말을 듣고는 까무라치듯 놀라며 대뜸 소리부터 질렀다.

“입에서 젖내 나는 어린것이 차마 이런 말을 어떻게 꺼낼 수 있단 말이냐? 이후론 다시 이런 말은 하지도 말거라. 다시 말을 꺼냈다가는 두 다리를 회초리질하여 피가 흥건하게 해줄 테니.”

그러자 혜랑은 울먹이며 말하였다.

“어머니 귀로는 차마 들을 수 없다 하시는데 제 입으로 어찌 차마 꺼낼 수 있겠어요? 하지만 아버지가 감옥 안에서 돌아가시게 된다면…… 그래서 제가 이 몸으로 아버지의 목숨을 대신하려는 것이니, 바라건대 어머니께서는 오늘 밤 제가 깊이 잠든 틈을 타서 칼로 제 머리를 절단하여 관아에 바치면 아버지를 구출할 수 있을 거예요. 어머니께서 차마 하지 못할 일을 감내해주시면 저는 죽어도 눈을 감을 수 있어요. 그러나 만약 어머니께서 이 일을 차마 하지 못하시면 제 스스로라도 목을 베어 자결할 테니, 그럼 그때 떨어진 머리를 가지고 가서 관아에 바쳐 아버지를 살리세요."

황씨는 얼마나 슬픈지 주체할 수가 없어 울먹였다.

"애야, 어떻게 그런 말을 꺼낸단 말이냐. 만약 네가 그런 식으로 죽고 말면 나도 또한 만단으로 머리를 박고 죽을 수밖에 없다. 네 아비가 이 얘길 들었다가는 필시 하룻밤 새 괴로워하다 죽든지 아니면 그 자리에서 혀를 깨물고 죽고 말겠지. 너와 내가 죽고, 네 아비마저 죽으면 남은 두 아이는 누가 돌보고 길러주겠냐 말이다. 이미 남매의 두통과 복통에도 이 애미 애간장이 끊어진다고 말했던 네가 어찌 그런 처참한 죽음에도 내 간장이 외려 평안 무사할 것이라고 생각하느냐 말이다. 속담에도 그러지 않더냐. '공은 공으로 돌아가고 죄는 죄로 돌아간다'고. 하늘이 무심하더라도 죄없는 네 아비가 결코 감옥에서 잘못 죽지는 않을 것이다. 아, 내 딸아! 다시는 이런 말일랑 하지도 말거라."

"어째서 어머니는 아버지가 감옥에서 돌아가시면 필경 우리 가족은 일시에 모두 다 죽고 만다는 것은 생각 못하시고 일개 쓸모없는 제 목숨만 아끼시냐 말이예요? 저는 셜단코 오늘 밤을 넘기지 않을 거예요."

그러면서 곧바로 칼을 뽑아들고 자진(自盡)하려 들었다. 황씨가 그 칼을 빼앗고 타일렀다.

"네가 이 칼로 목을 자르고 죽는다면 나도 이 칼로 배를 갈라 죽을 테다. 네 몸을 자신이 아까워하지 않을 수 있다 쳐도, 이 어미가 십수 년을 거미처럼 온갖 간난신고를 겪으면서 지금까지 구차하게 목숨을 보전한 것은 모두 너희 남매가 성장하거든 딸내미는 귀한 가문에 시집보내고 아들은 부유한 집안에 장가를 보내면 그때부터는 네 부모가 좋은 집에서 배와 등짝이 따뜻하겠다 싶었던 것인데 그 생각은 왜 하지도 않느냐? 그런데 넌 오늘 밤에 기어코 네 어미를 죽이려고 작정을 하다니…… 너 한 번 생각해보아라. 이 어미의 처지가 얼마나 슬프겠느냐?"

"제가 죽으면 아버지는 살아서 출옥을 하시고 집안 전체에 걱정이 없을 테지만, 어머니께서 돌아가시면 젖먹이 동생들은 굶주려 죽고 아버지는 갇혀서 죽고 말 텐데, 어머니는 무슨 그런 말씀을 하세요?"

이렇게 승강이를 벌이느라 밤을 지새워가며 서로 붙잡고 통곡을 하였다. 그러다가 황씨는,

'혜랑이가 본성이 효성스러운데다 진작에 마음을 정하고 있어서 그대로 두었다간 죽음을 막지 못하겠구나!'

하는 생각이 들어 요모조모 타이르고 주의를 주면서 걸음마다 뒤따라 다니면서 단속하였다. 며칠이 지났을까. 혜랑은 죽는다는 말을 할 수 없어 급기야 어머니를 속이게 되었다.

"제가 지금부턴 어머니 명을 따를 테니 저를 단속하지 않아도 되어요."

그리하여 황씨의 단속도 조금 느슨해졌다.

14

그러던 어느 날이었다. 황씨가 저녁밥을 짓고 부엌에서 방으로 들어와보니 혜랑이 눈은 불쑥 튀어나오고 혀는 반 마디 정도 삐져나와 있었으며 양손은 목을 꽉 조른 채로 죽어 있는 게 아닌가.

"내 딸이 죽다니!"

외마디 큰소리를 지른 황씨는 눈앞이 캄캄하고 기가 막혀 혼비백산하더니 그대로 방안에서 엎어지고 말았다. 한참 동안 꼼짝을 못하다가 정신을 수습하여 겨우 일어나 앉아 딸의 시신을 끌어안고 간신히 울먹였다.

"네가 끝내 이렇게 처참하게 죽고 말았구나!"

그렇게 밤새도록 이리저리 방황하던 황씨는

'만약 이 애 머리라도 잘라 갖다주지 못하면 우리 아이도 부질없이 죽고 만 것이니 구천에 가더라도 눈을 감지 못할 게야.'

라는 생각을 하게 되었다. 그리하여 칼을 가져다 앞에 놓았다. 그러나 차마 할 수 없었다. 몇 번이나 칼을 놓았다 들었다 하다가 얼굴을 가리고 목을 자르기 시작했다. 그러나 떨리는 마음에 손에 힘을 주지 못하여 잘라지지 않았다. 그리하여 물을 떠놓고 향을 사르며 주검 앞에서 곡을 하였다.

"네가 네 머리로 아비를 구하려는 마음을 굳게 먹었으니 어서 알아서 떨어지거라."

그리고 나서 칼을 들고 다가가 한 번 휘두르자 단번에 떨어지는 것이었다. 황씨는 칼을 들고 일어서다가 애통한 나머지 혼절하고 말았다. 그러다 한참 만에 다시 깨어나 자기가 입고 있던 깨끗한 옷을 벗어 혜랑의 머리를 둘둘 싸맸다가 날이 밝자마자 바로 관아로 들어가 바쳤다.

판관은 몹시 기뻐하여 자신의 배를 가리키며 말하였다.

"이 안에 든 것을 그 누가 짐작이나 하겠는가?"

즉시 최창조와 증인들을 대동하여 관찰부로 압송하였다. 관찰사는 그 머리를 살펴보더니 갑자기 버럭 화를 냈다.

"김가의 머리는 달을 넘겼기 때문에 필시 부패된 지 오래되었을 터인데 이 머리는 분명 이제 막 잘려졌으며, 게다가 열서너 살 된 아이의 머리렷다. 저 흉악한 놈이 또 한 사람의 목숨을 앗아갔구나."

이에 창조가 대답하였다.

"이 머리는 제 아내가 찾아온 것이어서 저는 전혀 모르오니 제 아내에게 물어보소서."

관찰사가 황씨를 불러다 다그쳐 물어보니 황씨는 큰소리로 계속 통곡만 하였고 몇 번을 말하려 하다가도 말을 꺼내지 못하는 것이었다. 관찰사는 너무 이상하다고 여겨 주변의 이웃들에게 물어보았다. 그러자 이웃들은 혜랑이 목을 졸라 자결하는 것으로 애비의 목숨을 구하려고 했던 일을 자세히 아뢰었다. 관찰사가 머리를 검안해보니, 과연 죽은 후에 잘라낸 칼 흔적이 있을 뿐 혈음(血蔭)[3]은 보이지 않았다. 관찰사는 눈물을 떨구며 탄식하였다.

"여염의 집에 이처럼 효성스런 딸이 있으니, 어찌 살인을 저지른 애비가 있겠는가?"

그러더니 이내 창조와 증인들에게 물었다.

"김씨의 집에 항상 왕래하던 사람이 누구였느냐?"

그러자 대답이 모두들 같았다.

"김씨는 품성이 곧고 조용하여 다른 사람들의 왕래는 좋아하지 않았고, 다만 이웃한 절의 중 일청(一淸)이란 자가 김씨가 남편을 추모하는 일로 해서 매월 삭망에 한 차례씩 방문하였답니다. 김씨는 살해되던 날이 바로 보름날이라 앞서 사람을 보내어 스님의 짐보따리를 짊어다 놓게 하고 일청이 뒤따라오기만을 기다리던 중에 이런 난데없는 변을 당하였으며, 그 짐보따리마저 사라져버렸습니다. 최창조가 이때 사람을 보내 우선 일청이 무슨 까닭으로 오지 않았는가를 물었더니, 우연히 몸이 약간 좋지 않아 그랬다고 합니다. 일청은 김씨의 참혹한 죽음 소식을 듣자마자 내달려 와 '김씨가 자신을 융숭하게 대접해주었다'는 말을 하면서 한 차례 통곡하고는 홀쩍 가버렸나이다."

15

관찰사는 진술을 다 듣고 한참 동안 골똘히 생각한 끝에 창조는 감옥으로

---

3) 혈음(血蔭): 어혈(瘀血)로 변해 희미하게 드러나는 흔적.

데려가 수감하라 하고 은밀히 황씨를 불러다 분부하였다.

"너는 그 중이 머물고 있는 절로 가서 위패를 봉안하고 기도 드리면서 그렇게 왕래해보거라. 그러다가 혹시라도 일청이 희롱하는 말을 하거든, 시신 머리를 둔 곳을 물어보되 찾고 못 찾고는 따지지 말고 속히 돌아와 나에게 보고하도록 하여라."

황씨는 그 말에 따라 집으로 돌아갔다가 곧장 중암사에 당도하였다. 황씨는 향을 사르고 위패를 모셔놓고 불상을 향해 기도를 드리기도 하면서 김씨의 머리를 찾고자 하였다. 일청이 보아하니 황씨의 용모가 그리 못난 편이 아닌지라 은근슬쩍 음흉한 마음이 일었다. 그러던 어느 날, 황씨더러 점심을 들라 하며 붙잡아두더니 마음을 떠보는 것이었다.

"낭자께서는 뭐 그리 남편 없는 것을 근심하오? 세상에 잘난 남자가 쌔고 쌨는데……"

"제가 재가를 안 하려는 것이 아니라 남들이 저를 재취하려 하지 않는 걸요. 그러니 죄지은 자의 아내가 어디로 갈 수 있단 말인가요?"

"낭자는 염려 붙들어놓구려. 소승과 좋은 인연을 맺으면 나한테는 없던 아내가 생기는 것이오, 낭자에게는 잃었던 남편을 다시 찾은 격이지요. 도끼를 잃었다가 다시 얻은 것이나 그게 그거지요. 창조가 감옥 안에서 해골이 되든 말든 뭐 그리 얽매여 연연해하오? 낭자, 이 일청의 얼굴을 한 번 보오 전 남편 창조와 어떠하오?"

황씨는 씩 웃었다.

"대사께서 이 추한 용모를 버리지 않으신다면 저는 마음을 달게 먹고 백 번 절을 하겠거니와, 만약 신령님과 부처님의 음우를 입어 김씨의 머리를 찾아 그걸 관아에 보낸 후에 당신과 함께 좋은 인연을 맺는다면 제 마음이 훨씬 상쾌할 듯싶습니다."

일청은 이 말을 듣고 덥석 그녀의 손을 붙잡고 놓질 않았다.

"일단 나와 인연을 맺기만 한다면야 나한테 있는 영첩(靈牒)을 내일 그대의 영첩과 바꿔 태워 기필코 김씨의 머리를 찾아올 수 있게 할 게요."

황씨는 잡은 손을 한쪽은 밀고 다른 한쪽은 당기면서 대꾸하였다.

"당신이 오늘 먼저 영첩을 태우고 나면 내일 당신과 인연을 맺을게요. 만약 그 영첩으로 머리를 찾아온다면야 당신과 종신토록 정을 나누겠어요. 어디 한두 차례뿐이겠어요?"

일청은 욕망의 불길이 타올라 황씨를 붙잡고 겁간하려 들었다. 황씨는 비록 여자의 몸이긴 해도 완력이 제법 센 편이어서 일청의 두 손을 꽉 잡고 타일렀다.

"당신은 영첩도 없으면서 단지 나한테 그것만 노렸을 뿐이군요. 영첩으로 머리를 찾아오시기만 하면 종일토록 당신한테 몸을 맡기겠다구요."

이때 일청은 더이상 욕망을 억누르기가 어려워지자,

"그대와 내가 인연을 맺으면 내 어디 가서 누구의 머리라도 가져다주겠다니까 그러네."

라고 하였다.

"내가 찾는 물건은 분명 실제 있는 것인데, 당신 말은 애매모호하군요. 오늘 당신과 인연을 맺어놓고 당신이 내일 머리를 가져오지 못한다면, 단지 내 깨끗한 몸만 더럽히는 것일 테니 이는 얼마나 원통한 일입니까? 그런 지경에 이르러 당신 머리를 베어 대신 해볼까 해도 스님의 대머리로는 관부를 속일 수 없는 법, 이를 장차 어쩐단 말예요?"

그러면서 머리를 휘저었다.

"난 못 믿겠어요. 못 믿겠다구요!"

16

일청은 그 일에만 마음이 조급해져 부득이 이런 말을 하고 말았다.

"어떤 부인이 산사에 와서 머물렀는데, 한 행각승이 겁간을 하려던 걸 받아들여주지 않자 그만 그에게 죽임을 당하였소. 그리고 그 머리는 지금 중암사 뒤편에 숨겨져 있고. 내 요구를 따라주면 그 머리를 그대에게 주어 관에 바치도록 하겠소. 허나 내 요구를 따르지 않는다면 나 또한 그대를 죽여 두 머리를 앞산 여우나 새들한테 던져주어 먹게 할 테요."

"당신이 나를 위협하려고 그런 말을 꾸미는군요. 빈말이 아니라면 먼저 나에게 그 머리를 보여주세요. 그럼 당신이 바라는 일을 받아들이지요."

그러자 일청은 암자 뒤편에서 보따리 하나를 끌어내 가져오더니 그 속에서 시신 머리를 들어내어 황씨에게 보여주었다.

"대사는 출가한 사람으로 어떻게 이런 늑대 같은 마음을 가졌나요?"

하지만 일청은 아랑곳 않고 다시 황씨를 붙잡고 욕심을 채우려 하였다. 이에 황씨는 밀쳐내며 한마디 하였다.

"어쩌다 편안한 이야기를 나누던 중에 춘심에 이끌려 정말 그래 볼까도 했었는데, 지금 저 해골을 보고 나니 심장이 부서지고 정신이 어지러워 인연 맺을 마음이 싹 가셔버렸네요."

그 머리는 바로 일청이 제 손으로 죽인 김씨의 머리였다. 그가 비록 표독한 인간이긴 했어도 어찌 마음에 흔들림이 없었겠는가. 일청 역시,

"소승도 이 머리를 보고 나니 절로 마음이 놀라고 몸이 떨려 전혀 기분이 나지 않는다오. 오늘은 그만두고 내일을 기약합시다."

라고 하는 게 아닌가. 이때다 하고 황씨는 이렇게 말하였다.

"내가 오지 않거든 당신이 우리 집으로 와도 무방해요."

그러자 일청은 좋아하며 그러겠다고 하였다. 집으로 돌아온 황씨는 그 다음날 몰래 마을의 장정 몇 사람을 불러 비밀스레 약속을 해놓고 일청이 오기만을 기다렸다. 앉아서 기다리는데 정오쯤이 되자 일청이 가사 차림에 지팡이를 짚고 얼굴 가득 환한 모습으로 찾아와 바깥문을 두드렸다. 이때 장정들이 일제히 들이닥쳐 일청을 옴짝달싹 못하게 결박하였다. 황씨는 시신의

머리를 들고 장정들은 일청을 붙잡고 관으로 들어가 사실을 고하였다. 관찰사는 먼저 시신의 머리를 검안하고 이어서 일청을 곤장으로 다스리려 하였다. 그런데 곤장이 내리쳐지기도 전에 일청은 당장 머리를 내밀고 자복하였다. 마침내 일청의 죄를 단정하고 '남판관이 옥사를 처리하는 데에만 단련이 되어 이런 기괴한 변고를 일으킨 것이다'라고 판결하였다. 법률에 의거하여 죄를 정하고 창조를 감옥에서 풀어주고 아울러 황씨를 위로하였다.

"내 돌아가면 재차 임금께 아뢰어 김낭자와 혜랑을 위해 정려문을 세우도록 할 것이다. 편액을 두 개 내려, 하나는 '강개완절(慷慨完節, 꿋꿋하게 정절을 지킴)'이요, 다른 하나는 '종용전효(從容全孝, 조용히 효를 실천함)'라 할 것이니라."

충청도 백성들은 모두 관찰사의 신단(神斷)에 탄복하고 남판관의 어리석음을 비웃었다. 이 소식을 들은 이삼랑은 탄식하였다.

"내가 혜랑을 죽이지는 않았으나 혜랑이 나 때문에 죽었으니, 이 효녀를 죽이고 무슨 마음으로 살기를 바라겠는가!"

면목 없고 회탄스러움에 병을 얻더니 결국 죽고 말았다고 한다.

계항패사는 말한다.

'김낭자가 비록 열녀이기는 하나 중을 불러들여 불경을 외우게 했으니 이는 이미 화근을 품은 것이요, 혜랑이 비록 효녀이기는 하나 목을 졸라 자결한 것은 차마 해서는 안되는 일이었다. 어리석구나, 이삼랑! 처음엔 죽은 친구의 우정을 생각해서 쉽사리 옥사를 일으키더니, 끝에 가서는 효녀의 죽음이 회한이 되어 병을 얻어 죽고 말았으니. 이삼랑의 어리석음이 그렇듯 심하다니. 그러나 마음을 속이지는 않은 사람이다.'

청천자는 평한다.

'어느 누가 혜랑더러 차마 해서는 안될 일을 해버렸다고 하는가? 죽음이 혐오할 만한 일인 줄도, 효가 숭모할 만한 줄도 모르고 잠깐 사이에 스스로 목숨을 끊은 것은 진실로 천성의 본연에서 발로한 것이다. 저 부녀자 같은 행동은 하지도 못하면서 겉으로 드러나는 명분만을 좇아 손가락을 절단하는 것으로 한때를 기울게 한 자도 시끌벅적하게 정려로 표창을 하는데, 하물며 타고난 어진 마음으로 제 아버지를 위해서 자기 목을 스스로 자르는 이런 어린 여자아이는 어떡해야 하는가?'

대동강 물을 판 봉이 김선달

제4화

대동강 물을 판 봉이 김선달

인홍仁鴻은 닭을 봉황이라 속이고,
낭사浪士는 명판관보다 뛰어나더라

1

각설. 인조(仁祖) 임금이 등극한 지 얼마 안되었을 때다. 평안도 평양 지역에서 한 기남자(奇男子)가 태어났다. 성은 김(金)이고 이름은 인홍(仁鴻)이란 자다. 남달리 총명하고 재주가 뛰어난 그는 일찍이 제 스스로를 두고 이렇게 말했다.

"내가 초한(楚漢)시대에 태어났더라면 장량(張良)이나 진평(陳平)[1]과 호형호제했을 테고, 강후(絳侯) 주발(周勃)과 영음후(潁陰侯) 관영(灌嬰)[2]을

---

1) 장량(張良)이나 진평(陳平): 장량은 한(漢)나라 때 인물로, 자객을 동원해 진시황을 격살하려다 실패하고 숨었다가 뒤에 유방(劉邦)이 군대를 일으키자 그의 책사가 되어 소하(蕭河)와 함께 한나라 건국의 일등공신이 되었다. 진평은 젊은 시절 매우 곤궁하였으나 지략이 있어 역시 유방이 한나라를 건국하는 데 큰 공을 세워 일약 제후가 된 인물이다.
2) 강후(絳侯) 주발(周勃)과 영음후(潁陰侯) 관영(灌嬰): 주발은 한나라 사람으로, 어린 시절 누에치기로 생계를 유지하다가 유방을 따라 공을 세워 강후(絳侯)에 봉해졌다. 관영

종 보듯 했을 텐데……"

금문(今文)과 고사(古史)라면 눈에 띄는 족족 놓치지 않고 섭렵했으면서
도, 산촌의 학구배들을 좇아 글을 논하고 시를 짓는 일은 좋아하지 않았다.

한 번은 친구 집을 방문했다가 친구가 오월 찌는 듯한 무더위에도 문을
꼭 닫아놓고 18구(句) 행시(行詩)[3]를 짓고 있는 모습을 보고는 그의 손을 매
만지며 말하였다.

"인형(仁兄)은 종일토록 땀 흘리며 얻은 것이 대체 얼마나 되는가? 나라
안에 명산이 적지 않으니 자네와 함께 산수간을 노닐며 평소의 숙원을 주고
받는다면, 이렇게 깊은 산속 골방에서 벗도 없이 답답하게 홀로 앉아 있는
것보다야 남자로서 훨씬 유쾌한 일이 아니겠소? 인형 생각은 어떻소?"

그러나 친구의 대답은 이러했다.

"자네가 틀렸네그려. 이 18구 시 속에는 무한한 재미가 있다네. 세속의 온
갖 부귀영화와 비단과 고기 모두 다 이 안에 들어 있는데, 이걸 두고 어디로
간단 말인가? 가령 옷을 툭툭 털고 미투리를 신은 채로 곧장 금강산 비로봉
꼭대기에 올라 동해를 내려다보면 하늘과 맞닿은 바다가 끝없이 펼쳐져 있
겠지. 그리고 맑은 바람을 들이마시고 지팡이를 내던지며 큰소리로 외친다
면, 이 세상에서 높이 오른 사람이 내가 아니고 그 누구이겠는가? 하지만 나
는, 결국엔 후미진 고을 쑥대 대문 집에서 꼬박 한나절을 뱃가죽을 붙잡고
주린 배를 참아가며 글을 짓겠지. 그러다가 초시(初試)로 한 자리라도 차지
해서 내 자손에게 택호로 삼게 할 수 있다면[먼 시골의 사람들에게는 초시에
합격하면 택호가 있었다.] 그것으로도 족할 것이네. 하필 허다한 망상으로
세상에서 바람둥이로 불려야겠는가?"

이에 인홍은 하늘을 올려다보며 크게 탄식하다가 친구를 돌아보며 말했다.

도 비단장사치였다가 한나라 건국에 공을 세워 영음후(潁陰侯)에 봉해진 인물이다.
3) 행시(行詩): 한시의 한 형식으로, 18구 이상으로 지은 시를 말한다. 주로 과거시험을 볼
   때 이 행시를 지었다. 여기서도 과거공부를 한다는 의미로 쓰였다.

"내가 항상 우리 인형은 어디에 얽매여 지내지 않는 사람으로 알았는데, 지금 생각과 기세를 보아하니 내가 제대로 모르고 있었던 게 한스러울 뿐이라네."

그러고는 옷자락을 툭툭 털고 뒤도 안 돌아보고 떠나왔다.

열일곱 살이던 해, 인홍은 서울에 올라와 지내고 있었다. 어느 날 밤, 그는 달빛이 맑고 훤하여 손에 탁주 한 병을 들고 홀로 남산의 잠두봉(蠶頭峯)[4]에 올랐다. 그러다 느닷없이 몇 차례 고함을 지르다가 미친 듯이 내달렸다. 그러기를 며칠, 사람들은 모두 그가 미친병을 얻은 거라 여겼다. 그러나 얼마 지나자 아무렇지도 않았다. 그후로 강호를 왕래하며 유유자적하였다. 자호를 '낭사(浪士)'라 하며 해가 지나도록 집으로 돌아가지 않았다. 그러자 헐벗고 굶주린 처자식이 간간이 그에게 편지를 부쳤다. 가족들은 원망도 하고 달래기도 하며 갖은 방도로 돌아오기를 재촉하였다. 인홍은 한숨을 내쉬며 이렇게 말했다.

"공명도 하늘에 달려 있고 신선도 분수가 있는 법. 틀렸구나! 집으로 돌아가 풍타죽(風打竹) 낭타죽(浪打竹)[5]으로 그럭저럭 보내다가 애오라지 생을 마치리라."

2

대광주리와 전대를 맨 초라한 행색으로 집으로 돌아오자, 형제들은 반가워 웃으며 맞았으나 동네사람들은 모두 멸시하였다.

---

4) 잠두봉(蠶頭峯): 서울 남산의 정상으로, 그 모양이 누에와 닮았다 해서 붙여진 명칭이다.
5) 풍타죽(風打竹) 낭타죽(浪打竹): '풍타낭타(風打浪打)'라고도 하며, 바람이나 물결에 흔들리듯 일정한 주견 없이 그저 대세에 따라 행동함을 일컫는다.

"김인홍! 예전 배 가득히 채웠던 포부를 지금은 다 어디다 버려두었누?"

그리고 어떤 이는 면전에다 대고 조롱하며 '미친 인간'이라 부르기도 했다. 인홍은 태연한 척 화를 내지는 않았지만 마음속으론 불편스럽기 짝이 없었다. 게다가 눈에 뵈는 건 황량하게 무너져버린 몇 칸 안되는 집이었고, 처자식을 마주해보니 굶은 쥐나 추위에 언 참새나 진배없었다. 한층 더 측은해지는 마음을 가누지 못하여 베개를 벤 채 이리저리 뒤척이며 밤새 잠을 이루지 못했다. 그러다가 베개를 밀치고 벌떡 일어나 앉더니 수염을 쓸어 올리며 이렇게 말했다.

"대장부로서 만리길에 군대를 이끌고 공전절후의 공을 세워 봉후(封侯)의 금인(金印)을 팔에 차보지도 못하고, 또 입신하여 대각(臺閣)[6]에 올라 용호상박하며 충직(忠直)의 유풍을 본받지도 못했지. 그렇다고 권문세가에 빌붙어 밤낮으로 애걸하여 한푼어치 남은 찌끼라도 받기를 바라지도 않고, 경영을 하여 재물을 모으는 일에 종신토록 골몰하면서 수전노의 추태를 부려볼 생각도 없고…… 괜히 죄없는 내 처자식만 온갖 고생 다 시키고 이웃과 친척들에게 업신여김만 받게 했으니, 나야말로 다른 사람 명만 단축시키는 자가 아니겠는가? 내 뱃속에 한 가지 묘술을 지녔으니 그걸로 열었다 닫았다, 뒤집다가 엎었다 하면 세상의 허다한 어리석은 자들이 모두 내 수중으로 들어올 텐데, 부귀하지 않고 돈 없는 걸 왜 한스러워하는가? 이것이 바로 김성탄(金聖歎)의 『서상기(西廂記)』 제1권 '통곡고인(痛哭古人)'편[7]에 나오는

---

6) 대각(臺閣): 조선시대 주요 행정부서인 사헌부(司憲府)·사간원(司諫院)을 일컫는 말로, 대각에 올랐다는 것은 요직에 올랐다는 의미이다.

7) 김성탄(金聖歎)의 『서상기(西廂記)』 제1권 '통곡고인(痛哭古人)'편: 명말청초의 문인 김성탄의 평본(評本) 『서상기』를 말한다. 김성탄은 일찍이 '천하재자서(天下才子書)'라 하여, 『장자(莊子)』·『이소(離騷)』·『사기(史記)』·두시(杜詩)·『수호전(水滸傳)』·『서상기』 등 여섯 편을 거론하면서, 『수호전』과 『삼국지연의』 등의 평본을 내놓았다. 이들 작품은 이후 우리나라에도 적잖은 영향을 미쳤다. 특히 『수호전』과 『삼국지연의(三國志演義)』는 이 김성탄의 평본으로 많이 알려져 있다. '통곡고인'편은 『서상기』 본문의 내용

108

고금의 영웅이 세상에 소요하는 방법이 아니겠는가?"

닭이 두 번 울자, 곧장 일어나 머리를 빗고 세수를 했다. 틀어진 망건에 해진 도포 차림을 하고 손에는 대나무 지팡이를 들었다. 그리고 미투리를 신고 문밖을 나가보니, 하늘에는 새벽 별 몇 개가 동쪽 하늘에서 반짝이고 있었다. 다시 방으로 들어와 술을 찾으니 그의 아내 진씨(陳氏)가 깊이 잠들었다가 놀라 일어나더니 버럭 성을 냈다.

"이 미친 양반아, 한 해 내내 떠돌아다니며 놀더니 술만 늘었구먼! 야심한 시각에 잠을 깨워 찾는 게 술이라니…… 그래도 오늘은 이웃에게서 받은 조껍데기 술 한 사발이 있긴 하네. 다시 봄 산에 꽃 만발하고 두견새 한밤 울어대고 한여름 모기떼 사방에서 모여들 때면 당신 마음에 약주며 소주 생각이 간절할 터인데, 그때 가서는 수중에 남은 지게미 한 국자도 없으리니 막막하게 생겼소. 또 중구일(重九日) 국화가 섬돌에 가득 피고 눈 속의 매화가 화분에 가득할 때면 당신이 베개를 밀치고 문을 열며 나더러 술 빚어 오라고 해도 항아리에 누룩 부스러기도 없을 게고 화로엔 남은 숯도 없을 터이니 막막하게 됐구려. 오늘 밤이라도 한 사발 실컷 처드시구라!"

외려 인홍은 웃으며 말했다.

"술이 있으면 흥에 겨워 술을 찾으면 되고 술이 없으면 빈방에 눌러 앉아 턱이나 괴고 있으면 되지. 앞일일랑 걱정 말고 오늘 밤 술이나 데워 오시지 그래."

진씨는 입은 옷을 바루고 치마끈을 동여맸다. 화로에 탄을 넣고 불을 지피려다가 불빛 앞에 서 있는 남편 인홍이 의관을 단정히 차려입고 있는 것을 보고 놀랐다.

"이 미친 양반아, 또 어디를 가려고?"

이 아니라 김성탄의 자서(自序)에 해당되는 부분이다. 세월이 너무 빨라 옛 영웅들이 소요한 자취가 온데간데없어진 현실을 슬퍼한다는 뜻을 담고 있다. 나아가 그 자신도 옛날 영웅들이 했던 것처럼 세상을 소요하겠다는 다짐도 들어 있다.

인홍은 수염을 쓸어 올리며,

"속담에도 그러지 않던가? '남자는 가만있지 않는 물건'이라고. 내 오늘 나가기만 하면 내일은 수천 냥 재물을 집으로 들여올 것이나, 우리 두 사람 두 손 꼭 붙잡고 날이 가고 해가 가도록 마주 앉아 있다고 그 어떤 호인이 찬밥 한 덩이라도 갖다준다던가? 어서 술이나 데워 오게. 내 갈 길이 정히 급하니."

라고 하였다. 진씨는 한참을 멍하니 있다가 길게 한숨을 내쉬었다.

"이그! 그래 맘대로 가라, 가!

3

당신 처자식이 굶어 죽더라도 행여 와서 묻어주지도 말고 어느 산 까마귀와 솔개가 맘대로 죄다 뜯어먹도록 내버려두라고!"

그러고는 다시 나지막한 소리로 한탄했다.

"저와 내가 전생에 무슨 원수를 졌길래 이생에서 이렇게 만났을꼬. 이 천한 운명이야 아까울 게 없지만, 저 어린것들은 이제 막 입 벌린 갓 낳은 물고기 새끼와 같은데 어느 하늘의 석가모니가 보살핌을 내리사 무사히 보호받을 수나 있을는지……"

그러자 인홍이 큰소리로 호통을 쳤다.

"이 멍청한 여편네야, 나를 그만 의심하고 어서 빨리 술이나 데워 오라니까! 내 사흘 안에 돌아오지 않거든 그때 내 성을 '새[鳥]'라고 갈아치우고 이름은 '개[狗]'라 바꿀 테니!"

진씨는 속으로는 이 말을 믿지 않았으나 그렇다고 다시 어쩌겠나 싶어 숯에 불을 붙여 술을 데워 가져와서 한 사발 올렸다. 인홍은 후룩 한 입에 들이켜더니 지팡이를 짚고 문을 나섰다. 때는 더디고 더딘 겨울밤이었지만 부부가 다투는 중에 시간이 흘러 닭이 이미 세 번이나 홰를 친 뒤였다. 인홍은 순식간에 20여 리를 내달려 이모부 이삼장(李三丈)의 집을 찾아가 대문을 두드리며 큰소리로 불러댔다. 이삼장은 본래 맨손으로 집안을 일으킨 부옹(富翁)이었다. 나이가 이미 칠십인데도 그때껏 근검절약하며 재산을 늘렸고 각처에 빌려준 돈과 쌀 이자를 손수 계산하며 일일이 출납하느라 매일 밤 취침은 늘 4, 5경이 되어야 했다. 그래서 이때는 그가 한참 캄캄한 꿈속을 헤맬 때인데, 느닷없이 세차게 문 두드리는 소리에 잠에서 벌떡 깼다.

"누군데 문을 두드리는 거요?"

"낭사(浪士)이올시다."

"낭사가 뉘요?"

"예전 어린 시절엔 책을 끼고 가서 글을 읽을 때 장량(長良) 진평(陳平)으로 자허했고, 요즘엔 산을 돌아다니며 단풍과 국화를 이야기하며 낭사라고 자호했던 김인홍, 바로 접니다."

이삼장은 이 말을 듣고 깜짝 놀라 베개를 밀치고 일어나 문을 열고 맞아들였다.

"조카 왔는가? 아무 해에 이별한 후로 세월이 유수 같아 이 늙은이는 몇 가닥 백발이 늘었고 우리 조카는 수염이 석 자나 자랐군그래! 인생살이가 그 얼마나 되는지, 지난 번에 들으니 조카가 인간사 일을 다 던져버리고 원숭이와 학이랑 짝하여 깊은 산 흰 구름처럼 한 번 떠나 종적이 묘연하다고 하기에 이 늙은이의 가슴에도 십분 부러운 마음을 가눌 길 없었지. 다만 이 몸이 이미 늙어 마음은 있으나 이를 실천할 수 없음을 안타까워하고 있었는데, 지금 조카를 보니 내 마음이 다시 움직이네그래."

곧장 심부름하는 어린 계집종을 불러내었다.

"난희(蘭姬)야, 너 행화동(杏花洞)에 가서 술 한 병 팔아 오너라. 강호의 먼 손님이 예까지 오는 게 어디 쉬운 일이냐?"

그러면서 또 분부하였다.

"간장 한 종지와 북어(北魚) 반쪽을 네 발짜리 소나무 쟁반에 담아 오도록 하여라."

그러고는 다시 김인홍을 보고 말했다.

"새가 지저귀는 이곳에 팔아놓은 술도 없고 산중 별미로 고기나 과일도 얻기가 매우 어려워서……"

인홍은 몸을 일으켜 답례하였다.

"이모부님의 후의에는 감사드립니다만 갈 길이 워낙 바빠서요. 모시고 술한잔 마실 겨를도 없으니, 죄송하고 죄송합니다."

그러자 이삼장이 놀라며 말했다.

"아니 조카, 그 무슨 말인가? 몇 해 만에 얼굴을 보는데 이렇게 또 훌쩍 간다 하니 차마 못할 일이네. 더군다나 술을 팔아 가지고 곧 올 터인데 떠나버리면 어찌 온당한 처사라 하겠는가? 조카, 스스로 낭사라고 하지 않았던가? 떠나고 머무는 데 연연하거나 세상사에 얽매이지 말아야 낭사라는 두 글자에 어긋나지 않는 걸세. 어찌 이렇게 급작스레 사단을 내어 잠시나마 머무르며 술 한잔 마시는 것까지 거리끼는가?"

4

"낭사가 몇 년을 이렇듯 부질없는 생각만 하면서도 괴로워하는 마음의 자취는 떠돌지 않아 한 시각도 가는 대로 보내지 못하고 돈 한푼도 그냥 쓰지 못했사오니, 스스로 이 호를 대하면 얼굴이 항상 붉어집니다."

이삼장이 껄껄 웃으며 말했다.

"티끌 세상의 인물이 저마다 한스러워하는 건 부질없이 시간을 보내는 것이지. 조카는 도리어 부질없지 않음을 한스러워하니 진실로 천상의 신선으로 구운 음식은 먹지 않는 사람 같으이. 급한 사정이 있어 그러나 본데, 그

래도 제쳐두고 나와 술 한잔 하세나. 그래야 낭사의 본모습이라 하지 않겠
나?"

"낭사라면 다 자유로운 마음과 얽매이지 않는 자취로 백년의 세월을 모두
맡겨버릴 것이지만, 다만 지금 당장은 절대로 그냥 허비해버릴 수 없군요.
지금 그냥 지나쳐버리면 우주간에 누가 다시 낭사라는 두 글자를 알아주겠
어요?"

이삼장은 인홍의 말에 적이 놀라 감히 다시 따지지 못하고 다만,

"우리 조카야! 네가 끝내 내가 주는 한잔 술을 마시지 않겠다는 거냐?"
라고 하였다.

"이모부님이 저를 이렇게 생각해주시니 제가 더이상 바랄 게 없군요. 청
컨대 이 한잔 탁주를 물리고 이모부님의 더 큰 은택을 입을까 합니다."

"이런 늙은이가 무슨 은혜를 조카에게 베풀 수 있겠는가? 내가 원래 배운
게 없으니 한번 붓을 휘둘러 서문을 지어 삼산오악(三山五嶽)[8]으로 송별해
줄 수도 없고, 너에게 날개를 달아주어 곧장 요대(瑤臺)의 군선(群仙)이 머물
러 있는 자리로 보내줄 수도 없지 않은가. 게다가 조카는 사방을 떠돌아다닌
터라 남의 황금이 필요한 것도 아니고, 남의 관작이 필요한 것도 아니잖은
가? 그러니 지금 권세가 혁혁한 자라도 물건 하나 너에게 보태줄 게 없는데,
이 산속 늙은이가 또 무슨 말을 하겠는가? 우리 조카가 일이 급하다고 했으
니 어서 가보게. 어느 때나 다시 돌아올 텐가? 그땐 이 늙은이가 몇 섬 술을
빚어 달 밝은 밤 강가 누각에서 기다리지."

이에 인홍은 쩍쩍 손뼉을 치며 말하였다.

---

8) 삼산오악(三山五嶽): 삼산은 '삼신산(三神山)' 즉 봉래(蓬萊)·방장(方丈)·영주(瀛州)
를 말하며, 오악은 중국의 동서남북과 중앙의 진산(鎭山)을 말한다. 즉 태산(泰山)·화산
(華山)·형산(衡山)·항산(恒山)·숭산(嵩山). 참고로 우리나라도 금강산(동)·묘향산
(서)·지리산(남)·백두산(북)·삼각산(중앙) 등의 오악이 있다. 여기서는 멀리 유람을 떠
나는 지역을 '삼산오악'으로 표상한 것이다.

"아이고, 제가 이모부님께 바라는 은혜가 어찌 이모부님께서 들어주기 어려운 것이겠습니까? 저는 송별의 서문도 필요없구요, 관작도 필요없습니다. 술은 더더욱 필요없지요. 제가 필요한 것은 단지 이모부님의 허락 한 번이면 됩니다. 그저 이모부님은 베개를 밀치거나 이불을 갤 수고도 필요없지요. 다만 입을 열어 한마디로 허락 여부를 말해주시기만 하면 되옵니다."

"아니, 너는 요구하는 게 어떤 일인지는 말하지도 않고 먼저 나보고 허락해달라고 하니 너야말로 참으로 강짜구나."

"전 절대 강짜가 아니라, 그저 그 일을 요청하는 것뿐입니다. 이모부께서 그 일을 허락지 않으시면 괜히 혀만 놀리고 얼굴만 붉힌 꼴이지요. 이모부께서 '안된다'고만 말씀하실 거면 저도 먼저 입을 열지 않겠습니다."

"어떤 일인지도 모르면서 어찌 가부를 먼저 말한단 말이냐?"

"만약 허락해줄 요량이라면 그리 어려운 일이 아니옵니다. 그건 이모부의 평양성 서쪽에 세놓은 집 한 채를 1년 동안만 잠시 저에게 빌려주시는 겁니다."

5

원래 그 집은 이삼장이 젊은 시절 그곳에 살면서 술과 꿀을 팔아 생업을 유지했던 곳이다. 대문 안으로 주막 깃발을 높이 걸었는데, 깃발엔 '상등약주가(上等藥酒家)'란 다섯 글자를 크게 써놓고, 부부가 주막집을 운영하면서 새벽에 일어나고 밤늦게 잠에 들기를 십여 년. 하루도 게을리하지 않았기에 천금을 모았다. 그러던 중에 남이 그들 부부를 점방 남편, 주막 어멈이라고 부르는 게 싫어 농장을 사서 산촌으로 이사를 했지만, 집안을 일으켜준 가옥이었기에 차마 팔지 못하고 남에게 세를 주거나 친척에게 대여해주고 있었다. 이삼장은 인홍이 요청하는 말을 듣자마자 금세 얼굴을 찡그리며 말했다.

"넌 그 집을 어디에 쓰려고 그러느냐? 조카의 요청에 내 인색하게 굴 게 무어 있겠냐마는, 다만 그 집은 이미 남에게 세를 준 상황이니 어쩌겠느냐?"

인홍은 이삼장의 대답에 벌떡 일어나더니 대뜸 인사를 올렸다.

"그럼, 저는 갈 길이 바빠 하직하옵니다. 그 집을 이모부께서 빌려주시지 않을 거라 진작에 알았더라면 무엇 하러 입을 열었겠습니까? 다만 저는 속으로 이모부께서 그 집을 애지중지하시지만 그와 마찬가지로 집안의 정의도 중시할 것이라 하여 이런 번거로운 요청을 했던 것입니다. 이모부님을 모신 지 십여 년 동안에 제가 무슨 죄를 얻었는지 헤아리지 못하였습니다요. 이 몸은 검은 구름에 흰 백로인지라 동쪽으로 가서 서쪽으로 돌아오며, 어딜 가도 정해진 곳이 없고 돌아와도 따로 머무를 곳도 없지요. 어느 해 무슨 날 어느 곳에서 죽을지는 모르겠으나 진정코 이 몸이 별 탈 없이 다시 이곳을 지나치게 된다면 꼭 찾아뵙도록 하지요. 감히 그냥 지나치지는 않을 겁니다. 그럼 저는 이만 떠나렵니다."

이삼장은 묵묵부답이었으나 그의 아들인 일랑(一郎)이 다가와 양쪽 소매를 붙들고 만류하였다.

"새벽 미명에 앞길이 어두운데 형님은 어디로 가시려 하오? 조금만 기다리면 해가 뜰 겁니다."

그러나 인홍은 뒤도 돌아보지 않고 소매를 뿌리치며 곧장 나가더니 길을 나서더라.

차설. 이일랑이 그의 아비 이삼장을 보고 여쭈었다.

"아버지께서는 김인홍의 사람 됨됨이를 알고 계십니까?"

"내 어찌 모르겠느냐? 그는 본래 허망하면서도 별 볼일 없는 놈이다. 몸에는 좁쌀만큼 작은 재주도 없는 주제에 고인(古人)을 깔보면서 뜻 둔 데라곤 전혀 없지. 심지가 굳지 못해 걸핏하면 여기저기 옮겨다니더니만, 지난해엔 서울에서 놀다가 갑자기 광병이 들어 배가 고픈지 부른지 날이 추운지 더운지 모두 잊어버렸다지 않더냐? 내 그 병이 나은 지 꽤 되었다고 들었지만, 지금 하는 꼴을 보니 미친 건 여전하구나. 그렇지 않고서야 어찌 낮과 밤을 가리지 않고 동에 번쩍 서에 번쩍하며, 요청하는 도리가 무슨 물건인지 말은 하지도 않느냐 말이다. 주인에게 틈을 보아 정성스런 마음으로 곡진하게 얘기하더라도 들어줄까 말까 한데, 어째서 야밤에 남의 집에 들어와 깊은 잠을 깨워놓고 동문서답에 정신없이 자기 말만 장황하게 늘어놓느냐 말이다. 그러니 어느 누가 들어주려 하겠느냐? 인홍이 이 미친놈은 요청할 게 있어 부드러운 말로 하더라도 내 결국 허락해주지 않을 것이었는데, 행동거지가 이러하니 진짜 아주 웃기는 미친놈이로구나."

6

"아버지! 우선 인홍이 형의 요청을 받아주세요. 들어주지 않으면 좋지 않을 듯싶습니다. 제가 예전에 그와 함께 아무 마을에서 여름 공부를 할 때 그의 사람됨을 잘 알게 되었지요. 그는 기지가 있고 총명하며 재주와 국량은 남보다 열 배는 뛰어났답니다. 동고동락했던 동료 3, 40명의 장단점과 우열은 대략 알 수 있었으나, 인홍 형만은 그 깊이를 알 수 없었지요. 제 스스로 먼 시골에서 태어나 서울의 호걸들과 우열을 견주지 못함을 한스러워하며 항상 이렇게 다짐하였지요. '차라리 곽해(郭解)·극맹(劇孟)[9]의 유가 되어 비분강개하며 몸을 망치는 한이 있더라도 궁벽한 시골에서 케케묵은 선비로 늙도록 곤궁하게 지내진 않겠으며, 차라리 토호(土豪) 무단(武斷)[10]의 유로

---

9) 곽해(郭解)·극맹(劇孟): 곽해는 한나라 때 인물로, 남의 원수를 갚아주는 일을 많이 하였다. 극맹 역시 한나라 때 인물로 남의 위급함을 보면 생사를 잊고 도와주었다. 이 때문에 둘은 모두 유협으로 세상에 알려졌고, 사마천은 『사기』 유협전(遊俠傳)에 이들을 입전하였다.

한때를 횡행할지언정 권문세가의 문객(門客)으로 남의 지시나 받는 짓은 하지 않겠다'고. 그리고 지난날 잠두봉(蠶頭峯)에서 한 번 소리친 일과 요즈음 산림에 몸을 감춘 것도 모두 불편한 속내에서 나온 것이지 진정이 아닐 겝니다. 그가 녹림 산중에서 풀을 베는[화적(火賊)] 무리를 따르지나 않을지 어찌 장담하겠어요? 하물며 야밤의 행색 또한 온통 의문 덩어리입니다. 아버지께서는 어찌하여 그 집을 빌려주시지 않습니까? 가령 인홍이 무뢰한 놈들을 몰아쳐서 저마다 머리엔 황건(黃巾)을 두른[11] 채 사람사람이 손에는 곤봉을 쥐고 허리엔 날선 칼을 찬 모습으로, 목에서 외치는 소리는 우레와 같고 눈에선 불이 나고 주먹에서 바람이 이는 일이 생긴다면, 그때는 사람 목숨이 중요하지 재물이 중요하겠습니까? 우리에게 그득그득 차 있는 창고에서 눈같이 하얀 쌀을 요구하면 내줘야 할 테고, 깊숙이 감춰진 궤짝 속의 마제은(馬蹄銀)[12]을 요구하면 그것도 내줘야겠지요. 우리의 금 쟁반 옥 술잔을 깨부수는데도 다른 것마저 깨부수게 내버려두어야 할 것이고, 우리 마구간과 구유통을 불태우는데도 다른 것마저 태우는 대로 놔두어야 하겠지요. 그때가 되면 우리 온 가족의 목숨이 거꾸로 인홍이놈의 손과 발이 움직이는 데에 달려 있을 겁니다. 그때는 오늘 그 몇 칸짜리 집을 빌려주지 않은 걸 후회하게 되더라도 이미 약을 복용한 후에 약의 좋고 나쁨을 논하는 것과 같습니다. 지금 한때의 억측으로 인홍을 도적으로 단정해서는 안될 일입니다. 그래도 야심한 때 혼자 온 것은 아무래도 수상합니다. 그렇지 않고서야 그가 밤에나 볼 줄 아는 박쥐도 아니고 낮에 숨어 있는 도깨비도 아니면서 어찌

---

10) 토호(土豪) 무단(武斷): 한 지방을 좌지우지하는 토호들이나 법망을 무시하는 막무가내 집단을 말한다.

11) 황건(黃巾)을 두른: 중국 한나라 때 장각(張角) 등이 주도하여 농민반란을 일으켰는데, 이들이 모두 누런 두건을 썼기에 이들을 지칭하여 '황건적(黃巾賊)'이라 불렸다. 여기서도 반란을 일으킨다는 의미이다.

12) 마제은(馬蹄銀): 은의 한 종류로, 모양이 말굽처럼 생겼다 해서 붙여졌다. 옛날 주요한 화폐로 쓰였다. 따로 '마제금(馬蹄金)'이란 금도 있다.

서 이처럼 어두운 밤을 가리지 않고 느닷없이 왔다가 또 훌쩍 가버린단 말입니까? 급한 일이 있다고는 했지만 본시 여기저기로 떠도는 사람인데다 애초부터 어디 얽매여 경영하고 있는 사업도 없으니, 어찌 그런 급한 사정이 있기나 하겠습니까? 게다가 어째 그렇듯 감출 만큼 말하지 못할 사정이 있단 말입니까? 이는 간(肝)에 바람이 든 게 아니라면, 필시 '패(貝)'자에 '융(戎)'자가 보태진 것[13]일 겝니다. 아버지, 바라건대 속히 인홍을 도로 불러다 그 집을 빌려주시어 훗날 사향노루가 제 배꼽을 물어뜯는 일이 없도록 하시지요."

이삼장이 고개를 끄덕였다.

"알았다!"

그러고는 심부름하는 종을 급히 불러 분부하였다.

"너는 급히 앞길을 달려가 한 사람을 만나거든 김서방님인지를 확인하고 잠깐 돌아와 내 긴한 이야기를 들어달라고 하여라. 그 서방이 안 오려고 해도 너는 천만 번이라도 간청하여 반드시 데려와야 하느니라.

7

혹 그 서방이 이미 멀리 가서 종적이 보이지 않으면 너는 백 리 천 리를 쫓아가서라도 반드시 그를 데려와야 하느니라. 내 말을 어길 시에는 너는 매 삼백 대를 맞을 줄 알거라."

차설. 인홍이 자신의 수단을 써서 이삼장 부자를 얼러놓고 느긋하게 그 마을을 나오면서 생각하였다.

'머지않아 전갈이 오겠지!'

---

13) '패(貝)'자에 '융(戎)'자가 보태진 것: '賊', 즉 도적이 되었을 것이라는 뜻이다.

아니나 다를까, 채 몇 걸음을 가기도 전에 등 뒤에서 한 사람이 날듯이 뛰어오더니 크게 소리치는 게 아닌가.

"서방님, 서방님! 잠시 계셔요, 잠시만!"

인홍은 고개를 돌려 물끄러미 보다가 묻는다.

"네가 누구인데 나더러 잠시 서라 하는 게냐?"

그 자가 앞으로 다가와 인사를 올렸다.

"소인은 이생원 댁에서 심부름하는 아무개라 하옵니다. 주인님께서 분부하시기를 애오라지 서방님과 급히 상의할 일이 있다고 하십니다. 해서 제가 이렇게 와 뵙는 것이오니, 바라건대 서방님께서는 즉시 되돌아가시옵소서."

그러자 인홍이 웃었다.

"허허, 아까 한참을 얘기하고 나서 이미 양쪽의 속내를 충분히 개진했기에 이제 더는 할 말이 없는데, 내 어찌 소나 말처럼 남에게 이리저리 끌려다니겠는가? 이 다리가 이미 문을 나섰으니 다시 들어갈 수 없느니라."

"주인님의 분부가 그리도 간곡했습니다요."

그러자 인홍이 호되게 꾸짖었다.

"주인은 너한테나 주인이지 나와 무슨 상관이 있다더냐? 빨리 돌아가고 다시는 나를 괴롭히지 말거라."

하인이 땅에 바짝 엎드렸다.

"소인이 서방님을 모시고 돌아가지 못하면 주인님의 성격이 근엄하신지라 이 참에 소인의 목숨은 결딴나고 말 것이옵니다. 엎드려 빌건대 서방님의 은택으로 소인의 목숨을 살려주옵소서."

하인은 더욱더 애걸을 하였고, 인홍도 더 성을 내며 서로가 물러서지 않는 동안 어느새 새벽빛이 동쪽에서 밝아오고 있었다. 이일랑은 한참이 지났는데도 하인이 돌아오지 않자 이상하다 싶어 의관을 정제하고 느릿느릿 동구로 나와 앞을 살피니, 한 사람은 서 있고 한 사람은 엎드려서 한쪽은 나무라고 한쪽은 듣기만 하는 모습만 보일 뿐이었다. 그는 앞으로 다가가 인홍의

양 소맷자락을 붙들고,

"형님은 어째서 그리 성을 내세요? 아버님이 긴히 상의할 게 있어서 이놈을 보내 형님을 모셔 오라 했어요. 형님은 어째서 이렇듯 고집을 피우십니까?"

라고 하며, 팔을 끌고 함께 집으로 들어갔다. 인홍은 마지못해 화난 얼굴로 씩씩대면서 대청마루로 올라갔다. 이삼장은 껄껄 웃으며 맞이하였다.

"조카는 마음을 쫙 펴고 성질 좀 죽이시게나. 지금 무어 그리 화를 낼 게 있는가? 떨어져 지낸 지 몇해 만에 조카의 성질이 싹 달라졌네그려!"

"이 인홍이 성질이 변했겠습니까? 그게 아니고 이모부께서 제 성질을 변하게 하신 거죠."

좌정을 한 후, 이삼장이 다시 물었다.

"넌 그 집을 어디에 쓰려고 하느냐?"

인홍이 성질을 죽이며 대답하였다.

"이모부께서는 그 집을 놔두고 어디에 쓰려고 하십니까?"

이삼장은 손바닥을 마주 쳐가며,

"그거야 내 집이니, 쓰고 안 쓰고는 물어서 뭐 하려느냐?"

라고 하자, 인홍은 주먹을 불끈 쥐며 응수했다.

"그럼 제 집이 아니니 쓰고 안 쓰고는 말씀드릴 게 못 되네요."

"지금 내 너에게 그 집을 빌려줄 터이니 어디다 쓸 건지 말해보거라."

"삼촌이 오늘 빌려주시고 나서 내일 보시면 될 텐데요."

이삼장은 더는 캐묻지 못하고 종이와 붓을 가져다가 책상 위에 놓고 일랑을 불렀다.

"일랑아! 네 이웃친구 장성옥(張聖玉)이를 불러오너라."

"장성옥을 불러 무엇하시려고요?"

"집을 세주는 데 문서가 없어서야 되겠느냐?"

"집을 빌려주는 데 무슨 문서가 필요합니까? 더구나 인홍 형님은 가까운 친척간인데 집을 빌려주지 않을망정 문서를 쓰는 건 아니 되옵니다."

"그렇지 않지! 매사를 얼렁뚱땅해서는 안되느니라."

이렇게 하여 결국 장성옥을 불러다 문서를 작성했다.

8

아래 문건은 중요한 용건으로 작성한바, 평양성 서문 밖 아무 방(坊)의 아무 가옥 몇 칸을 이삼장에게서 세로 얻은 것으로, 매달 사글세는 3전(錢) 5푼으로 정한다. 그리고 상환 기한은 1년으로 잡되, 오늘부터 계약과 기한을 어길 시에는 이 문건으로 사실을 판정하기로 한다.

년 월 일 집주인 이삼장

세입자 김인홍

증인 겸 작성자 장성옥

김인홍은 수결을 쓰고 이삼장에게 절을 하고 문을 나서면서 크게 숨을 내쉬며 말했다.

"휴! 대장부가 세상에 나서 첫번째 눈물 뺄 일이 '궁(窮)'자에 있다더니 과연 그렇구나. 몇 칸짜리 집 하나 빌리는 데 젖 먹던 힘까지 다 쏟아내다니……"

인홍은 집으로 돌아와 집과 집기를 헐값에 팔아 돈 스무 꿰미를 마련해 아내를 데리고 자식을 업고 평양성 서편으로 이주하였다. 그중 다섯 꿰미로 쌀 한 섬을 사고 한 꿰미로 땔감 열 단, 6전으로 소금 네 되, 3전으로 나물 몇 광주리를 샀다. 그리고 또 한 꿰미를 들여 자신의 의관을 새로 교체하고 나서 남은 돈을 모두 계산해보니 모두 13냥 1전이었다. 1전으로 다시 양질의 누룩 다섯 덩이를 산 후, 그것과 남은 돈을 모두 부인 진씨에게 건네며 부탁하였다.

"누룩으로 술을 빚고 남은 돈은 깊숙이 감춰두고 내가 오기를 기다리게. 내 나가서 하루 이틀이면 돌아오리니, 모든 일은 나에게 맡겨두고 쌀이 떨어지거나 돈이 떨어지는 걱정일랑 접어두게."

그러고는 곧장 평양 북쪽 청천강(淸川江) 상류의 마을로 내달렸다. 그 마을의 명의인 이군응(李君膺)을 찾아간 것이다. 원래 이군응은 그 당시 신의(神醫)여서 중증의 오한이나 열병에 약을 조제해주면 바로 나았으며, 지랄병 같은 악질 병도 귀신같이 치료했다. 그의 처방이면 죽은 자도 살아났으니 귀신도 놀라고 시기할 정도였다. 이 때문에 사람들은 그를 '소편작(小扁鵲)'이라 불렀다. 하지만 그는 사람됨이 인색하고 오만하였다. 자신의 기술에 우쭐하여 한 첩 조제에 천백의 돈을 요구하였으며, 환약 한 알에도 두 배 여덟 배의 값을 불러 사람들은 그를 '소고비(小高飛)'라고도 불렀다.[고비는 우리나라 충주 사람인데, 부자였으면서도 인색하기 짝이 없는 자였다.] 이날 인홍이 대청마루에 올라가 인사를 올리자, 군응은 몸을 구부려 인사를 받지 않고 눈을 똑바로 뜬 채로 물었다.

"넌 누구 집 자식이며 무슨 일로 지금 와서 나를 찾느냐?"

"시생의 집안 형편이 말이 아니고 생계마저 너무 어렵사옵니다. 그래도 저희 부부가 서로 의지하며 온 힘을 쏟아부어 호구를 연명할 계획이었지요. 헌데 지금 시생의 아내가 우연히 어떤 병에 걸려 눈으론 보지 못하고 귀로는 듣질 못하며 머리마저 들지 못하고 입으론 먹지도 말도 하지 못하옵니다. 바라건대 노인장께서는 한 번 오셔서 진찰해주십시오. 그래서 죽어가는 사람 좀 일으켜주소서."

군응은 눈을 휘둥그레 뜨면서,

"그렇다면 이미 죽은 걸세."

라고 하는 것이었다.

9

"그렇긴 하지만 아직 죽지 않았나이다."

"그렇다면 병이 왜 발생했으며, 증세는 어떤지 얘기해보게."

"아내는 지금 말을 할 수 없는 까닭에 제가 물어볼 수 없어 병의 원인도 무엇인지 모르겠고 증세도 말씀드릴 게 없사옵니다. 다만 눈은 보지 못하고 귀는 듣지 못하고 머리도 들지 못한답니다."

"네가 그렇게만 얘기하면 내 무엇으로 증세를 알아 약을 짓는단 말인가? 내 의원 생활 50년에 이런 병과 증세는 들어본 적이 없었으며, 너같이 병을 설명하는 사람도 처음이로구나."

"그래서 어르신께 약 한 재를 부탁하는 게 아니라 직접 가서 병의 증세를 봐달라는 것입니다. 제가 어찌 그 병에 대해서 이렇다 저렇다 말하겠습니까?"

말을 듣고 있던 군웅이 갑자기 책상을 치면서 화를 냈다.

"이 망아지 같으니라구! 네가 어찌 감히 나를 오라 가라 하느냐? 서울 안의 아무개 재상도 나를 부르면서 진묵(眞墨, 참먹) 수십 동(同)[14]과 황모필(黃毛筆)[15] 수백 자루에 후백지(厚白紙) 대백지(大白紙)[16]가 수백 축이었어도 내 응하지 않았고, 아무 군의 아무개 부자가 나를 부르면서 흰모시 몇백 필에 명주 피륙이 수십 동, 술 몇 동이, 닭 몇 마리를 보내왔어도 내 한사코 거절하며 돌려보냈다. 이 망아지 같은 놈아! 내가 어찌 나를 감히 오라 하느냐? 여기서 빨리 나가 내 눈앞에서 썩 사라지거라."

---

14) 동(同): 묶음의 단위로, 먹의 경우 열 자루. 명주 따위는 50필, 종이는 100권, 생선 따위는 2000마리, 곶감은 100접을 1동이라 한다.

15) 황모필(黃毛筆): 족제비 꼬리털로 맨 고급 붓.

16) 후백지(厚白紙) 대백지(大白紙): 두껍고 큰 고급 백지.

그러자 인홍은 줄줄 눈물을 흘렸다.

"어르신이 가서 병을 봐주시지 않으면 시생의 처는 필시 죽고 말 것이옵니다."

군웅이 버럭 화를 냈다.

"네가 내 아들도 아니고 네 처가 내 딸도 아닌데, 네 처가 죽든 살든 내 알아 무엇 하겠어? 네 처가 병이 있어 내게서 약이라도 지어갈 수 있으면 그것만으로도 감사하고 백 번이라도 절이라도 올려야 할 판이구먼, 감히 나더러 같이 가자고?"

"시생은 아내가 병으로 죽게 된 걸 안타까워하는 게 아닙니다. 다만 젖먹이 세 살배기 아이가 보살펴줄 이 없이 깊은 밤 베갯머리에서 젖 달라고 엄마를 부르는 소리를 차마 어찌 들을 것이며, 자라는 동안 배가 고파 피골이 상접한 모양새를 또 어찌 차마 보겠습니까? 바라건대 어르신께서 한 번만 자비로운 마음으로 생각해주시옵소서."

그렇다고 군웅이 들으려 하겠는가? 책상을 치며 버럭 화만 낼 뿐이었다. 그러자 인홍은 곧장 앞으로 다가가 그를 움켜쥐더니 허리춤에 차고 있던 칼을 뽑아들었다. 칼날엔 서릿발 같은 빛이 돌았다. 인홍은 크게 고함을 지르며 윽박질렀다.

"이 늙은 도적놈아! 너는 대체 어떤 심보를 가졌기에 남이 병으로 위독하다는 말을 듣고도 많은 돈만 요구하며, 사람이 곧 죽게 되었다는 말을 듣고도 머리털 하나 끄덕하지 않느냐? 네가 편작 같은 신술이 있다고 한들 그걸 어디다 쓰겠느냐? 지금 아내의 병을 치료하지 못했다가는 어린아이 하나도 함께 죽고 말 테니, 이 참극을 차마 어찌 보겠느냐?

10

오늘 너를 죽이고 나도 자살하여 아무도 이를 알지 못하게 한다면 이것도 남아의 쾌거가 되겠구나!"

이가(李家)의 자제들과 하인들은 상황이 좋지 않게 되자 일제히 가서 구출하려고 하였다. 그러자 인홍은 좌우로 칼을 휘두르며 겁을 주었다.

"이 늙은이의 목숨을 재촉하고 싶으면 앞으로 다가오너라. 너희들이 한 발짝 다가서면 내 칼 한 번에 이 늙은이 목은 작살날 것이다."

이렇게 되자 이들은 다만 땅에 바짝 엎드려 애걸할 수밖에 없었다.

"가친께서 요즘 노망이 심해지셔서 존객이 뉘신지도 모르고 이처럼 객소리를 하였네요. 바라건대 존객께서는 저희들의 얼굴을 봐서 분을 삭이고 찬찬히 생각해주소서."

군웅도 숨을 헐떡거리며 두 손을 모으고 애걸하였다.

"내가 잠깐 어리석어 이런 망발을 하였소. 존객의 덕망에 이 목숨을 애걸하오이다."

인홍은 눈을 크게 뜨고 노려보았다.

"난 내 처자식을 죽게 할 수 없고, 이제 너는 파리 목숨이나 진배없으니 스스로 살 방도를 찾거라!"

군웅은 백배사죄하였다.

"동으로 가든 서로 가든 당신이 하라는 대로 할 테니, 제발 나를 살려주시오."

그러자 인홍은 움켜잡고 있던 옷을 조금 풀어주며 그를 일으켜 세웠다.

"그렇다면 나를 따라가자!"

인홍은 왼손으로 그의 소매를 잡고 오른손으로는 칼을 휘두르며 서서히 마을을 빠져나가면서 군웅의 자제들에게는 물러가라고 소리쳤다.

"너희들, 나한테 접근하지 마! 접근하는 그때가 네 아비 목숨이 끊어지는 시간이 될 테니!"

그러자 그들은 멀리 떨어져서 지켜보기만 할 뿐, 감히 접근하지 못했다. 이에 인홍은 잡고 있던 소매를 놓아주고 자신의 칼은 도로 집어넣었다. 군웅에게 앞서 가라 하고 자신은 뒤를 따라갔다. 얼마 지나지 않아 평양성 서쪽에 도착하였다. 인홍은 마루에 올라 좌정한 뒤 아내 진씨를 부르며 나오라고 하였다. 진씨는 생전 처음인 손님을 보고 어찌 쉽사리 나오겠는가? 그러자 인홍이 소리를 질렀다.

"빨리 나오라고 하는데 무엇 때문에 주저하오? 이 분은 보통 지나가는 손님이 아니고 의리상 내 숙부라 해도 과언이 아니니 나와 예의를 갖추시오."

진씨는 어쩌지 못하고 나와 인사를 올렸다. 군웅이 엉겁결에 인사를 받고 물었다.

"누구의 부인이시오?"

인홍은 웃으며 대답하였다.

"바로 병이 들었다던 제 부인이옵니다."

군웅은 놀라지 않을 수 없었다.

"아까 말한 증상과는 전혀 다르잖소?"

인홍은 다시 절을 올리며 말하였다.

"시생의 아내는 원래 병이 없사옵니다. 시생이 어른을 모신 것은 병을 치료하기 위해서가 아니올시다. 시생이 노인장께 조용히 한마디 올릴 말씀이 있어서였습죠. 제가 사정이 절실하고 급하여 좀 전에는 실례가 막심하였습죠. 제가 자초지종을 아뢸 터이니, 노인장은 우선 제 술 한잔을 받으십시오."

11

그러면서 진씨에게 묻는다.

126

"어제 빚은 술은 익었는가?"

"예, 익었어요."

"그럼 어제 집 판 돈은 아직 남아 있는가?"

"보관하라는 열세 냥은 손도 안 댔어요."

"돈은 나에게 주고 술은 눌러두시게."

그러고는 인홍이 직접 저자로 가서 갖가지 고기와 생선을 샀는데, 소고기 장조림과 족발, 중닭과 어린 오리, 회로 좋은 해삼이며 국거리로 좋은 생선, 강물에 사는 방어와 잉어, 모래 속의 모래무지, 준치, 게 등과 대구와 민어 등이었다. 나물로는 배추와 고사리, 과일로는 배 귤 대추 밤을 샀다.

인홍은 아내를 불러 술을 뜨고 안주와 찬을 차리게 하여 군웅의 앞에 놓고 직접 술을 따라 올렸다. 군웅은 본래 술을 좋아하는 사람이라 한 줄기 술 향내가 시원하게 코끝을 자극하니, 얼마 전 인홍에게 협박을 당해 가슴속에 꽉 차 있던 불편한 심기가 일시에 구름과 안개처럼 흩어져버렸다. 이에 군웅은 찡그리던 낯을 바꿔 기쁜 얼굴로 물었다.

"네가 무슨 영문이길래 아깐 그렇듯 나를 위협하더니 지금은 이렇듯 나를 접대하느냐?"

인홍이 손바닥을 문지르며 대답했다.

"선생께서는 어찌 그리도 사정을 이해 못하십니까? 한 번 여쭤봅시다. 노인장께서는 처음 의료에 종사하실 때 어떤 주관을 가지고 계셨습니까?"

"널리 의술을 베풀어 백성을 구제하는 게 주된 뜻이었지."

"그외에 또 어떤 주관이었습니까?"

"그 이외에 바라는 것은 내 두 그릇의 밥과 처자식이 단란하게 사는 것이었지."

"그렇다면 노인장께서 아무리 화타(華陀)의 후신이고 편작(扁鵲) 같은 고수[17]라 할지라도 궁벽한 산속 외딴 마을의 몇 채 안되는 촌에 거주하면서 어떻게 많은 병자를 구제할 수 있겠습니까? 저 부귀한 자들은 제 몸의 고치기 어려운 병이나 애지중지하는 자식이 일어나지 못하는 증상이 있으면 혹 자질들을 보내 노인장이 조제한 약제로 구할 수는 있겠지만 그 수가 많지 않겠지요. 그리고 촌구석의 아이와 부인네들이 고통을 호소하는 회충이나 입술이 마르고 코가 막히는 감기에 고작 약 몇 첩 쓰면 열을 내리고 독을 풀어주는 정도겠지요. 한편으론 노인장의 백성을 구제함이 넓지 못하고, 다른 한편으론 노인장의 생계가 넉넉하지 못하리니 이는 잘못된 계산이 아닙니까. 한 번 생각해보십시오.

12

　이 번화한 읍성이 어찌 적막한 산촌과 같겠습니까? 남에게도 자기한테도 이익이 되니 모두가 묘수를 얻는 셈이지요. 게다가 저는 '책상물림'으로, 상공업에 대해서도 이해가 없고 땔나무를 하고 김매기하는 것도 견디질 못하옵니다. 게다가 선조의 유업도 없고 도와줄 친척도 없어 온 가족 목숨이 구덩이에 묻힐 날이 코앞에 다가왔습니다. 노인장께서 기꺼이 이곳에서 약방을 차린다면 아울러 이 궁한 놈도 살길이 열리옵니다. 노인장 의향은 과연 어떠십니까? 제가 번거롭게 노인장을 모시는 데에는 초(楚)나라와 월(越)나라를 위하여 꾀[18]를 다 쓴 격입니다."

　군웅은 아무 말 없이 한참 있다가 말문을 열었다.

---

17) 화타(華陀)의 후신이고 편작(扁鵲) 같은 고수: 모두 명의로, 의술을 거론할 때 상징적으로 거론되는 인물들이다. 화타는 한나라 때 의원으로 특히 침술에 뛰어났으며, 편작은 전국시대 명의로, 『사기(史記)』에 의하면 인체를 투시하여 의술을 펼친 것으로 유명하다. 앞에서 이군웅을 '소편작(小扁鵲)'이라고 한 것도 이 때문이다.

18) 초(楚)나라와 월(越)나라를 위하여 꾀: 초나라(또는 오나라)와 월나라는 서로 사이가 먼 나라로, 입장이 다르거나 대치한 상황을 지적할 때 거론된다. 여기서도 형편이 다른 자신과 노인장을 위한 최선의 계책이라는 뜻이다.

"네 의향은 본래 이렇게 괜찮았는데, 어째서 행한 짓은 그렇게 맹랑하단 말이냐?"

인홍은 죽을죄를 졌다며 변명을 늘어놓았다.

"이렇게 일을 벌인 것은 어쩔 수 없어서였습니다. 노인장은 지금 세상에 이름 높은 의원이시기에, 분명 저의 한마디 말로는 이곳까지 오시려 하지 않으셨을 겁니다. 설사 오셨다 하더라도 노인장은 필시 손수 집 한 채를 사서 스스로 방도를 꾸리시겠지 뭐 하러 저와 함께 일을 하시겠습니까? 아무튼 이 일에 대해서는 죽을죄를 졌사오니 노인장께서 지금 화를 내고 돌아가시더라도 저는 황공할 뿐이며, 관아에 가서 저를 고발하여 벌주더라도 달게 받아야겠지요."

군웅은 이리저리 생각하다가 속으로 중얼거렸다.

'내 어린놈에게 모욕을 당했구나! 헌데 지금 여기서 약방을 열면 남에게 비웃음을 사는 게 보통이 아닐 텐데, 이를 장차 어쩐다? 그렇긴 해도 지금 인홍의 사람됨을 봐서는 교활하기가 사나운 호랑이 같고 현하의 달변이라 내 그를 말로 굴복시킬 수가 없으니…… 우선 앉아서 하는 짓거리를 두고 봐야겠구나!'

얼마 안 있어 평양성 안팎과 원근이 '이 시대 최고 편작인 이군웅이 인홍의 집으로 와서 약방을 열었다'며 시끄럽게 들썩댔다. 이러저러한 기괴한 병자들이 저마다 앞다투어 그 집으로 찾아들었다. 벙어리는 말을 할 수 있게 해달라 하고 귀머거리는 소리가 들리게 해달라 하고 절름발이는 몸이 펴지게 해달라고 하고 맹인은 볼 수 있게 해달라고 하였다. 열병에 걸린 자, 한기가 든 자, 중풍에 걸린 자, 혼절한 자, 속이 허하여 불기운이 든 자, 고기를 먹어도 넘기지를 못하는 자, 말을 탔다 팔이 부러진 자 등이 걸어 들어오기도 하고 가마에 실린 채로도 왔으며 혹은 병록(病錄) 한 장을 가지고 와서 약을 조제해달라고 하기도 하였다. 대개 부유한 자는 소나 말 등에 돈을 산처럼 쌓아 왔으며, 보통 가난한 자들은 다반과 술병에 은근한 정성을 담아 찾아왔다. 이리하여 인홍의 집 문앞이 갑자기 사람들로 들끓어 인산인해를 이루었다.

13

군응은 일이 이렇게 되자 기분이 좋을 수밖에. 두 어깨가 절로 올라가고 두 눈썹이 절로 펴졌다. 그래서 인홍에게 이렇게 말했다.

"김군, 자네가 정말 나를 속인 게 아니었구먼!"

군응은 마침내 본가로 사람을 보내 약장과 약 꾸러미를 모두 가져오게 하였다. 그리고 안치할 약은 안치하고 못을 박아 걸어둘 것은 걸어두었다. 대문의 왼편에 '신농유업(神農遺業)'[19] 네 글자를 큼지막하게 쓰고 오른편에도 역시 크게 '화타신술(華陀神術)' 네 글자를 써놓았다. 주련(柱聯)에는 '귤화반하홍(橘花半夏紅, 귤꽃은 한여름에 붉고)' '죽엽인동청(竹葉忍冬靑, 댓잎은 겨울 견뎌 푸르네)'이라는 구절과 '약포(藥舖)' 두 글자를 흰색으로 써놓았다. 이러자 원근에서 침과 약을 구하러 오는 자가 하루에 배가 늘고 이틀에 두 배로 늘었다. 군응은 인홍의 집에 머물고 있는 며칠 동안 아침밥과 저녁 찬이 저마다 육산포림(肉山脯林)이요 산해진미였으며, 오늘 밤의 찬을 어제 저녁과 비교해보면 고기 한 가지 줄어든 게 없고 어제 아침 찬을 오늘 아침과 비교해보아도 나물 한 가지 늘어난 게 없었다. 군응은 괴이하여 인홍에게 물어보았다.

"자네 집은 가난한데, 어떻게 이렇듯 나를 대접하는가?"

"아아! 예. 제가 노인장을 모셔 오려 했을 때부터 소찬과 거친 밥으로 노

---

19) 신농유업(神農遺業): 신농씨(神農氏)가 물려준 업이란 뜻으로, 신농씨는 중국 고대 전설상의 황제로, 처음 약초를 가지고 사람들의 질병을 치료했다고 하여 의술을 처음 실천한 인물로 알려져 있다.

인 어른을 푸대접하지 않으리라 다짐했지요."

군웅은 속으로 더욱 기뻐하여 전에 위협을 받았던 일일랑 마음에 두지 않게 되었다. 이러구러 봄과 여름이 지나고 가을이 가고 겨울이 되어 납설(臘雪)[20]이 내리니, 바로 12월 보름경이었다. 세밑이 멀지 않고 명절이 당두하니 이웃의 품팔이들은 품삯을 달라고 재촉하고 객지의 행상들은 짐을 챙기고 세모의 나그네들은 귀갓길을 재촉하였다. 군웅도 처자식이 있고 집도 풍족하니 무엇하러 객로에서 새해를 보내려 하겠는가? 인홍을 불렀다.

"김군! 문권을 가지고 와서 약값을 계산해보세. 대략 짐작해보아도 자네와 나의 수입이 수천 꿰미 아래로는 내려가지 않을 걸세. 금년에 본도에 큰 풍년이 들어 미곡 가격이 9전(錢)에 불과하니, 불쌍한 저 농민들은 몇 달 동안을 고랑에서 얼굴을 검게 그을리고 손발이 다 찢어지도록 가쁜 숨을 몰아쉬며, 땀을 뻘뻘 흘리면서 자신의 기력을 다 소진하고도 얻는 것이 많아야 불과 십수 섬이고 적으면 네댓 섬을 넘지 않을 텐데…… 그러나 나는 이 몇 개의 붓과 먹으로 몇천 섬의 쌀을 얻었구나. 그렇긴 하지만 다시 안타까운 일은 자네가 한 해 내내 앉아서 팔짱을 낀 채 하는 일 없이 나와 재물을 나눠 가지려는 걸세. 인홍아! 술을 내오너라. 우리 둘이 시원하게 한잔 하세."

14

인홍은 알았다고 하였다.

"예예! 그러지요. 그런데 저야 좋지만 노인장은 애석하시겠어요."

"무엇이 애석하다는 겐가?"

"노인장이 상당한 시간 동안 수고하셨음에도 이 세모에 돈 한푼 못 가져

---

20) 납설(臘雪): 동지 후 입춘 전에 내리는 눈으로, 보통 이때 눈을 서설(瑞雪)이라 한다.

가시는 게 애석하다는 것이지요."

"아니, 어째서?"

"노인장이 자신의 입과 배는 소중히 여기면서도 처자식은 생각지 않은 까닭이지요."

그래도 군응은 인홍이 잠시 우스갯소리를 한다고 간주하고 대꾸하였다.

"입과 배는 내 소유요 처자식은 내 몸 밖의 것인데, 어찌 이것만 중히 여기고 저것은 가볍게 여긴다는 게 가당하겠는가?"

인홍은 다시 대답하지 않고 안으로 들어가버렸다. 다음날 군응이 자리를 챙기고 일어나 자기 집으로 돌아가면서 인홍에게 문건을 내오라고 하였다. 약값을 계산하려고 하자, 인홍은 수판을 들고서 이리저리 계산을 해보더니 한참 뒤에 입을 열었다.

"1917냥이군요."

그리고 주판을 군응에게 넘겨주었다. 군응은 계산을 마치고 주판을 내려놓으며 말했다.

"딱 맞네! 자네와 나의 소득이 각각 958냥 5전이니, 혹시 어디 받기 어려운 곳에 남겨둔 돈이라도 있는가?"

인홍은 아무 대답도 없이 작은 상자를 열어 작은 문서 하나를 꺼내 군응에게 던져주었다.

"노인장이 계산해보시구려."

군응이 그 문서를 펼쳐보니 식사 대금이 적힌 문서가 아닌가. 군응은 아직도 멍하고 몽롱한 상태에서 벗어나지 못하고 부질없이 물었다.

"사람이 먹은 식비로는 너무 심하지 않은가?"

인홍이 껄껄 웃었다.

"노인장은 진짜 태고 천황씨(天皇氏) 적 생원이군요. 더는 말씀드리고 싶지 않으니 스스로 생각해보시구려."

군응은 한참을 눈을 크게 뜨고 황당해하였다.

"난 도대체 뭘 말하는지 알지 못하겠네. 자네가 얘기해보게나."

인홍은 손바닥을 마주 쳐가며 말했다.

"에, 속담에 '밤새도록 통곡하면서도 어느 어머니의 초상인지 모른다'더니 지금 노인장께서 바로 그렇군요. 노인장이 직접 입으로 먹은 조석의 밥이 어디서 난 것인지 모른단 말입니까? 옛날에 이런 얘기를 들었지요. 예전에 어떤 건망증이 심한 어리석은 손님이 식사 때는 수저를 잊어버리고 길을 갈 땐 걸음을 잊어버리고 왼쪽을 보면 오른쪽을, 오른쪽을 보면 왼쪽을 잊었다지요. 그자가 한 번은 어디로 출타를 하게 되었는데, 그 아비가 그가 잘 까먹는 걸 안쓰러워하여, '지팡이 하나 갓 하나에 몸도 하나, 발 아래 다시 두 짝의 신발을 신었구나(節一冠一身亦一, 足下更著兩隻屨)'라는 시구를 지어 그에게 주면서 당부하였다지요. '이 시를 잊어버리지 않으면 네 몸도 잊어버리지 않고 아울러 네 몸에 휴대한 물건들도 잊어버리지 않을 게야'라고요.

15

그래 이 멍청한 객은 제 아비에게 인사를 드리고 길을 떠나 한 객점에 당도해서 동료들과 점심을 먹었지요. 모두가 밥을 먹고 일어나는데 이 멍청한 객은 지팡이를 들고 갓을 쓰고 신발을 신고는 사방을 서성이며 앞으로 가질 못하였답니다. 동료들이 이상해서 물었더니, 이 멍청이가 긴 한숨을 쉬면서 이렇게 말했답니다. '어어, 내가 출발할 때 가친께서 내 건망증을 염려하여 내게 시 한 수를 지어주며 나더러 지팡이 하나 갓 하나 한 몸에 두 신짝을 잊어버리지 말라고 하셨는데, 지금 지팡이도 있고 갓도 있고 신발도 있는데 다만 이 몸이 어디로 가버렸는지 모르겠네. 아무리 찾아보아도 그림자도 보이지 않으니……'라고요. 당시 동료들은 일시에 입을 막았고 뒤에 그곳에 와서 이 얘길 들은 자들은 모두 허리가 끊어지도록 웃었다지요. 제가 매번

이 천고의 가화(佳話)에 짝할 만한 게 없다고 아쉬워하였는데, 지금 노인장이 자기의 식사 대금도 까마득히 잊어버리고 생각지 못한 것이 그 짝이 되는구려. 옛날엔 자기 몸을 잊어버린 멍청한 객이요, 오늘날엔 자기 입을 잊어버린 노인장 말이요. 과연 세상에는 짝 없는 것이 없구려."

군응은 이때서야 비로소 모든 것을 알아차렸다. 성을 내랴 참으랴 하며 얼굴이 온통 시뻘게졌다. 문건을 내던지고 아무 말도 없이 벽을 보고 돌아앉자, 인흥은 문건을 다시 집어들었다. 자신이 항목을 불러가며 혼자 계산하였다. 매 상마다 고기류는 몇 냥이고 생선류는 몇 전이며 심지어 간장 생강 값까지 몇 푼 몇 리(釐)로 세세히 다 계산하니, 날마다 몇십 냥에 달마다 몇백 냥이니 도합 수천 냥이 되었다. 약값을 제외하고도 오히려 몇백 냥을 인흥에게 도로 줘야 할 형편이었다. 군응은 더는 분을 참지 못하고 토해냈다.

"이 개자식아! 네가 처음 나를 저렇듯 협박해놓고선 이제 와서 또 이렇듯 나를 속인단 말이냐? 이 간사하고 독살스러운 놈아! 계속 이런 식이면 똥구멍에서 바늘이 돋고 배꼽에서 소나무가 자라고 앉은 자리엔 풀도 자라지 않을 것이다!"

인흥은 씨익 미소를 지었다.

"노인장은 왜 자신의 서 푼 돈만 알고 남의 칠 푼 돈은 모른단 말이오? 만약 저더러 이 식대를 제하라고 하면 집을 팔고 별장을 팔아야 합니다. 그럼 바로 종로바닥의 거지가 되고 말 것인데, 노인장은 인자하지 못하시구려. 게다가 어리석기까지 하오! 그렇게 계속 소리 지르다가는 필시 목이 다 떨어져나갈 거요."

군응은 분기탱천하여 두 주먹으로 창문을 깨부수며 '개 같은 놈'이라며 연신 고함을 질러댔다. 그러나 목만 쉴 뿐이었다. 그러다가 자리에서 벌떡 일어나 문을 나섰다. 하늘을 쳐다보며 한탄하였다.

"내가 저 어린놈한테 결국 다 털리고 말았구나!"

계항패사는 말한다.

'인홍은 과연 차마 하지 못할 짓을 했도다. 평소 장량(張良)・진평(陳平)으로 자허했던 자가 결국 남을 속이는 협잡배가 되고 말았으니, 이는 본래의 모습을 감추지 못한 까닭인가, 아니면 때를 만나지 못한 영웅이 부득이하여 이런 저급한 계책을 쓴 것인가? 읽다 보니 탄식이 절로 나온다.'

청천자는 말한다.

'이 세상이 어떤 세상인가? 제대로 눈뜨고 다니지 않으면 코 베어 가는 세상이 아닌가? 아, 군웅이여! 누구를 탓하리오? 지금 이것으로 일반 세상 사람들에게 경고하노니 조심하고 또 조심할지어다!'

16

차설. 군웅은 말년의 노고를 한 권 빈 문서로 넘겨줘버리고 돗자리 엮을 때의 고드랫돌 소리마냥 달그락 달그락 빈털터리가 되어 한을 품고 집으로 돌아갔다. 인홍의 식구들은 희희낙락하며 닭을 잡고 돼지를 삶아 종일토록 마시고 먹었다. 아, 속담에 '게 골짜기 양반(손)이 게를 잡으면 황곡(黃谷) 양반(입)이 누렇게 삶은 후 후곡(喉谷) 양반(목)이 목구멍으로 삼켜버린다'고 하더니, 바로 이것을 두고 하는 말이로다. 인홍은 손바닥을 매만지며 한숨을 크게 쉬었다.

"아, 내 이 손으로 일천의 용맹한 장수와 백만의 대병을 거느려 흑풍대왕(黑風大王) 타사대왕(朶思大王)[21] 따위를 사로잡지는 못하고 고작 일개 늙

---

21) 흑풍대왕(黑風大王) 타사대왕(朶思大王): 이들에 대해서는 미상이나, 송태조(宋太祖)

은 퇴물이나 우롱하였구나!"

그뒤, 이삼장에게 빌린 집을 되돌려주고 곧장 평양성 안으로 들어가 몇 칸짜리 정갈한 집을 구입하였다. 이때부터 남을 속여 재물을 긁어모으기를 더욱 자유자재로 하게 되었다. 비단과 고량진미로 입과 몸을 호강시켰으며 하루 식사에 만 전(錢)을 쓰고도 매번 젓가락질할 곳이 없다고 하며 진대(晉代)의 하증(何曾)[22] 같은 풍미를 맛보았다. 당시 어떤 수전노든지간에 일단 인홍의 수중에 들면 마음 씀씀이가 교묘하고 천성이 인색한 자라도 함정 속의 호랑이나 그물에 걸린 물고기처럼 벗어날 길이 없었다.

차설. 평양성 내 대성산(大城山)에 사찰 영원사(靈遠寺)가 있었다. 그 사찰에는 연로한 중이 있었는데, 법명이 '해운(海雲)'이었다. 재물이 산처럼 쌓여 있어 그의 부유함은 견줄 데가 없었다. 그래서 평안도 내 종들이나 아이들이라도 그 이름을 한 번만 듣고도 혀를 내두르며, '부자 중' '부자 중'이라 할 정도였다. 어느 날 김인홍은 해운을 찾아가 돈 5천 꿰미를 빌려달라고 하였다. 해운은 묵묵부답이었고 재차 인홍이 입을 떼자 해운은 싸늘하게 웃었다.

"내가 당신에게 줄 5천금이 어디에 있다고! 그 돈이면, 평양 궁벽한 거리의 쓰러져가는 집에서 아침도 못 먹고 저녁도 못 먹는 사람들이 손가락으로 셀 수도 없을 정도인데, 그걸로 저들에게 한푼이라도 골고루 나누어주겠소 그러면 저들은 결초보은하고 분골쇄신이라도 하려 들 테지. 내 당신에게 빌려줄 돈도 없거니와 있다고 해도 당신같이 뜬구름이나 잡으려는 사람에게 어찌 줄 수 있겠소?"

가 송나라를 건국하던 시점에 적괴(賊魁)인 흑풍대왕(黑風大王)을 죽인 사실이 『송사(宋史)』에 보이며, 타사(朶思)는 토번(吐蕃)처럼 중국 변방의 한 지역을 일컫는 예가 보인다. 여기서는 대체로 거대한 세력을 가진 이민족이나 그 왕을 상징적으로 표현한 것으로 판단된다.

22) 하증(何曾): 중국 삼국시대 때의 인물로, 진나라에서 승상을 지냈다. 그는 특히 생활이 사치스럽기로 유명하여 하루의 음식 비용으로 만 전을 쓰면서도 '젓가락질해볼 데가 없다'고 하였다 한다.

인홍은 해운의 말투가 영 불량하자, 대번 일어나 절을 내려가면서 피식 웃었다.

"어리석은 중이로구나! 네가 아직 이 김인홍이가 어떤 사람인 줄 모르는 모양인데, 네가 오늘은 5천 꿰미를 보존했다만 뒤에 외려 2만 5천 꿰미를 쓰게 될 것이다! 멍청한 중아, 잘 있거라!"

집으로 돌아와 석양이 비치는 창가에 누웠다. 앉았다 누웠다 하면서 이런 저런 생각을 하던 중인데, 느닷없이 판자문 밖에서 목탁소리가 들렸다. 어떤 중이 짧게 아미타불이라고 하더니 목탁을 분주히 두드리며 말했다.

"양반님 댁의 하늘 같은 덕으로 공양미 몇 되 주시기를 바라옵니다."

인홍은 베개를 벤 채로 뒤척이고 있던 중에 무심코 이 소리를 듣다가 갑자기 한 가지 묘책이 떠올랐다. 순간 베개를 밀어제치고 부랴부랴 문을 열고 맞이하였다.

"대사님, 들어오세요, 들어오세요!"

17

중이 그의 앞으로 와 합장을 하였다.

"소승, 문안을 여쭈옵니다!"

"대사께서는 안으로 드시지요."

그러자 이 중은 몸을 굽혔다.

"소승은 황송할 뿐이옵니다."

"제 얼굴은 이렇게 속돼 보이나 마음만은 속된 사람이 아니올시다. 이렇게 행각승을 뵙게 될라치면 마치 친구나 형제를 보는 것 같답니다. 그러니 그렇게 황송해하지 말고 어서어서 올라오시지요."

중은 다시 합장을 하였다.

"황송하옵니다!"

이에 인홍이 급히 마당으로 내려가 그의 팔을 붙들었다.

"스님, 난 내 머리의 세 치 상투를 잊어버렸는데, 당신 마음속에서는 '양반'이란 두 글자를 기억한단 말이요? 애당초 부모 뱃속에서는 당신이 중도 내가 속인도 아니었잖소. 불행히 중간에 당신은 중이 되고 나는 속인이 된 것이니 당신과 나, 오늘은 중이니 속인이니 하는 따위의 말은 하지 말고 나기 이전의 본래 모습으로 앉아서 대하십시다!"

중은 속으로 '황송무지로소이다'라고 하였다.

인홍이 중의 차림새를 훑어보니 그리 영리해 보이지 않는데다 말과 행동도 십분 투박하고 어리석어 보였다. 내심 몹시 기뻐하며 중에게 거주지와 속세 시절의 성이 무엇인지 물었다.

"소승은 본군의 형제산(兄弟山) 안흥사(安興寺)의 중이옵고 속성은 김(金)가이며 법명은 월성(月姓)이옵니다."

중의 대답에 인홍이 껄껄 웃었다.

"허허허, 대사도 나와 동성이구려. 이거 갑절이나 더 기쁘오. 그러면 대사는 언제 머리를 깎고 중이 되었소?"

그러자 중은 한숨부터 내쉬고,

"휴! 소승도 형제가 있고 처자가 있는 몸이었습니다. 작년 정월달에 어떤 맹인 점쟁이가 찾아와서 신수(身數)를 보고는 '올해 3, 4월 사이에 집안의 운세가 아주 사납다'고 하더이다. 그래서 속으로 늘상 염려하며 지냈답니다. 그런데 과연 두견화가 다 지고 뻐꾸기가 막 울 때가 되자 온 집안이 염병에 걸려 하나하나 죽더니, 결국 이 못난 목숨만 홀로 남게 되었지요. 오늘은 전라도 내일은 경상도로 떠돌며 지내다가, 결국 동지섣달 손님으로 있던 모 동지 댁 대사[풍속에 혼사를 대사라 한다.] 다음날 머리를 깎고 중이 되었답니다."

그러는 게 아닌가. 인홍은 중의 말을 듣고 있자니, 하는 말 족족이 영 백치 천치였다. 마음속으로 '어, 요것 봐라, 해운대사 너 손재수가 생기겠는 걸!' 하는 생각이 들었다.

그러고는 중에게 의향을 물었다.

"내일 평안감사께서 뱃놀이하시려고 대동강으로 납신다 하니 우리도 함께 가서 구경합시다."

"소승은 두 발이 곧 이 한 몸의 생계이지요. 오늘 한 되를 구걸하고 내일 한 되를 구걸하여도 입에 풀칠하고 배를 채우기에도 부족하오니, 어디서 어사또가 출두한들 가서 구경할 여유가 있겠습니까?"

"하루 종일 구걸하면 쌀 몇 되나 얻소?"

"글쎄요, 네댓 되나 될는지……"

18

"스님은 걱정하지 마시오. 사흘 동안의 공양미가 한 말 다섯 되밖에 안되고, 우리 집이 가난하긴 해도 그 정도의 적은 쌀쯤이야 없는 게 아니니, 그대는 오늘 다리를 쉬게 하고 내일 회포를 한 번 푼 뒤 그 다음날은 여기 머물면서 한가하게 얘기나 나눕시다. 내 창고에서 정갈한 흰쌀을 가져다가 그대가 사흘 동안의 구걸할 양을 대신 줄 테니, 이리저리 헤매지 말고 내 말을 잘 들으시오."

"황송하고 감사할 뿐이옵니다."

차설. 다음날 평안감사가 대동강으로 유람을 나왔다. 앞에서 이끄는 흰 비단 사명기(司命旗)²³⁾는 바람을 따라 펄럭이고 한 대 가마에 앞뒤로 따르는

---

23) 사명기(司命旗): 일정한 직위의 군사지휘관이 출병할 때 지휘하는 깃발. 깃발의 바탕에는 '군사명(軍司命)'이라고 썼으며, 바탕색과 글씨색은 각 영마다 달랐다.

무리들이 벌처럼 개미처럼 호위하였다. 붉은 치마를 입은 여인네들이 좌우로 나열해서 가는데 한 쌍의 군노(軍奴)는 고래고래 소리치고 곤장을 든 자들이 앞뒤를 막으며 왔다. 원래 우리나라에서도 유명한 평안감사 행차인데, 이런 광경을 처음 대하는 일개 산승에게 어찌 두려운 마음이 생기지 않겠는가? 인홍은 길 왼편으로 서더니 중에게는 오른편에 서 있도록 해놓고 거짓말을 하였다.

"예로부터 순찰사의 행차는 여차하면 못 보고 지나치는 경우가 있으니, 스님은 명심해두었다가 내가 하라는 대로 잘 따르시오."

중은 그저 '예예' 하였다.

이윽고 감사의 가마가 점점 접근해 왔다. 그때 인홍이 중을 향해 손을 펴자, 꼭 부르는 시늉 같았다. 중은 그것을 보고 급히 길 가운데를 가로질러 인홍을 보며 건너왔다. 앞을 호위하던 군노가 길을 범한 중을 보고 버럭 소리를 질렀다.

"감히 어떤 중놈이기에 이렇게 당돌하단 말이냐?"

그러고는 곧장 다가와 그를 붙잡아다 감사에게 보고하였다. 감사는 얘길 듣고 버럭 화를 내며 명을 내렸다.

"이 중놈을 그대로 둘 수 없으니 묶어다 옥에 가두고 내일 내 문초를 기다리거라!"

이에 군노 둘이 '예!' 하며 중을 결박하여 데리고 갔다. 인홍은 뒤를 따라 느릿느릿 걸어가서 감옥 안에서 중을 만났다. 중은 눈물을 뿌렸다.

"소승이 무슨 죄가 있다고 이런 사지에 빠뜨린단 말입니까?"

"네 스스로 사지에 빠져놓고 도리어 남이 너를 사지에 빠뜨렸다고 하는가?"

"아니 생원께서 손을 흔들어 저를 부르지만 않았어도 소승이 무엇 때문에 여기에 있겠습니까? 당초에 생원께서 지시에 따르라는 그 한마디가 이미 소승을 함정에 빠뜨리려는 계획이었나 봅니다."

인홍은 히죽히죽 웃으며 말했다.

"이 멍청하고 못난 중아! 내가 너하고 앞으로도 뒤로도 원수진 일이 없거늘 무엇 때문에 이런 함정에 빠뜨리겠느냐? 내가 너를 보고 손을 흔든 것은 단지 너에게 움직이지 말고 그냥 서 있으라는 주의를 준 것이었는데, 네가 그렇게 사또의 앞길을 가로막아 스스로 법망에 걸려들 줄이야 생각이나 했겠느냐?"

19

그러더니 옥문을 지키는 자에게 간청을 하였다.

"이 중은 아무 산 모 사찰의 스님인데, 나와 서로 왕래하며 가까이 지낸 지가 벌써 여러 해 되었소. 사람 됨됨이 매우 부지런하고 신중한데, 다만 천성이 조금 어리석어 이런 일을 저지르고 말았소. 당신은 내 얼굴을 봐서 이 중을 너그럽게 용서하여 칼을 풀고 우리 집으로 보내주시오. 그리고 사또의 문초를 기다리다가 그때 데려가시오. 그럼 이 중에게도 그 은혜 이를 데 없을 게고, 나도 감사하는 마음 쭈욱 새겨두리다. 당신 뜻은 어떠하오?"

옥문을 지키던 자는 남을 복종시키는 김인홍의 힘을 이미 두려워하고 있던 터라 무슨 말이든 다 들어줄 참인데 이런 사소한 일이야 질질 끌며 안 들어줄 수 있겠는가? 그 자리에서 그러라고 하였다. 인홍은 중과 함께 옥문 밖으로 나온 지 몇 걸음 안되어 은밀하게 귀엣말로 속삭였다.

"네가 여기서 머물러 있다가는 곤장 세례에 살점이 다 떨어져나가고 사또의 호령에 혼이 상천으로 날리고 말 테니, 두 주먹 꽉 쥐고 얼른 도망치거라."

중은 몇 번이고 생원의 은혜에 감사하다는 절을 올리고 재빨리 달아났다.

차설. 인홍은 중을 보내고 나서는 곧장 영원사로 달려가 해운대사를 만났다. 그에게 다가가 예를 표하였으나 해운은 눈을 흘기며 쳐다보더니 한참 만에 입을 열었다.

"생원께서는 어인 일로 다시 오셨소?"

인홍은 합장을 하였다.

"제가 한 가지 긴하게 대사께 부탁드릴 것이 있는데 들어주시겠습니까?"

"들어줄 만하면 들어줄 것이고 들어줄 수 없는 거면 못 들어주지요."

그러자 인홍은 탄식을 하였다.

"제가 이제 나이 마흔이 다 되어 딸 아들 하나씩을 두었는데 애지중지하고 금지옥엽 아끼지요. 그런데 타고난 자질이 연약하고 원기가 강하지 못해 여름날 조금만 더워도 체하여 눕기가 예사요 겨울날 조금만 추워도 콧물이 물 흐르듯 하니, 타고난 이 약질은 눈으로 차마 보지 못할 지경이랍니다. 그저 하늘과 부처님이 잘 보호해주셔서 얘들이 시집가고 장가들어 손자들을 낳을 수 있다면 좋겠습니다. 그럴 수만 있다면 저희 부부는 기뻐서 천 길 만 길 뛰어올라 다만 하늘에 부딪치고 땅이 얇아 무너질까 한스러워할 것입니다. 제가 여기에 온 것은 대사님께서 저희 집에 왕림하셔서 저희들에게 목욕재계하는 예와 손톱을 깎고 머리를 단정히 하는 법을 가르쳐주시면 성긴 나물과 거친 밥으로나마 불공을 한 번 드리려고 합니다. 대사께서는 한 번 왕림하셔서 이 작은 성심에나마 부응해주시기를 천만 번 바라나이다."

해운은 껄껄 웃었다.

"당신이 불공이 필요하면 가서 불공을 드려줄 수 있으나 목욕재계하는 데에 무슨 색다른 예를 찾으며 손톱을 깎고 머리를 단정히 하는 데에 무슨 묘법이라도 있단 말이오?"

20

"그렇긴 하지만 저희 집의 종들도 대사께서 한 번 오시기를 바라고 있답니다. 몇 되의 흰쌀을 빻고 또 빻으며 몇 움큼의 산나물을 씻고 또 씻어놓고 대사님 오시는 것을 기다리기를 마치 깊은 산 묘지기가 자기 상전 맞이하면서 의정부 대신 행차하는 양 기뻐하듯 하니 말입니다. 환하게 촛불을 밝히고 온 집안이 숙연합니다. 심지어 두세 살 어린아이도 감히 보채거나 울지도 못하고 있는 중이지요. 대사께서 이번의 걸음을 아끼시면 저들이 낙심하고 낙담하는 게 과연 어떠할지 한 번 곰곰이 생각해주십시오."

해운은 이 말을 듣고 한참 혼자 생각하더니 이윽고 속으로 헤아려보았다.

'김인홍도 역시 본도의 양반으로 재능 있고 남을 복종시키는 힘도 가진 인물이지. 내 지난번 재물을 빌려달라는 부탁을 들어주지 않은데다가 이번에 또 한 번 가주는 것까지 꺼린다면, 이는 스스로 혐의를 제공하는 게 아니겠는가? 5천의 돈이야 아낄 만하지만 잠깐의 다리품이야 뭘 아까워하겠는가?'

그런 생각이 들자, 해운은 자리에서 일어났다.

"노승의 이 다리가 산을 내려가본 지 벌써 한 해가 되었소. 부유하고 세력 있는 양반댁에서 종종 나를 청했어도 한 번도 부응해준 적 없었지마는, 생원님의 소청에야 어찌 감히 나만 멋대로 존대하겠소!"

그리하여 마침내 인홍과 함께 산을 내려갔다. 도착해서 이제 막 지팡이를 내려놓고 대삿갓을 걸어놓은 후 행랑의 동서로 자리가 막 정해지려는 즈음이었다. 그런데 별안간 어디서 나타났는지 세 명의 관리가 바람처럼 다가와서는 사나운 호랑이처럼 소리를 지르더니 두 눈을 동그랗게 뜨고 물었다.

"그 중놈은 어디에 있느냐?"

인홍은 해운을 가리키며,

"여기 있소, 여기!"

라고 하였다.

그러자, 이 관리들은 다시 한 번 고함을 지르더니 주먹으로 해운대사를 쳐서 엎어뜨렸다. 굵은 밧줄로 몸을 결박하고 수갑으로 양손을 채우더니 오동지(吳同知) 보법(步法)[24]으로 나는 듯 잡아가는데 두 다리는 공중에 뜨고 눈에서는 불이 타올랐다. 해운은 당황스럽고 황당함에 어찌된 영문인지 몰라 얼떨떨해하며 인홍에게 고개를 돌려 소리쳤다.

"생원님은 무슨 일로 나를 죽이려 하오?"

그러자 인홍은 성난 눈으로 똑바로 쳐다보며 긴 수염을 고슴도치 털처럼 다 추켜올리며 버럭 꾸짖었다.

"개 같은 놈아! 너는 전날의 죄를 생각지 않느냐? 네 재물이 산처럼 쌓였고 미곡은 벌겋게 썩을 지경이어서 5천 꿰미 돈이 들고 나는 것쯤이야 고작 구우(九牛)에서 일모(一毛)를 뽑는 격일 텐데도 양반을 깔보고 패덕함이 막심하지 않았더냐? 그래서 내가 사또에게 아뢰어 이 분함을 설욕하기로 단단히 마음먹었으니, 네 목이 얼마나 단단한지 어디 두고 보자!"

해운이 괴로워하며 울부짖었다.

"생원님, 저를 살려주시오. 생원님이 오늘 소승을 살려주시면 내일 바로 5천 꿰미를 갖다드리리다."

인홍은 다시 비웃고 꾸짖었다.

"간사한 중이로구나! 네가 감히 잠시 나를 속여 넘기려 하느냐?

---

24) 오동지(吳同知) 보법(步法): 축지법 따위로 빨리 걸었던 오동지란 말일 텐데, 구체적인 사항은 잘 알 수 없다.

21

아무리 간교한 꾀를 내며 원숭이처럼 속이고 쥐새끼처럼 교활한 자라고 해도 내 속임수에 당하지 않을 수 없으며, 기교가 넘치고 넘쳐 하늘로 오르고 땅으로 들어가는 자라도 감히 나를 속일 수는 없도다. 하물며 너같이 별 볼일 없는 간사한 중이야 무얼 할 수 있겠느냐? 게다가 내 비록 궁하기는 하나 어찌 네 돈 5천 꿰미 때문에 내 육신을 얼얼하게 하랴! 하지만 너는 끌려가는 도중에 관리에게 사례조로 거의 수백 냥을 써야 되고 관아에 한 번 들어갔다가는 위아래에 호소하느라고 수천 냥을 쓰겠지. 무지막지한 곤봉 세례에 살이 터지고 찢겨 몇 달을 옥중에서 갇혀 묶여 있다 보면, 온 몸이 만신창이가 되고 허리와 볼기에는 구더기가 생길 테지. 출옥하려면 또 수천 냥을 써야 되고 주변의 은혜를 입고 아침저녁으로 방법을 써야 겨우 나올 수 있을 테지. 그리 하려면 아무리 줄이고 줄인다 해도 전후 소용되는 돈이 족히 3만 전은 들 것이야. 통쾌하구나, 통쾌해! 그때 나는 일어나 한 차례 춤이나 출 테다.”[악인의 흉악한 입이로다.]

여기 세 관리들도 이미 인홍과 밀약을 한 자들이었기에 바로 잡아가지는 않고 단지 때리고 발로 차며 해운이 어쩌지 못하도록 위협하였다. 원래 해운은 부유한 중이다 보니 좌우에 차례지어 서 있는 제자가 항상 수십 명이었고, 궤안에 기댄 채로 한 번 부르기만 해도 당 아래에서 응하는 자가 십수 명이었다. 초년엔 비록 불행하여 중이 되었으나 만년의 신세는 삼공(三公)과도 바꾸지 않을 정도였다. 말을 할 땐 꼭 ‘노승(老僧)’이라고 하며 거만하기가 이를 데 없었고, 잠깐의 감기에도 아프다는 소리를 입에 달고 지냈다. 그랬으니 사나운 관리들의 곤봉 세례야 꿈속에선들 일찍이 받아보았겠는가. 한 번 때리니 한 줄기 눈물이, 두 번 때리니 두 줄기 눈물이 흘렀다. 해운은 절로,

‘관리의 저 독한 손맛이 관부에 가기도 전에 저렇듯 참혹하니, 하물며 관

부에 도착해서 호령이 서릿발 같고 손끝에 바람이 일게 되면 난 순식간에 그 고통으로 죽고 말 게야.'

라는 생각이 들었다. 인홍을 돌아보며 애걸할밖에.

"생원님, 절 살려주시오. 소승이 오늘 내로 5천 꿰미를 드리리다."

인홍이 버럭 소리를 질렀다.

"네가 오늘 5백만 꿰미를 바친다 해도 난 필요 없다. 그저 네가 옥중에서 곯아 죽기를 바랄 뿐이지!"

그러자 해운은 다시 절규하였다.

"생원님이 지금 즉시 영원사를 통째로 공중으로 날려 보낸다 해도 아까워하지 않을 테니, 이 한 목숨만 살려주시오!"

인홍은 피식 웃는다.

"네가 오늘에서야 따끔한 맛을 알았나 보구나. 난 네가 몽둥이질 한 번에 맞아 죽기를 바랐는데, 자복하는 걸 들어보니 그것도 가련하구나. 2만 꿰미 돈을 바로 가져다 바친다면 내 너를 살려주겠다. 허나 만약 한순간의 거짓말로 나를 속였다가는 단박에 죽고 말 테니 알아서 명심하거라."

22

"소승이 어찌 감히 거짓말을 하겠습니까? 동자 하나를 빌려주시면 금방 2만 냥을 가져다 바치겠나이다."

인홍은 그제야 알았다 하고 집안에서 늘상 사환 노릇을 하는 동자를 불러 해운의 지시를 따르라고 일렀다. 해운은 종이와 붓을 요청하고 수갑을 풀어 달라 하더니, 마음을 진정시키고 편지 한 통을 썼다.

아, 너희들은 속히 와서 나를 살리거라. 내 전날 판단을 잘못해 죄를 지어 양반의 노여움을 사게 되었다. 이 일이 사또에게까지 알려지면 슬프게도 이 한 몸이 사경에 빠지게 될 것이다. 너희들이 나를 사부로 생각하거든 속히 와서 나를 구하고 사부로 생각지 않거든 내가 이곳에서 살갗이 다 벗겨지고 살점이 떨어져나가 죽더라도 내버려두거라. 그렇지만 너희들이 그냥 오는 것은 무익하니 모름지기 동전 2만 꿰미를 가지고 와서 나의 죄를 속량시켜야 될 것이다. 이 2만 꿰미 중 한푼이라도 적을 시에는 내 오늘이 죽는 날이 되느니라. 아! 너희들은 속히 와서 나를 구하거라. 두려움에 글자를 제대로 쓸 수가 없구나.

편지를 다 쓴 후, 이 아이에게 건네주면서 급히 영원사로 가서 모든 승도들에게 전달하라고 하였다. 아이는 숨을 헐떡이며 영원사로 달려가 소리쳤다.

"여기 서찰이 왔어요!"

많은 중들이 더러는 비스듬히 누워서, 더러는 걸터앉아 있다가 느긋하게 물었다.

"어디서 서찰이 왔다는 거냐?"

편지를 받아서 뜯어보니, 그 안에는 다만 몇 줄 비통한 말이 씌어 있는 게 아닌가. 모두들 놀란 눈으로 서로를 돌아보며 의견을 모았다.

"사부께서 무슨 죄를 지었기에 이런 경우를 당하셨단 말인가? 하지만 일이 급박하니 그 이유를 캐기엔 겨를이 없구나. 먼저 발빠른 스님을 보내 사부님을 대신하여 죄를 받게 하고 우리는 2만 꿰미의 동전을 준비하여 뒤따라 속히 가서 대납하는 것이 옳겠다!"

차설. 인홍은 아이를 보내놓고 오로지 소식이 도착하기만을 기다렸다. 얼마 지나지 않자, 어떤 중이 들어와 애타는 말투로 해운을 풀어달라고 애걸하였다. 그리고 또 얼마 안되어 인부 몇이 등에 돈 보따리를 짊어지고 숨을 헐떡이며 오는데 그 뒤로는 두 명의 중이 따라오고 있었다. 인홍은 그것을 보고는 속으로 탄성을 질렀다.

'자고로 돈이 있으면 귀신도 부린다고 하더니 그 말이 헛말이 아니었구나! 보아하니, 해운은 재능도 없고 학식도 없어 고작 일개 시골 생원의 우롱에 순식간에 걸려들더니 또 금방 엎어져 애걸복걸하는 가소롭고 어리석은 사람에 불과하지 않은가. 그런데도 저렇게 전후좌우에서 죽을힘을 다해 돕는 것은 무엇 때문인가? 오호라, 이것이 어찌 해운 한 사람 때문에 그렇겠는가?

23

그 정확한 연유야 굳이 얘기할 필요는 없고. 신령하도다, 돈이여! 그래서 '돈이면 항우(項羽)도 된다'는 말이 세상 사람들의 입에 남아 있는 게 아니겠는가?'

인홍은 즉시 그 돈을 접수하고 나서 해운에게 일렀다.

"비록 이렇게 하긴 했지만, 일단 너는 관부로 한 번은 들어가야 하느니라. 사또께서 잡아들이라는 명이 계신지라 내가 지금 맘대로 풀어줄 수는 없으니 들어가보아라."

해운은 머리를 조아리며 말하였다.

"그리 했는데도 생원님이 저를 풀어주지 않는 것은 무엇 때문입니까?"

"내가 무엇 때문에 널 풀어주는 데 인색하게 굴겠느냐? 네가 이렇게 이미 자복을 하였고 나 또한 별다른 원망이 없다. 그래서 이젠 널 위해 복을 빌더라도 괜찮을 지경인데, 어찌 너를 선뜻 풀어주고 싶지 않겠느냐? 하지만 오늘 아침에 너의 죄를 치죄해달라고 요청해놓고는 갑자기 다시 풀어달라고 하면 전엔 어떤 마음이고 뒤엔 또 어떤 마음이냐고 남들의 의심과 화를 돋울 뿐만 아니라 사또께서도 필시 나를 미친놈이라 여기실 것이다. 그러니 네가 고통스럽겠지만 꾹 참고 곤장 한 대만 맞으면 내 그 뒤에 편지를 올려 사또께 너의 죄를 용서해달라고 할 것이야. 그래야만 일의 모양새가 양쪽으로 편할 것이다."

해운은 애타게 간청을 계속했으나 관리들이야 해운을 그냥 놓아주려 하겠는가? 결국 붙잡아 관부로 들어갔고 해운은 좌우에 곤봉과 곤장을 든 자들이 삼엄하게 늘어서 있는 광경을 볼 수 있을 뿐이었다. 이윽고 감사는 호령하였다.

"이 하찮은 중아! 네가 무슨 물건이길래 감히 내가 가는 길을 범한단 말인가? 한고조(漢高祖)는 큰 뱀이 길을 가로지르자 칼로 그 뱀을 베어버렸거늘,[25] 하물며 너같이 하찮은 것을 애석하게 여길 게 무어 있겠느냐?"

그러고는 호령을 하였다.

"이놈을 치거라, 쳐!"

영이 떨어지자마자 곤장이 양쪽에서 내리쳤다. 사정없이 맞은 해운은 볼기의 살갗이 찢어지며 피가 용솟음치듯 흘러나왔다. 해운은 감사의 말을 분명히 듣긴 하였으나 마치 월상(越裳)[월상은 지금의 안남(安南)[26]이다.]의 사신이 처음 중국에 당도한 것처럼 한마디도 알아들을 수가 없었다. 눈을 굴리고 입을 벌려봐도 무슨 말인지 알아들을 수 없기는 마찬가지였다. 그저 고통에 절규하며 용서해주기만을 빌 뿐이었다. 이렇게 해운은 엄청난 곤장 세례를 받고 일어나 관문을 나서는데 두 무릎이 굽어 펴지지 않아 걸어갈 수가 없었다. 떠메어 산사로 돌아가서는 몇 개월을 고통스러워하며 보내다가 가까스로 일어날 수 있었다. 비록 졸지에 인흥의 간계에 걸려들어 잊을 수 없는 치욕을 당했다는 사실을 알게 되었지만 이는 종로에서 뺨 맞고 한강을

---

25) 한고조(漢高祖)는 (…) 베어버렸거늘: 유방(劉邦)이 한나라를 건국하여 고조(高祖)가 되기 전에 있었던 고사이다. 유방이 정장(亭長)이라는 미관말직에 있을 때, 술에 취해 택중(澤中) 지역을 지나가는데 길 앞에 큰 뱀이 길을 가로질러 막고 있었다. 뒤따르던 시종이 돌아가자고 하였으나, 유방은 "사나이가 가는 길에 두려울 게 뭐가 있느냐"고 하면서 칼로 그 뱀을 두 동강 내고 길을 열고 갔다고 한다.

26) 안남(安南): 지금의 베트남. 베트남은 과거 한때 북쪽의 교지국(交趾國)과 남쪽의 안남 지역으로 분리되어 있었다.

건너면서 째려보는 격이니, 산속의 어리석은 중이 교활하기 짝이 없는 인홍을 어찌하겠는가?

청천자는 말한다.
'인홍의 간사함을 따질 게 아니라 산승의 어리석음을 책할 일이다. 아, 어리석은 산승이여! 누가 너보고 그렇게 멍청하라고 시켰더냐?'

계항패사씨는 말한다.
'인홍의 간사한 꾀는 진정 나무랄 것이 없다. 그리고 세상에서 해운을 논하는 자들은 모두가 그의 인색함을 탓하지만 나는 그의 인색함을 굳이 나무랄 게 없다고 생각한다. 무릇 재물이라는 것은 귀신도 아끼는 것이고 사람에겐 놓치기 싫은 것이니, 인색하지 않고서 어떻게 재물을 지키겠는가? 그것을 지킬 줄 안다면 마땅히 쓸 줄도 알아야 했다. 그러나 해운의 경우 인색하기만 할 뿐, 세상을 구제하고 사람에게 이익이 되는 도를 알지 못했으니 그가 화를 당한 것은 안타까울 게 없다.'

24

이 때문에 세상 사람들이 다들 '인홍이 베개를 한 번 뒤집을 때마다 기묘한 계책이 백출한다'고 하나, 삽시간에 꾸민 일을 보면 귀신도 놀라고 곡할 정도이니 '베개를 한 번 뒤집을 때'라는 그 비유가 오히려 느린 것이라고 하겠다.
차설. 인홍이 예전에 서울에 다니러 갔다가 돈이 급하게 된 적이 있었다. 그런 그는 입고 있던 의복을 벗고 옷상자에서 오래 전에 입었던 해진 저고리와 바지를 꺼내어 입었다. 그리고 양쪽의 귀밑머리도 흐트러진 채로 내버려두고 얼굴의 때도 씻지도 않은 채 그대로 곧장 광통교(廣通橋)[27] 입구로 갔다. 다리 좌우에 두세 개 닭장이 놓여 있는 것을 보고는 이리저리 왔다갔다하며 자리를 뜨지 못하자, 닭장수가 그의 모양새를 살폈다. 왼편의 머리를 보아도 먼 시골 양반이요 오른편의 머리를 살펴보아도 먼 시골 양반이었다. 예로부터 대처의 시정(市井)이란 게 일개 촌놈을 보기만 하면 머리끝부터 발끝까지 홀딱 빼앗아 먹지 못해 안달하는 터. 마침 인홍이 길 가운데에서 이렇듯 주저하는 모습을 보자마자 닭장수가 바로 물었다.

"어떤 양반이기에 하릴없이 여기서 왔다갔다하는 거유?"

"나는 평안도 용강군(龍岡郡)의 모 산중 삼가촌(三家村)의 농부요. 밭을 갈고 우물을 파는 일로 먹고 살았을 뿐, 그 산 밖으로는 한 발짝도 나가보지 않은 터라 도무지 산 밖의 일이라곤 모르고 지냈다오. 지금 이렇게 서울에 올라와 이곳을 지나다가 새장 속에 갇힌 날짐승을 보게 되었는데 이게 아주 희한하더이다. 그래 어찌할 줄 모르고 떠나가지도 못하고 있소. 이것은 무슨 물건이며 이름이 뭐요? 좀 확실히 가르쳐주시오."

닭장수는 인홍의 말을 듣고는 한참 만에야 한바탕 큰소리로 웃다가 대답하였다.

"이것이 바로 봉황이오."

인홍은 놀란 표정으로 그 앞으로 다가가더니 물었다.

"이게 바로 그 봉황이란 말인가? 내 지금은 비록 농부지만 예전 십사오 년 전 그때는 물론 책을 끼고 글을 읽었소. 그때 나는 『사략(史略)』[28] 첫째

---

27) 광통교(廣通橋): '광교(廣橋)'라고도 하며, 광통방(廣通坊)에 있어서 붙여진 이름이다. 조선시대 청계천 다리 중에 규모가 제일 컸으며, 원래 토교(土橋)였으나 정동(貞洞)에 있었던 정릉(貞陵)을 북한산 밑으로 옮기면서(지금의 서울 성북구 정릉동) 거기서 나온 12개의 석각신장(石刻神將)으로 재축조하여 석교(石橋)가 된 것이다.

28) 『사략(史略)』: 『십팔사략(十八史略)』. 중국 십팔사를 요약해서 초학자용으로 편찬한 책으로, 원(元)나라 때 증선지(曾先之)가 엮었으며, 우리나라에서도 초학 교재로 많이 쓰였다.

권을 읽고 있었고, 고향에 사는 어떤 친구는 『서전(書傳)』의 「순전(舜典)」을 읽고 있던 중에, 그중 한 구절에 '소소(簫韶)가 아홉 번 울림에 봉황이 와서 답례한다'29)고 하였지요. 그때 훈장님이 그 구절을 이렇게 풀어주셨다오. '봉황은 상서로운 날짐승이니 성인이 위에 있어 봉황이 그를 위해 나타나기 때문에 황제(黃帝)의 시대에 봉황은 아각(阿閣)에 둥지를 틀었고,30) 그후 요순(堯舜) 시대와 하·은·주(夏殷周) 삼대에 봉황이 나타나 상서로움을 드러낸 일이 비일비재하였다. 그러나 진(秦)나라 이후 지금까지 수천 년 동안 위로 성군이 없고 아래로 어진 재상이 없어 봉황이 마침내 천하에서 그 종적을 감추었다'고 말이오. 당시 훈장님이 이렇듯 자세히 해석해주셨기에 내 지금도 이 몇 구의 이야기를 기억하고 있다오. 헌데 오늘 생각지도 않게 직접 이 상서로운 것을 보게 되다니요!

25

그건 그렇고, 봉황 한 마리에 가격이 얼마나 되오?"

"큰 것은 수백 냥이고 작은 것은 수십 냥 하오."

"내 주머니엔 고작 10냥 7전만 있으니 제일 작은 봉황 한 마리를 헐값으로 내게 준다면 내 두 번 절하고 가리다."

"당신한테 절 받을 것까지는 없고 당신이나 적당한 가격에 사서 가기를 바라오."

---

29) 소소(簫韶)가 (…) 답례한다: 소소(簫韶)는 순임금의 음악으로, 이 출전은 『서전』, 즉 『서경(書經)』의 「순전」이 아니라, 「익직(益稷)」편에 나온다. 원문은 이러하다. "簫韶九成, 鳳凰來儀."

30) 황제(黃帝)의 시대에 (…) 둥지를 틀었고: 아각(阿閣)은 사방 끝에 네 개의 기둥을 따로 설치한 누각을 말하며, 황제(黃帝) 시대에 이 아각에 봉황이 깃들여 태평시절을 구가하게 되었다고 전해진다.

인홍은 그 즉시 전대에서 10냥 7전을 꺼내 닭장수에게 건네주면서 두 번이나 절을 하며 '아주 작은 봉황 한 마리라도 파시오'라고 하더니 다시 축원까지 해주었다.

"노형께서 이렇게 덕을 쌓으시면 부귀공명하고 자손도 번창하리다."

그러자 닭장수는 웃음을 참지 못하고 '푸하하' 웃고 말았다.

"그래 봉황을 가져가게, 가져! 그렇지만 자네 다른 사람에겐 2, 3백 냥에 샀다고 말하게. 절대로 '십량칠전(十兩七錢)' 넉 자는 꺼내지도 말게."

인홍은 두 손을 공손히 하고,

"내 다른 사람에겐 한 마리에 6백 냥을 줬다고 하리다."

라고까지 하였다. 닭장수는 입을 가리고 맞장구를 쳤다.

"좋아, 좋아! 자넨 정말 좋은 사람이로군. 나중에도 자주 사 가게."

인홍은 좋아라 하며 답했다.

"감사하오, 감사해! 이 한 마리도 헐값으로 샀는데, 나중에 또 와서 사라하니 고맙고도 고맙소!"

인홍은 일어나 자리를 떴다. 헌데 채 몇 걸음 못 가서 닭장수가 껄껄 웃으며 하는 소리를 들었다.

"넓고 넓은 세상에 별 물건이 다 있구먼!"

인홍은 노끈으로 닭의 두 다리를 묶어서 두 손으로 붙들고는 곧장 현임 포도대장 댁 대문 앞으로 달려갔다. 문 앞을 이리저리 왔다갔다하며 고래고래 소리를 질렀다.

"봉황 사세요, 봉황 사세요!"

그리고는 이어서 노래까지 불렀다.

상서로운 봉황이여, 무엇을 하랴!
성인이 재위에 계셔 조정이 청명하니
상서로운 봉황이 출현함이로다.

봉황 사세요, 봉황 사세요.
천년에도 얻기 어려운 봉황을 사세요

노래가 끝나면 다시 노래를 부르며 온종일 그곳을 왔다갔다하니, 포도대장[누구인지 모름.]이 귀를 기울여 한참을 듣다가 속으로 괴이한 마음이 들어 시종을 불러 분부하였다.

"네가 나가서 보고 오너라. 어떤 미친놈이 '봉황 사시오, 봉황 사시오' 하는데, 아침부터 저물 녘이 되도록 소리가 끊이지 않는구나. 자세히 살피고 와서 보고하거라."

시종이 돌아와 아뢰었다.

"어떤 촌사람이 옷은 남루하고 콧물을 질질 흘리며 때에 전 갓을 쓰고 있는데, 손에는 한 마리 장닭을 들고는 '봉황 사세요, 봉황 사세요'라고 소리소리 지르고 있습니다요."

26

포도대장은 이 보고를 듣고 노발대발하여 고함을 쳤다.

"내 직위가 포도대장이니 한 번 영이 떨어지면 귀신도 물러날 판인데, 어떤 기괴한 물건이길래 감히 와서 저러고 있단 말이냐?"

포교 한 명을 급히 불러내 그 자를 포박해서 앞에 무릎 꿇도록 하라 하니, 당 아래에서 응명하여 나온 서너 명이 인홍을 붙잡아다 섬돌 앞에 꿇어앉혔다. 포도대장이 큰소리로 꾸짖었다.

"이 어리석고 미친 백성아! 네가 이런 괴상한 소릴 지르려면 마땅히 깊은 산 외진 골짜기 사람이 없는 곳으로 달려가서 혼자 왔다갔다하며 소리칠 것이지, 퍼런 하늘 밑 훤한 대낮에 포도대장 집 대문에다 대고 그 소릴 지껄여

대며 온종일 오락가락한단 말이냐? 그 죄 죽여도 남을 게야!"

고함소리는 천둥이 내리치는 것 같았다. 그런데도 인홍은 머리털 하나도 꿈적하지 않고 외려 히히덕거렸다.

"이상하고 괴이하지요. 제가 생각하기로는 봉황은 성세에 상서로운 것이라 대궐 문앞에 대고 하루 종일 봉황을 사라고 외쳐도 필시 죄가 안될 테고, 영상대감이나 병판대감 댁 안에다 대고 종일 봉황을 사라고 해도 필시 죄가 안될 텐데…… 지금 포도대장 댁 문앞에서는 이 소릴 엄금하니, 만약에 먼저 대궐이나 영상대감 댁에 가서 그랬다면 당장에 맞아 죽었겠는걸요."

그러면서 하늘을 쳐다보며 큰소리로 웃는 것이 아닌가. 포도대장은 분노하여 책상을 내리치며 버럭 소리를 질렀다.

"당장 형구를 대령하여 저놈을 쳐죽여라. 닭을 봉황이라고 하고도 이실직고하지 않다니, 저것은 요물이니 가만히 놔둘 수 없도다!"

인홍은 '닭을 봉황이라고 한다'는 그 말에 놀라 실성한 표정을 지었다.

"이게 닭이란 말입니까? 저는 다만 봉황으로만 알았는데 이게 정말 닭이란 말입니까? 소인의 집에도 닭이 두 마리 있는데, 한 마리는 흰색이고 또 한 마리는 검은 색이옵니다. 날이 밝으면 이것들이 한 소리로 '꼬끼오' 하더이다. 이것이 만약 닭이라면 무슨 이유로 희지도 검지도 않고 온통 황색이며, 하루 종일 가지고 다녀도 도무지 '꼬끼오'라는 소리가 없으니 그 까닭이 무엇이란 말입니까? 이 물건이 과연 닭이고 봉황이 아니라면 조동지(趙同知)에게 빌린 6백 냥의 돈은 어떻게 갚는단 말입니까?"

그러면서 혀를 차며 탄식하였다. 포도대장은 유심히 살펴보더니, 좌우에 곤장을 든 자들을 물러가라고 하였다. 그리고 인홍에게 앞으로 가까이 오라고 하여 물었다.

"이 멍청한 놈아! 어디에서 이 물건을 샀느냐?"

"소인이 광통교를 지나가다가 이 물건을 보게 되었는데 깃털의 광채가 범상치 않더이다. 이것이 뭐냐고 물었더니 그 장사치가 '이것은 봉황이다'라고 하더이다. 그럼 가격이 얼마나 되냐고 물었더니 그 장사치가 '값이 6백 냥이다'라고 하기에 그 말대로 값을 지불하였나이다."

27

포도대장이 급히 관리를 불러 그 닭장수를 잡아다가 앞에다 무릎 꿇리게 하였다.

"네가 무뢰한 장사치라고 하나 저 먼 벽촌의 어리석은 백성을 속여 날로 6백 냥을 빼앗았으니 도적놈의 심술로 그 짓을 했으렷다. 그대로 둘 수 없도다."

하고 꾸짖자, 닭장수는 어떻게 항변하지 못하고 이실직고하였다.

"소인이 그를 속이려 한 것이 아니옵고 그 스스로 여차여차하기에 소인은 10냥 7전을 받고 팔았을 뿐, 결단코 6백 냥은 아니었사옵니다."

포도대장이 재차 인홍에게 사실을 물어도 인홍은 계속 6백 냥이라고 하였다. 대장은 두 사람을 한참 쳐다보다가, '간사한 장사치는 남을 속이는 말을 잘 알아듣지만은 산골 백성이야 어찌 속이는 말을 알아듣겠는가?'라고 판단, 대뜸 닭장수를 보고 큰소리로 다그쳤다.

"부엄하도다, 이 사악한 장사치야! 네 비록 산골 백성을 속이기는 했으나 어찌 감히 나까지 속이려 드느냐?"[평자왈 두려워할 일은 어리석은 백성이 남을 속이는 것이지, 간사한 장사치가 남을 속이는 것이 아니거늘!]

대장이 시종에게 닭장수를 포박하여 엎어뜨리게 하고 좌우에서 곤장 30대를 내리치라고 하였다. 원통하다며 한참을 절규하던 닭장수는, '내가 지금 아무리 백 번 천 번 불복하더라도 도움될 게 없고 내리치는 곤장 아래에서 귀신이 될 게 뻔하다. 속담에도 그러지 않던가. 사람 나고 돈 났지 돈 나고 사람 난 게 아니라고. 6백 냥이 아깝긴 하지만 어떻게 내 목숨하고 바꾸겠는가' 하는 생각이 들었다. 그리하여 마침내 자복을 하였다.

"소인이 과연 죽을죄를 지었사옵니다. 잠깐의 탐욕으로 어리석은 백성을 속였나이다."[평자왈 누가 어리석은 백성이란 말인가!]

그리고 결국 6백 냥을 가져다가 인홍에게 건네주어야 했다.

청천자는 말한다.

'인홍이 닭을 봉황이라 한 것은 고의로 물은 것이고, 닭장수가 닭을 봉황이라 한 것은 무심코 답한 것이었다. 어리석도다, 닭장수여! 무심코 응수했다가 도리어 작정하고 남을 속이려 한 것처럼 되어버렸으니. 어찌 당초 그가 왔을 때부터 그를 속이겠다고 작정했겠는가. 아, 이래서 한 마디 말, 한 가지 일도 조금이라도 어그러져서는 안되는 것이다. 그러므로 세상에 작정하고 덤비는 사람이 가장 무서운 법이다.'

계항패사씨는 말한다.

'닭장수가 속임수에 걸려든 것은 남을 업신여겼기 때문이다. 진실로 남을 업신여기지 않았다면 인홍이 비록 간사하고 교활한 사람이기는 해도 어떻게 이런 계책을 냈겠는가? 그러므로 세상의 화 가운데 남을 업신여기는 일보다 큰 것은 없다고 하는 것이다.'

이 얘기가 전해져서 한때의 기담(奇談)으로 남게 되었다. 이후 도성 사람들은 김인홍을 '김서봉(金瑞鳳)'이라 하였고 시골사람들은 간단히 '김봉(金鳳)'이라 불렀다.

차설. 연전에 집을 빌려주었던 이삼장은 김봉이 여차여차해서 남의 재물을 긁어모았다는 소식을 들은 후로 남에게 김봉의 일을 말할 때면 문득문득 이렇게 탄식하였다.

"세상 사람들 모두가 어리석어 저런 어린놈에게 사기를 당하는 것이지 그 아이가 남을 속일 수 있는 건 아니지!"

28

어느 날 이삼장은 지나는 길에 김봉의 집을 방문했는데, 자리에 앉기에
앞서 대뜸 사납게 꾸짖었다.

"조카야! 네가 변변찮은 재주로 남을 속여 이것저것 가리지 않고 재물을
끌어 모은다 하던데, 개탄스럽고 안타깝구나! 대저 세상 사람들이 도무지 심
지라곤 없고 가슴속은 온통 시커먼 천지요, 안중에는 온통 공중의 뜬 재물
뿐인지라 너의 잠깐의 간교한 꾀에 저렇듯 하염없이 나락에 떨어지면서도
깨닫지를 못하고 있다. 이는 모두 저들이 허무맹랑하여 자신들이 자초한 것
이라 뭐 괴이할 것도 없다만, 너는 지금부터라도 정직한 마음을 먹고 나쁜
길로 들어서지 말아라. 시퍼런 하늘이 내려다보고 있으니 많은 사람들을 속
일 수는 없을 게다!"

그러면서 제 자신을 칭찬하는 것이었다.

"난 어린 시절부터 부지런히 노력하였으며 지금 백발이 성성하도록 감히
허황되거나 분수에 없는 재물이란 탐한 적이 없고, 근검으로 내 자신을 다잡
아 아침저녁 반찬이라곤 단지 산과 들의 나물을 한두 접시에 나누어 먹었을
뿐이다. 그리고 가을 겨울의 옷도 고작 거친 베로 만든 몇 벌밖에 없고. 이
렇게 5, 60년을 하루같이 해왔단다."

봉이는 다 듣고는 쓴웃음을 지으며 대답도 않고 속으로 비웃었다.

'이 멍청한 노인네, 과연 좋은 말을 하고 있긴 하네. 하나 내 주머니 속의
작은 꾀를 굴려 네 속마음을 보아하니, 과연 당신이 청청백백에 한 점 티끌
도 없이, 시커먼 속으로 사는 세상 사람들과는 다르다고?'

다음날, 봉이는 날이 밝지도 않았는데 일어나서는 두건이며 망건도 쓰지

않은 채로 궤짝에 넣어두었던 3백 꿰미의 동전을 꺼내 허리에 차고 성문을 나서 대동강으로 향하였다. 많은 물장수들이 하나 둘 모여들어 한 통씩 물을 길어 왕래하고 있었다. 봉이는 모래사장에서 지팡이를 짚고 서서 손을 흔들어 그들을 부르니, 그들은 일제히 고개를 숙이고 인사를 하였다.

"생원님께서는 무슨 일로 저희들을 부르시는지요?"

"너희들이 모두 몇 명이나 되는고?"

"수백 명은 됩죠."

"내가 하나 부탁할 것이 있으니, 너희들이 한 번만 따라준다면 내 마땅히 후한 값을 치러주지."

원래 김봉이 그렇듯 온갖 꾀를 자유자재로 부렸어도 이런 아랫사람들에게는 퍽 다정하게 대해 항상 돈과 곡식을 주었다. 그런 까닭에 그가 한마디 하면 다들 '예, 예' 하며 자신의 상전 보듯 하고 있던 터인지라, 이들은 일제히,

"오직 생원님의 명대로 합지요."

라고 하였다. 김봉은 허리에 차고 있던 동전을 풀어 한 냥씩 그들에게 나누어주고 이런 부탁을 하였다.

"오늘 아침 해가 뜨거든 너희들은 내게로 와서 이 동전을 바치고 저녁이 되면 몰래 아무 곳에 모여 있거라. 내 다시 돈을 나누어줄 것이니. 내일도 그렇게 와서 동전을 바치거라. 이렇게 한 너댓새만 하면 그 안에 더없이 좋은 일이 있을 것이니라."

그들은 한 목소리로 '알았습죠'라고 하였다. 김봉은 달려서 집으로 돌아왔고 그 시각, 이삼장은 깊은 잠에서 아직 깨지 않은 상태였다.

29

김봉은 전처럼 침상에 올라 잠이 들었다. 얼마 후, 봉이와 이삼장은 일어

나 씻고 빗질을 하고서 아침을 막 먹으려던 참이었다. 물장수 하나가 중문 밖에서 들어오더니 동전 한 냥을 던져놓고 휙 가버리는 것이었다. 이삼장은 처음엔 별일 아닌 것으로 보았는데, 얼마 안 있어 두세 사람씩 네다섯 사람씩 와서 동전을 던져놓고 가는 게 아닌가. 그제야 이삼장은 이상하다는 생각이 들어 김봉에게 물었다.

"자네는 무슨 이유로 물장수들한테 이렇게 돈을 많이 받는가?"

그러자 김봉은 웃으며 대답하였다.

"제게 무슨 돈이 있어서 남에게 빌려줄 것이며, 설사 돈이 있다고 해도 무슨 일로 저 물장수들에게만 빌려주었겠습니까?"

"그렇다면 저 돈은 무슨 돈이냐?"

김봉은 미소만 지을 뿐 얘기해주지 않았다. 이후에도 오는 자들의 왕래가 끊이지 않았으며 한 사람씩 계속 돈을 던져놓고 나갔다. 이삼장은 묵묵히 손을 소매 안에 넣은 채로 앉아서 조용히 손가락을 꼽아 세어보니 대략 수백 명이나 되었다. 이렇게 사흘을 계속 지켜보았는데도 매일매일 똑같은지라 이삼장은 더욱 의아해졌다. 그러던 중 그날 저녁 한가롭게 얘길 나누다가 김봉에게 물었다.

"대동강에 급수세(汲水稅)가 있느냐?"

"있지요. 이모부께서 어떻게 아셨소?"

이삼장이 다시 물었다.

"조카 집에 아침이면 물장수들이 다투어 와서 돈을 바치는 것이 급수세가 아니냐?"

김봉은 한참을 묵묵히 있다가 입을 열었다.

"그렇습니다. 그런데 그걸 왜 물으시나요? 저희 집 온 식구의 목숨이 이것에 달려 있습죠."

이삼장은 놀라지 않을 수 없었다.

"조카가 이렇게 돈이 끊임없이 쏟아지는 화수분(火水盆)[31] 주전소(鑄錢

所)를 만든 걸 보니 부럽고도 부럽네그려."

그러면서 다시 물었다.

"조카는 지금 이걸 팔아넘길 의향은 없는가?"

"제가 만약 여기서 오래 살 거라면 군이 팔 필요는 없겠지만, 이제 저는 십분 이사갈 생각이 있는지라 사려는 사람이 있으면 바로 팔 생각이지요. 다만 가격이 너무 비싸다 보니 감히 뜻을 둔 자가 나타나지 않네요."

"가격이 얼만데 그러는가?"

"제가 당초 구입했을 땐 10만 냥을 주었지요."

이삼장은 혀를 내둘렀다.

"10만 냥은 너무 과했네그려. 3만 냥이면 필시 사려는 자가 있을 텐데……"[사려는 자가 남인 듯 말한다.]

"어른께서는 어찌 허튼 말씀을 하십니까? 지금 이 급수세가 하루에도 3백 냥이 넘고 10일이면 3천 냥이고 한 달이면 9천 냥이니 1년으로 합계를 내보면 합이 10만 8천 냥이지요. 10만 냥이면 아주 헐값에 거저 얻는 것인데, 공중에 휙 던져버릴지언정 어찌 3만 냥으로 가격을 낮출 수 있겠습니까?"

"허면, 조카는 어디로 이사할 생각인가?"

그러자 김봉은 긴 한숨을 쉬었다.

"평소에 제가 하루에 천금을 쓰고 이틀에 만금을 써도 제 호탕한 심정을 다 펴지 못하는 것을 한스러워했지요.

---

31) 화수분(火水盆): 보배로운 그릇. 그 안에 물건을 넣어두면 그 물건이 끊임없이 나오게 된다고 한다.

30

평양이 번화한 지역이기는 하지만, 제게는 오히려 너무 좁아 이 넓고 넓은 수단을 펼 만한 곳이 없어서 답답해했지요. 전 경성으로 거처를 옮긴 후, 이 세 치 혀로 지금 세상에 명사(名士)나 재상이라 하는 자들을 속이고 영웅호걸을 이 손바닥에서 가지고 놀며 위아래 멧갓³²⁾에 돈을 물 쓰듯 하면서 청루화방(靑樓花房)³³⁾에서 매일 술에 취해 절세의 명기들을 좌우에 항상 두렵니다. 살은 백설 같고 주홍 입술에 맑게 구르는 목소리는 꾀꼬리와 같겠지요. 해질 무렵이면 권주가(勸酒歌)로 몇 잔 술을 올리고 술에 달아올라 두 뺨이 붉어질 즈음 화방의 촛불을 끄고 다정한 이를 끌어안으면, 연약한 몸은 뼈가 없는 듯하고 부드러운 피부에서는 향내가 묻어날 테니 이 어찌 즐겁지 않겠어요? 제가 평양 부자들의 재물을 다 끌어 모으괴아직 빼앗지 못한 자가 있으나 이삼장은 자신인 줄 알지 못한다.] 평양의 물색(物色)도 다 우롱했으니 이젠 신물이 납니다. 맹세컨대 이곳을 떠나 서울로 올라가 내 수단껏 즐거움을 다할까 합니다."

이삼장은 이 얘길 듣고 대찬성을 하였다.[전에는 인홍을 꾸짖더니 나중엔 왜 이렇게 인홍을 칭찬하는지? 세상에 올바른 마음을 가진 자가 하나도 없구나.]

"조카가 과연 좋은 생각을 하고 있구나. 조카가 서울로 가기만 하면 장안의 그 많은 재상들이 제아무리 재주가 출중하더라도 어찌 조카에게 미칠 수 있겠는가. 먼 시골뜨기라고 멸시는 하겠지만 조카가 잠깐만 기량을 발휘해도 대갓집의 금은과 돈, 비단이 죄다 조카의 수중으로 신나게 들어올 것이

---

32) 멧갓: 산판. 나무나 풀을 마음대로 베어 가지 못하도록 가꾸는 산.

33) 청루화방(靑樓花房): 기녀들이 거처하는 술집을 미화한 용어. 청루란 옻칠 등으로 호화롭게 꾸민 누방(樓房)을 말하며, 화방 역시 화려하게 장식한 방의 분위기를 일컫는 말이다.

니, 이 어찌 통쾌하지 않겠는가? 어서 실천하도록 하게."

그러면서 대동강 급수세를 남에게는 팔지 말라고 하였다.

"이모부께서 사시려 한다면야 남에게 팔지 않겠지만, 다시 시간을 이러구러 지체하다간 시기를 놓칠 수가 있습니다. 그렇게 되면 황하(黃河)의 물이 맑아지기를 기다리는 격일 테니, 어찌 답답한 일이 아니겠습니까?"

"조카! 내 물어봄세. 내 칠십 평생에 한 번이라도 미덥지 못한 구석이 있었던가?"

"저는 진정 이모부께서 미더우신 분이란 걸 알고 있긴 합니다만, 매사를 허투루 할 수 없는 까닭에 이렇게 말씀드리는 것입니다. 그렇지만 어른께서 사가신다면 많이 부를 수도 적게 부를 수도 없고…… 그럼 한 번 가격을 말해보세요."

"3만 냥이면 합당할 것 같은데?"

김봉은 발끈하여 책상을 내리치며 소리를 높였다.

"이모부께서는 자기 욕심만 생각하십니까? 만약 3만 냥에 팔 것 같았으면 앞마을의 거지가 과부의 월수 돈을 빌려 와서라도 벌써 사갔을 겁니다. 내 당초 이모부께 말씀드린 게 인사가 아니었네요!"

그러면서 봉이는 씩씩거리며 앉아 있었다.

31

이삼장은 더는 묻지 못하고 묵묵히 마주하고 있을 수밖에. 그러다가 다음 날 다시 입을 열었다.

"내 어제 저녁에 자네에게 경솔하게 입을 열었다가 실언을 하였네. 조카, 다시 적당한 가격을 말해보게."

"10만 냥에서 한푼도 줄일 수 없어요."

이삼장은 재차 간청을 한다.

"적당한 값을 친다면야 10만 냥도 오히려 헐값일 테지. 허나 조카, 두 번 세 번 생각해서 7만 냥에 결정하면 어떻겠나?"

김봉은 고개를 저으며 수긍하지 않았으나, 이삼장이 죽을 듯이 애타게 간청을 하는지라 마지못해 해주는 것처럼 수락하였다. 그리하여 당일로 문서를 작성하고 값을 치르고 나서 김봉이 이삼장에게 이렇게 일렀다.

"어른께서 내일 아침 일찍 이 문서를 가지고 대동강 가로 달려가 물장수들을 만나거든 하나하나 설명하세요. 그러면 내일부터 당장 수백 냥이 날마다 이모부 집으로 들어올 겝니다. 이는 이모부의 자자손손이 편안히 앉아서 입고 먹을 수 있게 해주는 보배창고입니다. 감히 크고 무궁한 복을 감축드리나이다."

어리석구나, 이삼장이여! 그는 두 손을 모아 고맙다며 인사하였다. 그리고 다음날 이른 아침에 대동강 가로 달려가니 벌써 물장수 수백 명이 삼삼오오 모래사장에 모여 있었다. 이삼장은 그들 앞에 가서 지팡이를 짚고 서서,

"너희들은 모두 별고 없느냐? 오늘부터 너희들 주인이 바뀌었다. 내가 새 주인이 되었으니 너희들은 그렇게 알아라."

라고 말했다. 그러자 저들은 서로 쳐다보며 묵묵히 아무 말을 하지 않고 있던 중에, 무리 중에 어떤 자가 급히 일어나더니 꾸벅 인사를 올렸다.

"예, 생원님 안녕하세요? 헌데 저희들은 생원님의 성함도 택호도 모르옵니다. 게다가 저희들의 주인이라 하시는데, 감히 여쭈옵니다. 생원님 댁 재산이 얼마나 되기에 저희들 수백 명을 입히고 먹여주시려 하십니까?"

이삼장이 이자를 유심히 살펴보니 팔척 장신에 코는 매부리 같고 얼굴은 익은 대추처럼 검붉었으며, 눈꼬리는 위로 찢어졌고 말소리는 불량하였다. 이삼장은 속으로 이미 십분 불쾌했으나 억지로 답을 하였다.

"나는 바로, 세를 거두는 주인이지 너희들을 먹여주고 입혀주는 주인이 아니니라."

그러자 그자는 혼잣말로,

"세금을 거둔다, 세금을……"

라고 하더니 다시 물었다.

"저희들에겐 아무 전답도 없고 또 어엿한 집도 없이 아침마다 긷는 한 통의 물로 살아왔는데, 생원님은 이런 저희들에게 무슨 세금을 거두겠다는 겁니까?"

"너희들이 어제 내가 김서방과 급수세 매매 문권을 체결한 사실을 아직 듣지 못했느냐?"

그자는 재삼 '급수세라 급수세라' 하다가 다시 물었다.

"그 문서를 가져오셨습니까?"

"그럼, 가져왔지!"

그자가 문서를 잠깐만 보여달라고 하자, 이삼장은 소매 속에서 문서를 꺼내어 그자에게 건네주었다. 그자는 그것을 받아 읽어보더니 무리들에게 돌아가 일이 체결된 사항과 그 아래 모년 모월 모일이라는 부분과 인홍과 이삼장의 수결한 곳까지 한 차례 설명했다. 그러자 모두가 박장대소하였다.

32

그자가 이삼장에게 돌아와 하는 말이 이랬다.

"생원 어르신! 당신은 어디 석굴에서 나왔소? 내 조선이 개국한 이래로 대동강에 있었고, 대동강이 있을 때부터 급수세 있다는 말은 들어보지도 못했소. 그릇을 가진 자는 그릇으로 그 물을 마시고 표주박을 가진 자는 그 표주박으로 떠 마시며, 동쪽 사람은 동쪽에서 와서 물을 긷고 서쪽 사람은 서쪽에서 와서 물을 긷는다오. 만고의 장강(長江)이라 써도 바닥나는 일이 없기에 가져가도 막지 않는데, 지금 이 한 장짜리 세수 문서를 누가 당신더러 가져오라 합디까? 백발이 성성한 걸 보아하니 떡국을 수십 년은 먹었을 텐데, 이렇게 전무후무한 일을 만들어 앞마을의 개까지 짖도록 하는구려. 이런 쓸데없는 물건을 냅뒀다 어디다 쓰겠소!"

그러면서 그 즉시 문서를 찢어버리고는 주먹을 불끈 쥐며 큰소리치는 것이었다. 잔뜩 화가 난 이삼장은 흙빛 얼굴로 변하며 분노를 억지로 참고서 김봉의 집으로 달려왔다. 김봉은 이삼장이 돌아온 것을 보고 웃으며 나와 맞았다. 그런데 이삼장은 아직도 멍하고 아득한 듯 사태를 파악하지 못하고 김봉에게,

"조카는 어떤 신기한 수단이 있었길래 저런 흉악한 놈들이 매일 아침 저절로 찾아와 수세를 냈단 말인가? 난 단번에 저들에게 거의 죽을 뻔했네그려."

라고 하면서 지팡이를 짚은 채 숨을 헐떡였다. 김봉이 손뼉을 치면서 일러주었다.

"전 이모부께서 이렇게 낭패를 볼 줄 알았다니까요. 이놈들은 죄다 모리배 아니면 난봉꾼이라 수천 냥 남의 돈을 날로 먹고도 눈도 꿈쩍 안하지요. 아무리 이모부께서 하루에 백 번 천 번을 가시더라도 양쪽 뺨이나 맞지 돈이라곤 그림자도 못 볼 겁니다. 애석하게 됐네요. 이모부의 7만 냥 돈만 부질없이 김인홍의 수중으로 넘기고 말았으니……."

이삼장은 얘기를 다 듣고 나서야 모든 것이 의아해졌다. 그리고 이를 갈았다.

"이 몸이 만 갈래로 부서지는 한이 있어도 그 돈을 남이 멋대로 앉아서 꿀꺽하도록 놔두겠는가?"

그러자 김봉은 손바닥을 매만지며 말을 이었다.

"이모부께선 그렇게 괴로워하지 마세요. 이모부 몸이 만 갈래로 찢어지더라도 그 돈은 결국 한푼도 구경하지 못할 겁니다. 가슴 아파하지 마시라니까요. 어리석군요, 이모부! 대동강 물을 긷는 데 세금이 있다면 세상의 어린아

이 수중에는 한 개의 떡도 있을 수 없을 겝니다."

이삼장은 분노가 치밀어 펄펄 뛰며 이를 갈며 소리소리 질렀다.

"네가 감히 이런 식으로 나를 속여? 이 간악하고 독한 인홍아! 전에 내가 집을 빌려준 은혜를 잊었단 말이냐? 네 뱃속이 편한지 편치 않은지 내 앞으로 두고 볼 테다!"

봉이는 외려 빙그레 미소를 지었다.

"이모부께선 그렇게 화만 내지 마세요. 노년에 병이라도 생겨 자식들에게 한때의 우환이 될까 걱정입니다그려.

33

이모부께서 예전에 남을 속인 적이 없고 또 남에게 속은 적도 없다고 자랑하시기에 제가 한 번 이모부의 마음과 재량을 시험해보려다가 이모부의 돈을 축나게 하고 화를 돋우었으니, 사죄하옵니다. 바라건대 바다와 같이 넓고 하늘과 같이 높은 마음으로 부디 용서해주시길 비나이다."

이삼장은 화를 참지 못하고 한 입으로 김봉을 잡아먹으려다가 이런 말을 듣고 일차로 드는 생각이 있었다.

'과연 오늘 본 김봉이 전에 들었던 김봉의 모습이로다. 머리가 반쪽으로 나뉠지라도 남에게 빌려주지 않았을 수전노인 내가 주옥처럼 아끼는 7만 냥을, 양산박(梁山泊) 108인 중 꾀 많은 오학구(吳學究)가 수단을 써서 양태사(梁太師)의 생일을 통째로 빼앗아가듯[34] 순식간에 빨아먹고도 아무런 일도 없다는 듯이 앉아 있고, 말도 전혀 서두르는 기색이 없으니 내가 종일 따져

---

34) 양산박(梁山泊) 108인 (…) 빼앗아가듯: 이 내용은 『수호지(水滸志)』 제50회에 나온다. 책사 오학구(吳學究)가 양태사의 집을 빌려 잔치를 열게 하고는 자객들을 그 집에 투입시켰다가 관군을 궤멸시킨 부분이다.

봐야 결국 무슨 소용이 있겠는가?'

그러면서 한마디 시쳇말로,

"천 사람이 손가락질하면 병이 없어도 죽나니, 네가 그런 식으로 남의 재물을 빼앗다가는 자리에 편히 누워서 임종을 맞지는 못할 것이야!"
라고 꾸짖고는 결국 지팡이를 짚고 대문을 나서며 하늘을 보고 긴 한숨을 쉬었다.

"이삼장이 끝내 김인홍에게 속고 말았구나!"

마을사람들 중에 말하기 좋아하는 자가 이를 두고 이렇게 말했다.

"김봉의 난봉질에 삼장이 천 길을 뛰어오르네. 천 길을 뛰어오른들 어찌하리오? 7만 냥만 구만 리 장천으로 날아간걸."

김봉은 수천 냥의 돈으로 큰 자리를 마련하여 물장수들을 일일이 불러 모았다. 권하고 마시며 하루 종일 취하여 놀다가 가지고 있던 돈 수천 냥을 한 명 한 명에게 나누어주었다.

차설. 김봉의 아내 진씨가 우연히 병에 걸려 아프다고 호소하며 마시지도 먹지도 못하였다. 병은 달을 넘기도록 전혀 회복될 기미가 보이지 않았다. 이불과 베개는 아무 때나 걷어야 했고 앉고 누울 때도 남의 부축이 필요했다. 의원을 불러 안 지어본 약이 없었지만 도무지 효험도 없이 병은 심해지고 고통만 더해질 뿐이었다. 김봉은 이리저리 곰곰이 생각해보았다.

'이군웅의 신술이 아니고는 못 일으킬 상황이다. 하지만 지난 일을 생각해보면, 설령 이군웅이 무장공자(無腸公子)라고 할지라도 그 마음에 필시 그때의 일을 잊지 않고 있을 게다. 게다가 그자는 본래 먼지 쓴 갓을 쓰고 가래침 뱉는 산골의 골생원(骨生員)[35]이니 삐딱한 심사가 늙을수록 더할 테지. 지금 이 김봉의 처가 병이 나 백 번 절하고 애걸하더라도 내게는 약 한

---

35) 골생원(骨生員): 사람됨이 옹졸하고 고루한 사람을 일컫는 말. '골'은 고루하다는 의미이다.

168

첩도 조제해주지 않을 테고, 혹시 써주더라도 그걸 믿을 수도 없을 거야. 그러니 내가 군웅을 유인하여 이곳으로 오게 한 후, 따로 좋은 꾀를 써서 맥을 짚고 조제하는 걸 거부하지도 속이지도 못하게 해야겠다.'

이에 동자와 말을 대동하여 달리기도 하고 걷기도 하며 청천강 가 이군웅의 집으로 급히 달려갔다.

34

때는 유월, 불꽃 같은 폭염에도 사정이 급한지라 쉴 겨를도 없이 달려오느라 사람은 숨을 헐떡이고 말도 기진하여 땀이 비오듯 흘렀다. 대청에 올라 날씨 얘기로 인사를 하니 군웅은 고개만 까딱일 뿐이었다. 김봉은 더는 얘기하지 않고 다짜고짜 일어나 가자고 하였다. 좌정해 있던 사람들은 모두 황당해할 뿐, 그 의도를 알 수 없었으며 군웅도 진대(晉代) 계중랑(稽中郞)이 종회(鍾會)를 오만하게 쳐다보던[36] 어법으로 불현듯 물었다.

"무얼 들으려고 왔으며, 무얼 듣고 가려는가?"

"제가 온 것은 다만 주인어른과 지난날의 교분이 있어서 잠시 찾아뵌 것이고, 가는 것은 한 가지 기괴한 사정이 있어 경각이라도 지체할 수 없기 때문이지요. 그래서 이렇게 급하네요."

군웅이 재차 물었다.

"무슨 기괴한 일이기에?"

"제가 아무 곳으로 막 놀러 나왔는데, 오늘 아침 느닷없이 집에서 보낸 편

---

36) 진대(晉代) 계중랑(稽中郞)이 (…) 오만하게 쳐다보던: 종회(鍾會)는 삼국시대 위(魏)나라 사람으로, 등애(鄧艾) 등과 함께 촉(蜀)나라를 무너뜨렸다. 뒤에 위나라와 뜻이 맞지 않게 되자 촉나라 장수 강유(姜維)와 모의, 반란을 일으켰으나 결국 살해당하였다. 계중랑이란 인물과 종회와의 위 일화는 모두 미상이다.

지를 받았지요. 편지엔 별 다른 말은 없었는데 다만 한 가지 놀라 자빠질 만한 괴변이 있었지요. 참으로 고금에 듣지도 보지도 못한……”

“그렇게 자꾸 뜸들이지 말고 그 괴변이나 분명히 말해보게.”

그러나 금봉은 또 대답은 하지 않고 소매 속에서 봉한 편지 한 통을 꺼내어 좌객에게 함께 보라고 하였다. 그 편지에는 이렇게 씌어 있었다.

찌는 듯한 날씨에 여행 중 기체 평온하신지요? 은혜에 그리워하는 마음 걷잡을 수 없사옵니다. 집안은 별 큰일은 없습니다만 네댓새 전에 새로 산 암말이 망아지를 하나 낳았는데, 이 망아지가 불과 몇 시간이 지나지 않아 소리가 사나운 호랑이 같고 몇 길을 뛰어오르지 뭡니까? 마부 만춘(萬春) [마부의 이름이다.]도 감히 접근을 하지 못하고 마을사람들이 와서 보고는 다들 혀를 내두르고 있습니다. 하룻밤을 자고 난 이 망아지가 마구간을 뛰쳐나와 담을 넘더니 온 마을을 쑥대밭으로 만들었나이다. 이 무슨 괴변인지요. 어찌하면 좋을까요? 대강 몇 자를 적어 보내옵니다. 불비합니다.

모년 모월 모일 아들 갑룡(甲龍) 상서

김봉이 군웅에게 말하였다.

“갑룡은 저의 맏아들로 지금 열세 살입니다. 일찍이 종이에 써가며 글자를 배우진 않았으나 필력은 괜찮은 것 같아 제가 애지중지하지요. 노인장께서는 어떻게 생각하십니까?”

군웅은 한가하게 이것에 대답할 겨를이 없어 다만 ‘그래, 그래’ 하면서 급히 물었다.

“자네는 무슨 기술로 이 망아지를 길들일 참이냐?”

김봉은 고개를 절레절레 저었다.

“저런 사나운 망아지를 제가 어떻게 길들인단 말입니까? 혹 길들이는 방법이 있다고 하더라도 저는 결코 이 망아지를 계속 기르고 싶지 않습니다.

노인장께서 반평생에 이런 망아지를 본 적이나 있으십니까?"

"나도 본 적이 없네."

김봉은 한숨을 쉬며,

"이는 요괴가 분명하니 가는 즉시 때려죽일까 합니다."
라고 하였다.

35

"뭐 때려죽일 필요야 있겠는가? 그것을 팔아버리는 게 어떤가?"

"제가 때려죽여도 여지가 없는 물건을 어떤 자가 돈을 주고 사려 하겠습니까?"

"자네가 판다면 내가 사지!"

"아니 이 요물을 노인장이 사시려 하다니요? 도대체 어디에 쓰려는지 모르겠사오나 저는 금도 필요 없고 은도 필요 없나이다. 그냥 알아서 노인장께서 끌고 가셨으면 합니다."

대개 김봉의 입에서는 요물이니 괴물이라고 하였지만 군웅의 마음속에는 이게 천마(天馬)나 용마(龍馬)인가 싶어 굳이 인홍에게 팔라고 종용하였다. 혹시나 인홍이 거짓말만 하고 팔지 않으려고 할까봐 다시 가격이 얼마면 되겠냐고 다그쳤다.

"전 아까 이미 이 망아지를 때려잡을 것이라고 했는데 지금 다시 돈을 한 푼이라도 받으면 이는 한 입으로 두말하는 것이니, 다만 노인장께서 말씀해 보세요."

"주인이 얘길 않고 살 사람보고 먼저 얘기하라고 하니 영 편치는 않네만, 자네가 정 그렇게 고집을 부리니 내가 먼저 꺼내보리다. 동전 스무 꿰미면 자네 뜻에 흡족하겠는가?"

"저는 동전 서너 꿰미면 족할 것이라 싶었는데 스무 꿰미를 말씀하다니요? 노인장께서 사시려거든 절 따라가시지요."

김봉이 몸을 일으키자, 군웅도 그를 따라 의관을 차려 입고 나섰다. 그런데 집에 도착하여 김봉은 바깥 사랑채로 들어가지 않고 곧장 내실로 들어가는 게 아닌가. 군웅이 머뭇거리며 물었다.

"여기는 내실이 아닌가?"

"노인장께서는 이상하게 생각지 마세요. 용마가 바로 여기에 있소이다."

봉이의 말에 군웅은 그의 뒤를 따라 곧장 방안으로 들어갔다. 그런데 보이는 것이라곤 어떤 부인이 이불을 뒤집어쓰고 누워 있는 모습이었다. 풀어헤쳐진 머리에 얼굴빛은 검게 변해 있었다. 콧물이나 땀도 흘리지 않으며 헛소리만 계속했다. 증세가 매우 위중했다. 김봉은 손으로 그 부인을 가리키며 군웅에게 말하였다.

"노인장! 이 여자는 제 조강지처올시다. 제가 열여섯 살에 이 낭자를 배필로 맞이하여 지금까지 수십 년 동안 관저(關雎)37)의 원앙처럼 정의가 두터웠고 금슬(琴瑟)처럼 서로를 아꼈지요. 월하노인(月下老人)의 붉은 실로 맺고 또 맺어 살아서는 같은 집에 살고 죽어서는 한 무덤에 묻히자던 백년해로의 기약이 금석처럼 변함이 없었지요. 게다가 중간의 허다한 고생은 이루다 말하지 못할 지경이구요. 그저 머리털이 파뿌리처럼 희어질 때까지 서로 잡은 손을 놓지 않기만을 바랐건만…… 지금 이렇게 갑자기 병을 얻어 안색은 저렇듯 수척하고 수족도 저렇듯 검어졌으며, 눈은 또 저렇게 움푹 들어갔고 온몸이 비쩍 말라버렸답니다. 아무래도 염라부에서 팥을 팔 길이 멀지 않은 것 같습니다.38) 백방으로 생각해보아도 달리 회생시킬 방법이 없던 차에

---

37) 관저(關雎): 『시경』 첫편의 제목이며, 새이름이기도 하다. 이 관저새는 소리가 '樂而不淫, 哀而不傷'이라 하여, 조화로운 부부의 모습을 상징한다. "요조숙녀는 군자의 좋은 짝이다"라는 말이 여기서 나왔다.

38) 염라부에서 (…) 같습니다: 죽을 날이 멀지 않았다는 뜻. 사람이 죽으면 저승사자가

노인장의 의술이라면 귀신도 놀라 물러나고 죽은 자도 살릴 수 있다는 생각이 들었습니다. 이번에 제 처를 살려주시면 훗날 지하에서 결초보은하리라.”

군웅은 그제야 봉이의 꾀에 다시 넘어갔다는 것을 알고 속으로 분노가 치밀었다. 그래서 곧장 그 자리에서 벌떡 일어나며 말했다.

“난 용마를 보러 왔지 환자를 보러 온 것이 아니네.”

36

김봉은 이 소리에 어이없다며 피식 웃었다.

“이러시면 노인장이 잘못하는 겁니다. 노인장은 의원이지 말 장사치가 아니지 않습니까? 살아 있지도 않은 망아지는 보려 하고 죽어가는 환자는 보려고 하지도 않다니요? 제가 전에는 비록 죽을죄를 졌으나 그것은 돈에 관계된 일이었지요. 돈과 사람 목숨 중에 어느 것이 중요하겠습니까? 제 마누라[抹樓下]의 회생도 노인장께 달렸고 죽는 것도 노인장에게 달려 있으니, 오늘 노인장께서는 살리고 죽이는 권한을 가지고 계신 거죠. 노인장께서 사람을 살려주시면 저는 자자손손 만세토록 잊지 않을 것이나, 사람을 죽인다면 제가 나이가 들긴 했으나 젊을 때의 광기는 여전하니 잘 생각해보시기 바랍니다.”

군웅은 입을 꾹 다물고 대답은 하지 않았으나 속으로는 이런 생각을 하였다.

‘내가 이번에도 또 이놈에게 속았구나! 내가 여기서 그냥 갔다가는 필시 저놈의 주먹 세례만 흠씬 받을 것이고, 가지 않는다 해도 내 가슴속의 이 분을 어떻게 참는단 말인가? 그러나 일이 이왕 이렇게 되었으니 어쩌겠는가!’

그러고는 김봉에게 이렇게 말하였다.

와서 데려가게 되는데, 저승사자나 저승에서 유일하게 싫어하는 것이 팥이라고 한다.

"내가 저번에도 이번에도 이렇게 너에게 농락을 당했으니 어찌 화가 나지 않겠느냐? 내 이번에 이렇게 와서 죽어가는 환자를 눈으로 보았으니 가지고 있는 작은 기술을 어찌 시험하지 않겠는가마는 다만 네가 사람을 가지고 노는 것이 너무 심하지 않느냐?"

그러자 김봉은 죽을죄를 지었다며 머리를 조아렸다. 군웅이 분을 참고 또 참으며 수십 일 동안 치료한 끝에 진씨의 병세가 점점 나아졌다. 김봉은 너무 기뻐 군웅에게 감사의 절을 하고 그가 떠날 즈음엔 자기가 늘 타던 애마 한 필을 붙여주었다.

"노인장께서는 이것으로 용마를 대신하십시오."

군웅은 문을 나서며 탄식을 하였다.

"내 나를 이렇게까지 속인 저놈이 원망스럽기는 하나 재주도 그에게 미치지 못하고 수완도 미치지 못하는구나!"

청천자는 말한다.

'기발하도다, 인홍이여! 전에 닭을 봉황이라 하여 이미 '김봉'이라는 칭호를 얻었거니와 지금 다시 용마(龍馬)로 '김룡(金龍)'이란 칭호를 얻는구나. 이미 본 이름이 홍(鴻)이고 다시 봉(鳳), 용(龍)이란 이름을 얻었으니, 이것을 합쳐보면 '김삼충(金三虫)'이라 불러야 되겠다.'

덧붙여 말한다.

'속담에 '열 길 물속은 알아도 한 자 사람 속은 알기 어렵다'고 하였으나, 한 치까지가 아니어도 쉽게 엿볼 수 있는 자가 있으니 비유하자면 군웅 같은 자이다. 인홍에게 재차 속아 넘어가고도 만약 인홍에게서 돈 한 푼, 지푸라기 하나 받지 못했다면 그가 문을 나설 때에 필시 이를 갈고 갔을 것이다. 하지만 애마 한 필로 전날의 원을 삭이고 다시 높은 재주와 넓은 수완에 탄복하고 있으니, 인심을 어찌 헤아리기 어렵다고 하겠는가?'

차설. 김봉이 비록 저 먼 시골의 필부이지만 수단과 재주가 이렇게 넓고 넓어 한 고을을 호시탐탐 노리기에, 비교할 데 없는 그의 간사하고 음흉한 짓거리에 욕을 하면서도 한편으론 그의 뛰어난 지략에 탄복하지 않은 이가 없었다.

당시 지위가 높고 명성이 자자한 북저(北渚) 김류(金瑬)[39] 어른에게는 애지중지하는 자식이 하나 있었으니, 경징(慶徵)이라 불렸다. 나이가 아직 서른이 안되었는데도 이미 재상의 반열에 오르더니 제 스스로 '기이한 재주는 따라올 자가 없고 천하에 어려운 일은 없다'며 잘난 체하였다. 누가 김봉의 일을 전해주자, 그는 그 자리에서 성을 내며 일어나서는,

"이런 것들은 죄다 간민(奸民)이며 난민(亂民)이다. 그대로 놔두지 않겠노라."

고 하였다.

37

마침 조정에서는 경징이 다스리는 데 재주가 있다고 하여 평양서윤(平壤庶尹)으로 임명하였다. 그는 부임한 지 며칠 되지도 않아 육방(六房)[40]의 관속들을 불러 군의 골칫거리를 물었다. 그랬더니 이 관속들은 이런저런 문제

---

39) 북저(北渚) 김류(金瑬): 1571~1648. 조선중기 문신으로, 북저(北渚)는 그의 호이다. 호란 시기에 주요 관직을 역임하였는데, 특히 정묘호란 때 부체찰사로 인조 임금을 강화도로 호종하였다. 그의 아들 김경징(金慶徵)도 공교롭게도 병자호란 때 검찰사(檢察使)로서 봉림대군 등을 강화도로 호종하는 임무를 맡았으나 안일하게 대처하여 강화도가 함락되자, 당대와 후대에 지속적으로 비판을 받았다.

40) 육방(六房): 지방 관청에 두었던 이방·호방·예방·병방·형방·공방의 총칭으로, 대개 지방관을 보좌하여 그 실무를 분담하여 보았다. 중앙의 육부(六部)를 지방에 옮긴 형태이다.

들을 하나씩 아뢰었다. 서윤은 이를 일일이 다 듣고는 다시 물었다.

"이 군 안에 큰 폐물이 하나 있다고 하던데 너희들은 모르더냐? 어째서 동문서답에 그리 급하지도 않은 폐해만 늘어놓고 이 큰 폐물은 빠뜨린단 말이냐? 너희들이야말로 실로 어리석구나!"

그러자 관속들은 일제히 앞으로 나와 아뢰었다.

"소인들이 실로 어리석어 어떤 일이 큰 골칫거리인지 알지 못하나이다."

"너희들은 폐법과 폐사만 알지 인폐(人弊)가 있는 줄은 모른단 말이냐? 옛날에 주처(周處)가 횡행했을 때 강동(江東)의 인민들이 산속의 맹호와 강속의 교룡(蛟龍)보다도 더 근심하고 괴로워하여 그를 삼환(三患)의 우두머리로 지목하였다.[41] 풍년이 들어도 백성들에겐 기쁜 기색이 없었으니, 패악한 자가 남에게 폐를 끼치는 게 폐사와 폐법보다 심한 것이니라. 내 들으니 평안도 내에 근심할 만한 물건이 하나 있는데, 성은 김이고 이름은 인홍이라 하다군. 젊은 시절 산을 쏘다니며 낭사(浪士)라고 자호하다가 뒤에 갑자기 돌변하여 남을 속이고 재물을 긁어모으기를 멋대로 해서 서봉(瑞鳳) 한 곡조로 포도대장을 속이고, 급수세 문서로 대동강을 파는 등등 기괴하고 경악할 얘기가 한둘이 아니라고 하던데.[서윤의 입에서 인홍의 평생이 약술되는구나.] 만약 이런 자를 그대로 두고 죄를 묻지 않다가는 장차 곽해(郭解)·극맹(劇孟)의 무리가 여염에서 팔을 걷어붙이는 꼴이 될 터이니, 관리가 정령을 시행하기가 어려워지고 인민이 그 폐해를 견디지 못할 상황에 봉착할 것이야. 같은 때에 목민관이 된 내가 이런 간민을 제거하지 못한다면, 위로는 성상의 근심을 나누어 짊어지려는 본래의 뜻을 저버리는 것일 뿐만 아니라

---

41) 주처(周處)가 횡행할 (…) 우두머리로 지목하였다: 주처는 진(晉)나라 때 인물로 어려서 고아가 되었는데, 자기 마을 양선(陽羨)에서 제멋대로 남에게 폐해를 끼쳐 마을사람들이 남산(南山)의 호랑이, 장교(長橋)의 교룡과 함께 '삼해(三害)'로 지목하였다. 이 말을 들은 그는 자신의 잘못을 뉘우치고 남산에 올라가 호랑이를 잡아 죽이고 장교 물속으로 들어가 교룡을 베어 죽였다 한다.

아래로는 치도를 바라는 백성들의 지극한 뜻을 저버리는 것이니라. 나에게 석 자짜리 대검이 있으니 결단코 이 쥐새끼 같은 무리를 남겨두지 않겠노라."

이 말에 한 나이 든 관리가 반열에서 나와서 아뢰었다.

"사또님의 말씀이 지당하오나 소인이 한두 가지 아뢸 말씀이 있사옵니다."

"무슨 말이냐? 속히 말해보거라."

"김인홍은 일개 간민인지라 그 죄는 용서받을 수 없을 것이옵니다. 그러나 남을 속이고 재물을 탈취할 때 일찍이 털끝만큼도 가난한 백성들을 건드린 적은 없사옵고, 다만 탐관오리와 인색한 부자들에게만 그런 수단을 썼사옵니다. 남의 군색한 사정을 보면 천금도 아끼지 않고 쾌척했으니 그 죄는 벌주어야겠지만 그 재주는 인정할 만하옵니다. 게다가 그가 이런 짓을 즐겨서 한 게 아니라 먼 시골의 천한 출신이다 보니, 장량(張良)과 진평(陳平), 관중(管仲)과 제갈량(諸葛亮) 같은 기발한 재주를 가졌음에도 조정에서 쓰일 기대도 않고 권문세가에 의지하려고도 하지 않았지요. 그 때문에 시골에 그냥 있으면서 현달하기를 구하지 않고 그 재주의 끄트머리를 약간 드러낸 것일 뿐이옵니다.[이 늙은 관리의 입에서 인홍의 심사가 대략 드러나는구나.] 저런 인물을 발탁하여 쓰지는 못할망정 어찌 그것을 꺾고 욕을 보여 이런 살풍경을 만든단 말이옵니까? 하물며 이 사람은 현하(懸河)와 같은 달변이라 장의(張儀)나 소진(蘇秦)[42]도 그를 넘지 못할 것이옵니다. 잡아들인다 해도 죄를 판단하는 마당에선 골치깨나 썩일 것이옵니다."

---

42) 장의(張儀)나 소진(蘇秦): 모두 전국시대 인물로, 종횡가(縱橫家)로 알려져 있다. 둘 모두 귀곡자(鬼谷子)에게 배웠으나, 소진이 육국(六國)을 연합하여 진(秦)나라에 항거하자는 합종책을 내놓자, 장의는 진혜왕(秦惠王) 밑에서 육국에 연형책(連衡策)을 제시, 진나라를 지키려 하였다. 그러나 상황은 결국 육국이 합종하여 진나라와 대치하는 방향으로 나아가게 되었다.

38

이 말에 서윤이 노발대발하였다.

"네가 감히 그 간민을 감싸고 돈단 말이냐?"

당장 이 관리를 쫓아내고 군졸을 보내어 인홍을 잡아오라고 하는데, 다급하게 명령하는 소리가 성화와 같았다. 관리들이 인홍의 집에 도착하니, 이날이 마침 인홍의 생일이라 손님과 친척 들이 다 모여 주거니 받거니 하며 술을 마시고 있던 중이었다. 관리들이 온 것을 보고는 김봉이 수염을 어루만지면서 웃으며 맞았다.

"여러분이 오늘 무슨 바람이 불어서 여기까지 오셨소? 마침 술과 안주가 있는 좋은 날이니 이 마음이 한층 더 기쁘구려."

그러면서 저들의 손을 잡고 자리로 끌어들였다. 그런데 관리들이 머뭇거리며 앞으로 나가지 않자, 김봉이 놀란 표정으로 말했다.

"아니, 당신들이 오늘 여기 온 것은 나를 방문한 게 아니라 필시 무슨 일이 있는 모양이구려. 그렇지 않다면야 전에는 팔을 잡고 질탕하게 놀던 친구들이 이렇게 갑자기 붉으락푸르락하겠소? 도대체 무슨 이유요? 숨기지 말고 나에게 말해보구려."

관리들은 패자(牌子)[43]를 내놓으며 말하였다.

"세상일이 과연 헤아리기 어렵구려. 소인들이 생원님을 잡아가게 될 줄 누가 알았겠습니까?"

김봉은 그 패자를 받아 쭈욱 읽더니 다시 이들 관리에게 말하였다.

"자네들은 정말 국량이 좁은 사람들일세. 고작 이 몇 치짜리 종이쪽지를

---

43) 패자(牌子): '감찰(監札)'이라고도 하며, 군령을 적어서 전하는 서지(書紙)이다. 여기서는 일종의 체포영장에 해당한다.

품고 와서는 그렇듯 부끄럽게 나를 대면하니, 대장부가 어찌 그것밖에 안된단 말인가? 잡스런 얘기는 할 것 없고 이리 와서 생일주나 한잔씩들 받게!"

술잔에 가득 술을 따라 주자 이들은 그것을 받으며,

"소인들이 오늘 여기에 온 것은 관의 영을 감히 어길 수 없어서이지마는 이렇게 상대하는 마당에야 관령은 가볍고 인정이 소중한 것이지요. 감히 생원님께 청하오니 잠시만 몸을 피하시지요. 소인들은 가서 잡지 못하고 놓친 죄를 받더라도 사양하지 않고 달게 받겠나이다."

라고 하였다. 그러자 김봉은 껄껄 웃었다.

"아니, 자네들이 틀렸소. 이 인홍이가 한 번 관령을 피해 멀리 달아나면 내 평생의 가치는 다 떨어지고 말 것이오. 게다가 나의 죄가 털처럼 많아도 한 번도 관아 마당에 들어가 곤장 한 대 맞은 일이 없었지 않은가. 이번에 명관이 내려와서 간민부터 먼저 징치한다 하면, 내 응당 자수하여 죄를 청해야 했는데, 지금 사또의 통촉(洞燭)을 먼저 입고 이렇듯 여러분이 왕림하게 만들었으니 고맙고 또 민망하오."

다시 한 사발의 술을 가져오라 하여 관리들과 손님들에게 주며 실컷 먹고 마시면서 신나게 놀다가 자리를 마쳤다. 그러고 나서 인홍과 관리들은 느린 걸음으로 관아 문을 향해 걸어갔다. 관리들이 관아에 도착해서는,

"김인홍을 잡아왔나이다."

라고 아뢰었다. 서윤은 수염을 잔뜩 부풀리며 옷깃을 정돈하고 앉더니 외쳤다.

"네가, 작회[별명]가 서봉이라는 김인홍이더냐?"

"예, 그러하옵니다."

39

서윤이 버럭 큰소리를 질렀다.

"너는 먼 시골구석의 필부이면서 게 꼬리만 한 글재주와 바늘구멍만 한 지혜로 사는 곳은 이쪽이든 저쪽이든 다 먼 지역이며, 집안은 대대로 농부 아니면 장사치렷다? 너같이 하찮은 존재가 무슨 힘을 믿고 그처럼 행동하는 데에 조금도 거리낌이 없었단 말이냐? 네 죄는 응당 죽어 마땅한데 너는 그것을 알고 있느냐?"

그러자 김봉은 씩 웃으면서 대답하였다.

"성주님은 고관의 자제로 부모의 품속에서 성장하여 마치 강보의 아이 같은 처지에 무슨 비위가 좋아 아무렇지도 않은 듯 당상에 앉아 태수라 일컬으시나요? 먹는 것은 고기요 마시는 것은 술이라 태어나면서부터 도무지 술지게미가 뭔지도 모를 테니 궁한 백성이 쓴 차 보기를 단 망아지풀처럼 하는 정상(情狀)을 어찌 알겠나이까. 백성들이 굶주려 죽는다는 얘기를 들으면 필시 '왜 고기와 쌀을 먹지 않지?'라고 할 테니 무엇이 목민입니까? 『대명률(大明律)』과 『대전통편(大典通編)』[44]은 한 구절도 읽어보지 않았을 테고, '무원록(無寃錄)'[45] '검시(檢屍)' 등의 용어는 한 글자도 이해 못하겠지요. 그러니 작은 소송이나 큰 옥사에도 아랫관리들의 법을 농간하는 기교와 간사한 일처리에 의지할 게 뻔하니 어찌 옥사를 제대로 다스리겠습니까? 성주께서 진실로 백성을 다스리고자 하신다면 먼저 벼슬부터 내놓고 동장(銅

---

44) 『대명률(大明律)』과 『대전통편(大典通編)』: 『대명률』은 중국 명대의 기본 형법전으로, 당률(唐律)을 참고하여 엮어졌다. 이 책은 조선사회의 형법을 기초하는 데 상당한 영향을 미쳐, 1395년 『대명률직해(大明律直解)』가 간행되기도 하였다. 『대전통편』은 정조 때 김치인(金致仁) 등이 편찬한 책으로, 『경국대전』 『대전속록(大典續錄)』 등 모든 전장(典章)을 집성한 것이다.

45) 무원록(無寃錄): 원(元)나라 때 왕여(王與)가 송나라 때의 『세원록(洗寃錄)』과 『평원록(平寃錄)』을 참고하여 엮은 법의학에 관한 책인데, 여기서는 일반 용어식으로 쓰였다.

章)⁴⁶)을 풀어놓은 후 집으로 돌아가 수십 년간 학문을 닦으십시오. 그래야 저희들을 위한 성주가 될 수 있을 것이옵니다. 지금 성주께서 제대로 백성을 다스리기를 바라는 것은, 장차 새로 낳을 계란을 두고 자시(子時)일까 축시(丑時)일까 따지기부터 하는 것과 같지요. 그러니 어찌 백성들이 근심하지 않겠습니까? 제가 하는 행동과 남을 속여 재물을 탈취하는 것이 선이라면 저의 선이요 악이라면 저의 악이니, 성주님의 일과 무슨 상관이 있다고 관리를 내어 저를 잡아들여 책상을 치며 꾸짖는지요? 성주께서는 어찌하여 일을 만드십니까? 하늘이 이 인홍을 낳을 적에 두 콧구멍을 넓게 해주었으니 망정이지, 그렇지 않았더라면 이거 숨이 막혀 죽었을 것이옵니다."

인홍의 말을 다 듣고 난 서윤은 분노를 삭이지 못해 수염이 쫙 선 채 고함을 질러댔다.

"이 죽일 놈을 어서 빨리 형구에 잡아매고 곤장으로 내리치거라. 거죽은 갈기갈기 찢기고 살점은 조각조각 찢기는데도 저놈이 덤비는지 봐야겠다!"

이 말에 곤장과 곤봉을 든 자들이 좌우에서 달려들어 막 때리려는 찰나, 인홍은 빙그레 웃으면서 뒤를 돌아보며 말했다.

"너희들이 하루아침에 평안도 내 서봉이라 불리는 김인홍을 잊었더냐? 자고로 '강은 흘러도 돌은 구르지 않는다'고 하였으니, 지금의 평양서윤이 천 년 백 년 평양서윤이 아니요, 지금의 김인홍은 너희들이 날마다 보게 될 그 김인홍이니라. 너희들은 눈앞의 이 인홍이가 남에게 욕을 당하는 것만 보고 뒷날 남을 꾸짖을 수 있다는 걸 모른단 말이냐?"

---

46) 동장(銅章): '동인(銅印)'이라 하며, 주로 관찰사 등 지방관이 차던 인(印)이다.

40

관리들이 이 소리를 듣고는 아무 말 못하고 서로를 쳐다볼 뿐 손을 쓰려고 하지 않았다. 참 괴이한 일이지 않은가. 저들의 당당한 주인인 평양서윤의 저런 고함소리가 궁벽한 시골의 필부인 김낭사(金浪土)의 몇 마디 말에도 미치지 못하다니!

김인홍은 고개를 들더니 서윤을 보고 말을 이었다.

"성주께서는 본군의 관리이시고 저는 본군의 하찮은 백성이온지라 신분이 엄연히 천양의 차이가 있사오나, 다만 저는 그렇습니다. 다른 평민들이라면 경수(涇水)와 위수(渭水)의 경계[47]를 불문하고 곤장 하나 곤봉 하나에도 죄를 물어 형을 정할 수 있으며, 곤장이 내리쳐질 때에는 아무리 결백한 몸이라도 간음을 했다며 자백하고, 생줄우[48]가 양쪽에서 떨어질 때면 전혀 증거가 없는 양민도 자신이 도적이라 스스로 공술할 것입니다. 허나 저의 경우는 이치로 굴복은 시킬 수 있어도 힘으로 굴복시킬 수 없을 것입니다. 성주께서는 너무 그렇게 진노하고 발분하지 마십시오. 잠시만 화를 죽이고 편안한 상태에서 저의 죄를 물으시면 제가 인정할 것은 인정하고 변론할 것은 변론하겠사옵니다. 만약 저의 죄악이 정말 죽일 사안이라면 죽게 되더라도 피하지 않겠나이다."

서윤은 이런 난처한 경우에 봉착한데다 그럴 법하게 무난한 논리를 펴는 인홍의 말을 들으니 화가 안 나겠는가? 얼굴빛이 붉으락푸르락 한참 동안 말이 없다가 이윽고 곰곰이 생각하였다.

'이미 영을 내리지도 못하고 저쪽에서 따르지도 않는 것은 옛사람도 기롱

---

47) 경수(涇水)와 위수(渭水)의 경계: 경수는 탁류(濁流), 위수는 청류(淸流)로 이 두 물줄기는 서로 합쳐지지 않고 따로 흐른다. 이 때문에 통상 사람의 우열을 논할 때 자주 '경위(涇渭)를 따진다'고 한다.

48) 생줄우: 형구의 하나일 텐데, 구체적으로 어느 것을 지칭하는지 미상이다.

하던 것인데, 내 지금 이렇게 창피를 당했으나 그렇다고 이렇게 화내고 소리만 지른다면 어떻게 일을 처리하겠는가?'

그런 생각 끝에 냈던 화를 누그러뜨리고 웃는 낯으로 말하였다.

"아, 내가 전부터 김인홍이라는 세 글자를 들었는데, 지금 인홍의 이러한 기개를 직접 보니 반갑고 반갑구나. 누가 궁벽한 시골에 이런 둘도 없는 기이한 재주꾼이 있을 줄 생각이나 했겠느냐. 인홍아! 내 평소 큰그릇이라고 자허했는데, 지금 너를 보니 두 무릎이 절로 굽혀지는구나. 당초 너를 부른 건 너의 장부 기질을 시험해보려 한 것이지 이렇게 죄를 물어 징치(懲治)하려던 게 아니었느니라. 내 십 년 동안 벗을 찾았으나 만나지 못했는데 이제야 인홍이를 만났구나."

그러면서 맨발로 당을 내려와 인홍을 데리고 당으로 다시 올라가려 하였다. 그러나 인홍은 꼿꼿이 선 채 움직이지 않고 말하였다.

"성주께서 당초 관리를 보내어 영을 전할 땐 저를 잡아오라고 하였으니, 그땐 제가 죄인이었지요. 헌데 지금 성주께서 친히 내려오셔서 저를 데리고 당상으로 올라 졸지에 한 자리에 앉게 하여 귀한 손님으로 대접하려 하시니 한순간에 공과 죄가 뒤집혔습니다. 당 아래의 죄인이 어찌 당 위로 올라가겠습니까? 제가 비록 어리석으나 감히 이 예는 감당하지 못하겠나이다."

"그래? 네가 죄인으로 자처한다면 곤장을 받으면 되고 귀빈이길 기대한다면 당 위로 올라올 일이지, 지금 곤장도 받지 않고 그렇다고 당 위로도 올라오지 않으니 도대체 어떻게 할 참인가?"

41

김봉은 대답하였다.

"저는 성주님에게 죄인이 되는 것도 원하지 않고 성주님의 상객이 되는 것도 원치 않사옵니다. 다만 천지간에 자유롭고 싶을 뿐이옵니다."

"넌 도대체 무슨 강골이기에 그러느냐? 백성이 된 이상 어찌 남의 구속을 받지 않을 수 있겠느냐?"

"옛말에도 '나라의 임금이 백성에게 교만하게 굴면 그 나라를 잃고, 사대부가 남에게 교만하게 굴면 그 집안을 잃게 된다'고 하였지요. 저는 여기저기 떠도는 먹구름이나 백로와 마찬가지여서 성주님처럼 관직에 얽매여 멋대로 운신할 수 없는 상황과는 다르옵니다."

그러고 나서 마침내 당상으로 올라가 술 몇 사발을 들이켜고 대화를 나누었다. 서윤이 물었다.

"내 듣기로 낭사(浪士)는 세상에 어려운 일은 없다고 말한다는데 정말 그런가?"

김봉은 팔을 추켜세우며 대답하였다.

"세상일에 어려운 게 참으로 많지만 제 수완으로는 어떤 어려운 일도 겪어본 적 없었습지요."

"자네가 지금 분명 말했겠다?"

"예!"

"내 뒷날 처리하기 어려운 일을 당하면 너보고 처리하라 할 테니 사양하지는 않겠지?"

"그러시지요."

"만약 해결하지 못할 땐 어떡할 텐가?"

"제 머리를 내놓겠습니다."

이에 서윤은 즉시 통인(通引)을 불러 종이 한 장을 가져오라 하여 이 말을 적어두라 하면서 인홍에게 수결(手決)을 하라고 하였다. 대개 서윤은 뱃속에 칼을 숨기고 있었으나 김봉은 혀끝에서 바람이 이는 자라 죽는다 해도 피하지 않을진대 어찌 이를 거절하겠는가? 마침내 큰 글자로 그 가운데 수결을 하였다. 그리고 며칠도 지나지 않아 공교롭게도 한 가지 처리하기 곤란한 옥

184

사가 생겼다. 참으로 기이한 경우였다.

차설. 평양성 동쪽 무회촌(無懷村)에 사는 장사치 중에 조평남(趙平男)이라는 자가 있었다. 그는 쏜살같이 군문으로 달려 들어와 한 장의 고소장을 제출하더니 땅에 엎어져 쉬지 않고 큰소리로 통곡하였다. 서윤이 접수해서 보니 그 소장에는 다음과 같이 적혀 있었다.

아래 삼가 진술하옵니다. 제가 생각지도 않게 망측한 괴변을 당했나이다. 말을 하려 해도 기가 막히고 글을 쓰려 해도 창자가 끊어질 지경이옵니다. 감히 몇 줄기 눈물로 지엄하고 밝으신 성주님께 우러러 아뢰나이다. 저는 어려서 부모님을 여의고 다른 형제가 없이 저희 부부 단둘이 서로 의지하며 수십 년의 고락을 같이 겪었습니다. 산나물과 야채로 연명을 하였고, 다 해진 삼베치마로 엄동설한을 지내온 그 몇 년간의 고초는 붓 하나로 다 진술하기 어렵사옵니다. 이런 제가 부득이 생계 때문에 작년부터 행상이든 노점상이든 해보지 않은 일이 없었는데도 곡물은 바람처럼 소금은 비처럼 흩어져 전과 다름없이 굶주리고 헐벗었지요. 그러다가 지난달 우연히 비쩍 마른 소 한 마리가 생겨 쌀 열 말을 가지고 먼 지방으로 행상을 떠났다가 며칠 전에 겨우 집에 돌아왔지요. 바야흐로 몇 개월 보지 못한 아내와 만날 기쁨에 젖어 있었는데……

42

방문을 열어보니 예전의 얼굴은 보이지 않고 어디서 썩은 냄새가 코를 찌르기에 고개를 들어 살펴보니 칠 척의 시신이 엎어져 있지 뭡니까? 머리는 잘렸는데 어디에 떨어져 있는지 찾을 수 없고 두 주먹은 꽉 쥔 채로 원통한 분이 그대로 남아 있는 듯하였사옵니다. 이 참혹한 광경은 차마 눈뜨고 볼 수가 없었사옵니다. 비통하게 소리질러봤지만 영혼이 어찌 알기나 하겠습니까? 인사가 이 지경에 이르렀어도 통곡만 할 뿐이옵니다. 다만 홍건하게 젖은 핏자국이 아직 다 마르지 않은 걸 보면, 흉측한 일이 저질러진 시간이 하루 정도밖에 되지 않은 듯하옵니다. 엎드려 비옵니다. 이 원통함을 통촉하시어 시신의 머리를 찾아 머리 없는 귀신의 신세를 면하게 해주시옵고 이 죽일 놈을 적발하여 형벌을 받게 한다면 저 세상으로 떠난 이의 분을 씻을 수 있을 것이니, 천만 조처를 바라나이다.

서윤은 원고인 장사치를 불러 한 차례 자세히 묻고 한참 생각을 해보았으나 도무지 무슨 방법으로 이 강도를 잡아야 할지 떠오르질 않았다. 다만 혀를 차며 고개를 갸우뚱거릴 뿐이었다.

"이상하구나! 상종치 못할 강도가 한 짓이라고 하더라도 죽였으면 그만이지 하필 머리를 숨겼을꼬?"

라고 했다가 또,

"어떤 원수 놈의 소행이라고 해도 하필 그 머리를 가져간단 말인가? 이는 참으로 지금까지 보지 못한 일이로구나!"

라며 계속 혀를 차며 있다가 이윽고 정신이 번쩍 났다.

'김인홍과 어제 술자리에서 오간 말이 있지. 인홍이 제 입으로 말하고 제 손으로 직접 서명하였겠다? 어떤 어려운 일이라고 하더라도 내가 해결해달라고 요청했을 때 그것을 들어주지 못하면 자기 목이라도 내놓겠다고. 그러니 내 그를 불러다 한 번 물어봐야겠구나. 제가 만약 해결하지 못할 땐 내게 기막힌 수가 있으니 그때 이놈을 처리하리라.'

급히 관노를 불러 김봉더러 관아로 잠깐만 돌아오라고 일렀다. 이때 김봉은 서윤에게 인사를 드리고 겨우 관문을 나선 지 몇 걸음 안됐을 때였다. 갑자기 등 뒤에서 어떤 자가 소리쳐 부르는 소리를 들었다.

"생원 어른, 잠깐 멈추시오, 잠깐만요!"

김봉이 고개를 돌려보니 한 관노가 숨을 헐떡이며 쏜살같이 달려오는 게 아닌가.

"넌 또 무슨 일로 나를 붙잡느냐?"

"사또께서 생원님을 잠깐만 다시 들어오라 하십니다."

"왜? 고을 안에 무슨 일이라도 생겼더냐?"

"별다른 일은 없삽고 다만 이러이러한 살인 사건이 있사옵니다."

김봉은 놀라서,

"참혹도 하지, 어떤 독한 놈이 감히 남의 생명을 빼앗는단 말이냐?"

라고 묻고는 조금 있다가 다시 어이가 없는 듯이 말했다.

"성주님 마음이 대단히 암특하시군. 내 어제 저녁 술 좌석에서 대담하게도 과시를 하여 어떤 어려운 일이라도 성주께서 결단을 내리지 못하는 일이 생겼을 때 나에게 부탁만 하면 귀신같이 처리를 하겠으며 만약 그렇지 못할 땐 내 목을 내놓겠다고 했더니, 지금 그 약속을 확인하려 하시는구나. 그러나 이 옥사가 무어 그리 처리하기 어렵겠는가!"

43

관아로 다시 들어가 자리에 앉자, 서윤이 물었다.

"지금 마침 처리하기 곤란한 옥사가 하나 생겼는데, 이를 어찌할꼬?"

김봉은 발끈하였다.

"옥사는 성주님의 일이거늘 일개 평민에게 '어찌할꼬, 어찌할꼬'라고 하시면 어쩌란 말입니까?"

"네가 어제 나와 무슨 얘길 했더냐?"

"제가 한때 대담하게도 과장된 말을 하였으나, 이는 다만 성주님의 개인적인 일로 말씀드린 것이지 공적인 일이야 어찌 감히 할 수 있겠습니까?"

서윤은 이렇게 되자 입을 열지도 못하고 묵묵히 앉아 있기만 하였다. 김봉은 속으로 이런 생각이 들었다.

'서윤이 나에게 이 일을 처리하라고 하는 것은 분명 좋은 뜻은 아니지만, 이 옥사를 서윤이 아니라면 누가 처리한단 말인가? 혹여 며칠을 그냥 지나쳐버리면 매우 곤란하게 될 텐데. 내 평양서윤과 옳고 그름을 따지다가 이 원통한 옥사가 미궁으로 빠져 해결을 못 보게 되면 이야말로 있어서는 안될 일이지.'

이에 재차 서윤에게 여쭈었다.

"성주님의 공적인 일을 두고 제가 왈가왈부하며 논할 것은 아닙니다만, 다만 어떤 옥사인지요? 저에게 한 번 얘기해주시면 제가 좁은 안목이나마 성주님이 채 살피지 못한 부분을 보좌하겠나이다."

그러자 서윤은 고개를 끄덕이며 알았다고 하며 우선 그 소장부터 인홍에게 건네주었다. 그것을 받아서 펴본 즉시 인홍이 조가를 불러 물었다.

"그 시신이 너의 처가 분명하더냐?"

"상의는 다홍이고 하의는 푸른색이니 분명히 저의 처가 맞사옵니다."

"웃옷을 벗기고 하의도 내려서 보아도 네 처가 맞더냐?"

그러자 조가는 한참을 주저하였다.

"거기까지는 확인해보지 않았는데요."

"옷만 보고 네 처라고 여기고 몸만 보고 네 처라고 단정한다면 큰 착오가 있지 않겠느냐?"

"그렇겠네요."

김봉이 다시 물었다.

"네 이웃 중에 뉘 집 여자가 이번에 죽은 일이 있느냐?"

"예, 이웃 주문형(周文亭)이 며칠 전에 그 아내를 잃고 지금 장례중에 있다고 하더이다."

김봉은 그 말을 듣고는 서윤의 귀에 대고 은밀히 여차여차한말을 건넸다.

188

서윤은 머리를 끄덕이더니 즉시 관리 네다섯을 불러 분부를 내렸다.

"너희들은 조평남의 집으로 가서 즉시 검시를 해서 오너라."

그리고 다시 이 중 총민한 몇 명을 불러 몰래 여차여차하라고 일러두었다.

차설. 관리들이 조평남과 함께 곧장 무회촌으로 갔다. 평남이 시신을 확인해보니 이는 분명 그의 아내가 아니었다. 단지 위아래 옷만 그 아내가 예전에 입었던 것이었다. 조평남은 당혹스러움에 어쩌지 못하고 있는데, 관리들은 돌아보지도 않고 곧장 그 이웃 주문형의 집으로 달려갔다. 묻지도 않고 다짜고짜 집안으로 들어가 관을 드는데, 관이 가뿐하게 들리는 게 아닌가. 그래서 도끼로 관을 쪼개어 열어보았더니 달랑 머리 하나만 그 안에 덩그러니 놓여 있었고 혈흔은 채 마르지 않았으며 머리털은 흐트러져 있었다.

44

이에 관리들은 주문형을 잡아다 그 자리에서 고문을 하였다.

"우리 사또께서는 귀신같은 지혜와 만리를 보는 신명한 눈을 가지셨기에 너의 간악한 죄상이 이미 탄로가 났느니라. 우리는 명을 받들어 온 것이니 넌 속히 자복할지어다."

속언에 이른바 '죄를 지은 자는 항상 전전긍긍하는 마음을 가지고 있다'고 했듯이, 이미 진상이 드러났으니 그가 어찌 자백하지 않겠는가? 곤장이 내리쳐지기도 전에 낱낱이 승복하고 깊은 방 벽 속에서 한 여인을 꺼내니 그녀는 바로 조평남의 처였다. 평남은 두 눈으로 이를 분명히 보고도 여전히 몽롱하고 믿지 않았다. 놀란 마음에 입만 꾸물꾸물거리고 아무것도 캐묻지 못하였다.

차설. 관리들은 시체의 머리를 들고 주문형과 조평남의 처를 묶어 관아로 돌아가 보고하였다. 관아 뜰에서 문초를 마치고 보니 저 주문형의 간악한 흉계는 사람들의 머리털을 쭈뼛쭈뼛 서게 만들었다. 당시 조평남의 처가 주문형과 간통을 한 지 이미 오래되어 주변 이웃들은 모르는 사람이 없을 정도였는데 오직 한 사람, 조평남만 속고 지내면서도 제 마누라를 두고 '저 아내는 열부로 청천백일(靑天白日) 같은 몸이다'라고까지 하였다. 음흉하구나, 조평남의 아내여! 조평남과는 겉으로 친하고 속으로 멀리하였도다. 표독하구나, 주문형이여! 자기 조강지처와는 금슬이 순조롭지 못했으니, 음흉한 아내와 남편의 이 은밀한 만남은 자연히 아교를 칠한 것 같았을 것이다. 그 둘은 아무리 의논해보아도 뾰족한 수가 없었다. 함께 먼 곳으로 달아나자니 조평남이 뒤쫓아올 게 걱정이었고, 오랫동안 몰래 간음을 하다 보면 언젠가 조평남에게 발각될 게 걱정이었다. 그렇게 며칠 동안 머리를 맞대고 의논한 끝에 간악한 계책을 세웠는데, 그 간계는 이런 것이었다.

조평남이 행상을 가는 때를 틈타 주문형이 자기 처를 몰래 죽여 그 머리를 끊고 조평남의 아내가 평소 입었던 옷을 이 시신에 입혀 조평남을 속이고, 조평남의 처는 주문형의 집에 숨어 있다가 며칠 뒤에 먼 곳으로 이사를 가서 서로 손잡고 백년해로하기로 단단히 기약했던 것이다. 다만 시신의 머리는 숨겨둘 데가 마땅치 않아 상처했다고 둘러대고 관을 갖추어 날이 되면 장례를 치를 참이었다. 그랬는데 결국엔 어두운 방에서 남을 속이던 중에 귀신의 눈이 번쩍한 격이다. 이른바 세상은 알고 귀신은 모를 흉악한 계획이 김인홍에 의해 밝혀진 것이다. 그리하여 이들 간특한 남녀는 모두 법 집행을 당하게 되었다.

45

청천자는 말한다.
'인홍이 아니었으면 이 옥사는 끝내 해결되지 못했을까? 아, 그렇지 않

190

다. '선을 행하면 온갖 상서로움이 내려지고 불선한 짓을 하면 온갖 재앙이 내린다'는 이 말은 예나 지금이나 빛나는 이치이다. 여자가 한을 품으면 오뉴월에도 서리가 내린다 했는데, 어찌 이런 경우가 있을까? 주문형의 처는 아무 죄도 없이 참혹하게 죽었으니 끝없는 원한이 하해같이 깊도다. 저 간음한 남녀가 하루에 천리를 가는 신술을 지녔다 하더라도 만개의 눈이 엄연하게 보고 있으니 열 걸음도 도망치지 못했을 것이다. 인홍이 옥사를 처결한 것은 귀신같다 하겠으나 인홍이 아니었어도 이 흉악하고 무도한 자들은 옥에서 늙어 죽었을 것이다.'

인홍이 이 옥사를 해결하고부터 전 군의 사람들이 모두 시끌벅적 한결같이 탄복하였다.

"김인홍이 과연 세상에 빼어난 재주를 가졌으나 다만 때를 만나지 못해 처지가 빈한하여 '협잡(挾雜)' 두 글자에만 머리를 썼으니, 매우 애석한 일이로다!"

서윤도 이젠 감히 보통사람으로 인홍을 대하진 못하나 인홍이 저런 명예를 돌아보겠는가? 오직 노자잔(盧玆盞) 앵무배(鸚鵡盃)[49]로 백 년 3만 6천일을 술에 취해 깨어나지 않으며 여전히 부자들을 속여 재물을 빼앗으며 지냈다. 그후로 평양서윤이 하루에 백 번을 불러도 응하지 않고 오직 넓은 종이 한 장을 가져다가 중앙에 '비공사미상지언지실(非公事未嘗至偃之室, 공무가 아니면 출입해서는 안되는 집)'이란 아홉 글자를 크게 써주는 것으로 답을 하였다. 얼마 안 있어 본도의 관찰사와 이웃 군의 수령들이 김인홍의 출중한 재주와 견식을 듣고 모두 한 번 만나보고자 하여, 사람을 보내 요청하기도 하고 직접 찾아오려는 자도 있었다. 김봉은 이런 소식을 접하고는 하늘을 보고 탄식하였다.

---

49) 노자잔(盧玆盞) 앵무배(鸚鵡盃): 모두 고급 술잔.

"허허! 내 듣기로 산림유자(山林儒者)는 현달한 관리들에게 존경과 예우를 받는다지만, 고작 일개 협잡꾼인 나를 이렇듯 흠모를 하다니[산림유자는 거짓 덕이 많고, 협잡꾼은 진짜 재주가 많군.] 관리다운 관리가 없음을 알겠도다."

그리고 얼마 있다가 또 탄식하였다.

"동방 삼천리는 좁고 좁아 이제는 협잡할 곳도 없구나!"

그러다 결국 가족을 데리고 멀리 떠나버려 끝내 어떻게 되었는지 알 수 없었다.

계항패사씨는 말한다.

'이것은 '김봉본전(金鳳本傳)'이다. 모두 36회[50]에 걸쳐 펼쳐진 그의 기이한 일의 자취는 다 열거할 수 없겠다. 다만 그중에 옥사를 처결한 일은 태반은 산삭(刪削)하고 마침내 공안의 제4화에 집어넣었으니, 전후편의 문세로 봐서는 서로 어울리지 않는다. 보는 이가 이를 살펴주기 바란다.'

---

50) 모두 36회: 실제로는 연재 횟수가 46회인데, 여기서 36회라 한 것은 이군웅을 속이기 시작한 8~9회부터 본격적인 이야기가 펼쳐졌기 때문에 그런 것이다.

제5화

욕정에 눈이 멀어 아들을 죽이려 한 윤씨

욕정에 눈이 멀어 아들을 죽이려 한 윤씨

간악한 경객經客은 법회를 열어 간통하고,
판관은 관棺을 대기시키고 공초케 하다

1

화설. 무당을 불러 길흉을 점치고 불공을 드리면서 불경을 외는 일은 엄히 다스려 확실히 척결하여야 할 것이다. 그렇지 않으면 닥쳐올 재해는 표현할 수 없을 지경이니, 경계하고 또 경계할 일이다.

옛날 영조대왕이 즉위한 때, 전라도 나주군(羅州郡)에 윤씨(尹氏)라는 여인이 있었다. 그녀는 같은 군 정씨(鄭氏) 집안 남자에게 시집을 가, 아들 하나를 낳았다. '계동(癸童)'이란 아이였다. 계동은 이제 막 열두 살이고 윤씨는 채 서른이 안되었는데, 남편 정씨는 생각지 않은 병에 걸려 결국 죽고 말았다. 위로 시부모도 없고 아래로 친척도 없는 쓸쓸한 가문이다 보니 달랑 두 사람만 남은 모자는 서로를 돌보며 곁을 떠나지 않았다.

윤씨는 어느 날 우연히 이런 생각이 떠올랐다.

'내 들으니, 젊어서 죽은 혼령은 인간을 그리워하여 그 원기(冤氣)가 흩어지지 않는다지. 그래서 반드시 한 번 경을 외며 불공을 드려야만 바야흐로 저승으로 가는 길이 활짝 열려 혼령이 돌아갈 수 있다던데…… 내 어찌 사소한 재물을 아까워하여 사랑하는 낭군님을 위해서 공덕을 베풀지 않으랴!'

이리하여 나주군 동쪽 삼화촌(三花村)으로 급히 가서 황경(黃經)을 만나 뵈었다. 이 황경이란 자는 법명이 해능(海能)으로, 겉모습이 단아한데다 말씨와 웃음소리가 낭랑하여 불경을 읽는 것으로 생활을 하였다. 그래서 사람들은 그를 '황경(黃經)'이라 부르는 것이었다. 황경은 그날 마침 집에서 남을 위해 부적을 쓰고 복을 빌며 '동토장목(動土長木)'[1] 등의 이야기를 늘어놓고 있던 중이었다. 그런데 갑자기 어떤 부인이 문으로 달려 들어오는 걸 보았다. 여인은 소복을 입은 채로 열한두 살쯤 된 아이를 데리고 왔다. 윤씨는 원래 자태와 용모가 곱고 수려한데다, 흰 옷에 흰 쪽을 진 터라 자못 태도가 산뜻하고 말끔하였다. 황경은 이미 속으로 놀라며 혼이 나가 정신없이 맞이하였다.

"어느 댁 귀부인이시며 어인 일로 왕림하셨습니까?"

부인은 고개를 숙이고 대답하였다.

"소첩은 정씨 집안 사람이 된 윤씨이온데, 남편이 이제 막 불귀의 객이 되었지요. 경(經)을 아주 잘 외는 분의 설법으로 죽은 혼령의 저승 가는 길이 막힘없이 열리게 하고자 해서요. 그러다가 이웃사람들이 하나같이 황경이 유명하다고 얘기해주기에 이렇게 찾아온 것입니다."

황경은 이 말을 듣자마자 한 점 불량한 마음이 일었다.

"돌아가신 남편의 황천길을 인도하려면 귀댁 안에다 반드시 효당(孝堂)을 세우고, 이 효당 안에서 정성을 다해 불경을 읽어야 바야흐로 효과가 있을 것이옵니다. 낭자의 의향은 어떠신지요?"

---

1) 동토장목(動土長木): '땅을 움직이고 나무가 자라게 한다'는 따위의 초자연적인 힘을 염두에 둔 의미일 텐데, 정확한 의미는 알 수 없다.

"존사(尊師)께서 이처럼 생각해주시니 천만 다행이옵니다. 소첩 모자는 감격할 따름이옵니다. 언제 누추한 저희 집에 왕림해주실는지요?"

"내일 바로 가겠나이다."

그러자 윤씨는 수중에서 금전(金錢) 두세 개를 꺼내 종이와 붓을 살 비용이라며 황경에게 주었다. 그런 뒤 인사를 하고 집으로 돌아와 오직 황경이 방문하기를 기다렸다. 애초 윤씨가 황경을 초청할 땐 전혀 나쁜 생각이 있어서가 아니었다. 하지만 누가 생각이나 했겠는가? 황경은 색에 굶주린 귀신이라, 한 번 윤씨의 자색을 본 것으로 그녀를 자기 품에 안고 가지고 놀지 못하는 걸 못내 아쉬워했다는 것을. 윤씨도 애당초 사악한 길로 접어들려는 생각은 없었으나, 황경의 출중한 외모와 시원한 말솜씨를 알아보고 나서는 그만 마음속에서 절로 갈채를 보내게 되었다.

"저런 멋있는 인물이 어찌 경을 외는 이가 되었을까……"

2

다음날 이른 아침, 황경은 두 명의 경동(經童)[경객의 제재]을 대동하고 윤씨 집을 찾았다. 윤씨는 경황없이 나와 효당으로 모셨다. 황경은 그 자리에서 종이를 잘라 철사와 철망을 만들어 주사(朱砂)와 주필(朱筆)로 사방의 신장(神將)과 벽력장군(霹靂將軍) 등의 이름을 적어 양쪽 벽에 나누어 걸고, 북을 치고 종을 울렸다. 그리고 윤씨더러 나와 조상신에게 분향하라고 하였다. 소복 차림의 윤씨는 경건하고 단정히 그 앞에서 절을 올렸다. 이때 황경의 눈이 윤씨에게 고정되어버렸으니, 그야말로 '잿밥에만 관심이 있고 염불에는 생각이 없는' 형국이었다. 윤씨는 젊은 과부라, 춘심이 무르익어 황경을 보고 또 보고는 점점 그의 풍채에 매료됨을 느꼈다. 다시 옆에 있는 경동 둘을 보니 흑발이 어깨까지 늘어졌고 붉은 옷을 입었는데, 타고난 듯한 붉은 입술과 하얀 치아에 맑고 환한 모습이었다. 윤씨는 속으로 '저 보잘것없는 경동들에게 어쩜 저런 풍치가 있을까?' 하며 탄복해 마지않았다.

윤씨는 이때부터 한 점 욕망의 불씨가 타올라 억누를 수 없었다. 황경과 각 신장의 앞으로 다가가 분향하고 고개를 숙이는데, 왼쪽 눈으로는 황경을 훔쳐보고 오른쪽 눈으로는 경동들을 흘겨보게 되었다. 이리 봐도 저리 봐도 모두 마음에 드는 게 큰 것은 큰 것대로 작은 것은 작은 것대로 묘한 맛이 있었다. 왼편으로 당기고 오른편으로 끌어 다 즐기지 못하는 게 한스러울 뿐이었다. 다만 눈에 떡이니 볼 수는 있어도 먹을 수는 없는 노릇이라, 볼은 붉었다 다시 창백해지고 눈썹은 올렸다 내렸다 하면서 종일 훔쳐보느라 생각만 더욱 간절해졌다. 황경도 처음부터 마음에 두고 있던 터라 왜 그것을 의식하지 못하겠는가. 다만 남의 눈 때문에 단지 눈살과 눈초리를 보기 좋게 하고서 경을 읽고 있더라.

윤씨의 아들 계동은 어린아이라 무엇을 알겠는가. 그저 신장과 염불하는 걸 보면서 종과 북을 치며 노는 것이 좋았으니, 어머니가 이런 은밀한 내통을 하는지 어찌 알아차릴 수 있었으랴. 날이 저물어 불공을 마치고 각자 잠자리에 들게 되었다. 황경이 사랑채로 나가 잠을 자고 윤씨는 안방에서 잠자리에 들었다. 윤씨는 가만히

'지금 저 황경은 필시 경동 둘을 끌어안고 일을 벌이고 있을 텐데, 난 홀로 빈방에서 잠이 들어야 하다니……'

하는 생각이 들었다. 이 생각 저 생각이 꼬리를 물어 마음을 다잡지 못하자 어금니로 입술을 찢을 듯 꽉 깨물었고 온몸에는 땀이 송글송글 맺혔다. 그리고 한참 뒤에 잠이 겨우 들었는데, 문득 침상 앞에서 발걸음 소리가 들렸다. 벌떡 일어나보니 한 사람이 가리개를 열어젖히고 곧장 침상으로 올라오고 있었다. 윤씨가 소리를 듣자 하니 다른 사람이 아니고 바로 그녀가 마음속으로 그리워해 마지않던 황경이었다. 황경은 조용조용 말하였다.

"낮에 낭자께서 여러 번 추파를 던져 마음을 내보였기에 이 깊은 밤 빈방

에서 낭자 홀로 지낼 모습을 생각해서 이렇게 찾아왔소이다.”

그러면서 곧장 두 손으로 껴안자, 윤씨도 밀치거나 거부하지 않고 감정이 고조된 채 받아들였다. 그런데 겨우 분위기가 무르익을 즈음, 경동 아이 하나가 가리개를 밀치고 일어나 스승을 찾으러 나왔다가 일을 벌이고 있는 것을 목격하고 소리를 질렀다.

“사부님께서 재미를 보고 계시네요.”

그러고는 두 손을 쫙 펴더니 윤씨의 허리 아래를 향해 사정없이 틀어막아 버렸다. 황경은 버럭 소리를 지르며 꾸짖었다.

“내가 여기 있거늘, 너는 무례한 짓을 해선 안되지!”

그 소리에 윤씨는 춘흥을 채 끝내지도 못하고 순간 잠에서 깼다. 바로 남가일몽이었다.

3

윤씨가 손으로 사방을 더듬어보았으나 아무도 없고 여전히 찬 이불과 싸늘한 베개에 자기 몸 하나만 있을 뿐이었다. 멍하니 탄식할밖에.

“괴상도 하지! 어째 이런 꿈을 꿨지?”

이 때문에 하룻밤 꼬박 뒤척이며 잠을 이루지 못하였다. 날이 밝자 일어나서 효당으로 가보니 경동 둘이 이미 먼저 와 있었다. 윤씨는 이들을 불러 물었다.

“너희들 이름이 뭐니?”

“큰 쪽이 향남(享男)이고, 작은 쪽은 황룡(黃龍)이라 합지요.”

“너희들은 무슨 까닭으로 사부와 함께 한곳에서 묵느냐?”

“사부님께서 적적해하므로 언제나 옆에서 모시고 있어요.”

“너희 사부께서 노성(老成)한 인물은 못 되는가 보구나!”

경동은 '하하' 웃는다.

"낭자께서 우스갯소리를 잘 하시네요."

경동들은 얘기를 마치고 주르르 달려나가 방금 전에 윤씨를 만난 일을 가지고 황경에게 일일이 얘기해주었다. 그러자 황경은 더더욱 마음이 요동하였다.

'저 말은 바로 마음이 있다는 거지!'

이렇게 판단하고 효당으로 들어가 큰소리로 불경을 읊었다. 그 사이에 노래 한 곡조를 집어넣었는데, 그 노래는 이러했다.

혼이시여 혼이시여, 속히 돌아가소서.
옥 같은 모습은 날마다 수척해가고
빈방에서 홀로 지내나니
비단 이불 싸늘하고
등불도 이지러지도록
몸 뒤척이며 잠을 이루지 못하누나.
혼이시여 속히 돌아가주시오
함께 짝하여 한 번만 갈증을 풀 수 있도록.

황경이 이런 노랫말로 한 차례 낭랑하게 읊자, 윤씨는 듣고 나서 그 뜻을 이해했다는 듯이 옅은 미소를 짓는다.

"불경 안에도 이런 말이 있단 말입니까?"

"당초 선배 신선들께서 색계(色界)를 매우 중시한 터. 아름다운 이야기를 남기셔서 저희들로 하여금 항상 염두에 두어 감히 잊지 말도록 하였지요."

윤씨는 영리한 부인인지라 일찌감치 그것도 분명하게 황경의 뜻을 간파하고는 얼마나 기쁘던지, 계집종을 불러 한 사발 술을 가져오라 하여 황경더러 해갈하라고 하였다.[가사 가운데 해갈(解渴)의 구절과 은근히 서로 통한다.]

200

황경은 마음이 날아갈 듯 걷잡지 못해 『옥추경(玉樞經)』『용왕경(龍王經)』[2] 등을 손에 들고는 있지만 도무지 글자와 구절이 어그러지고 오직 생각하는 것이란 게 다만 풍월을 누릴 계책과 규방에서 벌일 춘흥뿐이었다. 그러나 주렴 안팎으로 저 원수같이 구경하는 많은 마을사람들 때문에 어찌할 수가 없었다. 야밤에 혹시 기회가 있을까 따져보아도 윤씨의 방엔 어린 아들이 있고 계집종도 있는데다 자기 신변엔 항상 따르는 두 제자까지 있으니, 도대체 어떤 계책을 써야 일을 성사시킬까 싶었다. 그는 두 손으로 작은 종을 마구 두드리다가 저도 모르게 순간 멈추고 묵묵히 이런저런 생각을 하였다. 그러다 갑자기,

"계획이 섰다!"

그리고 다시,

"절묘하지, 절묘해!"

라고 혼자 지껄이더니, 윤씨에게 물었다.

"저한테 보잘것없는 재주가 하나 있사옵니다. 망부의 혼령을 불러내 낭자와 만나볼 수 있도록 하겠으니, 낭자의 생각은 어떠신지요? 싫으시오?"

4

윤씨가 대답했다.

"만약 그럴 수 있다면 이 은혜는 죽더라도 갚기 어려울 것입니다. 다만 어떤 신술이 있어서 이것이 가능한지요? 저는 믿을 수가 없네요."

"흰 명주로 된 한 가닥 끈으로 다리를 만들고 주문을 세 번 외워 망혼을

---

2) 『옥추경(玉樞經)』『용왕경(龍王經)』: 모두 불경이다. 『용왕경』은 '용왕형제경(龍王兄弟經)'이라고도 하며, 오(吳)나라 지겸(支謙)이 번역하였다. 목련존자(目連尊者)가 두 용왕 형제를 설복시킨 내용을 담고 있다.

불러 그 다리를 건너오라고 하면 강신하지 않은 신령은 없지요. 다만 곁에서 지키는 가족 한 사람이 남는 게 좋겠는데, 산 사람은 양기가 많아서 사람이 많다 보면 혼령이 오질 않지요. 그러니 문을 꽉 닫아걸고 외부인이 엿보게 해서는 안될 줄 압니다.”

“가족으로는 저와 계동, 이 둘밖에 없지요. 계동이는 어린아이라 그 혼령이 자기 아버지라 하더라도 귀신을 보면 필시 놀라 나자빠져 죽고 말 것입니다. 그러니 절대 보게 할 순 없지요. 그저 소첩이나 망부(亡夫)를 한 번 보고자 하나이다.”

“그러면 괜찮겠사옵니다!”

윤씨는 옷상자를 열어 한 폭의 명주를 꺼내 황경에게 내어주었다. 황경은 명주를 가지고 윤씨더러 한쪽 끝을 잡으라 하고, 자신도 한쪽 끝을 잡아당겨 보면서 이리저리 길이를 재보더니, 갑자기 명주 천을 놓아 윤씨의 팔에 달라붙게 하였다. 윤씨는 아무 소리도 내지 않았다. 황경은 윤씨가 이미 십분 마음이 있음을 눈치 채고 밖으로 나가 두 경동에게 분부하였다.

“내가 효당으로 들어가 망혼을 불러낼 테니 너희들은 외문에서 지키고 있다가 외부인이 들여다보지 못하게 하여라.”[원래 신혼방엔 사람이 엿보는 것을 금지하는 법.]

경동들은 그 뜻을 알아차리고 같은 소리로,

“잘 알겠나이다!”

라고 하였다. 윤씨는 아들과 계집종에게 분부하였다.

“경객께서 망혼을 불러내 나와 만나게 해준다 하니, 너희들은 방안에만 있거라. 멋대로 밖으로 나와 시끄럽게 굴면 안된다. 만약 가만 잠자코 있지 않았다가는 이 일은 그림 속의 떡이 되고 말 게야.”

아들 계동은 부친의 혼령을 불러온다는 말을 듣고 투덜거렸다.

“저도 아버님을 보고 싶어요.”

그러자 윤씨는

"아가야! 경객께서 하시는 말씀이 산 사람은 양기가 많은 만큼 많은 사람이 있으면 혼령이 찾아오지 않으므로 엄마 한 사람만 지키고 있는 게 좋다는구나. 네가 만약 보려고 하다가 이 때문에 만에 하나라도 혼령이 찾아오지 않으면 어찌할 테냐? 이번에 아버지를 불러오면 다음번엔 너도 뵙게 해주마."라며 달랬다. 그러나 계동이 이를 어찌 수긍하겠는가? 울며 보챘다.

"아버지를 보고 싶어요, 아버질 보고 싶단 말예요."

윤씨는 속으로 황경이 일을 꾸미고 있다고 알아챘기에 좋은 말로 계동을 어르고 달래는가 하면 과자를 찾아주면서 계집종더러 그를 데리고 방안에 가만있으라고 하였다. 그리고 나서 효당으로 올라가니, 황경은 무명천 한 필을 잡아 문과 창문을 가리고 거짓으로 이를 딱딱거렸다. 무슨 일인지 도대체 알 수 없더니, 이윽고 씨익 웃는다.

"낭자! 혼령이 자리에 앉았소. 저 망혼은 불러서 오긴 했으나, 다만 희미한 그림자일 뿐이라서 낭자에겐 전혀 도움 될 게 없다오."

5

"망혼을 한 번 만나 잠시나마 괴로운 심정을 풀어보려는데, 유익하다 무익하다 따질 게 있겠습니까?"

"망혼은 다만 낭자의 얼굴만 볼 수 있을 뿐, 낭자와는 평소 단란했던 정을 풀 순 없다오. 그 때문에 무익하다 말하는 겝니다."

"과연 망혼이 온다면야 그냥 바라보는 것으로도 좋을 텐데, 무에 그런 말씀을 하시옵니까?"

"내게 좋은 수완을 빌려주었으니, 이제 낭자와 즐거움을 함께 하렵니다그려."

이 말에 윤씨는 놀란 척하였다.

"어찌 그런 일이 있으라고요. 그런 말씀은 다신 하지 마세요."

"혼령이 허공에서 내려와 제 몸에 붙었으니, 낭자가 나와 함께 즐긴다면 바로 남편과 함께 즐기는 게 될 겁니다. 낭자께서는 제 몸을 탓하지 마시고 남편이라 생각하소서."

"망혼은 망혼이고, 황경은 황경이니 어찌 그게 뒤바뀐단 말이오?"

"원래 제가 그같은 신술을 잘 부려서 수많은 망혼들을 제 몸에 붙여 서로 만날 수 있게 했지요."

"저는 믿을 수 없군요."

"함께 즐길 때에 만약 털끝만치라도 남편과 같지 않다면 그 뒤에나 믿지 말든지요."

윤씨는 다시 거짓으로 나무랐다.

"혀끝의 도적아, 네가 감히 이런 식으로 나를 속이려 드느냐?"

그러자 황경은 더이상 대꾸하지 않고 바로 윤씨의 허리춤을 끌어안고 혼령이 임한 자리 위에 엎어지며,

"내 잠시 당신 남편이 되리다."

라고 하였다. 윤씨는 짐짓 거부하려 했으나, 한 움큼의 음흉한 불씨가 지펴진 지 오랜지라 자신도 모르게 기쁜 얼굴로 함께 끌어안고 혼령이 자리한 곳에서 일을 벌이고 말았다. 한쪽은 밀고 당기고 또 한쪽은 놀라고 빠져드는 게, 꽃향기를 탐하는 나비며 수면에 점을 찍는 잠자리요 파도를 치는 봄 제비이며 버들을 짜는 꾀꼬리였다.

청천자는 말한다.

'사내의 탐욕은 그래도 말이 되지만, 아녀자의 탐욕은 얘기할 게 못된다고 한다. 내 시(詩)를 읽다가 여기에 이르러 일찍이 세 번이나 탄식을 하며 '여자의 탐욕이 이와 같다면 어찌 여자라 할 수 있겠는가' 하고 생각했다. 그런데 지금 윤씨를 보니 어찌 다만 탐욕이라고만 이르겠는가. 미친

것이며 난잡한 것이다. 추한 메추라기이며 홀리는 여우로다.[3] 죽은 남편의 혼령이 임한 자리를 음란한 행각을 벌이는 장소로 만들었으니, 아! 인도(人道)로 논할 수 있겠는가? 계동이 아들이 아니었다면 어찌 들창 밑에서 늙어 죽을 수 있으리오?'[4]

둘은 질탕하게 놀아 마음이 흡족해졌다.
"남편의 수완과 비교해서 무슨 차이가 있었소?"
그러자 윤씨는,
"이 더러운 짐승 같으니라구……"[그런 넌 추한 금수가 아니더냐!]
라는 말만 할 뿐이었다. 황경이 일어나 옷을 단정히 하고 윤씨를 안아 무릎 위에 올려놓고,
"낭자의 청덕(淸德)을 더럽혔구려!"
라고 하자, 윤씨는
"잡놈아! 그런 구린내 나는 소린 그만하지."
라고 받아친다.

6

"당신과 나 두 사람이 지금 여기서 만난 것은 천생연분이라, 내 이후론 맹세코 당신을 잊지 않을 것이니 당신 또한 나를 잊지는 않겠지요?"

---

3) 추한 메추라기이며 홀리는 여우로다: 모두 음란한 짓을 벌이는 여자를 비유하는 말이다. 『시경』 용풍(鄘風) '순지분분(鶉之奔奔)'편은 위(衛)나라 여자가 배우자 아닌 남자와 음란한 짓을 하여 메추라기보다 못하다고 풍자하였다.
4) 들창 밑에서 늙어 죽을 수 있으리오: '들창 밑[牖下]'에서 죽는다는 것은 본래의 자기 자리에서 생을 마감한다는 말이다. 따라서 여기서는 자신의 천수를 제대로 누릴 수 없다는 뜻이다.

그러자 황경도 맹서를 하였다.

"바닷물이 다 마르고 산이 다 무너져 내리더라도 내 잊지 않으리다."

"당신이 그렇듯 나를 버리지 않는다면, 지금부턴 모름지기 오랫동안 함께 거처할 방도를 강구하여야 바야흐로 좋을 텐데, 어떤 묘책이 있을지……"

"모름지기 의형제 항렬을 맺은 연후에야 서로가 왕래를 하더라도 여러 사람들의 눈을 속일 수 있을 거요."

"맞아요, 그래요. 그 말이 참으로 그럴듯하네요."

"낭자의 나이가 금년에 몇이시오?"

"금년에 딱 스물여섯 살이 되었지요."

"제가 한 살 많으니 낭자의 오라비가 되는구려."

"그럼 당신 말을 따르리다."

그리하여 마침내 문을 열더니, 윤씨는 사람들에게 일장 연설을 하였다.

"경객의 신술로 죽은 남편의 혼령을 보게 되었으니, 이 은혜는 죽어도 잊기 어려운 일이지요. 지금부터 우리 두 사람은 의남매가 되기로 했으니 여러분은 분명히 알아두시오."

그러고는 아들 계동을 부르더니 나와서 삼촌한테 절을 올리라 하였다. 이 아이가 뭘 알겠는가? 그때부터 아이는 엄마 말에 따라 그를 '삼촌'이라 불렀다. 윤씨는 황경과 제자들을 보내고 제사 일을 정리하며 몰래 만날 기약을 하였다. 이후 저녁에 맞이하여 새벽에 보내기를 하루도 거르는 날이 없었다. 간혹 오빠 동생 사이를 핑계 삼아 낮에라도 만남을 가져 문을 닫고 음란한 짓을 벌였다. 아들 계동을 선생이 있는 서당으로 보내 글을 읽게 하니, 계동은 아침 일찍 나가 날이 저물어야 돌아왔다. 그러니 이들은 하루도 거르는 날이 없이 음란한 짓을 자행하였던 것이다.

차설. 정계동(鄭癸童)이 점점 자라서 열너댓 살이 되었다. 그는 매우 총명하고 지혜로운데다 글을 알고 예도 차릴 줄 알았다. 그런 그가 황경의 왕래가 범상치 않음을 보고 속으로 근심하고 걱정하였다. 하루는 서당에서 또래와 장난을 치며 노는데, 느닷없이 한 학동이 계동을 보고 '작은 경객'이라 부르는 것이었다. 계동은 얼굴이 뻘게진 채 집으로 돌아와서 윤씨에게 요청하였다.

"어머니께 드릴 말씀이 한 가지 있어요. 저 삼촌은 이제 집에 오지 말라고 하세요."

"별안간 무슨 소리니?"

"어떤 사람이 나를 작은 경객이라 해요. 그 삼촌이 늘상 우리 집에 드나드는 일만 없었다면 어떻게 그런 말을 하겠어요?"

윤씨가 이 말을 듣자마자 두 점 붉은 빛이 귓볼과 목에서부터 두 뺨으로 번지면서 오른손으로 계동의 왼쪽 뺨을 때리는데, 마치 대쪽이 갈라지는 소리 같았다.

"어떤 개자식이 너에게 그런 말을 하더냐? 내 그놈을 찾아 입을 찢고 혀를 잘라버릴 테다."

"어머니는 공연히 생면부지의 사내와 오라비니 누이니 부르며, 저더러는 삼촌이라 부르라 하니, 이는 절대 불가한 일이잖아요. 또 그가 진짜 어머니의 오라비이고 저의 삼촌이라 해도 어째서 1년 365일을 하루라도 우리 집에 오지 않는 날이 없단 말입니까?"

7

〈결〉

8

청천자는 말한다.

'『시경』에 '선들바람이 남쪽에서 불어 저 대추나무 새싹을 어루만지네. 대추나무 새싹 무성하니 어머니 고생하여 기르셨구나. 자식 일곱을 두었으되 어머님 마음 즐거이 해드리지 못했네'[5]라고 하였다. 아, 윤씨 아들은 혹여 이 편을 읽지 않았단 말인가? 일곱 아들을 둔 어머니도 집안에서 편치 못하였으니, 일곱 아들들로서는 어찌 원망하는 마음이 없었겠는가? 다만 일곱 아들이 이처럼 자책했다는 말은 듣긴 했어도 일곱 아들의 원통하고 분한 마음이 어떠했는지 듣지 못했으니, 남의 불량함을 나는 어머니를 ○○[6]한다고 운운한 것, 이 또한 시인의 원통한 하소연인 것이다. 자식된 도리는 마땅히 일곱 자식처럼 해야 하거늘, 윤씨의 자식은 심하기도 하지. 네가 비록 유심히 관찰하더라도 너의 어미를 어떻게 하겠는가?'

그날 황경이 경동 향남을 보내 소식을 알아 오라고 하였다. 윤씨는 향남의 풍채를 마음에 두고 있었던 터, 그를 불러 실없는 말만 늘어놓았다. 향남도 이미 17, 8세의 사내인지라 윤씨의 저간의 일들을 다 알고 있었기에 윤씨에게 허튼소리를 하였다.

"우리 사부님께서 낭자를 위하느라 먹는 것은 적고 일은 버거워 감당할 만한 힘이 없으니, 저더러 잠시 하룻밤을 뫼시라고 하더이다."

그러자 윤씨는 화난 척한다.

"조그만 놈이 감히 나에게 장난을 치려고 하느냐? 내 너의 사부에게 이 사실을 알려 아랫도리를 절단내고 말 테다."

"저의 허리 아래는 부인과 다를 게 없어요. 우리 사부님이 이 때문에 저를

---

5) 선들바람이 남쪽에서 (…) 해드리지 못했네: 『시경』 패풍(邶風)의 '개풍(凱風)'이란 작품이다. 어머니의 고생과 사랑을 생각하는 노래인데, 일설에는 아들을 일곱이나 두었으면서도 재혼하려는 어머니를 아들들이 간하는 내용으로 알려져 있는바, 여기서도 그런 뜻으로 인용한 것이다.
6) 원문 판독이 불가능한 부분이다.

아끼거늘, 부인이 한 번 말한 것을 듣고 당장 절단을 내시겠어요?"

윤씨는 그의 젊고 아름다운 모습에 불같은 욕구가 있었던 참인데, 지금 풍류남아같이 이야기하는 걸 보고 자기도 모르게 마음이 십분 동하였다. 어느새 손으로 그의 전신을 더듬더니 침상으로 끌어들였다. 한편 황경은 향남이 한참이 되었는데도 돌아오지 않는 게 괴이쩍어 이번에는 윤씨 집으로 황룡(黃龍)을 보내 찾아오라고 하였다. 향남은 황룡의 발걸음 소리를 듣고는 황경이 이 사실을 알게 되어 성을 내서 자신이 변괴를 당하지 않나 싶었다. 그래 급히 하던 짓을 멈추고 옷을 챙겨 일어났다. 그러자 윤씨는 향남더러,

"너희 사부에게 일러라. 오늘 밤엔 아들 녀석을 내보내 다른 방에 묵도록 했으니, 올 때 대문으로 들어올 필요 없이 후문을 통해서 곧장 방안으로 들어와도 무방하다고 말이다."

라고 하였다. 향남은 돌아가 황경에게 그 말대로 아뢰었다.

차설. 계동이 서당에서 날이 저물 녘에야 집으로 돌아왔다. 그는 저녁을 먹고도 바로 잠들지 않고 문밖을 서성이며 주변의 동정을 살피고 있었다. 그런데 뒷문에서 쇠붙이 부딪치는 소리가 들렸다. 계동은 잠자코 조용히 어둠 속에서 보고 있자니, 금세 황경이 들어오는 게 아닌가. 속으로 생각하였다.

'저 간사한 놈을 장이 끊어지고 머리가 깨질 정도로 처단해버리고 싶으나 어머니 얼굴을 봐서 어찌할 수 없구나. 내 그를 속여 혼쭐이나 나게 해야겠다.'

이렇게 앉아서 한참 궁리를 하였다. 이윽고 방안이 조용해지자 그는 바삐 한 가닥 큰 새끼줄을 가져와 방문을 단단하게 잠그고 다시 큰 나무토막 몇 개를 구해다가 좌우로 걸어두었다. 그는 다시,

'저놈이 문을 밀어도 열리지 않을 땐 필시 작은 창문을 통해 넘어 달아나겠지'

하고 생각했다. 그래 오줌통과 반은 깨져나간 똥통 하나씩을 가져다 창문 아래쪽으로 뛰어내릴 만한 곳에 사이좋게 정렬해두고 자기 방으로 들어와 잠

자리에 들었다.

9

황경은 하룻밤을 질탕하게 놀고 닭이 두 번 우는 소리가 들리자 날이 밝으면 낭패겠다 싶어 옷을 입고 서둘러 나왔다. 그런데 방문을 한 번 밀고 두 번 밀어도 열리질 않았다. 윤씨에게 열리지 않는다고 말하자, 윤씨도 와서 함께 밀었으나 여전히 열리지 않는 게 밖에서 어떤 물건으로 묶여 있는 것 같았다.

"또 일을 저질렀네. 아무래도 저 흉악한 아이놈이 와서 장난을 친 게 틀림없어. 이렇게 밀어도 열리지 않으니 창문을 열고 나가야겠는 걸. 지금 점점 날이 밝아오고 있으니 지체하지 말고 어서 가시오."

황경은 몽롱한 두 눈으로 창문을 열고 뛰어내렸는데 '아차' 하는 소리에 오른쪽 다리가 똥통 속을 디딘 것이다. 질겁하여 발버둥치며 발을 빼내다가 그만 몸이 벌러덩 뒤집히며 오줌통 안으로 엎어졌다. 다시 질겁하여 다리를 들고 일어나긴 했으나 워낙 경황이 없는 상황이다 보니 똥통 오줌통으로 번갈아가며 엎어졌고 다리가 차례로 빠진 터라, 하반신이 분뇨로 뒤범벅이 되었고, 입술도 터지고 찢어졌다. 그럼에도 감히 큰소리도 낼 수 없는지라 고통을 참고 코를 막고서 그 길로 냅다 달아났다.

한편 윤씨는 밀어도 문이 열리지 않는 걸 보고 이미 속이 상한데다 황경이 창문을 열고 뛰어내릴 때 '아차' 하는 소리를 듣고 나서는 의심하는 마음이 일었다. 직접 창문을 열고 밖을 내다보았는데, 아직 하늘빛이 검은 터라 다만 악취가 코를 진동할 뿐 무슨 일이 있었는지 알 수 없었다. 그래서 불편한 심기를 누그러뜨리고 잠자리에 들었다.

계동은 날이 밝기를 기다렸다가 어머니 방문으로 와서 쳐놓은 새끼줄을 풀고, 창 앞으로 가보았다. 그러자 땅바닥엔 온통 똥과 오줌이 널려 있고 분뇨통이 엎어져 있었다. 속으로 기운이 솟기도 하고 화도 나고 웃음도 나왔다. 그는 어머니가 일어나기 전에 서둘러 분뇨통을 치워버렸다. 그뒤 윤씨가 일어나 문을 여는데 이번에는 힘을 쓰지 않았는데도 문이 열리는 게 아닌가. 다시 의구심이 일어 가만 혼자 중얼거렸다.

"새벽엔 아마도 급해서 이걸 열지 못한 거로군."

그러고는 창밖을 보는데 주변이 온통 악취투성이고 뜰 앞엔 젖은 신발 자국이 선명하지 않은가. 아들 계동을 불러,

"저 더러운 분뇨가 어디에서 온 게냐?"

라고 물었다.

"글쎄요, 다만 젖은 자국이 한길로 나 있는데 한 사내의 신발 자국인가 봅니다. 정말 이상하네요."

윤씨는 입을 열었으나 말할 게 없고 뺨이 벌게지며 한마디 대꾸도 할 수 없었다. 그러니 더욱더 화가 치밀어 저놈을 눈 속에 박힌 못처럼 당장 뽑아버리지 못하는 걸 한스러워할 뿐이었다.

각설. 황경은 한바탕 놀란데다 온몸과 의복이 온통 더럽혀졌는지라, 붉으락푸르락하며 몸을 씻고 옷을 갈아입었다. 입술까지 터진 상태라 며칠 동안 윤씨 집을 찾아가질 못했다. 그러자 윤씨는 속이 터져 이 생각 저 생각으로 답답했다. 한편 황경은 네댓새가 지나고서야 겨우 정신을 수습하여 일어났다. 두 경동을 윤씨 집으로 보내 먼저 계동이 집에 있는지 여부를 알아 오게 하고 자신은 느린 걸음으로 도착하였다. 윤씨는 바삐 뛰어나와 황경을 맞이하는데, 마치 목마른 중에 물을 얻고 가뭄중에 비를 만난 격이었다. 대청에 앉자마자 윤씨는,

"어째서 며칠 동안 이렇게 소식을 끊는다지?"

하고 따졌다.

10

"당신 자식이 애비 없는 고아라서 그런지 방자하기 이를 데 없어 사람을 두렵게 할 정도야. 훗날 더 크면 한층 더 날 멸시하고 원수로 보아 필시 시퍼런 칼을 품고 날 볼 텐데, 위험하지 위험해! 내 다신 당신 집에 오지 않으리다."

윤씨는 황경을 얼마나 탐내는지 죽어도 놓아주지 않을 태세이고, 경동들까지도 한 번씩 꼬드겨 차지해볼 참이었는데, 이 얘기를 듣게 되자 속이 부글부글 끓었다.

"내가 당신을 구속한 적이 없고 또 내 신세도 이러한데, 조그마한 애물단지가 사사건건 걸림돌이 되니…… 뭔 수를 써서 결딴을 내야 내가 자유로워지겠군. 지금까지 몇 번이나 나에게 한 짓거리를 보면 도저히 참을 수가 없어."

"그놈은 당신이 직접 낳은 자식인데 어떻게 목숨을 결딴내겠단 말이오?"

"자식이라면 부모를 잘 봉양해야 하는데, 이놈은 봉양은커녕 도리어 이렇게 장애만 되니 놈을 단번에 결딴을 내 깨끗이 정리해버리는 게 낫지 않겠수?"

"당신 스스로 그렇듯 독한 마음을 먹는다면 우리야 만류할 게 없지. 다만 나중에 당신이 후회하지 않을까 걱정이구려."

"나도 우선 하루 이틀은 참고 지내볼 참이니 오늘 밤은 당신도 마음 놓고 이리 와요. 전처럼……."

"그래 알았소."

이렇게 이들은 대화를 나누며 반나절을 이야기하고서야 겨우 헤어지더라. 이날 계동은 훈장님이 잠시 고향에 돌아간 이유로 며칠 방학을 받아 이른 시간에 돌아오다가 황경과 마주치게 되었다. 얼굴을 마주 대했으니 어쩔 수 없이 인사를 하였다. 그러자 황경은 전날의 일을 떠올리며 기분이 좋을 리 없었다. 그래서 그는 한마디 말도 건네지 않고 가버렸다. 계동은 속으로 '저번 일로 며칠 밤 동안 그림자도 보이지 않다가 오늘 다시 우리 집에 온 걸 보니, 오늘 밤 필시 일이 있겠구나'란 생각이 들었다. 그 길로 집안으로 들어가자,

"오늘은 어떻게 이렇게 일찍 돌아왔느냐?"

라며 윤씨가 물었다.

"선생님께서 고향에 가셔서 전 며칠간 서당에 가지 않아도 된답니다."

윤씨는 속으로 미워 죽을 지경이나, 억지로 다시 물었다.

"너 밥 먹어야지?"

"먹어야지요. 선생님이 가실 때에 저보고 며칠간 계속 책을 읽으라고 하셨으니 지금부터 며칠 밤은 일찍 자야 돼요."

윤씨는 이 얘길 듣고 금세 희색이 돌며 아들더러 가서 식사를 하라고 하였다. 과연 계동은 밥을 먹은 후 외당(外堂)에 가서 잠이 들었다. 그러자 윤씨는 은근히 마음을 놓고 늦은 밥을 먹고는 작은 계집종을 불러 대문을 반쯤 열어두게 하고 황경이 오기만을 기다렸다. 그러나 누가 알았으랴. 계동이 거짓으로 잠잔다고 해놓고서 인적이 끊긴 야심한 때를 타 살금살금 대문 한 귀퉁이로 다가가 문이 반쯤 열린 채 잠겨 있지 않은 것을 발견하게 될 줄을.

11

계동은 슬며시 대문의 자물쇠를 쥐고서 문 옆에 앉아 있었다. 밤이 깊어지자, 밖에서 가만가만 문을 미는 소리가 들리는데, 감히 힘껏 밀지는 못하고 손가락으로 한 번씩 밀어보는 정도였다. 계동은 소리를 내지 않고 그를 보고 누구냐는 식의 시늉을 하자, 갑자기 잠긴 문 안을 향해 낮은 목소리가 들려왔다.

"내가 왔소!"

계동은 이제 확실히 알아듣고 여자 목소리를 내어 말하였다.

"오늘 밤은 와서 안되니 속히 돌아가요. 요즈음 외부인 때문에 시비가 너무 많아 이젠 왕래를 끊는 게 좋겠네요."

황경은 이 말을 듣고 주저할 수밖에 없었다. 윤씨는 이때 황경이 오기만을 눈이 빠지게 기다리는데 밤이 깊도록 소식이 전혀 없자, 계집종을 불러 대문 주변을 살펴보라 하였다. 계집종은 깜깜한 곳으로 왔다가 전혀 예상치 못한 계동과 마주쳤다. 계동이 버럭 소리를 질렀다.

"이년이 지금 여기 대문으로 와서 뭘 하려는 게냐?"

놀란 계집종은 혼비백산 달아나 윤씨에게 알렸다.

"경사(經師)께선 오셨는지 모르겠으나 보이지 않고 작은 서방님이 컴컴한 곳에 앉아 계시지 뭐예요. 놀라 죽을 뻔했답니다."

"어휴, 이놈을 단번에 죽이지 못하는 게 한스러울 뿐이야."

윤씨는 주먹을 벼르고 이를 갈며 험악한 분위기를 만들려다가 그러다 보면 자기 단점만 보일 터, 어찌하랴 참을밖에! 한편 황경과 만날 약속을 어그러뜨려 괜스레 그 사람만 돌아가게 할까봐 편치 않은 마음으로 서성거리며 잠을 이루지 못하더라. 계동은 황경이 진작 돌아가버렸다고 판단, 바야흐로 침상에 올라 잠이 들었다. 한편 윤씨는 계집종을 다시 불러서 가보라 하였다. 계집종은 돌아와서는,

"도련님은 대문에 계시지 않으나 문을 열고 둘러보아도 고요할 뿐 사람 그림자 하나도 없사옵니다."

고 하였다. 윤씨는 흥이 완전히 꺾여 분을 삭이지 못해 날이 밝도록 눈알도 꿈쩍하지 않았다. 아침에 계동을 보자 무의식중에 말이 나왔다.

"아들아, 밤새 잠은 자지 않고 왜 대문 앞에 앉아 있었더냐?"

"뭔 일이 뜻대로 되지 않았기에 제가 대문에 앉아 있던 걸 따지려 드세요?"

214

그러자 윤씨는 낯짝이 온통 붉어지더니 욕을 퍼부었다.

"제멋대로 떠드는 놈 보게! 넌 이 애미가 무슨 일을 했다고 하는 게냐?"

"제가 어찌 어머니께서 뭔 일을 했다고 말했어요? 그냥 밤 깊도록 일이 없어 문 옆에 앉아 있었을 뿐이에요. 그게 그리 잘못된 게 아니잖아요?"

윤씨는 속이 펄펄 끓었으나 그를 대놓고 족칠 수만은 없는지라 다만 억지로,

"이 어미가 어디로 도망가는 것도 아닌데 뭣 하러 이리 지키는 게냐?"
라고 하며, 한 줄기 눈물을 흘리더니 방으로 들어가버렸다.

각설. 계동은 다음날에도 서당에 가지 않고 집에서만 책을 읽었다. 한편 황경은 경동을 보내 밤 사이 소식을 물어 오라 하였다. 계동은 찾아온 경동을 보곤 붙잡고 물었다.

"무슨 일로 온 게요?"

"자네 모친을 뵈러 왔네."

"말할 게 있으면 내가 전해드릴 테니 빨리 얘기해보시오."

둘이 옥신각신하는 사이, 방안에 있던 윤씨는 이 소리를 듣고 경동이 온 줄 알고 급히 계집종을 시켜 들어오게 하였다. 그러자 계동도 함께 들어오며 한 발짝도 물러서지 않았다. 경동은 얘기 꺼내기가 여의치 않자, 대충만 이야기하였다.

"사부님께서 낭자의 안부를 묻더이다."

옆에 있던 계동이 응수를 하였다.

"우리 집은 모두 편안해요. 그러니 쓸데없이 수고 말고 돌아가세요."

경동은 더이상 말할 게 없어 물끄러미 눈동자를 굴리며 바라보다가 속히 자리를 떠버렸다. 윤씨는 이제 화가 날 대로 나서 독을 품었다. 이렇게 사나흘이 지나도록 황경으로부터의 소식은 끊어진 상태였다. 그러던 어느 날 계동의 친구가 와서,

"선생님이 서당에 도착하셨어."
라고 전갈을 하였다. 그리하여 계동은 모친에게 인사를 하고 서당에 나갔다.

윤씨는 마치 구중천하에 유배에 풀리는 조서가 내린 듯싶더라.

12

　윤씨는 아들 계동의 몇 번의 방해공작에도 불구하고 색욕이 하늘을 찌른데다 아직 젊은 여자라, 오늘 밤 황경더러 찾아오라고 다시 약속을 정하였다. 이때 황경은 경동을 통해 소식을 전해 듣기를 윤씨가 재삼 '오늘 밤 삼경에 찾아오'고 부탁하더라는 것이었다. 계동은 서당에서 돌아와 어머니 윤씨와 함께 저녁밥을 먹었다. 윤씨는 일부러 계집종을 불러,
　"앞뒤 대문을 다 잠그거라."
라고 하고, 계동더러는 들어가 자라고 하였다. 계동은 속으로 의심이 들었다.
　'오늘 낮에 내가 집에 없었으니 오늘 밤 필시 내통이 있을 텐데 어째서 도리어 문을 잠그라고 하는 거지? 이는 분명히 나더러 의심하지 말라는 거겠지. 나도 가서 자지 말고 자세히 동정을 살펴보면 필시 무슨 연고인지 알 수 있겠지.'
　앉아 있자니 밤이 깊었다. 계동은 조용히 일어나 재빨리 대청마루 앞으로 나와 웅크리고 앉았다. 때는 달과 별이 밝게 비추고 있었다. 윤씨는 뒷마당에서 서성이고 계집종은 마루 아래를 왔다갔다하였다. 계동은 대문을 향해 숨을 죽이고 엎드렸다. 그런데 이 계집종이 대문을 활짝 열어놓고 방안으로 들어가버리는 게 아닌가. 그리고 한참 뒤 그림자 하나가 느닷없이 나타났다. 머리엔 350겹 통영립(統營笠)을 쓰고 안항라(安亢羅) 두루마기를 입고 문양이 새겨진 안성혜(安城鞋)를 신었으니,[7] 분명 황경이었다. 계동은 서둘러 경

---

7) 머리엔 350겹 (…) 안성혜(安城鞋)를 신었으니: 모두 특산품으로, 통영 지방에서 나는 갓, 안성에서 만든 고급 신발은 예로부터 유명하였다. 안항라(安亢羅)는 평안도 안주(安州)에서 나는 항라를 줄인 말로, 이곳에서 나는 피륙으로 만든 옷은 통풍이 잘되고 시원

고를 알리는 큰 방울을 손에 들고 요란하게 흔들면서 크게 소리를 질렀다.

"도적이다, 도적이야!"

이 소리에 놀란 황경은 정신이 나가 밖을 보고 냅다 달아났다. 계동은 고함을 지르면서 뒤쫓아가니 황경은 엎어지고 넘어지면서 네 다리로 달릴 수 없음을 한스러워할 뿐이었다. 계동은 어머니에게는 좋게 보일 것 같지 않아 그를 잡을 생각은 없이 계속 고함만 질러댔다. 그리고 돌 하나를 주워 들고 도망가는 황경 쪽으로 있는 힘껏 던졌는데, 여지없이 황경의 왼쪽 어깨를 맞히고 말았다. 황경은 아픈 어깨를 부여잡고 내달렸다. 잠시 후 이웃에서 모두 나와 그에게 무슨 일이냐고 묻자, 계동은 '도둑이 들어왔다가 멀리 도망갔다'고만 하였다. 집으로 들어온 계동은 일부러 윤씨에게 묻는다.

"방금 달아난 도둑 때문에 놀라지는 않으셨어요?"

윤씨는 그때 황경과의 즐거운 만남을 고대하고 있던 차에 한 번 적잖이 놀랐고, 다시 황경이 붙잡힐까봐 걱정되어 화급히 밖으로 뛰어나와 살피고 있었다. 그런데 계동이 되돌아오는 것을 보고는 황경이 이미 도망친 것이라 판단, 한편으론 마음을 놓으면서도 또 한편으론 낙심천만이었다.

"도둑이 어디에 있었기에 이렇게 난리를 쳤다니?"

"제가 마침 잠을 못 이뤄 문을 열고 달을 보고 있었는데, 갑자기 대문 쪽에서 사람 소리가 들리지 않겠어요? 조용조용 몰래 살펴보니 8척 신장에 새벽 별처럼 반짝이는 눈을 가진 도둑놈 하나가 문을 열고 들어오는 거예요. 제가 아니었으면 오늘 밤 물건을 적잖게 도난당할 뻔했지 뭐예요."

윤씨는 더욱 화가 치밀었으나 달리 좋은 말도 생각나지 않아 화를 꾹꾹 누를 뿐이었다. 황경이 너무 놀랐을 것을 생각하다 보니 밤새도록 꿈속에서까지 아들을 시끄럽게 꾸짖게 되었다. 이제 다시 그가 올 기약이 없을 것 같았다.

하여 여름 옷으로는 최고로 쳤다.

그로부터 5일이 지나 죽은 남편의 기일이 되었다. 윤씨는 속으로 꾀를 하나 생각해내었다.

"네가 먼저 지전(紙錢)을 가지고 네 애비 무덤에 가서 불태우도록 하여라. 그럼 이 어민 제수를 챙겨 가마를 타고 뒤따라갈 테니."

계동은 속으로,

'기일에 뭐 하러 산소에 가는 것이며, 더군다나 왜 나더러 먼저 가라고 한단 말인가? 이는 필시 이유가 있을 것이니, 겉으로 알았다고 해야겠다.'

생각하고 윤씨를 보고 대답하였다.

"그럼 제가 먼저 가서 기다릴게요."

그리고 그 길로 곧장 문을 나와 황경의 집으로 달려갔다.

13

계동이 황경의 집으로 들어가자, 황경은 그를 보고 또 한 번 놀라면서 무슨 일인가 싶었다.

'네가 무엇 때문인지 어젯밤 나를 그렇게 곤욕을 치르게 하더니 지금은 또 왜 왔느냐?'

마음을 좀 누그러뜨리고 묻는다.

"계동아! 무슨 일로 찾아왔느냐?"

"어머니께서 오셔달라고 해서 제가 특별히 먼저 와서 알리는 겝니다."

황경은 속으로 의아할 뿐이었다.

"너희 두 모자가 몇 차례 봉변을 주더니만, 만약 정말 나를 부른 것이 맞다면 어째서 아들이 먼저 왔느냐? 이 일은 아무래도 이상한걸?"

반신반의하고 있던 중에 대문 밖으로 가마 한 대가 도착하였다. 사람이 내리는데 바로 윤씨였다. 윤씨는 막 가마에서 내리자마자 잽싸게 고개를 들

어 둘러보는데, 웬걸 아들이 코앞에서,

"어머니 오셨어요?"

라고 하지 않은가. 윤씨는 흠칫 놀란 탓에 따로 생각한 것도 아닌데, 마음속에선 절로 이런 말이 나왔다.

'이 웬수야! 어쩌자고 먼저 여기로 왔더냐? 너와 내가 전생에 큰 원수였던 게 확실해.'

하지만 그저 이렇게 물을밖에.

"내 생각에 오늘은 니 애비의 기일이라 꼭 부적 한 장을 얻어다가 혼로(魂路)에 보내야겠기에 니 삼촌을 보러 온 것이다. 그런데 너는 어째서 묘에는 가지 않고 여기에 와서 있단 말이냐?"

"저도 어머니와 같은 생각이랍니다. 기일에 성묘하는 게 무슨 소용이 있겠어요? 그래서 이곳으로 먼저 왔지요."

윤씨는 속으로 울화가 치밀었으나 어쩌지 못하고 그저 황경에게 양도(兩道)[8]의 부적을 그려서 태워달라 부탁하고, 계동에게는 먼저 가라고 하였다. 그러나 계동이 이 말을 그대로 따르겠는가.

"전 어머니 가마 뒤를 따라 바로 가겠어요."

윤씨는 또 어쩔 수 없이 가마를 타고 가야 했다. 부질없이 달려왔다가 한마디 얘기도 못 나눴으니, 떠나는 발걸음 한 걸음마다 속이 터질 것만 같았다.

'이번에는 저 웬수를 기어코 결딴을 내고 말 테다.'

이렇게 한을 삭일 즈음 가마는 속력을 점점 내었다. 계동은 아직 어린 나이라 달려가도 따라잡지 못하였다. 게다가 뱃속이 편치 않아[측간에 가야지.] 그는 속으로,

'이제 앞쪽은 집으로 돌아가는 길뿐인데 별다른 일이야 있겠는가'

싶어 뒤쪽에서 따라가는데, 경동인 형남이 앞쪽에서 달려오는 게 보였다. 윤

---

8) 양도(兩道): 이승과 저승의 두 길.

씨가 가마 안에서 그걸 보고 가마꾼에게,

"우리 집 도련님은 뒤에 따라오느냐?"

고 물으니,

"따라붙지 못해 뒤쪽에서 오더니만 지금은 보이지 않습니다요."

라고 가마꾼이 대답하였다. 윤씨는 얼마나 기쁜지 몰랐다. 곧장 형남더러 가마 옆으로 오라고 하여 조용조용 귀에 대고 속삭였다.

"오늘 밤엔 내가 계책을 써서 우리 집의 썩을놈을 집 밖으로 몰아낼 터이니, 네 사부더러 꼭 오셔서 이런저런 큰 일거리를 상의하자더라고 전하여라. 절대 잊어먹어서는 안될 게야."

"저희 사부님은 여러 차례 놀란 터라 이제 낭자님의 집으로 갈 엄두도 못 내는 걸요."

"만일 그렇다면 오늘 밤엔 문안으로 들어올 필요 없이 문밖에서 기왓장을 던져 신호를 하면 내가 대문으로 나와 만나서 이야기하고 다시 상황을 살펴 대문으로 들어가면 아무 문제가 없을 것이니라."

윤씨는 이렇게 말하면서 슬금슬금 형남에게 추파를 던졌다. 그러자 형남은 눈에서 불이 타오르며 다가가 끌어안지 못하는 게 아쉬울 뿐이라, 그저 가마꾼만 물끄러미 쳐다볼밖에. 윤씨는 다시 귀에 대고,

"꼭 부탁하마, 꼭!"

이라고 말하더니 다시

"너도 밤에 오면 좋은 일이 있을 게야."

라고 하였다. 이 말을 들은 형남은 알았다는 듯이 고개를 숙이고 가슴을 봉긋 올린 채 자리를 떴다. 윤씨는 먼저 집에 도착하여 가마꾼을 보내고 나니, 계동은 그제야 겨우 도착하였다. 하늘빛이 어두워지자 윤씨는 아들을 불러 함께 저녁밥을 먹었다.

14

그리고 윤씨는 좋은 말로 계동을 안심시켰다.

"우리 아들! 네 아버지가 죽고 난 후로 나는 오직 두 눈을 부릅뜨고 너 하나만을 보며 살았단다. 네 머리가 아프면 내 머리가 먼저 아팠으며, 네 몸이 힘들면 내 몸 온 마디가 녹아내리는 것 같았지. 네가 아침밥을 적게 먹으면 나는 낮 동안 근심에 싸이고 네가 저녁밥을 한 수저라도 덜 먹으면 나는 밤새도록 잠 못 이뤘단다. 그런데 네가 지금 장성하여 모든 일에서 이렇게 나와 줄다리기를 하게 되니, 이 무슨 까닭이란 말이냐?"

"저는 위로 아버지가 없고 아래로 형제도 없어 달랑 어머니와 저 단 둘이 서로 의지하며 살았지요? 이렇게 고단한 신세로 누굴 믿고 살 수 있다고 감히 어머니의 영을 거스르겠어요? 하지만 저는 그저 외부 사람들이 이러쿵저러쿵 말을 하길래 가만있지 못했던 것이지요. 흑흑……"

계동은 말을 마치자마자 비오듯 눈물을 흘렸다. 그러자 윤씨도 화를 누그러뜨리고 온화한 표정을 지었다.

"이제 너를 속이지 않으마. 그땐 내가 정말 속이 좁았구나. 어른답지 못해 주변에서 그런 말이 나오게 했구나. 하나 내 나이 벌써 서른 살이 넘었으니, 지난 일을 후회한들 소용없고…… 이제부터라도 마음을 다져먹고 너한테만 신경쓰면서 반듯하게 지내마."

계동은 어머니의 뉘우치는 말을 듣고 눈물을 거두었다.

"어머니께서 그렇게 해주시면 저는 평생토록 행복할 거예요."

윤씨는 술 한 잔을 가득 따라 계동을 주면서 말을 이었다.

"네가 내 말을 믿는다면 이 술잔을 다 비우도록 하여라."

계동은 순간 놀랐다.

'어머니가 좋지 않은 뜻을 품고 잔술로 나에게 독을 먹이려는 건가' 하는 생각에[모자의 정으로, 서로 이 지경으로 의심하고 있으니 탄식을 금치 못하겠구나.] 손에 잔을 들고도 감히 마시지 못하였다. 그러자 윤씨는 계동의 주저하는 모습에 아들이 자신을 의심한다고 여겼다.

"애야, 이 어미가 준 술을 왜 마시지 않느냐?"

이렇게 말하고는 냅다 아들의 잔술을 가져다가 자신이 단숨에 마셔버렸다. 그리고 다시 한 잔을 따라 계동에게 건넸다.

"내 이제 뉘우치고 너에게 이와 같이 말을 했으니, 네가 만약 이 어미의 마음을 알아들었다면 지난 일일랑 기억하지 말고 속히 이 술을 마시거라."

계동은 이 말을 듣고 속으로 기뻐하며 이제 감히 거부하지 못하고 연거푸 두세 잔을 마셨다. 원래 윤씨는 술을 잘 마셨다. 그러나 계동은 나이가 어려 많이 마시지 못하는지라, 겨우 두세 잔에 하늘과 땅이 빙빙 도는 것 같았다. 그저 머리를 박고 잠잘 생각만 하는데, 윤씨는 또 몇 잔을 더 따라주는 것이었다. 어린 계동이 버텨낼 재간이 있겠는가. 취한 나머지 엎어지고 말았다. 윤씨는 그를 부축하여 침상에 누이고 입 안에서 내뱉는 말이 이랬다.

"이 짐승 같은 놈! 네가 오늘은 내 꾀에 걸려들었구나."[속도 독하고 말도 독하구나.]

그리고 밖으로 나가 조용히 황경의 소식을 기다리려는 즈음 갑자기 옥상에서 기왓장 소리가 들렸다. 바삐 나가 대문을 여니 형남이 와서 전갈을 하였다.

"사부께서 문 앞에 서 계시는데 들어오질 못하고 있어요."

윤씨가 그를 맞이하러 나가려 하는데, 형남이 윤씨를 한 번 껴안았다. 윤씨가 몸을 돌리며,

"자식아! 전부터 너에게 마음이 있었지만 틈을 노리지 못해 얼마나 아쉬웠다고."

그러더니 형남을 데리고 바깥채로 들어가 운우(雲雨)의 정을 나눴다. 그리고 다시 옷을 추슬러 입고 바삐 밖으로 나와 황경을 맞이하였다.

"당신 아들은 지금 어디에 묵고 있소?"

"그놈은 이미 취해 내 방 안에 곯아떨어져 있으니 당신과 세운 계획에 그대로 걸려든 게지."

15

황경이 뒤를 따르며 다시 물었다.

"당신이 직접 낳은 자식에게 어쩜 그렇게 모진 방법을 쓸 수 있소?"

"이렇듯 애를 먹이는데 직접 낳고 안 낳고를 따질 게 뭐 있겠소?"

"그런 일을 벌이다가 남이 알기라도 하면 후환이 적지 않을 텐데……"

"생모인 내가 그를 죽였다고 그 누가 생각하겠소?"

"나와 당신이 이런 짓을 하다가 만약 발각이라도 되면 당신은 당신 자식을 죽인 죄만 있겠지만, 혹시 그렇게 된 원인을 캐다가 내가 함께 모의한 걸로 밝혀지면 난 필시 그의 목숨을 보상해야 될걸."

"그렇게 두려우면 뭐 하러 일을 벌이시오? 우리 두 사람의 산과 바다 같았던 맹서도 끝이겠군."

"어째서 그놈에게 아내를 얻어줄 생각을 하지 않소? 그더러 함께 살게 하여 금슬 좋게 지내게 하면 그도 방해꾼 짓을 하지 않아 당신을 애먹이지 않을 텐데!"

"그건 안돼요, 안돼! 그를 여자에게 장가를 보냈다가 혹시 나와 마음이 합치되지 않으면 도리어 노려보는 눈만 하나 더 느는 꼴이니 불편함만 더할 뿐, 놈을 죽이는 게 더 낫다니까. 그렇게 되면 우린 마음대로 오가며 오래도록 함께 지낼 수 있을 텐데, 당신은 무얼 그리 주저하고 의심한단 말이오?"

"당신이 정말 당신 아들을 없애버리려 한다면야 나에게도 묘책이 하나 있지."

"무슨 뾰족한 방법이라도?"

"금번 우리 군의 군수가 평소 가장 통분을 금치 못하는 게 불효하는 자식이라, 이 애를 고해바치면 때려죽이거나 아니면 중죄를 주어 감옥에 가둘 게요. 당신이 지금 소장 하나만 써서 그놈이 불효를 저질렀다고 하면 빠져나갈 구멍이 없을 게요. 게다가 당신은 그를 직접 낳았으니, 누가 당신 말을 믿지 않겠소? 설사 그를 때려죽이기까지는 않더라도 기필코 감옥에 가둘 것이니 이것이야말로 좋은 계책이 아니겠소?"

"혹시라도 이 썩을놈이 이번 일의 정황을 극구 발설하기라도 하면 어쩌려고?"

"자식된 입장에서 어찌 제 어미의 간음을 애기하겠소? 그놈이 만약 그 일에 대해서 말을 한다면 당신은 '아들이 입에 담지 못할 정도로 마구잡이로 어머니를 비방하는 불효를 저지른다'고 말하면, 관아에선 일방적으로 그놈이 과연 불효자일 거라고 의심할 게요. 그러니 누가 그를 믿으려 하겠소? 게다가 간음한 사실을 알고 우리 둘을 잡아들이더라도 당신과 내가 증거가 잡힐 만한 물증이 없으니 제아무리 이런저런 말을 하더라도 관아에서 무고를 변론하기 위한 말로만 간주, 절대로 그에게 어미의 간음죄를 캐묻진 않을 거요. 그러니 염려 붙들어 매시게."

윤씨는 이 말을 듣고는,

"기가 막히구려! 당신 속이 이리 담대하니 그런 말을 하는 거군. 오늘 내가 이놈더러 애비 묘에 다녀오라 했으나 거기엔 가지 않았는데, 지 애비 묘에 가서 절을 올리지 않은 만큼 이미 한 번 불효를 저지른 증거가 있는 셈이네. 죄를 뒤집어씌우기는 좋겠으나, 다만 이놈이 알아차리지 못하게 해야 할 텐데."

라고 하였다.

"그놈이 당신 주변에 있는지라 당신이 손발을 쓰기가 용이하지 않고, 나와 문하의 애들이 이 사정에 익숙하니 우리가 가서 소송을 걸겠소. 그래 관리가 파견되어 오거든 당신은 그때 나타나 증명을 하면 귀신도 알아차리지 못할 게요.”

“반드시 그렇게 해야만 바야흐로 일이 성사될 수 있겠군. 허나 우리 모자가 결딴이 난 뒤엔 당신은 모름지기 지성으로 나를 대하여야 돼. 혹시 당신이 조금이라도 약속을 어기게 되면 나는 친자식을 잘못 죽게 한 게 아니겠소?”

“당신은 내가 어떻게 했으면 좋겠소?”

“내가 밤마다 혼자 자지 않고 당신과 함께 잠자는 것이지……”

“아무 날 아무 밤이든, 항상 나와 즐기려는 사람이 오는데 어떻게 밤마다 올 수 있겠소?”

16

“당신이 혹여라도 올 수 없을 때는 제자들이라도 보내 내가 빈방 싸늘한 이부자리에서 홀로 적막하지 않도록 해야 돼. 알았지?”

“당신 말대로 하겠네. 제자들은 모두 내 심복이고 운치도 제법 있는 애들이니, 내가 꼭 오지 못할 땐 저들과 함께 하오. 내가 왔을 때라도 두셋이 뒤섞여 한 덩어리가 되어 함께 즐긴다면 절묘하지 않겠소?”

이 소릴 들은 윤씨는 음탕한 마음이 솟구쳐 함께 안방 침상으로 올라가 한바탕 실컷 서로 탐닉하였다. 윤씨는 가느다랗게 교성을 질렀다.

“당신을 위해 내가 낳은 자식까지 내버렸으니 당신은 나를 잊어서는 안 돼!”

황경은 하늘을 가리키며 맹서를 하였다.

“내가 당신을 저버리면 내 배꼽에서 노송(老松)이 자랄 거요.”

황경은 한 차례의 잠자리로 나른해져 있는데, 윤씨는 흥이 아직 다하지 않아 황경을 보고는,

"왜 형남을 불러 들어오라 하지 않는 거요?"

라고 하는 것이었다. 이후의 일은 모두 추잡한지라, 쓰지 않은 편이 나을 것 같다.

차설. 윤씨는 단번에 두 놈과 자리를 하고서야 겨우 마음에 찼다.

"내 금후로 저 애물단지를 제거하여 이렇듯 즐거운 일을 다시는 구애받지 않고 지속할 거야."

라고 황경에게 다짐하였다. 그리고는 계동이 술이 깰까 싶어 자리를 정리하고 이들을 떠나보내면서 다시 부탁을 한다.

"내일 소식만 기다리고 있을 터이니 만에 하나라도 문제가 없게 해요. 천만 당부하리다."

이들이 문밖으로 나가서는 황경은 앞으로 가고, 윤씨와 형남은 어둠 속에서 서로 껴안으며 입을 맞추고 나서야 이별을 하였다. 다음날에야 계동은 술에서 깨어 일어날 수 있었다. 그런데 어머니가 침상에 누워 있는 걸 보고 놀랐다.

"내가 어젯밤에 이렇게 술에 취했단 말인가?"

그러면서 다시 되짚어보았다.

'어머니의 어젯밤 말씀이 참말일까 거짓일까?'

이런저런 생각을 하는 중에 윤씨가 일어나 계동을 보고 추궁하며 나무랐다.

"아직 어린 게 취해서 내 침상에 엎어져가지곤…… 내 밤새도록 편히 쉬질 못했구나."

계동은 어찌나 황송한지 감히 대답을 못하였다. 그리고 하루가 지났다. 갑자기 이른 아침에 어떤 이가 밖에서 문을 급히 두드리는 소리가 들렸다. 계동은 자못 의아하여 나가 대문을 열었더니, 관리 둘이 나란히 들어와 포승줄로 계동의 목을 보며 묶으려 하였다. 놀란 계동이,

"내가 무슨 죄를 지었다고 이렇게 묶어 잡아가려 하는 거요?"

라고 소리쳤다. 그러자 관리가 호통을 쳤다.

"이런 죽일 놈아! 네 어미가 너의 불효를 알리고 너를 죽여달라 요청하였으니, 네가 다시 무슨 변명을 하려 하느냐?"

계동은 다급하여 대성통곡하였다.

"관리 나으리! 내 어머니를 한 번만 뵙도록 해주시오."

"안되느니라, 안돼!"

윤씨는 대청마루 앞에서 계동이 통곡하며 요란하게 떠드는 소릴 듣고 그 이유를 짐작하고 급히 뛰어나왔다. 계동은 어머니를 끌어안고 울었다.

"어머니! 제가 비록 불효를 저질렀으나 어머니가 직접 낳은 자식 아닙니까? 어찌하여 모정을 버린단 말입니까? 아버지 날 낳으시고 어머니 날 기르셨지요. 갖은 고생을 겪으며 아비 없는 고아를 키우셨지요. 외로이 서로 의지하며 이 쇠락한 집안을 유지해왔는데, 어머닌 하루아침에 이런 차마 해서는 안될 일을 하시다니요?"

17

"누가 너더러 사사건건 내 말을 거역하여 견딜 수 없도록 하라고 하더냐? 너는 이제 내 하는 것만 보면 돼."

"제가 어떤 일을 거역하였습니까?"

"얼마 전 내가 아버지 묘에 성묘하고 오라고 했는데, 왜 가지 않았더냐?"

"어머니도 가신 적이 없으면서 제가 가지 않은 걸 마땅찮게 여기시다니요?"

관리는 저간의 계획이 있는 줄은 알지 못하고 도리어 소리를 쳤다.

"아버지 묘에 성묘하는 것은 네가 마땅히 가야 하는 일인데, 어찌 네 어미를 끌어들이느냐? 우리들은 네가 죽은 아비의 소생이긴 하지만 측실의 자식일 거라고 생각했는데, 지금 친생모라 하니 이는 불효가 분명하구나. 무슨 말이 더 필요하겠어? 속히 관아로 가자."

그리고 다시 윤씨에게도 명하였다.

"부인도 관아에 가서 어떤 일들이 불효였는지 분명히 밝혀야겠소. 그게 사또 앞에서의 법도라오."

이에 윤씨는 가마를 타고 계동은 포승줄에 묶인 채로 관리를 따라 관아로 들어갔다. 여기 군수는 성명이 이관(李觀)으로, 매우 청렴하고 총명한 사람이었다. 그는 평소 부모의 뜻을 거역하는 막돼먹은 자를 가장 증오하여, 불효를 저질렀다는 소장을 접수하게 되면 반드시 엄한 법으로 다스렸다. 그런데 계동은 이제 나이 15, 6세 되는 어린아이인지라 속으로는 일찌감치 의구심이 일었다.

'저 어린 나이에 무슨 큰 잘못을 저질렀다고 그 어미가 직접 와서 불효를 고발한단 말인가?'

그는 발끈해서는 책상을 치면서 다그쳤다.

"네 어미가 너의 불효를 고하였으니 넌 무슨 말로 이를 변명하겠느냐?"

"소자가 나이는 비록 어리나 몇 줄 글을 읽어서 효제충신 등의 권계를 대충은 알고 있사옵니다. 그런데 어찌 감히 불효를 저질렀겠사옵니까? 다만 제가 태어나 일찍 가친을 여의고 어머니를 받들어 뫼셨으나 도리를 다하지 못했으니 이는 소자의 죄이옵니다. 바라건대 나으리께서는 저를 때려죽여 모친을 편안케 해주소서. 소자는 달리 변명할 게 없사옵니다."

말을 마치며 계동이 비오듯 눈물을 흘렸다. 군수는 그의 말을 듣고 저도 모르게 측은한 생각이 들었다.

'저 아이가 아직 어린 나이인데도 저렇게 말하는데, 어찌 불효를 저지를 부류겠는가?'

그러면서도 '혹시 말만 잘하는 앵무새는 아닌가? 알 수 없는 일이로다' 하는 생각도 들었다. 그래서 뒤이어 윤씨를 불러 가마에서 내려오도록 했다. 그녀는 머리에 수건을 묶은 채 요염한 자세로 총총히 내려와 다가왔다. 군수는 윤씨더러 머리를 들라 하고 보니, 아직 젊은 부인이면서 꽤 미모가 있었다. 보자마자 약간의 의구심부터 들었다.

"네 아들이 어떤 불효를 저질렀는가?"

"소첩이 남편이 죽은 뒤로 이 아이 하나만 믿고 살았사옵니다. 헌데 이 애는 소첩의 말을 듣지 않고 모든 일을 제멋대로 하였사옵니다. 소첩이 한 번 입이라도 열면 폭언을 일삼고 윽박지르는가 하면, 심지어 저를 때리는 등 서슴지 않는 행동을 하였사옵니다. 날이 가고 달이 갈수록 심해져 소첩이 더는 견딜 수가 없기에 관아의 법으로 조치해주기를 바라는 것이옵니다."

군수가 이번에는 계동에게 물었다.

"네 어미가 이렇게 말하는데 네가 변명할 게 뭐 있겠느냐?"

18

"소자가 무슨 변명을 하겠습니까? 소자의 죄는 응당 죽어야 마땅하옵니다."

"네 어미가 불공한 처사를 행하였더냐?"

"모친께서는 원래 자애로운 분이고, 거기다가 낳은 자식이라고는 저 혼자인데 무슨 불공한 일이 있겠습니까?"

군수는 다시 계동을 불러 관아 정청으로 들라 하여 은밀하게 물었다.

"그동안 필시 무슨 곡절이 있는 모양이니 너는 숨기지 말고 나에게 다 얘기하거라."

계동은 머리를 조아리며 대답하였다.

"다른 이유도 없고 다른 사단도 없사옵니다. 그저 소자의 불효한 죄, 응당 죽어야 할 것이옵니다."

"그렇다면 너는 불효자이니 내 곤장으로 내리쳐 죽일 것이니라."

그러자 계동은 울먹였다.

"소자의 죄가 무거우니 바라건대 죽고자 하나이다."

군수는 그런 그의 모습을 보곤 더욱 의심이 들었다. 그러나 체면상 어쩔수 없어 나졸을 불러서 계동을 내리치라 하니 나졸들은 곧장 열 대를 사정없이 내리쳤다. 군수가 냉정하게 윤씨를 쳐다보는데, 그녀의 얼굴엔 조금도불쌍해하는 기색이 없었다. 되레 무릎을 꿇더니,

"바라건대 사또께서는 단번에 때려 이놈을 죽이소서."

라고 요구하는 것이었다. 군수는 화를 버럭 내었다.

"이런 표독한 여자를 보았나! 이 아이는 필시 네 남편의 전처가 난 자식이거나 측실 자식이로구나. 그래서 불인(不仁)하다고 몰아붙여 나더러 마음아프고 이치에 어긋난 일을 하라고 요구하는 것이렷다!"

"소첩이 어찌 감히 관부를 속이리이까? 이 아이는 정말 제가 직접 낳은자식이옵니다. 만약 믿지 못하시겠거든 저 아이에게 다시 물어보소서."

군수는 다시 계동에게 물었다.

"저 부인이 네 친모가 아니렷다?"

그러자 계동은 통곡을 하며 대답하였다.

"소자의 생모가 맞사옵니다. 어찌 감히 거짓말을 아뢰겠사옵니까?"

"그렇다면 어째서 저렇듯 너를 못 죽여서 안달이란 말이냐?"

"그것은 소자가 불효한 죄 때문이오니 소자는 그저 죽기만 바랄 뿐 그외에는 달리 할 말이 없사옵니다."

군수는 마음속에 의혹이 더욱 커졌다. 필시 다른 이유가 있을 것이란 확신이 들었다. 그래서 일부러 큰소리로 꾸짖었다.

"과연 네가 불효를 저질렀다면 너를 죽이는 거야 아까울 게 없지."

그러면서 책상을 내리치는데, 윤씨는 군수가 이처럼 이야기를 하는 것을보고는 연신 머리를 조아렸다.

"사또께옵서 조속히 이 아이를 결딴내 주시옵소서. 그러면 소첩은 춤을

추며 백 길[丈]이라도 뛰어오를 것이옵니다."

"네가 낳은 다른 아들이 있거나 둘째가 있느냐?"

"따로 없사옵니다."

"이 아이 하나뿐이라면 한 번 혹독하게 혼내기만 하고 목숨은 살려줘야 네가 앞으로 평생 봉양을 받을 텐데, 그럴 마음은 없느냐?"

"소첩이 다만 바라는 것은 지난날의 아들이지, 이런 자식은 아니옵니다."

"형벌은 두 번 시행할 수 없는 것이요, 죽은 자는 다시 살아날 수 없는 법이다. 너는 다시 신중하게 생각해서 후회가 없도록 해야 할 게야."

그러자 윤씨는 어금니를 악물었다.

"소첩은 후회하지 않사옵니다."

군수는 한 번 윤씨를 흘겨보더니 느긋하게 영을 내렸다.

"네가 정말 후회하지 않는다면 내일 관을 하나 가져와 네 아이의 시신을 수습해 가도록 하여라."

그러고는 계동은 옥에 가두고 윤씨는 내보내라고 하였다.

19

윤씨는 이 말을 듣고 얼굴에 기쁜 기색이 역력한 채 밖으로 바삐 나갔다. 군수는 그녀가 관아 문을 나가는 걸 보면서 이런 생각을 하였다.

'저 부인네의 기질이 정말로 불량하구나. 필시 속을 숨기고 있는 게야. 그런데 저 아이는 사실을 얘기하려 하지 않으니, 이는 자식된 도리를 알아 어미의 과오를 덮어두려는 자가 아니겠는가. 헌데 이를 두고 어찌 불효라 하랴! 내 반드시 이번 일을 명백하게 밝힐 것이다.'

이런 생각 끝에 당장 눈이 밝고 손이 빠른 관속 한 사람을 불러 분부를 내렸다.

"저 부인이 나갔으니 너는 급히 뒤따라가보라. 멀고 가깝고를 따지지 말고 바짝 붙어 따라가보면 필시 저 여자와 함께 얘기하는 누군가가 있을 게다. 너는 그놈이 어떤 인물인지 보고 무슨 말을 하는지 들어보라. 그래서 그놈이 어떤 놈인지 무슨 말을 하는지 가릴 것 없이 한 건이라도 있으면 그대로 보고하여라. 그 보고를 제대로 하면 내 너에게 좋은 상을 내릴 것이나, 허위거나 속이는 일이 있으면 엄한 벌을 면치 못할 것이다."

이 군수가 평소 영이 엄한지라 이 관속이 감히 어길 수 있겠는가. 그는 몰래 윤씨가 가는 뒤를 밟았다. 그런데 윤씨가 관아 문을 나선 지 불과 몇 걸음 만에 한 남자가 다가와 착 달라붙더니 이렇게 묻는 것이었다.

"일이 뜻대로 되었소?"

그러자 윤씨는 씨익 웃었다.

"일이 뜻대로 되었으니 당신은 내 대신 관으로 쓸 목재나 사오시지. 내일 시체를 가져와야 하거든."

그러자 남자가 손뼉을 쳤다.

"일이 그렇게 잘 처리가 되었단 말인가? 관 재료야 걱정할 필요 없지. 내 내일 사람을 대동, 관을 들고 관아 앞으로 가리다."

둘은 이렇게 함께 가며 웃음 섞인 이야기를 나누는 것이었다. 관속이 그를 유심히 살펴보니 다른 누가 아니라 같은 군 아무 면에 사는 황모라고 하는 자였다. 불경을 읽어주며 먹고 살았기에 사람들은 그를 황경이라고 불렀다.[관속은 속으로 분명 황경이 여기에 온 내력을 알렸다.] 관속은 즉시 이들이 대화한 내용을 세세하게 군수에게 보고하였다.

"과연 그런 일이 있었구나.[짐작한 것에서 벗어나지 않았구나.] 친자식을 죽여달라고 하면서도 전혀 돌아보거나 애석해하지 않았던 사정을 알만 하구나. 안타깝고 통탄할 일이로다!"

군수는 종이에 뭔가를 써서 관속에게 주면서 다시 분부하였다.

"내일 이 간악한 여자가 관아에 오거든 난 너더러 관을 대령하라 소리칠

232

것이니, 그때 너는 이 종이를 뜯어보고 그대로 시행하도록 하여라."

다음날, 관아가 열리자마자 윤씨는 서둘러 들어와서 고하였다.

"어제 사또 나으리의 분부를 받들어 관을 준비하여 왔으니, 불효자의 시신을 수습하려 하나이다."

"네 아들이 어제 곤장을 맞고 이미 죽었느니라."

그런데도 윤씨는 얼굴색 하나 변하지 않고 머리를 조아렸다.

"나으리의 명쾌한 단안(斷案)에 감복할 따름이옵니다."

군수가 속히 관을 내오라 하니, 관속이 이 소리를 듣고 곧바로 어제 봉해 둔 첩을 뜯어보았다. 붉은 글씨로 '입나윤씨간부황민(立拿尹氏奸夫黃民, 윤씨의 간악한 정부 황경을 즉시 체포하라)'이라는 여덟 글자가 씌어 있었다. 황경은 이때 죽은 귀신을 보내줄 생각으로 관을 지고 와서 군문 밖에서 기다리고 있는 중이었다. 관속은 곧장 나가 그를 사로잡고 주필(朱筆)의 문서와 대조하였다. 황경은 잔뜩 놀란 채 관속에게 붙들려 군수 앞에 무릎 꿇려졌다.

20

군수가 물었다.

"너는 윤씨 부인과 어떤 관계이기에, 무슨 이유로 관목(棺木)을 사고 품팔이까지 써서 가지고 왔느냐?"

황경은 순간 제대로 말을 못하고 다만,

"저 부인은 저와 오누이 항렬로 제가 대신 관을 구입했나이다."
라고 하는 게 아닌가. 그러자 군수는 버럭 고함을 질렀다.

"네가 삼촌이 되어 조카를 죽여달라고 하니, 이것이 도대체 무슨 일이란 말인가?"

"이는 남의 집 일이라 제가 상관할 게 못 되옵니다."

"네가 이미 윤씨와 오누이 관계가 되었지 않느냐. 그럼 그가 고발할 때에 너는 어째서 만류하지 않고 그가 관을 사오라 하자 남을 시켜 그것을 가져왔단 말이냐? 네게 간사한 계책이 있지 않고서야 어떻게 그럴 수 있단 말이냐?"

황경이 변명을 하려는데, 군수의 호령 한 번에 좌우에서 곤봉을 든 자들이 금방이라도 때려죽일 태세였다. 그는 어쩔 수 없이 하나하나 실상을 실토할 수밖에. 윤씨는 관아 뜰 아래에서 이를 지켜보고 있다가 '으으' 하면서 입속으로 비명을 질렀다. 군수는 관속을 불러내 옥 안에 갇혀 있는 계동을 데려오라 하였다. 옥에서 나온 계동은 뜰 아래를 지나가다가 한 구의 새로 만든 관을 보곤 걷잡을 수 없는 마음에 비명이 절로 나왔다.[윤씨도 속으로 비명을 지르고 계동도 비명을 지르니 어미와 자식이 동시에 비명을 지르는구나. 그러나 한쪽은 간악한 남자 때문에 지른 것이지만, 또 한쪽은 자신의 신세 때문에 지른 것이다. 비명을 지르는 소리는 같지만 그 내용은 같지 않으니, 한쪽은 고진감래의 소리이고 한쪽은 고통에 고통이 더해지는 소리로다. 그 고통의 정경은 같으나 결과는 다르니, 오호라 모자간에 일고일락(一苦一樂)이 저 하늘과 땅처럼 차이가 나는구나.]

"어제 옥에 들어갈 때 사또의 말씀이 호의적이어서 필시 목숨을 잃지는 않을 거라 했는데, 오늘 마침내 목숨이 끊어지나 보다!"

그는 전전긍긍하며 땅에 무릎을 꿇자, 군수가 다그쳤다.

"넌 아무 마을의 경객(經客) 황아무개를 알고 있느냐?"

계동은 거짓으로 대답하였다.

"알지 못하옵니다."

"네 원수를 어째서 모른단 말이냐?"

계동이 고개를 돌려보니 황경이 붙잡혀 앞에 꿇어앉아 있었다. 순간 놀라며 이게 어찌된 영문인지 도무지 알 수가 없었다. 다만 고개를 조아리며 아

되었다.

"사또께옵서 맑은 하늘이 내려다보듯 신통력으로 보시니 다시 말씀드릴 게 없사옵니다."

"내 어제 너에게 물었을 때 네가 몇 번이고 말하려 하지 않기에 내 너의 말을 기다리지 않고 낱낱이 조사를 하였느니라."[계동은 이때 부끄럽기도 두렵기도 하고 화가 나기도 기쁘기도 하니, 한 사람의 마음에 온갖 감정이 교차하였다.]

군수는 즉시 붓을 들어 판결을 내렸다. 그 내용은 이러하다.

21

악독하구나 황민(黃民)이여! 나쁜 짓에 정신을 잃고 남의 자식의 죽음을 부추겼으니 천하의 악 중에 이보다 큰 게 있으리오? 천 번 만 번 베고 부수어도 그 죄가 남으리니 살인을 도모했다가 미수에 그치면 그 죄가 교수에 해당됨은 법률이 정해놓은 바이니, 이에 따라 죄를 묻노라.

그 아래에 다시 윤씨의 죄상을 덧붙이는데, 군수가 입으로 부르면 서리가 일필휘지하였다. 그러는 사이 계동은 섬돌 아래에서 머리를 박고 어머니의 죄를 용서해달라며 애걸하였다. 머리를 몇 번이나 땅에 박자 피가 흘러 얼굴을 덮었다. 처량한 모습으로 애걸하며 목을 놓아 통곡하였다.

"저희 어머니를 풀어주지 않을 것이면 먼저 제 몸을 처단해주소서. 제가 불효불민한 관계로 오래도록 모친의 노여움을 산 까닭에 이런 옥사가 있게 되었사옵니다. 그러니 소인도 죽을죄를 졌사옵니다. 그런데도 성주께서는 저만 불쌍히 보셔서 저의 죄는 묻지 않으시고, 제 어머니는 지극히 인자한 성품인데도 도리어 인자하지 못하다는 법으로 잡아들이시니, 저는 백 번 죽더라도 아까울 게 없사옵니다."

머리를 땅에 박아 흐른 피가 뚝뚝 떨어져 땅을 물들였다. 군수는 이러한 계동을 보고 탄식을 금치 못하였다.

"효자로다, 이 아들은! 자식이 이러한데도 외려 죽으려 하다니…… 아, 이 간부(奸婦)를 어찌하랴? 하지만 순우공(淳于公)의 딸이 그 아비의 육형(肉刑)을 면케 했던 것처럼,[9] 윤씨 자식의 지극한 효성이 그 어미의 형벌을 면하게 하는 데 어찌 부족하겠는가?"

이에 판결문 중에 윤씨의 죄안에 해당하는 줄을 지우고 고치더니, 윤씨를 불렀다.

"이 음흉하고 독한 부인아! 너의 죄는 죽어야 마땅하지만 네 아들의 얼굴을 보아 네 목숨만은 살려주느니라. 이제부턴 어질 게 처신하되, 만약 다시 이런 일을 저지른다면 그땐 결단코 용서치 않을 것이니라."

윤씨는 그제야 양심이 살아났는지, 아니면 관아의 위엄에 겁을 먹은 것인지 눈물을 줄줄 흘리면서 대답하였다.

"소첩은 마땅히 죽어야 할 몸입니다. 한때 정신을 못 차리고 친자식을 저버렸으나 지금부터 이 아이를 잘 지켜 관례(冠禮)를 치러주겠사옵니다. 다신 감히 그릇된 행실을 하지 않겠나이다."

이에 두 모자는 서로 안고 일장 통곡을 하였다. 군수는 그들을 함께 떠나보내고 황경은 법에 따라 조치하였다.

과연 세상의 일은 알 수 없는 것이다. 누가 황경에게 계동을 덮을 관을 준비하도록 했다가 되레 그 관으로 황경 자신의 장례를 치르게 만들 줄 알았겠는가. 선한 일을 하면 복이 내리고 악한 일을 하면 재앙이 내린다는 옛말이 어찌 사람을 속이겠는가?

차설. 윤씨가 아들과 함께 집으로 돌아와서는 서로 감격하여 마침내 예전

---

9) 순우공(淳于公)의 딸이 (…) 했던 것처럼: 앞의 제2화 주 14 참조.

의 모자 사이로 돌아갔으며, 계동은 한층 더 어머니의 뜻을 따라 감히 어기
는 일이 없었다.

계항패사는 말한다.

'윤씨의 간악함은 족히 말할 것이 못 되거니와, 계동의 경우는 안타깝
다. 황경이 방자하게 군 것에 분노하고 어미가 집에 편히 있지 않음을 부
끄러워하기만 하였지 공손한 태도로 간곡하게 요청하지 못하고 도리어 어
미의 화만 돋웠던 것이다. 또한 관아에 들어가 어머니의 악행을 드러내게
되었으니 머리를 땅에 박는 정성은 효라 하겠으나 전후의 일처리가 효인
듯하면서도 효가 아닌 게 다반이었다. 아, 나이가 아직 어려서 그렇다고
할 수 있을까?'

제6화

어느 청춘남녀의 일그러진 욕망

어느 청춘남녀의 일그러진 욕망

못된 놈이 은밀한 약속을 지키느라 흉측한 일을 저지르고,
명판관은 산신의 말을 빌려 흉계를 적발하다

1

화설. 조선 성종 시절이었다. 순흥군(順興郡)[1] 벽파촌(碧波村)에 한 부자
가 있었다. 그는 성은 손(孫)이요 이름은 동(同)이었다. 손동은 일찍 자식을
두었는데 건아(健兒)라고 불렀다. 이 아이는 부잣집의 애지중지하는 자식으
로 가정의 가르침도 없는데다 스승이나 친구들로부터 충고도 없어서, 자라
서도 자기주장만 강하였다. 나이 스물이 다 되도록 체모라곤 아예 없었으며,
일과란 게 술주정에 도박 따위가 전부였다. 마을사람들은 저들끼리,

"손동의 집은 이제 다시 남은 복이 없구나!"

라며 안타까워하였다. 그런데도 저 손동은 자식의 못된 행실은 까마득히 알
지 못하고 그저 멋대로 하도록 내버려두었으며, 머저리 같은 애로 치부해버

---

1) 순흥군(順興郡): 경상북도 영주시 순흥면 지역으로, 조선시대에는 도호부(都護府)가 있
었던 비교적 큰 고을이었다.

렸다. 그래서 항상 그 아내와 나누는 얘기란 것이 '건아의 혼사가 늦어지면 어떡하냐'는 것뿐, 그 아이가 노느라고 배우지 않은 곡절에 대해서는 전혀 얘기하지 않았다. 그러면서 자태와 미모를 겸비한 규수를 맞아들이려 애썼다.

계항패사씨는 말한다.

'손동이 그의 아들을 잘 가르치지는 않아 방탕하고 패륜아로 자라도록 내버려두다가, 신부를 구할 때가 되자 부덕의 여부와 여공(女工)의 유무는 따지지 않고 오직 자태가 어여쁜 여자만을 구할 뿐이니, 이는 혼인이 아니라 창녀를 불러들이는 것이요, 며느리를 구하는 것이 아니라 장난감을 얻고자 함이다. 아, 틀렸구나! 옛말에도 '복도 나는 터가 있고 화도 발생하는 근원이 있다'고 하였으니, 손씨 자식의 화는 바야흐로 여기서 배태된 것인가? 아마도 그럴 것이다.'

차설. 순흥군의 동남쪽에 한 마을이 있는데 '수제(繡蹄)'라 하는 곳이었다. 이 수제촌은 벽파촌과 대략 15리 정도 떨어져 있었다. 이 촌에 성은 유(柳), 이름은 의춘(宜春)이라 하는 한 농부가 살았다. 이 유의춘은 시골에서 분수를 지키며 자급하는 미천한 백성으로 가산이 매우 형편없었고 달리 칭송할 말한 일도 전혀 없었다. 다만 한 가지 괴이한 일은, 산골 농부의 초라한 신세를 면치 못한 부부가 어떻게 저런 예쁜 여자아이를 낳았나 하는 것이다. 그 딸은 '취저(翠姐)'라는 아이로, 나이 열여섯에 꽃 같고 달 같은 외모에 침어낙안(沈魚落雁)의 풍치를 겸비하고 있었다. 그녀의 부모도 신기하게 여겨 그녀를 애지중지할 뿐이었다. 그녀의 꽃다운 자태와 뛰어난 풍치에 보는 자들마다 혼이 녹고 신이 놀라, '옛날 서시(西施)가 지금 세상에 다시 태어났다'며 감탄을 금치 못하였다.

2

그렇긴 하지만 이런 미모를 갖춘 취저가 가증스럽게도 겉으론 금옥(金玉) 같아도 속으론 썩은 솜처럼 그 마음이 층층첩첩 음욕으로 쌓여 있을 줄 누가 알았겠는가? 집안 일이나 요리에는 전혀 뜻이 없고 오매불망 생각한다는 게 준수한 사내를 만나 장난치고 방정을 떨고 촐싹거리다가 운우지정(雲雨之情)을 즐기고 싶을 뿐이었다. 어느 날 아버지는 밭을 갈러 가고 어머니는 쌀을 빻느라 동쪽 이웃에 가고 없는 때였다. 취저는 혼자 무료함을 참지 못하고 신발을 살금살금 끌고서 대문 머리에 우두커니 서서 먼 경치를 바라보았다. 때는 늦은 봄이라 낙화는 바람을 따라 사방으로 흩날리고 새는 공중에서 위아래로 지저귀며 날아 적적한 사람을 놀리고, 아지랑이는 푸른 수양버들 가지와 함께 하늘하늘 만 가닥 정서를 깨웠다. 취저는 저도 모르게 긴 한숨을 쉬었다.

"봄아, 너는 나를 원통하게 죽게 할 참이냐?"

그러더니 손가락을 입에 넣고 멍한 표정으로 반나절을 있자니 이른바 '사립문이 적막하니 봄날의 회포는 아득하다'는 격이었다. 복숭아 같은 이 뺨은 누구와 비빌 것이며 연지 같은 이 피부는 누가 어루만져줄 것이며, 영롱한 이 눈은 또 누가 보아줄 것이며 섬섬옥수는 또 누가 끌어줄 것인가? 한낮의 생각이 외려 이러할진대 하물며 분위기 좋은 밤은 또 어떻겠는가? 만약 한 바퀴 밝은 달이 중천에 떴고 사방은 고요하여 빈 뜰에 쌓인 꽃가지는 낮게 드리워 있고, 맑은 달빛에 두견새 슬피 울기라도 한다면…… 아! 이 어여쁜 모습을 굽어보면 어찌 하늘하늘한 옥환(玉環)에게 양보하겠으며, 물에 비추어 보면 비연(飛燕)이 누구란 말인가?[2] 이렇게 제 자신을 돌아보자 마음이

---

2) 이 어여쁜 (…) 누구란 말인가: 여기서 옥환(玉環)은 양귀비의 어릴 적 이름이며, 비연(飛燕)은 한(漢)나라 성제(成帝)의 비였던 조비연(趙飛燕)이다. 이들은 모두 절세의 미인들로, 취저가 자신을 돌아보며 이들에게도 전혀 뒤지지 않는 미모를 가졌다는 뜻으로 쓴

울적해진다. 도대체 가인(佳人)은 어디에 있단 말인가? 그러나 이런 정회는 잠시 접어둔다.

차설. 취저가 반나절을 이렇게 멍하니 있다가 문득 머리를 서서히 들고는 거듭 탄식을 한다.

"휴! 들어가야지."

가벼운 걸음을 옮기려는데 갑자기 한 준수한 총각이 두 손을 뒷짐진 채 큰소리로 노래 한 곡조를 부른다.

노세 노세!
젊어서 노세.
늙어지면 못 노나니!

그러면서 펄쩍펄쩍 뛰며 대문 앞을 지나가는 것이 아닌가. 취저는 가볍게 기침소리를 한 번 내고 몸을 피하는 듯 지나가면서 슬쩍 얼굴을 돌려 그 총각을 몰래 쳐다보았다. 그러자 총각도 그 기침소리를 듣고 순간 머리를 들어 이 풍류 요녀를 보았다. 곡조는 기어들고 펄쩍펄쩍 뛰던 두 다리도 서서히 땅을 디디면서 눈동자를 고정한 채 취저의 얼굴을 뚫어지게 쳐다보았다. 취저는 자신이 나서서 이 자와 연결하고 싶은 생각은 굴뚝같았으나 얼굴을 서로 정면으로 대고 바라보자니 외려 조금 부끄러워졌다. 앞으로 가자니 쉽지 않고 뒤로 물러서자니 이것 또한 어려워 어찌해야 할지 도무지 알 수 없었다. 그러다 묘안이 슬며시 떠올랐다. 몸을 드러내고 두 뺨에 화가 난 척하였다.

"총각이 무슨 일이 있기에 감히 남녀가 유별하다는 가르침을 어기고 나를 뚫어지게 쳐다보는 거요?"

것이다.

그러나 이 총각은 발걸음을 멈추더니 미소를 띄우며 응수하였다.

"낭자, 그리 성을 내지 마시오. 내 당초 별다른 뜻이 없었소. 다만 좁은 길에서 갑자기 맞닥뜨린 터라 피할 겨를이 없었을 뿐이오. 당신도 알아서 피할 생각이 없는데 내 미친 듯이 도망갈 이유가 뭐 있겠소? 보고 다시 보니 나도 모르게 낭자의 아리따운 태도와 모습에 취하여, 단풍나무 숲 붉은 낙엽에 절로 가던 길 멈추고 돌아갈 일을 잊은 셈이구려. 낭자가 정이 있는 사람이라면 아마도 마음 괴로운 이놈을 용서해주겠지요."

3

취저는 분위기를 타서 다시 한 번 마음에도 없는 화를 내려다가 도리어 저도 모르게 얼굴 가득 웃음이 번졌다.

"총각아, 진정 네가 나를 희롱하려 하는가? 내 안색이 어땠길래 이렇게 무작정 희롱을 하느냐?"

그러면서 '아버지 어머니는 모두 한참 시간이 지나야 오시겠지' 하는 생각이 든 취저는 꾀꼬리 같은 소리에 웃음을 섞어가면서 하는 말이 이랬다.

"미친 애의 무모함이란! 정말 무례한 총각이네. 바라건대 내 방으로 들어가 이 누이의 훈계를 들어야겠는걸."

급기야 이 총각의 손을 잡았다.[훈계를 한답시고 손을 잡았으니 어찌 포복절도하지 않으리오.] 총각은 달콤한 정경이 점점 다가오리라는 걸 일찌감치 알아차리고 일부러 힘을 빼고 미소를 지으며 그녀에게 붙들린 양 따라 들어갔다.

"너희 집엔 아무도 없느냐?"

라며 낮은 소리로 묻자, 취저는 눈썹 끝으로 그렇다는 뜻을 보이고 마침내 그를 끌고 방으로 들어갔다.[이곳은 훈계하고 희롱하기 좋은 장소라.] 이윽고 사립문 가에서 춘정을 안고 있던 여인과 길에서 노래 부르며 흥취를 돋웠던 사내는 자연스레 입술을 포개었다.[문(吻)자가 망발 중에 망발이로다.] 이때의 한 방에서 맺은 금석과 같은 굳은 언약과 해괴하고 추잡한 광경에 대해서는 다시 붓을 번거롭게 할 필요가 없겠다. 두 사람은 아직도 흥이 남았으나 기력이 다해 어쩔 수 없이 이별을 하였다. 취저는 오른손으로 총각의 손을 잡고 왼손으로 뒤 창문을 열고서 밖을 가리키면서 일러준다.[기묘한 풍광이 눈부시게 아름답고 구름과 안개는 땅에 가득하였다.]

"저 울타리를 봐. 꼬이고 뒤틀려 뚫을 만한 틈이 있지? 네가 밤마다 저곳을 통해서 들어와 이 창문을 열고 슬쩍 들어오면 밤마다 즐겁지 않겠어? 우리 부모님은 동편 방에서 묵으니 걱정이 없을 테고."

"좋았어!"

하며 총각도 고개를 끄떡이고는 서둘러 자리를 떴다.

지금 정신없이 서술하다 보니 이 총각의 내력을 한마디도 언급하지 못했다. 그렇다면 그의 성이 무엇이고 하면 관향이 인동(仁同)인 장씨요, 그의 이름이 무엇인고 하니 그의 아버지 나이 육순에 늦둥이로 태어난 석여(錫汝)의 가명(嘉名)인 대경(大慶)이라. 그렇다면 이 장대경이 거주하는 곳은 어디인가? 바로 수제촌이다. 거기서 태어나 자랐냐 하면, 아니다. 그렇다면 그는 어디서 왔는가? 그는 본래 양주(楊州) 출신으로 어려서 부모를 여의고 사방을 떠돌아다니며 의지할 곳 없이 지내다가 달 전에 수제촌에서 과부로 살고 있는 이모 석씨(石氏) 집에 들어와 의지하고 있었다. 이 장대경이 취저와 한 번 간통을 한 이후로 복지동천(福地洞天)[3]을 얻은 듯이 봄부터 가을까지 매일 야심한 후와 새벽닭이 울기 전까지 창문 앞 울타리 구멍으로 개새끼처럼 몰래 출입하면서 꿀맛 같은 환희의 만남을 가졌다. 이러구러 마을사람들이

---

3) 복지동천(福地洞天): 원래 무릉도원(武陵桃園)과 같은 뜻으로, 도가에서 말하는 이상향 중에 하나인데, 여기서는 서로 바라던 바를 얻었다는 의미로 쓰였다.

슬슬 이를 눈치 채게 되었으나, 의춘 부부와 석 과부 세 사람만 계속 속고 있었다.

4

계항패사씨는 말한다.

'성 모퉁이에서 기다림도 미리 약속을 하며, 규중에서의 추태도 서서히 이루어지는 법이다. 그런데 저 취저는 대문 옆에서 봄날의 소회로 무료함을 달래다가 미친놈의 음란한 곡조를 듣자마자 저 스스로 꾀를 내어 실랑이하는 사이에 메추라기가 추태를 부리듯 일을 저질렀구나. 아! 이런 더럽고 추악한 남녀의 즐거움이 잘 끝날까? 간악한 짓이 쌓이면 기울어 엎어지는 것은 당연한 이치이니, 이후로 벌어지는 일을 지켜보며 매섭게 성찰하기를 이 글을 읽는 이들에게 바라노라.'

각설. 손동이 여기저기 건아의 혼처를 알아보았으나 끝내 자기 맘에 드는 여자가 없었다. 몇 번이고 언약을 했다가 파기하기를 여러 차례, 이젠 얼굴에 수심이 꽉 찰 정도였다. 그러던 어느 날, 우연히 동남쪽에서 온 사람에게서 언뜻 공전절후(空前絶後)하고 놀라 자빠질 만한 유취저(柳翠姐)의 자태를 듣게 되었다. 천만 뜻밖의 기쁜 소식에 저도 모르게 미친 듯 취한 듯 중얼거렸다.

"수제촌은 여기서 불과 15리 길인데…… 여태껏 내 귓가에 이 소식이 전혀 들리지 않다가 오늘에야 들리다니! 이상도 하지, 어젯밤에 등불 심지가 맺히고 오늘 아침 까치가 울어 반가운 소식이 있을까 싶었더니, 과연 천우신조가 있었던지 기이한 인연이 절묘하게 이뤄지는가 보구나."

흥겨워 뛰고 춤추며 시끌벅적 집안이 온통 소란하니, 이 날 손동 집의 광경은 붓으로는 다 표현할 수 없는 지경이었다. 그러나 한바탕의 기쁨만으로 어찌 당장 혼인이 성사되겠는가. 동편 이웃의 중매쟁이가 갑자기 돈을 얻을 기회를 만난 것이다. 손동이 창두(蒼頭)더러 이 매파를 불러들이라 하여 앞뒤 사정을 한바탕 늘어놓고 즉시 유의춘 집으로 가서 유취저의 용모를 자세하게 알아 화급히 돌아와 알리라고 하였다.

각설. 유의춘은 일이 없어 한가한 어느 날, 세 식구가 함께 마루에 앉아 오순도순 이야기 꽃을 피우고 있었다. 그런데 갑자기 한 노파가 문밖에서 들어오더니 엷은 미소를 지으며 마루로 올라왔다. 의춘의 처에게 인사를 하고는 이렇게 말했다.

"이 할망구가 먼길에 근력이 피곤하여 다리를 좀 쉴까 해서 들어왔습죠. [이는 매파의 항용 쓰는 어투이다.] 천만 죄송하오나 이해하시구려."

"무슨 그런 말씀을요. 여기 와 앉아 쉬세요."

의춘의 처는 대답을 하고 나서 물었다.

"할머니 목마르세요?"

"예, 아주 목이 타는구려. 시원한 물 한 사발이면 정말 좋겠구려."

매파는 이미 취저를 본 상태였다. 속으로 '내 아리따운 여자를 많이 봐왔지만 저처럼 아찔하게 눈이 부신 여자가 있었다니!'라며 감탄하였다. 이렇게 눈길이 오고가던 중에 의춘의 처가 갑자기 고개를 돌려 취저를 불렀다.

"취저야, 너 사발에 물을 떠와 저 할머니께 드리거라."

그러자 취저는 흔쾌히 마루를 내려가서는 물을 떠와 노파에게 드리면서 꾸민 소리로 또박또박 말하였다.

"항아리 물이 길어온 지 오래되어 그리 시원하지 않아요."

매파는 속으로 '애가 말씨도 차분하고 꼼꼼하기도 하지!'라고 생각하면서, 물을 다 마신 후에도 이내 두 눈을 취저의 얼굴에서 떼지 못하였다. 보면 볼수록 기분이 좋아졌다.

248

5

눈썹은 먼산이 푸른빛을 띤 채 우뚝 솟아 있는 듯하고, 얼굴은 부용꽃이 이제 막 핀 듯하며, 치아는 조개를 머금은 듯 허리는 흰 명주를 묶은 듯 어느 한 가지라도 배필로 합당하지 않은 부분이 없었다. 비록 먼 시골의 가난한 소치로 꾸민 게 전혀 없고 입고 있는 옷도 초라하였지만, 수려한 기운과 아름다운 자태는 사람의 마음과 혼을 취하게 하였다. 매파는 속으로 감탄을 금치 못하고 의춘의 처를 보고 물었다.

"따님이 참 이쁘네요. 이미 시집갈 나이가 된 듯한데, 혼기가 외려 넘었구면. 어서 부잣집으로 시집을 보내 백년가약을 맺어주어야지."[귀한 댁이 아니고 부잣집이라고 했으니 이 무슨 꿍꿍이란 말인가? 노회한 매파로다.]

"누가 혼사가 늦어진 걸 좋아라 하겠어요? 집이 가난해 입에 풀칠하기도 어려운 형편이랍니다. 이러니 혼인할 재물은 마련할 수가 있어야지요? 그래서 일이 이렇게 늦어지고 있는 게지요."

매파는 이 말을 듣고 미소를 지었다.

"좋은 인연이 있다면야 재산의 여부는 걱정할 게 없지."

그러면서 얘기를 할까 말까 망설이다가,

'꼭 오늘 얘길 끝낼 필요까지야 없지.'

하는 생각이 들었다. 매파는

"틈이 나면 뒤에 다시 들르리다."

라며 몸을 일으키더니 서둘러 돌아갔다.

재설. 손동은 매파를 보내놓고 회신을 고대하고 있었다. 대략 오후 5시가 될 즈음, 이 매파가 가쁜 숨을 몰아쉬면서 연신 헐떡이며 돌아왔다. 손동의 집안 식구들은 매파 주변으로 빙 둘러앉아서 이 얘기 저 얘기 묻는다.

"어떻게 생겼데요? 어떻게……"

매파는 그가 본 그대로 하나하나 이야기해주었다. 매파의 얘기가 끝나자마자 집안은 온통 우레와 같은 환호성을 질렀다.

"그렇게 기뻐만 할 건 아니구 오늘은 그냥 의향만 슬쩍 내비쳤을 뿐이어서, 만약 혼인을 하고자 한다면 제가 다시 그 집을 찾아가 얼굴을 맞대고 가약을 굳게 맺도록 하지요."

매파는 다시 손동에게 말하였다.

"그 집이 너무 가난하여 혼사를 치를 수 없다고 하더이다. 아무리 생각해봐도 이 부분을 여기서 부담하여 좋은 인연을 맺었으면 싶은데……."

손동은 기뻐하며 대답하였다.

"좋소, 좋아! 가약을 맺고 나서는 내 며느리가 아닌가. 며느리를 위해 재물을 쓰는 거야 내 인색할 게 뭐 있겠는가?"

손동은 다음날 다시 이 매파를 의춘의 집으로 보내 혼약을 맺게 하면서 부탁을 하였다.

"중매를 선 지 십여 년에 여자쪽 집을 요량하지 못해서야 되겠는가? 십분 신중하여 우리의 기대를 저버리지 말게나."

매파는 하늘을 보며 자신있게 웃는다.

"하하하. 그 아이가 만약 권세가나 부잣집에 태어났다면 중매쟁이로 묵은 저래도 거의 혀끝이 타고 침이 마르도록 온 힘을 쏟아야 하겠지요. 하지만 지금 저렇듯 빈궁하니, 제가 별 어려움 없이 한마디 말에 마음을 움직이고 두 마디 말에 승낙을 얻어내어 노련한 매파의 재주[기능]를 보여드리지요. 믿지 못하시면 내 혀가 아직 남아 있는지 보시오."

매파는 횡하니 자리를 떴다.

재설. 유의춘은 노파가 잠시 쉬었다가 떠난 뒤, 아내를 보고 웃으며 말하였다.

"저 노파가 쉬어 간댔으면 그걸로 그만이지, 무슨 이유로 우리 딸아이를 훑어보고 혼사 얘기까지 꺼낸다지?

6

옆에서 뭐 혼기가 넘었다는 한마디를 듣고 있자니 나도 모르게 마음이 짠해지던데?"

그러고는 갑자기 긴 한숨을 쉰다.

"그 노파의 말이 틀린 것도 아니지! 딸아이가 장성하도록 아직껏 짝을 만나는 기쁨을 누리지 못했으니[이미 누렸는데!] 내 속이 만 갈래로 타들어가지만 능력이 마음을 따르지 못하니, 어쩐다지?"

다음날, 아침을 먹고 세 식구는 어제처럼 마루에 앉아 있었다. 그런데 어제 잠시 쉬었다 간 노파가 다시 웃음을 머금고 나타나 마루로 올라오는 게 아닌가. 의춘 부부를 보더니 인사를 하였다.[어젠 그의 아내에게만 인사를 하더니 지금은 그 남편에게도 하는 걸 보면 이제 매파의 신분이 맞구나.]

"밤 사이 두 분 만복하셨수?"

노파가 마루에 앉자,

"노파께서 다시 온 걸 보니 뭔가 심상치 않소. 뭔 일이 있는 거지요?"라며 의춘이 묻는다.

"일이 있고 말구요."라며 활짝 웃는 얼굴로 한동안 앉아 있다가 어제 잠깐 쉬었다 간다고 핑계 댔던 연유와 오늘 다시 온 사정을 한바탕 자세히 이야기하였다. 의춘은 화들짝 놀라며,

"노파께선 애당초 손씨네 매파였구먼!"라고 말하고는 약간 처량한 안색으로 계속 말을 이었다.

"그런 형편이 좋은 남자 집에 우리 딸을 시집보낼 수 있다면 이는 정말 새삼 덩굴이 교목(喬木)에 붙는 격이라 무어 비싸게 굴겠는가. 하나 이렇게 갑작스레 대사를 감당하려면 모두 부족한 것뿐이니, 진퇴양난으로 정말 어떻게 해야 할지 모르겠소."

그 말을 채 마치기도 전에 노파는 웃으며 대답하였다.

"뭘 그리 궁색하다 하십니까? 신랑 아버지가 이미 다 생각해두어서 혼수라면 죄다 담당하겠다고 했으니, 이번 일은 더 걱정하실 필요가 없지요."

의춘은 그쪽에서 다 감당한다는 말을 듣고 좀 부끄럽다는 생각이 들기는 했으나, 이런 구구한 작은 체면 때문에 이 좋은 인연을 망칠 수는 없다는 판단이 들었다. 그래서 그는 허공을 쳐다보며 허탈한 웃음을 지으면서,

"감당한다, 감당한다고!"

라고 할 뿐 거절하지 못하였다. 매파는 의춘 부부가 십분 마음이 움직인 것을 보고 그 기세를 타 손동의 재산과 건아의 장점을 부풀려서 그 군에서 최고 갑부이며 남자 중에 호걸이라며 이런 얘기 저런 얘기 끝에 마침내 승낙을 받아냈다. 대략 반 시간이 지나 노파는 일어섰다.

"시간이 없어 오래도록 뵙지는 못하겠네요."

그러면서 서둘러 떠났다. 의춘 부부는 매파를 보내고 나서 부끄럽기도 하고 기쁘기도 하였다. 혼수를 직접 마련하지 못하는 게 부끄러웠으나, 모든 게 기쁜지라 부끄러움이 일분(一分) 정도로 약했다면[조금 부족하군.], 좋음은 구분(九分) 정도로 강하였다.[너무 지나치군.] 그래서인지 부끄러움이 기쁨에 가려지고 기쁨이 깊은 속에서부터 우러나왔다. 의춘은 취저의 등을 어루만지며,

"우리 딸이 이런 복이 있다니!"

라고 하였다. 그럼 이때 취저의 속은 어땠을까? 벙어리가 황백(黃柏)[4]을 씹고도 그 쓴 맛을 말로 못하고 자신만 아는 것처럼 한마디도 하지 않았으나 그 속은 만 갈래로 타들어가 두근두근 근심이 방망이질치는 듯했다.

---

4) 황백(黃柏): 보통 '황벽(黃蘗)'이라 하며, 운향과의 낙엽 고목이다. 줄기는 황색 염료를 쓰이며 껍질은 약재로 쓰이는데, 매우 쓰다.

7

'혼인은 인륜지대사라, 어떻게 무시할 수 있겠는가. 허나 장대경과는 어떻게 별 탈 없이 헤어진단 말인가? 저 손동의 가세가 부요함은 정말로 나의 소원과 맞아떨어지나 저 건아라는 녀석이 장대경보다 뭐가 나은지?'

이런 생각이 들자 저절로 근심이 밀려왔다.

청천자는 말한다.

'진정 이는 음부나 추녀의 속마음이로다. 손동의 부는 좋아하면서도 건아는 마음에 차지 않는다고 걱정하고 있으니, 이는 두고두고 잊지 못할 장대경도 진실한 마음으로 사랑해서가 아니라 단지 그의 준수한 외모와 음행의 기량만을 가지려 한 것이다. 옛말에도 '도적도 의리가 있다'고 하던데, 음란한 짓에만 어찌 없겠는가! 사람들로 하여금 침을 뱉으며 욕하게 하는구나.'

이윽고 밤기운이 짙어지자, 그녀의 아버지는 어머니와 함께 잠자리에 들면서 취저에게,

"너도 얼른 들어가 자거라."

라고 하였다. 취저는 혼자 빈방으로 돌아와 길게 한숨을 내쉬다 다시 짧게 탄식을 하며 멍한 상태로 베개에 엎드려 있었다. 한밤이 되자 장대경이 번개처럼 들어오자 그제야 몸을 일으켰다. 대경의 손을 잡아끌어 누우라 하니 대경은 그 손을 뿌리친다.

"머지않아 이별할 사람이 나를 끌어다 어쩌려고?"

자못 불쾌하다는 뜻까지 내비치자, 취저는 소리를 낮춰 물었다.

"오늘은 왜 이리 변덕이래? 난 지금껏 너를 박대한 적이 없는데……"

대경은 목이 메었다.

"네 집에 매파가 왔던 얘기를 이웃에게서 다 들어 알고 있어. 네 신랑이 손동의 아들 건가라며? 왜 나를 속이려 들지? 지금 네가 어떤 기막힌 꾀로 나를 설득하더라도 그 혼사건은 깰 수 없을 텐데, 그 일에 대해선 아무 말도 없이 그냥 넘어가려고 하면서 나한테는 함께 잠자기를 요구하다니, 이는 겉으로만 좋아한다는 게 아니고 뭐겠어? 옛정을 생각하면 정말 통곡이라도 하고 싶고, 나도 모르게 이가 갈리도록 원망스러워.['절치통한(切齒痛恨)' 네 글자가 번쩍했다가 숨어버리는 것이 마치 칼집에서 칼을 뽑고 불꽃이 선을 그리는 듯하다. 아예 그 칼을 뽑고 불꽃이 확 폭발이라도 했으면 오히려 한심하지나 않지!] 오늘밤 온 것은 얼굴이나 한 번 보고 우리 두 사람 깨끗하게 상관없는 사이가 되기 위해서지."

취저는 이 말을 듣고 오장이 찢어질 듯하여 욕정이 싸늘히 사라졌다. 그러나 속으로는,

'일이 이렇게 되었으니 진퇴양난이군. 사정을 대충 얘기하여 뒷날 좋은 조처를 기다리는 게 낫겠다.'

라고 생각하였다.['종장조처(從長措處)' 네 글자가 '절치통한' 네 글자와 은근히 조응한다.] 억지로 웃음 띤 얼굴을 하고 말을 꺼냈다.

"내 전에는 몰랐는데, 당신 심지가 이렇게 좁을 줄이야. 진정하고 내 말을 들어봐. 당신이 나를 따라올 때 광명정대한 혼례를 치른 것도 아니고, 만난 즉시 담을 뚫고 울타리를 넘어 몰래 기쁨을 훔쳤으니, 야밤에 한 번 만남이 대낮의 긴 만남만 못하며, 잠깐의 쾌락으로 외려 두려운 마음만 남겼어. 바람이 귓전에 울리면 몰래 엿보는 발걸음이 아닌가 염려하고 묵은 나뭇가지가 창문에 비치면 음행을 적발하는 손길인가 의심이 들었지. 이런 구차한 모양새로 어찌 사람들 사이에서 얘기를 꺼낼 만한 명분이 있겠으며, 부모가 결정한 혼인을 쉽사리 깨뜨릴 수 있겠냐구? 이렇게 괴로운 마음을 억누르며 어쩌지 못하고 있지만 시집을 가게 생겼으니…… 당신이 말 안하고 있다고 내 마음이 편할 리 있어? 당신이 이렇듯 불쾌해하니 내 어쩔 수 없이 속마음

254

을 다 털어놓을 수밖에."

8

그러더니 귀에 대고 귓속말을 한다.

"내가 건아에게 시집을 가더라도 반드시 기회를 봐서 빠져나와 종종 친정으로 돌아올 테니, 그때 당신이 목마름과 배고픔을 해소하면 되지 않겠어? 끊어진 인연이 때때로 이어지면 도리어 묘미가 있을 거야. 하물며 용이한 방도를 쓸 여지가 많고, 당신과 해로할 일도 그리 어렵지 않을 테고. 단공(檀公)의 상책을 깊은 밤에 누가 알아차리며, 탁문군(卓文君)이 술을 파는 것[5]을 무에 다시 부끄러워하겠소! 일생 동안의 기쁨을 얻을 수 있으리니, 내일의 일을 미리부터 걱정할 게 아니며 오늘 밤의 쾌락도 포기해선 안되지."

그러고는 와락 그를 끌어안았다. 이때 장대경은 취저의 전후 이야기를 다 듣고는 저도 모르게 근심이 없어지며 마음이 풀렸다. 찡그렸던 눈썹을 펴고 쾌락의 흥취를 다시 찾더니 얼마 후 이웃에서 닭이 한 번 울자 떠날 채비를 하였다. 취저는 일어나 앉아 긴 한숨을 쉰다.

"내 혼이 이미 한 사람에게 쏠렸으니 종신토록 두 마음을 갖지 않겠어. 그러니 당신, 차고 있는 칼을 풀어 내 이 옥가락지와 교환하여 훗날의 증표로 삼았으면 좋겠어."

장대경도 한숨을 쉰다.

---

5) 단공(檀公)의 상책을 (…) 파는 것: 단공은 '단자(檀子)'란 인물로, 전국시대 제(齊)나라 사람이다. 위왕(威王)의 신하로서 책략이 뛰어났다. 그가 제나라 남쪽을 지킬 때 도적은 물론 여러 제후들까지 감히 제나라를 넘보지 못했다. 한나라 때 탁문군은 아직 미천한 신분으로 있었던 사마상여(司馬相如)와 성도(成都)로 도망하여 술을 팔며 뒷바라지하여 훗날 사마상여를 출세시켰다.

"살아선 함께 즐거워하고 죽어선 함께 묻히기로 자네와 약조하리다. 산이 무너지고 바닷물이 다 마르더라도 이 정을 누가 갈라놓겠소? 전하는 말에도 있지 않은가, '물건은 큰 일을 의논하는 데 별 도움이 안되며, 줘도 무익하다'고. 하지만 자네가 그렇게 하자고 하는데 나만 뭔 생각으로 증물을 주지 않겠는가."

그러면서 칼과 옥가락지를 서로 교환하고 가슴 아픈 이별을 하면서,

"취저야! 부디 잘 지내야 해. 난 마음이 너무도 혼란스러워 혼사 전에는 다시 오진 않으리니 명심해, 알았지?"

라며 둘 다 눈물을 쏟으며 이별을 하였다.

각설. 손동은 매파가 돌아온 후에 곧장 혼례 일자를 택해 8월 15일로 날을 잡았다. 이 날은 생기가 있고 복과 덕이 함께 하는 황도(黃道)[6]가 있는 길일이었다. 이제 네댓새밖에 남지 않은 터라 집안 전체가 눈코 뜰 새 없이 부산하였다. 8월 15일이 되자, 모든 일처리가 깔끔하게 정리되었다. 신부측 혼수도 진작에 마련하여 보냈으며, 납채와 폐백의 절차도 일찌감치 준비하여 어제까지 다 마친 상태였다. 건아를 오사모(烏絲帽)와 자색 도포를 입혀 백마 위에 태우고 수제촌으로 출발시켰다. 따르는 이가 많고 장식이 화려한 게 실로 홍주군(興州郡)[7]에서 남녀 혼사로는 처음 보는 장관이었다. 이윽고 유의춘의 집에 도착하여 전안(奠雁)과 교배(交拜) 절차를 마쳤다. 손씨 부자는 마음에 흡족한지라 행동거지에 힘이 들어갔고, 유의춘도 얼굴에 희색이 가득하였다. 두 사돈과 손님들은 하루 종일 술로 흥을 돋우며 만끽하니, 이른바 '천상엔 둥근 달이, 땅엔 사람의 무리'더라. 신랑 집으로 돌아갈 때가 되자, 의춘은 딸 취저에게,

"애야! 십분 유념하여 시부모님을 잘 모시고 남편을 공경하거라. 거리가

---

6) 황도(黃道): 태양이 운행하는 궤도.
7) 홍주군(興州郡): 순흥군.

그리 멀지 않으니 내 종종 찾아가볼 것이야."

라고 부탁하고는 어서 출발하라고 하였다. 취저는 떠나는 길에 수심에 젖은 모습으로 모친에게 당부하였다.

"아버진 거리가 그리 멀지 않다고 하시지만 어머니께선 지척이어도 천리 길이나 마찬가지지요. 제가 찾아뵙는 길 외에는 실로 볼 날이 없사오니 어머니 천만 보중하세요."

그리고 벽파촌으로 떠나더라.

계항패사는 말한다.

'취저는 음탕한 여자인데도 손동은 자기 며느리로 얻었으며, 재물을 내주어 맺은 백 년의 기약이 도리어 이런 더럽고 추잡한 지경에 이르고 말았구나. 도리가 없지, 후회한들 무슨 소용이 있겠는가? 며느리는 외모로 선택해서는 안되는 게 이와 같은 법이다.'

9

재설. 손동이 일행을 이끌고 싱글벙글 기쁜 얼굴로 벽파촌으로 돌아오자마자 큰 잔치를 열었다. 술 향과 떡 내음이 온 집안에 가득하고 축하의 말과 웃음소리가 귓전에 진동하며 팔뚝을 괴고 술 마시는 소리는 비바람이 세차게 들이치는 것 같았다. 외조부 당숙 고모나 이종사촌들이 데리고 온 아이들은 과일이며 떡이며 쉴새없이 먹으면서 여기저기서 떠들며 돌아다녀 한바탕 아수라장을 이뤘다. 문밖에서 남은 음식과 시원한 국을 달라고 소리치는 떠돌이들도 많았고, 손발을 놀려 잽싸게 달려들어와 먼저 낚아채려는 기세도 대단하였다. 아, 손동의 집 잔치의 호사스럽기가 끝이 없어 이미 취하고 배부른 사람들은 한껏 유쾌하여 더이상 말할 게 없었다. 그러나 달 전이나 한

해 전에 부끄러워하는 낯짝으로 땅에 엎드려 애걸하며 그 많은 창고와 상자 속에서 묵은 쌀 몇 되라도 얻으려다가 얻지는 못하고 외려 쪽박이 깨지는 일을 당한 그 사람들은 장차 어떻게 할까? 저들마다 '이 집 재산은 언제나 없어지련고' 하며, 재산을 탕진하는 날이 꼭 있을 거라고 간주하더라.

손동은 취저가 시집온 후로 천금의 낟알을 얻은 것처럼 며느리가 아니라 손님인 양 날마다 즐겁게 해주며 주옥처럼 애지중지하여 사소한 일이라도 손대지 못하게 하였다. 천금을 쾌척해서라도 취저의 기쁨을 살 일이라면 그녀의 표정을 살펴가며 자신을 굽혀서라도 맞춰주었다. 신기하기도 하지, 취저의 운명이 단 한 번에 이렇게 수직 상승하여 유의춘의 딸이던 그녀가 어느 순간 손동의 귀한 며느리가 되었구나! 이 정도로도 이미 분수에 넘쳐나거늘, 또 무엇을 바랄 것인가? 그래 취저는 분명 득의만만하여 조금도 근심하거나 슬퍼할 일이 없을 줄로 짐작이 되나, 이것도 괴이하지. 세상의 일을 쉽게 알 수 없는 게 이런 것인가 보다. 저런 즐거운 일엔 관심이 없는지 취저는 점점 근심하는 마음이 깊어졌다. 이게 정녕 무슨 곡절이란 말인가? 그녀가 처음 건아에게 시집을 왔을 때는 본래 가난한 출신으로 어느 순간 안락한 와중에 빠져 눕고 자는 게 편하여 좋았고, 의복의 화려함이 좋았고 음식의 풍성함도 좋았다. 이런 하나하나가 전에 비해 실로 하늘과 땅 차이인지라 자연히 한껏 행복에 빠져들었다. 이렇게 가을이 지나고 삼동도 지나고 봄볕이 다시 돌아오기까지 어언 5, 6개월이 다 되어갔다. 즐거움이 오래가면 지연 싫증이 나서 근심할 만한 일들이 은근히 찾아오는 법, 이 근심거리는 과연 무엇일까? 건아가 자기 마음에 차지 않았던 것이다. 건아가 자기 마음에 들지 않기는 이미 5, 6개월 전부터였으나, 그 점 말고는 너무 흡족했던 터라 그리 근심하지는 않았다. 그러나 지금은 물리도록 즐거움을 누리고 나니 수심이 자연스레 밀려온 것이다. 그러니 어찌 울적하지 않겠는가?

258

10

'저 건아의 눈알은 어째서 저렇게 튀어나왔으며, 콧구멍은 어째서 저렇게 뾰쪽하단 말인가? 거기다가 두 볼은 또 어째서 저렇게 우중충하며 입과 손발도 하나같이 저렇게 가증스러운지…… 거울을 가져다 보아도 내가 어찌 저 인간의 배필이란 말인가?[그렇다면 누가 배필이란 말인가.] 원통하고 원통할 일이로다. 저 인간이 어째서 밤마다 공연히 달게 자는 나를 깨우는지, 그럴 땐 정말이지 때려죽여도 시원찮으니!'

속으로 이렇게 생각하며 결혼한 걸 후회하였다. 그러던 하루는 심사가 표현하기 힘들 정도로 더욱 견디기 어려웠다. 작은 창문을 열고 밖으로 눈길을 흘리다가 자기도 모르게 놀라고 말았다.

"봄이 이렇게 깊었단 말인가?"

그녀의 속은 그야말로 우울하기 짝이 없어 혼이 녹는 듯하였다. '저 나부끼는 구름은 바람을 따라 뭉쳤다 흩어졌다 하는데 이내 심사는 어째서 이렇게 뭉쳐 있으며, 어여쁜 꽃과 나무는 좋은 시절을 만나 파란 잎은 사람을 그리워하게도 하고 붉은 꽃은 사람을 사랑하게도 하는데, 날 사랑하는 자는 어디에 있단 말인가? 봄은 전과 다름없는 봄이건만, 사람은 어째서 짧은 시간 안에도 슬픔과 기쁨이 이리 정처가 없단 말인가?' 이런 생각으로 취저는 다시 나지막이 긴 탄식을 한다.

"대경[대경 두 글자에 눈이 번쩍.]이 정말 나의 사람이로다. 개떡을 먹더라도 대경만 한 번 볼 수 있다면 내 마음이 뿌듯하겠으며, 개 종아리 같은 집이라도 대경만 만날 수 있다면 내 마음 쿵당거릴 거야. 산해진미가 아름답고 화려한 벽과 비단 창문이 비록 좋다고 한들 뭐 하나. 건아를 보기만 하면 근심이 밀려와 가슴이 꽉 막히고 갑자기 두통이 생길 지경이야. 이 집을 떠나 본가로 돌아가 안빈낙도하는 게 외려 편하겠구나."[안빈낙도는 사군자도 어려워하는 것이거늘, 일개 음탕한 여인이 추악한 일에 인용하니 그 가치가 크

게 떨어지는 게 아니겠는가? 도(道)자가 절도할 만하구나.]

그리하여 그녀는 이 집에서 빠져나올 계책을 찾느라고 백방으로 생각하나 친정에 인사차 간답시고 가는 방법 외에는 별다른 좋은 계책이 떠오르지 않았다. 결국 자기 방에서 나가 대청마루에서 시부모님을 뵙고 한참을 모시고 앉아 있다가 느닷없이 미소를 지으며 여쭈었다.

"친정 아버지는 가끔 찾아오시니[이건 쓰지 않은 게 좋을 듯.] 별 아쉬움이 없사오나, 어머니는 진실로 지척이 천리라 작년 가을 이래로 모습을 뵌 지가 아득하옵니다. 제 마음이 항상 유쾌하지 못해 음식물이 목을 넘어가지 않사옵니다. 부디 바라건대 시부모님께서는 이런 제 마음을 굽어 살피시어 친정에 인사드리러 가도록 허락해주셔서 저희 모녀를 상봉케 해주소서."

11

손동은 이 말을 듣고 껄껄 웃었다.

"불과 5, 6개월 사이에 그렇게 모친이 그리워졌단 말이냐? 내 이미 얘기했거니와 너도 그렇다 하니 내 잘 준비해서 보내주마."

그날로 한편으론 가마꾼을 불러 내일 아침 이후에 와서 대기하라 하고, 다른 한편으로 광주리와 상자에 음식과 떡을 준비하라 하였다. 다음날 아침 식후 이 가마꾼들도 일찍부터 대령하였고, 광주리와 상자에도 부잣집의 규모로 분주하게 음식을 장만하여 한밤 사이에 만반의 준비를 끝냈다. 취저가 출발하려고 하자 손동이 일렀다.

"애야, 속히 다녀오도록 하여라. 내 때를 맞춰서 가마를 보내도록 하마."

취저는 뭘 생각하는 듯하더니 천천히 대답하였다.

"친정에 가봐야 돌아올 날이 언제일지 정해질 것이옵니다. 그러니 아버님께서는 그렇게 조급해하지 마세요."

시부모에게 절을 올리자마자 출발하였다. 머슴 하나는 광주리와 상자를 등에 짊어졌고 어린 시동은 가맛대를 잡고 뒤를 따르더라.

　계항패사는 말한다.
　'취저가 구멍가게[빗대어 말한 것이다.] 같은 친정으로 간 것은, 실은 음행을 저지르려고 입에 기름을 칠하고 혀를 나불대며 시부모를 속이고 마치 목마른 이가 샘을 찾아 달리듯 내달려 온 것이다. 여자의 불량함이 어찌 이 지경에 이르렀단 말인가? 가엾구나 건아여!'

　각설. 장대경은 취저와 그렇게 이별한 후로 침식이 무의미해지고 만사가 귀찮아져 세상 일을 깡그리 잊은 채 제 가슴을 치며 긴 한숨만 내쉬면서 취저가 친정에 다녀가기만을 고대하였다. 가끔 마을 뒤편 기각산(綺角山)[지금 어디인지 알 수 없다.]에 올라 숲속에 위치한 사당에 큰절을 하며 몰래 소원을 빌었다.[허례는 아닐 터.] 때론 손건아(孫健兒)를 이유 없이 미워하여 흉측한 생각을 내기도 하였다.[복선이 복잡하구나.] 한편 석 과부는 그의 기색이 전에 비해 변한 것에 놀라 가끔 붙들고 물어보았지만 병이 있다고 둘러대기를 5, 6개월 동안 한결같더라. 그런 중에 지금 가마를 타고 서북쪽에서 오고 있는 자가 취저가 아닌가! 그의 모친은 피붙이의 지극한 정으로 그 기쁨이야 더 말할 게 없거니와, 이 장대경은 진정 이 기쁜 소식에 막다른 골목에서 다시 살아난 듯싶었다. 근심이 걷히며 기쁨을 되찾아 눈물은 그치고 웃음이 나오더니 '해야 어서 지거라'며 지껄였다. 이윽고 땅거미가 대지를 덮자 곧장 유의춘의 집으로 헐레벌떡 달려가 울타리 구멍으로 호시탐탐 노리는데…… 아, 그러나 저런 저런! 장애물이 여전히 있었다. 원래 취저는 장대경 때문에 온 것이라 자연히 대경을 위해서 방편을 마련했던 까닭에 자기 모친이 며칠만이라도 함께 자자는 애틋한 정을 교묘한 말로 뿌리치고 서둘러 전에 거처한 자기 방에 들어가 잤건만,

12

저 가증스런 계집종이 당일 다리의 경련을 견디지 못해 미처 돌아가지 못하고 취저의 방에서 쉬면서 '아씨께서도 피곤하시지요' 하는 소리가 '웽' 하고 대경의 귓구멍으로 날아오는 것 같았다. 대경은 머리를 긁적였다.

"에이, 일이 글렀구나, 글렀어!"

한편으로는 힘껏 팔을 휘두르는데 속에서 화가 치밀었다. 당장 한걸음에 방으로 들어가 그 계집종을 걷어차려 했는데 갑자기 뭔가를 치는 듯한 소리가 들렸다. 아마도 동편 방문에서 나는 소리 같아서 몰래 서쪽 창문 아래를 내려다보니, 너울너울 옷 그림자가 비쳤다.

"애야! 오랫동안 쓰지 않은 방이라 불을 때지 않았으니 습기가 있을 게야. 넌 평소에도 내 말을 듣지 않더니 귀녕(歸寧)해서도 이렇게 말을 듣지 않는다니!"

라고 웃으며 묻는데, 누군고 하니 바로 취저의 모친이다. 그때 가느다랗게 대꾸하는 소리가 들릴락 말락 했다.

"엄만 어서 돌아가 주무세요. 신경쓰지 마시고……"

이 소리가 누구의 소린가? 취저였다. 장대경은 연인의 말소리가 들리자 눈빛이 반짝이며 가슴이 타들었으나 계집종이 곁에서 견제하고 하물며 그의 모친까지 이러했으니. 원망의 기색이 마음 끝에까지 일었으나, 어쩔 수 없이 돌아갈밖에! 돌아가서도 날이 밝도록 잠을 이루지 못하고 그 다음날은 전날보다도 더욱 견디기 어려웠다. 마음만 급한 중에 느닷없이 계집종이 돌아갔다는 소식을 접하게 되었다. 밤이 깊어지자 일어나면서,

"돌아가야지. 이제 밤도 깊었으니! 저 가증스런 계집종도 이미 멀리 갔고, 취저의 모친도 이같은 야심한 땐 필시 곯아떨어졌을 테니."

혼잣말을 하고는 편한 마음으로 나섰다. 이때에 취저도 애를 태우며 잠을

이루지 못하고 대경의 발걸음 소리만을 애타게 기다리고 있었다. 그렇게 그리워하던 사람이 과연 울타리 틈을 뚫고 들어오는지라, 문을 열고 맞이하니 이게 꿈인가 생시인가? 손을 붙잡고 아무 말 없이 한참 동안 멍하니 바라보기만 하였다. 그러다가 취저는 홀연 탄식하는 것이었다.

"어째서 넌 내가 하루 스물네 시간을 도무지 살맛이 없게 만드느냐? 내 본래 한심한 사람이지만 너도 참 안됐다."

대경은 이 소리를 듣고 저도 탄식을 한다.

"수그러들지 않는 나의 화병은 말로 표현할 수 없는데, 남편이 있으니 넌 필시 쾌락을 즐겼겠지."

취저는 이 소리를 듣고 고개를 숙이고 좀 부끄러워하다가 갑자기 대경의 가슴에 얼굴을 묻으며 앙탈을 부렸다.

"쾌락은 무슨? 그게 쾌락이었다면 내가 친정에 왜 왔겠어? 당신 그런 속마음에 품은 말일랑 그만 하고 어서 눕기나 해. 내 이제 차근차근 얘기할 테니."

대경은 억지로 따랐다. 이때 이들의 모습은 마치 배고픈 귀신이 서로 만나서, 한마디 말로 다달이 밀린 빚을 단번에 갚고 각자의 심정을 조곤조곤 주고받는 것 같았다. 구구절절 사생결단으로 서로 따르기로 한 맹서 아닌 게 없었다.

13

장대경은 취저가 귀가한 뒤로 날마다 분주하게 드나들며 하룻밤도 거르는 날이 없었다. 그런 어느 날 혼자 생각하기를,

'취저를 다시 만난 것은 기쁜 일이지만, 이는 귀녕일 뿐 시댁에서 사람을 보내 돌아오라고 재촉하기라도 하면 바로 재이별이 아닌가? 그러고 나면 다

시 이별하고 세번째 만날 때가 있을까? 설사 그런 날이 온다고 해도 재이별의 고통을 어떻게 견딘다지? 내 죽는 한이 있을지언정 모진 방법을 써서라도 반드시 평생 동안 즐길 수 있도록 해야지.'
라며 조처할 방도를 이리저리 고민하다가 마침내 확고한 결정을 내리고 곧장 취저의 집으로 향했다.

청천자는 말한다.
'그가 흉계를 꾸몄는데, 귀신은 그 기미를 알아차려 앞서 사(死) 자를 드러내어 그 흉계를 폭로하지 않는 것인가? 오호라, 흉계가 드러나면 진실로 살아날 방도는 없을 것이다.'

장대경은 한 가지 흉계를 작정한 뒤, 밤이 깊어지자 취저와 다시 만나 음탕한 짓을 서슴지 않았다. 그러다가 갑자기 일어나 앉았더니 슬픈 표정을 지으며 긴 한숨을 쉬었다.
"스물도 안된 나이에 살날이 얼마 남지 않았군!"
취저는 화들짝 놀라며 무슨 소리냐며 다그쳤다.
"그 무슨 말이래? 빨리 얘기해봐!"
대경은 일부러 상심한 표정을 지으며 못 들은 척하였다. 취저가 슬며시 손을 붙잡고 왜 그러느냐고 묻자, 그제야 한숨을 쉬며 대답하였다.
"휴! 내가 사는 건 당신이 있기 때문이지. 만약 당신과 영원히 함께 즐길 수 없다면 천대(泉臺)[8]의 원귀가 될 뿐이지. 만일 이 사태를 면하려면 나에겐 하나의 방법밖에 없는데, 이 방법은 그리 쉽게 할 수 있는 게 아니라서…… 그 때문에 이렇게 걱정을 하는 거고."

---

8) 천대(泉臺): 원래 춘추시대 노(魯)나라 장공(莊公)이 쌓았다는 누대 이름이나, 저승 즉 황천을 뜻한다.

취저가 듣던 중에 속으로는 이런 생각이 들었다.

'이가 필시 내가 돌아갈 것을 염려하고 있구나!'

그리고 다시,

"당신과 나 사이에 무슨 못할 소리가 있다고! 당신 사정은 벌써 짐작했지만 그 방법이 무엇인지 아무리 생각해보아도 알 수가 없으니, 속히 얘기해서 이 의심의 덩어리를 풀어주오."

대경은 얼굴에 난색을 표하다가 낮은 목소리로 묻는다.

"건아가 당신 마음에 차?"

취저는 이 말에 한참 동안 쏘아보다가 입을 연다.

"미쳤어? 어떻게 나한테 그런 말을 하게?"

대경은 다시 귀에 대고 소곤거렸다.

"이미 이렇게 된 이상 평소에 바라던 대로 일을 진행하는 게 좋겠네. 내 생각으로는 깊은 밤 건아를 칼로 감쪽같이 해치워버리고 네가 과부가 되기를 기다렸다가 마음 놓고 즐기는 거야."

취저가 듣고는 다시 한참을 골똘히 생각하고 나서 대답하였다.

"건아가 비록 내 마음에 차지는 않지만, 그렇다고 죽일 만한 죄가 없잖아? 독자를 죽이는 건 참혹한 일이야. 내가 작년에 너와 이별할 때 깜깜한 밤에 함께 도주하자는 꾀를 얘기한 적이 있지. 그 정도면 되지 네 말대로 굳이 죽이기까지 해야 해? 살인은 흉측한 일이고 국법은 두려운 것인 만큼, 내 처지를 봐서라도 안전하게 즐길 수 있는 방법을 찾아야지, 지금처럼 험한 지경으로 간다는 건 안된다구. 잘은 모르겠지만 그 계획은 결코 좋은 방법이 아니라니까."

14

그러나 대경은 비웃었다.

"하나만 알고 둘은 모르는 군. 만약 건아를 죽이지 않고 그대로 도주했다 간 그 집에서 필시 당신을 사방으로 찾아 나설 테니 끝까지 마음을 놓을 순 없게 되지. 대신 한 번에 건아를 깨끗하게 제거해버리면 그의 식구들도 청상 과부인 당신에게 관심을 갖지 않고 당신 편한 대로 내버려둘 테니 야반도주 도 그때가 되어야 절묘하지 않겠어. 국법으로 말하더라도 어두운 밤 손을 쓰 는 건 귀신도 알기 어려운 일이니, 무어 걱정할 게 있겠어? 작년 가을에 정 했던 계획에 나도 수긍했었지. 그런데 요사이 생각해보니 문제가 많다는 것 을 확실히 깨달았지. 다른 말 말고 내 이번 계책 외에는 방법이 없으니, 당 신이 생각이 있다면 내 곧 실행할 참이야. 그러나 당신이 내 말을 듣지 않 는다면 칼로 내 자신을 결딴내어 이름을 버리고 말거야. 내 말은 여기까지이고 내가 할 수 있는 일도 이것밖에 안되니 듣고 안 듣고는 당신 말 한마디에 달려 있어. 빨리 말해봐."

이렇게 얘기하더니 다시 한숨을 쉬는데, 얼굴빛이 말이 아니었다. 취저는 그가 이렇게까지 절박하게 이야기하는 걸 보고 다시 우물쭈물하며 한참 혼 자 생각해보았다.

'두 다리를 안장에 걸쳐놓고 양손에 떡을 잡고 있는 내 꼴이 가소롭구나. 내 이미 건아에게 마음이 없으니 대경에게 몸을 맡기는 게 당연하잖아. 흉측 한 일이지만 내가 받아들여야겠지!'

취저는 연신 고개를 끄덕이며 나지막이 묻는다.

"언제 일을 처리할 건데?"

대경은 그녀의 귀에 대고 일러줬다.

"하고자 한다면 당장에라도 실행에 옮길 수 있으나, 안에서 호응해주지 않으면 실수투성이가 될 거야. 조만간 당신 시가에서 가마꾼을 보내 당신보고 빨리 돌아오라고 할 테니, 돌아간 지 사흘째 되는 밤에 내 기어코 소매 속에 작은 칼을 넣고 몰래 벽파촌으로 가서 밤이 깊은 후 거사를 할 참이 야."

고개를 숙이고 잠깐 생각하더니,

'하마터면 잊어먹을 뻔했네.'

라고 하면서 취저더러,

"건아가 항상 묵는 방이 어디이며 그 집에 둘러쳐진 담 중에서 사람이 들 어갈 만한 넓은 곳이 어디야?"

라고 물었다.

"건아는 가끔 외당에서도 자지만 내가 돌아간 네댓새 동안은 내 방에서 잘 게 뻔해. 내 방은 동편으로 삐죽 튀어나와 있고, 처마 아래로 포도 시렁 이 있으니 그게 표시가 될 거야. 그리고 집은 사방 담장이 모래와 돌을 섞어 쌓았어."

대경이 듣고는 놀라지 않을 수 없었다.

"당신 방은 내가 알았으니 담장 안으로만 들어간다면 전혀 문제될 게 없 겠으나, 내가 처마 위를 날고 벽을 뚫고 갈 수도 없는 노릇이니 어떻게 해야 담장을 뛰어넘어 갈 수 있담? 맹랑하네. 맹랑해!"

그러자 취저는 웃으며 일러준다.

"호호, 걱정 말아! 동편 담장 모서리에 작은 문이 하나 있거든. 집안 식구 들이 다 잠들고 나면 몰래 그곳 문고리를 열어놓을 테니, 슬쩍 밀어제치고 조용히 들어오면 문제가 없을 거야."

15

대경은 고개를 끄덕이더니 황급히 일어났다.

"닭이 이미 울기 시작했군. 난 이모댁 사랑채로 돌아갈 테야."

그러면서 재삼 간곡히 당부하였다.

"당신이 시댁으로부터 돌아오라는 기별을 받게 될 날이 아침일지 내일일지 전혀 예측할 수가 없기에, 이 밤에 이렇듯 화급하게 이야기하는 거야. 일이 틀어진 뒤에 발을 동동 구르는 일이 없게 하려고 그런 것이니, 당신은 모름지기 정신을 똑바로 차렸다가 사흘째 되는 날을 기억해둬!"

계항패사씨는 말한다.

'취저의 계획은 탁문군의 지혜에 불과하여 애초 건아를 죽이려는 뜻은 없었다. 그런데 이 교활하고 무뢰하여 죽여도 시원찮을 장대경의 말만 믿고 근심만 하던 취저가 흉악하게 마음을 바꿔 먹고 아무렇지도 않은 듯 잠깐 사이에 남편 건아를 저버리고 말았으니, 차마 이럴 수가! 취저가 인면수심인 걸 모르는 사람은 없지만, 아 차마 이럴 수 있단 말인가!'

각설. 손동이 취저를 친정으로 보내고 난 후 대략 한 달 남짓 지나자 가마꾼을 보내 취저를 돌아오라고 재촉하였다. 취저는 그날로 출발하여 시댁으로 와서 자기 방에 거처하였다. 건아는 과연 연 이틀을 그 방에 들어와 묵었다. 그 다음날은 건아가 집에서 기르는 큰 닭으로 이웃집 닭과 싸움을 붙였다. 이웃사람 왕삼(王三)이 애걸복걸하였다.

"귀댁의 닭은 긴 목과 뾰족한 부리를 가졌으나 저의 닭은 껍질을 까고 나온 지 얼마 되지 않았으니, 굽어살펴 우리 닭 좀 봐줘요."

그러나 건아는 이 소리를 듣고도 오히려 화가 잔뜩 나서 두 뺨이 붉으락푸르락하였다.

"내가 너한테 피해를 입힌 적도 없고, 이것은 한때의 장난거리일 뿐인데 어찌 그리 간섭을 하는가? 게다가 네 닭이 내 닭에게 쪼여 죽더라도 그것은 내 탓이 아니라 닭 탓이지. 한 번 내 주먹맛을 보거라."

268

그러더니 왕삼의 단단하고 두툼한 어깨를 움켜쥐고 세 번을 내리쳤다.[한바탕 제멋대로 하는 말과 포악한 행동이 정말 부잣집의 교만한 자식임을 알게 하는구나.] 얻어터진 왕삼은 심지 없는 불꽃이 저 속에서 치밀어 올라 참을 수 없는 지경이었으나, 세상이 원통할밖에! 지위가 같지 않으니, 사리가 맞아도 지위가 낮음은 예로부터 통탄할 일이로다. 왕삼은 속으로 부아가 치밀었으나 감히 아무 말도 못하고, 건아는 그를 때리고도 흥이 올라 닭싸움은 중지하였으나 노기 등등한 채 집으로 돌아갔다. 그리고 취저의 방으로 들어가 눕더니 다짜고짜 취저에게,

"피곤하네, 피곤해!"

하는 것이었다. 그러나 취저는 조금도 돌아보지도 않고 싸늘하게 묻는다.

"무엇이 그리 피곤해요?"

건아가 닭싸움한 상황을 일장 늘어놓자, 취저는 거침없이 방문을 열어젖히고 나가면서 투덜댔다.

"광기를 부려놓고 도리어 피곤하다고 하니, 누가 눈도 꿈쩍할까 봐서!"[이 날이 바로 돌아온 지 사흘째 되는 날이다.]

다음날 새벽, 취저는 자기 방에서 목놓아 울면서 나왔다.[다 생략한다.] 집안 식구들이 깜짝 놀라 일어나서 왜 그러느냐고 물었다. 취저는 말을 하려 했으나 숨이 막히고 두 눈에서 눈물만 뿌려대며[이런 거짓 눈물은 어디서 흘러나와 이 못된 여자를 살려내나.]

"방안에 들어가서 광경을 보시면……"[생략]

이 말에 손동 부부는 다급하게,

16

방문을 열어보니, 건아가 입은 벌리고 눈을 똑바로 뜬 채로 반듯이 누워

있는데, 불러도 대답이 없고 만져봐도 반응이 없었다. 몸을 더듬어보니 차갑기가 철과 같고 콧구멍을 살펴봐도 이미 숨이 멎은 상태였다. 아, 죽었구나! 죽었는가 살았는가? 죽지 않았다면 어째서 이렇단 말이냐? 손동 부부는 몇 번을 기절했다가 다시 깨어나 가슴을 치며 통곡하였다.

"하늘이 나를 죽이는구나. 우리 애가 이렇게 가다니!"

오열하며 데굴데굴 구르니 그 참담한 정경이야 정말 지나가는 행인도 눈물을 뿌릴 만하였다. 취저도 그 옆에 있으면서 얼굴을 가리고 우는 척하다가 갑자기 소리를 내었다.

"아버님 어머님! 좀 진정하시고 남편이 이렇게 갑자기 죽은 사정을 찾아봐야지요."

손동은 울먹이며 물었다.

"한밤중에 갑자기 죽은 사람이, 바람을 맞아 죽었는지, 마귀에 씌어 죽었는지, 무슨 방도로 안단 말이냐?"

취저는 울면서 말하였다.

"아버님, 저기 가슴 아래를 보세요."

손동이 건아의 앞가슴을 열어보니 한 줄로 참혹하게 검어진 부분이 있었다. 누군가가 정신없이 때린 게 분명했다. 손동은 슬픈 중에도 정말이지 이상하다는 생각에 소리를 삼키었다.

"네가 누구와 원수진 일이 있기에 이렇듯 모질 게 당했단 말이냐?"

취저는 계속 통곡을 하였다.

"이는 분명 이웃사람 왕삼의 짓이옵니다. 어제 투계장에서 서로 다투었다고 하더니만…… 필시 독한 주먹세례를……"[생략]

손동도 통곡을 하였다.

"내 어제 아들이 왕삼과 다퉜다는 소식은 대충 들었다만, 그놈한테 얼마나 혹독하게 맞았으면 이처럼 갑작스레 죽게 되었냐 말이다?"

이렇게 몇 시간을 통곡하며 애기 나누기를 반복하다가 취저는 애써 시아버지에게 요청하였다.

"이는 필시 왕삼의 포악스런 주먹에 운명한 게 분명하니, 이 사실을 관아에 고하여 이놈이 목숨으로 보상케 해야 하옵니다."

손동은 한참을 떠나갈 듯 통곡하다가 이내 목이 메는 소리로,

"네 말대로 해야겠다!"

하며, 고소장을 만들어 곧장 관아의 뜰로 달려갔다. 그 고소장의 내용은 이렇다.

저의 아들 건아가 아직까지 남에게 사소한 원한을 산 일이 없었으나, 어제 우연히 장난삼아 집에서 기르던 닭을 가지고 이웃 왕삼의 닭과 싸움을 붙였다가 왕삼이 거절하며 듣지 않았답니다. 저의 아이와 욕을 하며 다투게 되었는데, 아 저 왕삼이 흉측한 일을 저질러 그날 밤으로 갑자기 아들이 숨지게 되었사옵니다. 그 완악하고 표독한 짓은 차마 입으로 얘기하지 못하겠고, 그 참혹한 정경은 차마 눈으로 보지 못할 지경이옵니다. 바라건대 이 흉측한 놈을 잡아다가 나라의 법도를 바로잡아주실 것을 하늘을 우러러 간절히 축원하옵니다.

청천자는 말한다.

'장대경이 저지른 범행에 왕삼이 걸려들었도다. 취저가 화를 남에게 전가한 이 계책은 그야말로 교활하기 이를 데 없구나.'

손동은 고소장을 즉시 하인에게 시켜 관아에 보낸 후 붓을 던지고 혼절했다가 깨어나서는 통곡만 할 뿐이었다.

  각설. 홍주군수는 최정신(崔鼎臣)으로, 부임한 지 2년인데 군내 관리에 힘을 쏟아 일로(一路)의 백성들이 복성(福星)이 나타났다고 좋아하였다. 이날 고소장을 접한 군수는 손동의 집 하인을 불러들여 사정을 두 번에 걸쳐 물은 후 골똘히 생각하였다.

  "이상하구나! 구타로 죽었다는 것은 내 듣고 본 적 있으나, 남에게 구타를 당하면서도 절규 한 번 못하고 갑자기 한밤 사이에 죽었다는 게 세상에 있을 수 있는 일인가? 이는 내 귀와 눈으로도 보고 들은 적 없을 뿐만 아니라, 『무원록(無寃錄)』 중에도 기재된 바가 없다. 하지만 형률에 살인만큼 무거운 게 없으니 애초 옥안을 작성할 때 우선 검시부터 해야 하는 법, 내 검시를 해보고 결정을 하겠노라."

  그날로 옥쇄장과 사령, 서기 등을 대동하고 나귀에 걸터앉아[어진 관리의 행색이라.] 벽파촌 시신이 있는 곳을 찾아갔다. 시신을 밝은 곳으로 옮겨 검안을 하는데, 군수가 자세히 훑어보니, 흉격 정면에 과연 한 줄로 검게 물든 부분이 있고 두 손과 발엔 새끼줄로 단단히 묶인 흔적이 있었다. 군수는 한층 의구심이 들었다.

  "이상하다! 별안간 죽었다고 하는데 어째서 묶고 때린 흔적이 있으며, 맞아 죽었다면 어째서 소리 없이 죽었단 말인가? 알 수가 없는 일이구나!"

  그래서 당장 왕삼을 결박해 오도록 하여 꾸짖기 시작했다.

  "넌 어째서 건아를 그렇게 포악하게 때려 죽였느냐?"

  왕삼은 땅에 엎드려 고하였다.

  "소인이 건아에게 징그럽게 맞아본 적은 있어도 여태껏 추호도 건아를 다치게 한 적은 없사옵니다."

  말하는 중에도 억울함이 탱천하였으며, 주변의 이웃들에게 두루 물어보아도 모두,

"건아가 왕삼을 때린 것은 보았어도 왕삼이 건아를 때린 것은 보지 못했다."

하는 것이었다. 군수는 속으로, '일로 봐도 사람 됨됨이로 보아도 왕삼이 했다고 보기에는 아무래도 이상하다!'는 판단이 들었다. 한참을 골똘히 생각하고 있는데, 이때 손동 부부가 취저와 함께 옆에서 통곡을 하면서 왕삼이 둘러댄다고 욕을 마구 해대며 군수께 분명한 단죄를 해줄 것을 요청하였다. 그런데 군수는 취저의 얼굴에 눈길이 고정되면서 의아한 마음이 들었다.

'죽은 자의 아내로서 어떻게 저렇게 과장되게 통곡을 하며, 실상 괴로워하는 기색이라고는 찾아볼 수 없단 말인가?'

그러면서 순간 이런 생각도 들었다.

'저 여자의 자색이 저러하고 나이도 너무 젊으니 간통하는 사내가 있을 법도 하구나. 남편을 죽이자고 공모해놓고 투계의 소소한 일로 기화를 삼아 공연히 남에게 죄를 뒤집어씌우는 것일까?'

이런저런 생각 중에

'맞아, 분명 그럴거야'

라고 속으로 판단하고, 왕삼을 옥에 가둔 뒤 시신을 다시 두고 여관에서 묵기로 하였다.

18

막 밤이 깊어져 사방이 고요해지자, 군수는 심부름하는 사령을 불러 벽파촌을 뒤져 취저가 음탕한 짓을 했는지 여부를 자세하게 탐지하여 오라고 하면서 이런 분부를 내렸다.

"네가 조사할 땐 절대 이번 사건과 관련되었다는 표시를 하지 말고 그냥 지나가는 얘기로 그 진위를 조사해 오거라."

사령은 한소리로 응명하고 마을로 들어갔다. 이르는 곳마다 시시콜콜한 얘기부터 꺼내더니 문득 길게 한숨을 내쉬며 말했다.

"휴우! 오늘 사또를 뫼시고 왔다가 생각지도 않는 한 미인을 만났는데, 내 마음이 아주 혼란스럽소."

그리고는 이웃사람들에게 물었다.

"당신이 중매를 서면 내 후히 값을 치르리다."

이웃사람들은 그 소리를 듣고 머리를 절레절레 흔들었다.

"안될 일이오, 안돼!"

"그녀가 그리 정절을 지킨단 말이오?"

"정절에 대해서는 확신할 수 없지만 손씨 집으로 시집간 후로는 음탕한 짓을 하지 않을뿐더러, 그 집 시부모가 금이야 옥이야 아꼈지요. 지금 비록 청상과부 신세가 되었으나 갑자기 훼절하지는 않을 게요."

사령은 이 말을 듣고 낙심한 척하며 급히 돌아와 군수에게 보고하였다. 군수는 양미간을 한 번 찡그리고는 한참을 묵묵히 있다가 다시 한 가지 방법을 생각해내었다.[지혜로운 사람은 궁하지 않는 법.] 다음날 어제처럼 왕삼을 심문하다가 물러가라 하고는 대략 황혼 무렵이 되자 다시 그 사령을 불러들여 이렇게 저렇게 하라고 일렀다. 이 사령이 군수가 내려준 방법대로 수제촌으로 날려가 철야보 이곳저곳을 탐문하여 진상을 파악하고 돌아와 보고하였다. 군수는 연신 급하게 결과를 물었다.

"사또 나으리의 신명은 진실로 남들이 예측할 수 없는 정도이옵니다. 과연 송씨 딸이 시집가지 않았을 적에 그 마을 석 과부 집에 기숙하고 있던 장대경이란 총각과 아침저녁을 가리지 않고 구멍으로 내통하였다 하옵니다. 그녀가 출가하게 되자 그는 항상 이것을 한스러워하다가 금번 봄 친정에 왔을 때도 밤이면 밤마다 간통을 하였다 했습니다. 그래서 소인이 즉시 석 과부의 집으로 가서 잠깐 쉬어 가려 한다고 했더니, 과연 한 총각이 나와서 그러라며 영접하였사옵니다. 통성명을 하고 자리를 잡고 앉아 이 얘기 저 얘기하였습죠. 그러다가 소인이 관상쟁이라 자칭하고 미간에 흉기가 있어서 비명횡사가 멀지 않았다고 했더니, 이 총각이 손발을 떨면서 그 액운을 넘길 수 있는 방법을 물어왔습니다. 소인은 사또 나으리의 분부대로 산에 올라가 신에게 기도를 드리라고 하였습죠. 그때 정해준 산은 이 마을 뒷산인 기각산(綺角山)이며, 기도 드릴 시간은 내일 밤 자정으로 일러두었나이다."

19

군수는 다 듣고 나서,

"과연 내 짐작에서 벗어나지 않았구나!"

라고 하였다. 그날 밤이 깊어 마을사람들 모두 잠들자 사방이 고요하였다. 군수는 즉시 치포건(緇布巾)[9]과 긴소매 옷으로 차려입고 사령을 불러 깨워 곧장 수제촌으로 향했다.

재설. 장대경은 흉측한 짓을 저지른 후 마음이 항상 전전긍긍 불안하던 중이었는데, 어느 날 관상쟁이를 만나 액운을 벗어날 방법을 전해들은 것이다. 그래서 다음날 밤 자정이 되자 기각산 정상에 올라가 땅에 엎드려 머리를 조아리며 기도를 올렸다.

'죄가 없음을 스스로 밝히오니, 바라건대 산신께서는 가엽게 여기사 구원의 손길을 내려주소서.'

시간도 대략 그 즈음이었다.[내 세상의 못된 사람들을 보건대, 대체로 본성 자체가 어리석다.] 그때 갑자기 숲속에서 한 헌걸찬 사람이 바람처럼 나타나서는 대경의 이름을 불렀다.

---

9) 치포건(緇布巾): 검은 색의 베로 만든 두건으로, 옛날 유생들이 평상시에 착용하던 것이다.

"장대경, 장대경, 장대경!"

장대경이란 이름을 세 번 들은 후, 대경이 머리를 들어 바라보며 산신령이 오셨구나 생각하고 사시나무 떨듯 떨었다.

"죽을죄를 졌사옵니다. 죽을 죄를……"

연거푸 소리치며 머리를 땅에 박은 채 애걸하였다. 이 산신은 다시 장대경의 이름을 불렀다.

"장대경, 장대경아! 내 일찌감치 너의 죄를 알고 있으나 너의 진심이 어떠한지를 보려 하니 너는 속히 죄를 저지른 경위를 낱낱이 고하거라. 만약 그것이 참말이라면 너의 죄가 크더라도 내 너를 용서해줄 것이나, 거짓일 땐 너의 죄가 작더라도 너를 죽일 것이니라."

대경은 선 채로 벌벌 떨며 마침내 간통한 전후의 경위를 하나하나 아뢰고 다시 흉측한 일을 모의하여 저지르게 된 전말을 모두 다 진술하였다. 산신은 그를 꾸짖었다.

"너는 당초에 칼로 찔러 죽이려 해놓고 뒤에 왜 계획을 변경했더냐?"

"처음엔 칼로 단숨에 결단을 내리려고 마음먹었으나 다시 생각하니 이는 아무래도 안되겠다 싶었사옵니다. 건아가 취저와 한방에서 자는데, 만약 그를 작살을 내면 피가 방에 흥건하게 되지 않겠습니까. 그러면 다들 취저를 지목할 테고, 모든 눈이 취서를 의심하시 않겠습니까? 이 때문에 한밤 시퍼런 칼을 쓰는 것은 문제가 있다고 판단하여 취저와 다시 상의해서 건아가 깊이 잠든 틈을 타 돼지털 한뭉치를 그 뱃속으로 집어넣어 하룻밤 사이에 가뿐하게 목숨을 빼앗았던 것이옵니다."

산신령은 다시 캐묻는다.[이번이 두번째 묻는 것이다.]

"손목에 새끼줄로 묶은 흔적은 어찌된 것이냐?"

"손목의 새끼줄 흔적은 돼지털로 사람을 죽이는 게 아무래도 허무맹랑하다는 생각이 들어 그의 숨을 먼저 끊은 후에 새끼줄로 다시 손발을 꽁꽁 묶어 솜으로 그의 입을 한참 틀어막았사옵니다."[어리석고도 무지막지하구나.]

산신은 다시 캐묻는다.[이번이 세번째 묻는 것이다.]

"그렇다면 가슴에 검게 된 부분은 무엇인가?"

"어떤 방법으로 죽이든간에 죽은 사람이 취저의 방에 있으면 사람들이 취저를 의심할 것은 십중팔구 아니겠습니까. 그래서 건아가 바야흐로 왕삼과 다툰 이야기를 듣고 이를 기화로 삼아, 칼자루로 가슴을 한 번 때려 손가 내외가 모두 건아가 죽은 게 전왕삼(田王三)에게 맞아 죽은 것으로 이해토록 하려고 그런 것이옵니다."

20

〈결〉

제7화

꾀쟁이 하인 어복손의 신출귀몰

꾀쟁이 하인 어복손의 신출귀몰

어리석은 생원이 식구들을 몰아 용궁에 매장시키고,
사악한 종은 다락에서 잠들었다가 악몽에 놀라 깨다

1

계항패사는 말한다.

'우주가 광대하고 변하지 않는 게 없도다. 어리석은 자가 예로부터 한량이 있겠는가마는, 전가족을 몰아 용궁으로 들어간 저 오영환(吳永煥)이야말로 고금에 가장 어리석고 몽매한 사람일 것이다. 또한 교활한 자가 예로부터 한량이 있겠는가만, 저 어복손(魚福孫)이 못된 마음을 드러내 주인을 농락한 것은 고금에도 대적할 데 없는 기이한 참극이 아닐 수 없도다. 슬프다! 그렇긴 하지만 어찌 어복손이 교활해서인가? 오영환이 멍청한 것이지. 지난해 약성(藥城)[충주의 옛이름.] 고강촌(古江村)에 다니러 갔다가, 그 마을사람들이 이따금 들려주는 어복손에 관한 이야기에 나는 채 반도 듣지 않아 절로 머리털이 쭈뼛쭈뼛 섰다.'

화설. 개국 464, 5년경[즉 철종조 말.] 충주 감물면(甘勿面) 고강촌에 한 선비가 살고 있었으니 오영환이란 자였다. 이 오영환의 집안은 원래부터 부자였으나 중간에 파산을 하였다. 그러나 아직도 문앞으론 쌀 몇 섬지기 기름진 논이 있었고 집 뒤로는 수천 그루 송림(松林)이 있었다. 조석으로 항상 쓰는 금은으로 만든 그릇이 몇십 벌은 되었으며, 여름과 겨울에 늘 입는 비단옷 역시 수십 벌이었다. 거기다가 조상 때부터 내려오는 가옥이며 집기는 정교하고 아름다워 그대로 관리만 잘해도 일생동안 쓰기에는 충분할 정도였다. 그런데 저 오영환이 주색을 탐하거나 사치가 심하다거나 하여 집안을 거덜낼 위인은 아니었다. 다만 이 오영환이 너무도 어리석은 인간이었으며, 그의 자식들까지도 멍청하였다. 그랬으니 집안의 일이 모두 교활한 종놈의 손아귀에서 놀아났다가 결국엔 거덜날 수밖에 없었던 것이다. 이웃의 친구도 오영환을 보면 얘기를 해주고 근처 친척들도 오영환을 걱정해주었는데도 이 오영환은 그럴 때마다 한다는 말이,

"대대로 내려온 하인들이 우리 집의 수족일세."

라고 하며, 교활한 하인을 자식이나 조카처럼 아끼며 끝내 의심하지 않았다.

청천자는 말한다.

'노비를 두는 것은 우리나라의 악습이기에 진정 법을 세워 금지해야 한다. 지금 오씨 집안의 일을 보면 더욱 오싹해진다.'

이 교활한 하인 놈의 성명은 과연 어떤가? 성은 어(魚)요 이름은 복손(福孫)이라 한다. 이 어복손은 나이 겨우 스물에 천성이 사특하고 교활하기는 따라올 자가 없었다. 곡닥스럽게 지내는 데 만족하지 않고 같은 하인들을 만나면 신세 한탄을 쉴새없이 늘어놓으며 항상 이렇게 말하였다.

"대체 나란 놈은 뭣이길래 위로는 공경대부나 부귀한 집안에서 태어나지도, 아래로는 향촌의 사족의 집안에서 태어나지도 못하고 남의 집 노비로 하

찮게 태어났단 말인가? 이내 한은 산보다 높고 바다보다 깊도다!"

　그리고 주인 오영환을 대할 때마다 땅에 엎드려서는,

　"나으리께서 저를 속량(贖良)해주시면 소인이 결초보은하겠나이다."

라고 애걸하곤 하였다. 그러던 어느 날, 오영환은 이 얘기를 다 듣고 나서는 화가 잔뜩 나서 어복손을 결박하여 엎어놓고 연신 20대를 내리쳤다.[개인 집에서 형벌을 집행하는 게 옳은가.] 복손은 매맞은 허벅지를 어루만지며 속으로 한을 품었다. 이때부터 주인의 의중을 잘 떠받들어 오히려 오영환의 절대적 신임을 받게 되었다.

　　　2

　어복손은 원래 흉악하고 사특하여 갖은 방법으로 남을 교묘하게 속여 사슴을 가리켜 말이라고 하며 흰 것을 검은 것이라 하였다. 마을사람들은 암암리에 혀를 내두르면서,

　"필시 오영환 집은 통째로 저 종놈의 수중에서 결딴나고 말겠구먼."

하며 쑤군댔으나, 오영환만은 멍하니 알아채지 못하고 '우리 집의 충직한 하인인걸!' '우리 집안의 업을 짊어졌는데 뭘!' 하고 말할 정도였다. 다른 사람들의 충고는 듣지 않고 그저 어복손만을 아끼고 믿었다. 그러자 복손은 주인의 재산을 마치 진기한 보물인 양 여기며 오영환의 눈과 귀를 속이는 일이 다반사였고, 오씨 집안을 두고 키질하듯 우롱하기를 바람에 휩쓸리는 표주박처럼 하였다. 그런데도 오영환은 그저 멍하니 달콤한 잠에 푹 빠져 있을 뿐이었으니, 복손은 한층 더 제멋대로 수완을 부리다 마침내 주인 오영환을 팔다리 안에서 가지고 놀게 되었다.

　차설. 오영환은 이른 나이에 향시(鄕試)에 합격하고 회시(會試)에도 응시하여 진사 장원을 차지하였다. 이때부터 서울에서 벼슬살이를 하게 되었는

데, 오고갈 때 마부라곤 이 어복손뿐이었다. 어복손의 마음속에는 진작에 육조(六曹)를 배치해놓고도,[1] 말할 때에는 콩과 보리도 구별하지 못하는 것같이 하였다. 그러자 어리석은 오진사(吳進士)는 자신의 멍청함은 생각지 못하고 도리어 이놈의 어리석음을 안타까워할 정도였다.

하루는 시골집에서 서울로 올라가려던 참이었다. 말 한 필에 채찍 하나로 어복손이 앞에서 말을 끌고 도성으로 들어가 종로에 도착하였다. 오영환은 전에 머물렀던 여관을 찾으려다가 갑자기 고개를 돌려 한 가지 생각을 떠올렸다.

'이 근처에 한 친구의 집이 있는데도 지나가면서 들러보지 않을 수 없지. 여관을 정하고 나서는 가서 볼 수 없을 테니 말이야.'

말을 세워둔 채로 한참을 머뭇거리다가 어복손을 부른다.

"복손아! 말을 세우거라."

복손이 그 영에 따라,

"알았사옵니다!"

라고 하였다. 오진사는 말에서 내려 복손을 돌아보며,

"복손아, 너는 여기에 있거라. 내 잠시 아무개 나으리 집에 가서 두어 마디 안부만 묻고 곧장 돌아올 테니 넌 여기 있거라. 허나 이 세상이 어떤 세상이더냐? 눈감고 있으면 코를 베어 가는 세상이 아니더냐. 그러니 조심하여라! 시에도 '전전긍긍 깊은 못에 다다른 듯, 얇은 얼음을 밟는 듯 하라'[2]고 하였느니라.[마부가 어찌 이런 경을 읽었으랴! 어리석은 인간이 문자 쓰기를 좋아하니 가소롭구나.] 오진사가 이렇듯 복손에게 신신당부를 하고 친구 집

---

1) 육조(六曹)를 배치해놓고도: 육조는 주지하듯이 이조·호조·예조·병조·형조·공조로, 조정의 주요 부서를 말한다. 어복손은 조정의 모든 일을 처리할 능력을 갖고 있었다는 말이다.

2) '전전긍긍 (…) 듯 하라': 『시경』 소아(小雅) '소민(小旻)'편의 마지막 구절이다. 어지러운 세상을 살아가는 지혜를 표현한 말이다.

을 방문했다. 그는 차 한 잔 마시지도, 담배 한 개비도 태우지 않고 다만, 편안한지 안부만 묻고 달리듯 나와 있던 곳으로 돌아왔다. 그런데 말도 보이지 않고 사람도 보이지 않는 것이었다. 오진사는 벌컥 놀라 소리를 질렀다.

"복손아!"

그러자 복손이 어딘가에서

"예!"

하고 대답하는 것이었다. 오진사가 사방을 두리번거리며 한참을 찾아보니, 복손은 누구집 담벼락 아래에서 손엔 빈 고삐만을 잡은 채 얼굴을 묻고 땅에 엎어져 일어나질 못하고 있었다. 오진사는 지팡이로 등을 때리며 큰소리로 꾸짖었다.

"이 멍청한 놈아, 일어서거라. 뭔 일로 여기에 엎어져 있으며 말은 또 어디 있느냐?"

복손은 화들짝 놀란 표정으로 일어나서 한다는 말이 이랬다.

"어? 말이 어디로 갔지, 말이 어디로? 조금 전에 나으리께서 '이 세상이 어떤 세상이냐? 눈감고 있으면 코 베어 가는 세상이라'고 하시기에 소인은 전전긍긍하며 서 있었습죠. 헌데 갑자기 어떤 사람이 앞을 지나가는데 두 눈은 멀쩡하게 남아 있었으나, 코는 남이 베어 갔는지 남아 있지 않더이다.[이는 필시 매독에 걸린 자일 터.] 마치 벌레가 갉아먹고 쥐가 뜯어먹은 것처럼 기괴하여 웃음이 절로 나오데요. 그 사람을 보자면 두 눈 멀쩡히 뜬다고 남에게 코 베이지 않을 거라 장담할 수 있겠습니까? 그래서 저도 모르게 놀라서 코를 붙잡고 고삐를 잡은 채 땅에 엎어져 있었사옵니다. 이제 보니 코는 다행히 멀쩡하오나 어떤 도적놈이 그랬는지 고삐를 자르고 말을 훔쳐가버렸으니. 이를 어찌하옵니까?"

오진사는 이 말을 듣고 벌컥 울화가 치밀었으나 한편 생각해보면 이놈을 꾸짖기도 용서해주기도 어려운 일이라, 한숨 한 번 내쉬고,

"이런 멍청한 놈 같으니라구."

라고만 할 뿐이었다.[누가 멍청한 자인지.]

3

저놈이 과연 교활한 게, 자기를 멍청하다고 나무라는 오진사의 말을 들으면 속으로는 몹시 기뻐하고, 교활하다는 오진사의 말에는 속으로 몹시 언짢아하는 자이니 말이다. 지금 이미 어리석다는 말을 핑계 삼아 말 한 필을 몰래 팔아치워버린 후에 오진사의 입에서 '멍청이'라는 한마디를 기대하고 있는데, 이 오진사는 아직도 구름을 헤치고 산을 볼 줄 모르고 저 교활한 놈을 어리석은 하인이라고만 여기고 놈을 어리석은 종놈이라고 부르니, 이놈이 한껏 더 꾀를 부리지 않겠는가?

어느 날 한여름 찜통 더위로 숨쉬는 데도 사람이 헉헉거리며 땀이 비오듯 하여 부채도 소용이 없던 때였다. 답답함을 견디기 어려워 식사도 할 수 없을 지경이었다. 오진사는 밥맛이 통 없어 아침을 걸렀더니 뱃속이 꼬르륵거렸다. 어복손을 불러 동전 몇 개를 땅에 던져주었다.

"너 요 앞 점방에 가서 냉면 한 그릇을 사오너라. 고기와 밥 조금에 얼음 한 조각을 넣어 내가 먹을 수 있게 해 와야 한다. 속히 다녀오거라."

복손은 '예' 하고 서둘러 문을 나섰는데, 몇 시간이 지나도록 종적이 묘연한 게 아닌가. 오진사는 배가 너무 고픈 나머지 화가 치밀어 수시로 하늘만 쳐다보며,

"이 멍청한 놈을 어디에 쓴단 말인가? 어디에……"

하는 소리가 입에서 끊이질 않았다. 손에 큰 막대기 하나를 들고 노기가 등등한 채로 앉아 어복손이 오면 사정없이 두들겨팰 참이었다. 한참 뒤 문밖에서 느릿느릿 신발을 끄는 소리가 들리자 어복손이 온 것인 줄 알고 오진사는 발끈 일어서며 버럭 고함을 질렀다.

"이 멍청한 놈아![복손이 이 말을 들으면 필시 엄청 기뻐할 터.] 네가 지금 서역(西域) 나라에 갔다 오냐, 염라국에 갔다 오냐? 왼편 점방도 지척이고 오른편 점방도 지척이거늘 좌우로 지척에 있는 곳에 가서 냉면 한 그릇을 사오는데 해가 동편에 오를 때 나간 놈이 석양이 서편으로 기울 때가 되어서야 돌아오니, 너는 도대체 어디를 갔다 온 게야, 어디를? 이 멍청한 놈아, 만일 병이 나 너에게 약을 사러 보냈다간 사람을 죽일 게 뻔하구나."

복손은 오진사가 화내며 꾸짖는 소리를 듣고 문밖에서부터 땅에 바짝 움츠린 채 두 눈을 냉면 그릇에 바짝 고정시키고 오른손을 냉면 그릇 안으로 집어넣고 손가락으로 술술 휘젓는 게 아닌가. 오진사는 더는 화를 참지 못하였다.

"아니 이 멍청한 놈아! 네 그 더러운 손으로 한 그릇 냉면을 다 휘저어 버렸으니, 그 냉면을 누구더러 먹으란 말이냐?"[복손은 이때 바로 '그럼 소인이 먹어야지요'라고 말하지 않는지.]

그러자 복손은 천천히 대답하였다.

"소인이 몸둘 바를 모르겠나이다. 소인이 냉면을 사오다가 기침을 하여 한 줄기 콧물이 그만 잘못하여 이 그릇 속으로 떨어지고 말았습죠. 그 콧물을 아무리 뒤져도 찾을 수가 없지 뭡니까? 이 더러운 콧물을 찾지도 못하고, 찾아 꺼내려 해도 손으로 더듬어 끄집어낼 수도 없었사옵니다. 그래 소인이 한동안 길을 왔다갔다하며 혼자 고민하다가 지금에야 겨우 가지고 온 것이옵니다."

오진사는 말을 다 듣고 나서는 작대기를 짚고 벌떡 일어났다.

"이 멍청한 놈아! 나를 몇 시간째 굶기고 냉면은 더럽혀서 먹지도 못하게 했으니, 죽여도 분이 안 풀릴 것이다. 빨리 내 매나 받아라."

벌로 한바탕 흠씬 두들기려다가 한편으로 생각하니 안쓰러워 보였다. 저 멍청한 놈을 족쳐 뭐 하겠느냐는 생각이 들었다. 그래 갑자기 작대기를 내던지며,

"이놈아, 그 냉면은 너나 처먹어라."
라고 할 뿐이었다.

        4

　차설. 오진사가 묵고 있던 여관과 담장을 사이에 두고 집이 한 채 있었다. 그곳은 바로 삼패(三牌)[3] 창기의 집으로, 일지홍(一枝紅)이란 이가 살고 있었다. 원래 삼패는 '나무좀[蝎虫]'이라 부르니 그들의 행실을 알 만하다. 여자로서 이 일지홍은 남의 비위를 맞추느라 갖은 아양을 떠는 존재요, 돈이라면 굶주린 호랑이 격이었다. 집안 형편이 좀 나은 충주의 오진사가 담장 너머 아무 여관에 왕래한다는 얘기가 들렸다. 이 반가운 소식이 한 번 그녀의 귓전을 스친 후 그녀는 입으로는 질질 침을 흘렸고, 눈으로는 빠질 듯 쳐다보면서 기운이 백 길 천 길로 용솟음치기 시작하였다. 이내 양쪽 겨드랑이에서 날개가 돋아나서 저 한 길 담장을 날아 넘어가고 싶어 안달할 뿐이었다.

　'오진사를 한 번 만나기만 하면 그때부터는 오진사의 돈은 모두 내 돈이요, 오진사의 재산은 바로 내 재산이 되련만, 어떤 방편과 도리로[도리 두 글자가 더럽혀지는구나.] 오진사를 한 번 만날 수 있을까?'

　그러나 이런 속마음을 남에게 털어놓을 수는 없는 일, 그저 누구든 자기 집에 방문하기만 하면 인사만 나눈 후 대뜸 묻는 말이,

　"오진사를 아세요?"

---

3) 삼패(三牌): 기생의 한 부류이다. 조선말기에 오면 기생이 일패(一牌)·이패(二牌)·삼패(三牌)로 분화되었는데, 일패는 관기(官妓)의 총칭이기도 하면서 주로 예능 기생을 말한다. 유명한 평양기생학교 등이 이런 일패를 양성하는 기관이었다. 그리고 이패는 밀매음(密賣淫)하는 부류를 가리켰으며, 삼패는 이른바 '공창(公娼)'에 해당한다.

였다. 이렇게 며칠이 지나 웬 바람이 한 손님을 불어 보냈더라. 이 손님이란 누구인고? 성과 이름은 따지지 말고 이 손님의 행동을 먼저 이야기해보리라. 이 자는 바로 오진사의 막역한[막역 막역이라! 만약 이와 같이 막역한 이가 둘만 있어도 큰일이 벌어질걸.] 벗으로, 일지홍과는 진작부터 알고 지낸 손님이었다. 낮에는 오진사를 찾아 시를 짓고 술을 마시는 게 이청련(李靑蓮)이요, 밤이면 일지홍을 찾아 운우의 정을 즐기니 초양왕(楚襄王)이로다.[4] 이 일지홍이 이 손님을 맞이하여 술 한잔을 올린 후 오진사가 누구냐라는 말부터 꺼낸다. 손님은 빙그레 웃으며[뜻을 두고 웃는 것이요 뜻없이 웃은 것이 아니다.] 묻는다.

"넌 오진사를 어디에 이용하려고?"

"제가 이용하고 안 하고는 묻지 마시고 먼저 그를 아는지 모르는지부터 얘기해봐요."

"너의 의도를 모르고는 나도 입을 막고 혀를 놀리지 않을 테야."

"필시 제가 물을 때부터 당신은 아셨으면서. 당신이 내 집에 왕래한 지가 십여 년인데, 그걸 내가 눈치 못 챘을까봐서! 말해줄 뜻이 없어 보이는데 내 무엇 하러 힘들게 입을 열어 어디에 쓰겠다, 어디다 쓰겠다 얘기하겠어요?"

그러자 이 손님은 껄껄 웃었다.

"허허허, 눈치 챘구나! 너 말해보거라. 지금 세상에 돈이 있거나 곡식이 있거나, 세력이 있거나 명예가 있거나 재량이 있다는 일반사람들이야 내가 못 알아보는 사람이 있었더냐? 너와 내가 서로 알고 지낸 지 십여 년에 너는 아직도 내가 두루두루 얼굴을 알고 발이 넓다는 걸 모르고 있었단 말이냐? 너는 뭐 하러 번거롭게 입을 열어 그를 아는지 모르는지를 묻느냐 말이다."

---

4) 시를 짓고 (…) 초양왕(楚襄王)이로다: 이청련은 이백(李白)으로, 대표적인 시인을 거론한 것이며, 초양왕은 이른바 '운우지정(雲雨之情)'의 고사에 나오는 인물로, 그는 고당(高唐)이란 곳에서 무산(巫山)의 신녀를 만나 낮에는 구름으로 저녁에는 비가 되어 사랑을 나누었다고 한다.

5

일지홍은 감미롭고 색이 붉은 소주 한잔을 이 손님에게 권하여 마시게 하다가 고개를 살짝 숙이고 두 눈을 지그시 감더니 붉은 입술을 갑자기 열어 교태로운 웃음을 흘린다.

"나으리, 오진사를 한 번 만나게 해줘요……"

그러나 이 손님은 서두르지 않고 느긋하게 대답한다.

"일지홍은 오진사를 만나보기를 원하나 오진사는 일지홍을 보려고 하지 않을걸!"

"그이는 뭐 간장이 쇠나 돌로 됐답디까, 아님 인면수심이랍디까.[색을 좋아하지 않는 자를 도리어 짐승이라고 부르니, 가소롭다 가소로워.] 그자가 황문랑(黃門郞)[5]이라도 된데요?"

"그는 독서하는 종자라 덕을 좋아하지 색은 좋아하지 않느니라."

"그렇더라도 전 오진사를 한 번만이라도 만나보고 싶은 걸요."

"그는 부잣집 후손에다가 수전노라 재물을 좋아하지 색을 좋아하지 않는다니까."

"그래도 꼭 한 번 뵙고 싶다구요."

손님은 고개를 숙이고 잠깐 생각하고 나서 말했다.

"아, 어려운 일이야, 어려운 일! 내 비록 현하(懸河)의 달변가라도 가서 그에게 말했다가는 핀잔만 들을 거야."

"도대체 어떻기에……"

"그이는 저 시골의 생원으로 입에선 예법만 얘기하고 황소 같은 고집불통

---

5) 황문랑(黃門郞): '환관'의 별칭이다. 황문은 궁궐의 문을 말하는데, 과거에 궁궐문을 호위하는 관직을 환관들이 맡았기 때문에 이렇게 부른다.

의 품성이라 귀에 남의 얘기는 들어가지도 않지. 거기다가 지금은 상중에 있는지라[오진사가 상중에 있다는 것은 이 손님의 입을 통해 나왔으니, 여기서는 쓰지 않는다.] 자기 부인도 예를 지켜 들어오지 못하게 할 텐데, 하물며 기생집 삼패집에 오려고나 하겠느냐? 그러니 내 세 치 혀를 쓸데없이 놀릴 필요가 없지."

"그래도 오진사를 한 번 보고 싶다구요."

이 손님은 '어렵다'고만 하고 일지홍은 '보고 싶다'고 하면서 이렇게 설왕설래하면서 반나절이 지나갔다.

"네가 이렇게 애타는 심정이라면 내 얼굴을 부드럽게 하여 한 번 가보겠노라."

손님은 의관을 정제하는 등 외관에 신경을 쓰더니 술을 마셔 불그레한 얼굴에 갈지자 걸음으로 오진사가 묵고 있는 여관으로 향하였다. 여관 입구에 도착하자마자 목을 높여 기침소리를 내니 오진사가 궤안에 기댄 채로 묻는다.

"누구시오?"

"아무개라네."

오진사가 문을 열고 맞아들였다. 자리가 안온해지자, 손님은 이야기 보따리를 풀어놓기 시작했다. 더러 산림학자의 심성이기설(心性理氣說)을 논하기도 하고 혹은 고대 서적에 있는 초한(楚漢)과 삼국(三國)의 일을 늘어놓다가 점차 본 의도를 드러내면서 얘기는 점입가경이었다. 오진사는 채 반도 듣지 않아 눈썹을 찡그리다가 결국엔 참지 못하고 책상을 내리치며 버럭 소리를 지른다.

"이 개자식 같으니라구, 속히 꺼져라! 그리고 다시는 나에게 나타나지도 마라. 내 너를 단정한 사람이라고 여겼건만, 이런 탕자놈일 줄이야?"

오진사가 고래고래 소리를 질렀다. 그때 이 교활한 종놈 어복손은[어복손이 다시 등장한다.] 문밖에서 서 있다가 이 자초지종을 다 듣게 되었다.

6

손님은 어쩔 수 없이 물러 나와 일지홍의 집으로 황급히 돌아왔다. 양쪽 뺨이 붉으락푸르락해서는 일지홍에게 알린다.

"네가 ○○[6] 몇 치 몇 푼이라도 얻지!"

(일지홍은) 손님의 얼굴을 못 본데다가 얘기까지 듣고는 이번 일이 금방은 잘 안되겠다 싶어 마음이 무너져 내렸다. 그래도 혹시나 하는 마음에 물어본다.

"일이 어찌 됐는데요?"

손님은 다만 '백주(柏舟)'[7]의 시를 읊을 뿐이다.

저 마음 돌이 아닌지라
구를 수 없으며,
저 마음 자리가 아닌지라
말아 걸을 수도 없나니.
찾아가 하소연한대도
그이의 노여움만 살 뿐.

술로 답답함을 달랜 뒤, 너 한마디 나 한마디로 무단히 오진사를 원망하며, '시골뜨기 생원 오진사여, 수전노 오진사여!' 하다가 한참 뒤에 자리를 뜨더라. 일지홍이 이 손님을 보내고 나서 울적한 마음으로 혼자 앉아 있자니, 베갯머리에서는 외로운 등불만 반짝이고 창밖으론 달빛이 고왔다. 이웃에선 검은 개가 '컹컹' 짖어대고 먼 마을에선 은은한 다듬이 소리만 들리더

---

6) 원문 판독이 불가능한 부분이다.

7) '백주(柏舟)': 『시경』 용풍(鄘風)의 편명으로, 남편에게 버림받은 여성의 노래로 알려져 있다. 시의 구절은 원시와 그 배치가 조금 바뀌어 있다.

라. 뜨락에 우수수 떨어지는 낙엽 소리는 어찌 저리도 사람을 속이는지.[이는 흡사 님을 그리워하는 정경 같지만, 기생집에서 사람을 그리워하는 법이란 원래 일반사람들과는 달라 그저 돈 있는 사람만 생각하고 돈 없는 이는 거들떠보지도 않는다.] 창문을 열고,

"달빛이여!"

라고 하더니 다시 창문을 닫고 등불을 끄고 옷을 벗고 자리에 들었다. 그 순간 느닷없이 밖에서 누군가가 와서 문 두드리는 소리가 들렸다. 일지홍은 이불 속에서 머리를 들고 물었다.

"누구시오? 문을 두드리는 양반은?"

그러자 문밖에서는 조용한 소리로,

"큰소리 내지 말고 문이나 열게."

라고 대답하였다. 일지홍은 이불을 걷고 주섬주섬 옷을 입고서 밖으로 나가 문을 열어주었다. 그런데 자다 깬 몽롱한 중에 눈에 들어온 것은 어떤 이가 머리에 방갓을 쓰고 상복을 걸친 채 달빛 아래에 서 있는 게 아닌가. 일지홍은 그를 보고 다시 물었다.

"누구시길래 찾아오셨나요?"

"큰소리 내지 말고 일단 들어가기나 하세."

문안으로 들어서자 다시 묻는다.

"누구시냐고요?"

그자는 그제야 입을 열었다.

"내가 누구냐고 묻지만 말고 누구일까 한 번 생각해보아라. 난 상중에 있는 몸으로 일반적인 출입도 자주 할 수 없는 형편이거늘, 하물며 화루(花樓) 주막이야 비록 객회(客懷)가 있다손 치더라도 어찌 눈이라도 돌릴 수 있겠느냐? 그런데 낮에 아무 객이 와서 너의 심정을 알려주기에 그 자리에서 승낙하려 했으나 남의 이목과 손가락질이 있을 터, 경솔하게 굴었다가는 '오진사' 이 석 자는 그때부터 종 친 게 아니겠느냐. 때문에 그땐 일부러 그 객을

혼쭐내서 돌려보내고 감정을 억지로 누르고 있다가 밤이 깊어서야 찾아온 것이니라.[오직 일지홍만이 이가 오진사라고 믿는 게 아니라 독자도 여기선 오진사라고 생각할 것이다.]

7

일지홍은 얼굴이 밝아지며 그의 손을 잡았다.

"상주께서 이런 누추한 곳을 왕림하시다니요? 진정 상주가 이곳에 오셨단 말입니까? 이리와 앉으시와요."

가짜 오진사가 자리에 앉았다. 일지홍이 차를 내오고 담배를 내밀며 다시 술까지 올리자 피울 것은 피우고 마실 것은 마셨다.

가짜 오진사는 술잔을 대하더니,

"일지홍아! 상중인 사람이 감히 청할 수는 없으나 내 마음이 가는 것은 황금 한 되도 아니고 명주 백 섬도 아니니라. 너의 권주가(勸酒歌) 한 곡조가 듣고 싶으니 인색하게 굴지 말고 한 번 불러주거라."

하고 부탁을 한다.

"상주의 부탁이라 몸도 아끼지 않을 텐데, 목 한 번 굴리는 거야 무어 아 낄 게 있겠사옵니까?"

일지홍은 소리를 높여 이백(李白)의 「장진주(將進酒)」 노래를 부른다.

그대 보지 못했는가, 황하의 물이 천상에서 흘러
세찬 물결 바다로 흘러가서는 돌아오지 않는다오
그대 보지 못했는가, 백발의 고당, 적이 가슴 아프니
아침에 검었던 머리 저녁이면 백설이 되었나니.
술을 올리니 잔을 멈추지 마오

술을 올리니 잔을 멈추지 마오.

이 곡의 가락이 맑고 시원한지라 가짜 오진사의 양쪽 어깨가 산처럼 으쓱
으쓱하였다. 가짜 오진사가 술을 들이켜더니,

"홍아! 내 무릎에 앉거라."

라고 하자, 일지홍은 옷매무새를 바로 하고 무릎에 앉았다. 가짜 오진사는
일지홍을 안고는 다시

"홍아, 손을 펴보아라."

라고 한다. 일지홍이 손을 펴자 가짜 오진사는 그 손을 잡고 보다가 태연히
등불을 끄고 누워 물고기가 물에 들고 나비가 꽃을 탐하듯 하였다. 마음을
다 풀어놓지도 못했는데 새벽닭이 아침을 알리니 인적 없이 아침 풍경이 열
리고 있었다. 가짜 오진사는 일어나며 작별의 인사를 하였다.

"나는 죄인의 몸이라, 날이 밝으면 남이 알까 두렵구나. 내 이제 가련다."

그러자 일지홍이 등불을 밝히려 하자, 가짜 오진사가 말린다.

"등불을 켤 필요 없다. 내 가는 길이 바쁘구나."

"날이 밝기까지는 아직 기다려야 하니, 등불 켜고 술 한잔 하고 가더라도
괜찮을 겝니다."

"아니 가는 길이 화급해 술 마실 겨를이 없느니라. 내 오늘부터 시작하여
매일 밤 자시(子時)경에 너를 찾아올 테니, 다른 말은 할 필요 없다. 그럼 나
는 가마."

일지홍이 대답도 하기 전에 벌써 문 열리는 소리가 들리니, 오진사가 이
미 문을 빠져나가고 있었다. 일지홍은 속으로 비웃었다.

'저자는 참으로 시골뜨기 생원이로구나. 어떤 자가 너를 잡아간다고 그처
럼 잽싸게 내뺀단 말이냐?'[이 몇 마디 말에서 창기의 본색을 드러내는구나.]

그러고는 문을 닫고 이내 잠자리에 들었다. 다음날 아침 일지홍이 잠에서
깨어보니 아, 이 멍청한 생원이 두건을 떨어뜨리고 간 것이 아닌가.

청천자는 말한다.

'대면해서는 진사 나으리, 상주 어른이라고 하다가 뒤에 대고는 시골뜨기 생원이니 멍청한 생원이니라고 하는구나. 오호라 미천한 것이여, 두려워하고 조심할밖에! "슬픈 이별노래 차마 들을 수 없어, 다정이라 얼굴 가리고 눈물만 닦네(離歌怊悵不堪聞, 掩面多情拭淚頻). 물가 버들가지 하나 꺾어두니, 내일 아침 다시 먼 길 떠나는 이 있으리니(留却一枝河畔柳 明朝又有遠行人)"[8]라는 절구시에 기녀의 본색이 다 나와 있도다.'

8

일지홍은 이 두건을 주워 상자에 넣어두고, '그 멍청한 생원이 오늘 밤 자정에 다시 찾아온다고 하니 그때 내줘야겠군' 하고 생각했다.

'빤빤하구나 멍청한 시생이여, 음특하구나 시생이여! 비유컨대 구름 속 새가 한 번 가면 소식이 없듯 화대 한푼 주러 오질 않는구나. 완고하고 어둡구나 치생(癡生)이여, 어리석다 치생이여! 들짐승도 제 어미를 알아보고 날짐승도 지 애비를 알아보거늘, 상복에 썼던 두건도 찾으러 오지 않다니. 문을 나서면서 했던 한 마디가 '매일 밤 자정에 찾아오마' 하기에 며칠 밤 등불 심지를 돋워가며 새벽까지 기다렸으나 공연히 기름만 다 태워 허비하는구나. 그자가 사람인가? 사흘이 지나도록 도무지 그림자도 안 보이다니. 제가 오지 않으면 내가 갈 수밖에. 내가 2, 3일을 참고 있었던 것도 내가 잊고 있

---

8) 슬픈 이별노래 (…) 떠나는 이 있으리니: 절구시라고 했으나 이 네 구로 이루어진 작품은 따로 없다. 1, 2구는 일반적인 이별노래에서 언급되는 용례를 차용한 것으로 판단되며, 3, 4구는 당(唐)나라 때 시인 허혼(虛渾)의 「중별(重別)」이란 절구시의 구절이다. 이 시의 1, 2구는 다음과 같다. "淚沿紅粉濕羅巾, 重繫蘭舟勸酒頻."

어서가 아니라 그저 제가 부끄럽고 괴로워할 모습을 염려했던 것일 뿐이다. 사람을 이토록 멸시하는 걸 보니, 내 어찌 너의 체면을 다시 돌아보겠는가.'

일지홍은 상자를 열어 두건을 꺼내더니 화장을 말끔하게 하고 새 옷으로 갈아입었다. 입으로는 연신 헐뜯는 소리가 오직 오진사뿐이었다. 품속에 두건을 구겨 넣고 장옷을 위에 걸치고 가벼운 발걸음으로 오진사가 묵고 있는 여관으로 향했다. 한편 속으로는 '속에 귀신의 마음을 품은 저자가 혹시 도망나 치지는 않았을까' 하는 마음이 들었다.

이제 일지홍의 얘기는 그만하고 오진사에 대해서 이야기를 해야겠다. 오진사는 손님이 찾아왔던 그날 그자를 꾸짖어 내쫓고 나서 밤새도록 한탄을 하였다.

"벗이란 오륜의 하나지. 부자와 군신의 도가 붕우의 가르침을 통해서 서며, 부부와 형제의 의리가 붕우의 훈계 속에서 이루어지나니, 그 나머지 예의와 염치가 무너지지 않고 학문과 문장이 실추되지 않은 데는 이 붕우의 기강으로 말미암지 않은 게 없는 것이다. 붕우의 논의가 과연 얼마나 중요한 것인가? 하루라도 붕우가 없으면 풍속이 어그러지고 교화가 무너져서 백성들이 모두 오랑캐가 될 것이며, 이틀 붕우가 없으면 기강이 해이해지고 구법(九法)[9]이 무너져 사람들이 다 금수가 되고 말 것이다. 이 까닭에 옛날 현인도 이르되, '붕우와 강습하는 일은 하루라도 거를 수 없다'고 하였지 않는가. 애석하도다, 지금 세상에는 어찌하여 진정한 친구를 만나기 어렵단 말인가? 저 아무개 손에게 강직한 군자이기를 기대한 적은 없었지만 얽매임이 없는 선비로 믿었기에, 글을 지을 땐 그와 함께 지었고, 술을 찾을 땐 그와 술을 마셨었다. 진정 열 길 물속은 헤아리기 쉬워도 한 자 사람 마음은 알기 어렵

---

9) 구법(九法): 천하를 다스리는 데에 준수해야 할 아홉 가지 제도. 즉 나라의 땅을 구획하고, 의례와 관직을 설치하고, 어진 사람을 등용하며, 지방관을 파견하고, 군사제도를 정비하며, 백성을 관리하고, 도량형을 통일하고, 주변 작은 나라를 가까이하는 것 따위를 말한다.

구나. 나와 그가 교유한 지 10년에 그가 이처럼 미치고 망령된 인간인지 누가 알았으랴. 상중에 있는 사람을 유혹하여 함께 청루주가에 가자고 하니, 이는 대체 무슨 심사란 말인가?"

이렇게 혼자 말하고 혼자 한탄하며 거의 잠을 이루지 못하다가[과연 잠을 자지 않았다면 가짜 오진사에게 속지 않았을 텐데.] 자정 무렵이 되자 그때서야 겨우 눈을 붙였다. 다음날 아침잠에서 깨어보니[일지홍이 다음날 잠에서 깨어 일어났다는 문구와 은근히 조응이 된다.] 아, 책상 위에 둔 두건이 어디로 갔는지 보이지 않았다.

9

두건이 어디로 갔지? 방안 사방을 샅샅이 뒤져도 보이지 않고 상자 속을 뒤져봐도 이놈의 두건은 보이지 않는구나. 두건이여, 두건이여! 참으로 기가 찰 괴이한 일이로다. '여관 주인이 어찌 두건이 소재를 알랴마는 내 한 번 물어봐야겠다.'

그런데 주인도 모른다고 한다. '어복손이 어찌 두건의 소재를 알랴마는 내 어복손에게 물어봐야겠다.'

그러나 어복손도 모른다고 한다.

'도둑의 소행이라면 방안에 집기도 남아 있고 상자의 돈도 남아 있으니 그 자가 두 눈이 새까맣게 먼 도둑이라도 필시 이 두건만 가져가진 않았으리라. 아무래도 어린아이가 장난으로 한 짓 같은데…… 그러나 주인 집의 애는 맹하고 이웃엔 드나드는 아이도 없을뿐더러 하물며 내가 항상 착용하는 것이라, 대놓고 훔치는 짓을 하는 어린애들이라도[두보(杜甫)의 시에 '남촌의 아이들이 내 늙고 무력함을 속여 대놓고 도적질을 하는구나(南村群童欺我老無力, 忍能對面爲盜賊)'[10]라고 하였다.] 필시 감히 이 두건을 훔쳐가

진 못할 터. 아무리 생각해보아도 정말 괴이한 일일세!'

의구심과 걱정으로 연 사흘 동안 상투를 드러낸 채로 있다가 어쩔 수 없어 어복손을 불렀다.

"너 아무 가게에 가서 거친 베 한 자만 끊어 오너라."

어복손은

"예!"

하고 나갔다. 오진사는 어복손을 보내놓고 그래도,

"참으로 괴이한 일이다!"

라고 하며 혀를 찼다. 그런데 이때 별안간 한 아름다운 여인이 문을 열라며 외치더니, 가벼운 걸음걸이로 들어오는 것이었다. 장옷과 당혜(唐鞋)[11]를 벗고 마루로 올라와서는 다리머리를 숙이고 붉은 입술을 벌리면서 가까이 다가왔다.

"상주께서는 일래(日來)로 안녕하셨나요?"

오진사는 눈을 휘둥그레 뜨고 쳐다보니, 길에서도 일찍이 본 적이 없고 꿈속에서도 면식이 없는 얼굴이었다. 전날 두건 잃어버린 일도 괴이하거니와 오늘 이 미인도 정말 괴이한 일이 아닌가. 미인은 묘한 웃음을 흘렸다.

"상주께서는 일지홍을 까맣게 잊으셨단 말예요?"

오진사는 두 볼이 순간 붉어지며 발끈한다.

"이 요망한 계집 같으니라구! 일지홍인지 이지홍인지 내가 무엇 때문에 네 이름을 안단 말이냐?"

이 소리를 들은 일지홍이 화가 나지 않겠는가. 정녕 오진새[오늘 이 오진

---

10) 남촌의 아이들이 (⋯) 도적질을 하는구나: 두보의 「모옥위추풍소파가(茅屋爲秋風所破歌)」라는 작품의 일부로, 가을 바람에 띠집이 다 날아간 상황에서 마을 아이들이 집안의 집기를 마음대로 훔쳐가는 기막힌 현실을 읊은 시이다.

11) 당혜(唐鞋): 울이 깊은 가죽신으로, 신코와 뒤축에는 당초(唐草) 무늬가 새겨진 고급 신발이다.

사는 정녕코 오진사거니와 전번 오진사는 정녕 오진사가 아니었구나.]가 이렇게 갑자기 생뚱맞은 말을 한단 말인가. 일단 화를 꾹 참고 다시 앞으로 다가가 조용조용 묻는다.

"사흘 전 자정 때 상복을 입고 방갓을 쓴 채 은밀히 와서 문을 두드리고 재차 소리내지 말라고 한 분이 어느 집 상주였단 말입니까? '홍아, 내 무릎에 앉거라' 하며 저의 허리를 끌어안았던 이가 어느 집 상주였냐 말이에요? '홍아, 손을 펴보아라' 하며 저의 손을 잡았던 이가 누구 집 상주였냐구요? '나는 상중에 있는 몸이라 하늘이 밝으면 남이 알까 두렵다'며 닭 한 번 우는 소리에 서둘러 문을 나서며 '매일 밤 자정 무렵에 필시 찾아오마' 하던 이가 도대체 누구 집 상주냔 말예요? 상주의 춘추가 불과 스물아홉이라 하시더니[이는 필시 가짜 오진사가 한 이야기이거늘, 지금 일지홍의 입에서 나오는구나. 그러니 생략하도록 하자.] 건망증이 이리도 심하단 말입니까?"

오진사는 아주 잔뜩 화가 나서 책상을 내리치며 버럭 소리를 지른다.

"요망한 년! 네가 어느 집 상주와 정분을 나누고서 나로 오인한단 말이냐? 썩 꺼지거라. 그렇지 않으면 내 분한 김에 너를 박살낼 테니."

일지홍은 이 소리를 듣고 더욱 화가 치밀어 품속에서 두건을 꺼내 내던진다.

"이 개상주 잡상주야, 그럼 이건 누구 물건인데?"

10

오진사는 이런 말에 다만 눈이 휘둥그레지고 어안이 벙벙할 뿐이었다.

이게 자기 두건이라면 자신은 기생집에 간 적이 없거늘, 두건이 어째서 기생집에서 나왔으며, 이게 자기 두건이 아니라면 길이며 넓이, 색이 반쯤 바랜 것까지, 분명 자신이 썼던 게 아닌가. 전날 두건이 없어진 게 괴이한 일이 아니라 오늘 두건이 밖에서 들어온 것이야말로 정말 기이한 일이로다.

'이 요망한 년아! 어떤 요술을 부려 내 두건을 훔쳐다가 다시 무슨 요망한 마음을 품고 내게로 가져왔단 말이냐?' 두건은 찾았다만 수십 년 몸가짐을 조심하던 충주의 오진사가 이제 무슨 면목으로 세상에 서리오?

다시 일지홍을 보고 묻는다.

"요망한 년아, 내 두건을 가져와서 나에게 뭘 요구할 셈이냐?"[이 말을 보아하니 오진사는 아직도 꿈속을 헤매는 사람이로구나.]

그러자 일지홍이 발악을 한다.

"개 같은 상주야! 나를 요녀(堯女)[성녀에 가깝게 얘기하니 원통, 애통할 일이로다.]나 순처(舜妻)라 부르든지 아황(娥皇)과 여영(女英)[12]으로 부르든지 내 알 바 아니고 내 화대나 갚으시지 그래?"

오진사도 맞받아 소리를 질렀다.

"내가 꿈에선들 널 보았겠냐? 화대라니, 무슨 화대?"

"이 고집불통의 상주야! 네가 그날 밤에 술을 몇 잔 마셨는지 담배 몇 대 피웠는지는 내 따지지 않을 테니, 어디 한 번 물어보자고. 네가 우리 집에 오지 않았다면 두건이 무슨 이유로 우리 집에 남아 있는 거지? 이게 발이 달렸는가 날개가 달렸는가? 열두 살에 무녀(巫女)가 되어서도 두 뿔 달린 귀신은 금시초문이라 하더니만, 갈보(蝎甫)로 불린 지 십여 년에 꿈속에서도 못 본 깍쟁이 중에 상 깍쟁이 충주의 오진사로구나."

오진사는 부잣집 자제로서 유업(儒業)을 닦는 선비였다. 한 번 위신이 땅에 떨어지고 나면 무수한 사람들이 와서 나쁜 소리를 해댄다고 하더니, 느닷없이 저 일지홍이 세 치 혀를 놀려 개아(丐兒)[깍쟁이를 풀어 쓴 말이다.]라고 불러대니 이제 더이상 참을 수 없었다. 버럭 고함을 지른다.

"요망한 년, 여우 같은 년! 내가 어느 날 어느 때에 너에게 깍쟁이 행색을

---

12) 아황(娥皇)과 여영(女英): 모두 요임금의 딸로, 요임금이 순임금에게 천하를 물려주면서 이들더러 순임금을 모시도록 하여 함께 순임금의 배필이 되었다. '요녀(堯女)' · '순처(舜妻)'도 같은 말이다.

하더냐?"

"상주의 하는 꼴은 깍쟁이만도 못하구면."

이렇게 서로 다투며 결론이 나지 않더라. 원수는 외나무다리에서 만나는 법. 전날 이 사건으로 오진사에게 구박을 맞고 물러났던 아무 객이 이때 버젓이 들어오더라.

11

차설. 이 객이 우연히 오진사가 묵는 여관 문 앞을 지나가다가 느닷없이 문 안쪽에서 들리는 요란한 소리를 듣게 되었다. 한 남자와 한 여자가 다툼을 하는데 적벽전(赤壁戰)을 방불케 하더라.[속언에 대전투를 적벽전이라 한다.] 그 남자의 소리는 분명 오진사인 줄 알겠는데, 다만 그 여자의 소리는 귀에 익은 소리 같으면서도 분명하게 누구인지 알 수 없었다.

그 광경을 보겠다고 문으로 들어가 고개를 들어보니, 아, 이상도 하지. 일지홍이 소란을 피우고 있지 않은가. 객은 대청마루로 올라가 일지홍을 보고 묻는다.

"잘 있었냐 홍아?"

"예, 생원 나으리께서도 평안하셔요?"

이번에는 방으로 들어가 오진사를 보고,

"오진사, 잘 있었는가?"

라고 묻자, 오진사는 가쁜 숨을 고르며 앉아서는 대꾸도 하지 않는다. 그러니 객이 속에서 분이 나지 않겠는가. 이 자가 전에도 공연히 화를 내어 사람을 개 쫓듯 하더니 오늘은 남에게 화난 걸 자신에게 옮겨 친구 사이에 물어도 대답이 없으니 괘씸하고 괘씸하였다. 그래서 일지홍에게 물었다.

"무슨 일로 이렇게 낯을 붉히고 있느냐?"

일지홍은 오진사에게는 여우가 울듯 소리치더니 이 객을 향해서는 꾀꼬리 같은 소리로 대답한다.

"생원 나으리! 생원 나으리는 경우도 밝으시려니와 경험도 많으시니 내 말을 좀 들어보세요. 이 세상에 저런 개잡놈 같은 상주를 본 적이나 있었겠습니까?"

"무슨 일인지 모르겠다만 네 말이 너무 지나치구나."[이 객이 무엇 하러 오진사를 옹호하려 들겠는가? 체면 때문에 불가피하게 한마디 한 것이다.]

"생원 나으리! 제 말이 너무 지나치다고 하지 마시고 이 사건의 전말을 좀 들어보세요."

"그래 얘기나 해보거라. 내 들을 테니."

"사흘 전에 제가 생원 나으리께 오진사를 만나보고 싶다고 했던 얘기를 아직 잊지는 않았지요?"

"그랬었지. 내가 잘 깜빡하기는 해도 밥 때 수저를 잊을망정 그 말이야 어찌 잊겠느냐?"

"생원 나으리께서 저를 소개시켜주려 오진사를 만났다가 얼굴이 홍조가 되어 돌아왔던 광경을 잊지는 않았고요?"

"그랬지. 내가 깜빡 잊기는 잘해도 장례 때 시신을 잊을지언정 그 광경이야 잊을 수 있겠느냐."

일지홍은 왼눈으로는 오진사를 흘겨보고 오른눈으로는 이 생원을 응시하며 화난 가운데서도 미소를 머금는다.

"생원 나으리! 그런데 이 상주가 그날 밤 찾아왔더이다."

손님이 깜짝 놀랐다.[이 손님만 이 말을 듣고 놀란 게 아니라 독자 여러분도 여기서 필시 놀랄 것이다.]

"그랬단 말이냐? 이 상주가 과연 그날 밤에 너를 찾아왔었다 말이지?"

그러면서 다시 오진사를 향해 빙그레 웃으며 물었다.

"그랬는가? 이거야 대장부의 보통 일이거늘, 자네가 당일엔 왜 그렇게 고

집을 부렸는가?"[오진사는 이때 분명히 묵묵부답이었을 것이다.]

일지홍도 거든다.

"장부인지 마부인지[일지홍과 오진사, 그리고 성명이 아직 알려지지 않은 이 객 모두가 이 마부놈에게 우롱을 당하고도 이를 눈치채지 못한 채 '마부'라는 두 글자가 느닷없이 일지홍의 입에서 튀어나왔다. 일지홍은 정말 모르고 하는 소리이고, 오진사와 이 객도 다 모르고 듣고 있으나 이를 잘 읽는 사람은 필시 책상을 치며 웃을 일이다.] 상사인지 초상인지 그만두고 제 말씀을 좀 들어보시오."

"네가 할 말이 있으면 말해보거라. 내 귀가 멀지 않았으니라."

"때는 자정으로 달빛이 그림 같았지요. 막 생원 나으리를 전송하고 등불을 밝히고 홀로 앉아 있자니 다듬이 소리가 '똑딱똑딱' 들리고 바람 소리가 '쉬이쉬이' 하며 무정한 개 짖는 소리와 사람을 착각하게 하는 낙엽 소리만 들리더니[앞 편에서 기술한 것과 정경은 같으나 문법은 약간 변했다.] 갑자기 이 천 가지 만 가지 가증스러운 소리가 들리던 중에 한 가지 이상한 소리가 들립니다. 이 소리는 다듬이 소리도 아니요, 그렇다고 바람 소리도, 개 소리 낙엽지는 소리도 아니더이다. '둥둥둥' 문 두드리는 소리인 듯도 하고 '직직직' 담장을 긁는 소리 같기도 하고, '휙휙휙' 휘파람 소리 같기도 하더이다.[앞 편에서 가짜 오진사가 찾아온 광경은 '고문박탁(叩門剝啄)' 네 글자로만 썼고, 또 그날 밤의 일을 상상할 때에도 '고문박탁' 네 글자로 충분했으나, 여기 일지홍은 과대포장하여 이렇게 기기괴괴한 소리를 다 내는구나.] 두 귀를 기울여 듣자니 이는 남자가 나를 찾아온 것이 분명합디다."

"그래서?"[위에서 '그랬었지' '그랬지' 하는 몇 구절은 그 마음이 아직 여

304

유가 있는 것이고, 이하 '그래서' '그래서' 하는 구절은 급한 마음이 드러난다.]

"그래 저는 신발을 거꾸로 신은 채 정신없이 툇마루를 내려가 '누구세요'라고 물었죠. 그랬더니 문밖에서는 낮은 소리로 '소리내지 말고 문이나 열어라'고 합디다."

"그래서?"

"문을 열면서도 '남촌의 인색한 이생(李生)이 나를 찾아왔나, 북촌의 호탕한 조동지(趙同知)가 나를 찾아왔나' 생각했으나 돌연 대하고 보니, 이는 듣도 보도 못한 새털 옷과 손바닥 혁대, 세 발 솥 갓과 금붙이 두건을 쓴 한 상주가 와서 서 있습디다."[일지홍이 지조를 지키는 상주를 가지고 우롱함이 너무 맹랑하여 심지어 두건과 상복을 각각 다른 모양새로 조롱하니, 독자가 여기에 이르면 필시 편치 않을진대, 그날 오진사로서는 이 괴망한 사람을 어찌 참을 수 있었을까.]

"그래서?"

13

"한 번 보면 초면이요 다시 보면 구면이라, 천하에 어찌 태어나자마자 바로 아는 이치가 있겠어요? 그래도 물고기가 물을 만난 듯하면 새로 만난 정이 혹 옛정을 넘을 수 있을까 하여 얼굴을 펴고 다시 누구시냐고 물었더니, 저 상주는 어디 감옥에서 도망쳐 나왔는지 그저 소리를 낮추라고만 하면서 문안으로 들어오더이다."

"그래서?"

"문안으로 들어와서도 자신의 성명은 밝히지 않고 도리어 자기 사정만 말하는데, '상중에 있는 몸으로 객로에 비록 마음이 동하는 때가 없지 않으나

'백인(百忍)'이라는 글자로 꾹 참고 있으며, 청루 화방 근처를 지나가다가 우연히 거문고와 노래 소리를 듣더라도 얼굴을 가리고 지나쳐버렸지. 그래 낮에 이 객이 네 뜻을 알려왔으나 마음은 간절해도 어떻게 경솔하게 응낙을 하겠는가. 잠깐 살풍경을 조성하여 큰소리로 꾸짖고 돌아가라 하고 하늘에 해가 떨어지기만을 바라다가 인정 후 곧장 찾아온 것이니라'고 하더이다."

"그래서?"

"세세한 일을 하나하나 다 설명하겠어요?"

"멀리서 바라봐도 절터임을 알 수 있듯이, 그 대략만 들어보아도 자세한 사정을 알 수 있으리니 몇 마디로 마치게."

"권주가 한 곡을 부르고 서로 껴안고 누웠지요."

그 소리에 손님은 눈썹과 이마를 찡그렸다.[예로부터 '빈미축알(嚬眉蹙頞, 눈썹과 이마를 찡그렸다)' 네 글자는 한탄하고 걱정하는 뜻으로만 쓰였으나, 여기서 이 뜻으로 쓰였다고 보면 큰 착오이다.]

"이런 상황은 길게 늘어놓을 것 없지. 네가 말을 하지 않더라도 내 먼저 알아차리겠다."

"닭이 한 번 울자 이 상주가 서둘러 문을 나서며 얘기하기를, '만약 날이 밝아 남들이 알아보게 되면 오진사의 머리 위로 다시는 갓을 쓸 수 없을 것이다'라고 합디다."

객은 말이 없다.[이상에서 '그래서' '그래서' 하는 몇 구절은 마음으론 아직 의심이 들면서 심정은 외려 급한 상황에서 나온 것이었다. 여기에 이르러 다만 말이 없는 것은 의심이 이미 풀리고 속에서 화가 나고 있는 상황이다.]

"'술이라도 한잔 더 하고 가시라'고 해도 돌아보지도 않더이다."

여전히 객은 대꾸가 없다.

"떠날 때 재삼 '밤이면 자정에 너를 찾아오겠다'고 하더니, 한 번 간 후로 함흥차사입디다."

객이 무릎을 모은다.

"아침에 일어나보니 두건이 바닥에 떨어져 있지 뭡니까?"

객은 손을 푼다.

"화대는 고사하고 두건도 망각하고 있기에 이 품속에 접어 넣고 와서 상주에게 바쳤더니 글쎄……"

객은 오진사를 돌아본다.[계책이 궁하면 비수가 드러나는 법이다.]

14

"지금 상주의 말로도 이 두건이 자기 것이라 합디다."

객은 한 번 기침소리를 낸다.

"두건은 자기 두건이라 하나, 자기는 저의 집에 한 번도 온 적이 없다 하지 뭡니까."

드디어 이 객이 몸을 일으킨다. 일어나면서 오진사에게 고성을 질러댄다.

"오영환!"

오영환은 두 사람의 주고받는 소리를 들으며 답답한 심사로 앉아 있으면서 전혀 대응을 못하고 있다. 객이 재차 고성을 지른다.

"오영환! 충주 오진사 양반!"

오진사는 전날 이미 그의 속내를 환히 들여다본데다가 오늘 다시 하루 종일 수작하는 소리를 듣고 보니 말하지 않는 중에도 이 인간이 여색을 밝히고 우도(友道)를 중히 여기지 않는다는 걸 알겠더라. 입을 막고 말하지 않는 게 참으로 좋겠지만 묻는데도 대답하지 않는 것도 인정이 아니라 부득이 대답을 하였다.

"그래, 왜 나를 부르는가?"

"이 두건이 분명 자네 것인가?"

"그래, 분명 내 두건이네."

"자네는 정녕 일지홍의 집에 한 번도 간 적이 없는가?"

"그렇네."

객은 눈을 부라리며,

"이 개 같은 놈아!"

"………"

객은 얘기를 다 듣고는 콧수염을 바짝 세우며 잔뜩 화를 낸다.

"이 쥐새끼 같은 놈! 낮에는 의관을 정제하고 엄숙하게 앉아 친구가 여자 얘기만 해도 정색을 하고 나무라다가, 밤이 깊고 사람들이 돌아가고 나면 상복 차림으로 청루방 색주가(色酒家)로 몰래 향하다니. 개같이 더러운 놈아! 밤이면 음란한 짓을 서슴지 않고 백주 대낮엔 사람들에게 가짜보살로 속였구나. 그러다 결국 귀신같은 이목이 번쩍 하여 그 본모습이 탄로가 났구나. 그런데도 아직까지 이리저리 둘러대며 수긍을 하려 들지 않으니, 밥풀떼기로 참새를 잡고 상수리 잎으로 앞을 가리는 버러지 같은 놈아!"

15

오진사가 입을 뗀다.

"내가 일지홍의 집으로 간 걸 네가 보기라도 했느냐?"

객은 책상을 내리치며 마구 꾸짖는다.

"네가 아직도 이렇게 잡담을 하려느냐?"

"내 입으로 내가 말하는데, 누가 너더러 상관하라고 하더냐? 너의 충선(忠善)을 보아하니 남의 부모 우환에 손가락을 잘라주는 효자와 똑같은 꼴일세!"[어리석도다, 오진사여! 법은 멀고 주먹이 가깝다는 것을 모르고 아직도 속에 있는 말을 곧장 내뱉으니, 독자들도 필시 그가 걱정스러울 것이다.]

객이 두루마기를 벗는다.

"이 일은 아무래도 그냥 놔둘 수가 없겠군!"

불끈 주먹을 쥐고 그 앞으로 다가서니 전날의 주고받던 우정의 의리는 저 석양의 바람 따라 날아가버리는구나. 한 대를 내리치자 일지홍은 마루에 앉아서 속으로 쾌재를 부른다. 다시 내리치자 어복손이 문밖에 서 있다가 피식 피식 입을 가리고 웃는다.[독자들도 이쯤 되면 확실히 가짜 오진사를 알아차리겠지.] 한 사람은 쾌재를 부르고 또 한 사람은 입을 가리고 웃는데 그 사이에서 죽을 맛인 사람은 오진사구나. 정초에 신수가 불길하다고 하더니 오늘이 그 흉액을 받는 날인가.[잘도 믿는구나.] 어젯밤에 꿈 조짐이 괴상하더니 그 꿈이 현실이 되는 날인가?[헛소리가 너무 많구나.]

청천자는 말한다.

'내 계항(桂巷)의 패담(稗談)[13]을 읽던 중에 오영환이 남에게 얻어맞는 대목에 이르렀다. 남이 주목하고 있음을 알아 미연에 욕을 방비할 줄도 몰랐으며, 그 다음 일이 진행된 것을 따라 이미 벌어진 것에 대한 수치를 제거하지도 못하고, 곧이곧대로 믿어 일지홍에게 이렇듯 희롱을 당하며, 어리석고 멍청하여 생원에게 이렇듯 행패를 당하면서도 아직도 자신을 돌이켜볼 줄 모르고 갖은 말썽을 불러일으켜 저렇게 우악스런 주먹 아래 엎어졌구나. 그런데도 여전히 바보처럼 '내 꿈이 그대로 맞았구나' 하고 있으니, 이것이 어찌 성인이 말한 '어리석음은 어찌할 도리가 없다'란 것이 아니겠는가? 그러나 어찌 이 오영환뿐이랴! 영웅지사로 자임한 자도 종종 공업이 성공하지 못하면 '운명이로구나' 하니, 오호라 이른바 천(天)이란 어디에 존재하는가? 꿈인가, 아니면 조짐인가? 저 푸르고 푸른 것인가, 아

---

13) 계항(桂巷)의 패담(稗談): 계항이 어디인지는 불분명하다. 그러나 평자 중에 '계항패사(桂巷稗史)'가 나오고, 여기서도 계항의 패담이라는 말이 나오는 것으로 보아, 서로 밀접한 관련이 있는 것으로 보인다. 참고로 서울 종로구의 계동(桂洞)이 있는바, 이곳과의 관련성을 조심스레 상정해본다.

득히 망망한 것인가? 농사에 애쓰는 자에겐 하늘이 곡식을 내려주고 길쌈에 애쓰는 자에겐 하늘이 옷을 내려주나니, 하늘이란 내 손 내 발 내 마음에 있는 것이다.'

화가 치밀었으나 고개를 숙인 채 아무 말 없이 그저 제가 때리는 주먹에 내맡길 뿐이었다. 이 객은 상자를 발로 차 부수더니 거기서 십여 꿰미 동전을 꺼내 일지홍에게 던져주었다.

"너 다시는 화대 달라고 오지 말거라."

끝이로구나, 오진사여! 무수히 주먹세례를 당하면서도 한 대도 반격을 못하고, 눈으로 자기 돈 상자가 부서지는 걸 보고도 한마디도 따지지 못하고 무릎을 꿇고 긴 한탄만 하는구나.

16

일지홍이여! 그녀가 어찌 하룻밤의 정을 잊지 못해서 왔겠는가? 처리할 일이 있어서 그런 것이니, 그 일이란 게 뻔하다. 땅에 떨어진 밥은 다시 주워 먹을 수 없는 법, '나는 갑니다'라고 하면서 일지홍은 동전 꾸러미를 허리에 차고 일어선다.

객이여! 그가 어찌 붕우의 도를 위해 강습이라도 하러 왔겠는가? 우연히 지나가던 길이었다. 그런데 지나는 길에 오래도 앉아 있었구나. 이웃집 잔치에 더 즐길 게 없는 꼴이니! '나도 이제 가련다' 하고 신발을 신더니 문을 나선다. 일지홍을 보내고 이 객마저 떠나자, 뺨을 얻어맞고 몸도 두들겨 맞아 옷은 갈기갈기 찢어지고 돈까지 빼앗긴 오진사는 흡사 용과 뱀의 싸움에 도적이 달아나고 평온해진 것 같은 기분을 느꼈다. 술 한 동이를 가져오라 하는데, 꼭 도적을 쓸어내고 한 차례 잔치라도 하려는 듯한 모양새다.

차설. 일지홍이 문을 나서려는데 갑자기 문앞에 서 있는 한 종놈을 보게 되었다. 이 종놈이 두 눈을 흘겨보며 웃음을 참지 못하고 있었다.

'아, 내 비록 창기이나 넌 종놈으로 어찌 감히 나를 보고 웃는다지?'

청천자는 말한다.

'창기로서 노비를 멸시하기가 이와 같으니, 읽다가 이쯤 되면 남의 종놈된 자들이 얼마나 한을 품고 있을지 상상이 갈 것이다.'

'그렇지만 이상하지. 넌 가난한 종이고 난 부유한 기생이라, 진정 풍마우불급(風馬牛不及)[14]인데 네 낯짝을 보니 어디서 많이 본 모습이로다. 내 한 번 돌아보면 넌 한 번 웃고, 내 재차 돌아봐도 넌 재차 웃는구나. 내 너를 보는 것은 너를 사랑해서가 아니라 네가 괴이해서인데, 네가 나를 보고 웃는 것은 내가 이상해서가 아니라 나를 좋아해서구나. 괴이하도다, 이 종놈!'

문을 나온 뒤 일지홍은 그 객에게 물었다.

"문 안쪽에서 은근슬쩍 미소를 띤 얼굴로 계속 나를 훔쳐보던, 머리에 가죽 갓을 쓴 저 종놈은 이름이 뭐예요?"

"저놈은 오진사가 타는 말 앞에서 항상 시종하는 종놈으로 그 집 세전노비이지. 난 바로 그 상전의 친구이니 그 앤 내 친구의 하인이지.[오진사에게 친구라는 자가 이와 같고 노비라고 있는 것이 이러하니, 오진사는 좌우전후로 결국 설거주(薛居州)[15] 하나가 없군 그래.] 그래서 그 자가 내게 문안을 여쭐 때 그저 '소인'이라고 하는 말만 들었고, 그의 상전이 부를 땐 다만 '복손아' 하는 소리만 들었으니 저놈의 본관과 성이 뭔지 내가 어찌 알겠느냐?

---

14) 풍마우불급(風馬牛不及): 구애(求愛)하는 암수의 마소가 서로 만나기 어려울 정도로 멀리 떨어져 있다는 뜻으로, 절대 만날 수 없는 사이나 거리를 지칭할 때 쓰인다.

15) 설거주(薛居州): 중국 전국시대 송(宋)나라 사람으로, 왕을 잘 보필하기로 유명하였다. 맹자(孟子)도 '나라에 한 사람의 설거주만 있어도 괜찮을 것'이라고 하였다.

그런데 네가 그의 성명을 알려고 하는 것은 또 무슨 의도이더냐?"

"그자의 성이 말[馬]이든 소[牛]든[그의 성은 말도 소도 아니고 물고기(魚)라.] 내 알 필요 없고 그의 이름이 개든 돼지든 물어볼 필요는 없지만요, 그의 얼굴이 이상하게 낯이 익네요. 어느 해 어느 달 어느 날 몇 시에 만났는지[네가 아무 해 아무 달 아무 날 자정에 만나지 않았느냐.] 아무리 생각해도 떠오르지 않아서 감히 물어보는 것이어요."

17

"주동(鑄洞)[16] 김우동(金祐東)의 두 볼이 이놈과 닮았다고 하더니, 아무렴 네가 잘못 봤을라고?"

"아니에요. 김서방님은 두 볼이 튀어나왔지요. 내 눈이 둔하기는 해도 설마 잘못 봤을까봐요?"

"그럼, 이동(泥洞)[17] 이광운(李光雲)의 긴 수염이 은근히 이놈과 비슷하다고 하던데 네가 잘못 본 게 아니더냐?"

"아니라니까요. 이서방님은 콧등이 뾰족하고 작아요. 아무리 눈썰미가 둔하기로 아무려면 이를 구분 못할까봐서요?"

이렇듯 이야기를 주고받으며 웃는 사이에 벌써 일지홍의 집에 도착하였다. 일지홍은 마루로 올라가면서 객을 돌아보며,

"그 얘기는 이제 그만두지요."

라고 하면서, 문을 열더니

---

16) 주동(鑄洞): '주잣골'이라 하며, 지금 서울 충무로의 주자동이다. 이곳에 조선시대 주
　자서(鑄字署)가 있어서 붙은 이름이다.
17) 이동(泥洞): 미상이나, 지금의 서울 종로구의 운니동(雲泥洞)을 가리키는 것이 아닌가
　싶다.

"금녀(琴女)야! 술 가져오너라."

라고 하였다. 잠시 뒤 금녀가 술을 올리자 일지홍은 잔을 들고 노래하고 손님은 목을 쭉 빼서 받아 마시더라. 일지홍은 입을 막고 웃음을 참는다.

"생원 어른, 제가 사람들을 많이 봐왔지요. 미친 인간, 어리석은 인간, 사리에 어두운 자, 마음이 넓은 자, 꾸물꾸물한 자, 돈밖에 모르는 자, 욕심이 많은 자, 가난한 자, 부유한 자, 귀한 자, 천한 자 등등. 이 모두 제 눈으로 수십 수백 수천 사람을 보았으되, 여기에 속하지 않은 자는 드물었지요. 아까 그 자는 인색한 인간이라면 무슨 까닭으로 저희 집에 찾아왔으며, 방탕한 자라면 무슨 까닭으로 단정하게 무릎을 틀고 앉아 있으며, 어리석은 자라면 어디에서 사람을 속이는 기술을 배웠으며, 이치를 깨달은 자라면 무슨 일로 저렇게 자기가 항상 착용하던 물건을 아니라고 회피하는지. 생원 어른이 저 오진사와 가까운 친구라고 하니 필시 저 자의 사람됨을 환히 뚫고 계실 줄 압니다. 평소 생활은 어땠어요?"

손님은 빙그레 웃는다.

"네가 그 자의 평소 행실을 무어 그리 알려 하느냐? 그 자는 평소 행실이 그리 어긋나는 일도 없지만 그렇다고 그리 잘난 위인도 아닐세. 네 말을 듣고 생각해보니 참으로 웃기는 일이군."

"오늘 일로도 벌써 사람들은 웃지 않고는 못 배기게 되었는데, 생원님이 외려 그의 평소 생활이 더더욱 웃음이 나올 만하다고 하시니 저는 대충이라도 듣고 더 웃어보고 싶네요."

"이 자가 사람을 대하고 손님을 응접하는 거나 시골에서의 행세 등 사사건건 웃음이 나올 만하지만 장황하게 말할 것까지는 없고 한 가지 예를 들 테니 나머지는 그렇겠거니 생각하여라. 다만 네 웃음보가 다 찢어지면 어쩌나 싶구나."

"제 웃음보는 아주 커서 생원님이 천 가지 만 가지 우스운 얘길 하더라도 저의 웃음보는 그대로일 거예요."

"네 웃음보가 얼마나 큰지 보겠다만 내 한마디에 네 귀를 막지 않으면 입을 가리게 될 게다."

"전 귀도 가리지 않고 입도 막지 않을 테니 생원님은 일단 얘기나 해보세요."

"한 가지 일을 말해놓고 한바탕 너를 웃기지 못하면 내가 벌주 한잔을 마시고, 네가 그 일을 듣고 참지 못하고 한바탕 웃거든 네가 벌주로 한잔을 마시거라."

"예, 그러죠."

18

"너희 집에 빚어놓은 술이 몇 동이나 있느냐?"

"생원 어른은 저희 집에 술이 떨어지는 건 걱정 마시고 제가 웃지 않을 거나 걱정하서요."

객은 일지홍을 웃기기도 전에 그 사건을 먼저 떠올리며 자기가 먼저 한바탕 웃는다. 일지홍도 그의 말을 듣기도 전에 그의 웃는 모습을 보고 아무 생각 없이 한 차례 웃는다.[객이 이 상황에서 필시 술을 가져와라 하였을 것이다.] 객은 무릎을 오므리고 앉더니 일지홍을 보고 말을 열었다.

"네가 아까 잠시 착각을 했던[실은 착각한 게 아니다.] 낯이 익다던 그 종놈이 바로 교묘하게 남을 속이고 흉악하기가 비길 데 없는 놈이란다. 저 교활한 종놈이 저런 멍청한 주인을 만난 게지. 주인이란 게 종놈이 교활하더라도 그 부려먹는 요량은 오히려 넘쳐나는 법인데, 하물며 어리석은 주인은 자신을 똑똑한 사람이라고 간주하고 교활한 종을 도리어 멍청한 하인이라고 간주하고 있으니, 오진사의 하는 꼴은 정말 한심하단다. 내 이 종놈의 성명을 기억하지 못하지만 이놈의 구체적인 일에 대해서는 기억하고 있지. 너에게 한두 가지만 얘기해줄 것이니 들어보거라.

　연전에 우역(牛疫)[18]이 한창일 때였다. 충주지방이 제일 심하여 소 한 마리를 소유한 자는 그 한 마리가 주저앉고 두 마리를 가진 자는 두 마리 다 주저앉는 식이었지. 오진사도 농사지을 소 한 마리를 잃게 되었지. 그래 이듬해 봄, 농사는 바야흐로 급한데 소 한 마리 구하기가 어려웠지. 오진사가 동분서주하는데 하루는 우연히 충주 관할지역에 다니러 왔다가 동쪽 성문 밖 백첨지(白僉知) 집에 들르게 되었지. 백첨지는 바로 오진사와 친분이 있는 사람이란다. 뜰 아래 한 마리 수소가 매어져 있는 것을 보고 오진사가 대뜸 물었지. '이 소는 기를 소요, 아니면 팔아버릴 소요?' 그러자 백첨지는 '팔아버릴 참이오' 했지. 그래 오진사는 자기 사정을 자세히 얘기해주고 급히 가격을 낮춰달라 해서 30냥으로 값을 정했지. 지금 보면 너무 비싼 것 같지만 당시로 보면 외려 헐값이었지. 당시 소값이 폭등하여 비쩍 마른 소 한 마리도 4, 50냥까지 나갈 정도였으니까. 하지만 백첨지가 오진사와 익히 알고 있던 터라 헐값에 팔아넘겼지. 그리고 나서 오진사가 급히 돌아와 돈을 마련하러 다녔지. 그러나 오진사가 사는 고강촌은 가난한 시골인데다가 또 춘궁기였으니 돈 냄새 맡기도 어려웠고 돈 그림자도 보기 어려울 지경인지라 어디서 30냥 돈을 마련할 수 있었겠느냐. 걱정하고 시름하던 중에, 이웃집 장(張) 아무개가 공무로 채무를 져서 곤란을 겪는 나머지 문앞 전답 몇 마지기를 읍에 있는 아전 최동옥(崔東玉)에게 매도하여 그 문서가 방금 도착했다는 소식을 접하게 되었지. 오진사는 서둘러 장 아무개를 찾아가서 간곡하게 부탁하여 30냥을 빌려 곧장 이 종놈을 불렀지. '복손아! 너 이 돈을 가지고 읍내 동편 성밖 백첨지 집에 가서 수소 한 마리를 사 오너라' 하고 말이야."

---

18) 우역(牛疫): 소의 전염병으로, 고열과 급성 설사 증세를 보이며 폐사율이 매우 높았다. 과거에 자주 발생하였으나, 현재는 사라진 전염병 중의 하나이다. 대신 지금은 광우병(狂牛病)이 창궐 일로에 있다.

19

일지홍이 급히 묻는다.

"이 종놈이 교활하다고 해도 술집 아니면 화루(花樓)에서 멋대로 돈을 쓰는 정도였겠지요?"

"아니지, 그게 아니다. 넌 잠자코 내 말을 듣기나 하여라. 이 일은 포복절도할 만큼 기막힌 일이니…… 오진사 말이 떨어지기가 무섭게 놈이 출발을 했지. 고강촌과 충주읍은 거리가 불과 십수 리이고 놈은 빠른 걸음을 타고나서 하루에 열 번을 왕복하더라도 충분할 터인데, 아침에 출발한 놈이 저물도록 돌아오질 않았지. 그러자 오진사는 저녁 때가 되어도 먹지 못하고 잠잘 때가 되어도 잠을 이루지 못하고 하루 종일 밤새도록 한탄을 하며 '저 멍청한 놈에게 잘못 시켰구나, 잘못 시켰어'라고 하였지."

"그렇지요. 이 수전노가 오죽 답답했겠어요?"

"다음날 정오 무렵에야 이놈이 느릿느릿 걸어 들어오는데, 소 한 마리는 어디다 매어놓았는지 달랑 혼자서 곡식 한 포를 등에 짊어지고 나타났던 거야. 오진사가 책상을 내리치며 버럭 성을 내었지.

'넌 어디 갔다 왔길래 지금에야 오느냐?'

'소인 읍내에 갔다 왔습죠.'

'그래 백첨지는 뵈었느냐?'

'예!'

'수소 한 마리는 사왔느냐?'

'예'

'수소 한 마리가 어디 있느냐?'

그러자 이놈이 곡식 포대를 내려놓으며,

'수수 한 말이 여기 있사옵니다. 요새 수수 값이 많이 싸졌다고 합니다.

316

나으리께서는 수수 한 말이 30냥이라고 하시더니 소인은 25냥으로 사고 남은 5냥은 소인이 술을 팔아 마셨나이다.'
라고 하지 않겠어? 오진사는 다 듣고 기가 막혔지.[두 콧구멍을 잘 조절해야지.] 그래도 일단 참고 물었지.

'네가 어제 정말 읍내에 가서 백첨지를 뵈었느냐?'

'예, 소인이 정말 읍내에 가서 박첨지를 뵈었나이다.'

'백첨지는 댁에 계시더냐?'

'예, 박첨지께선 댁에 계셨사옵니다.'

'백첨지가 너한테서 30냥을 받고 수수 한 말을 주더란 말이냐?'

'아닙니다요. 소인이 박첨지댁에 가서 수수 한 말을 달라고 했더니 박첨지께서는 그 집에선 농사를 짓지 않으니 어찌 수수가 있겠으며 식량이 떨어진 춘궁기에 수수 값이 형편없어서 때로 수수를 사기는 하나 사놓은 양이 적으니 팔 수수가 있겠느냐고 하시지 뭐예요. 소인이 재차 주인 나으리의 분부를 전달했더니, 박첨지께서는 다시 너의 주인은 원래 한 번도 본 적이 없으며, 양반의 분부라 정말 감히 안면이 있고 없고 여부를 따지진 못하겠으나 다만 수수는 한 톨도 남은 게 없다고 하기에 소인이 저자로 달려가서 지금 사오는 길입니다요.'

20

오진사는 아무래도 이상하여 속으로 '저놈이 읍내에 가서 백첨지를 찾아간 것은 만에 하나라도 틀림이 없으나, 저 멍청한 놈이 어디에 있다가 왔을까 궁금하여 다시 물었지.

'네가 읍내에서 왔다면 고작 십수 리 길에 어찌 자고 오게 되었느냐?'

그러자 이놈은 놀라는 모습으로 대답하였지.

'여기서 괴산읍(槐山邑)까지 40리라고들 하지만 실지로는 50리이옵니다. 나으리께서는 이것을 십수 리라 하시옵니까? 소인이 어제 문을 나섰을 때가 이미 정오가 되는 시점이었고, 읍내에 들어가니 벌써 신시(申時, 오후 3~5시)가 끝날 무렵이었나이다. 박첨지 댁에 앉아서 한참 얘기를 나누다 보니 유시(酉時, 오후 5~7시)가 다 지나가고 있었고요. 저자에 가서 수수를 사고 해 그림자를 돌아보니 이미 서편으로 지고 있었나이다. 어쩔 수 없이 말죽 쑤는 가게에서 자고 지금에야 들어온 것이옵니다. 나으리께서는 소인이 하루 종일 애쓴 건 몰라주시고 이렇듯 꼬치꼬치 캐물으시며 꾸지람만 하시옵니까?'

그러자 오진사는 한참 동안을 아무 말 없이 있다가 고작 한다는 말이 이랬지.

'이 멍청한 놈아! 충주읍으로 가라 했더니 웬 괴산읍으로 가고, 백첨지 댁에 가라 했더니 박첨지 댁으로 가지를 않나, 수소 한 마리를 사오라고 했더니 수수 한 말을 사오다니…… 아이구! 수수 한 말 값이야 불과 4, 5전밖에 안될 텐데 어떤 놈에게 속아 넘어갔기에 30냥 돈을 부질없이 써버렸단 말이냐.'

오진사는 이놈이 교활한지는 알아차리지 못하고 그저 '이놈이 이렇게 멍청하다니까'라고만 하니, 놈이 그 돈으로 술과 고기를 잔뜩 처먹고 배가 아프지나 않았는지 알기나 했겠느냐?"

객이 얘기를 마치자, 일지홍은 입을 막고 웃음을 참고 있다가 자기도 모르게 '푸하하' 하며 한 차례 웃는다.[이때 한 번 웃었다.] 그리고 다시 객이 술을 가져오라 하여 한잔 들이켜더니 일지홍을 돌아보며 말했다.

"너 기막힌 얘기 한 가지 더 들어보거라. 아무 해 아무 달에 있었던 증광시(增廣試)를 너도 기억하느냐? 그때 과거시험의 영이 내려지자 오진사도 과거 날을 맞추기 위해 출발하였는데 동료 수십 명에 자제도 네다섯 명이 따라붙었지. 일행이 죽산(竹山)[19]에 이르러 장선점(長仙店)에 묵게 되었지. 그 근처 산사에서 마침 불재(佛齋)를 올렸는데 오진사의 동료들이 모두 오진사보고 함께 구경을 가자고 하였지. 헌데 오진사는 본래 소심하고 못난 사람인지라 몇 번 강권한 후에야 '그러마' 했지. 이 종놈을 남겨두며 방에서 묵게 하고 오진사가 일어나면서 이놈더러 '야, 멍청한 놈아, 이 짐바리들을 잘 지키고 있거라. 넌 천치 백치라서 어떤 일이든지간에 네 수중에 맡겨두면 항상 염려스러워 맘을 놓을 수 있어야지 말야'라고 했지. 일제히 일행이 나가고 이 종놈은 등불을 밝히고 혼자 앉아 한 가지 기막힌 꾀를 생각해냈지. 그 객점의 늙은이가 문을 닫고 잠에 곯아 떨어져 코고는 소리가 귓전에 들리자, 이놈은 몰래 한 거자(擧子)의 짐바리를 가져다가 숲 속 깨끗한 곳에 숨겨두고 다시 몰래 방으로 돌아와서는 등불을 끄고 두세 번 '주인 주인!' 하고 불렀지."

21

객점 늙은이가 잠에 곯아떨어졌다가 웬 난데없는 종놈이 두세 번 부르는 소리를 듣고 몽롱한 중에 대답을 하였지.
'예. 뭔 일로 이 깊은 밤에 혼자 앉아 날 부르오?'
'주인장 자물쇠가 있으면 나에게 잠시 빌려주시오.'
객점 늙은이는 속으로 혀를 찼지.
'저 인간이 야밤에 자물쇠는 왜 찾는담?'
그러면서 일어나서,
'만석(萬石)아! 네가 자물쇠 하나 찾아다가 저 손님에게 갖다주어라.'
라고 말했지. 그래 객점의 하인이 자물쇠를 가져다주면서 물었지.

---

19) 죽산(竹山): 현재 경기도 안성시 죽산면 일대. 조선시대 때는 죽산현(竹山縣)으로 광주(廣州)와 함께 서울 남부의 중요한 지역이었으나, 뒤에 안성군에 편입되었다.

'이런 야심한 밤에 어째서 불은 끄고도 잠은 자지 않으시오?'

'내 자려고 하는데 첨지·생원님들의 수백 냥이나 되는 여비를 예사로 던져놓고 있을 수 없기에 이렇게 촛불 심지를 살려가며 혼자 지키고 앉아 있었는데, 우연히 나방이 불꽃을 건드려 그만 꺼지고 말았네.'

그러자 객점 하인이 재차 물었지.

'그런데 이 깊은 밤에 자물쇠는 어디다 쓰겠다는 것이오?'

'내 잠을 자서는 안되는데 이 두 눈에 졸음 귀신이 달려들어 잠을 안 자고는 못 배기겠네. 그런데 첨지·생원님들의 짐바리와 돈이 너무 걱정이 되어 벽장에 거둬 넣고 자물쇠를 빌려다가 벽장의 문을 잠가둘까 하는 것이네.'

'그렇소? 생각하는 게 정말 꼼꼼하기도 하군.'

이놈이 진작에 왼쪽 끝이 벽장인 걸 알고 있었으나, 일부러 오른쪽 끝에 밖으로 향한 작은 창문에 문고리를 가져다가 잠가두었지 뭐냐. 그러고는 벽에 기대어 잠이 들었는데 어느새 새벽닭이 우는 때가 되자, 문밖에서 사람들의 발걸음 소리와 시끄럽게 웅성대는 소리에 첨지·생원들과 주인이 돌아온 것을 알게 되었지. 문 두드리는 소리가 나더니 '복손아!' 하고 부르는 소리가 들렸지.

이놈은 잠결에 억지로 대답하고 나가서 대문을 열었지. 첨지와 생원, 그리고 주인이 일제히 안으로 들어와 미심쩍어하며 물었지.

'무슨 일로 불을 끄고 있느냐?'

'예, 나방이 불을 끄고 말았나이다.'

그래 오진사는 객점의 하인을 불러 불을 붙여 오라고 했지. 그러자 그 하인은 화롯불에 입김을 불어 광솔 가지에 불을 붙여 왔지. 오진사가 불을 붙이고 방안을 둘러보니 거자(擧子)들의 여장이 남아 있는 게 하나도 없었지 뭐냐. 그래 종놈에게 물었지.

'너 손님들의 여장을 주인에게 맡겨두었느냐?'

'여장은 걱정하실 필요가 없사옵니다. 소인이 모조리 거둬다 벽장 안에

보관해두었나이다.'

그래서 여러 사람들은 믿어 의심치 않고 일제히 잠에 곯아떨어졌단다. 닭이 세 번 울고 나서 아침밥이 나올 때였는데, 이놈이 다급하게 주인을 불러 열쇠를 달라고 했지. 작은 창문의 자물쇠를 풀고는 놀란 표정을 지으며,

'어! 벽장은 어디로 가고 이런 넓은 길이 보이는 거야?'

라고 하지 않겠어.

22

이놈은 다시 혀를 차며,

'여장도 여장이려니와 어떤 도적놈이기에 힘이 호랑이 같아 벽장까지 뜯어 갔단 말인가?'[과연 교활한 종놈이로다. 어떻게 이런 바보 같은 말을 지어낸단 말인가.] 그래 일행은 눈을 휘둥그레 뜬 채 서로를 바라볼 뿐이었지. 오진사는 작대기로 그의 머리를 때리면서,

'이 멍청한 놈아! 넌 어디다 대고 벽장이라고 하는 게냐?'

라고 하자, 이놈은 고개를 돌려 대답을 했지.

'어젯밤에는 이곳이 벽장이었나이다.'[어젯밤 벽장이 지금 어디로 갔단 말인가.] 이때 거자 일행이 눈만 말똥말똥 뜬 채 서 있는 꼴이 꼭 거지의 다 찢어진 전대와 같아 우스웠지. 이런 얘기들이 나왔지.

'누굴 원망하겠어? 모두가 멍청해서 초래한 일 아니겠어? 절에서 하는 불재를 태어나서 본 적 없었나……'

'에이 잘됐다. 구경하는 데 미쳐서 공연히 야밤에 자는 사람을 시끄럽게 깨우더니만……'

'소년이야 구경하는 게 그렇다 치지만, 사십 오십 줄이 구경은 무슨……'

'어떤 개 같은 작자가 먼저 가자고 했더라……'

또 누구는 수염을 만지작거리며,

'그만두어. 공연히 소란만 피우고 있네.'

'에이 이번 과거는……'

'이제 보따리도 여비도 없으니……'

'내 이번 노자는 근 스무 냥이었는데……'

'스무 냥이건 이백 냥이건 말해서 뭐해……'

'내 올라올 때 용꿈을 꾸어 이번엔 합격할 거라 생각했는데……'

'아, 용꿈, 미꾸라지꿈, 호랑이꿈, 개꿈……'

그리고 어떤 자는 눈살을 찌푸리고 어떤 자는 가슴을 쓸어내리며, 어떤 자는 계속 소리지르고 또 어떤 자는 아무 말이 없고 어떤 자는 그래도 상경하자 하고, 또 어떤 자는 내려가자 하였지. 그런 중에 객점의 하인이 문을 열어보고는 말했지.

'야심한데 불까지 꺼져 손으로 더듬어 확인을 했으니, 벽장인지 바깥쪽 창문인지 어떻게 구분을 했겠어요……'

객점 주인도 와서 살펴보고는 거들었지.

'지게문, 창문을 닫으면 승천입지(昇天入地)할 도둑이라도 들어올 틈이 없는데, 야밤에 공연히 달게 자는 사람을 깨워 자물쇠를 달라 열쇠를 달라 하더니……'

오진사는 하늘을 쳐다보며 내뱉을 뿐이었지.

'시루는 이미 깨졌으니 말해 무엇 하겠소?'

거자들은 어느 고갯마루에서 녹림객(綠林客)[20]에게 행장을 몽땅 털린 양 혹은 거지 행색으로 상경을 하고 혹은 초상집 개새끼마냥 집으로 되돌아갔지.

'복손아, 복손아! 넌 도대체 어떤 멍청한 여자가 낳았단 말이냐?'[복손은

---

20) 녹림객(綠林客): 도적떼. 전한(前漢)시대 말 왕망(王莽)이 중원을 장악하고 있을 때 왕광(王匡)·왕봉(王鳳) 등 무뢰배 수백 명이 깊은 산에 숨어서 도적질을 일삼았기 때문에 붙여진 말이다.

바보 같은 여자가 낳은 게 아니다. 저 거지들이 모두 바보 같은 여자가 낳은 자들이지.]

23

일지홍은 얘길 듣고 다시 술 한잔을 대접한다. 객은 그 술을 받아 마시고 다시 이 종놈의 기가 막힌 일을 꺼내려는데, 일지홍이 고개를 숙이고 잠깐 생각을 하다가 깜짝 놀란다.

"그럼, 사흘 전 자정에 두건에 방갓을 쓴 오진사는 이 종놈이 가장한 게 아닐까요? 해괴하고 기이하네! 저 오진사는 제가 밤새도록 손을 잡고 보았거늘 이리 보고 저리 봐도 도무지 아직 본 적이 없는 일반 사람이고, 저 성을 모르는 복손은 저와는 남해(南海)와 북해(北海)처럼 모르는 사이인데도 잠깐 스쳤을 뿐이나 어디선가 오래 봐온 듯한 사람 같았어요. 그날 밤에 온 자가 오진사인 줄은 모르겠으나 떨어져 있는 두건이 오진사 것인지라 잠깐 화가 치밀어 얼굴도 눈도 귀도 코도 음성도 외양도 따지지 않고, 단지 제 수중에 이 양반의 중요한 물건이 들어왔다고 판단하였지요. 그래서 저쪽에서 부르지 않는데도 제가 직접 억지로 불렀고 저쪽에서 인정을 하려 하지 않아도 제가 억지로 인정을 시켰죠. 반신반의하는 오진사를 제가 이미 세 치 혀로 농락을 했고, 재차 생원 어른의 주먹을 번거롭게 하여 한바탕 살풍경을 조성하긴 했지만 문에 들어와 고개를 들 때에도 그때의 오진사 같지 않았고, 눈썹을 내리고 예를 표할 때에도 그날 밤의 오진사 같지가 않았답니다. 시비를 따질 때에도 역시 그날 밤의 오진사 같지 않았고, 말이 오고갈 때에도 자정 때의 오진사가 같지 않았어요. 저는 주먹을 매만지고 나는 손등을 비비면서 제 주장을 펼 때에도 그날 밤의 오진사 같지가 않았고, 내가 눈을 시퍼렇게 뜨고 저는 담을 키우며 기세를 올릴 즈음에도 그때의 오진사 같지 않더이다.

그렇지만 그날 밤의 오진사가 아니었대도 이미 그의 성이 그날 밤의 오진사의 성이고, 이름 또한 그날 밤의 오진사의 이름이고 두건도 그때의 오진사의 두건이니 제가 아무리 그날 밤의 오진사가 아니라고 우겨도 내가 어떻게 그날 밤의 오진사로 여기지 않을 수 있겠어요? 내가 이미 그날 밤의 오진사로 인정하여 따질 때도 그날 밤의 오진사라고 여기고 따졌고, 욕을 줄 때도 그날 밤의 오진사라 여기고 욕을 주었지요. 그러나 보고 와서 생각해보니 아무래도 그날 밤의 오진사가 아니더이다. 그런데 문을 나서다가 갑자기 마주친 저 종놈이 그날 밤의 오진사와 비슷하고 그의 평소 짓거리를 듣고 보니 분명 그날 밤 오진사가 분명하옵니다.”

24

객은 이 얘길 다 듣고 나더니 껄껄 웃는다.

“하하! 이놈이 과연 교활하구나. 저 천고 만고의 멍청한 남자 충주의 오진사가 이 종놈에게 속은 건 그만두고라도 동에 번쩍 서에 번쩍하며 비바람에 갈고 닦인 팔족(八足)을 가진 이 같은 난 종놈에게 속아 넘어가 결국엔 십년 우정을 날려버렸괴우정, 우정이라! 너는 그게 우정이더냐.] 넌 수많은 사람을 대한 산전수전 다 겪은 요조숙녀이면서 이 종놈에게 속아 반나절 입과 혀를 허비하였구나. 교활한 이 종놈! 내 평소 이 멍청한 주인이 약삭빠른 하인에게 속아 넘어가는 것을 비웃다가 내 자신이 지금처럼 교활한 놈에게 결국 당하고도 네가 말해주지 않으면 끝까지 몰랐을 게야. 이놈으로 내 집의 하인을 삼았더라면 나도 오진사 꼴을 못 면했겠군. 정말 교활하네, 이놈!”

오호라, 둘이 마주 앉아 오진사의 멍청함을 욕하다가 돌연 얘깃거리를 바꿔 종놈의 꾀를 감탄하고 있도다!

“그놈 교활해. 참 교활해!”

제가 한마디 내가 한마디 하는 소리가 그저 '교활하다'는 말밖에 안 나오는구나.

땔나무 하던 이가 신선들이 바둑 두는 걸 보다가 도끼자루 썩는 줄 모른다고 하더니, 어느덧 해는 서쪽으로 지고 달이 동편에서 떠오르니, 처마 앞엔 반딧불이 깜박이고 처마 뒤편에는 헐벗은 버들이 소소하더라. 가을 벌레가 가을을 울어대고 기러기 또한 놀라는데, 가을을 맞이한 사람들 또한 어찌 서글프지 않으리오. 이런 밤에 두 사람이 마주 앉아 있었으니……

"홍아! 술을 가져오너라. 내 다시 멍청한 주인과 교활한 하인 놈의 한 가지 얘기를 더 들려주마.[뭘 말하려고 하는지? 객은 다시 입을 열어 얘기를 하려다가 아직 꺼내지 않고 있으니 내가 빨리 알고 싶구나.] 홍아……"

일지홍이 살포시 웃음을 띠며,

"생원 어른……"

입 밖으로 말이 나오기도 전에 대문 밖에서 문을 두드리는 소리가 한 차례 들렸다. 일지홍은 깔깔 웃으며 창을 열고 묻는다.

"누구세요? 오진사예요?"

그러자 문밖에서 대답이 들린다.

"그래, 내 오진사가 아니라 어진사(魚進士)일세."

25

일지홍은 서서히 걸어 나가 대문을 열었다. 한 총각이 갓을 쓰고 있지 않은가? 아무 날 밤 두건에 방갓을 쓰고 왔던 그 오진사가 검은 갓에 푸른 두루마기를 입고 문밖에 서 있었던 것이다.[이때 벌써 3년은 경과했는지?][21]

---

21) 이때 벌써 3년은 경과했는지: 벌써 삼년상을 다 치른 것인가 하고 반문하는 것이다.

일지홍이 묻는다.

"누구시오?"

"날세!"

일지홍이 다시 묻는다.

"내가 누구요?"

"내가 나지!"

일지홍은 웃으며[대화하는 말이 웃음을 야기시키는 게 아니다. 대화를 하기 전에 이 웃음을 이미 담고 있었으나 다만 이리 묻고 저리 대답하다 보니 웃는 게 지연되었을 뿐이다. 독자는 이 웃음이 왜 나왔는지 조용히 생각해보시라.]

"당신은 누굴 찾아오셨수?"

라고 묻자,

저쪽에서도 웃으며[이 자는 또 왜 웃는단 말인가.]

"내가 널 찾아왔지."

라고 응수한다. 일지홍은 다시 웃으며,

"너라니 누구 말이오?"

라고 묻자 다시 웃으며,

"너가 너지!"

라고 응수하자 일지홍은 이제 웃음을 참지 못한다.

"아무튼 들어와봐요."

그래 문을 들어와 계단을 오르기도 전에 고개를 들어 일지홍을 쳐다보다가 다시 손님을 쳐다보고는 넙죽 엎드려 인사를 드린다.

"소인 어복손[일지홍이 여기서 이제야 복손의 성을 알게 된다.]이 문안드리옵니다."

손님은 수염을 어루만지며 대답한다.

"그래, 너도 잘 있었느냐?"

"소인은 어르신의 은택으로 별 탈 없이 지내고 있습죠."

"너희 나으리도 안녕하시고?"[이 무슨 헛소리인지.]

"주인 나으리께선 근래 근심이 있어 며칠 동안 고통스러워하고 있나이다."

"그랬더냐? 네 상전이 원래 병이 많지."

그러자 어복손은 더는 대답하지 않고 태연히 마루로 올라오더니 갑자기 이 객의 뺨을 갈기는 것이었다.

"이 고집불통의 어리석은 인간아!"

객이 놀라지 않을 수 있겠는가.

"아니 네놈이 실성을 했느냐? 어찌 감히 이렇게 무례하단 말이냐?"[일이 이 지경에 이르렀는데도 그래도 양반 체면으로 그를 제압하려 하니 그게 되겠는가? 나는 이 객은 현명할 줄 알았더니, 이 또한 오진사와 같은 유의 인물이로다.]

"오진사한테 무슨 죄가 있다고 네 멋대로 주먹을 휘둘렀으며, 나 어복손에게 무슨 감정이 있다고 네가 내 존함을 함부로 부르느냐? 전날 시주(詩酒)를 주고받으며 형님 동생하면서 친하게 지내다가 하루아침에 옛정은 던져버리고 위협하여 두들겨팼으니, 인정도 없는 인간이지. 저번에 네 두 손으로 오진사를 때려눕히고 오늘은 그 입으로 오진사의 안부를 물으니 누굴 속일 참이냐, 하늘을 속이려고?"

26

이 객은 붉으락푸르락한 얼굴로 아무 말 없이 앉아 있고, 일지홍은 눈을 이리저리 굴리며 심장은 콩닥거린 채 서 있고, 어복손은 기세등등하여 이마를 찡그린 채 웃고 있다. 그러다 육현금(六絃琴) 하나가 벽에 걸려 있는 것

을 보더니 갑자기 신이 났는지,

"와, 왕선생[왕선학(王仙鶴)이 처음 육현금을 만들었다.] 옛 물건이 아닌가?"

라고 하면서 그것을 끄집어 내려 한 번 퉁겨보더니, 큰소리로 창을 한다.

용맹은 서초패왕 항적(項籍)이요,
지략은 한승상 제갈량(諸葛亮)이라.
영웅이 많고 호걸이 적지 않으나
아마도 우리 동방의 인물은 어선생(魚先生)이 아닌가.[우습고 우습도다.
이 교활한 놈이 이렇게까지 자부하다니.]

거문고를 내려놓더니 일지홍을 쳐다본다.

"감히 달라고는 못하겠소만 한잔 술로 목이나 축였으면 좋겠소."

일지홍이 바야흐로 맥이 풀려 고개를 숙인 채로 듣고 있자니, 노랫소리가 멀리 구름 사이를 뚫고 다시 숲의 나무를 흔들었고 여음이 들보에 감돌며 실가닥처럼 끊어지질 않더라.

'너는 진청(秦靑)[22]의 후신이 아니더냐. 이쯤 되면 감히 너를 시골 촌놈이라고 부를 수도, 평범한 사람으로도 부를 수 없게 되었도다. 하물며 감히 너를 종놈이니 못난 생원의 하인이라고 부르겠느냐?[남곽(南郭) 선생[23]이 천뢰

---

22) 진청(秦靑): 옛날 노래를 잘 불렀던 인물. 설담(薛譚)이란 자가 그에게 노래를 배웠는데, 그는 아직 수준이 되지 않았는데도 자신은 다 터득했다고 자임하고서 진청에게 돌아가겠다고 하였다. 진청은 그를 붙잡지 않고 전별의 노래를 불러주었는데, 그 소리가 나무숲을 울리더니 구름 사이를 뚫고 하늘로 올라갔다. 설담은 결국 돌아가지 않고 평생토록 그의 밑에서 수학을 했다고 한다.

23) 남곽(南郭) 선생: 전국시대 제(齊)나라 인물 남곽남우(南郭濫竽). 제나라 선왕(宣王)이 생황소리를 좋아했는데, 남우가 왕 앞에서 생황을 연주하자 선왕은 이에 매료되어 그에게 노비와 식읍을 내려주었다고 한다.

(天籟) 지뢰(地籟) 인뢰(人籟) 소리를 들었다고 하더니, 지금 궤안에 기댄 자는 예전의 궤안에 기댄 자가 아니로다.] 내게 차가 있고 술이 있으니 마시고 싶거든 마시고 들이켜고 싶거든 들이켜소.'[청컨대 이 둘 중에 선택하라.]

이놈이 술을 마시고 나더니[일지홍이 술을 내어주는 것은 이야기하지 않고 어복손이 마신 일을 먼저 말했으니 대강 생략한 것이다.] 다시 손님을 보고 말한다.

"생원님![갑자기 미친놈이라고 했다가 지금 다시 생원님이라 하여, 어린아이 놀리듯 하니 남들도 차마 견디지 못할 듯.] 이 복손이의 무례를 보았으니 아마도 분한 마음이 없기야 하겠소만 생원님도 겪어온 일이 이미 많으시니 이번 일의 경위에 대해서 대략이나마 알려주어야 할 듯합니다. 청루 안에서 무슨 반상(班常)의 구분이 있겠으며, 술동이 앞에서 높고 낮은 구분이 뭐 있겠소. 이 복손이 죽을죄를 지었으니 생원님은 너무 개의치 마소서."

객은 복손의 주먹이 두렵고 또 그의 입도 두려운지라 어찌 다시 말을 하겠는가? 다만 대답이,

"내가 이번 일을 무엇 하러 염두에 두겠는가? 나 또한 그 경위를 대충 이해한다네."

라고 할 뿐이었다.

"정말 죄송하옵니다."

이윽고 이 객은 신발을 신고 가버렸고[필시 재미가 없어 떠났을 것이다.] 단출하게 남은 두 사람은 서둘러 자리를 잡고 앉더니 수단이 대단하다며 서로 칭찬하고 얼굴을 마주 대하며 밤새도록 적막할 틈이 없었다.

27

청천자는 말한다.

'일찍이 불교의 인과설(因果說)을 고찰해보았는데, 일체 기세간(器世間)[24]과 유정세간(有情世間)은 모두 중생의 업력(業力)에 따라 만들어지는 것으로, 그 최대 업력의 집합점은 곧 전세계[이른바 기세간.]가 그것이다. 이 중생의 업력의 집합점 중에 다시 각자의 특별한 업력이 있어서 서로 선별이 되는데 개인[곧 이른바 유정세간.]이 그것이다. 그러므로 전세계 오늘의 결과는 곧 식전(食前)에 만들어낸 원인에 따른 것이고, 일개인은 이보다 앞선 원인에 의해 곧 오늘의 결과가 발생하여, 수미가 상관하고 전후가 상조하게 된다. 우리들이 오늘 어떤 악과(惡果)를 받게 된다면 마땅히 요닉(幺匿)[즉 개인.]에게서 받은 악인(惡因)이 얼마나 되는지, 척도(拓都)[25]에게서 받은 악인이 얼마나 되는지 알아야만 한다. 우리들이 이후로 선과(善果)를 먹고 싶거든 한편으론 자기 개인을 위해 선인(善因)을 만들어야 하고, 다른 한편으론 척도를 위해 선인을 만들어야 한다고 했다.

이 설을 전세계에 징험해보아도 참으로 그러하다. 전세계에 징험해보는 것보다 일용의 행위에 징험해보는 것이 더욱 절실하고, 일용의 행위에 징험해보는 게 비록 절실하긴 하나, 이것을 한 개인에게 징험해보는 것보단 절실하지 못하니, 이왕의 자취를 더욱더 경계해야 하는 것이다. 만약 믿지 못하겠거든 계항(桂巷)의 패담(稗談)을 읽어보시라. 내 그 객[앞에서 일컬었던 그 객.]을 보면 이걸 믿을 수 있고, 또 오진사를 봐도 믿겠고 어복손을 봐도 믿을 수 있다. 원인이 방탕하면 그 결과가 방탕해지고, 원인이 어리석으면 그 결과가 어리석게 나타난다. 또 원인이 교활하면 그 결과도 교활해지는 법이다. 그러니 누군들 '선수(善樹)'에 선과가 열리며 악수(惡

---

24) 기세간(器世間): 모든 중생이 살 수 있는 세계를 말하며, '무정세간(無情世間)'이라고 한다. 또 그 속에서 살아가는 개인을 '유정세간(有情世間)'이라고 하여, 불가에서는 세계를 무정세간과 유정세간이 결합된 형태로 이해한다.

25) 척도(拓都): 영어 total의 음역으로, '전체(全體)' 또는 '총체(總體)'를 뜻한다.

樹)에 악과가 열린다'고 말하지 않으랴!'

계항패사는 말한다.

'너에게서 나온 것은 다시 너에게로 돌아가는 법이다. 객이 옛 정의를 망각하고 친구에게 욕을 주자 복손이 등급을 망각하고[등급은 하늘과 같은데] 패덕하게 멋대로 주먹을 휘둘렀다. 객에게 말이 혹 불충하고 행동이 혹 독실하지 못했더라도 다만 십 년이나 된 친구를 하루아침에 길가는 사람처럼 끊게 하지 말았어야 하는데…… 복손이 패덕한 놈이기는 하지만 또한 그 마음은 어떠했겠는가? 『시경』에도 이르기를, '스스로 다복을 구할진대 길이 천명에 부합할 것을 생각한다(自求多福, 永言配命)'[26]고 하였고, 『서경』에도 '스스로 지은 재앙은 벗어날 수 없다'[27] 하였으니, 어찌 큰 것만 그러하겠는가? 아주 사소하고 작은 일에도 그림자보다 빨리 나타나는 법이다.'

28

차설. 이 당시 한 재상이 있었으니, 그는 훈천구일(熏天炙日)[28]하는 세력을 가진 이였다.[이 재상이 누구인지는 군이 말할 필요는 없겠으나, 당시에 훈천구일하는 세력가는 과연 누구이겠는가? 독자들이 한 번 미루어 생각해보기를!] 가문은 사세오공(四世五公)이며 자제는 모두 청자금옥(靑紫金玉)이

---

26) 스스로 다복을 (…) 생각한다: 『시경』대아(大雅) '문왕(文王)'편의 내용이다. 『시경』 원문에는 "永言配命, 自求多福"으로 이 구절이 서로 바뀌어 있다.

27) 스스로 지은 재앙은 벗어날 수 없다: 이 말은 『서경』에도 비슷하게 나오지만, 정확하게는 『맹자』「공손추(公孫丑)」편에 나오는 말이다.

28) 훈천구일(熏天炙日): 불꽃이 하늘을 그슬리고 해를 태울 만한 기세.

었다.[29] 일어나면 좌우에서 부축하고 기침만 해도 하인들이 바람처럼 내달려 온다. 하증(何曾)이 한 끼 식사에 만금을 쓰고도 젓가락 둘 데가 없다고 탄식하고 무안(武安)이 호사로운 저택에도 다시 목수들을 불러 집을 치장하라고 하는 식이었다.[30] 어둑한 빙산을 벌과 개미가 에워싼 듯 뒤따르는 자가 도대체 몇천 몇만 명인지 모를 지경이다.

이 재상은 현재 이조판서로 재직하고 있으면서 백관들을 내쫓기도 등용하기도 하며 조정에 세력을 떨치고 있었으니, 관직 없는 자는 관직을 구하고 관직 있는 자는 승진을 구하였다. 면분 없는 자는 일면식이라도 있기를 구하며, 면식 있는 자는 더 친해지기를 구하며, 이미 친해진 자들은 더욱 더 친밀해지기를 구했다. 동에서 서에서 남에서, 그리고 북에서 찾아와 초시(初試)를 봐달라 하고 회시(會試)를 봐달라 하고 대과(大科)를 봐달라 하는가 하면, 수령 자리까지 청원을 하였다. 파리떼 개떼처럼 빨고 핥으며 아침저녁으로 문안을 올리고 어두워지면 애걸하기를 대문과 뜰에서 끊이지 않고 이어지니, 맹상군(孟嘗君) 문하의 3천 객[31]과 그 수를 비교할 만하였다. 그렇지만 천 사람이 허락해도 한 사람이 바른 소리하는 것만 못한 법. 셀 수도 없을 정도의 저 무수한 사람들을 어찌하겠는가. 혀를 찰 일이로다.

이 재상이 손님 접대는 반기지 않고 오직 편히 잠자는 걸 좋아하니, 세상에 윤추탄(尹楸灘)이란 사람이 따로 없는데도, 누가 '꿈에서 주공(周公)을

---

29) 가문은 (…) 청자금옥(靑紫金玉)이었다: 사세오공(四世五公)은 한 집안에서 삼대(三代)에 걸쳐 다섯 이상의 공경대부가 났다는 말이며, 청자금옥(靑紫金玉) 역시 공경대부를 상징한다. 공경대부의 인끈을 청색과 자색으로 만들었던 데서 유래하였다.

30) 하증(何曾)이 (…) 식이었다: 하증의 고사에 대해서는 앞의 제4화 주18 참조. 무안(武安)은 한나라 때 무안후(武安侯)에 봉해진 전분(田蚡)이다. 그는 무제(武帝)의 삼촌으로, 무제가 즉위하면서부터 권세를 부려 집을 화려하게 꾸민 것으로 유명하였다.

31) 맹상군(孟嘗君) 문하의 3천 객: 맹상군은 전국시대 제(齊)나라의 봉후이다. 그는 혼란한 정국에서 강한 진(秦)나라를 견제하기 위해 국적을 불문하고 현사식객(賢士食客)을 3천 명이 넘게 두고 그들을 잘 대접하였다. 그는 이들 식객 때문에 여러 번 위기에서 벗어날 수 있었다.

뵈면 지금 이때 고통을 토로해보리(夢中若見周公聖 爲問當年吐握勞)'32)라
는 두 구 시로 누가 경계를 삼으며, 이 재상이 남을 구하기를 꺼려하고 뇌물
을 주고 부탁하기를 좋아하여 세상에 이런 가낭선(賈浪仙)33)이 없는데도, 누
가 '장미꽃은 시들고 가을바람 불자, 가시덩굴 뜰에 가득함을 비로소 알아본
다(薔薇花謝秋風起 荊棘滿庭人始知)'34)는 두 구 시로 그를 욕하겠는가. 그
리고 이 재상이 워낙 교만하고 사치스러운데도 어느 누가 순자(荀子)의 '교
만과 사치는 패망하려 하지 않아도 때가 되면 저절로 패망에 이른다(驕奢不
與敗亡 期而敗亡自至)'35)는 열 두 글자로 바로잡을 것이며, 또 이 재상이
욕심이 끝이 없으나, 누가 채택(蔡澤)의 '해가 중천에 뜨면 기울고 달이 차
면 이지러지는 법, 사계절의 차례도 한 계절을 이루면 가는 법이다(日中則
昃 月盈則虧 四時之序 成功者去)'36)라는 열여섯 자로 풍자하겠는가.

---

32) 윤추탄(尹楸灘)이란 (…) 토로해보리: 윤추탄은 성종 때 판서를 지낸 윤효손(尹孝孫)으
로 추탄(楸灘)은 그의 호이다. 그는 젊었을 때 자신을 알리고자 시를 써서 어느 재상 집
에 집어넣으려고 하였으나, 문지기가 이를 막자 한 번은 이런 시를 썼다. "해가 높이 떠
올라도 영감께선 아직 꿈나라에 계시고, 대문 앞에 놓인 명함에선 털이 돋을 지경이네.
꿈에서 주공을 뵈면 지금 이때의 고통을 토로해보리(相國酣眠日正高, 門前刺紙已生毛.
夢中若見周公聖, 須問當年吐握勞)." 뒤에 이 시를 접한 재상은 그를 자신의 사위로 삼았
다고 한다.

33) 가낭선(賈浪仙): 당나라 때 시인 가도(賈島)로 낭선(浪仙)은 그의 자이다. 그는 물외(物
外)의 지취(旨趣)를 시로 잘 읊어 '가낭선체(賈浪仙體)'라는 칭송을 받았다. 이 시는 그의
작품 「조지정(嘲池亭)」의 일부분이다.

34) 장미꽃은 (…) 비로소 알아본다: 미상.

35) 교만과 사치는 (…) 패망에 이른다: 이 문구는 순자(荀子)의 말이 아니고, 전국시대 사
군자(四君子)의 한 사람이었던 평원군(平原君)이 진나라 응후(應侯)에게 한 말이다. 내용
도 『전국책(戰國策)』에 실려 있다.

36) 채택(蔡澤)의 (…) 가는 법이다: 채택은 전국시대 변사(辯士)이다. 그는 연(燕)나라 출
신으로 한(韓)·위(魏)·조(趙)나라에서 유세했으나 등용되지 못하고, 뒤에 진(秦)나라로
들어가서 마침내 객경(客卿)이 되었다. 여기 이 인용문은 채택이 진나라의 응후(應侯)에
게 한 얘기인데, 원래 이 문구는 『주역』에 나온다. 그리고 여기 인용된 부분과는 다소
자구상의 차이가 있다. 참고로 『사기(史記)』에서 채택이 인용한 부분은 다음과 같다. "語

이 재상이 뜻이 높고 기운이 넘쳐 행동도 더욱 기고만장하여 스스로 장량(張良)·진평(陳平)의 뛰어난 재주도 내가 가졌고, 한신(韓信)·팽월(彭越)의 장략[37]도 내가 가졌으며, 방두요송(房杜姚宋)[38]도 바로 나요, 한범부구(韓范富歐)[39]도 바로 나라, 나 외에는 아무리 천하가 넓다 해도 한 웃음거리일 뿐이라며 으스댔다.

청천자는 말한다.

'이쯤 되면 독자는 이 재상의 결말에 대해서는 묻지 말고 어복손의 계략이 어떻게 먹혀드는지를 볼 것이다.'

29

이 재상이 이처럼 귀인인데다 저렇게 교만하니 저 물밀듯 몰려오는 사람들을 보면서도 나와 무슨 상관이냐는 식이었다. 이는 바로 태산 정상에서 티끌 세상을 내려다보니 만국의 도성이 개밋둑과 같고, 천가(千家)의 호걸이

曰: '日中則移, 月滿則虧, 物盛則衰, 天地之常數也. 進退盈縮, 與時變化, 聖人之常道也.'"

37) 한신(韓信)·팽월(彭越)의 장략(將略): 모두 한나라 건국의 일등공신이었으나, 한신은 토사구팽(兎死狗烹)을 당했고, 팽월도 한나라 건국 후 한고조와 뜻을 달리하다가 결국 죽임을 당했다.

38) 방두요송(房杜姚宋): 당나라 때 현명한 네 재상. 즉 방현령(房玄齡)·두여회(杜如晦)·요숭(姚崇)·송경(宋璟). 방현령과 두여회는 태종 때, 그리고 요숭과 송경은 현종 때의 인물이다.

39) 한범부구(韓范富歐): 송나라 때 현명한 네 재상. 즉 한기(韓琦)·범중엄(范仲淹)·부필(富弼)·구양수(歐陽脩). 특히 한기와 범중엄은 무관으로 오래 있었는데, 인심이 모두 그들에게 돌아와 뒤에 명재상이 되었다. 소식(蘇軾)은 "한범부구양(韓范富歐陽) 이 네 분은 인걸이다"라고 칭송한 바 있다.

모두 초파리와 같은 격이었다. 일반 손님은 일절 사절하고 심부름이나 집안 일을 위해 꼭 필요한 네다섯 식구만 남겨두었다. 그리고 문하의 객 아무개에게 명하여 대서특필로 대문 앞에 붙이라고 하였다. 그 내용은 이러했다.

　'객으로 내 집 문안으로 한 발짝이라도 들어오려거든, 양반은 나라를 통틀어 제일이어야 하고, 인물로도 제일이어야 하며, 문장도 제일, 말솜씨도 제일이어야 한다. 이 네 가지 중 하나라도 제일이 아니면 감히 내 집으로 들어올 수 없으며, 이 네 가지 중 한 가지라도 제일 아닌 게 없어야 들어올 수 있다. 이 네 가지가 제일이 아니면 과거에 아주 친밀하게 지냈다 하더라도 내 집에는 들어오지 못하며, 만약 이 네 가지가 제일이면 비록 과거에 소원했던 처지라도 내 집으로 들어올 수 있느니라. 들어올 수 없는데도 감히 들어온다면 이는 내 집안을 더럽히는 것이니, 그런 사람이 있으면 측간에 던져버릴 것이요, 내 집에 들어올 수 있는 자격을 갖추고도 들어오지 않는다면 이는 내 집을 업신여기는 것이니만큼 저 먼 지방으로 내칠 것이다. 들어올 수 있어서 들어오면 내 삼가 진번(陳蕃)의 의자[40]를 내어줄 것이다. 객들아! 너희 중에 누가 이 네 가지에 제일인 자가 있느냐? 모월 모일에 써서 알리노라.'

　이에 조석으로 안부를 묻던 자들도 주저하며 감히 들어오지 못했고, 밤이면 애걸하던 자들도 머뭇거리기만 하고 감히 접근하지 못했다. 전날 문하에 대오를 이루었던 여러 객들도 '우리 대감님, 원망스럽군요!' 하며 웅성거리기만 할 뿐, 어느 누구도 감히 대담하게 들어오는 자가 없었다. 그런데 저

---

40) 진번(陳蕃)의 의자: 진번은 한나라 때 태부(太傅)로, 명현을 등용하여 정치를 폈던 인물이다. 그는 특별히 의자 하나를 걸어두었다가 다른 사람에게는 내어주지 않고, 오직 주구(周璆)·서치(徐穉) 이 두 사람에게만 앉게 하여 특별 예우하였다. 이 진번하탑(陳蕃下榻)의 고사는 『몽구(蒙求)』의 표제이기도 하다.

종놈 어복손이 우연히 두 귀로 이 희소식을 듣게 되었다.

30

　복손은 이 소식을 접하고 기쁨을 감추지 못하고는,
　"때가 왔구나, 때가 왔어!"
라고 하면서, 가죽 갓을 벗어던지며 통영립(統營笠)으로 바꿔 쓰고, 두루마기를 벗고 큰 도포로 갈아입었다. 그리고 동편 저자에서 신을 사고 서쪽 저자에서 혁대를 샀다. 그가 새벽 머리에 오진사가 묵고 있는 방문 밖으로 가서 기침을 한 번 하자, 오진사가 이불 속에서 묻는다.
　"누구시오?"
　"소인이옵니다."
　"복손이냐?"
　"예!"
　"뭔 일로?"
　"별다른 일은 없고 다만 소인이 동문 밖을 한 번 다니러 갔다가 내일이나 돌아올 수 있을 것 같사옵니다."
　"뭔 일이 있느냐?"
　"별 일은 아니고 다만 소인이 본래 부모도 없는데다 다른 가까운 친척은 없습지요. 어릴 때 소인에게 팔촌 친척 동생이 있다는 말은 듣긴 했으나 지금까지 어디에 떠돌고 있는지 몰랐다가 어제 겨우 그에 대한 소식을 들었나이다. 정과 의리로 보아 한 번 만나보지 않을 수 없기에 제가 동문 밖으로 가서 이 팔촌 동생을 찾아볼까 해서요."
　"그래 알았다. 마음대로 하거라."
　어복손은 서둘러 문을 나서서 일지홍의 집으로 찾아가 몇 마디를 나누더

니 술 몇 잔을 들이켰다. 해가 동쪽에서 세 길 남짓 떠오르길 기다렸다가 곧
장 이 재상의 집을 방문하였다. 웅장하고도 거대하구나! 장안에서 제일 가는
집에 구름이 드리운 걸 보니 곽장군(霍將軍)[41] 사는 집인 줄 알겠군! 그 대
문으로 들어가니 담장 아래 국화는 가을빛이 완연하고 대청으로 드니 어항
속에 노니는 물고기떼는 천기(天機)를 얻어 노닐더라. 물(物)이란 게 공평하
지 않음이 이치이던가? 너는 무슨 덕을 쌓았기에 이런 호화로운 거처에서
평생 이렇듯 편안히 즐긴단 말인가? 사상(泗上)의 정장(亭長)이 진시황제의
위엄을 맘껏 구경하는[42] 것 같았다. 저도 모르게 탄식조로 한마디를 뱉는다.
　"사내 대장부가 이 정도는 되어야 하는데……"

31

　방으로 들어가니 이 재상이 갓과 망건도 쓰지 않고 탕건 하나만 쓴 채 궤
안에 기대어 있는데, 어찌 그리 수염이 길던지 배까지 내려왔으며, 또 어찌
그리 살이 쪘는지 배가 무릎을 덮었더라.[부귀한 몸체를 묘사한 것이다.] 어
복손은 그의 앞에서 절을 한 번 올렸다. 그래도 이 재상은 마치 토우(土偶)
처럼 앉아서 한 번도 쳐다보지 않는다. 어복손이 다시 그의 앞에서 절을 올
렸다. 그런데도 목거사(木居士)처럼 앉아 도무지 머리 한 번 들지를 않는다.
세번째 절을 올려도 네번째 절을 올려도 반응이 없기는 마찬가지였다. 그래
도 네가 돌아보든지 말든지 난 절을 하련다는 식이었다. 허리가 아프지도 않

---

41) 곽장군(霍將軍): 한나라 때의 장군 곽거병(霍去病). 위청(衛青)의 조카로, 무제(武帝)
　 때 흉노를 격퇴하는 데 공을 세워 표기장군(驃騎將軍)이 되어 일세를 풍미하였다.
42) 사상(泗上)의 (…) 맘껏 구경하는: 사상의 정장은 한고조 유방(劉邦)을 일컫는다. 그가
　 젊은 시절 정장(亭長)으로 있을 때, 당시 진시황(秦始皇)의 위엄을 실컷 구경할 기회가
　 있었다. 그는 진시황을 보고 나서 "아, 대장부라면 마땅히 저처럼 되어야 하는데!"라고 탄
　 식을 한 적이 있었다.

는가? 마치 사당에서 제관(祭官)이 하루 종일 배(拜), 복(伏), 흥(興), 평신(平身)하듯이[43] 수십 차례 절을 하는데, 이 재상은 일부러 거들떠보지 않고 있다가 저도 모르게 볼에 웃음이 가득해지더라. 이윽고 묻는다.

"넌 누구냐?"

"소생의 성은 어씨요 이름은 갑(甲)이옵니다."

"어디에 사는가?"

"소생의 조부와 부친은 남촌(南村)에서 생장하셨고, 소생은 낙향한 지 10년에 지금은 죽산(竹山)의 용담(龍潭)에 살고 있사옵니다."

"내 집에 들어올 때 문앞에 붙은 글을 보았더냐?"

"예, 소생이 이미 수천 수백 번은 보았나이다."

"그렇다면 네가 과연 이 네 가지에 제일이란 말이냐?"

"예, 그러하옵니다. 소생이 과연 이 네 가지 다 제일이옵니다."

그러자 재상은 책상을 내리치며 발끈 화를 낸다.[노한 척하는 것이다.]

"네 몰골을 보아하니 시골 촌구석의 어리석은 백성일 뿐인데, 감히 제일 양반이라고 한단 말이냐?"

어복손은 그의 앞에서 무릎을 꿇는다.

"대감마님, 화를 누그러뜨리시죠. 소생이 감히 대감마님을 속이겠습니까? 소위 양반이란 건 어찌하여야 그런 이름을 얻게 되는지요? 만약 애초 안면이 없는 길거리 사람이라도 모두 양반이라고 인정하면 그게 제일 양반이 아니겠습니까?"

"그렇지!"

"그렇다면 소생의 양반으로서 문벌을 치자면 국내에서 제일일 뿐만 아니라 천하에 제일이옵니다."

"네가 이를 밝혀보아라. 어떤 봉사가 너를 두고 양반이라고 하겠느냐?"

---

43) 배(拜), 복(伏), 흥(興), 평신(平身)하듯이: 절을 올리는 절차를 말한다.

32

"소생의 집은 가난하기 짝이 없사옵니다.[이는 양반의 본색이다.] 가난이 웬수라 소생이 짚신을 삼고 자리를 짜는 것으로 입에 풀칠을 하고 있지요. 가난한 자는 천하기 마련. 천한 자의 신상에 '양반' 두 글자는 과연 감당하기 어려운 것이지요. 그래 남이 소나 말로 부르길 바라지 저를 금이니 옥이니 부르는 것을 바라지 않을 정도입니다. 그러나 본색을 가리기는 어렵고 주변의 눈을 속일 수 없는 법이라, 삼은 신을 가지고 저자에 가면 어엿한 신 장사치이고 짠 자리를 짊어지고 저자에 가면 어엿한 자리 장사치인데도, 어찌하여 저자의 사람들은 나를 양반인 걸 알아보고 동쪽 사람들에게 신발 한 짝 사라고 해도 '이 양반이!'라고 소리치고, 서쪽 사람들에게 자리 하나 사라고 해도 '저 양반이!'라고 하지요. 괴산(槐山) 저자에 가도 저자에 모인 자들이 모두 절 양반이라 하고 충주의 저자에 가도 지나가는 자들이 모두 저를 양반이라 합니다. 신과 자리를 판 지 30년 동안 어느 누구도 저를 양반이라고 하지 않은 이가 없지요. 대감께서는 존체가 더욱 귀하시니 누가 봐도 쉬이 양반인 줄 알지만 소생은 이렇게 천하고 천한데도 보는 이마다 양반이라고 불러주니 소생이 어찌 국내에서 제일 양반이 아니겠습니까?"

재상은 이 말을 듣고는 수염을 어루만지며 껄껄 웃더니 다시 물었다.

"네 얼굴은 얽었고 몸도 둔해 보이니, 네 한 번 거울을 들어 자신을 비추어보거라. 그래도 네 인물이 나라에서 제일이더냐?"

"소생이 저 스스로 나라 제일의 인물이라고 자랑을 하더라도 대감께서 필시 믿지 않을 것이요, 설령 대감께서 저를 국내 제일이라고 확실히 믿으시더라도 남들이 필시 이를 받아들이지 않을 것이옵니다. 그렇다면 말할 필요가 없거니와 다만 남자의 인물의 고하는 여자가 가장 잘 판단하지 않겠습니까?"

"그야 그렇지."

"수많은 청루화방(靑樓花房)의 음탕한 기녀, 갈보의 말은 다 믿을 건 못 되지만[일지홍도 믿을 수 없다.] 가장 믿을 만한 데는 자기 집 처와 첩이 아니겠습니까?"

"그렇지."

"소생이 소생의 처와 옷을 벗고 잠자리에 들 때에 '세상 인물 중에 누가 제일이오?' 하고 물으면 바로 저라 하더이다."

33

재상이 다시 물었다.

"그렇다면 너는 무슨 글을 잘 짓느냐?"

"소생이 소생 문중에서 항렬이 최고 높지요."

"그러면 어떤 말을 잘 하느냐?"

"소생의 한마디에 대감께서 한 번 웃으시니 언변이 능한 게 아니겠습니까?"

재상은 껄껄 웃으며 속으로 찬탄을 하였다.

'기발하구나 어생(魚生)이여, 대단하구나 어생이여!'

재상은 비록 그의 내력을 훤히 꿴 것은 아니지만 필시 산림, 암혈 속에 있는 일대 호걸이란 생각이 들었다. 그리고 사내종을 불러 집에서 빚은 국화주(菊花酒) 한 병을 가져오라 하여 즐겁게 대작을 하였다. 아직 속내를 다 보이기도 전에 앞길에 석양이 드리워졌다. 어복손은 몸을 일으켰다.

"날이 저무니 소생은 인사를 드릴까 합니다."

"어째서 이렇게 급히 가려 하는가?"

"금명간에 다시 찾아뵙고 문안을 드리겠나이다."

"앞으로 계속 볼 수 있겠느냐?"

"예, 그렇고 말고요."

대문을 나서는데 재상은 그가 나서는 모습을 한참 동안 주시하고 있었다.

"내 수십 년 이래로 이런 기발한 선비는 처음일세. 외모는 남의 집 하인과 같아 보이고[사람을 많이 대해보아서 그런지 잘도 알아본다.] 거동도 먼 촌 구석의 어리석은 자 같은데, 우스갯소리를 저렇게 잘도 하니 순우공(淳于公)이 세상에 다시 나타나고 소진(蘇秦)이 세상에 다시 태어난 셈이군."

이미 대문을 나온 복손은 하늘을 쳐다보며 혀를 찼다.

"내가 불우하여 범숙(范叔)이 진(秦)나라로 들어갔던 일⁴⁴⁾도, 조말(曹沫)이 공(公)이 된 일⁴⁵⁾도 못하고 그저 더벅머리 사내로 내 허리만 몇 번이나 굽히고 말았구나. 다만 저 재상이 환대해주어 술 몇 잔을 마셔, 번장군(樊將軍)이 항왕(項王)의 군막을 헤치고 들어간⁴⁶⁾ 듯했으니 항아리 술인들 어찌 사양하겠는가?"

그러나 한정 없는 주량을 자랑하던 이 노복의 큰 배로도 술 힘을 감당하지 못했던지 동편에 서 있다가 서편으로 엎어지고 서편에 섰다 싶더니 동편으로 엎어진다. 엉금엉금 기어가서 오진사를 뵈었는데, 술 냄새가 오진사의 코끝을 찔렀다.

"너 어디서 이렇게 술을 많이 마셨느냐?"

---

44) 범숙(范叔)이 진(秦)나라로 들어갔던 일: 범숙은 전국시대 위(魏)나라 사람 범저(范雎)이다. 그는 젊은 시절 처지가 곤궁하였으나, 뒤에 진(秦)나라로 들어가 마침내 재상이 된 인물이다.

45) 조말(曹沫)이 공(公)이 된 일: 조말은 춘추시대 노(魯)나라 사람으로, 장공(莊公)을 섬 겼다. 노나라가 제나라에 패하자, 비수를 들고 제나라 환공(桓公)을 위협, 마침내 빼앗긴 땅을 돌려받았다. 그 공으로 그는 봉후(封侯)가 되었다.

46) 번장군(樊將軍)이 (…) 헤치고 들어간: 번장군은 한나라 통일의 공신 번쾌(樊噲)이다. 그는 백정 출신으로 한고조 유방을 따르며 자주 전공을 세웠다. 한 번은 항우(項羽)와 유방이 홍문(鴻門)에서 만나 연회를 열었는데, 범증(范增)이 유방을 죽이려 하자, 그는 창을 들고 항우 진영으로 뛰어들어 유방을 구한 일이 있었다.

"팔촌이 먼 사이이기는 하나 그래도 형제인지라, 초면에 술로 정담을 나누다보니 의리상 사양할 수가 없었사옵니다. 그래서 이렇게 많이 마시게 되었으니 소인[소생이 갑자기 소인으로 바뀌는구나.] 만 번 죽어도 쌉니다."

오진사가 다시 묻는다.

"네가 내일이나 오겠다고 해놓고 어째 이렇게 빨리 돌아왔느냐?"

"소인이 나으리 수하에 다른 이가 없다는 걸 잘 아는데, 어찌 감히 지체하겠사옵니까?"

34

이 어리석은 생원 오진사는 이놈의 출중하고 교활한 기량을 모르고 있으니, 어찌 이놈이 도깨비같이 출몰하는 정황을 알 턱이 있겠는가? 다만 어디엔가 팔촌이 있다는 이놈의 말만 믿고 한다는 생각이, '이놈이 그곳을 갔다 오긴 했나 보네?'라고 하더니, 다시 말한다.

"네가 많이 취했고 또 날도 저물었으니 그만 물러가거라."

"예!"

그렇다면 이놈이 물러나서는 어디로 가는가? 밤에는 일지홍의 집이요, 낮에는 이 재상집이었다. 일지홍을 만나면 매번 오진사의 어리석음을 큰소리로 비웃고, 재상을 찾아뵈면 오진사의 어리석음을 은근히 비꼬았다. 아! 저놈이 재상에게 무슨 까닭으로 오진사를 대놓고 비웃지 못하고 은근히 비웃겠는가? 오진사가 비록 어리석고 어복손은 교활하나, 하나는 주인이고 다른 하나는 종이다. 그러니 재상 면전에서 오진사를 비웃게 되면 이는 하인이 주인을 비방하는 것이라 누가 이를 믿어주려 하겠는가? 또 이놈이 재상을 찾아오는 것은 고만고만한 세력을 얻어 오진사를 압도하기 위해서가 아니며, 한 관직을 얻어 오진사를 능가하려는 것도 아니었다. 그에게는 다만 가슴 한

컨에 품은 소회가 있었으니, 그 소회란 무엇인가. 아무 년 아무 날에 이미 한 번 오진사에게 자신을 속량(贖良)해줄 것을 간청했다가 진창 욕만 먹은 지라 그 일을 마음에 새기고 있은 지 이미 많은 해가 지난 상태였다. 어찌하여 저 멍청한 서생은 '세노(世奴)'란 두 글자를 잘못 믿고 사람을 가축인 양 여겨 끝내 제 손에서 놔줄 생각을 하지 않으며, 어찌하여 이 교활한 종은 주인이 한 번 꾸짖은 데에 한을 품고 속이는 일을 재주인 양 여기고 끝끝내 마음을 돌리려 하지 않는단 말인가.

　청천자는 말한다.
　'이것으로 살펴보면 어복손이 전후 저지른 일들이 저마다 그를 죽여도 시원찮을 것들이나 그것이 꼭 오진사가 고루하고 우활한 고집으로 주인과 노비의 경계를 깨뜨리지 못해서 빚어진 화인 것만은 아니다. 오호라, 우리나라 안에 노비를 부리고 있는 사람들은 이 글을 살피고 살펴야 할 것이다.'

이놈이 재상을 찾는 것은 다른 뜻이 있어서가 아니었다. 이 재상의 말 한마디로 자기의 이름자를 노적(奴籍)에서 빼내는 것이었다. 처음 왔을 때 양반의 명색을 빌리지 않고서는 이 재상을 배알할 통로가 없었고, 다시 찾아갔을 때 자기 본래 신분을 밝히면 이 재상이 화를 낼지 괜찮다고 할지 어떻게 알겠는가. 그래서 많은 심력을 기울이고 허다한 기교를 부렸던 것이니, 이 일은 아랫글에 자세하다. 지금 다시 이 재상 얘기를 하자면, 현재 어복손이 친밀하게 왕래하지만, 지난날엔 오진사가 조석으로 문안을 드렸던 인물이다.

35

차설. 오진사가 성진사(成進士)를 통해 이 재상의 문하를 출입하면서부터 세시세찬(歲時歲饌)은 물론 간간이 선물까지 올렸고, 심지어 자신의 근심과 즐거움은 제쳐두고 오직 이 재상의 근심과 즐거움을 자신의 것으로 삼았으며, 자신의 기쁨과 화는 제쳐두고 오직 재상의 기쁨과 화를 자신의 것으로 삼았다. 이상도 하지! 오진사같이 오만하고 속좁은 성품과 기질을 지니고 있으면서도 유독 이 재상에 대해서만큼은 어떻게 저렇듯 눈 녹듯 하는지.[속언에 '남촌 재상이 북촌 재상을 만나면 창자라도 바꾼다'[47]고 하던데 하물며 오진사랴!] 앉으라 하면 앉고 서라 하면 서서 전전긍긍하며 이 재상을 대하였는데, 혹시나 하는 마음으로 속아 수십 년을 동장금인(銅章金印)[48]은 모두 다른 사람한테 양보해버리고 자기는 아직도 충주의 오진사를 면치 못하고 있으니 안타까울 뿐이었다. 그러니 오진사라고 어찌 원통한 마음이 없으랴! 공연히 대문 앞에 몇 줄로 고시하여 내방하는 손님을 막고 있으니, 종놈 어복손도 어려움 없이 출입하는 곳을 어복손의 상전인 오진사는 욕만 먹고 물러나야 하니 어찌 분통이 터지지 않겠는가? 그렇지만 오진사는 아직도 이런 사실을 모른다. 안다 해도 어떻게 하겠는가? 독자는 세심하게 살펴보시라. 이놈의 어복손이 본색을 숨기고 종적마저 감춘 채 재상의 문하를 왕래하지만 한편으로는 주저하고 염려하는 모습은 스스로 숨기지 못하는지라, 한밤중에도 베개에 기대어 뒤척이며 이런 생각 저런 생각을 하였다. 그러다가 갑자기 한 가지 묘수가 떠올랐는지 벌떡 자리에서 일어나며 소리친다.

---

47) 남촌 재상이 (…) 창자라도 바꾼다: 조선시대 서울 청계천(또는 종로)을 경계로 북촌과 남촌이 나누어졌는데, 전통적으로 북촌은 부귀한 양반이 남촌은 빈천한 선비들이 많이 살았다. '남산골 딸깍발이'란 말은 여기서 나왔으며, 여기서도 그런 의미에서 쓰인 것이다.
48) 동장금인(銅章金印): 인장(印章)을 미화한 말. 즉 관리가 발령을 받으면 임명장이나 인끈 등을 받게 되는바, 여기서는 관리 임명을 의미한다.

"지체해서는 안되지!"

다음날 이른 아침, 재상 집으로 곧장 달려갔다. 대문 밖에서 한참을 서 있는데, 어느 순간 이 재상이 베개에 기댄 채[앞 글의 '중야의침(中夜依枕, 한밤 베개에 기대어)' 네 글자와 같은데 한쪽은 근심하는 베개이고 또 한쪽은 잠에 빠진 베개라, 어찌 같겠는가. 그러나 일체 정경은 마음이 만들어내는 법. 너를 근심케 한 자는 누구이며, 달콤하게 잠을 자게 한 자는 또 누구란 말이냐? 한마디로 단정하자면 베개란 같지 않은 게 없으며, 사람 또한 같지 않은 사람은 없는 법이고, 경우 또한 같지 않은 경우가 없는 법이니 오직 네 마음이 같지 않은 것일 뿐이다.] 기지개를 켜며 '날이 밝았느냐?' 하는 소리가 들려왔다. 그러자 이놈은 분명 재상이 잠에서 깬 줄 알고, 얼굴을 가리고 통곡하는 모양을 하고 오열을 그치지 않았다. 재상은 느닷없는 이런 소리를 듣고 놀라 창문을 밀치고 묻는다.

"재수 없게 여기 와서 우는 자가 누구란 말이냐?"

어복손은 창문 여는 소리를 듣고는 마침내 주체할 수 없을 정도로 큰 소리로 통곡을 하니, 눈물은 주루룩 흘러 구슬처럼 뚝뚝 바닥에 떨어졌다. 일부러 목이 메는 소리까지 내더니 재상 앞에서 하소연을 하기 시작한다.

36

"소인이 죽을죄를 졌사옵니다. 소인이 정말 죽을죄를 졌지요. 죽을죄를……졌……사……옵……니……."

말이 분명하지 못하고 다만 목이 메어 통곡만 할 뿐이었다. 재상은 창문을 열고 묻는다.

"고개를 들라. 넌 도대체 누구인가?"

이놈이 고개를 들며 곡을 하였다.

"소인이옵……"

하고 고개를 드는데, 재상이 보니 별다른 사람이 아니고 세 가지가 제일인 어복손이 아닌가. 재상은 놀라움을 감추지 못하고 물었다.

"어군! 자네는 무슨 일로 거기서 그러고 있는가?"

그래도 어복은 대답하기는커녕 통곡하는 데 열심일 뿐이다. 재상은 눈을 말똥말똥 뜬 채 멍하니 지켜보고 있었다. 어복손은 눈물을 연신 흘리다가 한참 후에야 겨우 울음을 그치고 앞으로 나와 아뢰었다.

"소인이 과연 죽을죄를 졌사옵니다."

"어군! 무슨 죽을죄를 졌다고 그러는가?"

"황송하옵니다. 소인은 충주 고강촌(古江村)의 오진사댁 세전 노비로 성명은 어복손이라 하옵니다. 소인이 천민인지라 절대 잊기 어려운 원한을 품고 있사옵니다. 이 한을 풀 수만 있다면 뜨거운 불길에 뛰어들라 해도 감히 사양치 않을 것이며, 깊은 못에 빠지라고 해도 피하지 않을 것이옵니다. 자운대사(慈雲大師)[49] 전에 머리 조아리니, 서방정토도 하늘도 아닌, 저의 이 한 가닥 풀 수 없는 마음을 해결해주시옵기를 바라나이다. 그래서 이렇게 대감의 위엄 앞을 범하였으니 죽을죄를 진 것이옵니다. 소인의 이름은 복손으로 갑(甲)이 아니옵니다."

말을 마치자마자 다시 목이 메어 통곡을 하였다. 그러자 재상이 물었다.

"오진사의 이름은 어떻게 되느냐?"

이놈은 개의치 않고 맘대로 한바탕 곡을 하더니 바야흐로 공경한 자세로 일어나서는 대답을 한다.

"소인의 상전 오진사는 영(永) 자 환(煥) 자이옵니다."

재상은 오진사의 이름이 영환이라는 말을 듣더니 고개를 끄떡였다.

---

49) 자운대사(慈雲大師): '자운'은 부처의 은혜가 넓고 크다는 뜻으로, 이 재상을 자신에게 은혜를 베풀어줄 자운대사라고 말한 것이다.

"그런가? 네가 바로 오영환의 종이란 말이지?"

"대감께서 오진사를 본 적이 있사옵니까?"

"얼굴만 보았겠느냐? 십여 년을 하루도 보지 않은 날이 없을 정도였지."

37

"그자가 널 학대했더냐?"

"아니옵니다."

"그럼 그자의 형제들이 너를 학대했더냐?"

"아니옵니다."

"그럼 그자의 처자식이 널 학대했더냐?"

"그것도 아니옵니다."

"널 학대한 자들이 없는데 넌 무슨 일로 그렇게 통곡을 한단 말이냐?"

"소인도 억만 사람들 중에 하나이오나 부친과 조부, 아니면 그 위로 어느때 어느 대에서 이런 구렁텅이에 떨어졌는지, 저 한 자도 되지 않는 집게벌레도 제 맘대로 굽혔다 폈다 하며 나뭇가지에 깃들인 메추리도 제 분수껏 쪼고 마시거늘, 저 푸른 하늘 아래 이 무슨 인간이길래 7척 몸뚱아리가 제것이 아니란 말입니까? 저를 소라고 부르면 저는 소라고 대답을 해야 하고 말이라 부르면 저는 또 말이라고 대답을 해야 하니[정강성(鄭康成)의 여종이 모시(毛詩)를 터득했는데,[50] 여기 오영환의 남종은 『장자(莊子)』를 읽었으니[51] 고금이 절묘하게 대우를 이뤘구나.] 아무리 말이 충직하고 행실이 독실

---

50) 정강성(鄭康成)의 여종이 모시(毛詩)를 터득했는데: 정강성은 한나라 때의 경학가 정현(鄭玄)으로 강성(康成)은 그의 자이다. 그는 경학에 조예가 깊어 『시경』 등의 제 경전에 대한 주석서를 냈다. 그가 워낙 경학에 밝다 보니 그의 여종이 모시(毛詩), 즉 『시경』을 줄줄 외울 정도였다고 한다.

하다 해도 여항의 천한 백성마저도 벗하기를 부끄러워하며, 백발의 늙은이가 되어도 이웃 아이들이 친구처럼 불러대지요. 심지어 아무 댁 서방님에게 이유 없이 매를 맞으며 아무 댁 도령에게 부당한 벌을 받기도 하니, 상전 이외에도 수백 명의 상전이 또 얼마나 있는지 알 수 없사옵니다. 이 인생 어디에서 이를 면할 수 있겠나이까? 남들이 이를 들으면 필시 소인을 두고 건방지게 분수를 넘는 놈이라고 할 테지만, 대감께서는 하늘 같은 아량으로 한 번 생각해주시옵소서. 세상에 어찌 이런 사람이 있단 말입니까? 세상에 어찌 이런 인간이…… 그래서 소인이 죽기를 마다 않고 대감 앞에서 당돌하게 굴었사오니 소인 이제 죽을죄를 지었사옵니다. 소인이 어리석고 둔하오나 어찌 감히 함부로 위엄을 범하겠으며 본색을 숨기겠습니까만 첫째로는 이렇게 하지 않고는 대감을 뵈올 수 없었고, 둘째로는 이렇게 하지 않으면 곁에서 뵈실 수 없었기 때문이옵니다. 이 때문에 잠시 상도를 범하였으니 사죄하고 사죄하옵니다."

청천자는 말한다.

'어복손이 전후로 저지른 일을 보면 하나하나가 사람으로 하여금 머리털이 서게 하는 것이다. 다만 위의 몇 줄로 노비의 슬픈 심경을 서술하는 부분은 자구마다 침통하고 서글프도다. 오호라, 다 같은 사람이되 혹은 착한 사람이 되고 혹은 악한 사람이 되는 것은 자연의 이치이거니와, 모두 사람으로 누구는 상등이 되고 누구는 하등이 되는 것도 자연의 이치란 말인가? 『시경』에도 '사람만 보고 그의 말을 폐기해서는 안된다(不以人廢

---

51) 『장자(莊子)』를 읽었으니: 이 말은 "저 한 자도 되지 않는 집게벌레도 제 맘대로 굽혔다 폈다 하며, 나뭇가지에 깃들인 메추리도 제 분수껏 쪼고 마시거늘(尺小之蠼, 屈伸任意; 枝棲之鷃, 飮啄隨分)"의 문구를 두고 언급한 것이다. 『장자』 소요유(逍遙遊)편에 이와 비슷한 문구가 나오는 바, 어복손이 이 문구를 인용하였기 때문에 '장자를 읽었다'고 한 것이다. 그러나 원문이나 의미가 원『장자』의 내용과는 차이가 없지 않다. 참고로 『장자』의 원문은 다음과 같다. "鷦鷯巢於深林, 不過一枝; 偃鼠飮河, 不過滿腹."

言)'52)고 하였으니, 독자도 이 부분을 그냥 넘겨서는 안될 것이다.'

"오늘 소인을 살릴 분도 대감이시고 죽일 분도 대감이십니다."

38

재상은 그가 측은하기 짝이 없었다.

"복손아! 내 너의 재주를 보아하니 참으로 남의 종이 된 게 애석하구나!"

어복손은 소리를 삼켰다.

"대감의 지위에 계시오니 산도 움직일 수 있고 바다도 옮길 수 있으시지요. 그런 대감께서 '어복손이 불쌍하구나'라고 하시니 저는 이제 『해원경(解寃經)』을 읽겠사옵니다. 대감께서는 과연 소생을 애석해할는지요?"

"내 유념하마."

그러더니 사내종을 불러 감홍주(甘紅酒)를 복손에게 올리라 하였다. 복손은 이를 사양하지 못하고 연신 받아 마셔 열 잔 넘게 들이켜더니 일어난다.

"소인은 이제 취하였사옵니다. 물러가나이다."

재상이 고개를 끄덕이자 어복손이 몸을 일으켰다. 목이 메는 소리에 구슬같은 눈물이 뚝뚝 떨어지는데 마치 천 줄 만 줄의 눈물을 닦는 것 같더라. 재상은 더욱 측은하고 불쌍하여 어복손을 다시 부른다.

"복손아! 그렇게 울지 말거라. 내 유념하겠으니."

어복손은 감사하다는 한마디 말을 꺼내려는데도 목이 막혀 소리를 내지못하였다. 이는 깊은 뜻이 있어 말하려 해도 이미 말을 잊은 격이었다. 재상

---

52) 사람만 보고 (…) 안된다: 이 인용은 『시경』에 나오는 것이 아니라, 『논어(論語)』 위령공(衛靈公)편에 나온다. 거기에 "군자는 말만 듣고 그 사람을 등용해서도 안되지만, 그 사람만 보고 그의 말을 폐기해서도 안된다(君子不以言擧人, 不以人廢言)"고 나와 있다.

은 더욱더 불쌍한 마음이 들었다.

"복손아! 그러지 말래도. 내 잊지 않으마."['불망(不忘)' 두 글자가 '제념(第念, 유념하마)' 두 글자에 비해 더 의미가 깊다.]

어복손은 재차 입을 열어 심정을 이야기하려 했으나 다시 목이 메었다. 다만 일어나 절을 두 번 하고 물러나왔다.[어째서 처음 재상을 뵈었을 때처럼 절하고 또 하고 하지 않는지? 여기서 이 얘기는 우선 놔두고 오진사의 신상에 대한 얘기로 돌려보자.]

이 재상이 객을 사절하고 만나지 않은 이래로 오영환은 감히 이 재상의 대문 안으로 한 발짝도 들이진 못했으나 이미 다년간 문하를 출입했던 터라 재상 집안의 일체 대소사를 졸지에 잊어버리겠는가? 이 때문에 한편으로는 야속한 생각도 들고 또 한편으로는 재상에게 붙어보려는 생각도 들었다. 다행히 재상 문하에 출입하는 가까운 객 때문에 죄다 내쫓지는 않았는지, 아직도 아침저녁으로 사람 소리와 기운이 그 집에 통하고 있었다. 이 어복손의 일로 그 집은 자못 적막함을 벗고 있었다. 그 재상 문하에 유씨(柳氏) 성을 가진 한 사람이 있었다. 그는 오진사와 막역한 친구로 이날[이날이 어느 날인지.] 봉한 편지 한 통을 오진사에게 전달하였다. 오진사가 받아보니 겉면에 급급개탁(急急開坼, 급히 뜯어보라)'이라는 네 글자가 큼지막하게 적혀 있었다. 서둘러 뜯어보니 거두하고 어복손의 애초 변성명은 어갑이며 자칭 세 가지가 나라 안에서 제일이라 하였다가, 뒤에 한바탕 대성통곡을 하고 나서 가슴속 심정을 토로한 광경이 세세하게 씌어 있었다. 그리고 끝에 '이 종놈이 필시 자네 집을 망하게 할 것이다'라고 하였다.[오진사가 만약 풀어준다 해도 이 종이 어찌 남의 집을 망하게 하겠는가.] 오진사는 채 반도 읽지 않았는데 눈에서 불같은 열이 오르고 손은 덜덜 떨렸다.

39

그는 발을 동동 굴렀다.

"앞으로 어찌한단 말인가? 이놈을 어찌해? 이놈의 할애비도 우리 집의 충직한 노비였고, 그 애비도 그랬는데 이놈한테는 무슨 사악한 기운이 따라다닌단 말인가? 나도 수십 년 풍상을 겪으면서 이 교활한 놈에게[여기 와서야 비로소 교활하다는 것을 알았구나.] 지금껏 속았으니 무슨 면목으로 세상에 나가겠는가?"

라고 하며, 재삼 탄식을 하였다.

"내가 어찌하여 이런 고초를 겪는단 말인가? 내 이놈의 이름자를 노비 문서에서 도려내고 지금부터는 놈은 놈이고 나는 나로, 놈은 앞으로 오영환을 상전이라 부를 수 없고 나 오영환도 놈을 집안 종으로 간주하지 않고 그냥 지나가는 사람들과 일반으로 대하면 만사가 깨끗할 것이다. 내가 왜 이런 고초를 겪는가마는 우리 대감께서도 저 교활한 놈에게 현혹되어 자기 이름을 훼손하괴뭔 신경을 그리도 많이 쓰는지?][53] 집안 일을 어지럽게 하였구나."
[네가 이놈과 상관만 없다면 저 하인이 대단한 마술이 있다고 한들 어찌 너의 집 일을 어지럽게 하겠는가.]

이렇게 혼자 탄식도 하고 노래도 부르면서 실없이 편지만 보고 혀를 차다가 갑자기 눈을 부릅뜨고 팔을 휘두르며 책상을 치면서 벌떡 일어났다.

"나도 장부로 태어났괴저 하인은 장부가 아니란 말인가.] 대대로 양반붙이잖은가. 죽으면 죽었지 어찌 저 별 볼일 없는 하인 놈이 제멋대로 설치는 꼴을 앉아서만 볼 텐가! 이렇게 뇌둔다면 무슨 면목으로 처자식과 벗들을 대하겠는가? 내 비록 힘없는 서생이나 어찌 남이 속없는 무장공자(無腸公子)

---

53) 이어지는 부분으로, "竭盡了一池春水달干卿甚事오"라는 내용이 더 들어 있으나, 뜻이 불명확하다.

라고 놀려대는 꼴을 보고만 있으랴! 설령 나 오영환의 집이 고강촌 용담(龍
潭)[못 이름.] 속 큰 물고기 뱃속에 수장되는 한이 있더라도[오호라, 이 몇 마
디는 결국 참언이 될 것이다.] 결단코 이놈이 제멋대로 꼬리를 흔들며 기세
를 부리는 꼴을 그냥 놔두진 않을 테다."

그러면서 목침 하나를 들고 문에 기대고 섰다.

"오라, 이놈! 오늘 넌 끝장이다. 호랑이를 치는데 느슨하면 도리어 호랑이
에게 물리는 법이니, 이놈을 그냥 놔두었다가는 훗날 어찌 알겠느냐, 진(秦)
나라를 망하게 한 자가 오랑캐가 아니라는 것을!54) 네가 오늘까지는 우리 집
의 종이렷다. 네가 오늘 밤에 들어와서도 평소 별로 달갑지 않은 소인(小人)
두 글자가 네 입 속에서 나올 것이고, 상전이 원수란 말이 나오려다가도 꾹
참고 고개를 숙이고 마당으로 내려갈 테지. 그럼 난 그때 한 번 꾸짖고 이
목침을 들어서 주해역사(朱亥力士)가 진비(晉鄙)를 쳐서 죽인55) 사십 근 철
추로 이놈의 머리를 내리치면 비록 치우(蚩尤)의 동철로 이루어진 머리56)라
고 하더라도 산산이 부서지며 일곱 구멍으로 피를 토하며 죽을 것이다."

그러나 그는 다시 한참 아무 말 없이 생각하더니 목침을 내려놓고 고개를
설레설레 흔든다.

"이놈을 그렇게 해서는 안되지. 성인이 말씀하시기를 '작은 일을 참지 못

---

54) 진(秦)나라를 (…) 아니라는 것을: 진시황제가 중국을 통일한 후 진나라는 불과 10여
년 만에 패망하였는데, 그것은 주변의 오랑캐가 침략해서가 아니라 조고(趙高) 같은 간
신, 호해(胡亥) 같은 나약한 왕이 국정을 어지럽혀 자멸했다는 말이다.

55) 주해역사(朱亥力士)가 진비(晉鄙)를 쳐서 죽인: 주해(朱亥)는 전국시대 위(魏)나라 사
람으로, 힘이 장사 중의 장사였다. 처음 푸줏간에서 숨어 지냈는데, 뒤에 공자(公子) 무
기(無忌)에게 발탁, 장수가 되었다. 진나라 장군 진비(晉鄙)가 조나라를 포위하자, 주해는
사십 근이나 나가는 철퇴를 소매 속에 숨기고 들어가 진비를 쳐서 죽이고 진나라 군대를
물리쳤다.

56) 치우(蚩尤)의 동철로 이루어진 머리: 치우는 고대 전설 속의 인물로, 황제(黃帝)와 싸
우다 패한, 악인의 대표적인 존재이다. 처음 쇠로 병기를 만들었으며, 그의 몸 전체가 철
로 이루어졌다고 한다.

하면 큰 일이 그르친다'고 하였으니, 이놈을 제거하려 마음먹으면 대책이야 없겠느냐만 무엇 하러 이런 위험한 생각을 하여 수고롭게 내가 직접 쳐죽일 필요야 있겠는가?"

그러면서 전전긍긍 땀을 국물처럼 흘리며 이런저런 계산을 하는데……

40

그러던 중 갑자기 어떤 자가 뜰 아래 꼿꼿이 서서 큰소리로

"진사 나으리 무슨 생각을 그리 골똘하게 하고 계십니까?"

하는 소리가 들렸다. 오진사는 오른손엔 목침을 들고 입으로는 담뱃대를 문 채로 온갖 생각에 이러지도 저러지도 못하고 앉았다 일어섰다 하고 있다가 흠칫 놀라 담뱃대를 떨어뜨리고 문으로 나왔다.

"노인장께선 그간 안녕하셨는지요? 시생은 별일 없습니다만, 어찌하여 마루에 오르지 않고 마당 아래에 계십니까?"

신발이 벗어질 듯 내려가 맞이한다. 그러자 이자는 황송하여 땅에 엎드려서는,

"나으리께서 노망이 나셨습니까? 어째서 소인을 기억하지 못하신단 말입니까?"

라고 여쭈었다. 오진사가 그의 생김새를 보고 다시 눈을 고정하여 살펴보니 다른 누가 아니라 바로 어복손이었다. 오진사는 얼굴이 벌게졌다. 그는 애써 태연한 척하였다.

"너로구나! 내가 요사이 눈이 침침해지는 병이 생겨 매번 사람을 잘못 알아보는구나. 아, 네 상전은 조만간에 황천객이 되고 말겠구나. 네가 나 대신 진사에 급제하여 삼한 갑족을 우습게 볼 수 있다면 내 혼백이 춤을 출 것이야."

이 몇 마디에 어복손은 많이 놀라고 조금은 괴이하다 싶어 더는 말을 하지 못하고 뭔가 아쉬운 표정으로 물러갔다. 자기가 거처하는 방문을 열며 긴 한숨을 쉰다. 들어와서는 방안에 몸을 내던지며 다시 긴 한숨을 쉰다. 그러더니 손으로 바닥을 치며,

"내가 무슨 죄가 있다고……"

라고 하면서, 눈을 부릅뜬 채 가만히 앉아 있었다. 문밖에서 옷 그림자가 흔들리며 신발소리가 저벅저벅 들려왔다. 문틈으로 쳐다보니 바로 상전 오진사가 나가는 소리더라. 어복손은 더욱 탄식을 금치 못하였다.

"뭔 일이 있나?"

베개를 베고 쭉 뻗고 누우니 또 온갖 생각들로 가슴이 꽉 막혀왔다. '내가 재상의 문하에 드나드는 것을 오진사가 알아버렸나? 알았으면 어쩌겠는가마는 남이 알려주지 않으면 귀신도 모를 테니 누가 나의 종적을 저 사람의 귀에 대고 알려주겠는가[두보의 시에, '봄 빛이 버들가지에 흘러나온다(漏洩春光有柳條)'⁵⁷⁾고 하였으니, 누설한 자가 유씨 성이 아닌가.] 저 인간이 정신이 나갔는지 수십 년 집안의 종인 이 어복손을 알아보지 못한 것도 이상하고, 갑자기 진사 급제라느니 황천객이 된다느니 이 노비에게 큰 자비를 베푸는 것도 이상하지. 말도 타지 않고 종도 대동하지 않은 채 몰래 혼자 나가는 것은 더욱 이상하지 않은가? 내 일이 누설될까 걱정하는 게 아니며 그가 나를 원망하게 되는 것도 두렵지는 않으나 지피지기해야 백전백승하는 법, 저는 내 행적을 알게 내버려두고 나만 저의 동정을 살피지 못하고 있다면 비록 화우(火牛)로도 깰 수 없는 일이라도 어찌 뒤에 서제(噬臍)하는 근심⁵⁸⁾이 없

---

57) 봄 빛이 (…) 흘러나온다: 「납일(臘日)」이란 시의 한 구로, 두보가 757년 피난을 떠났다가 장안(長安)으로 돌아왔는데, 이 해 섣달은 유독 따뜻해 원추리꽃과 버들가지를 볼 수 있었다. 그때 이 시를 읊었던 것이다.

58) 화우(火牛)로도 깰 (…) 서제(噬臍)하는 근심: 화우(火牛)는 고대의 가공할 만한 병기의 하나로, 소의 양쪽에 창을 장착시키고 꼬리에 불을 붙여 적진을 돌파하게 했던 무기이다. 서제(噬臍)는 '서제막급(噬臍莫及)'이라 하여, 사향노루가 배꼽에서 나는 향내 때문

겠는가?'

41

이 노복이 이렇듯 은근히 겁을 먹고 한스러워하다가 별안간 베개를 밀쳐
냈다.

"옳지 됐다!"

그는 곧장 아무 동네의 유생(柳生)의 집으로 달려갔다.

차설. 이 유생은 어복손이 하는 전후 짓거리를 목격하고는 눈에선 쌍심지
의 불길이 튀어나올 지경이었다. 설령 오진사가 애초에 생면부지의 길가는
사람이라 하더라도 조그만 힘이라도 보탤 수 있으면 곤란함도 피하지 않고
옆에서 도와줄 터. 하물며 오진사는 자신과는 막역한 친구가 아닌가. 그러니
이웃집 화재를 보고도 물 한 동이 나눌 생각 없는 저 오랑캐 같은 인심을
어찌 참고만 있겠는가? 그래서 먼저 이 소식을 급히 통지하고 세밑 길손이
집으로 돌아가는 모습으로 서둘러 자기 집으로 돌아오니 해는 이미 서편으
로 진 후였다. 문안으로 들어와선 또 한 번 한탄을 금치 못한다.

"강상이 무너졌구나"[요순 임금이 편 오전(五典)⁵⁹⁾인가, 아니면 삼대(三
代)에 밝힌 오륜인가. 유생이 글을 잘못 읽었구나.]

누워서 곰곰이 생각해보아도, '이놈을 어찌해야 할지, 이놈을 도대체 어떻
게 해야 할지. 오호라 오진사여! 너와 내가 보통의 교분이 아니거늘 내가 장
차 어떻게 너를 구해준단 말이냐? 재삼 생각해보아도 이는 남의 집 일 같지

에 사냥개에게 물려 죽을 판이 되자 자기의 배꼽을 물어뜯으려 했으나 입이 닿지 않는
것을 한탄한다는 말로, 때늦은 후회라는 뜻으로 쓰인다.
59) 오전(五典): 사람이 지켜야 할 다섯 가지 인륜. 즉 의(義)·자(慈)·우(友)·공(恭)·효
(孝).

가 않구나'였다.

그러더니 집안 노복을 부른다.[유생의 집 노복은 오진사의 노복과 다른 가?]

"만동(萬童)아! 너 요 앞 주점에 가서 술 한 병 사오너라."

"잘 알겠습니다만 앞 주점의 술 파는 노파가 다른 곳으로 이사를 가버렸습니다요."

갑에게서 난 화를 을에게 옮기는 것은 원래 인지상정인 법. 어복손의 일로 주먹을 만지작거리며 부글부글 끓어오르는 분노를 참고 있던 유생은 마침 만동이 대답하는 소릴 듣자마자, "네가 지금 심부름하기 싫어서 피하는 거냐!" 하면서, 자신도 모르게 책상을 내리치며 버럭 꾸짖는다.

"이놈 이놈! 이 천만 못된 놈, 네 다리가 아프더냐 네 몸이 무겁더냐? 너도 양반이냐, 아니면 너도 세 가지가 나라에서 제일이더냐? 동문 밖에도 술집이 있고 서문 밖에도 필시 술집이 있고, 남문과 북문 밖에도 술집이 있을 게야.[북문[60] 밖에야 무슨 술집이 있겠는가. 북문 밖에도 십 리 이십 리 땅이 있단 말인가.] 문 안팎으로 8만 장안 백만 집 중에 술집은 족히 수백 개는 된단 말이다. 겨우 대문 밖 열 걸음 남짓만 나가도 곳곳에 깃발과 등불이 하늘의 별들처럼 많을 텐데, 그게 다 팥죽 파는 집이더냐 설렁탕을 파는 집이더냐? 아무 동 병판대감(兵判大監)께서 너도 노비문서에서 빼내어준다고 하더냐? 어복손은 고사하고 네가 용복손(龍福孫)이라 하더라도 나는 오영환처럼 약하지 않아. 너는 네 상전이 너를 죽어 썩어 문드러진 여우 새끼처럼 보는지 아닌지도 모르고 있었단 말이지?"

그는 주먹이 터져 피가 나도록 책상을 내리치는데, 이때 문밖에서 기침하는 소리가 들렸다.

---

60) 북문: 조선시대 서울 사대문의 하나인 숙정문(肅靖門)을 말한다. 숙정문 밖으로는 삼 각산뿐이므로 이렇게 말한 것이다.

42

유생이 큰소리로 묻는다.

"거기 기침하는 이는 누구요? 지금 세상에 두려운 인간이 얼마나 많은지, 자기 집 수하의 종놈들도 호랑이나 이리가 되어 주인을 물어대느라 난리인데, 찾아온 사람은 누구요? 별로 보고 싶지 않소, 보고 싶지 않다니까!"

그런데 기침한 자는 누구인고 하니, 바로 오진사였다. 오진사는 어복손 때문에 분하고 원통하여 속이 부글부글 끓는 것이 마치 태산을 아무리 뚫어져라 봐도 그 높이를 모를 정도였다. 그런 중에 얼마 전 이 종놈이 와서 문안 여쭙는 것을 유생의 외종 어른 아무개 씨가 특별히 찾아온 것으로 착각하고 따뜻하게 악수하고 자기가 겪은 일을 하소연하려고 할 참이었던 것이다. 그런데 노년에 안개 속에서 꽃을 보듯 잘못 알아보았던 것이다. 공경하고 의지할 만한 유생원인 줄 알았건만, 그토록 분통터지고 가증스런 어복손일 줄이야. 즉시 이놈을 내쫓고 조용히 생각하고 나서 자문자답하기를,

'두 사람이 마음을 합치면 그 날카롭기가 쇠도 끊는다고 하니, 유생의 집으로 가서 그를 만나 한 번 상의해보지 않으랴!'

라고 결정하고, 지금 지팡이 하나만 짚고 혼자 나와 유생의 집을 방문하게 된 것이다. 그래 문앞에 이르자마자 기침을 한 차례 했던 것인데, 유생의 핀잔 한마디에 저도 모르게 주르륵 눈물이 흘러내렸다.

"유군! 자네가 이렇게 이 오영환을 박대한단 말인가? 세태가 이렇게 변화무쌍이라 하지만 자네까지 차마 이렇게 하는가? 내가 재상의 환심을 잃었다고 노복조차도 나를 상전으로 여기지 않더니, 친구마저도 나를 벗으로 대우하지 않는군. 이러다가는 아내도 나를 남편으로 보지 않고 자식도 나를 아비로 보지 않겠구먼. 자네가 어찌 이럴 수 있는가?"

유생은 그가 오진사인 것을 알고는 놀라 일어섰다.

"아, 자네구먼!"

기쁜 낯으로 악수를 하였다. 오진사는 유생이 문전박대를 한 게 이유가 있어서 그런 줄은 모르고 단지 자신을 이렇게 싫어한다고만 생각하여 그저 흐르는 눈물을 닦으면서,

"우리 집 일을 장차 어찌하면 좋겠나?"

라고 할 뿐이었다.

"그렇게 속만 태우지 말고 상의해보세."

라며, 유생은 재차 만동을 다그쳐 속히 술을 사오라고 하였다. 만동은 잠깐 동안 무정한 질책에 고개를 떨구고 서 있던 중에, 다행히 오진사가 오게 되어 호령이 잦아들고 술을 사오라는 주인의 말이 구중 하늘에서 내려온 사면의 편지인 듯하였다. 그런지라 감히 술 살 돈을 달라지도 못하고 두루마기 한 벌을 저당 잡혀 술 한 병을 사고는 오는 길에도 감히 어슬렁대지 않고 정신없이 돌아왔다. 돌아와보니 무슨 할 말이 그렇게도 많은지 방안에서는 두 생원 진사가 심지를 돋우고 무릎을 맞댄 채 주고받는 얘기가 끝이 없었다. 그런데 뉘 집 자식인지 문밖에서는 한 더벅머리 사내가 혼자 왔다갔다하며 몰래 귀를 기울여 저들 얘기를 듣고 있지 않은가. 만동은 너무 이상하여 일부러 기침소리를 한 번 내자, 놈은 갑자기 고개를 들고 쏜살같이 달아나버렸다.

43

만동이 술을 올리면서,

"문밖에 있던 어떤 자는 누구이옵니까?"

라고 묻자, 유생은 놀라 되묻는다.

"문밖에 사람이 있었다고?"

"문밖에서 어떤 자가 왔다갔다하며 몰래 엿듣고 있었사옵니다. 소인이 기침소리를 내자 토끼마냥 도망가버리던데요."

유생이 일어나 창문을 열어보고는 놀라고 괴이쩍은 생각이 불쑥 일었다.

"혹시 어복손 이놈 아니었나? 만약 이놈이 우리 얘길 다 들었다면 얼마나 좋아했을꼬? 이거 낭패로군!"

만동을 돌아보며 다그친다.

"만동아! 너는 어찌 그리 경솔하냐? 네가 일부러 문밖에 있던 놈을 모른 척하고 몰래 들어와 알렸다면 그놈이 누구인 줄 분명히 알 수 있지 않았겠느냐?"

옆에 있던 오진사는 고개를 젓는다.

"아니야! 그놈이 무슨 일로 여기까지 왔겠는가? 필시 지나가는 행인일 게야."

그러자 유생은 혀를 찬다.

"매사에 그렇게 흐리멍텅하니 한심하지 않나? 자네 잘 생각해보게. 만약 아무 관련 없는 사람이었다면 이처럼 깊은 밤에 무엇 하러 문밖에서 서성거리고 있었겠는가? 이는 한 점 의심을 둘 것도 없이 어복손이라는 것을 알겠거늘, 그냥 지나가는 행인이라고만 하는가?"

"저놈이 귀신도 아닌데 우리 둘이 이곳에서 만나 이 일을 상의하고 있는 줄 알고 와서 몰래 듣는단 말인가?"

"저놈이 이런 민첩성이 없으면 어떻게 교활한 노복이라는 이름을 얻었겠는가? 우리 두 사람의 머리로 이놈의 처지와 바꿔보면 정말이지 따라가지 못할 걸세. 그대가 어(魚)가 아니니 어를 알 턱이 있겠나?[오진사는 왜 '그대는 내가 아니니 어찌 내가 어를 모른다 하는가'라고 대응하지 않는지.] 다른 말 그만하고 자네는 몇 년 동안 재상의 문객으로 있다가 하루아침에 이유 없이 쫓겨났으나 저자는 애초 생판 모르는 놈인데도 재상이 한 번 그를 보고 수족처럼 아끼고 친구처럼 대접하게 되었으니, 저놈의 재주가 우리보다 열 배가 낫지 않고서야 될 일이었겠는가? 그런데도 자넨 아직도 복손이놈 보기를 옛날의 노복으로밖에 못 보는가?"[유생이 잘 파악하였구나. 그러나 어복손을 노복으로 보아서는 안된다고 분명히 알고 있으면서도 노비의 법으로 그를 대우하려 하는 것은 또 뭔가? 육국(六國)을 망하게 한 것은 진(秦)나라가 아니라 육국 자신들이고, 진나라를 멸망시킨 자는 천하가 아니라 바로 진나라라고 한다. 아, 어찌 어복손이 오진사를 무너뜨리겠는가? 오진사가 오진사를 망가뜨리는 것이지. 이는 독자께서 마땅히 판단할 문제이거니와, 어복손이 오진사를 망가뜨렸건 오진사가 자신을 망가뜨렸건 간에 유생도 그 사이에서 책임이 없을 수 없다.]

"그렇다면 어떡하지?"

"자네는 우선 가게. 내 조용히 생각해봄세. 자네는 이놈의 동정이나 잘 살피고[오진사가 무슨 재주로?] 있게나."

44

오진사는 유생과 서로 밤이 늦도록 상의를 했으나, 결국 단락을 짓지 못한 채 자리를 파하고 돌아왔다. 문간방을 지나가는데 창문으로 새어나오는 한 줄기 빛이 밖으로 쫙 퍼져 있었다. 그 창 틈으로 안을 살펴보니[노복은 몰래 듣기를 잘하고 주인은 몰래 보기를 잘하니 짝이 맞는구나.] 이놈이 머리를 꾸벅이며 잠에 곯아떨어져 한참 꿈속을 헤매는 중이었다. 오진사는 속으로 쾌재를 불렀다.

'과연 내 생각을 벗어나지 않았구나.[잘도 생각했구나.] 지금 이렇게 곯아떨어져 있는 걸 보니 그 집엔 오지 않았던 게야. 이놈이 우리 얘기를 들었다면 어떻게 이렇게 무사태평하게 눈을 감고 잠을 자고 있겠는가?'

방으로 들어가서는 옷을 벗고 자리에 누웠다.

"내게 유생이 있는데 무어 저놈을 걱정하랴!"

오호라, 오진사는 끝내 노복이 자신들이 나눈 대화를 하나도 빼놓지 않고 듣고 돌아와 잠을 자는 척하는 사실을 전혀 모르는구나. 일이 복잡하고 문장이 요란하여 중간의 긴한 얘기를 많이 지나쳐버렸다. 독자들은 답답하지 않겠는가? 지금 다시 상황에 맞춰 설명하겠다.

당초 어복손이 이 재상에게 간절하고 애틋한 속마음을 아뢸 때에 좌우 주변을 둘러보아도 도무지 이에 대해 불평한 마음을 가진 자는 없었는데, 오직 재상의 왼팔 격인 수염이 긴 객만이[유생의 긴 수염은 어복손의 입에서 나온 말이니 더이상의 설명은 생략한다.] 눈동자를 돌리며 얼굴은 붉으락푸르락 입술은 열렸다 닫혔다 하니 이상도 하지! 그래서,

'너와 내가 원래 원수진 일도 없고 은혜 받은 일도 없거늘, 내가 곡을 하든 노래를 부르든 너와 무슨 상관있다고 너는 도리어 이렇듯 요긴하지도 않은 궁리를 한단 말인가? 오진사가 어찌할 줄 몰라 당황하던 모습도 저자가 이미 알려줬기 때문이고, 다시 오진사가 비밀리에 출입하는 것을 본 일도 역시 저자가 불러서로구나![유생이 부른 적이 없으니 이는 어복손의 오해이다.] 내 가서 탐지해보아야겠다.'

고 판단한 어복손은 몰래 오진사의 뒤를 밟아 곧장 유생의 집까지 오게 된 것이다. 마침 저 유생의 손님을 맞는 방은 길가로 작은 창문이 나 있어서 두 사람이 무릎을 맞대고 나누는 얘기를 듣기에 딱 좋았다. 그래 두 사람이 귀에 대고 은밀하게 세운 계획을 완전하게 알아듣지는 못했으나, 나야 본래 하나를 듣고도 열을 알 수 있으니 대강 추측해보면 이런 것이다.

'이 재상의 둘째 아들의 성품이 아주 근엄하여 먼 시골 양반이 조금 거만을 떠는 모습만 보아도 화를 참지 못하고 종종 찾아가서 나무라고 물리치는 경우가 많다지. 만일 묘책 한 가지를 써서 그가 어복손을 미워하게 만든다면 이 아들은 자연 재상에게 말씀을 드려 이놈을 내쫓게 할 테니, 그런 뒤에 이놈의 목숨을 결딴내면 누가 감히 나에게 따지겠는가? 이 묘수는 다른 게 아

니다. 둘째 영식이 뇌물을 좋아하니 오진사의 남창(南昌)[충주의 지명이다.]
농장 30마지기를 이 도령에게 바치면 일이 성사될 것이다.'

이 말을 들은 어복손은,

"그만두지. 공연히 당신 농장만 잃을걸!"

라고 하며, 신발을 끌며 돌아가려고 하다가 만동의 기침소리에 황급히 내달
려 엎어질 듯 집으로 돌아와 방에 들어와 자는 척하고 있던 중이었다.

45

오진사는 남들이 하는 '저놈은 교활하다'는 말을 따라 자신도 그대로 '저
놈이 교활하구나'라고 따라하지만, 아직껏 어째서 교활하다는 것인지 확인
해보지 않은 상태였다. 이 때문에 이놈이 자는 척하는 것을 보고 깊이 잠들
었다고 단정해버린 것이다. 다음날 유생이 그놈이 엿들었는지를 물었을 때
도[오진사에게 묻는 유생 역시 어리석도다.] 오진사는,

"어젯밤에 이놈의 동정을 살펴보았더니, 두 콧구멍에서 우레소리만 요란
하더군. 분명, 그놈은 와서 엿들은 게 아닐세."

라고 대답하였다. 유생은 그래도 못 믿겠다고 하였지만, 오진사는 한 점 의
심도 두지 않고 자기 큰아들에게 편지를 보내 그동안 금이야 옥이야 아끼던
농장을 헐값에라도 팔아 오도록 하였다. 누가 이 노복이 이미 이 사실을 확
실히 탐지하여 저 마음대로 수작을 부릴 줄 알겠는가.

계항패사는 말한다.

'이상하다, 풍문과 습관이 사람 마음을 옭아매는구나. 오늘 밤 새끼줄
로 감정이 없는 괴물을 만들어놓고 한 사람이 엎드려 절하고 기도하면서
'신성하다, 신성하다'고 하면, 두 사람이 그렇게 하고, 세 사람, 네 사람까

지 가다 보면 어느새 천인 만인이 그것을 신성하다 할 것이다. 이미 신성시하고 나면 아무리 무사라고 해도 감히 그것을 쉽게 밟아버릴 수 없는 법이다. 아, 어찌 그리도 어리석단 말인가? 남자와 여자에게 배필이 있는 것은 하늘이 정한 이치인데도 오활한 예법과 잘못된 관습이 한 번 속박하면 전국의 청상과부가 지옥으로 떨어지며, 어진 자가 재위에 있고 그렇지 못한 자가 아래에 있는 것은 이치가 그런 법인데도 문벌이나 비루한 소견이 한 번 강제하기 시작하면 수많은 영재가 빈산에서 백골로 썩어가게 된다. 그러니 어떤 도를 따를 것인가.

대개 처음에는 그래도 이를 탄식하고 애석해하면서 불쌍하게 여겨 한스러워 하다가도, 오래되면 그것이 일상적이며 당연하다는 생각에 젖어버려 어느새 이미 일상으로 변해 당연시되고 만다. 그러므로 지옥에서 나온 자가 있더라도 이에 화들짝 놀라 모두 들고 일어나 일제히 '너는 지옥에서 산 자라 당연히 지옥에서 생활해야지, 우리가 사는 여기서 고개를 들을 수 없다'고 소리친다. 아, 이는 풍문과 관습에 젖어 미신을 믿고 스스로 그것에서 벗어나지 못하기 때문이다. 옛날에 위청(衛靑)이 남의 노비였다가 벼슬이 대장군(大將軍)에까지 올랐으니,[61] 지금 이 간사하고 요망한 어복손을 고인에게 견줄 수야 없겠지만, 오영환이 어복손을 저해하는 것은 정말 그가 간악하고 요망해서 그런 것이 아니라 노비가 노적에서 벗어나려는 게 분통이 터지기 때문이다. 인물의 진면목으로 따져보면 누가 주인이 되고 누가 종이 되는가? 그러나 오씨는 그렇다고 치고, 유생은 정말 괴이하구나. 쓸데없이 '복손이는 죽일 놈'이라고 하니.'

---

61) 위청(衛靑)이 (…) 대장군(大將軍)에까지 올랐으니: 위청은 한나라 때 인물로, 본래 성은 정씨(鄭氏)였으나 아버지가 평양후(平陽侯) 집안의 첩 위온(衛媼)과 사통하여 그를 낳았으므로 위씨 성을 갖게 되었다. 어렸을 때 그는 양치기를 하며 집안에서 노비 취급을 받았으나, 뒤에 한문제에게 발탁, 흉노를 치는 데 큰 공을 세워 대장군에 올랐다.

46

차설. 이 재상의 둘째 아들은 두 가지에 사족을 못 썼다. 자신의 목숨을 버릴지라도 이 두 가지는 절대 놓으려고 하지 않았다. 그 두 가지란 무엇인가? 바로 뇌물을 좋아하고 색을 밝히는 것이었다. 이 두 가지는 그의 몸에 붙어 두 개의 작호를 만들었으니, 하나는 '취전구(臭錢狗)'요 또 하나는 '색중귀(色中鬼)'다. 뇌물을 좋아하는데다 색까지 밝혔다. 가령 왼쪽에 동산(銅山)이 있고 오른쪽에 서시(西施)를 두고서, 이 아들에게 직설적으로 '둘을 다 겸할 수 없으니 그대는 그중 하나를 택하라'고 하면 동산을 택할지 서시를 택할지? '아, 동산도 좋고 서시도 좋으나 나는 재상의 아들이고 후손이며 선정(先正)의 후예라.[문벌이 좋긴 좋구나.] 남아가 어디 간들 황금이 부족하겠는가마는 미인은 점차 나이가 들어가면 싫은지라 내 꼭 서시를 택하리라'고 하여 이 때문에 취전구라는 작호는 아는 자만 알고 모르는 자는 몰랐으나, 색중귀라는 세 글자는 여항의 여자나 어린아이까지도 모르는 자가 없었다. 그의 성명을 거론하기만 하면 어떤 이는 눈을 휘둥그레 뜨고 서로 쳐다보며, 다시 물으면 '누구지?'라고 하다가 '색중귀' 세 글자를 말하면 다들 고개를 끄덕이며 '응! 그 재상의 둘째 아들!'이라고 하였다.

과연 이 색중귀는 그 이름을 그냥 얻은 게 아니었다. '미인' 두 글자가 자신의 귀에 스치기만 해도 천상이나 지하에 있더라도 끝까지 찾아갈 판인데, 하물며 천상이나 지하도 아닌 부귀한 양가의 규수 정도라면 그는 온갖 방법을 동원하여 차지하였다. 그러니 부귀한 집안도 아닌 여자는 오죽했겠는가? 이 때문에 동쪽 집에서 꽃이 핀 것을 보고 서쪽 이웃에다 술이 익었냐고 묻는데 그것은 마치 '아름다운 여인을 사는 데에는 황금이 아깝지 않으며, 춤추고 노래하는 데 심력을 쏟는다'는 식이었다. 그러나 비연(飛燕)은 너무 말랐고 옥환(玉環)은 너무 쪘다며[62] 수많은 미인들을 다 보고도 도무지 자신의 눈을 뜰을 만한 아이 하나 없다면서 불만이 컸다. 그러다 다행히 하늘에서 기이한 인연을 내려주신 것인지 간담상조하는 친구가 그를 위해서 좋은 소식을 보내왔다. 이 친구가 색중귀를 찾아와 인사를 나누자마자 다급히 묻는다.

"자네 진짜 미인을 본 적 있는가?"

색중귀는 그 물음에 탄식을 금치 못한다.

"미인, 미인이라? 어디에 미인이 있다는 거야? 내 일찍이 침식을 폐하고 그것을 찾았으나 세상에는 그런 여자가 없는 것인지 아니면 내가 인연이 없어서인지, 남들은 미인이라고 말하지만 나는 그런 미인을 본 적이 없다네. 어제 본 게 미인이었다가도 오늘 보면 미인이 아닌 거라. 요조숙녀[이 네 글자는 너무 맞지 않다.]를 오매불망 찾느라고 마음이 다 타고 돈을 다 허비했으나 지금까지 10년이 되도록 미인 하나를 얻지 못했다네. 지금 서시가 다시 태어나고 양귀비가 세상에 다시 왔다 해도 난 믿지 않을 걸세."

그러자 이 친구는 빙그레 웃으며 차근차근 미인에 대한 얘기를 하였다.

47

이 친구는 우선 한 번 긴 숨을 내쉬더니 입을 연다.

"자네가 전에 봐온 여자들은 짙은 화장을 했거나 심심하게 분칠만 해서 애석하게도 눈썹을 잘못 그린 격이지."

"그렇다면 자네가 본 경우는 어떠한가?"

---

62) 비연(飛燕)은 (…) 너무 쪘다며: 비연과 옥환(玉環)은 모두 아름다운 여인을 상징한다. 비연은 한나라 성제(成帝)의 비 조황후(趙皇后)로, 원래는 궁녀 신분이었으나 가무(歌舞)를 익혀 '비연'이라 불리었으며, 뒤에 황후가 된 인물이다. 『조비연외전(趙飛燕外傳)』은 바로 그녀를 입전 소설화한 작품이다. 그리고 옥환은 당나라 현종 때 유명한 양귀비(楊貴妃)의 젊었을 때의 자(字)이다.

친구는 다시 한 번 긴 한숨을 쉰다.

"내가 본 경우는 붓이 있어도 그리질 못하고 시가 있어도 음미를 못할 정도라네. 내가 그녀를 볼 때면 두 눈에 연무가 낀 듯하여 보기만 해도 몽롱해지고 정신이 혼미해져 그저 보는 것만으로도 황홀해진다네. 그러니 내가 어찌 형용할 수 있겠는가? 내 자네를 위해 이청련(李淸蓮)의 청평조(淸平調) 두 시구를 읊어주겠네. '군옥산 정상에서 만날 수 없다면 요대 달빛 아래서 만나리(若非群玉山頭見, 正是瑤臺月下逢).'[63] 군이 형용하자면 이런 모양일세."

색중귀는 무릎을 붙여 다가와서는,

"자네 말이 황당한 건 아니지?"

이 친구는 정색[정색하는 말이 아니다.]을 하였다.

"내가 무슨 황당한 말을 한다고 하는가? 나는 자네에게 벼슬을 구걸한 적도 없고, 돈을 구걸한 적도 없다네.[정말 그런지.] 그저 난 풍류남으로, 전에 너에게 『해원경(解冤經)』을 읽어주었거늘, 자넨 지금 이런 나를 황탄한 말만 하는 손님으로 취급하는가?"

그러자 색중귀는 침을 질질 흘리며 묻는다.

"그렇게 좋은 여자가 지금 어디에 있단 말인가?"

"하늘가에 있는 것도 아니고 땅 끝에 있는 것도 아니라네. 자네와 담장 하나를 사이에 두고 있거늘, 아직껏 만나보지 못한 게 이상할 뿐이라네."

"그 여자의 이름은?"

"소양전(昭陽殿) 안에 있는 연연(燕燕)이나 『서상기(西廂記)』의 앵앵(鶯

---

63) 군옥산(群玉山) (…) 아래서 만나리: 『이태백문집(李太白文集)』(권4)에 실려 있는 「청평조사(淸平調詞)」세 수 중 첫 수에 해당되는 부분이다. 글자의 출입이 약간 있는데, 참고로 첫 수 전문을 인용해둔다. "雲想衣裳花想容, 春風拂檻露華濃. 若非群玉山頭見, 會向瑤臺月下逢." 그리고 군옥산은 요대와 마찬가지로 옛날 서왕모(西王母)가 거처했다는 전설상의 산이다.

鶯)으로[64] 불러야 되겠지만, 나는 그의 이름은 알지 못한다네."

"자네 그런 동문서답하지 말고 빨리 그 이름이나 말해보게."

"자네가 한 번 미뤄 짐작해보게."

"홍련(紅蓮)? 아니면 추월(秋月)?"

친구는 고개를 젓는다.

"아니, 아니야!"

"난향(蘭香)? 아니면 취취(翠翠)?"

"아니, 아니라니까."

그렇다면 누구란 말인가? 천홍(千紅) 만홍(萬紅)도 아니라 하고 단번에 '일지홍(一枝紅)'이라고 한다. 색중귀는 의아할밖에.

"그 여자가 촉희(蜀姬)냐, 아니면 월희(越姬)냐? 그런 이름은 우리나라 안에서는 내 한 번도 들어본 적이 없는데. 양가(楊家)에 태진(太眞, 양귀비)이 있었어도 깊은 규방에서 자랐기에 남들은 알지 못했다고 하더니, 이 여자도 그런 은군자(隱君子)인가?"

"은군자가 아니라 나뭇가지에 봄이 아직 일러 벌과 나비가 오는 일이 드문 식으로, 아직 한 번도 자네 귀에는 들리지 않았던 거지."

이 말을 들은 색중귀는 서둘러 옷을 차려입는다.

---

64) 소양전(昭陽殿) 안에 (…) 앵앵(鶯鶯)으로: 소양전은 한나라 성제(成帝) 때 지어진 궁전으로 여관(女官) 조합덕(趙合德)이 거처하던 곳이다. 조합덕은 비연(飛燕)인 조황후의 동생이기도 한데, 그녀를 연연(燕燕)이라고도 불렀다. 뒤에 소양전은 후궁이 거처하는 곳으로 쓰이게 되었다. 앵앵은 『서상기(西廂記)』의 여주인공으로, 원래 당나라 원진(元稹)이 지은 전기소설 「앵앵전(鶯鶯傳)」의 여주인공이기도 하다. 『서상기』는 이 「앵앵전」을 원나라 때 희곡으로 개작한 작품이다.

48

그러면서 친구에게 다그친다.

"자네 나와 함께 가서 한 번 만나게 해줄 수 있겠는가?"

친구는 껄껄 웃으면서,

"자네, 나를 후행(後行)[65]으로 쓰려는 건가 함진아비로 쓰려는 건가? 그냥 자넬 따라가기만 하려네. 얘, 동자야! 등불을 들거라."

이리하여 등불을 들고 앞서거니 뒤서거니 하여 그 집 문을 두드렸다. 그러나 너무 늦게 와 해당화가 잠이 든 것인지, 아니면 늦게 오진 않았으나 원앙이 목욕을 하는지 아무리 불러도 나오질 않고 다만 문 안쪽에선 은은한 등잔불 그림자만 보이고 그 안에 두 사람이 대화를 나누고 있는 것 같더라.

이게 어떻게 된 일인가? 일지홍이 눈도 못 뗄 정도로 푹 빠진, 어복손이 와서 앉아 있는 것이다. 어복손은 일지홍을 찾아와, 차도 마시지 않고 술도 들이켜지 않은 채 막 그녀의 손을 은근하게 잡으려던 참이다. 그런데 난데없이 문밖에 누가 왔는지 문을 두드리는 소리가 시끄러웠다. 그래서 입을 막고 귀기울여 한참을 듣다가 갑자기 놀란다.

"아니, 누구야? 저건 색중귀의 목소리인데?"

일지홍도 놀란다.

"색중귀, 색중귀? 아무 재상의 둘째 아들이 아닙니까?"

"그래 맞아! 너도 아는구나!"

그러면서 어복손이 일어섰다.

"난 갈라네."

"하필 저 인간 때문에 가려 합니까?"

---

65) 후행(後行): '위요(圍繞)'라고도 하며, 혼례 때 가족 중에서 신랑이나 신부를 데리고 가는 사람이다.

"아니다. 내 어찌 저자를 두려워하며 또 싫어하겠냐마는 나한테 한 가지 난처하고 불편한 게 있어서 그런 것이니, 나는 갈라네."

"뭐가 불편해서요?"

"말을 하자면 길다네. 내일 다시 얘기하기로 하고 난 지금 가네."

"그렇다고 하필 당신이 갈 것까지야 있나요? 뒷방에 가서 숨어 있지 그래요."

어복손은 고개를 숙이고 잠시 생각하더니,

"그래 알았네."

하며, 뒷방으로 몸을 피했다. 일지홍은 종을 불러 문을 열어주도록 하였다. 두 풍류남이 들어오는데 한 사람은 매일 보는 아무개 서방이고 다른 한 사람은 생면부지이나 이름은 익히 들었던 색중귀였다. 아무개 서방[즉 색중귀의 친구.]은 색중귀를 가리키며 일지홍에게 소개한다.

"너는 이 분이 누군 줄 아느냐?"

일지홍은 고개를 숙이고[일부러 그런다.] 대답한다.

"알지 못하옵니다."[고의로.]

"바로 아무 재상의 자제시니라."

그러면서 일찍부터 만나보고 싶었다는 대략적인 내용을 대신 설명하는데, 이때 이 색중귀는 눈을 똑바로 뜨고 일지홍을 쳐다본다.

49

과연 이 친구의 말이 빈말이 아니었다. 치아는 조개를 머금은 듯 허리는 흰 비단을 묶은 듯, 아름다운 눈동자에 예쁜 보조개까지. 내 오늘 처음으로 미인을 보게 되는구나.

"나이가 몇인고?"

나부(羅敷)가 사군(使君)에게[66] 대답한다.

"스물은 아직 안되었고 열 다섯은 넘었지요."

"너는 음률을 아느냐?"

"월계화(月桂花) 가지로 아쟁을 울리며 수시로 옥방(玉房) 앞에서 섬섬옥수로 현을 켜나 주랑(周郎)[67]이 돌아보질 않사옵니다."

"그럼 시도 아느냐?"

"봄 제비가 말을 알아듣고 어여쁜 꾀꼬리가 말을 알아들을 정도지요. 봉영사(逢迎詞)는 짓고 싶지만 이별시는 짓고 싶진 않사옵니다."

일지홍이 술을 내오자 친구는 몇 순배 마시고 일어선다.

"난 일이 있어서……"

만류해도 듣지 않고 훌쩍 나가버린다. 이때 둘은 손을 맞잡고 산과 바다를 두고 맹서하며 금석의 약속을 서로 주고받고 밤새도록 얘기를 나누었다. 누가 알겠는가, 한 사람은 기뻐하고 또 한 사람은 희희낙락하나, 한쪽은 정말 기뻐하는 것이고 다른 한쪽은 거짓으로 기뻐한다는 것을.

그렇다면, '너는 무슨 일로 정말로 기뻐하지 않은 것인가.'

'나는 어복손을 잊을 수 없고 저도 나 일지홍을 잊지 못하니 이 색중귀는 과연 어떤 물건인가? 등 돌릴 때는 어찌 무정하며 대면해서는 어찌 정을 둔단 말인가? 대면할 때의 정과 뒤돌아섰을 때의 정이 같은 법이거늘, 뒤돌아

---

66) 나부(羅敷)가 사군(使君)에게: 나부는 전국시대 왕인(王仁)의 아내이다. 그녀가 밭에 뽕을 따러 갔는데, 마침 조(趙)나라 왕이 그녀를 보고 마음에 들어 겁탈하려고 하였다. 그러자 그녀는 쟁(箏)을 퉁기며 「맥상상(陌上桑)」이라는 노래를 불렀다. 그 노래에 "사군(使君)께서는 왕비가 계시고, 저도 남편이 있답니다(使君自有婦, 羅敷自有夫)"라는 구절이 있었다. 조나라 왕은 이 노래를 듣고 그녀를 놔주었다고 한다.

67) 주랑(周郎): 삼국시대 오(吳)나라 때 인물 주유(周瑜)이다. 그는 음률에 정통하여 '주랑고곡(周郎顧曲)'이라는 고사가 전해진다. 그는 현달한 뒤에도 항상 음악을 가까이 하였는데, 누군가가 음악을 연주하다 틀린 데가 있으면 그 부분을 반드시 알아 연주자를 돌아보았다고 한다.

섰을 때는 네 모습이 높아 보여서이고 대면했을 때는 네 돈이 부러워서이니, 네가 돈도 없고 부귀하지도 않다면 네 아무리 색의 야차(夜叉)라고 한들 다급하게 법령이 떨어지는 것같이 거절할 터. 어찌 너와 하룻밤을 함께 자겠는가? 나는 양쪽 어깨를 드러낸 여자로서 동가식서가숙하길 바라지만, 세상에 어떤 일이 그같이 원만하게 돌아가겠는가?'

대화도 미진하고 정분도 미흡하며 잠도 부족한데 붉은 해가 동편에서 세 장 높이로 떠올랐으니, 한잔 술로 전송을 한다. 일지홍이 어복손이 있는 뒷방으로 가보니, 어복손이 미소를 짓는다.

"네가 이제야 짝을 찾았나 보구나."

"당신 나를 조롱하는 거야? 사람으로 살면서 먹고 입는 것을 해결하기가 참으로 어려운 게 여기저기로 날아다니는 원앙만큼도 못하지. 내가 염치불구하고 무정한데도 유정한 척하는 것이 다만 저 어려운 일 때문이구먼. 저자를 이 일지홍의 옷과 밥을 주는 밥줄로 여기는 것이야 가당하지만 일지홍의 좋은 짝이라고 하면 안되지……"

"나는 밤새도록 한편으론 후회하고 한편으론 기뻐했지.

50

후회는 무엇 때문이냐면 내 천금 미인을 색중귀가 가지고 놀도록 놔두었다는 것이며, 왜 기뻤냐면 그것은 내 서서히 얘기하겠네. 자네는 내가 그립고 난 자네가 그리우니, 자네 나를 위해 한 가지 일을 해줄 수 있겠나?"

"뭔 일이오? 죽고 사는 것과 만나고 헤어지는 일에 대하여 내 당신과 얘기하기를 살아서는 한 집에서 살고 죽어서는 같은 무덤에 묻히자 하였잖소. 그러니 당신이 나더러 승천입지(昇天入地)하라 하면 그건 내가 할 수 없는 일이지만은 내 힘이 미칠 수 있는 것이라면 무엇인들 마다하겠어요? 말해보아요.”

“애석하고 애석하구나.”

“뭐가 그리 애석하냐구요?”

“네가 내 일을 해결해주려고 들면 일지홍이 누구 집에서 춘색을 붙들고 있을지 알 수 없어 애석해지고, 한편 자네가 해결해주려 하지 않으면 이 어복손이 결국엔 아무 산의 원통한 귀신이 되고 말 테니, 그게 애석하다는 거지.”

그러자 일지홍이 앞으로 다가가 다그쳐 묻는다.

“무슨 일이길래 이렇게 사람을 놀라게 해요? 어서 얘기해봐요. 답답해서 미치겠네.”

그러나 어복손은 대답을 하지 않고 긴 한숨만 내쉴 뿐이다. 일지홍은 재차 묻는다.

“도대체 무슨 일이기에 말을 안 하고 그래요?”

“내가 말을 하지 않으려는 게 아니라 이 말을 감당하기가 버거워서……일지홍아! 이 어복손이가 어떤 사람인지 말해봐라.”

“오영환의 하인인 걸 진작부터 알았지요.”

“네가 이렇게 나를 사랑하니 나를 따라가 오영환의 물 떠오는 종이라도 될 수 있겠느냐?”

“그 일은 죽어도 못하지요.”

“그렇다면 우리 둘의 금석 같은 서약을 넌 기억 못하느냐?”

“그 말이야 죽어도 못 잊지요.”

“그렇다면 잊지 않는다고 한들 무슨 이익이 되겠느냐? 이 어복손이 노적을 벗어날 수도 없고, 일지홍은 비적(婢籍)에 들어가려고도 안 하니, 동쪽으로 나는 백로와 서쪽으로 나는 제비가 언제 만나겠느냐. 예로부터 짝은 하늘이 정해주고 이별과 재회는 귀신이 점지해준다고 하는데, 너와 내가 인연이 있다면 오늘 이별하더라도 내일 다시 만날 수 있을 것이니 무슨 걱정이겠느냐? 더군다나 나를 위해 한 가지 일을 해준다면야……"

51

일지홍은 어복손이 말을 하려다가도 그만두자, 재차 삼차 물었다.

"그 일이란 게 무엇인데요?"

어복손은 술로 답답함을 풀더니, 일지홍의 손을 꽉 잡는다.

"천하에 두려운 것은 여장군(女將軍)이지. 서시(西施)는 부차(夫差)를 무너뜨렸고, 초선(貂蟬)은 동탁(董卓)을 죽였으니,[68] 너도 이 어복손의 일을 해결해줄 수 있겠지? 너라면 내 일을 해결해줄 수 있을 거야. 너한테 그런 마음이 있다면야 무엇이 어렵겠느냐?"

그러면서 일지홍의 허리를 끌어안는다.

"허나 그렇게 되면 일지홍은 더이상 내 눈앞에 있는 일지홍이 아니겠지."

이 말은 들은 일지홍은 답답하지 않겠는가. 얼굴을 어복손에게 돌려서 묻는다.

"당신은 입만 열면 애가 끊어지는 말만 하면서 끝내 나에게 말하지 않으려 하다니요?"

그제야 어복손은 앞뒤 정황을 갖추어 한바탕 비통한 논의를 하더니 다시

---

68) 서시(西施)는 (…) 동탁(董卓)을 죽였으니: 서시는 고대의 미인으로, 월왕(越王) 구천(勾踐)이 오왕(吳王) 부차(夫差)에게 패하고 나서 회계산(會稽山)으로 들어갔다가 그곳에서 땔나무하고 있던(혹은 빨래하고 있던) 서시를 발탁, 빼어난 미인으로 꾸며 부차에게 바쳤다. 부차는 서시에게 빠져 결국 패망에 이르게 되었다. 초선은 동한왕(東漢王) 윤(允)의 가희(歌姬)였는데, 윤이 여포(呂布)에게 시집을 보내주었다. 그런데 여포는 얼마 후 동탁(董卓)에게 그녀를 바쳐 두 사람 사이를 이간질시키고 그 틈을 보아 동탁을 죽이고 초선을 다시 차지하였다. 역사에 이 두 사람은 전란 시기에 이용되다 죽은 비극적인 여인으로 표상되어 있다.

긴 한숨을 내쉰다.

"휴! 내가 저 유생(柳生)과 전생에 원한이 있었던 것도 아니고 이생에서 원수진 일 또한 없는데도 내 눈에 가시가 되었으니, 뽑아버리지 않을 수 없게 되었구나. 네가 내 일을 도와준다면 한 가지 꾀를 써서 이 도깨비 같은 인간을 제거하고 나한테서 장애를 없앤 뒤에 좋은 곳으로 함께 떠나자."

"그게 어떤 계획이오? 얘기해봐요."

"일지홍아! 그렇게도 어리석었더냐? 속으로는 분명히 알고 있으면서도 그렇게 바보같이 나한테 물어댄단 말이냐?"

"아, 어씨 양반! 난 원래 속이 어리석거니와 당신 입도 어리석나요? 내 어리석음만 놀리지 말고 어서 그 계획이나 말해봐요."

"저 색중귀가 지금 누구를 좋아하더냐?"

"한때의 풍류남의 탕정으로 향을 탐하는 미친 나비처럼 잠시 길가의 꽃가지에 마음을 두었다가도 얼마 후면 어느 순간 동서로 날아갈 텐데, 오늘 제가 나를 좋아한다고 해서 어찌 내일도 좋아할 거라 믿겠어요?"

"아니다. 그렇지 않아. 저자의 작호가 색중귀이니 얼마나 성색에 집착하는지 알 만하지. 성에 탐닉하는 자로 두 눈이 멀지 않은 이상, 필시 일지홍을 버리지 않을 것이다. 너를 버리지 않을뿐더러 필시 함께 죽으려고도 할 것이야. 이미 너를 위해 죽을 수도 있다면 필시 너의 말을 따르기를 장닭이 새벽을 알리듯이 할 터. 넌 그때 이 도깨비 같은 유생을 쫓아내달라고 그에게 요구하면 내 일은 해결되는 거지. 이 일은 정말 누워서 떡 먹기야. 네가 안 하려고 해서 그렇지, 하려고만 들면 누가 어렵다고 하겠냐 말이다."

52

일지홍은 근심이 있는 듯 얼굴을 가리더니 대답이 없다. 어복손이 몸을

374

일으키더니 일지홍을 손을 잡으며,

"홍아!"

하며 이름을 불렀다. 그러나 일지홍은 아무 대답도 하지 않는다. 그녀의 뺨을 어루만지며,

"홍아!"

라고 해도 역시 대답이 없다. 어복손은 손을 놓고 맥없이 일어선다.

"홍아! 네가 끝내 내 일을 해결해주지 않으려느냐?"

일지홍은 그제야 한 번 탄식을 한다.

"어씨 양반! 당신은 나를 위해 죽는 것도 아까워하지 않고 나 또한 당신을 위해 죽는 것이 아깝지 않지요. 그러니 만약 내 힘이 닿는 것이라면 죽는 것도 마다하지 않겠지만, 다만 물고기 잡으려고 쳐놓은 어망에 기러기가 걸려들지나 않을까 그것이 걱정이에요."

어복손은 이 말을 듣더니 더는 말하지 않고 황급히 문을 나가는데 한 번도 뒤를 돌아보지 않는다.[형경(荊卿)이 뒤를 돌아보지 않고 떠난 일[69]에 근거하고 있다.]

한 사람은 당겨도 오지 않고, 한 사람은 밀어도 가지 않는구나. 이때부터 닭과 난새가 짝을 한 모양으로 해가 떠오르기 전까지 얘기하고 웃으며 일지홍의 달콤한 잠을 깨우는 것도 색중귀요, 달이 아직 동편에 뜨기도 전에 분주하고 성급하게 내 집 문을 두드리는 자도 색중귀였다. 일지홍은 몇 날을 말하지 못하다가 서로의 정의가 은밀한 때가 되어서야 겨우 그 일을 얘기할 수 있었다. 등불은 환하고 술도 걸쭉해지고 사람들도 들어가버리고 누각도 적막해졌다. 비단이불이 따뜻해지고 각침이 정갈하게 갖춰진 후, 서로 끌어

---

69) 형경(荊卿)이 뒤를 돌아보지 않고 떠난 일: 형경은 전국시대 자객이었던 형가(荊軻). 그가 연왕(燕王)의 부탁으로 진시황을 죽이려고 역수(易水)를 건너는데, 뒤도 돌아보지 않고 결연히 떠난 일이 있었다. 이 사실이 『사기』의 「자객열전(刺客列傳)」에 잘 묘사되어 있다.

안고 정다운 대화가 이제 막 무르익을 즈음이었다. 일지홍은 갑자기 등을 돌리더니 가슴을 쓸어내리며 긴 한숨을 쉰다. 색중귀는 그의 허리를 안으며 묻는다.

"홍아! 뭔 일로 그리 한숨을 쉬느냐?"

"………."

뺨을 어루만지며 다시 묻는다.

"홍아! 왜 말을 하지 않느냐?"

"………."

"홍아! 나한테 좋은 일이란 네가 웃을 때이고, 걱정이란 네가 수심에 젖을 때란다. 한 번 찡그리고 한 번 웃는 것이 다 너 때문인데. 홍아! 너에게 무슨 일이 있기에 그렇게 혼자 탄식하고 혼자 수심에 젖었단 말이냐? 왜 내게 얘길 하지 않아?"

일지홍은 그래도 한숨을 그치지 않는다.

"홍아! 황금이 필요하다면 나한테는 널려진 흙처럼 많으며, 내 세력이 필요하다면 내 그 힘이 불꽃처럼 많아서 손을 뒤집어 구름을 만들고 손을 뒤집어 비를 내리게 할 수 있단다. 헌데 너는 달고 쓴지 말은 않고 그렇게 긴 한숨만 쉬고 있느냐?"

일지홍은 그래도 계속 가슴만 쓸어내린다. 색중귀도 이제 긴 한숨을 쉬며 [너는 어째서 한숨을 쉬는고.]

"홍아!

53

네가 끝내 말을 안 할 참이냐? 말 안 할 거냐고?"

그제야 일지홍이 목멘 소리로 대답한다.

"제가 어찌 말 안 하고 싶겠어요? 제가 말을 안 하면 제 애간장만 끊어지지만, 말을 하게 되면 당신 애간장이 끊어질 테니 더이상 묻지 말아요. 전 얘길 안 할 거예요."

"병이 있어도 남에게 얘길 해야 하고 원통한 사연이 있어도 남에게 하소연을 하는 법이다. 네가 나한테 얘기하고 나면 좋은 방법이 있을지 어찌 아느냐? 홍아! 그러니 얘기해보거라. 내 꼭 알아야겠다. 이렇게 너를 보고 있으니, 네가 말하지 않아도 내 속은 끊어질 것이며 내가 네게 묻지 않아도 네 마음이 외롭지 않느냐. 홍아!"

"제가 말하는 데에는 어려울 게 없사옵니다만, 무익한지라 당신의 고민만 늘어날 거예요."

"내게 얘기해주면 내 고민을 덜어주는 것이지만, 얘기해주지 않으면 그게 오히려 내 고민을 보태주는 게야."

그러자 일지홍은 일어나 앉아 눈물을 자주 닦아내며 말을 잇는다.

"서방님, 서방님! 당신은 남의 원통함을 풀어주지 못한다고 하더라도 남의 근심을 걱정해주실 수는 있지요? 저의 이 걱정은 지금 혼자서만 하는 근심이라 당신이 과연 남의 근심까지도 걱정해주실 수 있다면야 제가 말씀을 드리지요. 서방님!"

색중귀는 손사래를 친다.

"홍아! 너 무슨 말이냐, 나를 속이느냐? 어찌하여 그런 무정한 말을 하느냐? 내가 이미 너에게 말하지 않았더냐. 살고 죽는 것을 같이하고 슬픔과 기쁨을 같이 나누자고. 무슨 일이길래 그렇게 혼자서만 고민하고 있는 게냐? 치마를 걸고 한강에 투신하더라도 내 너를 따라가마. 홍아! 너는 그렇게도 내 마음을 모른단 말이냐?"

"저는 세 살 때 아버지를 여의고 다섯 살 때 어머니를 여읜 박명한 여자이옵니다."

"그랬더냐? 참으로 가련하구나!"

"여섯 살 때부터 외가에 맡겨져 외할머니 밑에서 자랐지요."

"그랬더냐? 참으로 안쓰럽구나!"

"천하에 쓸데없는 여자이옵니다."

"여자가 없으면 남자도 없는 법, 보통의 여자라도 없어서는 안될 것인데, 누가 너더러 쓸모없다고 하더냐?"

"천하에 죽어도 용서가 안되는 여자인가 봅니다."

색중귀는 눈살을 찌푸리며 묻는다.

"너는 어째서 그렇게 박절한 말만 하느냐? 더군다나 네가 무슨 용서받지 못할 죄를 지었단 말이냐?"

"죽어도 용서될 수 없지요. 죽어도! 용서받을 수 없는 여자는 단지 이 일지홍 하나뿐이옵니다."

"………"

"저는 어머니가 안 계셔 외할머니를 어머니로 모셨으며 아버지가 안 계셔 외할아버지를 아버지로 모셨지요. 이렇게 저를 키워준 지 십수 년 동안 저는 한 번도 반포지효(反哺之孝)를 하지도 못했는데, 해가 서산으로 기울듯 외할아버지 외할머니께서는 다 돌아가셨지요. 병으로 누워 계셔도 약 한 번 지어드리지 못했고, 돌아가셔도 염을 해드리지도 못했으며, 3년 동안은 소식조차 묻지도 못하였지요. 아무 소용 없는 여자이고 죽어도 용서받을 수 없는 여자지요."

54

그러면서 대성통곡을 하였다. 색중귀는 곁에서 위로를 하였다.

"홍아! 자고로 죽은 자는 다시 살아나지 못한다고 하였으니, 네가 그렇게 통곡하며 두 눈에서 피눈물을 흘린들 무슨 이득이 있겠느냐? 그만 그치도록 하거라!"

일지홍은 목이 멘다.

"저도 죽은 자는 어쩔 수 없다는 것은 알지요. 어찌 저의 고통을 알겠습니까만 잊을 없는 것은 외조부 외조모께서 이 어린아이를 홀로 남겨두고 그렇게 세상을 하직한 뒤로 저에겐 이 티끌 세상에서 보답해야 할 한 사람이 있지요. 헌데 참으로 한낱 무용한 여자요, 죽어도 용서받지 못할 여자지요. 그는 앞날의 생사도 예측할 수 없고 내일의 안위도 기약할 수 없는데도 저는 그에게 손 한 짝이라도 도와주지 못하고 눈만 말똥말똥 뜬 채 앉아 있으면서 술병이나 비우고 있으니, 술단지만 부끄럽지요. 이 고단하고 불쌍한 백성은 이미 오래전에 죽은 것만 못하니, 아버지 어머니! 어찌하여 저를 낳으셨소!"

말을 마치자 다시 대성통곡을 하였다.

"그자는 이름이 어떻게 되는가? 앞날이란 또 무슨 일이고? 빨리 말해보거라."

일지홍은 잔뜩 뜸을 들이더니 눈물을 닦으며 대답한다.

"그 아이는 이미 장성하여 지금 막 서른이 넘었지요. 장의와 소진의 변설과 형가(荊軻)와 섭정(聶政)의 기개가 있으나 불행히 그의 부모의 처지가 천하여 태어났을 때부터 남들의 허다한 조롱을 받고 지금은 낙척(落拓)한 상태지요. 그러나 다행히 높은 하늘이 낮은 곳에 귀를 기울여주신 것인지, 북촌의 아무개 재상이 부처님의 자비심을 크게 베풀어 이 아이를 무척 아껴 아주 가깝게 대해주고 있지요. 그리고 이 아이도 재상 보기를 부모나 신명처럼 보고 대산처럼 받들고 있어서 조만간 동풍에 편승하여 흙탕물에 떨어진 가련한 꽃잎이 다시 광명의 세계로 날아오를 수 있게 되었지요. 그러나 애석하게도 잡다한 마귀가 앞뒤로 그를 가로막아 날아오를 기약을 하기 어렵게 되었을 뿐만 아니라, 천 길 낭떠러지로 실족할 것을 걱정하게 되었지요. 서방님! 이를 어찌하면 좋을까요? 아, 이 일지홍은 조금도 쓸모가 없는 여자이옵니다.”

색중귀는 이 얘기를 들으면서 이미 팔분 구분 시기심이 일었으나 바로 그런 얘기는 꺼내지 못하고 다시 물어본다.

“그의 이름이 어떻게 되느냐?”

“그자는 성이 어씨이고 이름은 복손이라 하옵니다.”

색중귀는 고개를 끄덕인다.

“아, 그 노복! 그렇다면 마귀란 유씨 성을 가진 자가 아니더냐?”

일지홍은 감탄을 금치 못하며,

“서방님은 어디서 들으셨나요?”

라고 묻는다. 색중귀는 씩 웃는다.

“이 일은 내가 너보다 먼저 알고 있었느니라.”

“누가 당신에게 이것을 자세하게 얘기해주던가요?”

색중귀는 미소만 지을 뿐 대답을 하지 않다가 한참 후에 입을 열었다.

“네가 말한 북촌의 아무개 재상은 우리 집 대감이니라.”

55

일지홍은 화들짝 놀라며 바짝 다가간다.

“그래요? 아무개 대감이 정말 나으리의 대감이라고요? 예로부터 ‘죽는 중에도 살 수도 있고 막다른 곳에서도 살 방도가 있다’고 하더니, 바로 이 일을 두고 하는 말이군요. 정말 그렇다면 어찌 제가 애를 태워가며 걱정하겠습니까? 그저 제 마음은 한 번만 저를 도와주셔서 바다도 메우고 산도 옮길수 있기를 바라지요. 몇날 며칠 흘린 눈물은 모두 이 일로 흘렸던 거지요.”

그러면서 색중귀의 무릎에 앉아 그의 손을 잡고 말을 잇는다.

“해주실 건가요, 안 해주실 건가요? 그 불쌍한 사람을 구해주실 건지, 구해주시지 않을 건지 말예요? 당신이 구해주신다면 당신 손을 잡고 해로하려니와 그렇지 않으면……"

"내 그렇게는 못한다, 못해! 하늘이 높고 땅이 낮은 건 이치가 정해져 있는 법이요, 높고 낮음에 따라 귀천에 자리가 있는 법이다. 제 아무리 어복손이 총명하나 하늘이 정해준 노비이고, 오진사가 어리석다고 하나 말라죽어도 변할 수 없는 양반이니, 평민이 양반을 멸시하는 것도 죄가 되거늘, 하물며 노비가 주인을 겁박하는 것이 어찌 용서가 되겠느냐? 내 너를 사랑하고 아끼나 한 사람의 원통한 마음 때문에 수백 년 교화의 대법을 어그러뜨릴 수 없느니라."

색중귀가 이렇게 말하고 천연덕스레 정색을 하고 앉아 있자, 일지홍은 얼마나 낙담을 했던지 다시 얘기를 꺼내지 못하고 몸을 돌려 벽을 향한 채 비단 적삼으로 눈물만 닦을 뿐이었다. 이렇게 몇 시간을 움직이지 않고 앉아 있으면서 다만 긴 한숨소리만 끊이지 않고 이어졌다. 색중귀는 속으로 '저 종놈의 죄는 용서할 수 없으나, 일지홍의 심정이야 소홀히 할 수 없으니, 초나라를 위해야 하는지 조나라를 위해야 하는지…… 이를 어찌하지?'라고 생각하다가 갑자기 자책을 하였다.

'왕후장상(王侯將相)의 종자가 따로 없나니, 어찌 정해진 분수가 있겠는가? 물고기가 변해서 용이 되고 냇물이 흘러 바다가 되는 법, 사물이 이러한데 사람이야 무어 괴이하랴! 가령 노비가 주인이 되고 양반이 평민이 되는 것도 내 아픔과는 상관없는 일, 내 어찌 이 일 때문에 천금가약을 저버리겠는가.'

마침내 일지홍을 부른다.

"홍아!"

그러나 일지홍은 대답을 하지 않는다.

다시 불렀으나, 여전히 대답하지 않는다.

결국 그녀의 손을 잡아끌며 말했다.

"홍아! 내 말이 진담인 줄 알았느냐? 내가 박정하다 생각하였느냐? 내 힘이 닿는 데라면 나를 끌고 불길 속으로 들어가더라도 피하지 않을 것인데, 그게 무슨 큰일이라고 내가 안 해줄 거라 생각하느냐?"

56

차설. 오진사가 일을 처리할 준비가 다 되자, 유생더러 취전구를 만나보라 하였다. 유생은 그 즉시 일어나 급히 이 재상 집으로 달려갔다. 대감을 배알하기에 앞서 우선 작은 사랑채에 들러 문을 두드렸다.

"날이 몹시 춥구나."

문으로 들어와서는

"홍석(興石)아! 서방님 어디 계시냐?"

하고 묻는다.

"서방님은 어제 밤에 출타하셔서 아직까지 돌아오지 않으셨습니다요."

"어디로 가셨는데?"

"잘은 모르겠습니다만 서방님은 요즘 연일 아침에 나가셔서 저녁에 귀가하시고 저녁에 나가면 아침에 돌아오십니다. 어쩔 때는 오늘 나가면 내일 들어오시기도 하옵니다."

유생이 이상하다며 다시 묻는다.

"아니, 무슨 일로, 어딜 가셨더냐? 넌 모른단 말이냐?"

"예, 저는 모르옵니다."

"거참, 이상한 일일세."

유생은 한참 동안 앉아서 기다렸다. 얼마 후 문밖에서 기침소리가 들렸다. 취전구가 도착한 것이다. 문을 여니 유생이 일어나 선 채로 문안을 드렸다.

"그간 평안하셨습니까?"

취전구는 갑자기 냅다 소리를 지른다.[이미 개가 되었으니 소리를 내면 '컹컹' 하겠네.]

"평안하냐고, 무슨 평안하다는 소리를 하느냐? 네 애비를 보고도 평안하냐고 하며 네 할애비를 보고도 평안하냐고 하느냐? 넌 본래 위로 이름난 조상도 없고 아래로 현달한 인척도 없는 일개 시골구석의 유동지(柳同知)의 자식으로 요행히 양반 문하에 출입하면서 눈썹을 날리며 아양을 떨고 말고 뼈를 잡고 아첨을 하였으니, 네가 얻은 것은 다 양반의 은혜 아닌 게 없지. 네가 비록 어리석기 짝이 없어도 이 점을 만에 하나라도 생각해봐야 할 것인데, 진실로 이른바 간신이 나라를 잊고 교활한 노비가 주인을 배반하는 꼴이로다. 유생아! 넌 어떤 물건이길래 감히 나를 두고 편안하냐고 묻는 게야?"

유생이 분이 나지 않겠는가마는 그저 소매 속에 손을 넣은 채 말없이 이 욕을 받을밖에.

청천자는 말한다.

'색중귀가 이렇게 유생에게 욕을 퍼부어도 유생은 참을 뿐만 아니라 매사에 공손하고, 어복손은 유생을 부모나 상전처럼 높여도 유생은 그를 불쌍히 보지 않고 질시하기를 원수보다 심하게 하니 그 이유가 무엇인가? 참으로 따져보아도 모를 일이다.'

취전구가 다시 유생을 꾸짖는다.
"유생아! 너는 여기서 나가 다시는 내 눈앞에 얼씬거리지 말거라."
유생은 아무 말 없이 일어나 나가더니 하늘을 보며 한숨을 쉰다.
"일이 낭패로구나!"

57

독자가 읽다가 이 부분에 이르러 '물고기가 비구름을 만나 하늘로 날아 오르겠다'고 말할 법도 하지만, 아무리 '때때로 바람이 등왕각(滕王閣)으로 실어다 주고, 우레가 천복비(薦福碑)에 울린다'70)는 걸 안다고 해도, 이 재상 이 태산이 아니고 그저 빙산(氷山)이라 해가 한 번 떠오르면 어찌 오래갈 수 있겠는가. 손을 데울 만한 뜨거운 세력이 하루아침에 뒤엎어져 먼 지방으로 유배에 처해져 가마가 도성을 빠져나가니, 춘명문(春明門)71) 밖이 하늘가로 다. 그런데도 그 일의 기미를 오진사는 물론이요 유생마저도 알아차리지 못 하고, 유독 저 노복 어복손만이 알았다. 어복손이 평생의 맺힌 한을 이 대자 대비한 대감에게서 풀어보려고 했으나, 슬프게도 세성(歲星)72)은 비추지 않 고 인사는 변화가 심한 법이라, 이 대감이 복손을 불쌍히 여기기는 했어도 이제 어쩔 수 없게 된 것이다.

어복손은 낮에는 밥을 먹어도 단 줄 모르고 밤에는 잠을 달게 못 자며 이 런저런 생각으로 뒤척이다 갑자기 벌떡 일어나 베개를 든 채 오진사의 면전 으로 달려가더니 아뢴다.

---

70) 때때로 바람이 (⋯) 천복비(薦福碑)에 울린다: 등왕각은 중국 강소성 남창시(南昌市)에 있었던 누각으로 당나라 때 지어졌다. 천재적인 시인 왕발(王勃)이 부친을 뵈러 가던 길 에 이 등왕각에 들렀다가 지은 「등왕각서(滕王閣序)」는 명문으로 알려져 있다. 천복비 (薦福碑)는 중국 강소성 요주(饒州)의 천복사(薦福寺)에 있는 비각이다. 이 비문은 구양 순(歐陽詢)이 쓴 것으로 유명한데, 당시 구양순의 글씨가 일세를 풍미하여 이 비각의 가 격이 천금이 간다고 하여 이것을 팔아넘기려는 이가 있었다. 그런데 팔리기 직전 우레가 이 비각에 내리쳐 도난당하지 않아 마침내 훼손되지 않았다 한다. 소식(蘇軾)은 이를 두 고 "하룻밤 우레는 천복비를 울리네(一夕雷轟薦福碑)"라고 읊은 바 있다.
71) 춘명문(春明門): 당나라 때 서울의 동쪽 성문 중의 하나. 후대에 '도성(都城)'을 상징 하게 되었다.
72) 세성(歲星): 목성(木星). 옛날에 새로운 해를 방위로는 동방, 오행으로는 목(木)을 상정 했기 때문에 목성을 세성이라고 한 것이다.

"소인은 좀 내려갈까 합니다."

오진사는 영문을 모르고 의아하여 묻는다.

"너는 왜 내려간다 하느냐?"

"소인이 근래 하어(河魚)의 아픔[73]이 생겨 향수병이 났사옵니다."

그러자 오진사는 더욱 의아하여 그 자리에서 응낙해주지 않고, 유생더러 오라고 하여 이 상황을 자세하게 알렸다. 유생은 고개를 갸우뚱한 채 한참 골똘히 생각하다가 번뜩 '내가 어제 들은 게 빈말이 아님이 분명하구나' 하는 생각이 스쳤다. 그런 중에 오진사가 묻는다.

"자네 무슨 말이라도 들었는가?"

"내 어제 저녁에 우연히 어떤 자를 만나서 대감의 소식을 대충 들었는데, 대감이 지금부터 서쪽으로 기우는 해의 신세라, 시간이 가면 갈수록 점점 추락하여 동으로 흐르는 물길은 한 번 가면 돌아올 수 없는 지경이 되었다는 걸세. 이놈이 아마도 이 일 때문에 그런가 본데?"

"과연 그렇다면 이놈이 하필 고향으로 내려가겠는가?"

"그것은 잘 모르겠지만 그렇지 않고야 이놈이 내려가겠다고 할 이유가 없지 않은가?"

오진사가 다그친다.

"그럼, 장차 어떡하지?"

58

"자네가 만약 작은 능력이라도 발휘하여 근심거리를 없게 하려면 저놈을

---

73) 하어(河魚)의 아픔: 숭어 따위가 처음 산란한 곳을 다시 찾아오듯이 강의 물고기의 회귀본능을 말한다.

장차 어떻게 처리하겠는가?"

오진사는 눈을 부라리고 이를 갈면서 말한다.

"자네가 어째서 그것을 나에게 다시 묻는단 말인가? 내가 속없는 사람이 아니네. 저놈한테 수없이 욕을 당했으니 당장이라도 칼을 뽑아 작살을 내 이 분을 씻고 싶지 않겠는가? 허나 지금까지 꾹 참고 왔으니, 정말 기회가 되고 처리할 방도만 생긴다면야 내 조속히 그를 처단하겠네."

"그렇다면 자네는 하필 이렇게 힘들게 그러는가? 내 한 가지 좋은 방도가 있으니 들어볼 텐가?"

"무슨 말인가?"

"자네가 지금 이놈을 마음대로 조종할 수 없는 것은 아직도 이 재상의 세력이 완전히 사그라들지 않아서 그렇지 않나?"

"그렇다네."

"이놈이 한 번 이 바닥을 뜨면 교룡이 물에서 나오더라도 그가 죽었는지 살았는지 이 재상이 어찌 다시 물어나 보겠는가?"

이 말을 들은 오진사는 지팡이를 땅에 치며 맞장구친다.

"자네 말이 정말 맞네."

다음날, 노복이 오진사에게 하직 인사를 올렸다. 오진사는 이놈이 글자를 모른다고 오인하고 그 편에 집으로 편지를 보냈다. 큼지막한 종이에 장황하게 적은 내용이란 게 모두 이놈의 죽어도 시원치 않은 죄상이고 전후의 무엄한 사건들이었다. 그리고 그 끝에는 이렇게 썼다.

'만약 하루속히 이놈을 처단하지 않으면 충주 고강촌이 온통 쑥대밭이 될 것이니, 주저하지도 지체하지도 말고 하루속히 수단을 써서 후환을 없애도록 하여라. 나도 뒤를 따라 내려가 너희들이 과연 내 말을 따랐는지 아닌지를 볼 것이다. 내가 지금 안 내려가려는 게 아니라 내 손으로 이 일을 처리하려니 여기 서울에도 처리하지 못한 일이 많아서 그러는 것이니라. 그래 이 편지에 사정을 갖추었으니 집안 식구들은 모두 이 편지를 돌려보고 조속히

화근을 제거하여라. 급하여 이만 줄인다.'

다 쓴 편지를 마당으로 던지자, 노복은 이것을 받아 품속에 넣고 두 번 절을 올린다.

"나으리께서는 언제 내려오십니까?"

"나도 곧 내려갈 것이니라."

그리고 노잣돈 몇 냥을 가져다가 노복에게 던져주더라.

59

어복손은 오진사에게 절을 하고 문을 나서는데 탄식이 절로 난다.

"아, 어복손은 이것으로 끝이구나! 내가 어찌 남쪽의 월상국(越裳國)으로 든 서쪽의 천축국(天竺國)으로든[74] 못 가겠는가? 그러나 나의 생이 이미 저들과 인연이 맺어졌으니, 누가 흥하고 누가 망하든지 또 누가 살고 누가 죽든지 간에, 이렇듯 죽을힘을 다해 싸우다가 패하여 도망칠 수야 있겠는가?"

송파강(松坡江)에 다다라 뱃머리에서 머뭇거리며 편지를 꺼내서 혼잣말을 한다.

"이 안에 무슨 말이 씌어 있을까? '어복손을 때려죽여라'는 말이 아니면 필시 '어복손을 칼로 결딴내라'고 했을 게야. 내 비록 글자는 모르지만 어찌 저자의 기만에 넘어가리요?"

그는 은홍교(殷洪喬)가 능숙한 수단으로 만경창파에 붙여 보냈듯이[75] 자

---

74) 남쪽의 (…) 천축국(天竺國)으로든: 월상국은 지금 베트남으로, 이에 대해서는 제4화의 주26 참조. 천축국은 주지하듯이 인도를 가리킨다.

75) 은홍교(殷洪喬)가 (…) 붙여 보냈듯이: 은홍교는 진(晉)나라 때의 인물 은선(殷羨)으로, 홍교(洪喬)는 그의 자이다. 그가 예장태수(豫章太守)로 있었을 때의 일이다. 예장 사람들이 백여 통이 넘는 편지를 가지고 와서 그것을 전해줄 것을 요청하자, 그는 편지를 가지고 강으로 가서 모두 강물에 던졌다. 그리고는 "가라앉은 것은 가라앉고 뜬 것은 떠가서

기 손으로 오진사의 필체를 본떠 언문으로[이 종놈이 한자는 모르나 국문은 알고 있으니, 무식이란 두 글자는 면하겠네.] 편지글을 작성하고 겉봉에 '오진사 본가에 즉시 전하라(吳進士本第卽傳)' 등의 글자를 크게 쓰고 아울러 '아무개가 아무 동에서 쓴다(某在某洞)'는 것까지 써서 주머니 속에 넣어두더라.

차설. 이 노복이 고향으로 돌아가 먼저 자기 집으로 들어가지 않고[아직도 하인의 본색이로구나.] 황급히 오진사의 본가로 달려가 뜰 아래에서 절을 올렸다.

"복손이 문안드리옵니다."

작은 상전[즉 오진사의 아들.]인 서방이 묻는다.

"너는 잘 다녀왔느냐? 어른께서는 안녕하시더냐?"

"예!"

"아버님의 서신이 어디 있느냐?"

어복손이 서신을 올리자 그것을 뜯어보니, 아들에게 보내는 편지는 빠졌고 언문으로 쓴 편지 하나가 있을 뿐이었다. 내당으로 들어와 어머니에게 드렸더니, 쌀이나 소금 땔감 등에 대한 자질구레한 얘기는 없고 다만

'어복손이 충직한 하인이고 기발한 애니 부인은 형제나 숙질처럼 대하고, 아이들도 그를 부모나 친구처럼 존경하며 노비로 대하지 말라. 내가 내려간 후에 내 딸 연옥(蓮玉)을 어복손에게 시집보낼까 한다. 세상에 어찌 반상의 구별이 있겠는가? 인도를 잃지 않으면 상민이라 할 수 없으며, 노비와 주인이 따로 있겠는가? 덕이 상전보다 나으면 노비라 할 수 없는 것이다. 진평(陳平)처럼 아름답다면 필시 언제나 가난하라는 법이 없을 것이니, 저 어복손이 언제나 남의 노비로만 있겠느냐? 내가 그를 사위로 삼지 않으면 남이

전해질 것이다"라고 하였는데, 과연 뜬 것은 물결을 따라 수신인에게 전해졌다고 한다. 그러나 가라앉은 편지는 전달되지 않아, 훗날 편지가 제대로 전달되지 않은 것을 두고 '은홍교에게 부탁한 꼴'이라는 말이 생겨났다.

그를 사위로 삼을 것이니, 아이더러 택일하여 대기하라고 하게.'
라는 얘기뿐이었다. 부인은 반도 읽지 않아 어찌나 놀랐는지 실색하여 아들
에게 말을 건넨다.

"네 아비가 갑자기 실성을 했구나!"

60

원래 오진사는 남에게는 부처요 자기 집에서는 호랑이였다. 친구나 이웃
사이에서는 화를 내야 할 경우에도 화를 내지 않고 따져야 할 것도 따지지
않아 흡사 살아 있는 금동불 같았으나, 자기 집 처자식만 대할 때면 하루 종
일 으르렁거리며 고래고래 고함을 질러 온 집안 안팎으로 소란을 피우며 식
구들에게 고통을 주었다. 이 때문에 남들은 오진사를 천치와 같이 보았으나
집안 사람들은 오진사를 호랑이처럼 두려워하였다. 감히 그의 성질을 건드
릴 수 없었으니, 한 번 건드리면 이를 부드득 갈고 두 번 건드리면 집안 집
기를 다 부수고, 세 번 거스르면 그의 주먹에는 처자식도 없으며, 네 번 건
드리면 안중에 자신도 없을 정도였다. 그랬으니 이 성질을 누가 다시 건드리
겠는가? 그래서 그가 집에 있을 때에는 말할 것도 없이 서울에 가 있을 때라
도 서찰 중에 아무 일은 어떻게 조처하고 아무 일은 어떻게 시행하라고 하
면 그 말이 떨어지기도 전에 성화와 같이 처리해야 했다. 지금 이 서찰을 뜯
어보고는 과연 입이 딱 벌어지고 눈이 휘둥그레졌다. 서울에 있은 지 10여
년에 풍질을 얻었는지, 우리 천금 만큼 사랑하는 딸을 어떻게 저놈에게 준단
말인가? 평민이면 그나마 괜찮겠지만 우리 집 종놈인 어복손에게 준단 말인
가? 생각하면 할수록 등에서 식은땀이 흐른다. 그래서 부인은 다시 아들에게
하소연을 한다.

"네 애비가 미쳤나 보구나. 그렇지 않고서야 어떻게 이런 말을 해? 금이야

옥이야 아껴 수염을 잡아당겨도 가만있고, 무릎에 올라 부서지도록 뛰어도 모른 채 '우리 연옥이, 연옥이' 하던 그 입에서 어찌 이런 말이 나왔단 말이냐? 이는 조금 미친 게 아니라 아주 미친 게야."

이윽고 다시 탄식을 한다.

"평생 아둔한 천성의 인간이 집에서 고함 한 번만 쳐도 우리가 다 들어주며 한 번도 거스르지 않았더니, 이렇게 식구들을 업신여기고 일말의 조심하는 면도 없이 자기 생각대로 제 마음대로 하는구나. 그렇지만 이 일이야 내가 어찌 따르겠는가? 내 죽는 한이 있어도 따를 수야 없지, 암! 아들아! 너 이웃 친구에게 가서 이 얘길 하면 안 된다. 이 얼마나 부끄러운 일이냐?"

"어머니! 제가 무슨 세 살 먹은 어린아이입니까? 하필 그런 말을 부탁하게요. 어머니, 목소리를 낮추셔요. 혹시라도 연옥의 귀에 들어갈까 걱정입니다."

61

꾀꼬리가 우니 잠월(蠶月)[76]이라, 뽕을 딸 철이 되었다. 부인이 연옥을 부른다.

"연옥아! 너 아무 밭에 가서 뽕을 따서 오너라."

"알았어요."

계수나무 가지로 갈고리를 한 광주리를 들고 뽕밭으로 향하였다. 그런데 순간 어복손이 그녀가 가는 것을 보고, 몰래 뒤를 따라 가서 뽕밭으로 숨어 들어갔다.

"아가씨! 뽕 따러 오셨나요?"

---

76) 잠월(蠶月): 누에가 크는 달이라 하여, 음력 4월을 말한다. 참고로 '蠶月條桑'은 『시경』 빈풍(豳風)의 '칠월(七月)'편에 나오는 문구이다.

"그래 맞다!"

대답하는 연옥은 오진사의 맏딸이다. 열여섯 꽃다운 나이에 용모와 자태가 어여뻐 촌가 규방의 여자들하고는 영 딴판이었다. 어복손이 가슴을 쓸어내리며 혼자 지껄인다.

"기이하기도 하지! 고(瞽)의 아들 순(舜)임금인가, 환(鯀)의 아들 우(禹)임금인가?[77] 저 가증스럽고 통탄할 만한 오진사가 어떻게 저런 보기만 해도 즐거운 연옥 아씨를 낳았는고?"

그러면서 앞으로 다가갔다.

"아가씨, 누가 아가씨더러 뽕을 따오라고 시키셨어요?"

"어머니가 시켰지."

"소인도 있고 저의 처도 있는데, 아가씨를 시켰단 말예요? 아가씨는 쉬고 계세요. 소인이 대신 따드릴게요."

그러더니 뽕나무로 올라가 가지 몇 개를 끊더니 갑자기 아래로 떨어지면서 고래고래 소리를 지른다.

"아가씨! 나를 살려주오, 살려줘! 소인은 이제 죽었습니다요."

연옥은 규방에서 자랐기 때문에 제 생각만으로 남을 파악하여 어찌 이것이 속이는 것인 줄 알겠는가? 손으로 복손을 어루만지며,

"복손아, 복손아……"

라고 한다.

"소인, 갑자기 배가 뭐가 찌른 듯이 아파 죽겠사옵니다."

연옥은 급하여 어찌할 줄 모르고 덜덜 떤다.

"이를 어쩐다? 내가 가서 오라버니한테 사람을 보내서 너를 데려가라

---

77) 고(瞽)의 아들 (…) 우(禹)임금인가: 순임금과 우임금은 모두 중국 고대의 왕도정치를 구가한 인물들. 아버지 고(瞽)와 환(鯀)은 모두 어리석고 무식하여 자식인 순임금과 우임금에게 해를 끼친 인물들이다. 못난 오영환한테 연옥 같은 빼어난 딸이 있음을 비유한 것이다.

할까?"

어복손은 눈을 크게 뜨고 이를 갈며 갑자기 시끄럽게 소리질렀다.

"아가씨! 아가씨는 그리 편안하게 말하십니까? 오고가는 사이에 저는 죽고 말 겝니다. 아가씨, 제가 듣자 하니 절 뒤편에 동자석불이 아주 영험하여 가서 빌기만 하면 사는지 죽는지 분명하게 알려주고, 간혹 영험한 약도 내려준다고 합디다. 아가씨, 소인이 불쌍하면 고생스럽더라도 한 번 가서 여쭈어주세요."

62

연옥이 한바탕 겁을 잔뜩 먹은 터라 정신없이 절 뒤편을 향해 갔다. 규중의 처자가 정월 초하루나 추석 같은 명절 말고는 이웃집 출입하는 것도 마음대로 못하거늘, 하물며 걸어서 산사까지야 언제 가보았으랴! 중첩한 돌길을 돌아가자니 몇 번이나 넘어졌는지 옷이 찢어지고 빽빽하고 어지럽게 널려 있는 가시덩굴에 수없이 찔려 피가 얼굴에 흐를 지경이었다. 겨우겨우 그 절에 도착해보니 달랑 황폐한 절터만 남아 있고 사방을 둘러보아도 사람 흔적은 없었다. 앞으로는 한 줄기 맑은 시내가 펼쳐졌고 뒤쪽으로는 철쭉이 어지럽게 피었는데, 하늘을 보니 어쩌면 그리도 광활하며 사방으로 들을 둘러보니 어찌 그리도 아득하기만 한지. 작은 집 안에서만 생활하여 마치 감옥에 갇힌 것과 다르지 않다가 갑자기 몸이 태산의 정상에 있자니, 흡사 입정한 노승이 다시 세상에 출현한 것 같았다. 그녀는 절로 탄식이 흘러나왔다.

"아, 여기가 어디지…… 아, 이런 좋은 경치를 느긋한 마음으로 누려보고 싶지만 저 원수 같은 어복손의 목숨이 경각에 달려, 나를 불러 '연옥 아씨 저를 살려주소' 하고 있으니, 여기서 이렇게 오래 머물러 있을 수 없구나!"

다시 절터의 뒤로 찾아가니 과연 한 층 석벽 아래에 석불 하나가 좌정해 있었다. 공경하는 마음으로 감히 얼굴을 들어 자세하게 보지 못하고 두 손을 깍지 낀 채 땅에 엎드려 조용히 아뢴다.

"부처님, 부처님! 연옥은 하토(下土)의 어리석은 몸으로 깊은 규방에 갇힌 여자라서 아는 게 없고 해결할 줄도 모르옵니다. 본 것도 들은 것도 없었는데, 오늘 우연히 어복손이라는 노복을 데리고 뽕잎을 따러 왔다가 별안간 이 노복이 복통을 호소하며 '살려달라, 살려달라'고 애원하니 노비와 주인의 정이 아니더라도 생사람을 죽게 할 수는 없지 않사옵니까? 보기에도 불쌍하여 어찌해야 될지 모르겠사옵니다. 신령한 부처님께서는 뭇 귀신들의 대왕이시고 억만창생의 사부이시니 바라건대 대자대비한 부처님께서는 이 죽어가는 노복을 살려주소서. 부처님……"

그런데 이 연옥의 말이 끝나지도 않았는데 어디선가 은은한 목소리가 들려왔다.

"연옥아! 네가 노복이 불쌍하여 그 아이의 생명을 구하고자 한다면 네 배를 그 아이의 아랫배에 대서 따듯하게 해주면 죽겠다던 노복에겐 어느 순간 구름이 걷히고 푸른 하늘이 열릴 것이요, 너도 장래에 무궁한 복을 누리게 될 것이니라. 그렇지 않으면 노복은 바로 절명하고 훗날 너는 바람에 슬퍼지고 비에 눈물지으면서 세월을 보내는 신세가 될 것이니라. 연옥아, 어서 가서 '복손아!'라고 하거라."

63

차설. 어복손이 연옥 소저에게 아무 산사 영험한 부처에게 빌어달라고 요청하고는 자신은 바로 일어나 딴 길로 산사로 달려가 후원 숲속에 숨어서 연옥이 땅에 엎드려 기도를 드릴 때에 은밀하게 '배를 합치라'는 몇 마디 말을 하고 다시 딴 길로 달려와 전에 아파 누웠던 자리에서 좌우로 구르며 이리 뒤척 저리 뒤척이면서 고통을 호소하였다.

"연옥 아씨, 저 좀 살려주세요!"

연옥의 발소리가 점점 가까워오자 복손의 소리도 점점 높아진다. 연옥아씨가 가까이 다가오며 꾀꼬리 같은 소리로 '복손아' 하는 소리가 분명하게 들렸다. 그러자 복손은 별안간 눈을 뜨고,

"아가씨 오셨어요? 절 살려주세요."

라고 하자, 연옥은 복손의 머리를 만지며,

"복손아, 이제 죽을 걱정은 말거라. 저 절의 영험한 부처가 살길을 확실히 알려주었단다."

라고 하였다.

"영험한 부처가 무슨 말을 합디까?"[영험한 부처는 여기에 있구나.]

"우리 둘이 배를 합쳐 따뜻하게 하면 너의 그 고통스럽고 무서운 병이 약을 쓰지 않아도 효과를 본다고 하더구나."

저 교활한 어복손이 따뜻하게 해야 한다는 한마디를 듣더니 속으로 쾌재를 부르면서도 단호히 고개를 젓는다.

"아가씨, 그런 말을 어떻게 입으로 하시옵니까? 소인은 절대 그렇게 하지 못하겠나이다. 소인은 죽어도 그렇게 하지 못하지요."

"복손아! 그리 고집 피울 필요가 없어. 사람 목숨이 제일 중요하니 죽고 사는 일이 코앞에 닥쳤는데 체면을 말해 무엇 하고 도리를 따져 무엇 하겠느냐. 내 몸이 금옥이 아니고 네 배가 썩은 흙이 아니니, 한 번 따뜻하게 한다고 무슨 손해날 게 있겠느냐? 복손아!"

어복손은 그래도 고개를 저었다.

"감히 그럴 수 없사옵니다. 그럴 수 없어요."

"넌 어찌 그리도 바보 같으냐? 네가 황천에 들어간 다음엔 후회해도 소용이 없지 않느냐. 하물며 이 일은 너를 위하는 것만은 아니니, 너만 안타까워하지 말아라. 내게 무슨 죄가 있다고…… 네가 만약 내 말을 듣지 않았다간

너는 이대로 죽고 말 테고 나도 훗날 불행해지고 말 거야. 이 바보 같은 종아!"

"아무 산사의 영험한 부처가 이렇게 지시한 것이옵니까?"

"그래!"

이에 어복손이 마지못해 몸을 일으켰다.

"소인은 애석할 게 없거니와 만약 아씨에게 화가 생긴다면 소인이 어찌 감히 어기겠습니까?"

그러더니 마침내 가까이 다가가 끌어안고 바로 윽박질러 음란한 짓을 하였다. 연옥은 너무 놀라 급히 소리를 질렀다.[오호라 늦었구나.]

"복손아! 너 이 무슨 일이냐? 배가 이미 따뜻해졌으니 그만 물러나거라."

64

"소리를 지르든 말든 맘대로 해요. 난 내 일에나 힘쓸 터이니. 아무 산사의 영험한 부처가 나를 살리든지 연옥 아가씨가 나를 살리든지, 저는 '감히 못한다'고 했는데도 아가씨는 '상관없다' 하더니만 이제와 '속히 물러나라'고 하니, 난 물러날 수 없소."

이렇게 몇 시간을 한 사람은 작은 소리로 아프다고 신음하고, 다른 한 사람은 윽박지르며 놀라기도 하였다. 어복손은 일어나자마자 황송해하며 엎드린다.

"소인이 죽을죄를 지었습니다. 대자대비한 아가씨께서 소인을 불쌍히 여겨 금 같고 옥 같은 몸을 더럽혔군요. 아가씨는 뒤에 자손만당(子孫滿堂)하고 부귀영화를 누리시려니와 소인은 죽을죄를 지었사옵니다. 소인은 아무래도 죄를 지어 죽을 것입니다."

연옥은 구슬땀이 맺히고 고개를 숙인 채 아무 말을 못하였다. 어복손은

손으로 배를 문지르며 한다는 말이,

"무엄하도다, 이놈의 배여! 죽여야지, 이 배를! 소인이 감히 이렇게 했겠습니까? 소인의 배가 한 짓이지요."

그러는 게 아닌가. 그러고는 다시 나무로 올라갔다.

"아가씨! 광주리를 올려주세요. 제가 마치 제 배에 회충(回虫)이 들었다가 이를 다스리는 탕을 한 첩 마시고 잠깐 동안의 아픔을 씻은 듯 잊었으니, 소인이 뽕잎을 대신 딸 테요. 아가씨! 그렇게 고생하셨는데 다시 뽕을 딸 기력이나 있겠어요?"

뽕을 광주리에 가득 따서 내려오더니, 다시 연옥의 손을 잡아끈다.

"연옥아![아가씨가 갑자기 연옥으로 바뀌었구나.] 네가 양반 집의 미혼의 여자로서 깨끗했던 몸이 자기 집의 노복인 이 어복손에게 더럽혀졌으니, 분통이 터지지 않겠느냐? 허나 한 번 더럽혀진 몸은 다시 더럽혀진다 해도 더럽기는 마찬가지이지……"

그러자 연옥은 정색을 한다.

"종놈이 예의가 없구나. 내 한 번 몸을 더럽힌 것도 이미 분통이 터져 죽을 지경인데……"

어복손은 재차 연옥에게 뜻이 있었으나 그녀가 정색을 하고 거절하는데다 해도 서편으로 점점 기울어가기도 하고 오진사의 집에서 사람을 보내 찾을까 싶기도 하여 결국 놓아주었다.

65

연옥은 분통에 원한까지 맺혀 탄식하고 울먹이다가, 아무 산사의 영험한 부처가 사람을 불미한 데로 빠뜨렸다고 중얼거리며 집으로 돌아왔다. 노부인은 연옥의 두 눈에 눈물이 맺힌 것을 보고 놀라 물었다.

"너 어디 아프니?"

"아파요."

"어디가 아픈데?"

연옥은 말을 하지 못하고 고개를 들지도 못한 채 곧장 자기 방으로 뛰어 들어갔다. 그러고는 이불을 뒤집어쓴 채 누워서는 먹을 것을 권해도 먹지 않고 무슨 일이냐고 물어도 말을 하지 않았다. 다음날, 오진사가 서울에서 내려왔다. 그는 집안 사람들 안부는 고사하고 어복손이 어디 있는지부터 물었다. 그런데 어복손이, 나약하고 못났다며 멸시한 오진사가 살기를 품고 있는 줄도 모르고 불쑥 튀어나온다.

"소인 여기 있사옵니다."

오진사는 서서히 대답을 한다.

"오 그래, 잘 있었느냐? 복손아! 몇 가지 다스려야 할 죄가 너에게 있으니 내 그냥 지나칠 수 없느니라."

"소인이 맞을 죄가 있으면 나으리 맘대로 때리시고 죽을죄라도 지었으면 죽여주십시오. 죄명이 무엇이온지요?"

그러나 오진사는 대답은 하지 않고 곧장 하인들을 불렀다.

"금돌(今突)아, 용운(龍雲)아!"

그러자 금돌과 용운이 그 소리를 듣고 앞으로 나왔다.

"긴 새끼줄을 가져와서 이놈의 손발을 묶어라."

어복손은 그래도 자기의 달변만 믿고 주인더러 화를 푸시라고 하면서 웃었다. 오진사가 이렇게 독을 품은 것은 미처 생각하지 못했기에 묶고 가둘 때까지도 편안히 받아들였다. 오진사는 다시 소리를 질렀다.

"큰 포대기를 가져오너라."

이쯤 되자 어복손은 놀라지 않을 수 없었다. 곧바로 벗어날 방법을 생각했으나 이미 몸이 묶인 상황이다 보니 입을 한껏 벌리고 자신은 죄가 없다고 요란을 떨었다. 오진사는 돌아보지도 않고 어복손을 그 큰 자루에 집어넣었다.[물고기가 그물 속으로 들어가니 빠져나갈 수가 없지 않은가.] 그리고는 금돌과 용운을 불러 분부하였다.

"너희들은 나와 함께 이놈을 죽여 용담(龍潭) 속에 던져버리자."

66

오진사가 살고 있는 고강촌과 3리 정도 떨어진 곳에 큰 못이 하나 있는데 '용담'이라 한다. 오진사는 이 종놈을 이 못에 빠뜨려 죽이려는 참이다. 그런데 금돌과 용운이 일제히 마당에 엎드려 비는 것이다.

"복손이 죽을죄를 지었으나 나으리의 넓고 큰 덕으로 특별히 용서해주시옵소서."

"안된다, 안돼. 내 이미 이 교활한 놈에게 수 차례 욕을 당했느니라."

금돌 등이 다시 애걸하였다.

"그렇긴 하오나 나으리께서 한 번 용서해주십시오."[여우가 죽으면 토끼가 슬퍼하는 것은 같은 종류이기 때문이다.]

오진사는 '안된다'고 하고 하인들은 '용서해달라'고 하며 한동안 실랑이를 벌이다가 오진사가 대노하였다.

"너희들이 없어도 나 혼자 어복손을 죽일 게야."

단번에 이들을 물리치고, 직접 자루를 들쳐 메고 두 걸음마다 숨을 헐떡이며 용담을 향해 갔다. 그런데 채 2리도 가지 못해 기진하여 힘이 부쳤다. 마침 한 점방이 앞에 있어서 자루를 문에 걸어두고 잠깐 쉬었다. 이때는 해가 서편으로 저물고 달빛이 동편에서 떠오르고 있었다.

차설. 어복손에게 고모부의 아들이 하나 있었으니 김정팔(金正八)이라는 자였다. 김정팔은 집도 없고 제 방도 없이 사방으로 떠돌아다니는 신세였다. 어리석기 짝이 없는 이였는데 묘하기도 하지, 하필 이날 밤에 이 점방의 문

앞에 당도하게 되었으니. 달빛이 어슴프레한 중에 문 위에 걸려 있는 자루를 보고 갑자기 이상한 생각이 들었다.

"이게 무슨 물건이지?"

어복손은 김정팔의 목소리를 잘 아는 처지라 그인 줄 알고 낮은 목소리로 불렀다.

"형님아!"

김정팔이 놀라서 묻는다.

"누구, 어복손이 아닌가?"

"예!"

"무엇 때문에 그 속에 있냐?"

"형님이 어찌 알겠소? 오늘이 3월 그믐날이잖소. 큰 자루를 문 위에 걸어 놓고 몇 시간이 지나면 일년 신수가 편안하고 안락해진다잖소."

"과연 그렇단 말이지? 그렇다면 네가 잠시 너 대신 들어갈까?"

"내 아무나 허락하지는 않지만 형님이야 어찌 못 들어준다 하겠소?"

이리하여 복손은 마침내 자루에서 빠져나와 묶인 새끼줄을 끊었고 김정팔이 대신 그 자루로 들어갔다. 어복손은 죽다가 살아나 죽음 문턱에서 새 삶을 얻은 격이었다. 그 길로 홀쩍 멀리 떠나버렸다. 얼마 후 오진사가 나와서 자루를 다시 짊어졌다.

67

용담을 향해 가는데 김정팔은 자루 속에서 묻는다.

"복손아! 너 지금 어디로 가는 게냐?"

오진사가 껄껄 웃는다.

"내 듣자 하니 '장량(張良)이 장량을 찾는다'고 하더니, 지금 어복손이 어복손을 부르고 있으니 천 년의 짝이라 하겠구나. 네가 전에 지은 죄를 지금 모른단 말이냐? 네가 의기양양하게 재상집을 드나들 땐 누가 오늘 밤 이렇게 용담의 물귀신이 되리라 생각이나 했겠느냐?"

그러면서 작대기로 그의 머리를 때렸다. 김정팔은 이제사 놀라며 어복손이 자기를 속인 것을 알아차리고 애걸하였다.

"소인은 어복손이 아니옵니다."

오진사는 하하 웃는다.

"네가 어복손이 아니면 누가 어복손이더냐?"

"생원님! 제 목소리를 들어보세요. 소인은 분명 어복손이 아니옵니다."

오진사가 이를 믿으려 하겠는가? 다시 대꾸하지 않고 곧장 저 깊은 용담을 향해 재촉하였다. 오호라, 안됐구나! 이 김정팔이 무슨 죄가 있단 말인가. 어복손의 고종사촌인 죄밖에!

차설. 오진사는 어복손이 용담 속의 물고기 뱃속에서 장사를 치렀겠거니 간주하고 앓던 이를 뽑기라도 한 듯 마음이 후련하였다. 그런데 몇 개월 뒤 한낮에 한가하게 앉아 있는데, 탕건에 창의(氅衣)를 입은 어떤 자가 불쑥 들어와 마당에 꿇어앉는 게 아닌가.

"소인, 문안 올리옵니다."

오진사는 깜짝 놀랐다.

"너, 어복손 아니냐?"

"예, 그러하옵니다."

"네가 무슨 마술을 부려 용담에서 빠져나왔단 말이냐?"

어복손은 하늘을 쳐다보며 껄껄 웃는다.

"소인은 나으리의 은택을 입어 지금 중군영(中軍營) 장수의 자리에 있사옵니다. 부귀도 이제 대단해졌구요."

오진사는 어안이 벙벙할밖에.

"네가 다시 그 재상의 총애를 받았느냐?"

"아니올시다. 소인이 용궁의 풍경을 말씀드리이다. 소인이 세상에 있을 적엔 용궁의 용왕 얘기를 결코 믿지 않았는데, 이제는 눈으로 확인했고 현재는 그곳에서 벼슬까지 하고 있지요. 소인이 그날 큰 자루 속에서 용담으로 던져질 때 나으리께서만 필시 소인이 죽을 거라 생각하신 게 아니라 저도 죽는 줄로 알았지요. 그런데 저 아득한 몇천 길로 떨어져서는 이내 천지가 다시 열리고 해와 달이 비추었답니다."

68

패사씨는 말한다.

'오진사가 가족을 이끌고 용궁에 매장된 이 사건은 얼마나 인정에서 벗어난 일인가? 설령 물속에 과연 용궁이 있고, 또 어복손이 과연 그곳에서 현달하였다 하더라도 분명 오진사를 주인이라고 추천하려 하지 않을 뿐만 아니라 그를 죽인다 해도 애석해하지도 않을 터. 그것은 삼척동자도 판단할 수 있는데도 어찌 오진사는 그렇듯 우매한지? 아! 나는 알 것 같다. 옛날 명(明)나라 말에 대도였던 장헌충(張獻忠)[78]은 하루라도 사람의 피를 보지 않으면 하루 종일 답답해하는 자였다. 그가 촉(蜀) 땅을 차지하고 황제를 칭하고부터는 하루아침에 죽이는 사람이 항상 수백 명에 이르렀으되, 오히려 통쾌하게 여기지 못하고 부족한 듯이 생각하였다. 이에 거짓으로 과거령을 내렸더니, 도포를 입고서 모여든 자들이 수만 명이었다. 그들을 모두 죽이고 다시 사흘 만에 과령을 내어 또 이같이 하며, 다시 닷새가

---

78) 장헌충(張獻忠): 누런 얼굴에 호랑이 턱을 가졌다고 해서 '황호(黃虎)'라 불리던 명말 반군의 우두머리. 그는 한때 무창(武昌) 땅에 웅거하며 장안을 점령하고 황제라 참칭하는 등 위세가 대단하였다. 특히 점령하는 지역을 지나가면서 도륙을 일삼아, 후대 역사에서 악인의 상징적 인물로 부각시켰다.

지나 과령을 내려 이같이 하여, 모두 세 번을 이렇게 모두 도륙하였는데 그때마다 선비라면 모두들 모여들었던 것이다. 오호라, 과거와 벼슬자리에 사람들이 중독됨이여! 한 번 해서 이루지 못하면 마음을 태우고, 재차 해서 이루지 못하면 발광을 하고, 발광한 끝에는 이를 유혹하는 자가 '과거와 벼슬이 물이나 불, 펄펄 끓는 솥에 있다'고 해도 뛰어들려 할 테니, 누가 오진사만 유독 어리석다 하겠으며, 누가 유독 오진사만 미쳤다고 할 수 있겠는가?'

오진사가 다그쳐 묻는다.
"그렇다면 너는 어떻게 용왕을 뵈었느냐?"
"소인이 그곳에 떨어지자마자 바로 물고기 머리에 귀신 얼굴을 한 병졸들이 앞다투어 다가와 안부를 묻고 특별히 용왕을 뵐 수 있도록 해주었지요. 소인은 집안이 빈천하여 문관이 되진 못하고 음직으로 무관직을 제수받았지요."
오진사는 이 말을 듣더니 무척 기뻐하였다.
"내가 거기에 가면 청현직에다 앞날에도 걸림돌이 없겠구나."
"그러합죠."
그러면서 재차 궁궐의 크고 화려함과 좋은 옷과 맛난 음식으로 입에 침이 질질 흐르도록 꼬드겼다. 그러자 오진사는 미친 듯 취한 듯 가족들에게는 상의도 하지 않고 집안의 집기와 처자식과 하인들을 모두 데리고 일제히 용담으로 출발하였다. 금돌과 용운이 따르지 않으려고 하자 어복손더러 그들을 떠밀어 가게 하였고, 처자식도 응하지 않자 오진사가 직접 떠밀어 출발을 시켰다.

69

원래 고강촌은 오진사의 일가만이 살고 있었다. 바깥채에 딸린 금돌과 용운의 두 부부 외에는 반쪽 이웃도 없고 주변이 산과 골짜기로 싸여 있어 통할 만한 길은 없고, 앞쪽으로 난 길만이 유일하게 용담으로 가는 길이었다. 용담까지 아직 몇 리가 남은 곳에 주점이 하나 있는데, 그곳엔 한 노파가 술을 팔아 생계를 유지하고 있었다. 용담을 지나 몇 리를 더 가야 비로소 탄탄대로가 나왔다. 이 때문에 어복손이 자신의 간악한 계책을 실행하는 데는 무엇 하나 장애랄 게 없었다. 슬프고 참혹하구나! 오진사의 어리석음 때문에 죄없는 처자식과 하인들이 용담 속으로 매장되고 마는구나.

청천자는 말한다.
'저 처자식과 노복들이 어찌 오진사와 같았겠는가? 필시 한 사람이라도 용담이 사람을 죽일 수 있다는 걸 알았을 것이다. 필시 죽을 줄을 알면서도 벗어나지 못했으니, 이것이 과연 어복손의 지혜로 이들을 유혹했기 때문인가? 아니다. 간신이 천자의 위엄을 끼고서 제후에게 호령을 하면 제후가 이를 따르지 않을 수 없는 법, 오진사가 한 번 어복손의 우롱에 걸려들고 처자식과 하인들은 하나같이 오진사의 위엄에 압도되었기 때문이다.'

오진사의 전 가족은 모두 물속으로 들어간 상태에서 오직 연옥 한 사람만 남은 상태였다. 그녀도 치마를 걷고 물로 뛰어들려고 하는데, 어복손이 그녀의 손을 잡았다.
"연옥아! 너 한 번 이 깊은 못을 보거라. 한 번 들어가면 다시 나오지 못한단다. 무슨 수국(水國)이 있고 용궁이 있겠느냐? 하물며 너는 나와 이미 백년가약을 맺었으니, 무엇 하러 네 부모를 따라 부질없이 죽겠느냐?"

연옥은 살 생각이 없어 죽고 싶은 마음뿐이었다. 그래서 버럭 소리를 질렀다.

"나를 놔줘, 놓으라니까! 죽고 사는 것은 내 마음대로 할 테야."

그러나 어복손이 이를 들어주겠는가. 두 손을 붙잡고 고강촌으로 돌아갔다. 연옥은 마음속으로 한탄을 하였다.

'내 심지가 얼마나 연약하길래 그 자리에서 칼을 뽑아 뽕나무 아래에서 자결하지 못했으며, 얼마나 부끄러움이 많길래 몸이 더럽혀진 사정을 부모에게 얘기하지 못했던가.'

이에 연옥은 혀를 깨물어 피를 흘리면서 어복손을 크게 꾸짖었다. 어복손은 일이 이미 어쩔 수 없다는 사실을 알고 방안에서 허리춤의 칼을 뽑아 그녀를 찔러 죽였다. 그리고 곧장 일어나 도망을 가려고 했으나 날이 이미 저물었기에 다락에 올라가 혼자서 잠이 들었다. 그런데 홀연 비몽사몽간에 오진사의 아내와 자식들이 일제히 마당으로 몰려와서는 '어복손이 여기에 있느냐'며 호통하는 소리에 놀라 벌떡 일어났다. 정신이 황홀하여 혼잣말을 하였다.

"여기에 오래 머물 수 없겠구나."

그러고는 날이 밝기를 기다렸다가 짐을 챙겨 정처 없이 그곳을 떴다.

70

차설. 전라도 진산군(珍山郡)의 이방[그의 이름은 말하지 않겠다.]이 새로 벗이 생겼는데, 그의 이름은 '어극룡(魚克龍)'이었다. 이방의 집에 머무른 지 몇 달 동안 사람 됨됨이가 보통이 아닌지라, 이방은 매사를 그와 의논하였다. 그런데 이 어극룡이 학질(瘧疾)을 얻어 연일 고통을 호소하나 백약이 무효하여 보기가 딱하였다. 속설에 학질을 앓는 자는 한 차례 크게 놀래키면 바로 호전이 된다고 하여 이 이방은 수령과 친분이 있는 것을 믿고 들어가 아뢰었다.

"소인이 청할 일이 있사오니 황공하기 그지없사옵니다."

"무슨 말이냐? 얘기해보거라."

"소인에게 절친한 자가 있사온데 며칠 동안 지독한 학질에 걸려 고통을 호소하나 듣는 약이 없사옵니다. 이자는 집도 없이 사방을 떠도는 자로서 이런 병에 걸렸으니, 엎드려 바라옵건대 나으리께서 이 궁한 백성을 굽어살펴 주옵소서."

"내가 좋은 의원도 아니니 딱하게 생각한들 어쩌겠느냐?"

"그를 관아 뜰에 붙잡아 들였다가 없는 죄를 뒤집어씌워 곤장을 치며 잠깐 동안만 소리를 버럭 지르시면 사악한 학질 기운이 자연히 십리 밖으로 도망칠 것이옵니다."

이에 수령이 그렇게 하기로 하고 관리들에게 분부하여 어극룡을 잡아들이라 하였다. 그리고 좌우에서 곤장을 내리치는데 그 위엄이 칼날 같았다. 수령은 책상을 내리치며 큰소리로 죄를 물었다.

"네가 네 죄를 알렸다? 네가 종적을 감추고 여기에 숨어 있으나 하늘의 해가 위에 있어 속일 수 없는 법이니라."

그러자 이자는 황공하여 대답하기를,

"어복손이 무슨 큰 죄가 있사옵니까?"

라고 하는 것이 아닌가. 수령은 마침 오진사의 가까운 친척으로 오진사 집안이 졸지에 망한 소식을 근래 접하고 슬픔을 가누지 못하고 있었는데, 느닷없이 '어복손' 세 글자가 그의 입에서 튀어나오자 너무도 수상하여 끝까지 캐물었다. 이리하여 마침내 이 어극룡이 전후 일을 죄다 자백하고 자신의 본명이 어복손인데 도망한 후에 극룡으로 이름을 바꾼 것이라고 실토하였다. 수령은 그를 붙잡아 옥에 가두고 충주에 문서를 보내 결국 그를 처단하였다.

청천자는 말한다.

'어두운 방에서 남을 속여도 신의 눈이 번개 치듯 하는 법. 누가 악을 행할 수 있다고 하는가. 심하구나, 악을 행한 화라는 것이! 처음 화는 남에게 미치지만 결국 자신에게 되돌아오나니, 오호라 경계하지 않으랴!'

신단공안 원문

일러두기

1. 이 책은『황성신문』(영인본)에 총 190회에 걸쳐 연재된『신단공안』의 일곱 가지 이야기의 원문을 옮긴 것이다.
2. 원문의 띄어쓰기와 행 구분, 그리고 기타 부호는 신문 연재상의 체재를 그대로 따랐으나, 회가 끝나는 부분에 독자들이 이해하기 쉽도록 연재 날짜를 임의로 기입하였다.
3. 전체적으로 원문교감을 하였다. 특히 제1화부터 제4화까지는 필사본『신단공안』(임형택 소장)과 대조하여 바로잡았다. 이 필사본을 통한 교정 부분은 따로 밝히지 않았으며, 의미 상 바로잡은 부분은 각주로 표시하였다.
4. 원문에서 판독이 불가능한 글자는 □로 표시해두었다.

美人竟拚一命 貞男誓不再娶

1

却說 肅宗大王即位十六年에 慶尙道晉州府城內에 一個士族이 有ᄒ니 姓은 許오 名은 憲이니 年方十八에 眉目이 淸秀ᄒ고 丰神이 俊雅ᄒ야 軒昂風采를 人皆艷賞ᄒ고 兼且才藝夙成ᄒ야 文詞大噪라 以故로 城內城外에 養成閨秀底人은 紛紛遣媒通婚이로딕 許生의 父母ᄂ 恒嫌早婚不利ᄒ야 併皆辭拒了ᄒ더라 其鄰家에 有一富戶ᄒ니 姓名은 河景漢이라 年近五旬이ᄂ 膝下에 無充閭之丁ᄒ고 只有一個女息ᄒ니 名은 淑玉이오 年方二八에 姿色이 嬋娟이라 父母愛之를 如掌中珠玉ᄒ야 於後園에 搆一層小樓ᄒ고 繞植名花異草ᄒ야 使淑娘으로 枕處樓中이러니 淑娘이 每在樓上ᄒ야 刺繡女工홀식 其樓近路 故로 許生이 每行過樓下ᄒ면 與淑娘으로 兩眼相着ᄒ야 情男嬌女가 各有戀戀相愛底意라 時日이 積久홈익 兩下慣面하야 言笑亦[相]通이라 於是에 生이 以言挑之ᄒᆞᆫ딕 淑娘이 即首肯이어늘 是夜

에 許生이 以長木一對로 依樓作梯ㅎ야 乘昏上去ㅎ니 繞欄花草는 香氣襲
人ㅎ고 微明月色은 燈燭이 爭輝ㅎ는 中에 淑娘이 丹脣皓齒로 半帶羞容
ㅎ고 含笑出迎ㅎ니 眞箇是瑤臺仙女가 下降人間흔듯 許生이 似狂似醉에
情不自勝ㅎ야 如遇水的鴛鴦과 探花的狂蝶이러라 兩情이 未洽ㅎ야 遠村
鷄聲이 喔喔相應이어늘 各起整衣ㅎ고 復約以次夜흘ᄉ 淑娘이 曰樓梯가
甚是不便이로쇼이다 夜有行人이 經過ㅎ면 必然看見ㅎ리니 豈非危道리오
我已講得一件妙策ㅎ니 次夜之約을 生如不違ᆫ딘 我將白布一疋ㅎ야 一
頭는 我ㅣ 緊把在此ㅎ고 一頭는 垂諸樓下ㅎ리니 生이 兩手로 纜住白布ㅎ
야 要我拽上이면 豈不甚好리오 許生이 大喜ㅎ야 點頭道肯ㅎ더라 自是以
後로 晨出暮入에 兩不相捨홈이 殆將半年有餘인즉 東鄰西舍가 其誰不知
리오 不知者는 唯淑娘之父河景漢이러라 一夜는 天氣陰沉흔딘 許生之友
가 有請許生飮酒ㅎ야 夜深未到ㅎ기로 淑娘이 手持白布ㅎ야 掛之樓下ㅎ
고 憑欄以待ㅎ더니 適有一箇和尙이 名은 悟性이오 其所住山寺는 去晉州
城不過數里許라 (1906.5.19)

　　2

　叫街乞米ㅎ야 乘暮將歸라가 忽見淑娘樓下에 白布垂地ㅎ고 心中暗忖
ㅎ딘 此必其家에 晒布未收니 豈可天與不取ㅎ야 以犯古人所戒리오ㅎ며
手住木魚ㅎ고 暗收其布ㅎ니 如此昏夜에 淑娘이 俯不見和尙이오 和尙이
仰不見淑娘이라 淑娘이 雖慧나 安知攬布的人이 是和尙非許生이리오 遂
緊緊拽上흘ᄉ 和尙이 初則驚疑ㅎ야 突然放手라가 再又思諒호딘 此必是
何許女娘이 潛通姦夫的往來로다ㅎ고 任其拽上흔즉 果然見淡粧女娘이 憑
欄佇立ㅎ니 形貌衣服이 塵世中罕見이라 那和尙이 不勝驚喜ㅎ야 施禮道
娘子가 肯邀小僧ㅎ오니 小僧이 感謝無地로소이다 娘子가 肯留小僧ㅎ와

同宿一宵ㅎ오면 福田似海오 恩德如天이라 娘子ㅣ 今生에 壽富[富貴]多男
ㅎ옵고 來生에도 福祿無窮ㅎ오리다 淑娘이 罵道狗和尙아 怎敢無禮至此오
我是無瑕白玉이오 有配靑鸞이니 豈肯爲爾和尙의 所汚리오 爾狗和尙은
斯速下去ㅎ라흔딕 和尙이 曰非小僧이 來干小姐오 小姐가 要小僧上來니
何故로 又要小僧下去오ㅎ고 强去求歡이어늘 淑娘이 高聲大叫有賊有賊이
라흔딕 那時에 淑娘父母는 夜久睡深ㅎ야 全不聞知라 和尙이 恐人覺知ㅎ
야 一手楸倒淑娘ㅎ고 一手로 拔刀直刺ㅎ니 哀哉淑娘이여 二八芳齡에 遂
死於可痛可惡這[的]和尙之毒手로다 和尙이 遂取其簪珥一件과 指環一雙
과 倂其白布一疋ㅎ고 下樓逃去ㅎ니라 次日早飯後에 淑娘的母ㅣ 怪淑娘
이 日高不起ㅎ야 呼之不應ㅎ고 叩門無答이어늘 大怒推窓日日已三竿에
全無起意ㅎ니 不知隣家女子는 早已織布三尺麼아ㅎ고 擡頭看時에 只見
鮮血淋漓ㅎ고 抽刀在喉ㅎ야 僵臥了七尺屍身이라 於是에 仰天大哭ㅎ고
叩胸而入ㅎ니 全家가 方始攪亂ㅎ야 四下尋覓흐딕 賊不可得이오 只哭得
河景漢夫妻ㅣ 目腫心裂이라 河景漢이 旣遭此無男獨女之慘死ㅎ고 百計求
賊ㅎ야 以報此仇러니 隣舍에 有與許生으로 情義不合者ㅎ야 密謂河景漢
曰爾知爾女가 被何人殺死오 (1906.5.21)

3

△河老曰不知로니 知之면 景漢이 當啖其肝而啗其肉흘지니 豈肯留此
賊此天下此地上ㅎ야 以共此歲月이리오ㅎ며 因涕下橫襟이라 其人이 卽以
許生前後往來事由로 一一告述曰當日에 許生이 在某人家飮酒過度ㅎ니
必是許生의 乘醉誤殺이 無疑니라 河老ㅣ 聞言悲憤ㅎ야 卽欲逕去殺許生
흐딕 其人이 曰不必如此徑情이라 現今晉州牧使李公琯이 爲政神明ㅎ니
必不枉此賊이니 何不去告오 河老ㅣ 許諾ㅎ고 卽具狀赴訴ㅎ니

右謹陳所志矣段은 矣身이 五旬頹齡에 八字極惡ᄒᆞ와 膝下에 無充閭之丁ᄒᆞ고 目前有供箒之子라 父女相依에 隣里共憐입더니 隣有惡賊許憲ᄒᆞ니 學竊虫魚ᄒᆞ고 行類狗彘라 今不過十七八歲오나 已備有百千萬惡이라 覘矣女之艾色ᄒᆞ고 懷不測之凶腸이라 靜夜無知에 潛入臥室ᄒᆞ니 深閨獨宿에 肯虧貞心가 百計思汚에 一向牢拒라 惡哉毒手之行凶에 哀彼軟喉之遽斷이라 當此深宵之黑暗ᄒᆞ야 雖曰無人覺知나 究其平日之素行ᄒᆞ면 定是此生肆毒이라 園花開日에 常往來於樓前ᄒᆞ고 山月明時에 每躕踏於欄外라 旣往事之可疑에 況當夜之多飮가 簪珥一雙은 豈非自手之盜去오며 棍杖數度에 詎無渠口之招來릿가 籲上蒼而莫聞에 披裏赤而敢訴ᄒᆞ니 萬口至冤이오 數行悲語로소이다 伏乞參商云云

是時에 牧使李公이 莅任數載에 政平訟簡ᄒᆞᆯᄯᅥ러 發奸摘伏이 神明莫測이라 當日에 接了訴狀ᄒᆞ야 閱讀一再에 卽發差去提原被告干證人等ᄒᆞ야 卽刻來到어ᄂᆞᆯ 李公이 先問干證人等ᄒᆞᆫ則左右比隣이 一辭答稱ᄒᆞ되 河淑玉居住的樓房이 近在路傍ᄒᆞ야 許生의 通姦往來가 已經半載에 左右比隣이 無不聞知오되 但河景漢이 尙今不知온즉 今番淑玉殺死緣由ᄂᆞᆫ 係是夜深的事이오니 是許生所殺與否ᄂᆞᆫ 衆人이 無緣得知이오나 謂是許生所殺이라도 其非強奸致此[死]ᄂᆞᆫ 不啻昭然明白이로소이다 許生所供內에 通姦的情由ᄂᆞᆫ 旣是一洞所共知온즉 民不敢一毫瞞過오 亦不肯一毫瞞過오니 以此定罪擬律ᄒᆞ오면 雖死無恨이오되 至於殺死事故ᄒᆞ야ᄂᆞᆫ 民旣與彼情厚ᄒᆞ와 五六個月을 暮入晨出이 殆無虛日이오며 山盟海誓가 無所不至이온즉 縱有不合事情이나 忍肯一夜殺死리오 伏乞城主父母ᄂᆞᆫ 明白洞燭ᄒᆞ와 潛通未嫁女五字로 定民罪案ᄒᆞᆸ고 詞捕殺人的凶兒ᄒᆞ야 以洩淑玉地下之冤ᄒᆞ오면 民雖萬死나 當蹈舞於九泉ᄒᆞ리이다 (1906.5.22)

4

　△李公이 叱止許生호고 引問河老호니 河老ㅣ 哽咽良久에 方纔呑聲告
道호딕 惡賊許生아 爾雖蔓辭支語로 左遮右掩호나 爾旣甘認輕罪호고 欲
避重罪호니 爾心腸奸凶을 我已洞見이라 且爾自稱五六個月을 只爾常到
女房이라호니 若非爾手殺死면 果是何人所爲오 爾又自言不是强姦이라호
니 苟非强姦致死면 分明是中間情忤호야 絶爾不通故로 爾因懷怒殺死로
다 雖然이나 爾輕狂小子를 豈吾淑娘貞質이 那肯半點留心이리오호며 又仰
視李公호고 大哭道호딕 城主는 何不嚴刑究問호읍고 只以口舌로 爭詰이
니잇고 彼罪當死이니 定肯自服이리잇고 伏乞城主父母는 殺此惡賊호와 以
洩此萬古難忘底至寃호소서 李公이 細察許生爲人호니 容貌가 端雅호고
性情이 安詳호야 決非凶悖子弟니 豈肯行此不忍의事리오 因問許生호딕
爾與淑玉往來時에 曾有甚人이 經過樓下否아 許生이 答道호딕 民與淑玉
往來가 常在二更三更的時候흔즉 此時에 安有行人過的이리잇고 但有近寺
和尙이 乞米歸去라가 常至日暮 故로 民與淑玉往來의時分에 往往聞木魚
聲이 樓下過ㅣ러이다 李公이 方纔略略忖得이라 因佯怒大叱許生호딕 此
女子는 丁寧是爾手的殺死라 左右證參이 已自明白無疑어늘 更何用胡辭
亂說고 高[大]聲叱差人輩호야 捉囚許生호니 許生은 年少秀才라 股栗不
敢言이어늘 遂牢囚許生于獄中호고 李公이 密召差使二人호야 問城中에
向時乞米的和尙이 今亦常來乞米否아 二人이 道乞米依舊니이다 李公이
乃分付二人호딕 今夜에 可去城外某處호야 如此擧行이라 二人이 領命去
了호더니 是夜에 僧悟性이 乞米旣了호야 手敲木魚호고 將歸山寺홀식 出
城十數步에 忽聽得林莽深處에 陰風颯颯흔데 兩鬼가 大哭起來호니 一鬼
는 叫上호고 一鬼는 叫下호며 一鬼聲은 似男子오 一鬼聲은 似婦人인데
乍高乍低호고 乍東乍西호야 悽切不堪聞이라 一鬼似婦人聲者ㅣ 且哭且叫
道호딕 悟性悟性아 爾何故殺我오 爾何故殺我오 我ㅣ陽數未終이어늘 爾

無故殺我ᄒ고 又搶我簪珥ᄒ야 全無還意온녀 我已告了閻府大王ᄒ야 王使鬼差로 來取爾命이니 爾早早來受縛ᄒ라 悟性이 悚然停座路傍ᄒ야 亂敲木魚ᄒ고 念阿彌陀佛ᄒ니 鬼又叫道호ᄃᆡ 爾念阿彌[陀佛]ᄒ나 將奈我何리오 爾搶去的簪珥一雙은 是我平生愛弄的物이니 爾何不還我며 我與鬼差ㅣ現方飢渴[1]滋甚ᄒ니 爾何不救我오ᄒ며 兩鬼가 上上下下에 啼啼哭哭ᄒ는지라 (1906.5.23)

5

△悟性이 作聲道호ᄃᆡ 淑娘小姐아 我當時에 慾火上動ᄒ야 旣誘爾不從ᄒ고 又恐人捉我ᄒ야 致此一時誤殺ᄒ니 罪當萬死어니와 其時簪珥指環과 白布一疋은 我尙藏在無虧ᄒ오니 明日에 當一一搜覓ᄒ야 買酒買肉에 爲爾救飢救渴ᄒ고 幷念經薦佛ᄒ야 度爾直升天堂ᄒ리니 爾千萬勿捉我去了어다ᄒᆫ즉 一鬼ᄂᆞᆫ 又哭ᄒ고 一鬼ᄂᆞᆫ 又叫ᄒ야 一倍悽慘ᄒ더니 自林叢黑暗中으로 驀地突出一鬼ᄒ야 摰住悟性的項子ᄒ고 將鐵鎖鎖住兩手ᄒ며 用鐵鞭鞭打一身ᄒ는지라 悟性이 汗流遍體ᄒ야 艱辛히 作聲哀乞호ᄃᆡ 淑娘小姐아 活我ᄒ라 閻差大人아 赦我ᄒ라ᄒ거늘 兩差人이 大聲喝道호ᄃᆡ ㅅ麽釋子아 爾ㅣ但知畏鬼ᄒ고 不畏人麽아 我等이 奉案前主命令ᄒ고 來捉爾惡賊和尙ᄒ야 牌子在此ᄒ니라 嚇得悟性이 面如土色ᄒ야 只說我有十兩銀子ᄒ니 爾肯聽我逃去ᄒ면 我ㅣ明日에 以此銀子로 捧上兩差人前ᄒ리이다 兩差人이 那裏肯聽가 遂緊緊鎖了那和尙ᄒ야 將入城內官府去了ᄒ니 原來是李公分付內에 命兩官差在林叢中深暗處ᄒ야 一個ᄂᆞᆫ 做男子鬼聲ᄒ고 一個ᄂᆞᆫ 做婦人鬼聲ᄒ야 嚇出悟性의 前後眞情者러라 兩官差가

---

1) 渴: 원문에는 '餲'로 나와 있으나, 의미상 바로잡음.

入見李公ᄒ고 一一敍悟性和尙的自吐口[只]供ᄒ되 李公이 命取庫金ᄒ야
幷賞二差捉賊底功勞ᄒ고 即命杖悟性和尙ᄒ다가 又搜出和尙[悟性]破衲
襖子內에 簪珥一件과 指環一雙ᄒ니 河老景漢이 明明認得淑玉小女의 常
常揷帶的物이라 悟性이 雖奸巧百出ᄒ고 舌如懸河라도 更有何言에 可以
掩過리오 一杖이 未下에 自服死罪라 李公이 遂擬僧償命ᄒ고 放出許生ᄒ
ᆯᄉᆡ 李公이 問諸許生ᄒ되 爾心에 原視淑玉을 如娼家女子ᄒ야 認之以一時
蕩情之事而已乎아 抑或情深義重에 許有爲夫爲妻的盟約否아 今河淑玉이
爲汝致死ᄒ니 爾又將何以待之오 許生이 垂涕曰民은 原尙未聚ᄒᆞᆸ고 淑
玉은 原尙未嫁ᄒ와슨즉 雖則兩下相通이오나 亦是結髮夫妻로 一般이ᄋᆞᆸ고
況且淑玉素性이 貞良無比오되 只與民으로 偶相牽引ᄒ야 如癡鶯嬌蝶之不
能相捨라 以故로 渠嘗囑我相娶ᄒ고 民亦許渠相娶ᄒ와 定謀完結成婚에
以期百年之偕老러니 不意造物이 沮戱하고 鬼神이 猜忌ᄒ야 遇此惡僧의
惡刀惡手ᄒ니 金盟石約이 幷歸虛事로되 但此淑玉이 不肯爲惡僧의 所玷
汚ᄒ야 一死明白에 克全貞節ᄒ얏슨즉 念及前盟에 非唯認之以一時蕩情이
萬萬不可라 民而數寸剛腸이 銷碎殆盡ᄒ야 從此로 無心再娶오 但收埋淑
玉ᄒ야 認爲正妻ᄒ야 不負當日之盟일가ᄒ오니 伏望城主父母는 察此衷曲
實情ᄒᆞᆸ소서 李公이 惻然曰我欲以姦人處女之律로 擬定汝罪러니 見汝所
陳ᄒ고 諒汝情曲ᄒ니 實所不忍이라ᄒ고 即具文書ᄒ야 申詳道伯ᄒ니

(1906.5.23)

6

云云 秀才許憲은 總丱[角]未婚ᄒ고 隣女河娘은 在室未嫁라 兩少相
宜ᄒ니 靜夜에 會佳期于月下ᄒ고 一心合契ᄒ니 半載를 赴私約于樓中
이라 方期緣結于百年터니 不意變生于一日이라 凶僧悟性이 心猿意馬로

蜑[2]緣直上重樓ᄒ고 狗幸狼貪에 糞土將汚白璧이라 謀而不遂에 袖中抽出鋼刀ᄒ고 死者何知오 暗裏剡取簪珥라 傷彼河娘은 遭凶僧에 斷喪一縷ᄒ고 義哉許生은 念情妻에 誓不再娶라 今에 僧命擬償ᄒ니 庶雪貞婦之寃이오 姦律休施ᄒ니 少奬義夫之槪오나 未敢擅便ᄒ와 伏候斷裁ᄒ옵ᄂ이다

道伯이 隨即依擬ᄒ고 幷奬李公斷獄之精明ᄒ더라

後二年에 許生이 即捷鄕試ᄒ고 兼中會闈ᄒ야 歸謝李公호ᄃ 不有我公이면 生은 已是當日獄中孤魂이리니 豈有今日이리오 李公이 笑問호ᄃ 今亦無心再娶否아 許生이 道終身不敢이니이다 李公이 曰三千之罪에 不孝爲大오 不孝有三에 無後爲大란 此兩句語를 爾不曾讀過否아 許生이 道雖然如此나 一心固結에 永不可解니이다 設有他人이 責我ᄒ기를 重於夫婦ᄒ고 輕於父母라ᄒ야도 不敢辭其罪어니와 亦不敢從其言이로소이다 李公이 曰不然ᄒ다 賢友今日成名에 雖河夫人在天之靈이라도 亦必喜悅無窮이오 就使生存이면 必令賢友로 聘置副室이니 今但以河夫人으로 爲正室ᄒ면 再娶爲妻라도 無妨이오 再娶爲妾이라도 亦無妨이니 何必堅執至此오 許生이 終不肯諾이어늘 李公이 强之ᄒ야 娶妾生二子러니 今晉州에 有其後裔라 云ᄒ더라

桂巷稗史氏曰河氏之全節也와 許生之全義也여 可謂婦烈夫貞에 兩盡其道로다 彼李瑄은 何人也오 國史姓譜에 其名이 俱佚不載ᄒ니 惜哉라

(1906.5.25)

---

2) 蜑: 원문에는 '寅'으로 나와 있으나, 오자로 판단되어 바로잡음.

老大郎君遊學　慈悲觀音托夢

1

△却說 正宗朝御極八載에 全羅道鎭安郡에 有一個秀才ᄒᆞ니 姓은 宋이
오 名은 之煥이오 鄕貫은 礪山이라 早失父母ᄒᆞᆷ으로 年長不學ᄒᆞ고 爲人傭
作ᄒᆞᆯᄉᆡ 祈寒盛暑에 不避勞苦ᄒᆞ며 不顧筋骨ᄒᆞ고 經年力役ᄒᆞ다가 及其歲
暮에 得了數十兩雇直ᄒᆞ면 盡投之樗蒲博奕場中ᄒᆞ니 全洞이 誰不非笑리
오 其時同郡에 有一個李姓人호ᄃᆡ 有未嫁的女子ᄒᆞ니 年方十七이라 容貌
美麗ᄒᆞ고 眉目如畵ᄒᆞᆫ中兼且才藝凡百이 敏妙夙成하야 人莫能及ᄒᆞ니 以
故로 父母ㅣ 愛之를 如希世奇珍ᄒᆞ야 苟非淸門美族에 胸藏千卷ᄒᆞ고 筆湧
萬言的奇妙兒郎이면 不與許婚이라고 其父가 恒常自誓ᄒᆞ더니 無何에 父忽
因病死了ᄒᆞ고 母主家事ᄒᆞ야 産業傾敗ᄒᆞ고 娘子ᄂᆞᆫ 旣經三年에 人皆以過
年으로 不與許婚ᄒᆞ고 至於再娶三娶ᄒᆞ야ᄂᆞᆫ 雖或有求之者나 娘子的母ㅣ
又是不肯이라 是時에 之煥이 旣以狂蕩所致로 娶妻無路ᄒᆞ야 年近三十토

록 村隣이 皆喚做宋道令(方言에 稱長年總角之號)이라ᄒ더니 即聞李家娘子ㅣ 過年未嫁ᄒ고 使其平日親善的酒婆로 去說娘子的母ᄒ되 某洞에 有宋氏的年少兒郞ᄒ니 形貌俊秀ᄒ고 文藝非凡ᄒ오니 夫人이 苟擇佳婿딘 舍此何求오ᄒ고 百般巧說ᄒ되 夫人은 閨中女子라 安知宋郞의 如此狂蕩이리오 應時許諾ᄒ고 柱單既畢에 即卜禮日ᄒ니라 是日에 夫人이 望見宋郞的貌樣ᄒ고 已是十分不悅ᄒ더니 當夜婚房에 李娘子ㅣ 親向宋郞問道ᄒ되 君이 讀書幾年이며 所師ᄂ 何人고ᄒᄂ즉 宋郞이 黙然良久에 方纔答道ᄒ되 我ᄂ 不曾讀書라 無所師授어니와 請問夫人에 所學은 果是何事오 娘子ㅣ 對曰 男女異業ᄒ니 所學이 亦異라 妾之所學은 刺繡女紅等事에ᄂ 不敢後人이오 時行文字에도 亦有一斑之窺어니와 請問君之所學이 何事오 宋郞이 曰夏月炎天에 耕耘薅畝ᄒᆯ시 汗滴如雨로되 不敢言苦ᄒ야 去盡百種惡草ᄒ고 長了一種嘉穀ᄒ얏스니 今夫東隣西舍에 安居而飽食者가 皆我輩的功勞오 冬月寒天에 手脚이 凍裂커ᄂ 背負柴擔ᄒ니 重若泰山이라 一瞬直馳ᄒ야 賣諸五里十里的市中ᄒ니 向無我輩면 冬日之凍死了者ㅣ 不知幾人이리니 此亦我輩的功勞니 不知夫人이 能有此功勞否아 娘子李氏ㅣ 聞言微哂ᄒ고 掩口而對曰日用微物의 爲人效用者도 不可謂無功勞라 況君이 爲人傭作ᄒ야 終年勞働ᄒ니 豈無功勞리오마ᄂ 君이 能知功勞二字가 亦有大小否아 不敢長提오 請以一言明之ᄒ리니 如君者ᄂ 以耕種運輸로 以供他人的需用ᄒ니 其功이 不過牛馬오 如妾者ᄂ 以紡績針縫으로 以資他人的溫暖ᄒ니 其功이 不過皮毛어니와 居萬民之上ᄒ야 施恩德於萬民ᄒ고 除暴害於萬民를 如本道道伯者ᄂ 其功이 又何如오 君爲士族子弟ᄒ야 苟有學問이면 致君澤民에 無所不可어ᄂ 今乃爲人奴使ᄒ야 自誇牛馬的功勞ᄒ니 豈不可惜이리오 宋郞이 乃低頭羞愧ᄒ야 不敢出聲이어ᄂ

(1906.5.26)

△李娘子가 向前道女子一身은 仰望其夫而已오 貴賤貧富가 毫無自力이온데 今君이 如此浮蕩ᄒ야 不知學問ᄒ니 君若一向如是ᄒ야 不自覺悟면 妾當手刃自刺어니와 君이 悔過自[一]新ᄒ야 從事學業[問]이면 妾은 死無所[餘]恨ᄒ리니 君將奈何오 宋郞이 起身道終當自策自勵ᄒ야 不敢有負君言ᄒ리라 娘子要宋郞爲盟ᄒ니 宋郞이 誓曰自明日爲始ᄒ야 期以十年讀書ᄒ리니 苟或不然이면 不敢復見娘子ᄒ리라 娘子ㅣ 拜謝ᄒ고 鷄旣三聲에 娘子가 即催起宋郞ᄒ야 要其遊學遠地ᄒ니 宋郞이 不得已起身ᄒᆯᄉᆡ 出門茫祥에 不知所之라 且又自思호ᄃᆡ 心骨이 已頑ᄒ야 學必無成이오 假使有成이라도 安得十年을 如此鬱鬱ᄒ리오 不如更向他地ᄒ야 以樗蒲博奕으로 過了此生ᄒ리라ᄒ다가 旣又自責호ᄃᆡ 不可如此徑情이로다 娘子苦心을 豈忍忘却이리오 遂負笈四方에 從師問道ᄒ야 凡十年에 其學이 大進이라 中鄕貢進士而歸ᄒᆫ즉 李氏生得一子가 奇妙俊秀ᄒ니 其年이 已十歲矣러라 且說鎭安邑附近地에 有一山曰馬耳라 山頂에 有雙石이 兀然秀拔ᄒ야 其形이 酷似馬耳ᄒ니 相傳我太宗微時에 遊幸至此라가 馬耳로 名之라ᄒ야 以勝地로 見稱於全羅道中ᄒ고 山有寺曰福安이니 亦數百年傳來古刹이오 寺有僧徒數十人ᄒ니 皆頑傲無識ᄒᆫ中獨有慧明爲號的僧人이 粗解文字ᄒ고 喜與士大夫往來라 宋生이 成名歸家에 尤喜讀書ᄒ야 聞福安寺ㅣ 地僻人少ᄒ고 遂往駐寺中ᄒ야 靜坐讀書ᄒ더니 慧明의 爲人이 巧[奸]猾ᄒ야 宋生이 或有些少請求ᄒ면 他僧은 不應호ᄃᆡ 慧明은 一語百諾ᄒ고 宋生이 或有遠地通寄ᄒ면 他僧은 不肯ᄒᆞᄃᆡ 慧明은 一瞬千里ᄒ고 慧明이 又常常備進茶飮ᄒ야 以待宋生ᄒ니 宋生이 視慧明을 如手足耳目ᄒ야 不肯相捨ᄒ고 歸家則每對李氏ᄒ야 津津說慧明的爲人이 純實無僞ᄒ고 應對敏給ᄒᆯᄲᆞᆫ더러 兼且待我如父母上典ᄒ야 不肯離側ᄒ고 得佳果美饌ᄒ면 忘其口而奉獻于我ᄒ니 眞個是好漢的和尙이오 難得的和尙이라ᄒᆞᄃᆡ 李氏도

亦一心感謝ㅎ야 思報慧明的恩德이러니 一日은 巧値宋生之遠出ㅎ야 慧明이 叩門請謁이어늘 李氏가 使侍婢로 去問慧明호ᄃᆡ 爾即是進士主山寺讀書時에 常常伏侍的慧明麽아 慧明이 道小人이 即是로소이다 侍婢來告ㅎᄃᆡ (1906.5.28)

3

△李氏가 慌出迎見ㅎ고 道大師尊名은 聞之已久로라 進士主歸家에 無日不道慧明的恩德ㅎ더니라 慧明이 道小人이 有何恩德이리오ㅎ고 微擧目眤視李氏ㅎ니 顔如新發的芙蓉唇如正熟的櫻桃ㅎ고 眉樣은 八字雙分ㅎ고 眼光은 秋波가 細凝ㅎ고 兩耳ᄂᆞᆫ 不大不小ㅎ고 鼻梁不高不低ㅎ고 十指ᄂᆞᆫ 春筍이 始抽ㅎ고 雙鬢은 晚雲이 初收ㅎ듯 初看에 是花是月이오 再看에 非花非月이라 如此美人은 何處人間에 更有ㅎ리오 身上穿去的衣服은 不過是麤紬細布에 村閨女子的貌樣이로ᄃᆡ 何其奇文異彩가 悅悅惚惚에 逼人耳目고 慧明의 精神魂魄이 盡飛入雲霧中去了ㅎ야 直與草人木偶로 一般이러니 俄而오 似狂似痴ㅎ고 似醉似噎ㅎ야 即欲踊身直前ㅎ야 緊緊抱持로ᄃᆡ 但此左視右聽을 無計掩得이니 再三思量호ᄃᆡ 不如且歸寺中ㅎ야 思得妙計라ㅎ고 即欠身道日已暮矣라 小僧은 且去ㅎᄂᆞ이다 李氏가 令侍婢로 挽止호ᄃᆡ 大師가 枉臨不易ㅎ니 何必如此輕歸ㅎ야 不肯一夜止宿고 且日已暮矣니 山僻小路에 恐有疎虞ㅅ가ㅎ노라 慧明이 道小僧이 有緊急事情ㅎ니 雖漆黑深夜라도 不可留此停宿이오 且數日後에 似當再過此路ㅎ니 那時에 不敢徑過ㅎ려니와 未知進士主가 何日還次니잇고 李氏答道進士主歸期가 似在四五日後니라 慧明이 即起身施禮ㅎ고 徑投福安寺去了러라 且說慧明이 既到山寺에 凡三日夜를 不能成寐ㅎ고 轉輾座臥ㅎ야 直到鷄鳴ㅎ더니 忽推枕大呼호ᄃᆡ 吾計가 已成矣로다 即往山下村家ㅎ야 貰得一

420

件轎子ᄒ고 又雇得轎軍二名ᄒ야 佯語曰某村宋進士가 適出遠地라가 令晚歸路에 偶過山寺러니 忽然中風死倒라 因我細心救治ᄒ야 粗知人事로ᄃᆡ 尙此淹淹在床ᄒ야 生死未分ᄒ니 正欲借此轎子ᄒ야 送歸本家로ᄃᆡ 此去路程이 十有餘里니 萬一中路冒風ᄒ야 症勢加重ᄒ면 再難救治이기 今에 與汝雇錢二緡靑銅ᄒ노니 汝須速速去到宋進士家中ᄒ야 謁見李氏娘子ᄒ고 一一告白호ᄃᆡ (1906.5.29)

4

△且要娘子ㅣ自到寺中ᄒ야 看察病人症勢ᄒ야 卽轎歸本家ᄒ거ᄂᆞ 或在此醫療ᄒ던지 唯娘子之所欲케ᄒ라 轎夫二人이 卽擔轎到來宋進士家ᄒ야 叩門道有事有事라하거ᄂᆞᆯ 李氏令侍婢로 慌忙出問ᄒ니 轎人이 將宋生中風的病勢ᄒ야 一一告述이거ᄂᆞᆯ 李氏曰何不轎還家中ᄒ고 來要我去ᄒᄂᆞ뇨 轎人이 又將慧明言內에 不能送還的事情ᄒ야 仔細告了라 李氏가 深信不疑ᄒ고 坐上轎子ᄒ야 直投寺中ᄒ니 慧明이 大喜出迎曰娘子가 肯臨小僧ᄒ시니 小僧이 歡天喜地로소이다 李氏急問호ᄃᆡ 病人이 現在向處오 慧明이 道進士主가 昨晚에 到此ᄒ야 與一般同行的客人으로 同去遊玩城外ᄒ더니 適有來人이 報道進士主가 忽然中風昏倒ᄒ야ᄂᆞᆯ 小僧이 趂卽去看ᄒ니 幸已安平無事ᄒ오니 娘子ᄂᆞᆫ 不必過慮니이다 李氏曰轎夫所言은 何乃打誑如此오ᄒ고 將轎夫所傳ᄒ야 從頭至尾를 細述一遍ᄒ니 慧明이 曰此兩人이 原來狂妄的漢子니이다 小僧이 纔接了進士主中風的來報ᄒ고 一面으로 躬自去救ᄒ며 一面으로 要娘子來救옵고 原不道在此寺中病臥了니이다 李氏曰轎夫가 今皆安在오 慧明이 曰皆送還去了니이다 李氏曰進士主ㅣ 趂卽回來否아 慧明이 曰進士主所去處가 此去에 尙五里有餘니 今明間에 似當來到라 娘子ᄂᆞᆫ 勿慮ᄒ고 此有一間淨潔房子ᄒ니 娘子ᄂᆞᆫ 須去安

歇ᄒ오소서 李氏가 方纔疑慮不釋이ᄂ 諺所謂處子가 誤入僧室[房]이라 任其所爲而已로다 李氏問那房子ㅣ 安在오 慧明이 即喚小釋子ᄒ야 帶同李氏ᄒ고 直至一處深靜房裏ᄒ니 錦衾繡褥와 羅帳花枕이 件件美麗ᄒ고 以燈照看ᄒ니 四邊이 皆嚴密이라 李氏 緊束衣帶ᄒ고 臥不成寐러니 鐘聲定後에 慧明이 開了戶子ᄒ고 微醉而入曰娘子가 已睡否아 直近床抱住李氏라 李氏叫道有賊이라ᄒ니 慧明이 笑曰爾雖叫到天明이라도 只是口裂唇坼이오 定無拿的賊來者리니 早休早休ᄒ라 我爲爾費了多少心計ᄒ야 得到此境ᄒ니 此亦前生緣分이로소이다 (1906.5.30)

5

△且今夜事ᄂ 由小僧의 肯不肯이오 不由娘子이니 娘子ᄂ 無徒勞苦하소 雖爾苦叫到天明이라도 無人來拿賊去오 祇是爾喉痛舌弊ᄒ리라ᄒ고 即欲縛鎖手足ᄒ고 剝去衣服이어ᄂ 李氏乃詐謂慧明曰我有一言相告ᄒ노니 爾肯相聽否아 不然이면 我當閉口嚼舌ᄒ고 不留時刻ᄒ고 可以自斃니 爾將奈何오 慧明이 曰爾欲何言麽아 聽不聽은 在我ᄒ고 言不言은 在爾ᄒ니 爾第言之ᄒ라 我將思之호리라 李氏曰我祖母在時에 愛我特甚ᄒ야 弄之如珠ᄒ며 愛之如金ᄒ야 八十老人이 雖氣息奄奄中이라도 或抱我膝上ᄒ며 或置我懷中ᄒ고 餠一片肉一塊라도 不忍捨我而獨喫ᄒ며 棗一枚柿半顆라도 不忍忘我而獨吞ᄒ야 我年十五六에도 未敢暫離其側ᄒ고 我出嫁以後에 尙一次歸寧호니 其時에 我祖母年齡이 若過三年이면 便是百歲라 精神氣力이 十分康旺ᄒ시고 往往撫余頂而接余面曰吾女吾女라ᄒ시더니 再昨年某月某日에 偶然一夜微痛ᄒ고 因此下世ᄒ실ᄉ 即其隕命之時에도 呼我小名ᄒ고 張目四顧曰吾女安在오ᄒ셧스되 但女子ᄂ 出家外人이라 不得一次往哭호니 平生至寃이 固結心胸인ᄃ 再明日이 即其忌辰이오 今日은

卽又入齋之日이라 爾雖愛我至深이라도 若今夜에 汚了我身이면 我當嚼舌自斃ᄒ려니와 爾肯寬我三日인딘 我亦任汝所爲ᄒ리라 慧明이 黙然良久에 曰爾乃一寸巧舌로 瞞了小僧麽아 李氏曰瞞過三日이라도 必有一時니 我非愚人이라 何故瞞汝리오 大師ᄂ 胡無忍性麽아 慧明이 纔肯放手러라 翌日天明에 李氏囚在深房ᄒ야 左思右量호딘 逃去無路오 但欲結項自死호딘 又念死棄深山에 無人知得ᄒ리니 此入骨讎恨을 誰能報者리오ᄒ고 終日悶坐러니 天色이 看晚에 有一箇行人이 手携小杖ᄒ고 叩門直入曰慧明이 安在오 慧明이 視之ᄒ니 乃宋進士之煥也라 原乃是宋生이 出遊遠地ᄒ야 閱月方歸ᄒᆯᄉᆡ 路過山寺ᄒ다가 念慧明安否ᄒ야 因此過訪ᄒ야 排門直入ᄒ니 宋生이 與李氏로 兩下相着이라 宋生은 見李氏ᄒ고 駁疑未敢認ᄒ며 李氏ᄂ 見宋生ᄒ고도 驚喜不能言ᄒ더니 慧明이 卽高聲謂宋生曰爾愚呆宋生아 爾不能認得汝妻否아 不能自認己妻ᄒ거던 焉用此萬古癡物고 雖然이나 從今以後로ᄂ 毋敢認作汝妻ᄒ라 老僧이 近日에 色念이 偶動ᄒ야 今已拿到汝妻ᄒ야 同宿一宵ᄒ니 汝若更認作汝妻ᄒ면 卽地에 撲殺汝作萬段ᄒ리라ᄒ며 瞪圓雙眸ᄒ고 大叫退去어ᄂᆞᆯ 宋生이 不勝憤怒ᄒ야 直前打倒慧明ᄒ더니 慧明이 大呼衆僧子아 求我活我ᄒ라ᄒ딘 衆僧이 一齊大集ᄒ야 將宋生圍住ᄒ고 將兩手兩足ᄒ야 緊緊鎖了ᄒ며 將上下衣服ᄒ야 次第脫了ᄒ고 左右掠擊ᄒ야 鮮血淋漓ᄒ더니 慧明이 大叫曰此物을 不可仍置라ᄒ고 自袖中으로 抽出短刀ᄒ야 直欲[前]斷丁宋生性命이라 李氏前來奪刀ᄒ면서 大哭道惡僧아 爾將此刀ᄒ야 先了我命ᄒ고 來殺我夫ᄒ라 慧明이 笑道娘子가 又發妄疾이로다ᄒ고 卽藏去短刀ᄒ고 遂將李氏拽去ᄒ야 鎖住房內ᄒ고 又出來要殺宋生이어ᄂᆞᆯ 宋生이 罵曰爾拐去我妻ᄒ고 幷要殺我ᄒ니 我到陰府ᄒ면 必然上奏閻王ᄒ야 雪此至恨ᄒ리라

(1906.5.31)

6

△慧明이 仰天笑曰我ㅣ 剃度我髮ᄒ고 念念阿彌陀佛이 近已數十年光陰이라 爾雖去奏陰司나 諸天諸佛이 必然庇護我身ᄒ리니 陰司에서는 豈有不遵佛旨的理諦리오 宋生이 又道若要殺我뒨 卽可將我夫妻ᄒ야 一處殺死어다 慧明이 曰李氏는 不肯與爾爲配故로 來住此寺ᄒ야 已許我終身爲妻ᄒ니 豈肯與爾同死리오 宋生이 道然則大師는 念平日交分ᄒ야 全我身體ᄒ고 許我自死ᄒ라 敢望大師的恩德ᄒ노라 慧明이 見宋生이 反作哀乞的狀態ᄒ고 大笑道호ᄃᆡ 爾肯向我哀乞ᄒ니 亦復可憐人生이라 宜乎李氏娘子가 不肯與爾同居로다 雖然如此나 殺生斷命은 原是佛門所戒오 且我雖殺爾나 亦須積些陰德ᄒ리라ᄒ고 沈吟良久에 曰我到今에는 不可不殺爾오 爾亦不可不就死나 但爾願全有爾身體ᄒ고 又要自死ᄒ즉 此寺後에 [有]一個大鐘ᄒ니 其中은 便是壺裏乾坤에 針孔日月이라 我將爾蓋在鐘下ᄒ야 許爾自死ᄒ리니 爾肯麼아 宋生이 道肯肯이로소이다 慧明이 與衆僧으로 拽將宋生去ᄒ야 蓋入鐘下去了ᄒ더라 且說慧明이 來放門鎖ᄒ고 自入房內ᄒ야 對李氏說道호ᄃᆡ 我本要撲殺宋生이러니 因他哀乞一次ᄒ야 囚入鐘下去了ᄒ니 不過數時刻內에 自然悶死ᄒ리니 爾心中에 快不快麼아 李氏心內自忖호ᄃᆡ 事已至此ᄒ니 百叫千罵가 倂是無益이오 且聖人이 云ᄒ사ᄃᆡ 小不忍則亂大謨라ᄒ니 我且忍性痛憤ᄒ야 待時圖報ᄒ리라ᄒ고 乃佯笑道호ᄃᆡ 大師가 乃肯如此慈悲ᄒ시니 諸佛이 必然下鑑ᄒ리로다 雖然이나 人之悶死가 甚於殺死ᄒ니 假令有二人이 來了大師性命ᄒ올식 一人은 要斷大師項子ᄒ야 快快死了ᄒ고 一人은 要閉大師口子ᄒ야 悶悶死了ᄒ면 大師는 將要如何死法고 寧肯快死언졍 不肯悶死ᄅᆞ식ᄒ노라. 慧明이 道娘子言이 極是로다 然則更將他拽出來ᄒ야 一刀로 快斷他性命이 何如오 李氏曰不然ᄒ다 他旣自要悶死ᄅᆞ식 大師慈悲的心德으로 許他悶死ᄒ얏스니 更請大師는 再加一番慈悲ᄒ노라 慧明이 道如何慈悲오 決不可放他出去오

亦不可長囚他在라 快死悶死外에는 更無死法ᄒ니 將如何慈悲오 李氏曰
大師ᄂᆞᆫ 胡無變通如此오 我但向他鐘蓋四傍ᄒ야 微開一穴ᄒ야 令他除去
了暫時悶鬱ᄒ고 要他數日內飢餓死了면 縱然是一般死法이나 較他悶死的
法ᄒ면 豈不是慈悲的道理麼아 大師ᄂᆞᆫ 以爲何如오 (1906.6.10)

7

△慧明이 撫掌曰小僧은 智不及此로소이다 娘子가 不讀佛書ᄒ니 何處
에서 得了此慈悲法門고 李氏曰大師ᄂᆞᆫ 安知余不讀佛書오 我已十年을 躬
奉佛旨ᄒ고 口念佛經이로라 慧明이 喜道娘子가 既道佛經이 已久ᄒ니 尤
覺與小僧有緣이로다 遂同李氏自入寺後去ᄒ야 向鐘蓋傍邊ᄒ야 微開一竅
ᄒ고 慧明이 笑叫道ᄒ되 宋生아 爾安能鬱鬱久居此中고 娘子가 念爾平日
同居的舊誼ᄒ야 要我暫通爾呼吸ᄒ노니 爾雖去入陰府라도 毋忘娘子與小
僧的恩德ᄒ라 慧明이 即入房呼酒ᄒ야 要李氏共飲이어늘 李氏曰我本無
酒量이며 且大師가 豈忘昨夜的言語否아 慧明이 曰昨夜에 有何言語오 我
已忘了로라 李氏曰我昨夜에 已向大師道明日이 是我祖母忌辰이로라 慧明
이 曰云何是祖母忌辰고 今已囚了宋生ᄒ야 萬事가 無憂ᄒ니 云何是祖母
忌辰고ᄒ며 即牽住李氏手腕이어늘 李氏正色曰大師가 胡如是昧禮오 且許
我百年偕老ᄒ니 許多日月에 何必今日에만 可行方便이리오 我決不忘我祖
母的恩愛니 爾必欲強來逼我ᆫ틴 我寧與宋生同死언정 不願與大師同生이
로라 慧明笑曰我乃一時戲話어늘 娘子ᄂᆞᆫ 何乃發怒如此오 小僧이 惶恐死
罪로소이다 李氏曰大師가 既不退棄此身이나 我更有三件事相要ᄒ노니 此
三件事中에 苟或一件事不從이라도 我亦誓不從爾ᄒ리니 大師ᄂᆞᆫ 請一一聽
之ᄒ라 一件事ᄂᆞᆫ 是大師飲酒過度ᄒ야 戲謔殆甚ᄒ니 從今以後ᄂᆞᆫ 勿復飲
酒戲謔이오 一件事ᄂᆞᆫ 是宋生은 即我舊夫라 故恩을 不可便忘이니 許我數

十日內에 且將朝夕飯料ᄒᆞ야 分半與他ᄒᆞ야 以報他舊時恩情ᄒᆞ고 待他死去後에 須以一張弊席과 數尺短索으로 去埋他山南向陽之地ᄒᆞ야 不令他死後骸骨로 被烏鳶虫蟻的侵奪케ᄒᆞᆷ이오 一件事ᄂᆞᆫ 是大師가 雖是性急이나 且復忍耐幾日ᄒᆞ고 與我一件曆子ᄒᆞ야 使我自擇了吉月吉日ᄒᆞ야 備禮成婚ᄒᆞ되 木鴈乾雉를 一捧一授ᄒᆞ고 洞房花燭에 衣衾이 溫暖커던 今夕이 何夕고 見此粲者로다ᄒᆞᆼ 然後에야 死生契活에 與子偕老ᄒᆞ려니와 若効淫夫醜女의 邂逅相遇ᄒᆞ야 無禮野合이면 此身이 萬段이라도 死不敢從이니 大師ᄂᆞᆫ 加意三思ᄒᆞ라 此三件事에 若有一件不從이면 此身이 便作空山冤鬼ᄒᆞ야 每天陰雨濕之日과 山靜月明之夜에 嘍嘍冤聲이 乍東乍西에 或上或下ᄒᆞ야 大師寢宿도 不安ᄒᆞ리라 慧明이 若干思量曰娘子가 猶不忘宋生舊情否아 李氏曰此雖愚夫可惡나 是我十年奉事的郎君이라 諺에 曰借我一宿에 長城을 爲築이라ᄒᆞ니 此愚夫宋生을 今雖不敢念及이나 亦不敢全然忘却이로니 今日에 若便忘宋生이면 安知他日에 不便忘大師리오 (1906.6.2)

8

△慧明이 道此三件事ᄂᆞᆫ 不難應許로되 但娘子가 何從而知得日法ᄒᆞ야 要我借曆子來오 李氏曰我幼時에 頗惑術數ᄒᆞ야 天文地理之說과 六壬奇門之法을 無不略略曉得ᄒᆞ오니 況婚禮擇日은 諒非所難이니다 慧明이 曰娘子가 旣明術數인딘 何故로 爲我所誘오 李氏曰術法은 可以順天이오 不可以逆天이라 大師之誘我와 我之遇大師가 莫非天定人分이니 雖郭璞之才로도 不免自己之誤死ᄂᆞᆫ 天不可逃也라 況月姥繩絲가 一繫手足ᄒᆞ면 彼千里萬里之外라도 不能無一次團聚ᄒᆞ나니 諒此管窺之小術이 烏能逃天緣之注定이리오 慧明이 聞言大喜ᄒᆞ야 以爲李氏眞情이 實願與己爲配라ᄒᆞ야 此三件事를 一一應許ᄒᆞ고 遂求一卷曆子ᄒᆞ야 來呈李氏어늘 李氏披閱數

426

回ᄒ고 即屈指曰但恨太晚이로다 慧明이 亟問曰何月何日이 是吉고 李氏曰最吉은 是十一月十七日이오 小吉은 是七月二十八日이오 其內에ᄂᆞᆫ 全無吉日ᄒ니 將奈何오 慧明이 曰今日이 是五月初三이니 去十一月은 尙有六七個月이니 不必擧論이오 卽以七月卄八日言之라도 今月에 減了已過三日ᄒ면 爲卄七日이오 來月則小ᄒ니 減一日ᄒ면 爲二十九日이오 旣入七月ᄒ야 又拖至二十八日ᄒᆫ즉 合計爲八十四日이라 此心鬱結ᄒ야 忍住一夜도 已是不堪이니 安能忍住八十四日一百六十八晝夜否아 願娘子ᄂᆞᆫ 更思其次ᄒ라 李氏曰此八十四日以前은 都是凶日惡日이라 或不利於此身ᄒ고 或不利於大師ᄒ니 大師ㅣ 雖性急이나 且忍得到八十四日이라야 乃得佳日이니 百年偕老之約을 豈可造次如此리오 慧明이 甚怏然曰彼蒼彼蒼이여 何惡日之多而吉日之小也오 若過了八十四日이면 我數寸之腸이 當消磨殆盡ᄒ리로다ᄒ고 乃召李氏ᄒ야 入一複壁中ᄒ니 下有鋪地木板ᄒ고 揭起木板則又有鐵索이 下垂地下어ᄂᆞᆯ 從此下去ᄒ니 乃是地樓라 點燈明亮ᄒ고 有兩箇女僧이 對坐ᄒ니 容貌가 甚是美麗ᄒ더라 慧明이 卽自外鋪了木板ᄒ며 呼謂李氏曰唯朝夕進飯時에나 可暫得出이니라 李氏乃密問兩女僧ᄒ되 爾皆何故在此오 皆對曰同是本郡士人家女子로서 被誘至此라ᄒ거ᄂᆞᆯ 李氏卽自思曰麗朝辛旽[1]故智를 此和尙이 乃襲用之로다 我將何計로 脫此虎口ᄒ야 雪此恥辱고ᄒ고 不覺胸中이 鬱鬱ᄒ더라 夕飯時에 慧明이 呼出李氏ᄒ거ᄂᆞᆯ 李氏가 搯了一顆飯ᄒ고 去向鐘蓋邊傍ᄒ야 呼宋生與之ᄒ니 宋生이 認是李氏聲音하고 卽呵之曰爾何至今不能死오 李氏將說與衷曲이로되 但恐慧明이 聞知ᄒᆯ셧ᄒ야 反呵之曰爾亦至今不死ᄒ고 何忍責人不死오 我尙懷戀舊情ᄒ야 時時以一顆飯投與ᄒ야 連爾朝夕之命ᄒ리니 爾無敢說狂說雜ᄒ라ᄒ고 旋入地樓中去了ᄒ니라 (1906.6.4)

---

1) 旽: 원문에는 '旽'으로 나와 있으나 의미상 바로잡음.

9

△且說李氏生下一子ㅣ 年已十三歲오 名曰瑞麟이라 聰悟絶人ᄒ야 古詩古文을 誦如冰匏ᄒ고 性又勤孜ᄒ야 日往隣舍讀書ᄒ더니 李氏之來福安寺에 瑞麟이 請從이어늘 李氏呵而不許曰我今明日間에 當救汝父回來ᄒ리니 千萬安心在家ᄒ라ᄒ얏더니 李氏去後에 一連兩日을 都無來信이어늘 瑞麟이 心神不安ᄒ야 即呼十四歲少婢ᄒ야 托以愼守家屋ᄒ고 投向福安寺將去ᄒ더니 出門未數步許에 道遇一長者金生ᄒ니 即宋生親信故友라 向瑞麟問道호ᄃᆡ 汝大人이 還家麽아 瑞麟이 道家君이 方在福安寺中中風臥了ᄒ고 慈母去救未還故로 小子가 方投福安寺將去니이다 金生曰病報ᄂᆞᆫ 以何日接了며 汝母ᄂᆞᆫ 以何日去了오 瑞麟이 道俱是某日正午니이다 長者沈吟良久에 曰吾與汝大人으로 某日에 自某地發行ᄒ야 某日에 始抵某處러니 汝大人은 去向福安寺ᄒ고 我發向某地ᄒ야 約以今日로 俱會汝家ᄒ니 汝大人이 當以某日로 纔可入福安寺則中風之報가 似在汝父入寺前兩日이니 事甚可怪로다 汝宜亟向寺中去看ᄒ라 瑞麟이 聞訖에 心甚驚疑ᄒ야 既至福安寺ᄒ야도 不敢問父母所在ᄒ고 獨自往來搜探호ᄃᆡ 渺無蹤跡ᄒ더니 慧明이 見瑞麟的殊常貌樣ᄒ고 又愛其容貌秀雅ᄒ야 因問曰汝是誰家兒며 緣何事到此오 瑞麟이 即佯答曰我是某村宋同知第二子名某的童子러니 偶過此地라가 愛風景淸佳ᄒ야 獨自來探賞이로라 慧明이 曰某村宋進士某를 汝曾聞知麽아 瑞麟이 曰不知로라 聞其姓名行列에 似是吾族이로ᄃᆡ 不曾聞知로라 大師ᄂᆞᆫ 何故問及고 慧明이 曰此吾親熟的兩班이더니 聞汝姓同ᄒ고 信口言及이오 非有他故니라 瑞麟이 驚訝益甚ᄒ야 只得望山下投去ᄒ야 入告官府ㄹᄉᆞ하더라 是時에 娘子李氏只在地樓中ᄒ야 除朝夕에 將一顆飯ᄒ야 進供宋生外에ᄂᆞᆫ 不得暫出地樓外一步ᄒ고 但常常黙禱觀音菩薩이 來救我兩個夫婦이러니 一夜ᄂᆞᆫ 慧明이 來入地樓ᄒ야 抱持兩個女僧ᄒ고 進退淫戲에 無所不至라 李氏掩面不忍視ᄒ고 思欲

以一裙帶로 即刻自決ᄒ다가 復思曰惡僧이 既許我二十日을 進供吾夫ᄒ니 我若前此自斃면 即促吾夫一日之命이니 待過此二十日後에 與吾夫同死가 尙未爲晩이오 且此僧이 八十四日內에ᄂ 必不敢犯我니 此八十四日에 待機圖報ᄒ다가 不成而死도 亦未爲遲라ᄒ고 祗得口念觀音菩薩이 救我活我라ᄒ되 瑞麟이야 那知父母의 如此拘縶的狀況이리오 只自疑訝悅惚ᄒ야 無可把捉이라 中路에 聞得兪公拓基가 巡察至本郡ᄒ다가 停在郡邸ᄒ고 即具狀文往訴ᄒ니 (1906.6.5)

10

云云具告惡僧慧明의 奸巧不測事라 與矣父之煥으로 往來多年이옵더니 乘矣父之煥의 出遊在外ᄒ와 佯報矣父中風之症에 以致矣母上山之行이라 一雙雇夫ᄂ 何處粧來오며 百千奸計를 誰人이 知得가 一連兩日을 寂無回音이라 幸有矣父之親朋이 來傳矣父之信息이되 某日에 發某地ᄒ고 某日에 入山寺라ᄒ압기 去探方丈之左右ᄒ즉 不見音容與蹤跡이라 經日連夜를 千思萬量호되 矣身父母ᄂ 必未免慧明之毒手이오 滿寺僧徒ᄂ 可知其奸惡之同腸이라 萬重疑端이오 數行顚末이로소이다 云云 巡使停在郡邸ᄒ야 夜感一夢ᄒ니 偶有一箇觀音이 引至一座山寺則寺中에 渺無人跡ᄒ고 但見一童子金姓者가 摯倒一人ᄒ야 亂打將死ᄒ고 傍有一年少婦人이 叫苦求救而已라 初次에 感得此夢ᄒ고 不以爲意라가 一夜三次를 連夢此事ᄒ고 心始疑異ᄒ더니 當日에 接了此狀ᄒ고 即召瑞麟ᄒ야 究問顚末ᄒ되 瑞麟이 從頭至尾를 細說一遍이라 巡使가 再又思量호되 此事ᄂ 決非此處에서 可以坐決이라ᄒ고 即命轎巡往福安寺中看探홀식 到方丈坐定ᄒ고 拿致衆僧ᄒ야 審問緣由則皆牢諱不肯告ᄒ고 慧明所告內에 慧明이 與宋進士로 往來多年에 情深似海ᄒ고 義重如山ᄒ니 慧明

도 亦是人類라 豈有此事 닷잇가 必是奸人이 乘宋進士出他ᄒ야 售此奸計
오 且宋生近日에 原無來過本寺的事故니이다 巡使가 又命招金生ᄒ야 問
宋生이 何日에 發行某地며 何日에 來到此寺오ᄒᆞᆫ즉 金生이 即具言宋生發
行日子ᄒ고 仍曰矣身이 但聞宋生言內에 某日當過此寺오 其的確來到與
否ᄂᆞ 未嘗眞的目見ᄒ와신즉 不敢明言이로소이다 巡使가 命山下去處에 苟
有雇轎人夫어던 一一拿致ᄒ라ᄒᆞ되 當日誘致李氏的轎夫ᄂᆞ 多受慧明金錢
ᄒ고 走避他處去了ᄒ야 渺無蹤跡이라 巡使가 心中苦悶ᄒ야 無可爲計어
ᄂᆞᆯ 乃負杖逍遙ᄒ고 往來寺中ᄒ더니 至寺後深處ᄒ야 見得一點血痕이 落
在地上者ᄒ니 原來是衆僧이 榜掠宋生時에 流血이 淋漓滿地러니 都被埋
掃盡去ᄒ고 唯有此痕이라 巡使가 心內[中]暗忖ᄒ되 此非尋常血點이로다
ᄒ고 四下探索ᄒᆞᆫ즉 都無去處ᄒ고 恍然見一個大鐘이 置在傍近者라

(1906.6.6)

11

　△即躍然悟曰破解鐘字ᄒ면 爲金爲童이니 昨夜感夢的金姓童子가 即是
此鐘이 無疑라ᄒ고 亟呼隨行差人ᄒ야 揭起該鐘ᄒ니 只見一人이 困乏將
死에 氣息이 纔屬ᄒ고 口不能言이라 瑞麟이 認得是父親ᄒ고 將大哭起來
어늘 巡使가 恐宋生이 獨懷憤痛에 仍致氣絶일가ᄒ야 即麾退瑞麟ᄒ고 命
以粥湯으로 漸漸灌下ᄒ니 一飯頃에 方纔少甦ᄒ야 乃道自己가 來訪慧明
이라가 見己妻가 被掠ᄒ고 不勝驚疑之際에 被慧明叫罵ᄒ야 打倒慧明的
事瑞과 衆僧이 將刀要斷自己性命이라가 因自己哀乞ᄒ야 囚入鐘下的根因
ᄒ야 一一告白ᄒ니 慧明이 抵辯不得ᄒ야 只道死罪死罪라 於是에 棍棒이
交下ᄒ야 要慧明이 直說李氏死生ᄒ라ᄒᆞᆫ즉 慧明이 乃道地樓中拘置的事어
ᄂᆞᆯ 巡使가 即命衆差ᄒ야 揭起木板ᄒ고 要李氏出來ᄒ야 究問事由ᄒ니 李

氏將當日被誘的緣由와 後來免辱的事由와 每日之救療宋生과 每夜之拜禱觀音을 從頭至尾히 細述一遍커늘 巡使가 暗暗稱奇ᄒ고 再問慧明ᄒ니 慧明이 祗道娘子所供이 不啻明白이로소이다 巡使隨即判道호ᄃᆡ

　蓋嘗聞劓荆大辟之屬이 三千其條로ᄃᆡ 豈有如慧明奸惡之情을 一二難狀가 全忘他人厚接之誼ᄒ고 欲售自己淫慝之私라 報道中風에 誰知凶漢橫生之巧計며 拘縶累日에 幾追夷齊餓死之遺蹤이라 該僧之險殺人命은 合梟首以何疑아 同惡之倂濟奸謀ᄂᆞᆫ 宜充軍以遠役이라

判訖에 將慧明斬首示衆ᄒ고 其餘同惡衆僧은 皆發充軍籍ᄒ니라 李氏又向巡使道호ᄃᆡ 地樓中에 尙有兩個女僧ᄒ니 自言俱是士族家女子로셔 被惡僧巧誘至此라ᄒ더니 今聞擧寺喧動ᄒ고 即蟄伏板底ᄒ야 終不敢出니이다 巡使가 呼出問之則一箇ᄂᆞᆫ 是郡南崔全義家女子오 一箇ᄂᆞᆫ 是近邑金同知家女子라 具說某年某月에 被奸僧이 巧誘至此ᄒ와 頭髮은 被剃ᄒ고 身世ᄂᆞᆫ 被縶ᄒ얏다가 今者에 復覩天日ᄒ니 莫非使道的恩德이니다 巡使가 即發送本家ᄒ고 巡使가 大奇李氏之才藝智數ᄒ야 即拜以爲妹ᄒ니 宋生一家가 感巡使生活的恩德ᄒ야 即呼瑞麟出拜曰汝父母ㅣ生汝ᄒ고 巡使가 活汝父母ᄒ얏스니 汝認巡使爲父ᄒ야 巡使有子어던 認之以同氣兄弟ᄒ고 巡使有命이어던 雖湯火라도 無敢避ᄒ라 瑞麟이 再拜受命ᄒ더라 巡使가 又聞宋生이 年長不學이라가 被李氏激勸ᄒ야 讀書成名ᄒ고 尤奇李氏ᄒ야 上京後에 即擬奏聞旌閭러니 適爲人所陷ᄒ야 荐棘遠島故로 不果ᄒ고 後에 瑞麟이 改名登科ᄒ야 官至叅判云이러라 (1906.6.7)

12

桂巷稗史氏曰奇哉라 李氏之才여 激成郎君於年長失學之後ᄒ고 全節不辱於虎口不可測之地ᄒ니 使其生爲男子러면 可以托六尺之孤ᄒ고

寄百里之命者ㅣ非斯人歟아 嗚乎라 聶政之姊는 驚市人於一呼ᄒ고 淳于之女는 除肉刑於一疏ᄒ야 以之書名竹帛에 垂之千秋어늘 我國은 女子諱名이 特甚ᄒ야 不曰某氏之女면 則曰某氏之妻라ᄒ야 至其幼時所稱某姬某童之號도 一切抹殺之不得稱은 何也오 是以로 唯蘭雪軒許氏之字景樊[2]者ㅣ見於尤侗之外國竹枝詞ᄒ고 其餘는 雖卓卓貞烈之操而槪不得聞ᄒ니 吾於李氏에 又曷勝歎惜哉아 其時巡使는 憑諸野乘에 多以兪公拓基로 稱之어늘 或曰非也라 李公宗誠이 嘗以巡察로 過裕安이라ᄒ더라

聽泉子曰甚哉라 聽獄之難也여 觀古人已決之案ᄒ면 若甚易로듸 身處其地而爲之ᄒ면 全無可模擬이니 或謂李公之鬼差嚇僧은 固出於自己神斷이로듸 今此慧明之罪는 非金童이 托夢이면 烏能得其情哉리오ᄒ나니 噫라 不然ᄒ다 精神之極이라야 鬼神이 通之라 聽獄者ㅣ心存公正ᄒ면 物人神天이 皆助我公正ᄒ고 心不存公正ᄒ면 塵沙土石이 皆蔽我公正ᄒ나니 非平日淸明之在躬이면 其夢에 爲蝴爲蝶이거나 爲雀爲鹿이거나 夢得珠玉커나 夢得酒食이니 何以夢金童哉리오 雖然이나 慧明之惡이 尤有甚於悟性이로다 (1906.6.8)

---

2) 樊: 원문에는 '焚'으로 나와 있으나 의미상 바로잡음.

慈母泣斷孝女頭　惡僧難逃明官手

1

△却說 純祖朝御極初載에 忠淸道公州郡에 一箇士人이 有ㅎ니 姓은 崔오 名은 昌朝라 鄰邑鎭岑郡黃氏家에 娶妻ㅎ야 生女曰蕙娘이니 自幼時로 天性이 至孝ㅎ야 事親凡百이 儼如成人ㅎ고 伶俐聰慧도 人不可及이라 一日은 昌朝가 偶然得疾ㅎ야 呻吟在床ㅎ더니 一連兩月을 病勢沉緜ㅎ야 臥不能起호딕 未嘗叫痛叫苦ㅎ고 只是詵詵奄奄에 如無源之泉이 因旱自涸ㅎ야 容貌瘦瘠에 骨立如柴ㅎ며 臂細如指ㅎ고 脚細如臂ㅎ니 朋友親戚의 遠來視病者ㅣ 雖覿面相慰에 期其必起ㅎ나 出門呑泣에 暗暗作弔訣的貌樣ㅎ고 往來隣人의 衆口一談이 皆謂崔生은 卽是今明間地下之人이라ㅎ니 情妻愛妾과 仁兄賢姪이 孰不勞勞苦苦에 憂愁悲痛ㅎ야 以期一朝之回甦이리오만은 諺에 曰長病에 無孝子라ㅎ니 凡兩個月六十日間에 米飮藥餌之際와 坐依臥扶之時와 苟痒爬搔와 揮汗逐蠅을 誰能一一如病人之意리오

唯蕙娘稚女가 衣不解帶ᄒᆞ며 食不甘味ᄒᆞ고 旁求醫藥ᄒᆞ며 晝夜祈禱ᄒᆞ더니
蕙娘容態ᄂᆞᆫ 甚於病人ᄒᆞ고 崔生病勢ᄂᆞᆫ 稍稍減殺ᄒᆞ야 未幾日에 竟致痊可
ᄒᆞ니 伊時蕙娘的芳齡이 不過十四라 左右鄰人이 皆道崔生的幾死僅生은
是蕙娘的孝思所感이라ᄒᆞ야 一辭讚歎ᄒᆞ더라 昌朝가 有弟ᄒᆞ니 曰昌夏니
昌夏家富ᄒᆞ야 娶妻金氏ᄒᆞ니 艶姿美態가 爭花妬柳ᄒᆞ고 貞靜德性은 眞簡
是窈窕淑女라 昌夏가 情琴友瑟과 山盟海誓로 結了三生佳約ᄒᆞ야 定期百
年偕老ᄒᆞ더니 天道ᄂᆞᆫ 難測이오 人事ᄂᆞᆫ 難料라 昌夏가 年未三十에 感疾死
了ᄒᆞ고 身後蒼茫에 幷無一個子女ᄒᆞ니 死者ᄂᆞᆫ 已矣어니와 金氏情境이야
不覺令人下淚로다 昌朝愚夫ᄂᆞᆫ 全不起死弟身後繼續的念頭ᄒᆞ며 寡居孀嫂
에게 幷無一次悶慰ᄒᆞ고 但其心頭慾火가 只在昌夏的財産田宅ᄒᆞ야 百計
營度ᄒᆞ다가 密諭金氏之兄大方爲名者ᄒᆞ야 勸令金氏改適ᄒᆞᄂᆞᆫ지라

2

△金氏誓死不許ᄒᆞ고 反求昌朝的第二兒年未數歲者ᄒᆞ야 欲以爲昌夏後
嗣ᄒᆞ니 昌朝가 性起怒罵ᄒᆞ고 不肯詐諾이어늘 金氏心中에 甚是恨恨憤憤
이로ᄃᆡ 自顧身世에 又安敢忤了叔叔이리오 一頓搶白에 抵頭含寃ᄒᆞ고 悶
悶愁坐ᄒᆞ더니 大方이 悶痛小妹의 年少寡居ᄒᆞ야 常常過訪ᄒᆞ다가 撞見昌
朝의 如此貌樣ᄒᆞ고 不勝憤怒ᄒᆞ야 大罵一場ᄒᆞ고 徑去不顧러라 金氏가 哀
痛其夫夭死ᄒᆞ야 每遇朔望에 召[招]致中菴寺僧人一淸ᄒᆞ야 誦經念佛에 追
薦其夫的寃魄ᄒᆞᆯᄉᆡ 經旬閱月에 顔面이 自然慣熟ᄒᆞ야 時時言語도 相通ᄒᆞ
고 情勢도 說與ᄒᆞ니 那一淸和尙이 艶慕金氏姿色ᄒᆞ야 淫懷蕩漾에 不能自
禁ᄒᆞ다가 見了金氏의 言語酬接的狀態ᄒᆞ고 妄忖道這娘子가 背[肯]相憐愛
라ᄒᆞ고 十分喜悅ᄒᆞ야 恨不得一次乘間ᄒᆞ야 探試其意ᄒᆞ더니 一日은 金氏

가 又遣人來請和尙ᄒ야 誦經超度ᄒ고 先荷經擔去了어늘 一淸이 隨後로 便到其家ᄒ즉 一箇空閒房子에 金氏가 斂容獨坐ᄒ니 雖是孀居婦人이 膏沐無情이나 正是塵埃間白玉이 難掩其光이오 糞土中黃金이 莫晦其精이라. 花容月態ᄂ 艶麗가 無雙ᄒ고 愁眉恨鬢은 哀寃이 分明ᄒ도다 一淸의 包藏奸心이 已非一朝一夕이거던 見此娘子의 無人獨坐ᄒ고 豈肯按住情慾이리오 投了錫杖ᄒ며 下了小袋ᄒ고 直入房內ᄒ야 近前低聲道娘子屢屢召我ᄒ니 莫非有憐念所僧的意思니잇가 娘子今日에 肯念小僧ᄒ시니 恩德이 如天이로소이다 直欲近前抱持어늘 娘子가 他人이 聞知ᄒ면 反爲醜辱일ᄉᆡ ᄒ야 亦爲低聲答道호ᄃᆡ 我本叫爾念經誦佛이니 豈有他意리오 卽爲出去ᄒ야 更無拖長ᄒ라 一淸이 微笑道娘子ᄂ 無夫ᄒ시고 小僧은 無妻ᄒ오니 娘子가 肯許僧ᄒ시면 兩家가 具ᄒ고 二難이 幷이라 (1906.6.11)

3

△暗中好事를 外人이 莫知오 咫尺山寺에 往來又便이오니 娘子ᄂ 不必固執如此로소이다 娘子가 暗喝道狗和尙아 速速出去ᄒ라 我本認汝好人이러니 反說這臭口話麽아 爾不肯出ᄒ면 我ㅣ 大聲一呼에 鄰人이 驟集ᄒ야 縛爾去入官府ᄒ야 苦受了數十度棍杖笞杖ᄒ야 爾血肉이 狼藉ᄒ리라 這惡和尙이 那裏肯出[聽]가 反暗喝道호ᄃᆡ 爾若眞箇是不聽我的ㄴ딘 我有小刀在此ᄒ니 爾今日이 便是絶命日이니 且思且念ᄒ라 爾軟弱項子가 本非鐵石이니 我刀가 一下ᄒ면 黑血이 淋漓ᄒ야 湧如泉根ᄒ고 頭落在地에 魂去升天ᄒ리니 爾再三思量ᄒ야 念此老僧飢腸(俗諺謂久斷色念爲飢)ᄒ고 惜爾一箇殘命ᄒ라고 揮刀向前이어늘 金氏가 正要一叫ᄒ다가 聲未及出ᄒ야 可憐軟喉가 如蠅受刃이라 血流滿房하고 頭落在地어늘 一淸推門要出이라가 再又思量ᄒᄃᆡ 這娘子가 頭髮이 曳地에 濃黑可愛니 剃作一髻ᄒ야

賣諸他人이면 價必不尠이오 況又簪珥一件[雙]이 又是無價奇貨라 我既殺
死這娘子ᄒ얏스니 此頭髻此簪珥ᄂᆞᆫ 即是和尙的物子로다 我本不畏生人이
어던 豈畏死人이리오ᄒ고 將娘子的頭子ᄒ야 藏在經擔裏深深處ᄒ고 携之
出門ᄒ야 杖了錫杖ᄒ고 徐徐出門ᄒ니 這和尙이 非徒凶腸惡肚나 又是膽
大如斗로다 嗟乎天意도 亦是假借惡僧인지 自一淸之出門出洞에 直至山
寺토록 都無一箇人看見的라 有頃에 昌夏家小婢가 自鄰家還來ᄒ야 直入
房中ᄒ다가 忽然屍臭가 觸鼻커늘 擡頭看時에 只見流血滿房ᄒ고 無頭屍
身이 僵臥地上이라 小婢가 喫驚一次ᄒ고 連忙走出叫道ᄒ되 了不得了不
得이로소이다 娘子가 被何人殺死ᄒ야 頭被斷去ᄒ고 只有一箇屍身이 倒在
房中ᄒ되 血流如泉[血流滿房湧如泉根]ᄒ야 衣巾枕席에 狼藉濺灑ᄒ얏스
니 隣人洞人아 皆來觀見ᄒ라 眞箇是了不得了不得이로소이다 小婢今日에
魂已飛去ᄒ고 逼體生栗이로소이다 上天이 明明ᄒ건마는 何許惡人이 行此
惡事인지ᄒ며 擊地大哭ᄒ니 嚇得左右隣人이 胸喘口呆에 一時聚集ᄒ야
一齊思議ᄒ되 尋不見頭尾라 (1906.6.12)

4

△急喚金氏的大伯昌朝聞知ᄒ즉 昌朝夫婦가 驟脚到來ᄒ야 見了如此
光景ᄒ고 只是心戰口咶ᄒ야 都沒奈何ᄒ더니 小婢又哭道ᄒ되 俄者中菴
寺僧一淸的經擔을 娘子가 遣人擔來ᄒ며 留在房中ᄒ더니 亦沒形影ᄒ니
此必是殺死娘子的賊漢이 幷此盜去로다ᄒ거늘 昌朝聞了ᄒ고 打發一箇童
子ᄒ야 去請一淸道大師今日에 何故로 不來念經고 一淸이 答道老僧今日
에 已被娘子遣人來喚ᄒ고 幷擔經擔去了로되 偶然身子가 不健ᄒ야 尙此
蹲坐어니와 爾何故로 又來促我오 童子道金娘子가 被何人殺死ᄒ야 幷頭
斷去ᄒ고 大師經擔도 被人盜去ᄒ야 全沒形影ᄒ더이다 一淸이 佯爲大驚

436

道此何變怪며 此何慘報오 經擔은 買得的便是라 固不足惜이어니와 娘子가 憐愛老僧ᄒ시고 眷念老僧ᄒ심으로 老僧이 常常思報娘子的恩德이러니 豈料娘子의 奄有如此大厄이리오 卽此惡報ᄂ 耳不忍聞이라 天愁地慘ᄒ고 日月이 無光이로다 老僧이 聞此娘子慘死的報ᄒ고 不可無一次去看이라ᄒ며 卽起身下山來ᄒ야 直到屍所ᄒ야 佯作悲慘에 淚落如雨ᄒ며 大哭道娘子여 老僧이 來哭娘子로소이다 每日老僧이 來過娘子ᄒ면 山蔬野菜ᄂ 一一香潔ᄒ고 粟飯麥殖이라도 精白無比ᄒ야 每謂老僧의 年老善飯ᄒ시더니 天乎娘子여 胡至此極고 雖見娘子나 不見其面ᄒ니 惡賊惡賊이여 胡忍爲此오 上天有知ᄒ시면 惡賊罪犯은 必然綻露有日이오 娘子讐寃은 必然明白得報ᄒ리니 娘子娘子여 善歸地下ᄒ라 他日에 惡賊을 捉得이거던 老僧이 請剖其胸而啖其肝ᄒ야 以報此讐ᄒ리이다ᄒ고 哭起徑去ᄒ니 昌朝爲人이 庸愚ᄒ야 不能一次盤問ᄒ며 至於左右鄰人ᄒ야도 以爲一淸이 眞箇悲痛이라ᄒ야 不敢疑訝ᄒ고 一洞이 唧唧囂囂ᄒ야 皆謂金氏殺死의ᄂ 必然昌朝所爲가 無疑라 昌朝平日에 流涎金氏家財ᄒ야 視金氏를 如仇讐ᄒ고 死弟繼續은 全不掛念ᄒ니 人面獸心이 何事不爲리오 (1906.6.13)

5

△況金氏孀居情境은 路人[路上行人]도 下淚어늘 昌朝則視若尋常ᄒ고 堅守貞節은 他人도 欽敬이거늘 昌朝則必欲驅逐ᄒ야 一段慇慾이 但知財産ᄒ고 同氣兄弟의 哀慶悲樂은 甚於越視ᄒ얏스니 狼子凶肚를 復何究問이리오ᄒ고 全洞輿論이 暄騰不已ᄒ더라 昌朝가 遣人去請金大方來議ᄒᄃ 大方이 聞報徑起ᄒ야 直到屍身房前ᄒ야 大哭良久에 拭淚收涕ᄒ고 因向昌朝ᄒ야 細問前後委折ᄒ니 昌朝ㅣ 答道殺死前委折은 無人見得이오 殺死後光景은 爾與我同看ᄒ면서 又何用問我리오 大方이 見昌朝口頭가 如

此不順ᄒᆞ고 十分憤怒ᄒᆞ더니 暗見得左右鄰人의 眼頭微睨와 口頭頻反이
莫不暗罵昌朝的貌樣이라 因猛然想起昌朝前日에 怒喝孀嫂的時事ᄒᆞ고 即
胸中思量호ᄃᆡ 小妹的被昌朝殺死난 分明無疑로다 不然이면 昌朝平日에
何故로 深恨孀嫂如此리오ᄒᆞ고 即欲去官府로ᄃᆡ 但無干證鄰保면 恐難成獄
일가ᄒᆞ야 獨出門外ᄒᆞ야 往來彷徨ᄒᆞ더니 有頃에 適有一少年過前者ᄒᆞ니
即是前日昌夏의 莫逆親朋에 喚做李三郎的라 與大方으로 雖是顔面은 慣
熟ᄒᆞ고 倂認是某人的子弟로ᄃᆡ 但未曾通姓名叙暄的라 大方이 即按住道
公非李三郎爲名的人麼아 李三郎이 道是로라 大方이 又問道公非我亡妹
夫親厚的人麼아 李三郎이 道是로라 大方이 又道累奉淸儀로ᄃᆡ 尙遲了一
次拜叙ᄒᆞ오니 不敏失禮가 莫此爲甚이로소이다 李三郎이道 一般이로소이
다 不敏도 仰認得金兄的丰彩가 今亦已久ᄒᆞ오나 今始拜謁이로소이다 令妹
喪事야 何忍口提리오 路人過客도 聞之灑涕어던 況不敏은 不唯忝在隣誼
ᄲᅮᆫ더러 況令妹夫在世時에 念我至厚ᄒᆞ야 不肯暫時睽離ᄒᆞ다가 令妹夫난
已作黃泉故人ᄒᆞ고 此身는 猶是人間過客이니 其彷徨無聊난 便同失侶的
鴻鴈이오 離群的麋鹿이라 每一念令妹夫淸姿丰儀에 廣眉疎髥이 黯黯在
目ᄒᆞ고 飮酒博奕에 傍若無人的狀態ᄂᆞᆫ 歷歷在懷ᄒᆞ야 不能暫時忘却ᄒᆞ야

(1906.6.14)

6

△每於蓬門深掩ᄒᆞ고 倚枕獨臥之時에 茫茫懷緒가 自往自來ᄒᆞ야 不能
成寐ᄒᆞ며 或者眼睫이 乍合ᄒᆞ다가도 忽然風聲葉聲에나 鞋聲履聲에나 何人
咳唾之聲에 每每蹶然驚起ᄒᆞ야 認是情兄昌夏的來訪我ᄒᆞ노니 泉下故人이
豈知此滿腔苦懷리오 從今以後에난 薄酒殘肴을 誰與共分이며 春花秋月을
誰與共賞이리오 已矣已矣라 但望令妹나 厚享壽祿ᄒᆞ야 保全家戶ᄒᆞ고 討

438

來螟子에 以繼後嗣ᄒᆞ면 區區深望이 唯在於此라 雙袖가 雖短이나 一次起
舞ᄒᆞ고 他日地下에 以賀故人ᄒᆞ랴ᄒᆞ얏더니 今令妹도 亦已矣로다 蒼蒼者天
이여 胡不聽卑오ᄒᆞ고 因歔欷掩泣이라 大方이 見李三郞의 不忘故人을 如
此至切ᄒᆞ고 又痛孀妹死去가 如此慘惡ᄒᆞ야 不覺悲懷觸動에 哽咽泣下ᄒᆞ
고 輒拍地大痛曰冤無不報오 賊無不得이라ᄒᆞ나 如此至冤을 何時可報오ᄒᆞ
며 大哭不止어날 李三郞이 揮淚道 賊在近鄰에 得之何難이리오 仁兄足下
는 毋徒悲哭ᄒᆞ고 速辦此事ᄒᆞ라 此冤이 一日不復이면 卽是一日을 滅了天
道니 雖百哭千哭이나 豈能哭死這惡賊이리오ᄒᆞᆫ딕 大方이 亟問曰賊是何人
고 兄若知者어던 快與我說了ᄒᆞ야 以報此讎케ᄒᆞ라 李三郞이 道令妹的遭
此惡刀는 卽是朝日已昇ᄒᆞ고 朝炊未熟的時候이니 令妹가 非徒平日에 與
人無讎라 雖有讎人이라도 當於夜深人靜의時間에 起此惡念이니 安敢白晝
懷刃ᄒᆞ고 肆入人家며 設爲陰醜之夫의 强奸不從으로 以致此事라도 當在
夜間이니 日高三竿에 那有此變이리오 此必是族親間往來無難의가 久有此
等不好的念頭라가 卽因令妹獨坐或獨寢時間ᄒᆞ야 行此慘慝이니 仁兄은 自
揣ᄒᆞ라 與令妹로 孰爲最近親屬이며 此親屬中에 孰爲最惡令妹的며 孰可
以往來無難的人麼아 大方이 道吾亦已疑此漢이로딕 但無干證鄰保ᄒᆞ니
何以成獄고 李三郞이 道此漢平日에 貪財特甚에 積失人心ᄒᆞ야 左右鄰人
이 無不痛惡此漢ᄒᆞ나니 一入訟庭ᄒᆞ면 雖無的確證保나 衆口一談이 皆指
此漢ᄒᆞ리니 何難成獄이며 又旣無目擊現狀者ᄒᆞ니 必待證人인딘 便同坐俟
河淸이니 豈不令人悶憤處리오 大方이 道是是로소이다 維兄은 快寫一狀ᄒᆞ
야 與我告官이어다 李三郞은 故是文士라 援筆伸紙에 卽寫一狀ᄒᆞ야 赴訴
郡庭ᄒᆞ니 (1906.6.15)

7

右謹陳所志矣段은 天生衆彙에 無物無之ᄒᆞ야 豺狼蛇蝎에 萬類가 俱備로ᄃᆡ 豈有如崔昌朝之具得人形에 不如禽獸者乎며 人生斯世에 無種無之ᄒᆞ야 奸匈毒慝에 萬惡이 皆有로ᄃᆡ 豈有如崔昌朝之頓蔑人心에 手刃渠嫂者乎잇가 矣身之妹ᄂᆞᆫ 即故士人崔昌夏之妻也오 崔昌夏ᄂᆞᆫ 即崔昌朝之弟也라 矣妹之嫁于昌夏에 未幾年而昌夏가 病夭커ᄂᆞᆯ 矣妹가 靑年寡居에 霜雪其操ᄒᆞ고 擬養昌朝之第二子ᄒᆞ야 以繼夫後이옵더니 昌朝가 人紀蔑絶에 心事乖惡ᄒᆞ와 不計死弟之身後ᄒᆞ며 不念孀嫂之情境ᄒᆞ고 不唯不許其子에 視同氣與路人이라 反復惡言相加에 並破乞人之瓢ᄒᆞ고 利其家財之稍饒에 嘗勸渠嫂之改適ᄒᆞ다가 渠嫂之松栢貞節에 不肯聽從故로 竟以本月某日之某時量에 懷刃直入ᄒᆞ와 刺倒渠嫂ᄒᆞ고 斷頭藏去에 不知所在ᄒᆞ오니 世間巨變이 孰大於此리잇고 雖是暗室行凶에 自謂人莫能知오나 畢竟은 神目如電에 十手爭指ᄒᆞ야 左右鄰洞에 衆口가 喧騰ᄒᆞ오니 矣身이 不唯同氣之至情에 寃憤을 莫遏이라 抑亦風紀之所關에 掩藏이 不可이옵기 敢訴于明政之下ᄒᆞᄂᆞ니 伏乞云云.

本州判官南公夏永이 接了訴狀ᄒᆞ야 詳閱一遍ᄒᆞ고 即發差往拘原被告干證人等ᄒᆞ야 一一俱來ᄒᆞ니 鄰人李三郎이 直前白此事ᄂᆞᆫ 既無何等人看見ᄒᆞ오니 的確證據야 何處得來리오만은 但此白晝行凶은 眞是異事이옵고 靑年貞寡의 遭此慘寃은 即可以五月飛霜이오니 民是干證人等으로셔 固不敢支辭蔓語이오나 大抵此事ᄂᆞᆫ 非徒一寡婦之至寃이라 即一洞人之所悲憤이옵고 非徒一洞人之所悲憤이오라 即亦城主之所不忍聞이오며 非徒城主之所不忍聞이오라 其在國家風紀에 何等大關이니잇고 伏望城主ᄂᆞᆫ 爲民父母오니 細垂鑑燭ᄒᆞ와 以洩此寃ᄒᆞ옵소셔 判官이 幷招左右鄰人ᄒᆞ야 細細究問ᄒᆞᆫ즉 雖不能明言是昌朝所爲나 皆言昌朝前後에 疾惡金氏ᄒᆞ야 驅迫斥逐이 無所不至오ᄃᆡ 但以金氏志節이 有如嚴冬之松栢ᄒᆞ야 不名渝變이

기로 至於今日이옵나이다ㅎ야 衆口所陳이 一毫不差라 (1906.6.16)

8

△判官이 單向昌朝ㅎ야 問道爾前日에 果是驅迫金氏麽아 昌朝가 掩飾不得ㅎ야 道小民이 愚癡ㅎ야 前日에 果作此等死罪이오니 伏乞城主ᄂ 特賜容恕ㅎ시면 不敢再作此習ㅎ오리다 判官이 大聲喝道此民을 速速縛下ㅎ라 爾嫂가 已死ㅎ니 爾雖欲再作此習이나 更無其地오 且觀汝所行ㅎ니 手刃汝嫂ᄂ 分明無疑로다 喝令左右官隸로 摔縛昌朝在地ㅎ고 棍杖笞杖이 一時交下ㅎ거ᄂ 昌朝가 仰天道民雖千死萬死나 實無此事오니 皇天은 下鑑ㅎ샤 燭此至冤ㅎ소서 判官이 復伏喝道汝若從實招認이면 罪雖至死나 不受許多苦惱ㅎ려니와 若復一向牢諱ㅎ다가ᄂ 皮膚를 剝盡ㅎ고 肢骨이 碎盡ㅎ야 一身이 便作肉泥ㅎ리니 汝ㅣ 自量爲之ㅎ라 昌朝가 哭道雖此身이 直成薤粉이라도 旣無此罪ㅎ오니 安肯自認이리오 伏乞城主父母ᄂ 燭此至冤ㅎ샤 毋使小民으로 枉死杖下ㅎ야 抱冤黃泉케ㅎ소서 判官이 更無答語ㅎ고 促令官隸로 左右交打ㅎ야 旣而오 血灑肉飛에 全體狼藉ㅎ니 昌朝가 旣死復生ㅎ야 因自忖道杖死笞死와 絞死斬死가 等是一死이니 不如早自招報ㅎ야 以斷一命ㅎ면 死雖至冤이나 可以免無限痛楚ㅎ리라ㅎ고 卽自服道此身此罪ᄂ 萬死有餘로소이다 矣嫂之死ᄂ 實是此手行凶이니이다 判官이 道早自招認이면 必無如此辛苦리니 眞是愚毒人民이로다 復問道爾旣自服死罪어니와 屍首ᄂ 藏在何處오 昌朝ㅣ 道頭已燒碎盡了ㅎ야 不留一片骨子오이다 且此身이 旣有此許大罪惡ㅎ오니 只求速死로이다 判官이 又大喝道若不明言了屍首所在ㅎ면 爾是求生不得ㅎ고 求死不得ㅎ리니 早早陳供ㅎ라ㅎ며 喝令又打홀싀 打到幾十百度에 只言頭已燒碎ㅎ야 全無形影이오니 不然이면 此身死罪를 旣已明白自服이온즉 此身이 已無匿情求生

的計이오니 豈不肯道屍首所在ᄒ리잇가 判官이 不勝憤怒ᄒ야 金鳳翅(주
리)死猪愁(회초리질) 諸般惡刑에 痛毒이 備至ᄒ되 昌朝가 但道燒碎無遺
라ᄒ니 (1906.6.18)

9

△判官이 亦沒奈何ᄒ야 只得將前後陳供ᄒ야 擬定昌朝死罪ᄒ고 疊聯
文書ᄒ야 申詳道伯ᄒ니 道伯題內에 若不詳得了首級下落이면 決不可斷
定死罪이니 必須尋査了首級去處이되 果然燒碎無遺어던 但得的確證據ᄒ
야 申報本府ᄒ라ᄒ지라 判官이 只是嚴刑毒杖으로 艱辛斷得此獄이더니 見
此題音ᄒ고 不勝悶鬱ᄒ야 召邑中群吏ᄒ야 詳議此事ᄒ니 群吏도 莫非蠢
蠢無學的人物이라 平日所行이 只在揣摩官長的意向[思]ᄒ야 擅作威權이
거나 貪受人民的賂賄ᄒ야 營圖肥己어니 豈肯留心獄情에 思察理由리오
或言每三日一次식 嚴加刑杖에 究問該囚라ᄒ고 或言拿致昌朝妻女에 嚴
刑審査ᄒ면 必見端落이라ᄒ야 議論이 紛紛不一ᄒ더니 昌朝妻黃氏가 與
其女蕙娘으로 憤痛昌朝無罪見陷ᄒ야 晝夜齋誠에 禱天求免ᄒ다가 聞得昌
朝斷定死罪ᄒ고 不勝抑冤之情ᄒ야 嚼斷十指에 血書冤狀으로 來訴郡庭
ᄒ니

右謹陳至冤矣段殺人은 大惡이라 當死無疑어던 況其手刃其嫂에 蔑
絶風紀者乎잇가 妾夫而有是면 妾不敢呼冤이오나 妾夫而無是ᄂᆫ 蒼天
之所下鑑也라 妾이 與妾夫同居가 已是三四十年이오되 只見其庸懦愚
怯이옵고 不見其陰鷙狠毒이오니 安能行此至凶至惡的事ᄒ리잇가 冤乎
冤哉라 洞人鄰人은 只惡其平日之貪吝ᄒ옵고 官差官隷ᄂᆫ 只憑其杖下
之陳供와 以此大惡으로 歸之妾夫이거늘 城主ㅣ 不察ᄒ시니 天下에
豈復有如此至冤乎잇가 妾雖剖胸示肝ᄒ야 以明妾夫之無罪라도 人必不

442

信이라 妾有一女二子호니 女纔十四歲오 二子에 第一은 八歲오 第二는
五歲오니 妾夫ㅣ 死호면 妾亦已誓從死라 妾之夫婦俱死호면 此二子一
女도 皆當餓死室中이오니 伏乞城主父母는 細加矜察호샤 以妾之死로
贖妾之夫호소셔 妾死而妾夫生호면 即此一女二子도 亦生이오 妾夫死
而妾亦死호면 此一女二子도 亦死호리니 嗚乎라 一家活佛이 即我城主
오니 將殺一人而活此一家四命乎잇가 抑殺一命而幷殺此一家四命乎잇
가 妾當伏劒於郡門之外호오리니 惟城主는 許赦妾夫호읍소셔 (1906.6.19)

10

△判官이 接此狀辭하니 非徒辭旨之迫切이라 滿紙血痕이 淋漓揮灑하야
庭上庭下에 一時觀者가 無不下淚호되 那判官은 眞箇是人面狗腸이라 全
無惻隱慈悲的意思하고 俗所謂天眞挾詐라 反生巧計하야 口中에 暗暗道
妙計妙計라하며 促令黃氏入來어날 黃氏가 破衣驪裳으로 面帶淚容하고 入
伏郡庭호되 判官이 問道汝是殺人者崔昌朝的妻室麼아 黃氏答道妾是崔
昌朝的妻오나 妾夫殺人은 果是曖昧冤痛이로소이다 判官이 道汝夫行事를
汝能一一知了麼아 妾夫之必不殺人은 是妾明白知了오며 且手刃其嫂난
苟非狼心狗腸이면 不忍行此이니 妾이 與妾夫同居三四十年에 未嘗見其
凶頑悖毒이로소이다 判官이 道汝夫가 雖殺了千人萬人이라도 汝必辨明汝
夫的가 必不殺人하리라 黃氏난 是箇村家婦女라 雖胸中所欲言은 滔滔是
千句萬句나 口中에 不能明白道一兩句하고 未入郡庭時에난 直欲痛快辨
陳이러니 既入郡庭에 又是哽咽憤痛하야 不能成聲이라 艱辛說了以上幾句
話하고 但啼啼哭哭에 請赦其夫하니 判官이 笑道我本欲赦出汝夫러니 只
是府題가 切嚴호야 不能查得屍頭發落이어던 不可輒放罪人이라하얏기 至
今囚鎖汝夫이고 本無他意이니 汝若何處에서 覓了屍頭하야 屍頭가 朝入官

府하면 汝夫난 夕出獄이오 屍頭가 夕入官府하면 汝夫난 朝出獄하리니 只
圖査究屍頭去處하고 毋徒啼哭自若하라 汝雖哭得十萬聲也了라도 或可瀉
出雙瞳이언뎡 豈可救出汝夫리오 黃氏난 一個閨中女子라 不知人情世態어
니 安知判官의 賺出屍頭的巧計리오 只得哭[笑]辭退出하야 離了官府하고
逕到家中하다가 見得蕙娘의 出門叫道 孃孃아 救得爺爺來麽아 孃孃아 救
得爺爺來麽아 這三數聲에 不覺肝腸이 摧裂하야 顚倒號哭하니 蕙娘이 見
了其母의 如此悲痛하고 只謂渠爺가 已死獄中이라하야 遂大號一聲하고 哭
倒於地ᄒᆞ야 便不省人事라 黃氏悲憤中에 又不勝一倍驚慌ᄒᆞ야 大叫道汝
夫安寧無事라하나 (1906.6.20)

11

△蕙娘은 只是昏昏倒了어늘 黃氏携抱蕙娘ᄒᆞ고 旋入房中ᄒᆞ야 臥之一
席溫突ᄒᆞ고 灌下幾口溫水ᄒᆞ니 良久에 方纔回甦ᄒᆞ야 喉中에 輒微微作聲
道爺爺來麽아 黃氏自思ᄒᆞ되 若又依實說去ᄒᆞ면 恐遂死了一女일가ᄒᆞ야 佯
應道汝父가 當以明日로 出獄ᄒᆞ야 再明日에 廻家ᄒᆞ리니 母甚苦望ᄒᆞ야 添
了汝病的어다 汝父가 幾時를 困苦獄中ᄒᆞ야 思見汝面ᄒᆞ다가 及到家中ᄒᆞ
야 見汝如此ᄒᆞ면 豈不更添了許多憂悶이리오 只望汝는 無復苦望ᄒᆞ고 早
早快起ᄒᆞ야 汝父來時에 出迎門前ᄒᆞ면 汝父가 抱汝于懷ᄒᆞ고 撫汝頂而嘻
嘻ᄒᆞ면 豈不大快리오 蕙娘이 道如此是好어니와 只恐孃孃이 一時瞞我로다
黃氏道我ㅣ 何故瞞汝리오 汝若不信이어던 待到再明日觀看ᄒᆞ면 自然知得
ᄒᆞ리다 蕙娘이 聞得此言ᄒᆞ고 憂慮稍釋ᄒᆞ야 大有起勢ᄒᆞ더니 遂以明日로
無事라 黃氏憂中得喜에 不勝欣快ᄒᆞ나 但念昌朝出獄은 杳無期限ᄒᆞ고 蕙
娘은 雖幼나 不可常瞞인즉 其夫生死도 猶屬歇后라 豈忍見眼前稚女가 無
故僵死리오 一念이 偶觸柔腸ᄒᆞ야 不知中에 噫然一歎ᄒᆞ더니 蕙娘이 從傍

見了ᄒ고 輒哽咽道 孃孃이 昨日에 必是瞞過我一時로다 不然的면 何故로
有此太息고 黃氏道我當明白說與汝知了ᄒ리니 汝無先自驚倒ᄒ라 汝父가
固無恙이나 今尙在獄未出이고 官衙分付內에ᄂ 只道屍首가 朝入ᄒ면 汝
父가 夕出이나 如此茫茫大地千山萬水[塈]에 安能知得屍首去處리오 不知
其藏在何詐深山之草根石窟인지 投之何處江流之深深魚腹인지 皆未可知
오 或亦燒盡了猛烈火焰커나 或亦去喫了鄰家狗子커나 或在無人空山에
烏鵲이 啄盡이던지 是皆夢想에 不到處라 雖是健脚男子라도 不能遍索이거
던 況爾我兩箇ᄂ 一癡婦一稚女라 相守空房에 誰將頭來與我리오 惡賊惡
賊이여 殺人則亦已矣어늘 死人頭項을 用之何處이관ᄃ 幷此斷去ᄒ야 煩
惱了爾我兩箇오 哽咽吞聲이거늘 蕙娘이 伏地號哭ᄒ다가 良久에 攂頭道
孃孃아 聽我一句話ᄒ오 黃氏道甚麽話오 但說了어다 (1906.6.21)

12

　△蕙娘이 道屍頭을 無處得이니 爺爺가 無日出이오 爺爺가 無日出인즉
孃孃的蕙娘的乳下兒兩個的凡三四家口的난 不是春窮麥領에 閉口作餓死
鬼的면 便是冬天雪霜에 赤身作凍死鬼的니 將復奈何리오 或蕙娘的一夜
頭痛과 乳兒的一時蛔痛에도 孃孃的肝腸이 已斷了千百萬寸커던 況我三
個男妹가 一時凍餓死了하면 孃孃이 當作如何看了리오 孃孃孃孃아 快聽
我一句話하소서 黃氏道那箇話완ᄃ 要聽又要聽고 我耳가 本不聾이니 但
汝난 說了하라 蕙娘이 哭道爺爺平日에 身子가 原來不健하야 日食이 不過
數掬하고 氣力이 常自奄奄하야 中夜에난 *每每*咳嗽不已하고 朝夕飯後에난
*每每*困乏思臥하시니 在家安養이라도 猶常如此어던 幾月獄中에 何以生活
고하며 因復大哭道孃孃孃孃아 快聽我一句話하오 黃氏怒罵道狗女아 爾一
句話가 是何等奇話완되 欲言不言에 欲說不說하고 千遍이나 要聽하며 萬

遍이나 要聽하니 爾豈有神出鬼沒에 升天入地的計策하야 可以救汝父將死
的一命에 不作獄中孤魂麼아 果何奇策이건딕 未說一句話하고 先說千萬句
要聽고 我ㅣ雙耳를 快傾하리니 任汝開口說去하라 蕙娘이 道幼女胸中에
焉有神出鬼沒的奇計오며 焉有升天入地的奇術이리오 但我有一句話하니
孃孃은 快許了하오 屍頭난 尋無日이오 爺爺난 死有日이니 豈可坐視爺爺
의 便作囹圄中魂鬼리오 孃孃이 一時만 能忍了不忍的事하면 爺爺도 生出
이오 全家가 泰平하리니 孃孃은 快許了하오 黃氏回嗔作喜道爾有何策고
可使汝父로 生出인딕 何事을 不可忍이리오 快快說了하라 (1906.6.23)

13

　　△蕙娘이 道不必這屍頭을 必欲索得이라 雖有別樣屍頭라도 豈不可以
救出爺爺麼아 黃氏道然然하다 何處에 有別樣屍頭오 蕙娘이 道非在別處
라 蕙娘은 直欲將蕙娘首級하야 替此屍頭하노니다 黃氏聞言大駭하야 亟喝
道 乳臭口中에 何忍出如此話頭오 此後에난 再勿作此等語하라 再作此語
면 撻楚爾兩脚하야 血流如湧泉하리라 蕙娘이 哽咽道孃孃耳中에 聽亦不
忍이거던 蕙娘口中에 說豈可忍이리오만은 念父將死獄中하야 且欲以此身
으로 代父命하노니 願我孃孃은 今夜에 乘我睡熟하야 將刀割斷我頭에 呈
了官府하면 可以救出爺爺하리니 孃孃이 能忍此不忍的事하면 蕙娘은 死亦
瞑目이오 萬若孃孃이 不忍行此하면 蕙娘이 當自縊致死하리니 此時에난
斷頭將去하야 呈了官府하야 救出爺爺하소서 黃氏不勝大慼하야 吞聲道汝
何忍出此言고 汝若如此死去하면 吾亦當碎頭萬段死오 汝父聞了하야도 亦
必一夜心痛死하던지 或亦即時嚼舌死하리니 爾我死하고 汝父死하면 即此
兩個乳兒난 何人看養고 汝既言汝男妹頭痛蛔痛에도 斷了我肝腸이라하면
서 豈獨謂如此慘死에 我肝腸이 反自平安無事麼아 鄙諺에도 亦云호딕 功

446

歸于功이오 罪歸于罪라하니 老天이 無心흔들 無罪汝父가 必不枉死獄中
하리니 嗟乎吾女아 更勿作此語하라 蕙娘이 道孃孃은 胡不念父死獄中하면
畢竟我一家의 一時淨死하고 獨惜一個無用的蕙娘麼아 蕙娘은 斷不生過
今夜하리라하고 即欲抽刃自刎이어늘 黃氏奪刀道汝以此刀로 斷頭死하면
我以此刀로 割腹死하리니 縱不能自惜汝身이나 獨不思如蛛汝母가 喫盡十
數年艱苦하고 至今ᄭ지 苟全一命하야 但望汝輩나 生長커던 嫁的난 嫁了
貴門하고 娶的난 娶了富門하야 汝父汝母난 從此高堂에 背腹이 俱暖할ᄉ
하얏더니 汝今夜에 必欲慘殺汝母하니 汝且思汝母情境이 寧不惻然가 蕙娘
이 道蕙娘之死난 父生出獄하시고 全家無憂하려니와 孃孃的死에난 飢死了
幼兒하고 囚死了爺爺니 孃孃은 何出此言고하며 如此經夜에 相持痛哭하고
黃氏自忖道蕙娘이 性孝心偏에 任其自在하면 不難一死하리라하야 曉諭勸
戒하며 逐步嚴守하더니 過了幾日에 蕙娘이 無問可死하야 乃給母道蕙娘이
今從母命하리니 不須防我라하난 故로 黃氏防亦稍懈하더니 (1906.6.23)

14

　△一日은 黃氏炊了夕飯ᄒ고 自廚入房ᄒ니 只見蕙娘이 雙眼突出ᄒ고
舌吐半寸흔디 兩手로 緊扼項子死了라 黃氏ㅣ大呼吾汝死了一聲에 眼昏
氣塞ᄒ고 精神이 飛散ᄒ야 倒臥了房中ᄒ고 良久不能動ᄒ다가 收拾心神
에 方纔起坐ᄒ야 携抱死屍ᄒ고 艱辛出聲道汝竟如此慘死麼아ᄒ고 終夜
彷徨ᄒ다가 乃思道若不忍割他頭來면 他亦枉了一死오 歸去地下라도 不能
瞑目ᄒ리라하며 持起刀來ᄒ다가 又是不忍ᄒ야 放刀幾次ᄒ며 提刀幾次에
掩面斫斷ᄒ니 終是心寒手軟ᄒ야 不得斷下라 乃捧水焚香ᄒ고 向前哭道
汝將頭救父는 心頭固結的니 速自落下ᄒ라ᄒ고 將刀向前ᄒ야 一揮得斷
이라 黃氏ㅣ持起刀來라가 一痛面絶ᄒ고 須臾復蘇ᄒ야 乃脫自己身上淨衣

ᄒᆞ야 裏住蕙娘的頭子ᄒᆞ야 明日에 入呈官府ᄒᆞ니 判官이 大喜ᄒᆞ야 自指其腹道此中所存을 誰能料測이리오ᄒᆞ고 即將昌朝等諸干人ᄒᆞ야 押上觀察府ᄒᆞ더니 觀察이 取頭看驗ᄒᆞ고 忽然大怒道金的頭ᄂᆞᆫ 經時閱月에 必然臭腐已久리니 此頭子ᄂᆞᆫ 分明是新斫的이오 又是十三四歲兒的頭子니 這惡賊이 又殺一命이로다 昌朝道此頭ᄂᆞᆫ 矣妻得來오 民實不知오니 請問矣妻ᄒᆞ소셔 觀察이 將黃氏拷問ᄒᆞᆫ즉 黃氏大哭不已ᄒᆞ고 欲說數次不出이어ᄂᆞᆯ 觀察이 怪甚ᄒᆞ야 問諸左右鄰保ᄒᆞ니 左右鄰保가 將蕙娘扼項自斃에 欲救父命的事ᄒᆞ야 細訴一遍커ᄂᆞᆯ 觀察이 取頭觀看ᄒᆞ니 果是死後斫斷的刀痕이오 並無血蔭이라 觀察이 下淚歎息道人家에 有此孝親的女ᄒᆞ니 豈有殺人的父리오 乃問昌朝等諸干人ᄒᆞ되 金氏家中에 常常往來的人이 是誰오 並答道金氏稟性이 貞靜ᄒᆞ야 不喜他人往來입고 只有近寺僧一淸이 爲金氏追薦其夫的事ᄒᆞ야 每朔望에 一次來到ᆸ더니 金氏被害的日은 正是朔日이라 已送人擔了經擔來ᄒᆞ고 定待一淸追至ᄒᆞ다가 忽有此變ᄒᆞ고 並經擔不見了라 昌朝가 方纔遣人ᄒᆞ야 先問一淸的何故不來ᄒᆞᆫ즉 托以偶有微痛ᄒᆞ고 繼報金氏慘死則一淸이 飛也下來ᄒᆞ야 自說金氏待渠的厚誼ᄒᆞ고 大哭一次에 飄然遂去ᄒᆞ니이다 (1906.6.25)

15

△觀察이 聞言既了ᄒᆞ고 沉吟良久에 遂將昌朝ᄒᆞ야 付送獄中囚了ᄒᆞ고 密召黃氏ᄒᆞ야 分付道汝往僧寺去ᄒᆞ야 抽簽祈佛에 數日往來ᄒᆞ다가 倘一淸이 有調戲的言語어던 便可向他討尋頭子호되 無論索得與否ᄒᆞ고 速來報我知了어다 黃氏依言回家라가 不時到中菴寺中ᄒᆞ야 或焚香抽簽ᄒᆞ며 或向佛祈禱ᄒᆞ야 願尋得金氏的頭ᄒᆞ더니 一淸이 見黃氏容貌ㅣ 亦自不惡이라 潛起淫心ᄒᆞ야 一日은 留黃氏午飯ᄒᆞ고 因挑道娘子ᄂᆞᆫ 何愁無夫리오 世間

好男子ㅣ 亦自不少ᄒᆞ니이다 黃氏道非我不肯嫁라 人必不肯娶ᄒᆞ리니 犯人的妻室이 何處可去리오 一淸이 道娘子ᄂᆞᆫ 無憂ᄒᆞ소서 若肯與我相好ᄒᆞ면 小僧은 無妻而有妻오 娘子ᄂᆞᆫ 無夫而有夫라 失斧得斧가 元自一般이니 昌朝的獄中枯骨을 何必繫戀이리오 娘子ᄂᆞᆫ 且看一淸面貌ᄒᆞ라 何如舊夫昌朝ㅣ닛고 黃氏笑道大師가 不棄醜貌ᄒᆞ면 我ㅣ 甘心百拜ᄒᆞ려니와 若更得神佛保佑ᄒᆞ야 尋得金娘的頭ᄒᆞ야 送交官府ᄒᆞ고 與爾作好ᄒᆞ면 我心이 更快ᄒᆞᆯᄭᅵᄒᆞ노라 一淸이 聞言ᄒᆞ고 便把手止住道爾但與我相好ᄒᆞ면 我有靈牒ᄒᆞ니 明日에 替爾燒去ᄒᆞ야 必得金氏頭來ᄒᆞ리라 黃氏半推半就道 爾今日에 先燒牒ᄒᆞ면 我ㅣ 明日에 與爾好ᄒᆞ리니 若牒得頭來ᄒᆞ닌 便當與爾終身偸情이오 非但一次二次니라 一淸이 慾火冲起ᄒᆞ야 緊抱要奸이어늘 黃氏雖是女子나 腕力이 高强하야 緊握一淸兩手道爾無靈牒ᄒᆞ고 只是要我這件이로다 爾若牒得頭來ᄒᆞ면 我終日을 任爾飽ᄒᆞ리라 一淸此時에 慾心을 難禁ᄒᆞ야 只道爾與我好ᄒᆞ면 我ㅣ 何處何人頭라도 將來與爾ᄒᆞ리라 黃氏道我物은 分明現在ᄒᆞ고 爾說은 模糊曚朧ᄒᆞ니 我今日에 與爾好ᄒᆞ얏다가 爾明日에 不得頭來ᄒᆞ면 只汚我淸淨的物子니 豈不深寃이리오 到此地頭ᄒᆞ야ᄂᆞᆫ 雖欲替斬爾頭이나 此和尙禿頭로ᄂᆞᆫ 不可瞞了官府니 此將奈何오ᄒᆞ고 因搖頭道我不信我不信이라ᄒᆞ니 (1906.6.26)

16

△一淸이 急要那件ᄒᆞ야 不得已道 有一個婦人이 來到山寺러니 一行脚이 要奸不肯이라가 被他殺了ᄒᆞ야 頭藏在中菴寺後ᄒᆞ니 爾肯從我면 將此頭許爾交官이려니와 爾不從我ᄒᆞ면 我亦殺爾成雙ᄒᆞ야 投喫了前山狐雛ᄒᆞ리라 黃氏道爾又粧此嚇我로다 若非謊言이어던 先與我看了ᄒᆞ면 我許爾行事ᄒᆞ리라 一淸이 自菴後로 引出經擔ᄒᆞ야 持頭示黃氏어늘 黃氏道大師ᄂᆞᆫ

出家人으로서 何乃心狼如此오 一淸이 又來邀歡이어늘 黃氏推道適間閑談에 引動春心ᄒᆞ야 眞是肯了러니 今見這箇枯頭ᄒᆞ니 嚇得心碎魂飛ᄒᆞ야 無心作好로다 那頭ᄂᆞᆫ 是一淸自手斫殺이니 渠雖狼毒이나 那不心虧리오 亦道小僧이 見此에 亦自心驚肉戰ᄒᆞ야 全沒興趣로다 今日에ᄂᆞᆫ 罷了ᄒᆞ고 千萬以明日로 爲期ᄒᆞᆸ나이다 黃氏道我不來어던 爾來我家가 也自不妨이니라 一淸이 喜諾이어늘 黃氏歸家翌日에 密召村丁數人ᄒᆞ야 暗暗約束ᄒᆞ고 只待一淸來到ᄒᆞ더니 坐至日中에 一淸이 身着袈裟ᄒᆞ고 手携錫杖ᄒᆞ고 滿面酒容으로 來叩外門ᄒᆞ거늘 群丁이 一齊突出에 緊緊縛鎖ᄒᆞ야 黃氏ᄂᆞᆫ 將了屍頭ᄒᆞ고 群丁은 將了一淸ᄒᆞ야 入呈官府ᄒᆞᆫ디 觀察이 先驗屍頭ᄒᆞ고 次將一淸杖問ᄒᆞᆯᄉᆡ 不下一杖에 納頭便服이라 遂斷一淸死罪ᄒᆞ고 且判道南判官은 鍛鍊成獄에 致此奇變이다ᄒᆞ야 依律定罪ᄒᆞ고 招出昌朝于獄中ᄒᆞ야 倂黃氏慰遣去了ᄒᆞ고 再奏天陛ᄒᆞ야 爲金娘蕙娘에 旌了閭門ᄒᆞ고 賜了二扁ᄒᆞ니 一曰慷慨完節이오 一曰從容全孝라ᄒᆞ니 一道人民이 莫不服觀察的神斷ᄒᆞ고 蚩判官的庸愚라 李三娘이 聞了歎息道我雖不殺蕙娘이나 蕙娘이 由我而死ᄒᆞ니 殺此孝女ᄒᆞ고 何心圖生이리오 慚悔發病ᄒᆞ야 遂卒云이러라

桂巷稗史氏曰金娘이 雖烈이나 招僧誦經이 已伏禍根ᄒᆞ고 蕙娘이 雖孝나 扼頭自絶이 太近不忍이로다 愚哉라 李三郎이여 始則念死友之誼ᄒᆞ야 輕起其獄ᄒᆞ고 末則恨孝女之死ᄒᆞ야 竟至病卒ᄒᆞ니 甚矣라 李三郎之愚也여 其亦不欺其意者也로다

聽泉子曰孰謂蕙娘之太近不忍哉오 不知死可惡ᄒᆞ고 不知孝可慕ᄒᆞ고 一時自絶이 洵出於本然之天性ᄒᆞ니 彼其無內行而慕外名ᄒᆞ야 斫斷手指於一時之頃者도 紛紛然以孝旌ᄒᆞ거던 況此幼年天良으로 爲其父而自斷其頭者哉아 (1906.6.27)

仁鴻變瑞鳳 浪士勝明官

1

△却說 仁祖朝登極之初에 平安道平壤等地에 産出一個奇男하니 姓은
金이오 名은 仁鴻이라 聰悟過人하고 才智絶倫하야 嘗自謂生逢楚漢時代러
면 呼良平爲兄弟하고 視絳灌如奴隷라하야 今文古史를 過目不遺로되 不
肯逐山村學究輩하야 論文作賦하고 嘗過訪一親友하다가 見其五月炎天에
閉門作十八句行詩하고 撫掌道賢兄이 終日揮汗에 所得이 果幾何오 國中
名山이 不少하니 願與子翺翔山水하야 以酬平生的夙願하면 較此深山矮屋
中에 無朋無友히 鬱鬱獨坐的컨딘 豈非男子의 一場稱快處리오 賢兄은 以
爲何如오 友人이 道吾兄이 誤矣로다 即此十八句詩中에 便有無限滋味하
고 一切世間에 榮華富貴와 錦繡粱肉이 皆在此中하니 今欲棄此何去리오
縱令振衣曳屨에 直上金剛山之毘盧峯頂하야 俯觀東海에 粘天無際하고
呼吸淸風에 放杖大呼하면 塵世間高蹈者가 捨我其誰리오만은 究竟에는 斷

不如蓬門僻巷에 撑拄了半日肚皮ᄒ고 忍飢作文ᄒ야 摘得了初試一窠ᄒ야 以爲吾子吾孫的宅號(遐郷之人은 有初試宅號)ᄒ면 於良에 亦足이어니 何必作許多妄想ᄒ야 但得世間에 風魔子(바람동이)稱號리오ᄒᄃᆡ 仁鴻이 仰天大歎ᄒ고 顧謂友人道仁鴻이 常[嘗]謂賢兄은 落落不羈者러니 今觀志氣ᄒ니 仁鴻이 不覺恨恨이로다 遂拂衣徑去ᄒ더라 仁鴻이 年十七에 來遊京師라가 一夜ᄂᆫ 乘月色清明ᄒ야 手携了一壺濁酒ᄒ고 獨上南山之蚕頭라가 忽然大叫數聲ᄒ고 發狂疾走에 數日不休ᄒᄃᆡ 人皆以爲病狂也라ᄒ더니 既而오 無事라 自後로 往來江湖에 逍遙自得ᄒ야 自號를 浪士라ᄒ고 經年不返ᄒ더니 未幾에 妻子凍餓ᄒ야 往往家書에 誚謫諷諭가 無所不至라 仁鴻이 乃歎曰功名도 在天이오 神仙도 有分이니 休矣어다 歸去家中ᄒ야 風打竹浪打竹으로 優哉遊哉에 聊以卒歲ᄒ리라 (1906.6.28)

2

△擔筐負橐ᄒ고 蕭條歸來ᄒ니 兄弟嘻笑ᄒ고 里人이 譏侮ᄒ야 皆道金仁鴻昔日滿腹經綸을 今皆抛棄何處ᄒ며 或有當面嘲毀에 戲稱狂子者ᄒ니 仁鴻이 雖怡然不怒ᄒ나 心中에 已自十分不平ᄒ고 且自己眼中에 見了數間屋子가 荒涼頹仆ᄒᄃᆡ 妻子相對에 與飢鼠凍雀的로 一般이라 尤不勝一倍惻然ᄒ야 倚枕輾轉에 終夜不寐ᄒ다가 蹶然推枕起坐ᄒ야 掀髯道大丈夫ㅣ 不能提兵萬里에 立功絶塞ᄒ야 取封侯金印에 繫之肘後ᄒ고 又不能立身臺閣에 鷹搏虎擊ᄒ야 以効忠直之風ᄒ면 既不肯膝席權門에 昏夜乞哀ᄒ야 希霑一分之餘瀝ᄒ고 又不肯營生謀財에 終身汨沒ᄒ야 以作守錢奴的醜態ᄒ야 徒使無辜妻子로 喫了多少憂苦ᄒ고 受了鄰洞族戚의 一般賤侮ᄒ면 實是令人氣短者로다 我腹中에 自有一種妙術ᄒ야 乍開乍闔에 一飜一覆ᄒ면 世間許多癡男이 皆入吾彀中ᄒ리니 又何恨不貴不富에 無

財無錢이리오 此乃金聖歎西廂記第一卷痛哭古人篇에 古今英雄逍遙的方
法이라ᄒ고 鷄二鳴에 即起梳洗ᄒ야 頭着了破網ᄒ고 身穿了弊袍ᄒ고 手
携了竹杖ᄒ고 足穿了芒鞋ᄒ고 出門看天ᄒ니 點點燒星이 三五在東이라
入室呼酒ᄒ니 其妻陳氏가 方睡熟驚起ᄒ야 含慍道狂生員아 周年浪遊에
只寬了酒戶(술양)ᄒ야 夜深睡覺[起]에 便來討酒ᄒ니 今夜에ᄂ 幸有秫醪
一椀이 來自鄰家者어니와 但他時的春山花發에 杜鵑이 夜哭ᄒ고 夏天將
雨에 蚊蝎이 四集ᄒ면 爾的胸中에ᄂ 不禁了藥酒燒酒의 思想이나 我的手
中에ᄂ 全無一掬的棄滓餘糟ᄒ리니 此一事가 是杳杳이오 九日黃花가 滿
階컨나 雪裏梅花가 盈盆ᄒ면 爾的ᄂ 推枕開戶에 便呼我釀酒煮酒的來飲
이로딕 我的ᄂ 甕無片麴ᄒ고 爐無餘炭ᄒ리니 此一事가 又是杳杳이로다
今夜에나 飽喫爾一椀ᄒ리라 仁鴻이 笑道有酒時에ᄂ 乘興來討飲ᄒ고 無
酒時에ᄂ 空房支頤坐ᄒ리라 無憂將來事ᄒ고 煮我今夜酒ᄒ오 陳氏가 整
了衣裳ᄒ고 結了裙帶ᄒ며 添了爐炭ᄒ고 將點了燈火라가 只見火光前에
其夫仁鴻이 儼着衣冠立了ᄒ고 瞿然道狂生員아 又向何處去오 仁鴻이 掀
髥道里諺에도 亦云호딕 男子ᄂ 動物이라ᄒ얏스니 我ㅣ 今日出ᄒ면 明日에
幾千兩財産이 入汝家ᄒ려니와 爾我兩人이 緊握兩手하고 終年終日相對坐
하면 何許好人이 來饋我冷飯一塊리오 急煮酒하라 我去路ㅣ 正急하오 陳
氏默然良久에 長旴道任汝去了하라 (1906.6.29)

3

△爾子爾妻가 凍餓死了커던 爾勿復來埋了ᄒ고 任他何山烏鳶이 快喫
盡컨어다 仍復低聲潛歎道爾我가 前生에 作何冤讐ᄒ야 今生에 相遇了ᄂ
ᄂ지 賤命은 固不惜이어니와 奈此幼女稚子가 喁喁如新生魚雛ᄒ니 不知何
天佛祖가 來賜冥護ᄒ야 得保無憂오 仁鴻이 大聲道癡娘癡娘아 無多疑我

ㅎ고 快煮酒來어다 我ㅣ 三日內에 不歸來ㅎ면 變姓爲鳥ㅎ고 變名爲狗홀
터이오 陳氏가 心中不信ㅎ나 亦復奈何리오 只得吹炭煮酒ㅎ야 進了一椀
ㅎ되 仁鴻이 一口吸了ㅎ고 曳杖出門ㅎ니 時는 遲遲冬夜로되 夫嘲妻訕에
沉淹幾刻ㅎ야 鷄已三鳴矣러라 仁鴻이 一瞬間에 直馳二十餘里ㅎ야 訪其
姨母夫李三丈家홀식 叩門大呼ㅎ니 李三丈은 原來是赤手起家的富翁이라
年已七十에 勤儉治産ㅎ고 各處貸與的錢米利息을 無不自手計筭에 一一
出納ㅎ야 每夜就寢이 常以四五更時候故로 此時에 正是昏昏蒙蒙ㅎ야 臥
在黑甛鄉中이라가 忽聞得叩門聲猛ㅎ고 斗然驚覺[起]ㅎ야 間道叩門的是
誰오 仁鴻이 答道浪士로소이다 李三丈이 又問道浪士가 誰也오 浪士가 答
道昔年兒童的時節에 挾冊讀書홀식 自許良平ㅎ고 近日周遊山嶽에 談楓
詠菊홀식 自號浪士的金仁鴻이 便是로소이다 李三丈이 聞言大愕에 推枕
而起ㅎ야 開門迎入道孃子ㅣ 來麽아 某歲別後로 歲月이 如流ㅎ야 老夫는
只添得幾莖白髮ㅎ고 孺子는 髫長三尺ㅎ니 人生一世가 其能幾何오 往者
에 得聞孃子가 逝棄了人間多少事ㅎ고 猿侶鶴儔로 深山白雲에 一去杳然
이라ㅎ기 此老胸中에도 不勝十分欽羨이로되 但恨此生이 已老에 有志莫遂
러니 今見孃子ㅎ니 我懷如傾이로다 便呼出服使的小婢子道蘭姬아 爾往前
村杏花洞裏ㅎ야 沽得一壺酒來的어다 江湖遠客이 不易到此니라 又分付道
乾漿一鐘과 北魚半片에 四脚松盤으로 安排進來的어다 還向仁鴻道鳥鳴
嚶矣에 無酒沽我어니와 山中別味에 魚果도 極難이로다 仁鴻이 便起身道
多感長者厚意어니와 前路忽忽ㅎ야 竟不得陪飮一樽ㅎ오니 罪悚罪悚이로
소이다 李三丈이 瞿然道孃子가 是何言也오 積歲顔面으로 條然電別이 已
是不堪일샏더러 況沽酒將至에 如是徑去가 豈是穩當的리오 孃子아 爾自
號浪士인즉 去留無繫戀ㅎ고 世事少攖懷라야 方不負浪士二字리니 安有如
此忽忽的事端ㅎ야 妨爾幾刻留連에 飮此一樽酒應아 (1906.6.30)

454

4

△仁鴻이 道浪士가 幾年을 作此浪想이오되 苦恨心跡이 不浪ᄒ야 一時
一刻을 不能浪度ᄒ고 一錢一分을 不能浪擲ᄒ오니 自顧此號에 顔色이 常
赧ᄒ오이다 李三丈이 大笑道塵間人物은 所恨者ㅣ只是太浪이거늘 孺子는
却恨不浪ᄒ니 眞是上界仙人에 不食烟火的口氣로다 爾雖有切急事情ᄒ나
也自罷罷ᄒ고 留飲我一盃酒的어다 如此라야 方是浪士本態니라 仁鴻이
道浪士가 許多百年間歲月을 皆當以浪心浪跡으로 擲去了로되 但目今幾
刻은 萬萬不可浪過오니 浪過此時ᄒ면 宇宙間에 誰復知有浪士二字리오
李三丈이 驚疑其言ᄒ야 不敢再問ᄒ고 但道賢姪아 爾竟不可飲我一盃酒
麼아 仁鴻道老丈이 肯念仁鴻인된 仁鴻이 不敢望이어니와 請辭此一樽濁
酒ᄒ고 更請老丈의 多大恩澤ᄒ노이다 李三丈이 道如此老拙이 有何恩澤
에 可及賢弟리오 老拙이 原無學問ᄒ니 不能揮灑作一序ᄒ야 送汝于三山
五嶽之中이오 又不能贈汝羽翼ᄒ야 直到瑤臺羣仙之座오 且賢姪은 周流
四方에 不要人黃金ᄒ고 不要人官爵ᄒ나니 雖當今之權勢赫赫者라도 更無
一物의 可以贈汝어늘 山中老拙이야 又何可言이리오 賢姪이 旣云事急ᄒ니
行矣어다 何時에나 當復還來오 老夫此時에 當釀酒數斛ᄒ야 待汝于江樓
月明之夜ᄒ리라 仁鴻이 拍掌道我要老丈恩澤에 豈是老丈의 所難辦得的
리오 仁鴻은 不要序文이오 不要官爵이오 亦不要老丈酒라 仁鴻所要는 只
在老丈의 一諾ᄒ니 老丈은 枕子도 不必推오 衾子도 不必捲이오 但開口說
一句的諾不諾ᄒ오 李三丈이 道不說爾要那件ᄒ고 先要我許那件ᄒ니 爾
眞是強項子로다 仁鴻이 道我不是強項子라 但仁鴻은 只要那件ᄒ고 老丈
은 不許那件ᄒ면 一則費了脣舌이오 一則減了顔面이라 老丈이 但道不許
면 仁鴻은 先自不說ᄒ리이다 李三丈이 道不知何件物事ᄒ고 安能先道許
與不許리오 仁鴻이 道若有心肯許ㄴ된 不是難事라 只要老丈의 平壤城西
貰屋一座를 暫借于仁鴻一年ᄒ노이다 (1906.7.2)

△原來這屋子는 李三丈少時에 留住于此ㅎ야 賣酒賣草로 認做生業홀 식 大門內에 高掛酒旗ㅎ야 旗上에 大書上等藥酒家五字ㅎ고 夫妻當壚에 曉起夜寢ㅎ야 凡十餘年을 未嘗一日或怠ㅎ야 身致千金ㅎ고 中間에 心惡 他人이 喚渠做店夫酒姑ㅎ야 賣了農庄에 移住山村ㅎ나 只緣這屋子가 是 個自手起家的屋子故로 不忍賣却ㅎ야 或賁與他人ㅎ며 或借與族戚ㅎ더니 李三丈이 聞仁鴻請要ㅎ고 便顰蹙道爾要這屋子安用고 孺[孀]子所請을 我 豈有惜이리오만은 但已許賁他人ㅎ니 奈何오 仁鴻이 聞言ㅎ고 卽欠身施禮 道仁鴻은 去路忽忽ㅎ야 敢辭ㅎ노니 此屋子는 早知老丈이 不許린덜 豈敢 開口리오만은 但仁鴻心內에는 只道老丈이 雖是愛重此屋ㅎ나 亦必愛重姻 誼라ㅎ야 有此煩請이더니 不料仁鴻이 服事老丈十餘年에 有何得罪로소이 다 此身은 便是黑雲白鷺라 東征西還에 去無定處ㅎ고 來無留處ㅎ오니 不 知何年何日에 僵死何處어니와 苟得此身이 無恙에 再過此地ㅎ면 恭當拜 謁ㅎ고 不敢徑過ㅎ리이다 仁鴻은 敢辭ㅎ노이다 李三丈은 黙黙無言ㅎ고 其子一郎이 來拄兩袖道天色이 未明에 前路가 尙黑ㅎ니 哥哥는 何處去오 待到數刻ㅎ면 曉日이 東昇ㅎ리이다 仁鴻이 不顧ㅎ고 揮袖徑出ㅎ야 望前 路去了ㅎ더라 且說李一郎이 對其父李三丈道爺爺가 知得金仁鴻의 爲人 麼잇가 李三丈이 道我豈不知리오 渠本是妄庸巨子라 渠身은 雖無絲粟的 小才나 藐視古人에 全無可意ㅎ고 心主가 不堅에 乍東乍西故로 往歲遊京 이라가 奄得狂疾ㅎ야 飢飽寒暖도 幷皆忘了라 我聞其久已痊可리니 今觀 其所爲ㅎ니 其狂이 依舊로다 不然이면 豈其無晝無夜히 東閃西忽이며 且 凡請要的道가 無論某物ㅎ고 當乘主人的間隙ㅎ야 款曲備陳이라도 猶恐不 聽커던 豈有夜入人家에 攪人熟睡ㅎ고 東問西答에 張皇眩擾ㅎ면 何人이 肯聽ㅎ리오 仁鴻狂子가 有所請要ㅎ면 雖溫言順辭라도 我終不許어니와 但

其舉動行止가 眞箇是可笑狂子로다 (1906.7.3)

6

△李一郞이 道爺爺는 姑許金郞ᄒ소셔 不許ᄒ시면 恐有不然일가ᄒ노니 兒가 昔日에 嘗與此人課夏某洞ᄒᆞᆯᄉᆡ 慣熟其爲人ᄒ니 機警才局은 十倍出人ᄒ야 同苦朋儕가 三四十人에 長短優劣을 畧略了得이로ᄃᆡ 至於仁鴻ᄒ야는 淺深을 莫測이옵고 自恨生長遐鄕에 不得與京師豪傑로 頡頏上下ᄒ야 每每自誓ᄒ기를 寧爲郭解劇孟之流가 懷慨沒身이언졍 不願爲窮巷腐儒가 白首窮經ᄒ고 寧爲土豪武斷之流가 橫行一時언뎡 不願爲勢家門客에 受其指使ᄒ더니 往日蚕頭的一叫와 近日山林的托跡이 皆自不平中出來이오 皆又非其眞情이 本然이라 安知是不向綠林山中에 追隨打草(火賊)的徒伴이며 況且夜頭行色이 又是萬重疑雲이오니 爺爺는 且安用此屋子不許잇가 假使仁鴻이 驅了無賴的漢子ᄒ야 箇箇頭裏黃巾ᄒ고 人人이 手持棒椎한ᄃᆡ 腰間에는 劍色如霜ᄒ고 喉間에 喝聲이 如雷ᄒ야 眼頭에 生火ᄒ고 拳頭에 生風ᄒ면 人命이 爲重ᄒ고 錢財가 爲輕이라 要我陳陳倉箱에 雪色的白米라도 不可不許오 要我深深樻底馬蹄的銀子라도 不敢不許오 椎碎我金盤玉盞이라도 聽他椎碎오 燒殘我牛廐馬櫪이라도 聽他燒殘ᄒ리니 當此之時ᄒ야는 我全家性命이 倒在他仁鴻孺子의 擧手投足이라 雖自悔今日에 不許此幾間屋子라도 便是成服後論藥이니 今者에 雖不敢以一時臆斷으로 快認仁鴻作賊이나 但其夜深獨行이 已是十分殊常이라 不然的면 渠非夜瞰蝙蝠이오 晝隱魍魎이니 何如是突來突去不避暗夜리오 雖自謂有事緊急이나 渠本是逍遙放浪的人이오 元無個繫着營圖的事業ᄒ니 安有如此緊急的事情이며 又安有如此秘密에 不可說出的事端이리오 這不是肝經中風이면 必然是貝字에 加戎이오니 伏望爺爺는 亟亟召回仁鴻에 許此屋

子ᄒ와 以免他日之噬臍ᄒᆞᆸ소서 李三丈이 點頭道是ᄒ고 催呼自己使喚
的奴子ᄒ야 分付道爾須亟向前路走一遭ᄒ야 要他金書房主ㅣ暫時回來ᄒ
야 聽我一句緊緊說話이되 書房主ㅣ不肯이어던 爾當千伸萬告에 要他必來
ᄒ고 (1906.7.4)

7

△若或書房主ㅣ去已遠了ᄒ야 不見蹤跡이어던 爾雖趕到百里千里也去
라도 必須赴他同來니 有違此言ᄒ면 爾喫我三百度毒棒ᄒ리라 且說仁鴻이
弄出自家手段으로 嚇倒了李三丈父子ᄒ고 緩緩出洞ᄒ며 暗忖道不久에
當有消息ᄒ리라ᄒ더니 行未幾步에 只見背後一人이 飛也似來ᄒ면서 大叫
道書房主書房主暫憩暫憩ᄒᆞ오 仁鴻이 擡頭觀看ᄒ다가 因問道爾是何人이
완듸 要我暫憩오 那人이 近前施禮道小人은 李生員宅使喚奴子에 姓名某
的온듸 生員主分付內에 聊與書房主로 有緊急事相議ᄒ와 小人이 奉事前
來오니 伏望書房主ᄂᆞᆫ 卽時旋駕ᄒᆞᆸ소서 仁鴻이 笑道俄者數時刻談話에
旣已披盡兩箇衷曲ᄒ야 更無他言이리니 我豈如牛如馬에 但被他人의 東牽
西驅去了리오 此脚이 已出門에 不可再入이니라 那人이 又道生員主分付
內가 如此丁寧ᄒ오니이다 仁鴻이 猛叱道生員主ᄂᆞᆫ 是汝之生員主니 於我
何有리오 亟回去ᄒ고 毋敢再煩ᄒ라 該奴가 伏地道小人이 不能奉陪書房
主同返ᄒᆞ오면 生員主性度至嚴ᄒ시니 小人性命은 此次에 休矣니이다 伏乞
書房主德澤에 饒了小人性命ᄒᆞᆸ소서 該奴ᄂᆞᆫ 愈哀乞ᄒ고 仁鴻은 愈怒喝
ᄒ야 兩不相捨에 直至了曉旭이 東昇이라 李一郞이 怪該奴가 久不返ᄒ야
整攝衣冠ᄒ고 徐出洞口觀望ᄒ더니 但見兩箇가 一立一伏에 一罵一聽이라
近前止住仁鴻的雙袖道哥哥가 何大性猛고 家大人이 有甚相議ᄒ야 令該
奴請要哥哥이거늘 哥哥ᄂᆞᆫ 何故로 如此固執고ᄒ며 挽臂共入ᄒᄂᆞᆫ지라 仁

鴻이 不得已ᄒᆞ야 面帶怒色[容]ᄒᆞ고 勃然昇堂ᄒᆞ니 李三丈이 呵呵道賢姪
은 快濶胸次오 寬弘性度라 今日에ᄂᆞᆫ 何其悖悖如是오 別來數年에 賢姪天
性이 全變이로다 仁鴻이 道豈是仁鴻이 變了自性이리오 却是老丈이 變了
仁弘의 天性이로다 座定에 李三丈이 復問道爾要此屋子安用고 仁鴻이 忍
氣道老丈은 留此屋子安用고 李三丈이 拍掌道此是我屋子니 用不用에 庸
何問이리오 仁鴻이 握拳道此非我屋子니 用不用이 非所言이로소이다 李三
丈이 道我今借爾ᄒᆞ리니 爾說用處ᄒᆞ라 仁鴻이 道老丈이 今日借之ᄒᆞ고 明
日見之ᄒᆞ오 李三丈이 不能復問ᄒᆞ고 將紙筆出置了案上ᄒᆞ고 叫他一郞道
一郞아 爾召鄰友張聖玉來的어라 一郞이 道召他張聖玉何爲잇고 三丈이
道貰屋에 不可無文書니라 一郞이 道貰屋에 豈有文書리오 況哥哥ᄂᆞᆫ 姻家
厚誼的人이라 不借屋이언뎡 不可有文書니이다 三丈이 道不然ᄒᆞ다 每事에
不可糊塗니라 竟喚他張聖玉來ᄒᆞ야 寫了文書ᄒᆞ니 (1906.7.5)

8

右成文事段以要用所致로 平壤城西門外某坊內某屋子幾許間을 貰得
于李三丈爲去乎(ᄒᆞ거온) 每朔貰錢은 三錢五分[里]에 折價이고 還完期
限은 年滿으로 爲期ᄒᆞ되 日後에 如有背約違期之事이거든 持此文辦正事
　　　　　　　年　月　日　　屋主　李三丈
　　　　　　　　　　　　　貰人　金仁鴻
　　　　　　　　　　　證人　執筆　張聖玉
金仁鴻이 畫了手啣ᄒᆞ고 拜了李三丈ᄒᆞ고 出門歎一口氣道大丈夫生世에
第一下淚者ㅣ 窮字가 是已라ᄒᆞ더니 果然이로다 數間貰屋에 費盡我哺乳時
氣力이로다ᄒᆞ고 歸了本家ᄒᆞ야 斥賣了家産什物ᄒᆞ니 價錢이 二十緡이라 携
妻負子ᄒᆞ야 移住了平壤城西ᄒᆞᆯ식 五緡으로 買米一斛ᄒᆞ고 一緡으로 買柴

十擔ㅎ고 六錢으로 買鹽四斗ㅎ고 三錢으로 買菜數筐ㅎ고 又費了一緡ㅎ야 換新了自己衣冠ㅎ고 總計餘存的錢兩ㅎ니 共有十三兩一錢이라 一錢으로 買了善麴五包ㅎ야 倂該錢付與陳氏ㅎ고 囑托道麴的ᄂ 釀了酒ㅎ고 錢的ᄂ 深深藏ㅎ야 以待我歸어다 我出他一兩日에 歸來了ㅎ리니 百萬事를 只恃我ㅎ고 勿憂米盡ㅎ며 勿憂錢竭ㅎ라ㅎ고 直走了平壤北面淸川江上的上流村ㅎ야 訪見了有名醫師李君贋的ㅎ니 原來是李君贋은 當世神醫라 寒熱重症에 投劑輒愈ㅎ고 癲癇惡疾을 療治如神ㅎ야 君贋所至에 死者ㅣ可生이오 神驚鬼猜라 以故로 人道喚做他小扁鵲이라ㅎ니 君贋의 爲人이 吝嗇簡傲ㅎ고 自矜神術ㅎ야 一張華劑에 要錢千百ㅎ고 一貼丸藥에 呼價倍蓰ㅎ니 以故로 人又喚做他小高飛라(高飛ᄂ 本朝忠州人이니 富翁吝嗇者) 仁鴻이 是日에 升堂拜納ㅎ니 該君贋이 都不俯躬答拜ㅎ고 瞪目直視道爾是誰家少年이며 且因如何事段ㅎ야 今來見我오 仁鴻이 再拜道侍生이 家勢[計]剝落ㅎ고 生計極難ㅎ되 猶賴夫妻相依에 悉力作苦ㅎ야 以爲糊口延命的計이옵더니 今侍生의 妻가 偶染一疾ㅎ야 目不能視ㅎ고 耳不能聞ㅎ고 頭不能擧ㅎ고 口不能飮食言語ㅎ니 願老丈은 一來視疾ㅎ와 起此垂死的病人ㅎ옵소서 君贋이 瞠然道如此면 已是死人이로다 (1906.7.6)

9

△仁鴻이 道雖然이나 却不曾死了로소이다 君贋이 道爾且說病源所起와 病症如何ㅎ라 仁鴻이 道渠不能言故로 我不曾問ㅎ니 病源도 不知所起오 病症도 無可復提오 祗是目不能視耳不能聞 頭不能擧로소이다 君贋이 道爾但如此說去ㅎ면 我從何處下藥이리오 我爲醫五十年에 未嘗聞如此病症ㅎ고 未嘗見如爾論病이로다 仁鴻이 道非要老丈華劑一張이라 只要老丈同去看病이오니 我安用多少病論이리오 君贋이 忽然拍案道犢子아 爾安敢要

我去리오 京中某宰相이 要我去時에는 眞墨이 數十同이오 黃毛筆이 數百柄에 厚白紙大厚紙가 數百軸이라도 我猶不應ᄒ고 某郡某富客이 要我去時에는 白苧가 幾百匹이오 綿紬가 數十同이오 酒幾盆이오 鷄幾頭로딕 我猶牢却ᄒ얏거던 犢子犢子아 爾安敢要我去리오 斯須退出ᄒ고 無掛我眼的이다 仁鴻이 潛潛垂淚道老丈이 不去看病ᄒ면 侍生의 妻는 必然死了로소이다 君鷹이 大喝道爾非我子오 爾妻가 非我女어늘 我何知爾妻生死리오 爾妻가 有病이어딘 只得我華劑也去라도 猶當感恩百拜어늘 爾敢要我去리오 仁鴻이 道侍生이 非惜妻病將死라 但乳下三歲兒를 無人看養ᄒ리니 夜深枕上에 呼母索乳的聲을 安可忍聞이며 長時飢餓에 皮骨相連的貌樣을 安可忍見이리오 願我老丈은 一念慈悲ᄒ옵소서 君鷹이 那裏肯聽가 只是拍案大叱而已라 仁鴻이 直前摯住ᄒ고 拔了腰間佩刀ᄒ니 色如雪霜이라 大叫一聲道老賊아 爾는 何許腔子이완딕 聞人病亟에 只索重幣ᄒ고 聞人將死에 不動一髮ᄒ니 爾雖有扁鵲神術이나 用之何處리오 吾不既救療妻病ᄒ면 倂死了稚子一個ᄒ리니 何忍見此慘惡이리오 (1906.7.7)

10

△不如今日에 殺了爾ᄒ고 我亦自殺ᄒ야 矇然無知ᄒ면 還是男兒의 快事로다 李家子弟奴僕이 見此勢頭不好ᄒ고 一齊來救어늘 仁鴻이 左右揮刀道爾等이 催了此老性命이어딘 且來近前ᄒ라 爾等이 近前一步ᄒ면 我刀一揮에 此老頭項이 斫爲萬段矣리라ᄒ딕 該人等이 只得俯伏在地ᄒ야 乞哀道家親近日에 老妄이 殊甚ᄒ야 不知尊客이 是誰ᄒ고 有此客言客談이오니 伏乞尊客은 且看俺們의 顔面ᄒ와 息憤徐思ᄒ옵소서 君鷹도 且喘且息ᄒ며 合掌施禮道我가 一時愚迷에 有此妄發이오니 尊客德澤에 乞此一命ᄒ노이다 仁鴻이 弩目道我不可死了吾妻吾子ᄒ고 但饒爾如蠅殘命이

니 爾且自救生路[道]ᄒ라 君膺이 百拜道之東之西를 唯尊客所命ᄒ리니
尊客은 活我ᄒ라 仁鴻이 畧放衣袂ᄒ고 牽起道然則隨我且去ᄒ자 左手로
執袂ᄒ고 右手로 揮刀ᄒ고 緩緩出洞ᄒ야 喝退君膺子弟道爾無逼近我來
ᄒ라 逼近我時가 便是汝父絶命時間이니라 以故로 該人等이 只得遠遠望
見ᄒ고 無敢近前이라 於是에 仁鴻이 放了衣袂ᄒ고 匣了刀子ᄒ고 要君膺
前行ᄒ고 自己ᄂ 在後趕行ᄒ야 無多時間에 便到平壤城西라 升堂坐定에
呼妻陳氏出來ᄒ니 陳氏見此人面不知的客ᄒ고 安肯出來리오 仁鴻이 喝
道要出便出이니 又何躊躇리오 此非尋常過客이오 即我義叔的가 便是니
出來施禮ᄒ오 陳氏不得已出拜어ᄂᆯ 君膺이 慌忙納拜道誰的夫人고 仁鴻
이 笑道此是病人이로소이다 君膺이 愕然道俄者所言的病狀으로ᄂ 大相不
同이로다 仁鴻이 再拜道侍生的妻가 本無病이오 侍生的要老丈來가 非爲
治病이라 侍生이 竊有一言的仰白老丈者ᄒ노니 仁鴻이 事情切急ᄒ야 俄
者에 失禮莫甚이어니와 仁鴻이 且從頭細叙ᄒ오리니 老丈은 且留飮我一盃酒
ᄒ오 (1906.7.9)

11

△仍問陳氏道前日釀酒가 已熟麽아 答道已熟이로소이다 又問道昨日賣
屋錢이 尙有餘存麽아 答道十三兩藏置的ᄂ 未敢犯用이로소이다 仁鴻이
道錢的ᄂ 與我ᄒ고 酒的ᄂ 壓了ᄒ라 仁鴻이 自去市中ᄒ야 買得一般肉種
魚種ᄒ니 牛漿猪脚이며 中鷄雛鴨이오 宜膾的河豚이며 宜羹的生鮮이오 河
中에 魴鯉와 沙底에 鯊魚와(모릐모지) 鱒鮒(쥰치)蟹鼈며 大口民魚오 菜中
的菘菜薇蕨이며 果中的梨橘棗栗이라 於是에 仁鴻이 呼妻壓酒ᄒ고 排列
肴饌ᄒ야 擡進君膺面前ᄒ고 自酌酒獻諸君膺ᄒ니 君膺은 本是好飮的人
이라 一陣[1]酒香이 晴來觸鼻ᄒ니 俄者被仁鴻的脅迫也에 胸中一般不平的

意態가 一時雲消霧散ᄒᆞ야 便回嗔作喜道爾前者에 何故로 脅迫我如彼며 今者에 接待我如此오 仁鴻이 撫掌道先生이 何如是不解事오 請問老丈當初에 從事醫門이 果何主見고 君鷹이 道博施濟衆的主意니다 仁鴻이 道此外에ᄂᆞᆫ 又何主見고 君鷹이 道此外所求ᄂᆞᆫ 只是自己的兩盂飯과 妻子的團團聚니라 仁鴻이 道旣然如此ᆫ딘 老丈이 雖是華佗後身이오 扁鵲高手이나 駐在窮山僻巷裏數家的村中이면 怎能濟得多夥病人이리오 彼富翁貴客의 自己身上難治的病과 獨男愛女不起的症에ᄂᆞᆫ 雖或有送弟遣姪에 求得老丈的華劑也去라도 亦自不多오 村童里婦에 叫痛叫苦的蛔症과 脣焦鼻悶的感氣에나 費了幾貼的理中湯敗毒散而已라 一則老丈的濟衆이 不廣이오 一則老丈的生計가 不大ᄒᆞ리니 豈不是誤計리오 老丈은 試思ᄒᆞᆯ지어다

(1906.7.10)

12

△即此繁華城邑이 何如寂寞山村고 利人利己에 道理雙得이오 且仁鴻은 冊床退物(칙상물임)이라 商工業理도 旣是不解오 擔樵荷鋤도 亦是不堪이오 旣無先世的遺業이고 又無親戚的救助이니 全家溝壑이 便在目前이오니 老丈이 肯在此間掛藥ᄒᆞ오면 倂是活得了一箇窮漢이라 老丈心下에 果何如오 仁鴻的煩請老丈에 爲楚爲越[2]를 商量已盡이로소이다 君鷹이 默然良久에 道爾心이 本自好了어ᄂᆞᆯ 行事ᄂᆞᆫ 何乃太狼고 仁鴻이 口稱死罪道仁鴻此擧도 亦是不得已的로소이다 老丈은 當世高醫라 必不因仁鴻的一言ᄒᆞ야 肯來此地오 縱是來的라도 老丈이 必然自買一屋ᄒᆞ야 自辦生計니 豈肯與仁鴻으로 同事리오 只爲這件ᄒᆞ야 作此死罪오니 老丈今者에 發怒回去

1) 陣: 원문에는 '陳'으로 나와 있으나 의미상 바로잡음.
2) 越: 원문에는 '趙'로 나와 있으나 의미상 바로잡음.

라도 仁鴻이 只是惶恐이오 去告官庭에 懲罰仁鴻이라도 只甘心이로소이다
君膺이 左右思量ᄒ다가 心中自語道我爲豎子所辱ᄒ고 今又在此掛藥ᄒ면
惹人恥笑가 不尟ᄒ리니 將又奈何리오 雖然이나 今觀仁鴻爲人컨딘 狼如
猛虎ᄒ고 舌如懸河ᄒ니 我不可辨論曲直이니 只可坐觀其所爲ᄒ리로다ᄒ
더니 未幾에 平壤城內外遠近이 無不唧唧濃濃ᄒ야 都說當世扁鵲李君膺
이 來駐仁鴻家掛藥이라ᄒ야 各色奇奇怪怪的病人이 爭來拜謁ᄒᆯᄉᆡ 啞者
ᄂᆫ 求其語ᄒ고 聾者ᄂᆫ 求其聽ᄒ고 跛者ᄂᆫ 求其伸ᄒ고 盲者ᄂᆫ 求其視ᄒ
고 病熱者病寒者中風昏倒者陰虛火動者啖肉不下者乘馬折肱者가 或踵門
而來ᄒ며 或興疾而至ᄒ고 或一張病錄으로 來求華劑ᄒ야 一般饒富的ᄂᆫ
牛背馬背에 錢幣山積ᄒ고 一般貧寒的ᄂᆫ 茶盡酒瓶에 情誼慇懃ᄒ야 仁鴻
門前에 忽然騰沸了人山人海ᄒ니 (1906.7.11)

13

△君膺此時에 好不氣聳가 兩肩이 自高ᄒ고 雙眉가 自展ᄒ야 對仁鴻道
金君이 眞不欺我로다 遂遣人到本家ᄒ야 盡移了藥臟藥裏也來ᄒ야 安置
的ᄂᆫ 安置了ᄒ고 釘掛的ᄂᆫ 釘掛了ᄒ고 大門의 左邊에 大書神農遺業四字
ᄒ고 右邊에ᄂᆫ 大書華佗神術四字ᄒ고 橘花半夏紅, 竹葉忍冬靑一句로 書
了柱聯上에 粉書了藥舖二字ᄒ더니 遠近求針乞藥的來者가 政是一日에
加一倍ᄒ고 二日에 加二倍ᄒᄂᆫ지라 君膺이 駐了仁鴻家幾日에 但見朝飯
夕饌에 長是肉山脯林이오 山珍海錯이라 今夕的饌을 較看昨夕ᄒ면 一肉
이 不曾少ᄒ고 明朝的膳을 較看今朝ᄒ야도 一菜가 不曾多이거ᄂᆞᆯ 君膺이
怪之ᄒ야 問諸仁鴻道爾家가 貧素ᄒ니 何能待我如此오 仁鴻이 道噫라 我
要老丈來時에 本不欲疏食糲飯으로 草草待了老丈이로이다 君膺이 心中尤
喜ᄒ야 都將向日被脅的事件ᄒ야 不復掛了心頭ᄒ더라 俄而오 經春經夏

ᄒ고 秋盡冬屆ᄒ야 臘雪이 三白에 便是十二月望念間이라 歲除不遠에 名
節이 當頭ᄒ야 鄕隣傭夫ᄂ 催索售價ᄒ고 遠地行商은 取拾行裝ᄒ니 歲暮
旅人이 歸家正急이라 君膺이 旣是有妻有子ᄒ고 家又饒足ᄒ니 怎肯客裏
過歲리오 呼謂仁鴻道金君아 携來文券ᄒ야 計了藥價的어다 大略商量ᄒ야
도 爾我所得이 均不下數千緡ᄒ리니 今年에 本道가 大豊ᄒ야 米斛價가 不
過九錢이니 哀彼農民은 數月南畝에 顔面이 炙黑ᄒ며 手足이 裂盡ᄒᆯ 百喘
千汗에 費盡了多少氣力ᄒ얏스되 上不過十數石이오 下不滿四五石이거ᄂᆯ
我只是幾枝筆幾丁墨으로 得了幾千斛米로다 雖然이나 更恨爾終年閒坐에
束手無爲ᄒ고 競分我錢財也去로다 仁鴻아 將酒來ᄒ라 我兩人이 快飮一
樽的어다 (1906.7.12)

14

△仁鴻이 唱諾個道唯唯로소이다 雖然이나 仁鴻은 可喜어니와 老丈은
可惜이로소이다 君膺이 道這甚可惜고 仁鴻이 道可惜老丈이 幾時勞苦에
當此歲暮ᄒ야 不能持一文錢也去로다 君膺이 道何故오 仁鴻이 道只緣老
丈이 重口腹而輕妻子也로다 君膺이 猶以爲仁鴻의 一時謾[漫]戲語라ᄒ야
應聲道口腹은 吾所有오 妻子ᄂ 身外物이니 豈可重此而輕彼리오 仁鴻이
再不答話ᄒ고 入內去了ᄒ더라 翌日에 君膺이 將起身歸家ᄒᆯᄉᆡ 要仁鴻拿
了文券ᄒ야 筭了藥價ᄒᆫ듸 仁鴻이 捧著珠盤(수판)ᄒ고 筭來筭去ᄒ더니 良
久에 道千九百零十七兩이로소이다ᄒ고 向君膺遞與了珠盤ᄒ니 君膺이 接
得筭訖ᄒ고 下了珠盤道若合符節이로다 爾我所得的가 九百五十八兩五錢
이니 倘無何許難捧處에 留下利息的錢麽아 仁鴻이 黙然不答ᄒ고 自啓手
箱ᄒ고 携出了一個小券子ᄒ야 投與君膺道老丈은 筭的어다 君膺이 接手
披見ᄒ니 却是一券食床價記的라 君膺은 尙坐在鴻濛世界ᄒ야 謾問道此

是甚人食價오 仁鴻이 呵呵道老丈은 眞箇是太古天皇氏生員主로소이다 我不肯說ᄒᆞ리니 老丈은 自思之ᄒᆞ오 君膺이 張目良久에 瞠然道我ᄂᆞᆫ 全不解得이로니 君且說去的어다 仁鴻이 拍掌道鄙諺에 有云ᄒᆞ되 終夜痛哭에 不知何姑娘的喪事라ᄒᆞ더니 今에 老丈이 類是로다 老丈이 自口的朝夕兩盂飯도 不知何處從來온여 曾聞古者에 有一個健忘的癡客ᄒᆞ야 食時에 忘匙ᄒᆞ고 行時에 忘步ᄒᆞ고 左顧에 忘右ᄒᆞ고 右顧에 忘左ᄒᆞ더니 嘗出遊一處ᄒᆞᆯ식 其父가 悶其善忘ᄒᆞ야 作詩兩句與之ᄒᆞ기 節一冠一身亦一에 足下更著兩隻屨라ᄒᆞ고 戒之道毋忘此詩ᄒᆞ면 不忘了爾身ᄒᆞ고 並不忘了爾身所携的物ᄒᆞ리라 (1906.7.13)

15

△癡客이 拜辭ᄒᆞ고 行至一店ᄒᆞ야 同伴的諸人이 要與點心이어늘 討飯各起ᄒᆞᆯ식 癡客이 携了節ᄒᆞ고 戴了冠ᄒᆞ고 著了屨ᄒᆞ고 彷徨四顧에 不能前進이거늘 諸同伴이 怪而問之ᄒᆞ되 癡客이 長吁道噫라 我發行時에 家親이 悶我健忘ᄒᆞ야 贈我一詩ᄒᆞ야 戒我毋忘了一節一冠과 一身兩屨ᄒᆞ시더니 今에 節的도 在此ᄒᆞ고 冠的도 在此ᄒᆞ고 屨的도 在此로되 但不知此身이 何處去了라 左思右索에 全沒影子로다ᄒᆞ야 當時同伴이 一時掩口ᄒᆞ고 後來聞者도 莫不折腰라 仁鴻이 每恨這千古佳話가 難得的對러니 今見老丈이 却對了自己的食床價ᄒᆞ야 茫然曚然에 不能思索ᄒᆞ니 昔日忘身的癡客이오 今日忘口的老丈이라 果然天下에 都無一個無對的로다 君膺此時에 方纔十分曉得ᄒᆞ고 又忍又氣ᄒᆞ야 面皮通紅에 擲了券子ᄒᆞ고 黙然向壁而坐ᄒᆞ니 仁鴻이 收了券子ᄒᆞ야 自呼自筭ᄒᆞ되 每床에 肉種價가 幾兩이오 魚種價가 幾錢이오 甚至於乾醬價生薑價幾分幾釐ᄭᆞ지 一一筭了ᄒᆞ니 每日에 幾十兩이오 每月에 幾百兩이니 都合幾千兩이라 除了藥價ᄒᆞ고도 尚且幾百兩

을 當與了仁鴻이로다 君鷹이 不勝憤怒道狗子犢子아 爾當初에 脅迫我如
彼ᄒ고 今又瞞了我如此ᄒ니 奸哉라 仁鴻이여 毒哉라 仁鴻이여 爾如此不
已ᄒ다가ᄂ 尻底에 生針ᄒ고 臍上에 生松ᄒ고 坐處에 草不生ᄒ리로다 仁
鴻이 微笑道老丈은 何故로 但知自己的三分錢ᄒ고 不知他人的七分錢麼
아 若使仁鴻으로 將此食床價除了ᄒ면 賣家鬻庄에 便作鍾路的丐兒(거지)
ᄒ리니 不仁哉라 老丈이여 龍侗哉라 老丈이여 老丈이 如此不已ᄒ다가ᄂ
必然項子가 脫盡了ᄒ리로다 君鷹이 憤氣衝天ᄒ야 一雙拳子로 打碎門囱
ᄒ고 大呼狗子犢子ᄒ되 只是鎖喉(목수여)而已라 快快起去ᄒᆯᄉᆡ 出門仰天
道我竟爲竪子所賣라ᄒ더라

桂巷稗史氏曰仁鴻이 果不忍哉라 平日之自許良平者ㅣ竟作一欺人挾
雜之輩ᄒ니 此其本來之面目을 不可掩得歟아 抑亦不遇英雄이 不得已
而出此下策歟아 讀之에 可歎이로다

聽泉子曰此世ᄂ 何世오 無爾眼이면 斷爾鼻ᄒᄂ니 嗟乎君鷹이여 又
誰怨咎오 今以是로 警告一般世人ᄒ노니 戒之哉戒之哉어다 (1906.7.14)

16

△且說君鷹이 終年勞苦를 付送了一圈虛影ᄒ고 織席的石子響(달그락
달그락)으로 捧了空空的兩囊에 恨恨歸了ᄒ고 仁鴻全家ᄂ 喜喜樂樂ᄒ야
殺鷄烹猪에 終日醉飽ᄒ니 嗚乎라 俚談所謂蟹谷兩班이 捕得蟹ᄒ야 黃谷
兩班이 煮了黃커던 喉谷兩班이 呑之喉ㅣ此之謂也라 仁鴻이 撫手大歎
道噫라 仁鴻此手로 不能將一千勇將百萬大兵ᄒ야 擒住了黑風大王朶思
大王等物ᄒ고 只籠此一個老朽的物이라ᄒ더라 於是에 還了李三丈貰屋ᄒ
고 便到平壤城中ᄒ야 賣得數間精妙的屋子ᄒ고 自後로 欺人騙財ᄂ 愈往
愈甚ᄒ며 錦繡粱肉에 崇奉口體ᄒ고 日食萬錢에 常云無下箸處라ᄒ야 却

有晉代何曾的風味라 無論當時的何等守錢虜ᄒᆞ고 雖其心機巧深에 天性偏吝者라도 下落仁鴻的手中ᄒᆞ면 便同檻中虎網中魚에 逃脫無路러라 且說平壤郡內大城山中에 有一座山寺ᄒᆞ니 寺名은 靈遠이오 那寺中에 有一個長老和尙ᄒᆞ니 名喚做海雲이니 錢財山積에 富饒無敵ᄒᆞ야 平安道內走卒兒童이라도 一聞其名ᄒᆞ면 莫不吐舌道富僧富僧이라 一日은 仁鴻이 訪了海雲ᄒᆞ고 請借錢五千緡ᄒᆞᆫ딩 海雲이 黙然不答ᄒᆞ고 仁鴻이 再開口ᄒᆞᆫ딩 海雲이 冷笑道我安有五千金與爾리오 有了五千金인딩 平壤一郡에 窮巷蓽屋中朝不食夕不食的가 不可屈指數去니 均給了一錢一兩이면 莫不欲結草報恩에 不惜碎身粉肉ᄒᆞ리니 我不唯無錢與爾라 有的라도 安肯與爾如此浪客이리오 仁鴻이 見了話頭不良ᄒᆞ고 徑起下來ᄒᆞᆯ식 暗笑道愚僧愚僧이여 爾尙不知仁鴻이 何如人麽아 爾今日에ᄂᆞᆫ 完得了五千緡이나 他日에 反費了二五十一萬緡ᄒᆞ리니 愚僧아 善在了ᄒᆞ소ᄒᆞ며 歸臥了樓窓夕陽ᄒᆞ야 坐臥商量ᄒᆞ더니 忽聽得板門外木魚聲에 何許和尙이 念念了阿彌佗佛ᄒᆞ고 亂鼓道兩班宅如天德澤에 乞了米多多數升ᄒᆞᄂᆞ이다 仁鴻이 倚枕輾轉에 無心聽了라가 猛然思得了一策ᄒᆞ고 突然推倒了枕子ᄒᆞ고 忙開了門子道大師아 入來ᄒᆞ오 大師아 入來어다 (1906.7.16)

17

△該僧이 向前施禮道小僧은 問安ᄒᆞᄂᆞ이다 仁鴻이 道大師ᄂᆞᆫ 上來ᄒᆞ소 那僧이 縮躬道小僧이 惶悚이로소이다 仁鴻이 道我面貌ᄂᆞᆫ 雖是俗人이나 此心은 都不是俗人이라 遇著一般行脚ᄒᆞ면 視之如朋友兄弟ᄒᆞᄂᆞ니 爾勿說大惶悚小惶悚ᄒᆞ고 亟亟上來的어다 那僧이 猶合掌道惶悚이로소이다 仁鴻이 忙下堂牽臂道和尙아 我頭上에 忘了三寸的髻子ᄒᆞ리니 爾胸中에 忽記了兩班的二字어다 當初父母的腹中에ᄂᆞᆫ 爾非僧我非俗이러니 不幸中間歲

月에 爾爲僧我爲俗ᄒ니 爾我今日에 毌說爾僧我俗ᄒ고 便將人生以前에
本來面目ᄒ야 相對坐也罷어다 那僧은 獨自道惶悚無地러라 仁鴻이 諦看
那僧貌樣이 生得不甚伶俐ᄒ고 言語動作이 十分野昧어늘 心中大喜ᄒ야
問其居駐何處와 俗姓甚麼ᄒ니 那和尙이 答道小僧은 本郡兄弟山安興寺
的僧人이웁고 俗姓은 金이오 法名은 月姓이로소이다 仁鴻이 荷荷道爾又是
我的同姓人이니 尤不覺一倍歡喜로다 爾何年에 削度爲僧麼아 那和尙이
歎一口氣道小僧도 有兄有弟ᄒ고 有處有子ᄒ웁더니 上年正月에 何許盲
卜이 來占身數ᄒ고 謂是本年三四月間에 家運이 大不利라ᄒ웁기 心常憂
慮이더니 果然杜鵑花ㅣ 落盡ᄒ고 布穀鳥將鳴的時節로 全家染疾에 一一
死了ᄒ고 頑命이 獨存ᄒ야 今日全羅道明日慶尙道ᄒ다가 遂以客冬十二
月某同知宅大事(里俗에 稱婚事로 爲大事)的翌日로 落髮爲僧了로소이다
仁鴻이 聽了那僧의 言言語語가 都是白癡天癡라 心中에 暗暗稱奇ᄒ되 海
雲大師가 果是有損財數로다 仍問那僧道明日에 平安監司使道끠셔 船遊
大同江次로 出來ᄒ신다니 爾與我로 同往觀어다 那僧이 道小僧은 一雙
脚子가 便是一身生計라 今日에 乞一升ᄒ며 明日에 乞一升ᄒ야도 尙不足
糊口充腹이라 何處에셔 御使가 出道라도 不可閒悠往觀이로소이다 仁鴻이
問道爾終日乞米에 能得幾升고 那僧이 道不過四五升이로소이다

(1906.7.17)

18

　△仁鴻이 道和尙아 爾無憂ᄒ라 爾三日乞米가 不過一斗五升이니 我家
가 雖貧이나 却不乏這些少的升米니 爾今日에 歇些脚ᄒ고 明日에 暢些懷
ᄒ고 再明日에 留此說閒話ᄒ면 將我倉中에 潔潔白白的米子ᄒ야 替爾三
日行乞的升數ᄒ리니 爾無雜迷ᄒ고 唯我言을 是聽的어다 那僧이 只道惶

第四話　469

悚感謝라호더라 且說翌日에 平安監司가 出遊于大同江홀시 前導的白綾
司命旗눈 隨風飀揚호고 一箇籃輿에 前陪後陪눈 蜂擁蟻護호고 紅裙女隊
눈 左右羅列호딕 一雙軍奴눈 大呵小喝호고 拄杖棍杖은 在後趕來호니 元
來是我國에 有名호 平安監司行次라 一個初對的山僧이 怎不生怕리오 仁
鴻은 自立于路左호며 令那僧으로 立于路右호고 佯戒道自來巡使道行次
에눈 倏忽之間에 便有不見的才調호나니 爾須牢心記得호야 唯我指揮를
是聽이어다 那僧이 唯唯호더니 旣而오 監司籃輿가 看看將近호거눌 仁鴻
이 伸手向那僧호야 若相招狀호딕 那僧이 見了호고 忙過中路호야 望仁鴻
走來호더니 前對軍奴가 見得那僧의 犯路호고 猛喝道何許僧漢이 敢來唐
突如此오 直來執捉호고 去告監司호딕 監司聞了大怒호야 傳命道該僧은
不可任置이니 去囚了獄中호야 待我明日招問이어다호딕 兩個軍奴가 應聲
倡諾호야 縛了那僧也去호더라 仁鴻이 隨後緩緩步將去호야 見那僧於獄
中호딕 那僧이 揮淚道小僧이 何罪이완딕 陷之死地니잇고 仁鴻이 道爾自
陷死地호고 反謂他人이 陷爾死地온여 那僧이 道苟非生員主ㅣ搖手相招
려면 小僧이 何故在此리잇고 生員主 當初에 指揮是聽호라호시던 一句語
가 便已將小僧陷此的計較ㄴ가호노이다 仁鴻이 嘻嘻道愚僧惡僧아 我與爾
로 前無寃호고 後無讐호니 何故로 陷爾在此리오 且我的向爾搖手눈 只是
要爾竪立無動이니 豈意爾橫犯前路에 自羅罪網이리오 (1906.7.18)

19

△因向獄司者道此僧은 某山某寺的僧人인딕 與我로 往來親密이 已爲
多年的라 爲人이 甚是勤愼老實이로딕 只是天性이 小愚호야 有此誤犯이
어니와 爾且看我面上호야 寬了此僧에 解了枷鎖호고 送留我家호얏다가 待
使道招問호야 趁時拿去호면 此僧도 感恩無地홀터이오 我亦銘謝不已호리

470

니 爾意何如오 獄司者도 既是畏服仁鴻的風力ᄒ야 百言百諾이거니 即此
小小事件이야 再肯遷延가 即時許諾이라 仁鴻이 與那僧으로 纔出了獄門
外數步ᄒ야 即密密附耳道爾在此留連ᄒ다가ᄂ 棍杖笞杖에 灑盡肥肉ᄒ고
使道號令에 魂飛上天ᄒ리니 緊握爾兩拳ᄒ고 快快走去ᄒ어다 那僧이 百
拜致謝生員主恩德ᄒ고 快快去了ᄒ더라 且說仁鴻이 送了那僧ᄒ고 直走
了靈遠寺中ᄒ야 見了海雲大師ᄒ고 向前叙禮ᄒ딕 海雲이 睨視良久에 道
生員主何故又來오 仁鴻이 合掌道我有一件的敢要大師的ᄒ노니 大師ᄂ
肯許麼아 海雲이 應口道可許的ᄂ 許之ᄒ고 不可許的ᄂ 不許이지 仁鴻이
歎息道我ㅣ年近四十에 只有一女一子ᄒ야 愛之重之에 如金如玉ᄒ더니
俱是稟質이 孱弱에 元氣가 不厚ᄒ야 夏日이 小熱ᄒ면 暑滯로 痛臥ᄒ고
冬日이 小寒ᄒ면 鼻涕가 如注ᄒ야 生得殘劣에 便是目不忍見이라 維望諸
天諸佛이 極力保護ᄒ야 一嫁一娶에 生子生孫ᄒ면 仁鴻夫妻ᄂ 千丈이나
欣蹈ᄒ고 萬丈이나 喜躍ᄒ야 只恨天低或觸ᄒ고 地薄或崩이라 仁鴻此來
ᄂ 敢要大師가 枉臨吾家ᄒ야 敎我齋戒沐浴的禮와 剪爪斷髮的法ᄒ면 將
以殘蔬薄飯으로 佛供一次ᄒ리니 大師ᄂ 毋惜一番枉臨ᄒ야 副此微誠ᄒ믈
千萬伏望ᄒ노라 海雲이 呵呵道爾要佛供인딕 便來佛供이니 齋戒沐浴에
求是異禮며 剪爪斷髮에 有甚妙法이리오 (1906.7.19)

20

△仁鴻이 道雖然如此나 農家的上下奴僕이 只望大師的一來ᄒ야 幾升
白米ᄂ 鑿之又鑿ᄒ고 幾掬山菜ᄂ 洗之又洗ᄒ야 望邀大師를 便同深山墓
直이 歡迎自己上典에 議政大臣行次ᄒ야 洞洞燭燭에 一室이 肅然ᄒ야 甚
至數歲兒女도 不敢啼哭ᄒ니 大師가 靳此一行ᄒ면 落心落瞻이 果復何如
일지 細想一次ᄒ소 海雲이 聞了此言ᄒ고 沉吟良久에 自付道金仁鴻도 亦

是本道兩班에 有才能有風力之人物이거늘 我前者에 不聽其錢財請求ㅎ고 今又惜此一行ㅎ면 豈不是自作嫌疑리오 且五千的錢財는 可惜이나 一時的脚力이야 又何足惜이리오 因起身道老僧此脚이 不下此山者ㅣ 亦已有年이라 雖是豪富巨班이 往往邀我ㅎ야도 一不應副어니와 生員主所請에야 豈敢妄自尊大ㅎ릿가 遂同仁鴻下來ㅎ야 纔下了錫杖ㅎ며 纔掛了竹笠ㅎ고 樓軒東西에 坐席이 纔定ㅎ야 暫然間何處에서 三個官差가 來如迅風에 吼如猛虎ㅎ야 睜圓雙眼道那僧漢이 何處在麽아 仁鴻이 指示海雲道在此在此ㅎ다 該官差가 大喝一聲에 一拳子로 打倒海雲大師ㅎ고 大索으로 縛了身子ㅎ며 手甲으로 鎖了兩手ㅎ고 吳同知步法으로 飛也似捉去ㅎ니 雙脚이 浮空ㅎ고 眼眶이 生火라 海雲이 瞠然惘然에 不知是何許令文ㅎ야 回顧仁鴻道生員主아 何故殺我오 仁鴻이 怒目直視에 長鬚이 如蝟毛盡起ㅎ더니 大罵道狗漢아 爾不念昔日的罪麽아 爾錢財가 如山ㅎ고 米穀이 紅腐이니 五千緡的出納은 便是九牛에 拔一毛어늘 藐視鄉班에 頑悖莫甚이기로 我가 奏白使道ㅎ야 誓雪此大憤이니 且看爾項子가 硬不硬何如ㅎ리라 海雲이 苦叫道生員主아 活我ㅎ라 生員主ㅣ 今日에 赦了小僧ㅎ면 小僧이 明日에 來納五千緡ㅎ리니다 仁鴻이 且笑且罵道奸僧奸僧아 爾敢一時瞞過我麽아 (1906.7.20)

21

△雖是奸計百出에 狙詐鼠黠者라도 無不被我的瞞去오 雖是機巧疊生에 升天入地者라도 無敢來瞞我者어늘 況爾幺麽奸僧이야 何能爲也리오 且我ㅣ 雖窮이나 安用爾五千緡錢에 얼얼之肉이리오 第看爾中路差使禮로 用盡幾百兩ㅎ고 一入官府에 上下勒討로 用盡幾千兩ㅎ고 毒杖毒棒으로 肥肉이 狼藉커던 數月獄中에 囚之鎖之ㅎ면 滿身이 成瘡ㅎ며 腰臂에 生蛆ㅎ고

將要出獄時에 又費了幾千兩錢ㅎ야 左右用恩에 朝暮圖請이라야 方可得出ㅎ리니 減之又減ㅎ야도 前後所費가 不出三萬錢也리니 快哉快哉라 此時也에 我當起舞了一次ㅎ리로다(評者曰惡人惡口러고) 那三個官差도 皆已與仁鴻으로 有所密約者라 却不趁時捉去ㅎ고 只是右打左蹴에 嚇得海雲大師에 措身無地ㅎ니 原來海雲은 豪富僧人이라 左右序立에 弟子가 常至數十人이오 依几一呼에 堂下應者가 常不下幾十個傭人이라 雖其初年에ᄂ 不幸爲僧ㅎ얏스나 晚年身世ᄂ 三公도 不換이라 言必稱老僧에 倨傲莫甚ㅎ고 一時感氣에도 痛叫不已커던 況猛差毒棒이야 夢中인달 何曾喫受리오 一棒에 一行淚오 二棒에 二行淚라 仍自思量道官差毒手가 未至官府에 已自如此慘酷이거던 況其到着官府에 號令이 如霜ㅎ고 手末에 生風ㅎ면 我一時에 痛死了ㅎ리로다 仍回顧仁鴻道生員主아 活我ㅎ오 小僧이 今日에 納了五千錢ㅎ리이다 仁鴻이 厲聲道爾今日에ᄂ 雖是納了五百萬緡이라도 我只是不要라 只要爾枯死了獄中이로라 海雲이 再叫道生員主아 卽此一座靈遠寺를 浮送了空中이라도 我便不惜ㅎ리니 只活此一命ㅎ시오 仁鴻이 啞然道爾今日에사 始知溫溫熱熱(ᄯᅳᆫᄯᅳᆫ)的滋味온여 我只要爾一杖打死러니 聞爾自服ㅎ니 亦自可憐이로다 但將二萬의 緡錢ㅎ야 卽時來納ㅎ면 我且活爾ㅎ려니와 若但以一時誑言으로 瞞來瞞去ㅎ다가ᄂ 一死를 難免ㅎ리니 自量爲之ㅎ라 (1906.7.21)

22

　△海雲이 道小僧이 安敢誑言이리오 但借了一個小童ㅎ옵시면 不時에 二萬兩錢을 來納ㅎ리이다 仁鴻이 許諾ㅎ고 隨即叫家中에 常常使喚的童子ㅎ야 囑隨海雲的指使ㅎ되 海雲이 請了紙筆ㅎ야 要開手甲ㅎ고 忍住肚氣에 寫着一書ㅎ니

嗟爾等아 速來活我ᄒ라 我가 前日에 心迷作罪ᄒ야 既觸兩班之怒ᄒ고 繼入使道之聞ᄒ야 哀此一身이 陷在死境ᄒ니 爾等이 若念爾師父어던 速來救我ᄒ고 不念爾師父어던 任我此地에 皮盡肉脫死了ᄒ라 雖然이나 爾等이 徒來無益이오 須是靑銅錢二萬緡으로 來贖我罪ᄒ라 此二萬緡中에 少了一分ᄒ야도 我定是今日死了이니 嗟爾等아 速來活我어다 戰慄ᄒ야 書不成字ᄒ노라

寫畢에 遞與該童ᄒ야 要亟往靈遠寺中ᄒ야 交與諸僧徒ᄒ라ᄒ거늘 該童이 氣喘喘走了寺中ᄒ야 叫道有札이 在此라ᄒ딕 衆僧人이 或偃臥或踞坐ᄒ야 緩緩問道何處來札고ᄒ며 接了拆看ᄒ더니 只見得札內的幾行悲語ᄒ고 便瞠然相顧道師父가 有何大罪ᄒ야 當此境遇오 雖然이나 事勢切急ᄒ니 難待了偵探緣由로다 先走了一個的快脚僧人ᄒ야 去替師父受罪ᄒ고 隨將二萬貫[緡]靑銅ᄒ야 趁速來納이 還是爲可라ᄒ더라 且說仁鴻이 既送了該童ᄒ고 專等來音ᄒ더니 未幾에 何許和尙이 入來ᄒ야 哀哀苦苦的情辭로 乞赦海雲ᄒ고 又未幾에 幾個傭人이 背擔錢駄ᄒ고 喘喘而來ᄒ는딕 兩個和尙이 隨後趕來라 仁鴻이 見了ᄒ고 暗歎道自古로 道有錢使鬼神이라ᄒ더니 還不是虛語로다 看此和尙이 無才無能ᄒ고 無學無識ᄒ야 即此一個鄕生員愚弄的手中에 一時掀倒ᄒ야 哀乞伏乞ᄒ니 不過是可笑癡人이거늘 却是前後左右에 出死力相扶者는 何也오 嗚乎라 斯豈爲海雲一人而然哉아 (1906.7.23)

23

△其中的然然事段은 盖自是說不必的이니 神哉라 錢이여 所以로 錢爲項羽的一句가 留下在世人口中的로다 即接受該錢ᄒ고 因謂海雲道雖然如此나 爾第入官府去一遭ᄒ라 使道가 既有捉來之命ᄒ니 我不可輕旋放爾

474

이니 爾且入去的어다 海雲이 叩頭道生員主猶不赦小僧은 何也잇고 仁鴻이 道我ㅣ何故로 更惜赦汝리오 汝旣如此自服ᄒ고 我又別無他怨ᄒ니 到今ᄒ야ᄂ 爲汝求福이라도 可也니 豈不欲快快釋汝리오만은 但今朝에 要便道治爾罪라가 忽地에 更要赦汝ᄒ면 非徒前何心後何心에 被了他人嗔怪라 使道께서도 必謂我狂人이라ᄒ리니 爾雖痛苦나 忍受了一度棍杖ᄒ면 我가 然後에 寫上一札ᄒ야 要使道免爾罪ᄒ리니 如此라야 方是事體兩便이니라 海雲은 雖苦懇不已ᄒ나 三個公人이 那裏肯捨海雲가 遂捉入官府ᄒ더니 海雲이 但見得左右持棍者了森立ᄒ되 監司號令內에 幺麼小僧아 爾是何物이완되 敢來橫犯我路오 大蛇當道에 漢高祖가 猶斬之어던 況這箇犢雛를 我復何惜이리오ᄒ고 大喝道打了打了ᄒ니 衆棍이 交下에 猛打得海雲이 臀皮坼裂에 血湧湧[滂滂]流出이라 海雲이 雖明明聽得監司的言語이나 恰似越裳(越裳은 今之安南)使者가 初到成周로 一般이거니 安能分辨一語리오 目動口呆에 不知是何謂ᄒ고 但叫苦叫痛에 請垂哀矜而已러라 海雲이 被了重杖ᄒ고 起出了官門홀식 雙膝이 拘攣ᄒ야 不能行走ᄒ고 昇歸山寺ᄒ야 苦痛數月에 方能起動ᄒ니 雖已知一時에 中了仁鴻奸計ᄒ야 遭此難忘的恥辱이나 却只是被批頰於鍾路ᄒ며 渡漢江而睨視而已니 山中癡僧이 奈此百巧千能之仁鴻에 何哉리오

聽泉子曰莫責仁鴻奸ᄒ고 只責山僧癡ᄒ라 嗟爾山僧이여 誰敎爾如此癡오

桂巷稗史氏曰仁鴻奸巧은 固不足責이어니와 世之論海雲者ㅣ皆咎其吝이로되 吾則謂吝不足咎也라ᄒ노니 夫財者ᄂ 神之所慳也오 人之所欲也니 非吝이면 何以守財리오만은 旣知守之에 當知用之어늘 至於海雲ᄒ야ᄂ 吝之而已오 不知濟世利人之道ᄒ니 其遭患也를 又何足惜哉리오

(1906.7.24)

24

△以故로 世都稱仁鴻이 枕一轉時에 奇計百出이나 觀其霎時做事에 神驚鬼哭ᄒ니 枕一轉時는 其喩가 猶緩이로다 且說仁鴻이 嘗遊京城이라가 偶値錢政切急이라 即脫下衣服ᄒ고 便出箱中舊着的弊襦弊袴服之ᄒ며 雙鬢도 不斂ᄒ고 面垢도 不洗ᄒ고 直至廣通橋頭ᄒ야 見得橋左橋右에 留下兩三的鷄窠ᄒ고 彷徨而不能去ᄒ디 鷄商이 察視其貌樣則左側頭看之ᄒ야도 只是遐鄕客이오 右側頭看之ᄒ야도 只是遐鄕客이라 自來로 都下的市井이 得見一箇鄕人ᄒ면 恨不並頭足呑下ᄒᄂᆫ지라 見了仁鴻的躊躇路中ᄒ고 即問道何許兩班이 空然在此逗遛오 仁鴻이 道我는 平安道龍岡郡某山中三家村的農人이라 耕田鑿井에 自食其力ᄒ고 足不出山外一步故로 都不知山外之事러니 今來京師에 偶過此地라가 忽見這籠中에 所留的飛禽ᄒ니 甚是異常일시 因此로 彷徨不去ᄒ노니 這是何名何物고 敢求明白指示ᄒ노라 鷄商이 聽了良久에 大笑了一場ᄒ더니 答道此乃鳳也니라 仁鴻이 愕然近前道斯果鳳歟아 我가 今也에는 雖是農人이나 昔年十四五的時節에 亦嘗挾冊讀書홀시 是時에 余讀史略初卷ᄒ고 鄕居一友는 方讀書傳舜典홀시 其中一句에 有道簫韶九成에 鳳凰이 來儀라ᄒ야쎠ᄂᆯ 塾師가 明白解說호디 鳳凰은 祥禽也라 聖人이 在上에 鳳爲之出故로 黃帝之時에 鳳巢阿閣ᄒ고 其後唐虞三代에 鳳來呈祥者ㅣ非一非再러니 自秦以下로 至今數千年에 上無聖君ᄒ고 下無賢相ᄒ야 鳳遂絶跡於天下라고 當時塾師가 詳解如此ᄒ거늘 我至今에 尚記得這數句說話어니와 不意今日에 目覩此祥이로다 (1906.7.25)

476

△雖然이나 鳳一隻에 價文이 幾何오 鷄商이 道大者는 數百兩이고 小者
는 數十兩이오 仁鴻이 道我槖中에 只有十兩七錢ᄒ니 最小的鳳一隻을 歇
價로 與我ᄒ시면 我當再拜以去ᄒ리이다 鷄商이 道我不要爾拜오 只要爾
當價로 買鳳也去ᄒ노라 仁鴻이 即自槖中으로 取出了十兩七錢ᄒ야 遞與
鷄商ᄒ고 再拜求小小的鳳一隻이나 賣之ᄒ오하며 更祝道老兄이 如此積德
ᄒ시면 富貴功名ᄒ고 子孫滿堂ᄒ리이다 鷄商이 忍笑不住ᄒ야 呵呵道持
鳳去持鳳去어다 雖然이나 爾對他人커던 但道二百兩三百兩에 買得的라ᄒ
고 愼勿提十兩七錢四字ᄒ소 仁鴻이 拱手道我對他人ᄒ거던 但道此一隻
에 六百兩價라ᄒ리이다 鷄商이 掩口道好好라 爾眞好人이로다 他日에도 多
多來買ᄒ소 仁鴻이 諾諾道感謝感謝ᄒ오 此一隻에도 歇價로 買之ᄒ얏거
늘 又要他日來買ᄒ니 感謝感謝ᄒ오 仁鴻이 起身將去ᄒᆯ시 行未數步에 但
聞鷄商이 大笑道世界廣大에 別別物件이 皆有라ᄒ더라 仁鴻이 便以繩索
으로 繫了該鷄兩足ᄒ야 雙手로 捧了ᄒ고 直走當時現任捕盜大將的宅門
前ᄒ야 東東西西에 上上下下ᄒ며 聲聲叫做買鳳買鳳ᄒ고 又從而歌之曰

　　瑞鳳瑞鳳이여 胡爲乎哉오 聖人이 在上에 朝庭[廷]이 淸明ᄒ니 瑞鳳
　　出이로다 買鳳買鳳ᄒ오 千載라도 難得ᄒᆯ 鳳凰을 買去ᄒ오

歌了又歌에 往來終日ᄒ더니 捕將(不知何人)이 傾耳良久에 心甚怪之ᄒ
야 叫出家僮에 分付道汝出視之ᄒ라 何許狂人이 買鳳買鳳ᄒ오ᄒ며 自朝
至暮에 其聲이 不絶ᄒ니 詳察來報어다 該僮이 還白道何許鄕人이 衣裳이
襤褸ᄒ고 鼻流淸涕에 頭戴塵冠ᄒ딕 手持一隻雄鷄ᄒ고 口中에 聲聲道買
鳳買鳳ᄒ더이다 (1906.7.26)

△捕將이 聽了大怒ᄒ야 疾喝道我가 職在捕將ᄒ야 一令之下에 鬼神이 倒退커ᄂ᎒ 奇怪何物이 敢來如此오 催呼捕校一人ᄒ야 該物을 縛致于前ᄒ라ᄒ니 堂下應聲而出者ㅣ 三四人이라 捉到仁鴻ᄒ야 跪之墻前ᄒ고 大叱道癡氓狂氓아 爾作此怪鬼聲也ᅟᅵᆫ딘 當走深山窮谷無人之處ᄒ야 獨往獨來에 獨叫獨語가 可也어ᄂ᎒ 靑天白日之下에 敢向此捕將宅門前ᄒ야 終日토록 作此聲也行ᄒ니 罪死無釋이로다ᄒ고 猛喝聲이 如霹靂이 下擊ᄒ거ᄂ᎒ 仁鴻이 却自毫髮不動ᄒ고 嘻嘻道異常ᄒ고 怪異ᄒ다 我只謂鳳凰은 聖世祥瑞라 雖向大闕門前ᄒ야 終日叫買鳳이라도 必無罪오 雖向領相大監兵判大監宅中ᄒ야 終日叫買鳳이라도 [也]必無罪라ᄒ얏더니 今觀捕盜大將門前에도 嚴禁此聲ᄒ니 若早向彼處也去ᄅᆫ들 應當一時打殺我ᄒ얏시리로다ᄒ며 仰天大笑ᄒᆫ딘 捕將이 不勝憤怒ᄒ야 拍案大聲道促上刑具ᄒ야 撲殺彼漢ᄒ라 以鷄爲鳳에 不肯自服ᄒ니 妖物이라 不可赦로다ᄒ거ᄂ᎒ 仁鴻이 始聞這以鷄爲鳳的一句語ᄒ고 愕然失聲道此乃鷄歟아 我只以爲鳳이러니 此乃鷄歟아 我家에도 亦有兩鷄ᄒ니 一箇ᄂᆫ 色白ᄒ고 一箇ᄂᆫ 色黑ᄒᆫ딘 每到白日이 正中ᄒ면 却是一聲喔喔(ᄭᅩ기요)ᄒ더니 此若是鷄인딘 何故로 不白不黑에 全然黃了ᄒ고 終日携行에 都無喔喔(ᄭᅩ기요)的一聲ᄒ니 其故ᄂᆫ 何也오 此物이 果然是鷄非鳳인딘 趙同知丈任置錢六百兩을 何以報了리오ᄒ고 咄咄自歎ᄒᆫ딘 捕將이 看一看罷ᄒ더니 喝退左右持杖者ᄒ고 要仁鴻近前道爾愚民아 何處에서 買得此物고 仁鴻이 道小人이 適過了廣通橋ᄒ다가 見得此物의 毛羽光彩가 燦爛非常ᄒ고 問其何名ᄒᆫ딘 該商이 應口道此是鳳也라ᄒ고 更問其價文幾何ᄒᆫ딘 該商이 又應口道價文이 六百兩이라ᄒ기로 依言酬價ᄒ니이다 (1906.7.27)

△捕將이 催召下隷ᄒ야 捉到鷄商跪了ᄒ고 喝問道爾雖無賴商人이나 忍賺了遐鄕愚氓에 白奪了六百兩錢ᄒ니 賊心賊行을 不可仍置로다 鷄商이 不能抵賴ᄒ고 吐實道小人이 非要欺他라 他自如此如此ᄒ기로 小人이 受了十兩七錢賣與的오 實非六百兩錢이로소이다 捕將이 再問仁鴻ᄒ딕 仁鴻은 却只道六百兩錢이라 捕將이 熟視兩人ᄒ고 自忖道奸商은 能解欺人語어니와 峽氓이야 安能解欺人語리오 向鷄商大喝道無嚴奸氓아 爾雖瞞過了峽中愚氓이나 安敢欲瞞過我也오ᄒ며(評者曰但恐愚氓이 瞞人이오 不是奸氓이 瞞人) 促家僮ᄒ야 縛倒鷄商ᄒ고 左棍右杖에 三十度打下ᄒ니 鷄商이 叫冤良久에 思量道我雖百千番不服이나 只是無益이오 但作杖下鬼ᄒ리로다 諺에도 云ᄒ되 却是人生錢生이오 不是錢生人生이라ᄒ얏스니 六百兩錢이 雖可惜이나 豈可換我一命이리오ᄒ고 遂自服道小人이 果然死罪로이다 一時貪性에 騙了愚氓(評曰誰是愚氓인지)호이다ᄒ고 竟將六百兩錢ᄒ야 渡與仁鴻ᄒ니라

聽泉子曰仁鴻之以鷄爲鳳은 是有心的問이오 鷄商之以鷄爲鳳은 是無心的答이니 癡哉鷄商이여 無心酬應ᄒ다가 却要有心欺人ᄒ니 怎能當初來的時에 早已有心鉤爾리오 嗟乎라 一言一事에도 不可造次이니 故로 曰天下에 最怕有心人이니라

桂巷稗史氏曰鷄商之被欺ᄂ 只是藐視人故也니 苟不藐視이면 仁鴻이 雖奸猾人이나 將安所出計리오 故로 曰天下之禍가 莫大乎藐視人이니라

此話가 傳播에 留作一時奇談ᄒ야 自後로 都人은 叫做金仁鴻을 金瑞鳳이라ᄒ고 鄕人은 單叫做金鳳이더라

且說昔年借屋的李三丈이 聞得金鳳이 如此欺人騙財ᄒ고 每對人語及金鳳的事에 輒歎息道天下人이 皆愚ᄒ야 爲此孺子의 所欺이오 不是孺子

가 能解欺人이라ᄒᆞ더니 (1906.7.28)

28

△一日은 過訪了金鳳ᄒᆞᆯ시 坐席이 未定ᄒᆞ야 即厲聲大責道孺子아 爾以斗筲小技로 欺人騙財가 無所不至라ᄒᆞᆫ니 可歎可惜이로다 大抵世上人이 都無心主ᄒᆞ야 胸中은 都是黑洞洞天地오 眼中에ᄂᆞᆫ 都是空中浮財故로 汝一時奸計에 滔滔然墮落不悟ᄒᆞ니 是皆滄浪自取라 固不足怪어니와 汝가 自今以後로ᄂᆞᆫ 立心正直ᄒᆞ야 無蹈邪徑이어다 蒼天이 在上에 人不可多欺니라ᄒᆞ며 又自贊道我ᄂᆞᆫ 自少年時節로 勤苦力作ᄒᆞ야 如今에 白髮이 星星토록 不敢妄希非分之財ᄒᆞ고 勤儉自持ᄒᆞ야 朝夕盤饌은 唯是山蔬野菜나 一二接匙分排而已오 秋冬衣服은 唯是麤布幾件而已라 凡五六十年을 如一日也ᄒᆞ라 仁鴻이 聽了ᄒᆞ고 冷笑不答ᄒᆞ며 暗笑道癡丈이 果是好言好語로다만은 我且運囊中小智ᄒᆞ야 試看爾心中이 果然清清白白에 無一點塵埃ᄒᆞ야 不如世人의 黑洞洞裏生活麽아ᄒᆞ고 翌日未明에 即起ᄒᆞ야 不巾不網ᄒᆞ고 拿出櫃藏的三百緡銅ᄒᆞ야 腰帶了ᄒᆞ고 走出城門ᄒᆞ야 望大同江投去了ᄒᆞ니 許多汲水傭人이 方齊齊聚了ᄒᆞ야 爾一桶我一桶에 往往來來ᄒᆞ거늘 鳳이 拄杖沙上ᄒᆞ고 以手招之ᄒᆞᆫ듸 該人衆이 一倂納頭來拜ᄒᆞ고 道生員主ㅣ 何故見招잇가 鳳이 問道爾同類가 幾何오 該衆이 答道不下數百人이로소이다 鳳이 道我有一言相囑ᄒᆞ니 爾輩가 遵行一次ᄒᆞ면 我當厚酬了ᄒᆞ리라 原來金鳳이 雖如此奸巧百出이나 却向這簡下人等ᄒᆞ야ᄂᆞᆫ 極是慇懃多情ᄒᆞ고 常常與錢與穀ᄒᆞᄂᆞᆫ 故로 莫不一言百諾에 視之如自家上典이라 該人等이 一辭答道唯生員主命令이니이다 金鳳이 遂出腰間所帶的靑銅ᄒᆞ야 一兩一兩式分給了該人ᄒᆞ고 囑道朝日이 上三竿ᄒᆞ거던 爾等이 更來納我ᄒᆞ고 爾等이 今夕에 密聚于某處ᄒᆞ면 我又分給之ᄒᆞ리니 明日又如是來納ᄒᆞ야

凡四五日만 如是ᄒ면 此中에 有無限好事이니라 該人等이 一聲唱諾ᄒ거 늘 金鳳이 走還家中ᄒ니 李三丈은 尙此穩睡不覺이라 (1906.7.30)

29

△金鳳이 遂依舊上床睡了ᄒ더니 有頃에 各起梳洗ᄒ고 朝飯纔訖에 有 一個汲水商이 自重門外로 投一兩錢便去라 李三丈이 初猶尋常視之러니 未幾에 二三個式四五個式來投一兩錢去라 李三丈이 始乃怪之ᄒ야 向金 鳳問道爾何故로 於此汲水傭人許에 貸錢을 如此多夥오 鳳이 笑答道我豈 有錢이 可以貸人的며 且雖有錢이나 何事로 偏貸與汲水人的리오 李三丈 이 道然則此何錢麼오 金鳳이 却只微笑而不言이라 既而오 來者ㅣ連絡不 絕ᄒ야 個個投一兩而走ᄒ거늘 李三丈이 黙黙袖手而坐ᄒ야 暗暗屈指數 之ᄒ니 大略數百人인디 凡三日을 觀之ᄒ니 日日如是라 李三丈이 尤異之 ᄒ야 當夕閑話라가 問金鳳道大同江에 有汲水稅麼아 鳳이 道然ᄒ다 老丈 이 何以知之오 再問道賢姪家에 朝朝汲水傭人이 爭來投錢者ㅣ非該稅麼 아 金鳳이 黙然良久에 道然ᄒ다 老丈이 何以問之오 鳳의 全家命脉이 只 此偏是로소이다 李三丈이 大驚道賢姪이 却有如此火水盆鑄錢所ᄒ니 可欽 可欽이로다 更問道賢姪이 如今에 或無意賣渡麼아 鳳이 道仁鴻이 若長居 此地、딘 不必賣之어니와 今仁鴻이 已十分이나 有搬移的意思ᄒ야 有願 買者、딘 即當許之로디 但價文이 太多ᄒ야 人無敢留意者이다 李三丈이 道價文幾何오 鳳이 道當初買得時에 與之十萬兩ᄒ다 李三丈이 吐舌道 十萬兩은 太多ᄒ다 若是三萬兩이면 必有願買者이로고(願買者ㅣ不是別人 인듯) 鳳이 道老丈은 是何誤言고 今此汲水稅가 一日에 不下三百兩인즉 十日에 三千兩이오 一月에 九千兩이니 統一年計之ᄒ면 合十萬八千兩이 라 十萬兩이라도 已是至歇公得之物이니 雖至空中에 白擲去언뎡 豈至三萬

兩落價리잇가 李三丈이 更問道賢姪이 欲搬移何處去오 鳳이 長吁道仁鴻
平生에 恨不一日에 用千金ᄒ고 二日에 用萬金ᄒ야 以盡自己豪宕的 心情
일식 (1906.7.31)

30

△平壤이 雖云繁華之地이나 我心中에ᄂ 猶自恨太狹太窄ᄒ야 即此恢
恢手段을 無處可施라 我將移居京城ᄒ야 以此三寸之舌로 瞞倒當今之世
에 自稱名士者宰相者ᄒ야 英雄豪傑을 弄諸掌中ᄒ고 上下山坂에 用錢如
水ᄒ며 靑樓花房에 日日去醉ᄒ야 絶世名妓ᄂ 不離左右라 膚色은 雪白ᄒ
며 脣色은 朱紅잣고 淸囀語音은 黃鸝一般인ᄃ 夕陽勸酒歌로 進了幾盃ᄒ
야 飮到微醺에 兩頰이 欲紅이어던 洞房燭滅에 多情相携ᄒ면 定是軟質은
疑無骨이오 柔肥ᄂ 似有香이니 豈不樂哉며 且仁鴻이 騙盡了平壤富民(尙
有未騙者ᄒ니 三丈이 知否)ᄒ고 弄盡了平壤物色ᄒ니 亦已齒酸矣라 誓將
去之코 且向京城ᄒ야 逞了我手段에 窮了我行樂일식ᄒ노이다 李三丈이
聞了大贊(前何故責仁鴻이며 後何故贊仁鴻고 天下에 無一個直心人)道賢
姪이 果然好意思로다 賢姪이 一向京城ᄒ면 長安中多少宰相이 雖有才計
出人的나 安能及賢姪이며 雖以遐鄉之人으로 視之藐然ᄒ지라도 賢姪이 一
時에 行其伎倆ᄒ면 大家的金銀錢帛이 無不向賢姪手中舞出來ᄒ리니 豈
不快哉리오 賢姪은 速速圖之어다ᄒ며 大同江汲水稅ᄂ 毋向他人賣之ᄒ라
ᄒ거ᄂ 鳳이 道老丈이 肯買時에ᄂ 固不敢更許他人이어니와 若復遷延歲
月에 誤了時期언ᄃ 便是俟河之淸이라 豈不悶悶가 李三丈이 道賢姪아 請
問我行年七十에 何嘗有一毫不信處麽아 鳳이 道仁鴻이 固知老丈의 可信
이로ᄃ 每事를 不可虛疎故로 如此言之ᄒ노이다 雖然이나 老丈이 買去에
固不可言多言少이나 老丈은 且言當價ᄒ오 李三丈이 道三萬兩이면 似是

482

合當일신ᄒ노라 金鳳이 勃然作色에 拍案大聲道老丈은 但是自己慾心만 生覺ᄒ오 若是三萬兩에 賣之홀진딘 前村丙兒가 借得寡婦家月數錢이라도 早己買得去ᄒ얏시리로다 我當初에 言及老丈이 却是非人事요ᄒ고 怒氣騰騰而坐ᄒ거늘 (1906.8.1)

31

△李三丈이 不敢再問ᄒ고 黙黙相對라가 其明日에 又開口道我昨夕에 率爾發口ᄒ다가 有此失言이어니와 賢姪아 更言當價ᄒ소 鳳이 道十萬兩에 減了一分이라도 不可ᄒ오 李三丈이 再懇道若論當價ᄒ면 十萬兩이 猶是至歇이나 賢姪은 再三思之하야 七萬兩에 結價가 何如오 鳳이 搖首不肯ᄒ딘 李三丈이 抵死苦懇ᄒᄂ지라 鳳이 不得已ᄒᄂ 貌模으로 許之ᄒ야 當日에 寫了文券捧了價錢ᄒ고 鳳이 更向李三丈道老丈이 明日早朝에 持此文券ᄒ고 直走了大同江上ᄒ야 遇着了汲水傭人ᄒ거던 一一說明ᄒ면 即自明日爲始ᄒ야 數百兩이 日入老丈家去了ᄒ리니 此乃老丈子子孫孫의 安坐衣食的寶藏이라 敢賀老丈的無窮洪福ᄒ노니다 癡哉라 李三丈이여 拱手稱謝ᄒ고 翌日早朝에 走了大同江上ᄒ니 已有汲水傭數百人이 三三五五히 聚坐沙上이라 李三丈이 向前拄杖道汝等이 皆無恙應아 自今日로 汝主人은 已遞了ᄒ고 我爲汝主人ᄒ오니 汝等은 皆認之어다 該人等이 皆面面相覷에 黙黙不發言ᄒᄂ딘 就中一人이 蹶起施禮道生員主安寧가 不識生員主姓氏宅號ᄒ거니와 將爲我們的主人이라ᄒ시니 敢問生員宅錢財가 幾何이완딘 我們數百人을 將衣之食之니잇고 李三丈이 諦視那人ᄒ니 身長八尺이오 鼻如鷹嘴ᄒ고 面如蒸棗ᄒ고 目眦上裂에 語音이 不良이라 李三丈心中에 已是十分不快ᄒ야 勉强答道我是收稅的主人이오 不是衣食汝們的主人이니라 那人이 口中獨語道收稅收稅하더니 更問道我們은 均是無田無

畓ᄒᆞ고 又或無家無室ᄒᆞ야 朝朝一桶水가 便是生涯이온ᄃᆡ 生員主ㅣ向此
人等ᄒᆞ야 將收何稅오 李三丈이 道汝等이 尙不聞昨日也에 我與金書房主
로 已成了汲水稅買賣的文券麼아 那人이 再三道汲水稅汲水稅ᄒᆞ더니 更
問道該文券을 生員主持來麼아 李三丈이 道持來了로라 那人이 請暫一觀
커늘 李三丈이 自袖中出了ᄒᆞ야 付與那人ᄒᆞᆫᄃᆡ 那人이 受而讀之ᄒᆞ고 回向
衆人等ᄒᆞ야 自成文事段以下로 至某年某月某日之句와 仁鴻三丈手押之
處ᄭᆞ지 解說一次ᄒᆞ고 無不拍掌大笑ᄒᆞ더니 (1906.8.2)

32

△更向李三丈道老生員아 爾從何處石窟中出來麼아 自我朝鮮之剖判으
로 卽有此大同江ᄒᆞ고 自有此大同江으로 未聞有汲水稅ᄒᆞ야 持椀者ᄂᆞᆫ 椀
以飮ᄒᆞ고 持瓢者ᄂᆞᆫ 瓢以飮ᄒᆞ고 東方之人은 自東方來汲ᄒᆞ고 西方之人은
自西方來汲ᄒᆞ니 萬古長江이 只是用之不渴에 取之無禁이니 今此一張稅
券을 誰敎爾持來的오 看爾白髮이 星星ᄒᆞ니 應飽盡數十年不托(쓕국)이거
늘 乃作前無後無之事ᄒᆞ야 吠盡前村的狗子ᄒᆞ니 如此癡物을 留之何用고
ᄒᆞ며 卽地裂破該券ᄒᆞ고 張拳大喝ᄒᆞ니 嚇得李三丈이 面如土色에 忍住憤
氣ᄒᆞ고 還走了金鳳家ᄒᆞ더니 金鳳이 見了李三丈回到ᄒᆞ고 呵呵出迎ᄒᆞᆫᄃᆡ
李三丈은 尙此朦朧不覺ᄒᆞ고 却向金鳳道賢姪은 有何神奇手段이완ᄃᆡ 如
此凶惡漢子等이 每日平朝에 自手로 來納稅錢麼아 我一時에 幾爲該人等
他死了ᄒᆞ얏스리로다ᄒᆞ고 氣喘喘拄杖而立ᄒᆞ거늘 金鳳이 拍掌道吾固知老
丈의 有此狼狽로다 大抵此漢等은 皆是牟散難捧之輩라 卽是白喫人數千
兩錢ᄒᆞ고도 兩目이 不曾瞬ᄒᆞ나니 老丈이 雖一日에 百千番也去라도 只是
兩頰이나 被批ᄒᆞ고 分錢의 影子도 不見ᄒᆞ리니 可惜老丈의 七萬兩錢을 浮
送了金仁鴻手中이로다 李三丈이 聞了ᄒᆞ고 方始十分疑訝ᄒᆞ야 嚼齒道此身

484

이 斫爲萬段이언졍 此錢이야 肯任他人의 安坐喫去리오 鳳이 撫掌道老丈이 無自苦ᄒ오 老丈的身子ᄂᆞᆫ 雖斫之百億萬段也라도 此錢은 一分도 終不見ᄒ리니 老丈은 無自苦ᄒ오 癡哉라 老丈이여 大同江汲水에도 有稅인ᄃᆡ 世間幼兒ᄂᆞᆫ 手中에 都無一箇餠ᄒ리로다 李三丈이 又憤又氣ᄒᆞ야 百跳千躍에 磨牙切齒ᄒᆞ며 大叫道爾敢欺我如此麽아 奸仁鴻毒仁鴻아 爾不念昔日에 借屋的恩功가 且看爾腹中이 安不安ᄒ리로다 鳳은 却只是莞爾微笑道老丈은 無太作氣어다 但恐老丈衰暮之年에 以此生病ᄒᆞ야 添得賢郎賢婦의 一時憂愁일셰ᄒᆞ노이다 (1906.8.3)

33

△老丈이 向日에 自贊ᄒᆞ되 不曾欺了人ᄒᆞ고 亦不被人欺라ᄒᆞᆸ기 仁鴻一時에 要試老丈的 心術才局일셰ᄒᆞ다가 致損老丈的金錢ᄒᆞ고 妄觸老丈的盛怒이오니 死罪死罪라 敢望老丈의 海濶天高的胸襟으로 俯賜容恕ᄒᆞ노니다 李三丈이 忍憤不住ᄒᆞ야 要一口吞金鳳이라가 聽得金鳳의 如此言語ᄒᆞ고 暗忖一次ᄒᆞ니 果然是今日所見的金鳳이 前日所聞的金鳳이라 當時守錢虜李三丈의 斫頭作兩段이라도 不肯借了人ᄒᆞᆯ 如珠如玉愛愛惜惜的七萬兩錢을 梁山泊裏百單八人에 智多星吳學究的手段으로 梁太師의 生辰網奪去ᄒᆞᆺ 瞬息間에 吸取ᄒᆞ고 安坐不動에 一語도 不曾慌忙ᄒᆞ니 我雖終日叫喝인들 竟有何益이리오ᄒᆞ고 但以一句俚語로 更罵道千夫所指에 不疾而死ᄒᆞᄂᆞ니 爾如此騙人財ᄒᆞ다가ᄂᆞᆫ 不能臥席終身ᄒᆞ리로다 遂携杖出門ᄒᆞ다가 仰天長吁道李三丈이 竟爲金仁鴻의 所欺라ᄒᆞ더라 鄕人에 好言者ㅣ 爲之語ᄒᆞ되

金鳳이 爲難捧에 三丈이 躍千丈이라 千丈躍인들 可奈何오 七萬兩만 九萬이로다

金鳳이 遂將數千兩錢ᄒ야 大設一卓ᄒ고 齊齊聚了汲水傭人ᄒ야 爾勸我飮에 終日醉樂ᄒ고 更將數千兩錢ᄒ야 一一均給了ᄒ더라

且說金鳳的妻陳氏가 偶染一疾ᄒ야 叫痛叫苦에 不飮不食ᄒ고 一病閱月에 全無起色ᄒ니 正是衾枕은 無時捲이오 坐臥에 要人扶라 呼醫問藥이 無所不至ᄒ되 都無半點効驗ᄒ고 只是添病加痛이라 金鳳이 左右思量ᄒ즉 若非李君膺的神術이면 此便是不起的人이라 雖然이나 往事를 思之ᄒ면 設或君膺이 是一個無腸公子ㄹ찌라도 其心에 必不能忘之ᄒ얏쓰려던 況此人은 本來是着塵冠ᄒ고 挑錪唾(가리침)ᄒᄂ 山中에 骨生員任이라 偏心偏性이 愈老愈甚ᄒ리니 今此金鳳의 妻病에 雖百拜哀乞이라도 必不肯寫與我一張華劑오 或寫與之ᄒ야도 只是不可信的니 我且誘君膺到此然後에 別作良計ᄒ야 使其診脈投劑에 旣不敢辭ᄒ고 亦不敢瞞케ᄒ리로다ᄒ고 於是에 一僮一馬로 乍行乍步ᄒ야 亟走了淸川江上李君膺家ᄒ니 (1906.8.4)

34

△時ᄂ 六月天氣라 蒸炎이 如火ᄒᄃ 一時에 行急ᄒ야 不暇暫憩ᄒ고 走得人喘馬困에 汗如雨下라 升堂叙了寒暄ᄒ니 君膺이 首肯而已러라 金鳳이 再不討話ᄒ고 便起要去ᄒ니 坐客이 皆瞠悅莫知其意ᄒ고 君膺도 亦以晉代稽中郞에 傲視鍾會的語法으로 驟問道何所聞而來라가 何所聞而去也오 鳳이 答道仁鴻之來也ᄂ 祗爲主人의 昔日交情ᄒ야 暫且過訪이오 去也ᄂ 却有一件奇奇怪怪的事故ᄒ야 不問頃刻留連이라 所以로 如此忽忽이로라 君膺이 再問道有甚奇奇怪怪的事오 鳳이 道仁鴻이 方纔出遊某地러니 今朝에 忽然接得家書ᄒ니 書中에 別無所言ᄒ고 但道一件怪變의 可驚可愕的ᄒ니 眞是古未聞今未見의로다 君膺이 道無如是藏頭隱尾ᄒ고 明白說那個怪變ᄒ라 鳳이 再不答話ᄒ고 自袖中으로 捧出一封書角ᄒ야

486

要坐客同看ᄒᆞᄂᆞᄃᆡ 其書가 如左ᄒᆞ니

　天氣炎熱에 伏不審旅中氣體候安寧이니잇가 伏慕不任下誠이로소이다 家中은 別無大故而四五日前에 新買的牝馬가 産得一駒ᄒᆞ얏ᄂᆞᄃᆡ 生未幾刻에 聲如猛虎ᄒᆞ고 躍至數丈ᄒᆞ야 僕夫萬春(僕夫의 名)이 不敢近前ᄒᆞ고 洞人이 來看ᄒᆞ다가 莫不吐舌ᄒᆞ더니 纔經一宿에 越屋跳墻ᄒᆞ야 擾亂一村ᄒᆞ오니 此甚是怪變이라 何以則爲好也ᄅᆞᆫᄃᆡ 爲此畧上數字不備上白是

　　　　　　　　　年　月　日　子甲龍　上書

鳳이 對君膺道甲龍은 是仁鴻의 第一子인ᄃᆡ 年今十三歲라 雖未嘗費紙學字이나 畫力은 却似小勁ᄒᆞ니 此是仁鴻의 愛之如玉的로이다 老丈은 以爲何如오 君膺이 未暇答這個閒話ᄒᆞ야 但道唯唯ᄒᆞ고 亞問道老兄이 將以何術로 馴養了這駒兒오 鳳이 搖頭道這悍駒를 何以馴養이리오 且或有馴養의 法이라도 仁鴻은 決不長養此駒라 試問老丈半生歲月에 亦嘗見如此駒兒麽아 君膺이 道不曾見이로라 鳳이 噫吁道此ᄂᆞᆫ 分明是一時妖孽이라 去即打殺일ᄉᆡᄒᆞ노이다 (1906.8.6)

35

△君膺이 道不必打殺이라 將此賣去가 何如오 鳳이 道仁鴻의 打殺不顧的物을 何人이 肯來將錢買之리오 君膺이 道爾肯賣인ᄃᆡᆫ 我願買ᄒᆞ노라 鳳이 道只此一個妖怪的物을 老丈이 肯買去하니 固不知老丈의 用之何處어니와 仁鴻은 不要金이오 不要銀이라 但要老丈의 自牽去하노라 蓋金鳳口中에ᄂᆞᆫ 只道是妖物怪物이나 君膺心中에ᄂᆞᆫ 只認是天馬龍馬인가하야 堅要仁鴻買之하고 又恐仁鴻이 佯言이오 不肯賣인가하야 更要言價하니 鳳이 道仁鴻은 俄者에 已言打殺那駒兒하얏스니 今若要一分銅하면 便是一口二言

이니 唯老丈은 言之하오 君膺이 道主人이 不言하고 反要買者先言하니 甚
是不安이오나 老兄이 如此堅執하니 君膺이 且先開口하리이다 二十緡靑銅
이면 君意에 合否아 鳳이 道仁鴻은 只要三四緡靑銅이러니 老丈이 却言二
十緡하ᄂ니잇가 老丈이 肯買인디 且隨仁鴻來하오하며 即起身흔디 君膺이
隨即冠帶而出하더라 旣至金鳳家하야 金鳳이 不入外廊하고 直入內室흔디
君膺이 躕躇道此非內室麼아 金鳳이 道老丈은 無嫌也하오 龍馬가 在此하
니이다 君膺이 隨而入하야 直入房內하니 但見一個婦人이 蒙被而臥흔디
首如飛蓬하고 顔色이 癯黑하야 鼻不涕面不汗하고 譫語不止하니 病症이
甚是危重이라 金鳳이 指着該婦人道老丈아 此娘子가 是個仁鴻의 糟糠之
妻로소이다 仁鴻十六歲時節에 娶得這娘子하야 至今幾十年間에 雎鳩鴛鴦
이 情義甚密하며 如琴如瑟에 好合無已하고 月姥繩絲를 結之又結하야 生
則同家에 死則同穴하잔 百年偕老之約이 金石不渝홀쑨더러 中間歲月에
許多苦生은 慘不可盡言이라 但望爾鬢我髮이 皓如葱根토록 握手不相離
홀ᄉ하얏더니 今者에 忽然得病하야 顔色은 如彼瘦하고 手足은 如彼黑하고
眼眶은 如彼陷入하고 全身은 如彼乾燥하니 便是閻王府賣菽之路가 不遠
이라 百爾思之하야도 回生이 無策인데 竊念老丈醫術은 鬼神이 倒退하고
死者가 更生하ᄂ니 今番에 若活了仁鴻的妻하시면 他日地下에 結草報恩
하리이다 君膺이 方知中計하고 心中憤怒하야 便起身道我來看龍馬오 不來
看病人이오흔디 (1906.8.7)

36

　△金鳳이 啞然一笑道老丈이 誤矣로다 老丈은 是個醫師오 不是馬商이
어늘 要看不生的駒兒흐고 不要看將死的病人흐니 仁鴻昔日에 雖有死罪
이나 此係錢財上事이니 錢財人命이 果是孰重孰輕고 仁鴻的抹樓下의 回

488

生도 只在老丈이오 死去도 只在老丈이니 老丈今日에 便有生殺之權者라 老丈이 活了人ᄒ면 仁鴻의 子子孫孫이 萬世不忘ᄒ려니와 老丈이 殺了人ᄒ면 仁鴻이 雖老나 少年的狂氣가 未除ᄒ니 老丈은 自量爲之ᄒ오 君膺이 默然不答ᄒ고 暗暗地思量道我가 今番에 又爲豎子의 所欺로다 我只要去ᄒ다가ᄂ 必也에 飽喫了仁鴻的老拳이오 不要去인된 我胸中一肚憤氣를 安得忍住리오 雖然이나 事已至此ᄒ얏스니 將復奈何리오 仍向金鳳道我前後에 被爾如此籠絡ᄒ니 那不憤氣아 我今者에 旣已到此ᄒ야 目見將死的病人ᄒ고 囊中小技를 安敢不試리오만은 但爾的欺人이 太甚이로다 金鳳이 頓首稱死罪ᄒ더라 君膺이 忍憤忍氣ᄒ고 醫治數十日에 陳氏的病勢가 漸漸減了ᄒ니 金鳳이 十分喜悅ᄒ야 拜謝君膺ᄒ고 及到君膺臨去的時에 以自己常乘的愛馬一隻으로 與之道老丈은 以此로 替了龍馬ᄒ오 君膺이 出門歎一口氣道我雖怨金鳳의 瞞我如此나 却其才高도 不可及이오 手潤도 不可及이라ᄒ더라

聽泉子曰奇哉라 仁鴻이여 昔日鷄鳳으로 仁鴻이 旣變爲金鳳ᄒ니 今日龍馬로 金鳳이 可變爲金龍이라 旣名鴻ᄒ며 又名鳳ᄒ고 又可名龍이니 合而稱之에 可叫做金三虫이로다

又曰諺에 云易測十丈水深이오 難窺一尺人心이라ᄒ얏스나 又有不及一寸에 可窺甚易者ᄒ니 譬如君膺이 再被仁鴻之所瞞也에 苟使仁鴻으로 不與一分一芥런딜 其出門之時에 必也磨牙切齒而去어늘 只是愛馬一匹노 消釋前日之怨ᄒ고 更有才高手潤之歎ᄒ니 人心이 豈難窺云乎哉아

且說金鳳이 雖是遐鄕匹夫나 手段才局이 如是恢恢故로 虎視一邑之內ᄒ야 雖或誚其奸譎無雙이나 莫不服其智略超人ᄒ더니 當時位高名重ᄒ 北渚[3] 金鍪[4]公이 有一個愛子ᄒ니 名叫做慶徽라 年未三十에 已登宰輔

---

3) 渚: 원문에는 '清'으로 나와 있으나 의미상 바로잡음.
4) 鍪: 원문에는 '流'로 나와 있으나 의미상 바로잡음.

第四話　489

之列ᄒᆞ야 自謂奇才無敵이오 天下에 無難事라ᄒᆞ며 或有傳金鳳事者어늘
卽奮然道此皆奸民亂民이라 不可掩置라ᄒᆞ더니 (1906.8.8)

37

△朝議가 以慶徵이 有吏治材라ᄒᆞ야 任平壤庶尹ᄒᆞ니 到任未幾日에 召
六房官屬ᄒᆞ야 問該郡弊瘼ᄒᆞᄃᆡ 該官屬이 紛紛嚷嚷에 各陳一弊ᄒᆞ거늘 庶
尹이 一一聽罷ᄒᆞ고 更喝道此郡中에 自有一個巨大之弊어늘 汝等이 不知
麼아 何其問東說西에 不急之弊만 毛擧ᄒᆞ고 遺下這巨弊ᄒᆞ니 汝矣等愚騃
가 實甚이로다 官屬等이 一齊前白道小人等이 實是愚騃ᄒᆞ야 不知何件事
가 是巨弊로소이다 庶尹이 道汝等은 但知有弊法弊事ᄒᆞ고 不知有弊人麼
아 昔에 周處가 橫行에 江東人民이 患之苦之를 甚於山中之白額과 江中之
蛟龍ᄒᆞ야 目之爲三患之首ᄒᆞ고 豊年이 穰穰에 民無樂色ᄒᆞ얏스니 弊人의
爲人弊가 甚於弊事弊法의 爲人弊라 我聞平安道內에 有一個可患的物ᄒᆞ
니 姓叫做金ᄒᆞ고 名叫做仁鴻이라 初年에 浪遊山嶽ᄒᆞ야 自號浪士라ᄒᆞ다가
後來에 突然一變ᄒᆞ야 欺人騙財에 無所不至ᄒᆞ더니 瑞鳳一曲으로 瞞了捕
將ᄒᆞ고 汲水稅文書로 賣了大同江ᄒᆞ고 其他奇奇怪怪 可驚可愕的說話가
不可一二數니 (庶尹口中에 畧叙仁鴻平生) 若是掩置不問ᄒᆞ면 將見郭解劇
孟之徒가 攘臂於閭里ᄒᆞ야 官吏가 難施其政令이오 人民이 不勝其弊害ᄒᆞ
리니 我爲一時牧民之官ᄒᆞ야 此等奸民을 不能除去ᄒᆞ면 上負聖上의 分憂
的本意이고 下負斯民의 望治的至情이라 我有三尺大刀ᄒᆞ니 決不留怨此狐
鼠輩ᄒᆞ리라 有一老吏가 出班道案前主所言이 極是이오나 小人이 却有一
二句仰白的語ᄒᆞᄂᆞ이다 庶尹이 道何說고 便說去的어다 該吏가 道金仁鴻
이 雖是一個奸民이라 罪不可容貸이오나 却其欺騙人財時에 未嘗一毫擾他
貧民이옵고 只是貪官酷吏와 吝嗇的富民處에나 施用這個手段ᄒᆞ고 見他人

의 窘塞事情ᄒ면 不惜千金的擲去ᄒ니 其罪欵은 可誅나 其才局은 可仰이오 且其心이 不樂爲此라 但以遐鄕賤跡이 雖有良平管葛的奇才이나 無所望於朝廷之收用이오 又不肯於權門之曳裾이라 是以로 甘在鄕谷에 不求聞達ᄒ고 畧試錐末에 以見其才ᄒ니(老吏口中에 畧叙仁鴻心跡) 這個人物을 縱不能拔擢需用이나 又何忍摧磨折辱에 作此殺風景之事리오 况此人이 口如懸河에 儀秦이 莫過라 雖是捉致的라도 辨罪之場에 受盡無限煩惱ᄒ리이다 (1906.8.9)

38

△庶尹이 大怒道爾敢庇護奸民麽아ᄒ며 遂斥退該吏ᄒ고 發差往捉仁鴻ᄒᆞᆯ식 號令이 急於星火러라 官差ㅣ 到金鳳家ᄒ니 是日은 金鳳의 生朝라 大會賓客親戚ᄒ야 爾勸我飮ᄒ다가 見官差至ᄒ고 金鳳이 掀髥笑迎道公等今日에 甚風이 吹得到此오 適値有酒有肴的好日ᄒ니 仁鴻心中에 尤一層喜樂이로다ᄒ며 握手而入ᄒ되 該差等이 却是躑躅不前이어늘 金鳳이 瞿然道爾今日的來ᄂᆞᆫ 非爲訪我來라 必有事故이로다 不然이면 昔日把臂跌宕故人이 忽有許多齟齬的狀態ᄒ니 是果何由오 無隱告我ᄒ라ᄒᆫ디 該差等이 呈了牌子道世事가 果是難測이로다 誰知小人等이 爲捉生員主來也리오 金鳳이 接了一讀ᄒ고 向該差等道爾等이 果是量小的人哉로다 只因此數寸紙的懷來ᄒ야 却對我面赧心愧ᄒ니 大丈夫ㅣ 豈當如此리오 無作雜談ᄒ고 且來飮一盃的生朝酒ᄒ소ᄒ고 滿斟一盞與之ᄒ니 該差等이 接受道小人等이 今此一來ᄂᆞᆫ 固不敢負了官令이어니와 相對的場에ᄂᆞᆫ 却是官令이 爲輕ᄒ고 人情이 爲重이니 敢請生員主ᄂᆞᆫ 一時躱避ᄒ오 小人等은 去受了失捕的罪ᄒᆞᆯ지라도 只是甘心不辭로소이다 金鳳이 呵呵道諸兄이 差矣로다 仁鴻이 一番官令에 有此逃躱遠走ᄒ면 平生價値가 落盡ᄒᆞᆯ것이오 且仁鴻이 罪

多如毛ᄒᆞ되 未嘗一入官庭에 受得一個蒲鞭ᄒᆞ얏스니 今此明官이 下車ᄒᆞ샤
先治奸民ᄒᆞ신즉 仁鴻이 固當自現請罪어늘 今者에 先被案前主洞燭ᄒᆞ와
有此諸兄의 枉臨ᄒᆞ니 多謝不敏이라ᄒᆞ고 更討一椀大酒來ᄒᆞ야 與該差及諸
賓客等으로 恣意飲飽에 極歡而罷ᄒᆞ고 緩緩的步로 望郡門去了ᄒᆞ야 該差
等이 共奏金仁鴻을 早已捉來호이다 庶尹이 鬈毛ㅣ 盡張ᄒᆞ며 整襟坐喝道
爾是綽號(別名)瑞鳳的金仁鴻麼아 金鳳이 道然ᄒᆞ니다 (1906.8.10)

39

△庶尹이 厲聲大喝道汝ᄂᆞᆫ 窮鄕匹夫라 蟹尾之文과 針孔之智로 居地ᄂᆞᆫ
是兩方遐方이오 家世ᄂᆞᆫ 是祖農父商이라 汝幺麼一個가 恃何權力ᄒᆞ고 如
此自行自止에 毫無忌憚고 汝罪該死이니 汝知麼아 金鳳이 啞然一笑道城
主ᄂᆞᆫ 是個綺紈之子라 生長於父懷母抱之中에 長似襁褓之兒이니 脾胃가
如何이완ᄃᆡ 儼然坐堂上而稱太守이며 食的ᄂᆞᆫ 長是肉이오 飲的ᄂᆞᆫ 長酒라
生來에 都不知糟糠粗糲이거니 安知窮民의 視苦茶를 如甘薺ᄒᆞᄂᆞᆫ 情狀이
리오 苟聞得百姓의 餓死ᄒᆞ면 必然道何不食肉糜오ᄒᆞ리니 何以牧民이며 大
明律大典通編은 一句도 不曾讀이오 無寃錄檢屍等語ᄂᆞᆫ 一字도 不能解라
小訟大獄에 只憑吏屬輩의 舞智舞文ᄒᆞ리니 何以治獄이리오 城主가 苟要
治民이든 早解了銅章ᄒᆞ고 歸家學問數十年에 爲我城主가 方是合當이니
今日에 要城主治民이면 是將新生的鷄卵ᄒᆞ야 先求子時與丑時이니 豈不令
人悶悶이리오 且仁鴻的自行自止와 欺人騙財가 善이라도 是仁鴻的善이오
惡이라도 是仁鴻的惡이니 何關城主事이완ᄃᆡ 發差來捉人ᄒᆞ고 拍案更喝人
ᄒᆞ니 城主ᄂᆞᆫ 何如是多事麼오 天生仁鴻에 好是兩鼻孔이 潤潤이니 不然的
러면 早是氣塞死了ᄒᆞ얏스리로다 庶尹이 不勝憤怒ᄒᆞ야 鬚鬢이 盡張ᄒᆞ며
大聲疾叫道該殺民을 急急縛上了刑具ᄒᆞ야 大杖으로 左打之ᄒᆞ며 小杖으로

右打之ᄒ라 皮的ᄂᆞᆫ 個個坼ᄒ며 肉的片片裂ᄒ야도 看這犢雛의 尚如是倔
强與否ᄒ리라 這一聲에 持棍者ㅣ趨左ᄒ며 持杖者ㅣ趨右ᄒ야 有若動手
者어ᄂᆞᆯ 仁鴻이 莞爾回顧道爾等이 頓不記平安道內綽號瑞鳳的金仁鴻麽아
自古로 道江流ᄒ야도 石不轉이라ᄒ얏스니 今年平壤庶尹이 不能千百年을
只是平壤庶尹이오 今日金仁鴻은 便是爾等의 日日相逢的金仁鴻이니 爾
等이 但見目前에 仁鴻이 受人喝受人罵ᄒ고 不知明日에 能喝人能罵人麽
아 (1906.8.11)

40

△官隷等이 聽了此言ᄒ고 黙黙相顧에 莫肯向前動手ᄒ니 可怪哉라 渠
等的案前主堂堂平壤庶尹의 千喝萬叱이 定不及窮鄕匹夫金浪士의 無多
的數句語로다 於是에 仁鴻이 仰首向庶尹道城主ᄂᆞᆫ 雖是本郡官吏오 仁鴻
은 雖是本郡小民이라 等分이 自別ᄒ고 天壤이 懸殊ᄒ오나 但仁鴻은 不比
他等平民의 不問涇渭境界ᄒ고 只以一棍一杖으로 問罪定刑하야 大棒打來
時에ᄂᆞᆫ 淸淸白白的身子라도 奸淫으로 自服하고 生灑羽(싱줄우)交下時에
ᄂᆞᆫ 無贓無證的良民도 盜賊으로 自供ᄒ려니와 至於仁鴻하야ᄂᆞᆫ 可以理屈이
나 不可以力屈이니 城主ᄂᆞᆫ 無太震怒하시며 無太忿激ᄒ시고 一時平心下
氣ᄒ샤 下問仁鴻的罪하시면 仁鴻이 可服的ᄂᆞᆫ 服之하고 可辨的ᄂᆞᆫ 辨之호
ᄃᆡ 苟此仁鴻的罪惡이 有可死的案인ᄃᆡᆫ 雖死나 不敢避하리이다 庶尹이 遭
此難處的境遇하며 聽此無難的語法하고 好生不憤가 面色이 靑紅에 良久
不語하다가 暗暗地思量道既不能令하고 又不能從은 古人所譏라 我今者에
雖如此昌皮이나 只自憤怒叫喝이면 有何濟事리오하고 因回嗔作喜道噫라
我ㅣ昔聞金仁鴻三字而已러니 今乃見仁鴻의 如此氣槪하니 可喜可喜로다
誰料得窮鄕下邑에 有此無雙奇材리오 仁鴻아 我平生에 人器自許러니 今

日見汝에 不覺雙膝이 屈了로다 當初招爾來時에 要驗爾丈夫意氣오 原不欲勘定爾罪라 我十年求友에 不見其人이러니 今始得仁鴻이로다하며 跣足下堂하야 要扯仁鴻上去하거늘 仁鴻이 植立不動道城主가 當初發差傳令에 來捉仁鴻하니 仁鴻이 乃是罪人이어늘 今也에 城主ㅣ 親自下臨하샤 要將仁鴻上去하야 奄同一席에 要作高賓上客하니 一刻之間에 功罪가 飜覆하야 堂下罪人이 豈可上堂去了리오 仁鴻이 雖愚이나 不敢當此禮로소이다 庶尹이 道爾가 自處以罪人인딘 合受笞杖이오 自待以衙客인딘 且上堂來어늘 今也에 不受杖하고 不上堂하니 爾意安在오 (1906.8.13)

41

△金鳳이 答道仁鴻은 不願爲城主에 罪人이오 亦不願爲城主에 上客이라 但願天地中間에 自由自在ᄒᄂ이다 庶尹이 道爾何骨硬如此오 旣爲人民ᄒ야 安有不係不屬的人이리오 金鳳이 道古語에 云ᄒ되 國君이 驕人이면 失其國ᄒ고 大夫ㅣ 驕人이면 失其家ㅣ라ᄒ나 至於仁鴻ᄒ야는 便是東去西來的黑雲白鷺ㅣ라 不比城主에 係縶一官ᄒ야 偃仰屈伸을 不得自意니이다 遂上堂ᄒ야 呼酒飮數椀ᄒ고 語次間에 庶尹이 問道我聞浪士는 常說天下에 無難事ㅣ라ᄒ니 然否아 金鳳이 攘臂道天下事가 固多難者ㅣ로딘 仁鴻手中에는 未嘗遇何許難事로소이다 庶尹이 道爾今日에 分明說這話이지 金鳳이 道然ᄒ이다 庶尹이 道我他日에 或遇難處的事ᄒ야 要爾決之인딘 不敢辭이지 金鳳이 道然ᄒ이다 庶尹이 道若判不得時에는 將奈何오 金鳳이 道呈了項ᄒ리이다 庶尹이 卽叫通引ᄒ야 覓一紙來ᄒ야 囑記這話ᄒ고 要仁鴻畫了手押ᄒ니 蓋庶尹은 腹中藏刀ᄒ나 金鳳은 舌端生風이라 死且不敢避어니 安肯辭此리오 遂大畫了一心樣ᄒ더니 未數日에 巧値一難處的獄事ㅣ 出來ᄒ니 眞是奇怪哉로다

494

且說平壤東無懷村居的商民에 姓名叫趙平男的가 驀地來入郡門ᄒ야 呈了一張訴狀ᄒ고 伏地大哭不已어늘 庶尹이 接了一看ᄒ니 該狀에 云ᄒ 얏스되

右謹陳所志矣段云云矣身이 忽遇罔測之怪變ᄒ니 欲言에 氣塞이오 欲寫에 腸裂이라 敢抹數行眼淚ᄒ야 仰告于至仁至明ᄒ신 我城主閣下 ᄒ노니다 矣身은 早失父母ᄋᆸ고 無他兄弟온ᄃᆡ 夫妻兩人이 零丁相依ᄒ 야 喫盡數十年苦活ᄒ고 山菜野蔬로 視爲活命之資ᄒ며 襤褸布裙으로 每過嚴冬風日ᄒ야 幾年苦境을 一筆難盡이라 矣身이 不得已於生計ᄒ 와 自昨年以來로 行商坐賈를 無所不爲온ᄃᆡ 無奈風屑雨鹽에 依舊夫寒 妻飢터니 去月에 偶得一隻羸牛ᄒ와 白米數十斗로 行賣遠地ᄒ고 數日 前에 始得歸家ᄒ야 方喜夫妻數月之隔面이 一時相逢이ᄋᆸ더니 (1906.8.14)

42

既開房門에 舊日之面目은 不見ᄒ고 何來之腥臭가 觸鼻어늘 擡頭看 時에 只見七尺之屍身이 僵臥地上이온ᄃᆡ 頭被斫去에 難尋下落之地오 雙手尙握에 尙帶寃憤之容ᄒ니 慘酷境狀은 目不忍見이라 悲號一聲에 魂靈이 何知아 人事至此에 惟有痛哭而已오되 但其淋漓血痕이 尙未全 乾ᄒ니 可想凶賊行刺가 只隔時日이라 伏乞燭此至寃ᄒ와 索得屍頭에 免作無頭之鬼ᄒ고 發出奸賊에 快伏當刑케ᄒ와 洩幽明之憤을 千萬望 良云云

△庶尹이 更召該原告商民ᄒ야 詳問一次ᄒ고 默想良久에 都無如何方 法이 可以捉得奸賊的라 但口中咄咄道異哉라 道是强奸不從의 所致라도 殺之가 已足이니 何必藏去其頭이며 道是何許仇人의 所爲라도 亦何必提 去其頭리오 此眞是能見難事로다ᄒ고 嗟訝不已ᄒ다가 既而오 怳然我與金

仁鴻으로 昨日樽前에 有所云云的言語호니 渠是自口로 自道호며 自手로
自書호기를 雖是何等難事라도 我要渠處決時에 渠若不能호면 呈了渠項호
다호얏스니 我何不招渠一問호리오 渠若不能決호면 我自有妙妙方法이 處
置此人호리로다호고 催呼官奴호야 要金鳳乍回호니 此時에 金鳳이 別了
庶尹호고 纔出衙門호야 行未數步에 忽聽得背後何人이 高叫道生員主少
留少留호거늘 金鳳이 回頭觀看호니 只見一個官奴가 飛也似喘喘走來호
는지라 金鳳이 問道爾何故로 再趕來오 官奴가 道案前主ㅣ暫要生員主再
入호더니다 金鳳이 問何故오 郡中에 有何事故否아 官奴ㅣ道無別件事故
오 只有若此若此혼 殺獄事出來니이다 金鳳이 愕然道慘哉라 何許毒人이
敢害人命麼아 既而오 又啞然道城主的心이 大是暗懝이로다 我昨夕酒次에
大膽自誇호야 苟有何許難事의 城主不能決的어던 但囑諸仁鴻이 剖決如
神홀것이오 不能인던 呈了此項이라호얏더니 今也에 來尋這約이로다 雖然
이나 此獄이 有何難決이리오 (1906.8.15)

43

△既入郡衙坐穩에 庶尹이 道今者에 適有一件難處的獄事호니 將奈何
오 金鳳이 勃然道治獄은 是城主的事어늘 却向一個平民호야 却道奈何奈
何호니 是甚麼意오 庶尹이 道爾昨者에 與我何言고 金鳳이 道仁鴻이 一時
大膽으로 有此自誇이나 但是城主에 何件私事로 言之者이니 公事야 何敢
何敢이리오 庶尹이 到此에 無可開口호야 但得黙黙而坐라 金鳳이 復自念
호되 庶尹이 要我決此事는 雖不是好意이나 但此獄은 決非庶尹에 所能決
的오 且或拖過幾日호면 極是難處的니 我豈爲一個平壤庶尹의 爭長爭短
호야 使此冤獄으로 闇昧不決하면 極是大不可的事로다호고 再問庶尹道城
主公事는 非仁鴻의 曰可曰否라 所以云云이어니와 但其何許獄事인가 一

496

次說與仁鴻知了ㅎ면 仁鴻이 以此管中的見으로 以補城主의 所不逮ㅎ리이다 庶尹이 點頭道是ㅎ고 先將那訴狀遞與仁鴻이어늘 仁鴻이 接手看了ㅎ고 即喚那趙民問道此屍身이 分明是爾妻麽아 趙民이 道上衣는 紅紫ㅎ고 下衣는 靑靑ㅎ니 分明是矣妻로소이다 金鳳이 道脫去上衣하고 擺去下衣看之라도 是爾妻麽아 趙民이 躊躇良久에 道未嘗檢到此ㅣ로소이다 金鳳이 道但以衣是爾妻라고 幷認身是爾妻ㅎ면 或無大錯麽아 趙民이 道似然호이다 金鳳이 再問道爾比鄰에 得無誰家女人의 新逝的麽아 趙民이 道鄰人周文亨이 數日前에 新喪厥妻ㅎ야 今日에 方營葬云云ㅎ더이다 金鳳이 密密附庶尹耳邊道如此如此ㅎ오 庶尹이 聽了首肯ㅎ고 即召官隸四五人ㅎ야 分付道爾等이 偕了趙民平男ㅎ야 即出檢屍以來ㅎ라ㅎ고 更召那中聰敏的數人ㅎ야 密囑道如此如此ㅎ라ㅎ더라

且說官隸等이 與趙平男으로 直向無懷村去了ㅎ야 平男이 看檢屍身ㅎ니 分明不是渠妻오 但其上下的衣만 是渠妻舊服이라 趙平男은 彷徨疑怪ㅎ는디 官隸等은 只是不顧ㅎ고 直走該鄰周文亨家ㅎ야 不問直入ㅎ야 提擧棺子ㅎ니 輕輕直上이라 即時斧破視之ㅎ니 但有一個頭級이 留下這中ㅎ디 血痕이 將乾未乾ㅎ고 頭髮이 散亂이라 (1906.8.16)

44

△於是에 官隸等이 捉了周文亨ㅎ야 即地拷問道我案前主의 知之如神ㅎ며 明見萬里ㅎ시는 神明眼子에 爾一時奸狀이 早已綻露ㅎ야 我等이 奉命來了ㅎ얏스니 爾早早陳供自服ㅎ라ㅎ니 諺所謂作罪的人이 常懷戰懼的心이라 眞臟이 現出이거니 渠安得白賴리오 不下一杖에 箇箇承服ㅎ고 遂自深房複壁中으로 推出一個女人ㅎ니 即是趙平男的妻也라 平男은 兩眼快覩ㅎ고도 尙此朦朧疑異에 心驚口呆ㅎ야 不敢盤問ㅎ더라

且說官隷等이 提了屍首ᄒ고 鎖縛了周文亨과 幷趙平男的妻ᄒ야 回報官庭ᄒᄃᆡ 官庭에서 問招를 畢了ᄒ니 彼周文亨의 至奸至毒ᄒᆫ 凶計ᄂᆫ 令人으로 毛髮이 竦然ᄒᆯ 者로다

蓋當時에 趙平男의 妻가 周文亨과 通姦이 已久라 左右鄰人이 無不知了로ᄃᆡ 只是瞞得趙平男一人ᄒ야 但道渠妻가 貞姬烈婦오 靑天白日갓튼 身子라ᄒᆞᄃᆞ니 奸哉라 趙平男的妻也여 旣與趙平男으로 外親內疎ᄒ고 毒哉라 周文亨也여 又與自己에 糟糠的妻로 琴瑟이 不調ᄒᆫ즉 奸夫奸婦의 陰陰密密的情義ᄂᆞᆫ 自然如膠如漆ᄒ리로다 於是에 兩奸이 相議ᄒᄃᆡ 欲相携遠走則但恐趙平男的追尋이오 欲長時暗奸則又恐何日何時에 或被趙平男的發覺이라 相議累日에 做出此奸計也來ᄒ니 奸計ᄂᆞᆫ 何計오 乘此趙平男에 行商的時節ᄒ야 周文亨이 遂暗殺自己的妻에 斷其頭子ᄒ고 解了趙平男妻常着的衣服ᄒ야 衣了屍身ᄒ야 旣瞞了趙平男ᄒ고 趙平男妻ᄂᆞᆫ 暗匿于周文亨家라가 期以數日後로 移舍遠地ᄒ야 兩手相携에 百年偕老로 斷斷爲期ᄒ고 但其屍頭ᄂᆞᆫ 無處掩藏일ᄉᆡ 於是에 更稱喪妻ᄒ고 備了棺子ᄒ야 指日克葬일가ᄒᄃᆞ니 畢竟은 暗室欺人에 神目이 如電이라 渠所謂天下知鬼不知의 凶計가 早被金仁鴻의 覰破ᄒ야 奸夫奸女가 俱死當律ᄒ니라

(1906.8.17)

45

聽泉子曰非仁鴻也면 此獄을 終無以得決歟아 噫라 不然ᄒ다 作善에 降之百祥하고 作不善에 降之百殃이라ᄒᆫ 此兩句語ᄂᆞᆫ 古今昭昭之理라 一女含寃에 五月飛霜ᄒᄂᆞ니 豈有如周文亨妻의 無辜慘死ᄒ야 無窮寃恨이 河海同深ᄒ리니 彼奸夫奸婦가 雖有日行千里之神術이라도 萬目이 森照에 逃不出十步內矣리니 仁鴻之斷獄은 雖神이나 非仁鴻也라도 維

此至奸至毒的人이 其能老死於牖下乎아

自仁鴻的決此獄也로 一郡人民이 都是嘈嘈囔囔에 一辭驚歎ᄒᆞ야 道皆
金仁鴻이 果是出世奇才로딕 但生不遇時ᄒᆞ고 地處ㅣ 寒微ᄒᆞ야 只以挾雜
二字로 自判頭腦ᄒᆞ니 甚是可惜可惜이라ᄒᆞ고 庶尹도 不敢以常人으로 待
仁鴻ᄒᆞ나 仁鴻은 那裏肯顧名譽아 維願盧玆酌鸚鵡盃로 百年三萬六千日
에 長醉而不醒ᄒᆞ야 依舊向富戶饒民에 欺騙錢財ᄒᆞ고 自後로ᄂᆞᆫ 雖有平壤
庶尹의 一日百簡子招之라도 只是不應ᄒᆞ고 維將一張大紙ᄒᆞ야 那中央에
大書「非公事, 未嘗至偃之室」九字ᄒᆞ야 以答之ᄒᆞ더니 無幾에 本道的道
伯과 鄰郡的守令이 聞得金仁鴻의 出人才識ᄒᆞ고 皆要一見ᄒᆞ야 或遣人去
邀ᄒᆞ며 或有欲躬枉者라 金鳳이 接了這等消息ᄒᆞ고 仰天歎道我聞山林儒
者ᄂᆞᆫ 這是達官顯人의 尊敬禮貌者어니와 即此一個挾雜漢子를 乃有如此
艷慕ᄒᆞ니(山林儒者ᄂᆞᆫ 多僞德ᄒᆞ고 挾雜漢子ᄂᆞᆫ 多眞才) 官吏의 無人은 可
知로다 既而오 又歎道東方三千里窄窄ᄒᆞ야 并挾雜處也沒이라ᄒᆞ더니 遂挈
家遠走ᄒᆞ야 不知所終ᄒᆞ니라

桂巷稗史氏曰此ᄂᆞᆫ 金鳳本傳也라 文凡三十六回에 其奇事奇蹟은 多
不勝枚라 因其中에 有斷獄一事ᄒᆞ야 刪削太半ᄒᆞ고 遂攝入公案之第四
回ᄒᆞ니 自與前後篇文勢로 有不相類者라 觀者ᄂᆞᆫ 詳之어다 (1906.8.18)

妖經客設齋成奸 能獄吏具棺招供

1

△話說招巫問卜과 設齋誦經은 不可不嚴斥猛絶이니 不然이면 來頭災
害를 有不可言ㅎ나니 戒之哉戒之哉어다 昔在英祖大王在位年間에 全羅道
羅州郡에 有一個女人尹氏ㅎ야 嫁與本郡鄭氏家郎ㅎ더니 生下一子ㅎ니
名喚癸童이라 癸童은 年纔十二오 尹氏는 年未三十인디 鄭郎이 偶然一病
에 竟致身亡ㅎ니 上無公婆(媤父母)ㅎ고 下無族黨ㅎ야 凄凉家門에 但此
母子兩人이 相守不離ㅎ더라 一日은 偶自念着ㅎ되 我聞靑年身死的魂靈
은 回戀人間에 寃氣不散ㅎ야 必有一番設齋誦經이라야 方是冥府前道에
浩然歸去ㅎ나니 我豈惜些少錢財ㅎ야 不爲我親愛郎君에 造作功德이리오
ㅎ고 遂走了本郡東面三花村去ㅎ야 謁了黃經ㅎ니 那黃經은 名叫海能이라
儀容이 俊雅ㅎ고 言笑媚嫵ㅎ되 因他讀經資生ㅎ야 人都叫他做黃經이라
黃經是日에 正在家中ㅎ야 只爲人書符推卜에 說了個動土長木等話ㅎ더니

忽見一個婦人이 走入門來ᄒᆞᄂᆞᄃᆡ 穿著一身素服ᄒᆞ고 領了十一二歲的兒子라 那婦人이 原是姿容이 美秀ᄒᆞᄃᆡ 更兼白衣白髻가 頗得態度瀟灑라 黃經이 早已心驚輒散ᄒᆞ야 慌忙出迎道何家貴娘이 甚事來投오 婦人이 低頭答道小妾은 是鄭氏家娘尹氏인ᄃᆡ 因家夫新亡故로 欲求高手經客이 設齋一次ᄒᆞ야 但令亡魂去路가 蕩蕩無礙일ᄉᆡᄒᆞ더니 聞得一般鄰人이 都說黃經高名ᄒᆞ고 故此來拜로라 黃經이 聽罷에 便懷著一點不良之心ᄒᆞ야 答道既是尊夫新亡ᄒᆞ야 求濟冥路인ᄃᆡ 貴家中에 必然設立孝堂ᄒᆞ고 於此孝堂內에 專心讀經이라야 方有實際니 娘子心下에 如何오 尹氏道尊師가 如此肯念ᄒᆞ니 千萬之幸이라 小妾母子가 不勝感激이로소이다 尊師가 何時에 可臨陋地오 黃經이 道明日에 便去ᄒᆞ리라 尹氏手中에 取出數兩金錢ᄒᆞ야 與黃經做了紙筆之債ᄒᆞ고 別了回家ᄒᆞ야 專等來音ᄒᆞ니 元來尹氏的請了黃經은 本無邪意로ᄃᆡ 誰料黃經은 是個色中餓鬼라 一見尹氏姿色에 恨不得爾携我抱에 做起本事來ᄒᆞ고 尹氏도 當初에ᄂᆞᆫ 雖未想到邪路이나 却見黃經의 丰姿出衆에 言語爽朗ᄒᆞ고 也自暗地喝采道這個好人物이 如何做了讀經者오ᄒᆞ더라 (1906.8.20)

2

△次日清早에 黃經이 領了兩個經童(經客에 弟子)ᄒᆞ고 一同來到尹氏家어ᄂᆞᆯ 尹氏가 慌忙出迎ᄒᆞ고 接待孝堂ᄒᆞ니 黃經이 即時에 剪紙爲鐵絲鐵網ᄒᆞ고 朱砂朱筆로 寫了各方神將과 霹靂將軍等名號ᄒᆞ야 分掛了壁上ᄒᆞ고 搖鼓鳴鐘ᄒᆞ더니 請尹氏出來ᄒᆞ야 上香朝神이어ᄂᆞᆯ 尹氏素衣素服으로 齋齋整整히 來拜于前ᄒᆞᄃᆡ 那黃經이 一眼看着尹氏ᄒᆞ니 正是有心齋飯이오 無心念佛이로다 尹氏ᄂᆞᆫ 是個青春新寡婦라 春心이 正盛ᄒᆞ야 把黃經看了又看ᄒᆞ니 越覺得風流可愛오 更看得兩個經童이 黑髮이 披肩ᄒᆞ고 身着

紅衣ᄒᆞ디 且自生得唇紅齒白ᄒᆞ고 清秀俊雅라 尹氏暗暗想道這些經童이
怎生標致오 自此로 動了一點慾火에 按住不得ᄒᆞ야 與黃經으로 到各神將
面前ᄒᆞ야 上香稽首ᄒᆞᆯᄉᆡ 左眼으로 偸看了黃經ᄒᆞ고 右眼으로 偸看了經童
ᄒᆞ니 左看右看에 無不中心中意ᄒᆞ야 長的ᄂᆞᆫ 有長妙ᄒᆞ고 短的ᄂᆞᆫ 有短妙라
恨不左牽右携에 滾作一團ᄒᆞ나 只是眼中之餠이 可見이오 不可食이라 臉
兒ᄂᆞᆫ 乍紅乍白ᄒᆞ고 眉兒ᄂᆞᆫ 乍高乍低ᄒᆞ야 終日偸看에 念念尤切ᄒᆞ니 那黃
經도 本是有心的라 豈有不覺이리오 但爲外人觀看ᄒᆞ야 只好眉頭眼角에
做些工夫러라 那兒子癸童은 童子何知리오 正好去看神看佛에 弄鍾弄鼓러
라 那裏曉得母親에 有些關節이리오 吃了晚成ᄒᆞ고 各去安寢ᄒᆞᆯᄉᆡ 黃經은
出了外舍宿了ᄒᆞ고 尹氏ᄂᆞᆫ 房裡睡了ᄒᆞ더니 尹氏暗想道此時에 彼黃經은
畢竟抱著兩個經童ᄒᆞ야 幹那事了어ᄂᆞᆯ 我ᄂᆞᆫ 獨自空房單宿也로다ᄒᆞ며 想
了又想에 著實難禁ᄒᆞ야 把牙齒咬得欲碎ᄒᆞ고 一身에 汗剛剛出來ᄒᆞ야 長
久에 睡纔得成ᄒᆞ더니 忽聽得床前脚步響에 擡起頭來ᄒᆞ니 只見一個人이
揭開帳子ᄒᆞ고 直上床來어ᄂᆞᆯ 尹氏聽那聲音ᄒᆞ니 不是別人이오 却是我心
親愛的黃經이로다 黃經이 輕輕道書間에 多蒙娘子의 秋波示意이기로 念此
夜深空房에 娘子獨處的光景ᄒᆞ야 故此進來로소이다ᄒᆞ며 兩手로 直來抱持
ᄒᆞ거ᄂᆞᆯ 尹氏가 幷不推辭ᄒᆞ고 慨然承收ᄒᆞ야 纔到酣暢之際에 只見一個小
經童이 揭起帳來尋師翁ᄒᆞ다가 見師翁에 幹事ᄒᆞ고 喊道師翁이 也做好事
로다ᄒᆞ고 就伸雙手ᄒᆞ야 向尹氏腰下亂梗ᄒᆞ거ᄂᆞᆯ 黃經이 大喝道我在此에
汝不得無禮니라ᄒᆞᄂᆞᆫ 這一聲에 尹氏春興을 未畢ᄒᆞ고 颯然覺來ᄒᆞ니 乃是
南柯一夢이라 (1906.8.21)

3

△尹氏가 將手四模에 都無一人ᄒᆞ고 依舊是寒衾冷枕에 獨身在了라 淨

歎了一口氣道怪哉라 夢이여 安得有此夢고 爲此一夜를 輾轉睡不成ᄒ고
天明起來ᄒ야 進了孝堂ᄒ니 兩個經童이 已先到了어늘 尹氏叫住便問道
爾叫甚麼名字오 經童이 道大的ᄂ 叫做享男이오 小的ᄂ 叫做黃龍이로소
이다 尹氏道爾兩個가 何故로 伴爾師翁做一處睡오 經童이 答道爲師翁의
寂寞ᄒ야 常常伏侍的니이다 尹氏道但怕爾師翁이 不是老成人이로다 經童
이 呵呵道娘子가 說得好笑話라ᄒ고 說罷에 走了出去ᄒ야 把適間所看ᄒ
야 對黃經一一說了ᄒ니 黃經이 尤動了心ᄒ야 想道這般語가 正是有趣的
로다 入了孝堂ᄒ야 高聲誦經홀식 却將一個曲兒ᄒ야 攝入中間ᄒ니 該曲
에 云ᄒ얏스되

　　魂兮魂兮아 早歸來ᄒ오 玉貌ᄂ 日瘦ᄒ고 空房에 獨宿ᄒ니 錦衾也冷
　　ᄒ고 燈火也殘ᄒ되 一身輾轉不成寐ᄒ나니 魂兮早歸來同作伴ᄒ야 一
　　次解渴ᄒ오

黃經이 把此詞朗誦一回ᄒ니 尹氏聽得에 也解其意ᄒ고 微微笑道經中
에 那得有如此語오 黃經이 道當初에 前輩神仙이 極重色界ᄒ야 遺下美話
에 教吾輩時時念念ᄒ야 不敢忘的이다 尹氏ᄂ 伶俐婦人이라 早早明白曉
得黃經之意ᄒ고 不勝之喜로 叫婢子捧一椀酒來ᄒ야 與黃經解渴(與詞中
解渴之句로 暗暗相照)ᄒ니 黃經이 不勝興高心蕩에 把玉樞經龍王經等ᄒ
야 都是錯字錯句ᄒ고 只念得風月機關과 洞房春意ᄒ나 無奈簾前簾外에
許多寃讐的觀光村人이 多多在了라 更箄到夜間에 或有機會일식ᄒ즉 尹
氏房中에 有奚童ᄒ며 有婢子ᄒ고 自己身邊에 有相隨的兩個弟子ᄒ니 有
何計策에 成了好事리오 兩手로 亂敲小鍾ᄒ다가 不覺一時停住ᄒ고 黙想
良久에 以心問心ᄒ더니 忽然道自計了로다 又自道妙妙妙로다 向尹氏道我
가 有了賤術ᄒ니 可以致尊夫亡魂에 與娘子相見ᄒ리니 娘子心下에 肯不
肯麼아 (1906.8.22)

4

△尹氏道若得如此면 此恩은 死也라도 難報어니와 但未知有何神術이 可得如此오 我는 只是不信ᄒᆞ노이다 黃經이 道須用白絹作一條橋ᄒᆞ야 叫呪文三度ᄒᆞ고 召亡魂渡橋來ᄒᆞ면 無有不降的神이로ᄃᆡ 却好只留一個親人守著이니 生人은 陽氣多了ᄒᆞ야 人多ᄒᆞ면 魂不來라 宜緊閉門子ᄒᆞ야 勿令外人窺視ᄒᆞ라 尹氏道親人은 只有我與癸童ᄒᆞ니 單單是兩個라 癸童은 幼兒니 雖是他父親이라도 見了鬼면 必然驚倒死了라 不必令見이오 但小妾이나 要見亡夫一面ᄒᆞ노라 黃經이 道如此면 便好로다 尹氏가 開了箱ᄒᆞ고 取出一條白絹ᄒᆞ야 與了黃經이어ᄂᆞᆯ 黃經이 將絹在手에 要尹氏把了一頭ᄒᆞ고 他亦自把了一頭ᄒᆞ야 量來量去ᄒᆞ다가 便把絹彈着尹氏手腕ᄒᆞ니 尹氏가 只不做聲이라 黃經이 覺得尹氏가 已是十分有意ᄒᆞ고 却出來分付兩個經童道我가 關着孝堂에 召請亡魂ᄒᆞᆯ지니 爾兩個ᄂᆞᆫ 守着外門ᄒᆞ야 毋令外人窺視어다(元來婚房에 不許人窺視) 兩童이 心照聲應ᄒᆞ야 一齊道曉得이로소이다 尹氏가 分付兒子與小婢道經師가 召請亡魂ᄒᆞ야 與我相會케ᄒᆞ나니 爾們은 只在房中ᄒᆞ고 不可妄出惹鬧라 苟不能密密靜靜이면 此事ᄂᆞᆫ 成了畫餠이니라 那兒子癸童이 見說召得父親的魂ᄒᆞ고 口裡에 亂嚷道我也도 要見爺爺ᄒᆞ노이다 尹氏道兒子아 經師가 但說生人이 多了陽氣ᄒᆞ야 人多면 魂不來일ᄉᆡ 只好爾母親一人이 相守라ᄒᆞ나니 爾若要看이라가 萬一由此로 魂不來면 可奈何오 此今番에 召爾爺爺來어던 後番에ᄂᆞᆫ 我敎爾相見ᄒᆞ리라ᄒᆞ나 癸童이 那裏肯聽가 乍啼乍跳에 只道要見爺爺要見爺爺라ᄒᆞᄂᆞᆫ지라 尹氏心裏에 只曉得黃經이 自有作用하고 却把好言撫諭了癸童ᄒᆞ며 又尋了些果子ᄒᆞ야 與了他ᄒᆞ며 戒婢子同他在房裏ᄒᆞ라하고 來進了孝堂ᄒᆞ니 黃經이 却把絹匹ᄒᆞ야 掩着門窓ᄒᆞ고 假意將齒牙亂敲ᄒᆞ니 不知念了甚麼라 既而오 嘻嘻笑道娘子아 魂床上坐着ᄒᆞ오 這亡魂은 雖是召得來나 只是依依影子오 與娘子無益이니라 (1906.8.23)

5

△尹氏道但願一遇亡魂에 暫敍苦情이니 論甚有益無益이리오 黃經이 道
只是與娘子會面이오 不能與娘子로 重叙平日繾綣的歡樂이라 所以로 說
道無益이로소이다 尹氏道亡魂이 若果來了면 只是望見이라 望見也好니 何
必說到這話오 黃經이 道我有本事弄得來ᄒ야 與娘子로 同歡同樂ᄒ리이다
尹氏佯驚道那有這事리오 更勿說此等話ᄒ오 黃經이 道魂是空處中에 攝
來ᄒ야 附在賤身邊ᄒ리니 娘子가 與我同樂ᄒ면 便是與尊夫로 同樂이니
娘子ᄂ 幸勿以賤身으로 認過ᄒ고 認得是尊夫ᄒ오소서 尹氏道亡魂은 自
亡魂이오 黃經은 自黃經이니 如何替得이리오 黃經이 道元來經客이 多有
這等神術ᄒ야 多少亡魂을 來附體相會이라 尹氏道我只是不信이로라 黃經
이 道同樂的時에 若有一毫라도 不似尊夫어던 以後에나 娘子가 便不信ᄒ
오소서 尹氏佯罵道舌尖的賊아 爾敢如是瞞我麽아 黃經이 再不答話ᄒ고
便去抱住尹氏的腰子ᄒ야 倒在魂床上道我且暫做尊夫一次ᄒ노라 尹氏가
正欲佯自推辭라가 一掬淫火가 撑中已久라 不覺欣然共抱ᄒ고 同在魂床
上ᄒ야 幹起事來ᄒ니 正是一個ᄂ 半推半就ᄒ고 一個ᄂ 又驚又愛라 貪香
的狂蝶이오 點水的蜻蜓이오 蹴波的新燕이오 織柳的黃鸝로다

聽泉子曰士之耽也ᄂ 猶可說也어니와 女之耽也ᄂ 不可說也라ᄒ야ᄂ
余讀詩至此에 未嘗不三歎以爲女耽이 如是ᄒ면 安可爲女리오ᄒ얏더니
今觀尹氏에 奚徒耽之是云이리오 狂也오 亂也오 鶉之醜也와 狐之媚也
라 至以亡夫之魂床으로 作爲行淫之所ᄒ니 嗚乎라 尙可以人道로 論之
乎哉아 非以癸童으로 爲子리면 安能老死於牖下也리오
兩個가 弄得跌蕩에 旣已心滿意足이라 黃經이 道比得尊夫手段에 有甚
差池[1]否아 尹氏道醜禽獸아(爾非醜禽獸麽아) 只管說了這話로다 黃經이
乃起整衣ᄒ고 抱住尹氏在膝上道汚了娘子의 淸德이로소이다 尹氏道雜漢

子아 休說這等銅臭的話어다 (1906.8.24)

6

△尹氏道爾我兩人이 今此相逢은 就是天生緣分이라 我從此로 誓不忘
爾ᄒ리니 爾亦不忘我麼아 黃經이 發誓道海也渴ᄒ고 山也崩이라도 我只
是不忘爾ᄒ리라 尹氏道爾肯如此不棄我면 自今以後로ᄂ 須講得長久相處
的術이라야 方是爲好니 計將安出고 黃經이 道須認做姉妹行列然後에야
方好兩相往來ᄒ야 瞞得衆人이니라 尹氏道有理有理ᄒ다 這說이 眞是有理
ᄒ다 黃經이 道娘子尊齡이 今年에 幾何오 尹氏道今年에 洽滿二十六歲로
소이다 黃經이 道賤齡이 長爾一歲ᄒ니 認做爾的哥哥罷어다 尹氏道依爾
言ᄒ리라 遂開了門ᄒ고 尹氏가 對了衆人ᄒ야 一場說道經客神術에 我見
了亡夫之魂ᄒ니 此恩은 至死難忘이라 從今으로 我兩人이 認做義兄義姉
하리니 衆位ᄂ 明白認得的하라하고 叫兒子癸童하야 出拜了叔夫하라하니
那兒子가 曉得甚麼리오 此後에 依話只叫叔氏러라 尹氏謝送了黃經師第
三人하야 收了齋事하고 暗地約了相會之期ᄒᆞᆯᄉᆡ 晨送暮迎에 曾無處日하고
又或憑托兄姉之義하야 雖是晝間이라도 每每相逢에 閉門幹那事了하고 就
把兒子癸童하야 送在學堂中先生處去讀書호ᄃᆡ 早晨出去에 日晚回來하니
恣行淫樂에 竟無間阻러라
且說鄭癸童이 年紀漸漸長大了하야 到了十四五歲하니 甚是聰明慧悟ᄒ
고 又是知書達禮라 看得黃經이 往來殊常하고 心中에 當是憂悶하더니 一
日은 在書堂裏하야 與同伴戱謔이라가 忽一個學童이 叫他是小經客이라ᄒ
거늘 癸童이 臉兒通紅ᄒ며 走回家來ᄒ야 向尹氏道有一句話對嬢嬢說ᄒ

---

1) 池: '地'자로 판단되나 우선 그대로 둠.

노니 這個叔氏는 不要更到家來니이다 尹氏道瞥眼間甚麼話오 癸童이 道有人이 叫我是小經客이라ᄒ니 向非這個叔氏가 常常來我家면 那得有如此話리오 尹氏聽了ᄒ더니 兩点紅이 直從耳根後項子邊ᄒ야 透到兩臉ᄒ며 將右手向癸童左臉ᄒ야 破竹聲으로 批之道何許狗子가 向爾說此話오 我尋着他ᄒ야 抉了口ᄒ고 斷了舌ᄒ리라 癸童이 道孃孃이 空然將八面不知的漢子ᄒ야 叫兄叫妹ᄒ며 更要我叫做叔氏ᄒ니 已是萬萬不可오 且是眞兄妹眞叔侄이라도 何如是一年三百六十日을 無一個日不來我家리오

(1906.8.25)

7[2]

8

聽泉子曰詩云凱風自南으로 吹彼棘心이로다 棘心夭夭어늘 母氏劬勞삿다 有子七人호ᄃᆡ 莫慰母心가ᄒ얏스니 嗚乎라 尹氏之子여 或不讀此篇乎아 以七子之母로도 不能安其室ᄒ니 爲七子者ㅣ 安能無怨乎리오만은 但聞七子之如是自責이오 未聞七子之憤恨如何ᄒ니 人之無良을 我以□ 母云云도 此亦詩人에 痛怨之辭也로ᄃᆡ 爲子之道는 但當如七子而已어늘 尹氏之子는 其亦殆甚矣로다 爾雖留心察聽이나 將奈爾母에 何哉리오

其日에 黃經이 遣了經童享男ᄒ야 來探消息ᄒ거늘 尹氏愛他標致ᄒ야 叫他閑說홀ᄉᆡ 那享男도 已是十七八歲的男子라 早曉得尹氏에 這些行事ᄒ고 却對尹氏道我師翁이 只爲娘子ᄒ야 食少事煩에 力不能堪故로 要享

2) 현 영인본 『황성신문』에는 제2269호(1906년 8월 27일자)가 빠져 있다. 이 때문에 이 회 연재분이 없는 상태이다.

男一夜權攝了ᄒ더이다 尹氏伴怒道小漢子가 敢來調戲我麼아 我說與爾師翁知得ᄒ야 斷去腰以下ᄒ리로다 享男이 道我的腰以下ᄂᆞᆫ 正與娘子로 一般이라 我師翁이 由此愛惜我ᄒ니 安肯聽娘子에 一時的話ᄒ고 便行斷去리오 尹氏가 着他年少貌美ᄒ고 動火久了러니 見他說風流的話ᄒ고 不覺十分有意ᄒ야 便伸手去模全身ᄒ고 鉤他來上床了ᄒ더니 黃經此時에 怪享男의 久不來ᄒ야 更遣黃龍來尋他到堂中ᄒ더니 享男이 聽得那聲音ᄒ고 恐黃經이 知了嗔怪일가ᄒ야 慌忙住了手ᄒ고 整衣各起ᄒᆞᆯᄉᆡ 尹氏只得向享男說道寄語爾師翁ᄒᆞ딕 今夜에ᄂᆞᆫ 已打發了兒子ᄒ야 宿了他房ᄏᆡᄒᆞ얏스니 來時에 不必從大門入이오 只從後門進來ᄒ야 直入房中이 便可니라 享男이 依言回報ᄒ니라

且說癸童이 自書堂中으로 日晩回家ᄒ야 點飯訖에 却不去睡ᄒ고 彷徨在門外ᄒ야 看着動靜ᄒ더니 只聽得小門響이 一聲戞然ᄒ거늘 癸童이 暗在黑影裏ᄒ야 早看得是黃經이 進來라 心中에 獨想道這個奸漢ᄋᆞᆯ 我雖痛心疾首나 却看母親的面ᄒ야 無可奈何이니 我且去弄他ᄒ야 不安靜ᄏᆡᄒᆞ리라ᄒ고 坐思了良久ᄒ더니 聽得房內已靜ᄒ고 連忙尋了一條大索ᄒ야 把房門鎖得緊緊ᄒ며 更求數介大木ᄒ야 左右撑了ᄒ고 更想道那奸賊이 推了門不開時에ᄂᆞᆫ 必從小窓門跳出ᄒ리라ᄒ고 去將一個溺桶과 一個半破的糞缸ᄒ야 向窓下可以跳下處ᄒ야 整列得好ᄒ고 自去房中睡了ᄒ더라

(1906.8.28)

9

△那黃經이 淫蕩了一夜에 聽得鷄啼了兩番ᄒ고 恐怕天明ᄒ야 披衣走出ᄒᆞᆯᄉᆡ 把房門一推再推ᄒ니 只是推不去라 叫與尹氏知道ᄒᆞ딕 尹氏가 也來同推ᄒᆞ딕 一向不開ᄒ고 門外에 似有物縛住的라 尹氏道却又作怪로다

莫不是這個小孼蓄이 又來弄了手脚이로다 旣然推不開ᄒ니 且開窓出去的
어다 而今에 看看天明ᄒ니 遲不得了니라 黃經이 曚朧看兩眼走來ᄒ야 開
了窓跳下來러니 牙刺(아챠)一聲에 一隻右脚이 早踏在糞缸內라 慌忙中跳
跳的上來라가 飜倒在溺桶內ᄒ야 忙抽脚起來ᄒ더니 那時에 着了慌ᄒ야
連缸桶幷倒了ᄒ고 一交跌去ᄒ니 糞溺가 汚了半身ᄒ고 脣嘴也도 並缺破
了라 却不敢高聲ᄒ고 忍着痛ᄒ며 掩着鼻ᄒ고 一道急走了러니 尹氏看見
推門不開ᄒ고 已自着惱라가 及至開窓跳去時에 又聽得這牙刺之聲ᄒ고
有些疑心ᄒ야 自開窓門看看ᄒ니 此時天色이 尙黑ᄒ야 但只滿鼻聞得些
臭氣ᄒ니 不知甚麽緣故라 忍着一肚悶氣ᄒ고 自去上床睡了ᄒ더라 癸童이
直待到天明起來ᄒ야 到房門解去繩索ᄒ고 更去看那窓前ᄒ니 滿地糞溺桶
이 倒在어날 心中이 又氣又怒又笑라 趂着孃未起ᄒ야 輕輕把缸桶運過了
ᄒ니라 尹氏起來開門ᄒ니 却自不用力開得이어날 就是反生疑心ᄒ야 暗自
道夜裏에 想是急了ᄒ야 故此開不得이로다 却去窓外看時에 只滿地는 臭穢
오 庭前에는 又是濕印鞋跡이라 叫兒子癸童道這般糞穢가 是那裏來的오
癸童이 道不知로소이다만은 但看這一路濕印ᄒ니 多是男人鞋跡이니 甚是
異常ᄒ오이다 尹氏開口無言에 臉兒紅了ᄒ야 不能回答一句ᄒ나 尤自着實
忿恨에 痛嫉這兒子ᄒ야 一似眼中之釘에 恨不得卽時拔去ᄒ더라

却說黃經이 吃了這一場驚ᄒ고 兼得一身衣服이 無一件不汚了라 悶悶
在家中洗淨整治ᄒ고 又是脣嘴缺破ᄒ야 凡幾日不來尹氏家了라 尹氏一肚
子惱恨으로 又想又氣ᄒ더니 四五日後에 黃經이 方纔收拾精神起了ᄒ야
送兩個經童ᄒ야 先來探癸童의 在家與否ᄒ고 漫漫地隨地來到어날 尹氏
忙出迎黃經ᄒ니 正是如渴得飮ᄒ고 如旱得雨라 接進坐堂中ᄒ고 問道如
何那數日을 消息이 隔絶如此오 (1906.8.29)

10

△黃經이 道爾兒子가 無父孤兒로 放恣殆甚ᄒ야 令人可怕라 他日에 漸漸長大ᄒ면 尤一層欺侮我ᄒ며 讎視我ᄒ야 必然抱白刃而相視ᄒ리니 危乎殆哉라 我不復來爾家ᄒ리로다 尹氏가 正貪着黃經ᄒ야 死也不相捨일가ᄒ며 連那兩個經童ᄒ야 幷欲一鼓而擒之러니 却見說了那話ᄒ고 心裏에 怫然ᄒ야 便道我既無尊人拘管ᄒ고 又是身世가 如此어ᄂᆞᆯ 只礙得這個小孽蓄ᄒ야 事事掣肘ᄒ니 要將一計結果了他ᄒ고 我却自由自在ᄒ리니 這幾番事我ᄂᆞᆫ 也가 眞是忍不得이로다 黃經이 道是爾親生的兒子니 那得結果他性命이리오 尹氏道有子的ᄂᆞᆫ 只是喜他奉承父母어ᄂᆞᆯ 却是拘礙得如此ᄒ니 不如斷送他一個에 自在得乾乾淨淨이로다 黃經이 道這是爾自家가 發得如此毒心ᄒ니 我們이 不好挽止得이어니와 但恐爾更有後悔일가ᄒ노라 尹氏道我且忍過一兩日ᄒ리니 今夜에 爾且放心前來ᄒ라 看他終始如此ᄒ리로다 黃經이 道唯唯라 如此得爾一句我一句에 說了半日話ᄒ고 方纔分手러라 這日에 癸童이 正值塾師가 暫行歸鄕ᄒ야 得數日休學的令甲ᄒ고 早早回來라 撞見黃經이 前來ᄒ고 不得已當面一揖ᄒ니 黃經이 回想前日的事에 好不氣忿가 不講口話也竟去라 癸童이 心裏에 想道前日這番事에 好兩夜를 沒動靜이러니 今日에 又到我家ᄒ니 今夜에 必然有事로다ᄒ고 一路回到家裏ᄒ니 尹氏問道今日에 如何歸得早오 癸童이 道先生이 回家了ᄒ야 我須有幾日을 不到書堂的니이다 尹氏가 心中暗恨ᄒ면서 只得勉強問道爾要點飯麽아 癸童이 道我正要點飯이로쇼이다 先生去時에 要我習讀多日ᄒ니 自今幾日夜ᄂᆞᆫ 須去早早睡得이니이다 尹氏見說此話ᄒ고 便有些喜色ᄒ야 叫他去點飯ᄒ니 果然癸童이 飯了後에 即到外堂睡了어ᄂᆞᆯ 尹氏暗暗地放了心ᄒ고 安排晚飯ᄒ야 去吃了後에 叫小婢子半掩了大門ᄒ고 專等了黃經來ᄒ더니 誰知癸童이 假意推睡라가 知得夜深人靜ᄒ고 却輕輕走起來ᄒ야 到大門邊一看ᄒ니 只見門半掩着不關이라 (1906.8.30)

11

△癸童이 却輕輕把大門關了ㅎ고 在門邊坐了ㅎ더니 夜深後에 只聽得
外邊推門響이 暗暗地起ㅎ는디 不敢重用力하고 時把指彈一彈ㅎ거늘 癸
童이 只不做聲ㅎ고 看他甚麼樣ㅎ니 忽對門縫裏ㅎ야 低言道我來了ㅎ거날
癸童이 聽得明白ㅎ고 假意作女聲道今夜에 來不得了니 快回去ㅎ라 近日
에 外人是非太多ㅎ니 從此로 絶往來가 似可니라 黃經이 正在聞言躕躇ㅎ
더니 尹氏此時에 懸懸望黃經來到라가 見夜深無動靜ㅎ고 只得叫小婢子
ㅎ야 到大門邊看看ㅎ거늘 婢子ㅣ走來黑處라가 不覺撞着癸童이라 癸童이
厲聲道狗女아 此時에 走到門邊ㅎ야 要做甚事오 驚得婢子ㅣ失聲跳走ㅎ
야 對尹氏道經師ᄂᆞᆫ 不見來到ㅎ고 却是小廊主가 坐在那裏ㅎ야 幾乎駭死
로소이다 尹氏道這孽蓄이 一發可恨이로다ㅎ고 磨拳切齒的氣를 却待發作
이로디 又是自家的短이라 只得忍耐着이오 又恐失了黃經期約에 使他空返
일가ㅎ야 彷徨不寧ㅎ고 不能成寐ㅎ더니 癸童이 曉得黃經에 去已久了ㅎ고
方纔上床去睡ㅎ더라 尹氏再叫婢子去聽ㅎ니 還對說小廊主ᄂᆞᆫ 已不在門ㅎ
나 開門觀望에 寂寂無一人ㅎ더이다 尹氏倍加掃興에 忿怒不已ㅎ야 眼不
交睫ㅎ고 直至天明이라 見了癸童에 不覺發話道小孩子아 夜間에 不睡ㅎ
고 坐在大門前却甚고 癸童이 道何事不成이완디 責我坐門邊麼아 尹氏面
皮通紅ㅎ더니 罵道惡口漢아 爾說我做何事麼오 癸童이 道我豈說孃孃이
做何事리오 只是夜深無事에 坐了門邊이 似非大錯이로소이다 尹氏只自肚
裏恨ㅎ고 却罵他不得ㅎ야 只得強口道孃不是逃走的니 爾何必如此監守오
ㅎ며 一把眼淚로 進房去了ㅎ더라

且說癸童이 翌日에도 不去學堂中ㅎ고 只在家看書ㅎ더니 却是黃經이
遺了經童ㅎ야 來問這夜的消息홀시 癸童이 見經童來到ㅎ고 住了問道有
何事到此오 經童이 道要見爾的母親이로라 癸童이 道有話어딘 我替爾傳

話ᄒ리니 快快說了ᄒ라 如此說往說來之際에 尹氏在房中ᄒ야 聽得聲音에 知是經童ᄒ고 連忙叫婢子喚進ᄒ니 癸童이 一同進入ᄒ야 不走開一步라 經童이 不好說得一句ᄒ야 只大略道師翁이 問娘子安否ᄒ더이다 癸童이 應口道我家가 都是安的라 不勞記念이니 請回去了어다 經童이 無言可說ᄒ야 脉脉히 回目相看ᄒ고 快快走出去라 尹氏越加恨毒이나 一連三四日을 沒處通音信이러니 忽一日에 癸童的同伴이 來傳道先生이 已到館ᄒ니라 癸童이 辭了母親ᄒ고 到書堂中ᄒ니 尹氏却似得九重天下에 赦書下來러라 (1906.8.31)

12

△尹氏雖經癸童的幾番攪亂이나 只是色膽이 迷天ᄒ고 又欺他年少ᄒ야 正要今夜에 更約黃經來了ᄒ더니 此時에 黃經이 遣經童來傳信이어날 尹氏再三囑道爾經師가 以今夜三更으로 來的어다ᄒ더니 癸童이 自書堂回來ᄒ야 與其母尹氏로 同吃了夜飯ᄒ고 尹氏故意叫婢子道把前後門關鎖好了ᄒ라ᄒ고 更叫癸童去睡ᄒ거날 癸童이 心疑道今日에 我不在家ᄒ얏스니 今夜에 必有句當이어늘 如何反把門關鎖也리오 只是要我不疑心이니 我且不去睡ᄒ고 細察動靜ᄒ면 必有緣故리라 坐到夜深後에 悄自走去ᄒ야 閃出堂前蹲着ᄒ더니 時에 星月이 微亮ᄒ듸 尹氏는 徘徊後庭ᄒ고 婢子는 往來堂下라 癸童이 向門邊ᄒ야 屛息潛伏ᄒ얏더니 那婢子가 快將大門開了ᄒ고 還入于室이라 良久에 一個人影이 忽然進來ᄒ는듸 頭戴三百五十匝統營笠ᄒ고 身着安亢羅周衣ᄒ고 足着注文的安城鞋ᄒ니 分明認得是黃經이라 癸童이 連忙把警聚的大鈴子ᄒ야 手裏에 亂搖ᄒ며 口中에 大喊道有賊有賊이라ᄒ는 聲에 驚得黃驚이 魂不附體ᄒ야 望外却走ᄒ거날 癸童이 且喊且追ᄒ니 黃經이 七顚八倒에 恨不多生四隻脚走去라 癸童이 只怕母

512

面上에 不好看일시ᄒ야 無意捉住他ᄒ고 只是大叫不已ᄒ며 去拾那一塊
石ᄒ야 盡力打將去ᄒ더니 正打在黃經的左肩上ᄒ야 負痛走了라 既而오
鄰人이 都來問他어늘 癸童이 只說賊已逃去遠了라ᄒ고 回入堂中ᄒ야 故
意來問尹氏道方纔趕賊에 孃不受驚否아 尹氏此時에 定待與黃經歡會라가
吃那一驚也不小ᄒ고 又恐黃經被捉일가ᄒ야 急急走出來看看ᄒ더니 只見
癸童의 回來ᄒ고 料得黃經에 已去ᄒ고 一邊은 放心ᄒ며 一邊은 落心이라
對癸童道賊在何處완ᄃᆡ 如此大驚小怪오 癸童이 道兒子가 偶然無寐ᄒ야
開門看月ᄒ더니 忽聽得門邊人響ᄒ고 暗暗窺看ᄒ니 乃有身長八尺ᄒ고
眼如曙星ᄒᆫ 一個賊漢이 開門而入ᄒ니 若非兒子러면 今夜에 大失物數가
當頭ᄒ얏스리로다 尹氏愈加忿恨ᄒ나 又不好說得ᄒ야 只自埋恨不已ᄒ며
更思黃經에 受驚多大ᄒ야 終夜토록 睡夢中에 喃喃罵兒子不止ᄒ고 此後
에는 不敢再約他來到ᄒ더라

　過了五日ᄒ니 却是亡夫忌辰이라 尹氏心生一計ᄒ야 對癸童道爾가 先
將紙錢ᄒ야 到爾爺墳上去燒ᄒ라 我隨後備些飯羹ᄒ야 坐了轎便去ᄒ리라
癸童이 心裏에 想道忌辰에 何必到墳上去며 且何必先要我去오 此必有故
니 我且外面으로나 應允ᄒ리라ᄒ고 一面對尹氏道兒子가 先去等候ᄒ리니
이다ᄒ더니 一徑出門ᄒ야 却向黃經家走了ᄒ더라 (1906.9.1)

13

　△癸童이 黃經家에 進入ᄒ니 黃經이 見了ᄒ고 吃了一驚ᄒ야 自忖道爾
爲何로 昨夜에 嚇怕了我ᄒ고 今又來到오ᄒ더니 稍定了性ᄒ고 問道癸童
아 爾何故到此오 癸童이 道家母가 就來ᄒ기로 我特前來報知로라 黃經이
心裏訝惑道他母子兩個가 幾時做了水火ᄒ니 若果然他要來면 豈叫兒子
先到리오 這事가 又是異常了로다 似信不信ᄒ더니 只見門外에 一轎子來

ᄒᆞ야 進前下了ᄒᆞ니 正是那尹氏로다 尹氏纔走出轎ᄒᆞ야 猛擡頭觀看ᄒᆞ니 却見兒子가 立在面前道母也來麼아 尹氏那一驚에 又出不意ᄒᆞ야 心裏道 這冤讎야 如何先在此오 我與爾的前生에 必然有多大冤債로다 只得盤問 道我想今日은 是爾父親忌日이라 必得一張的符ᄒᆞ야 超度魂路일ᄉᆡ 來見 爾舅舅어니와 爾ᄂᆞᆫ 胡不上墳ᄒᆞ고 却來在此오 癸童答道我也도 只是這般 想이라 忌日上墳이 何用이리오 所以로 先來니이다 尹氏中心懷恨이나 却沒 奈何ᄒᆞ야 只請黃經에 寫了兩道神符燒化了ᄒᆞ고 尹氏要癸童先去ᄒᆞ니 癸 童이 那裏肯聽가 道我只是隨着孃孃轎後便走ᄒᆞ리이다 尹氏不得已ᄒᆞ야 只 得上轎去ᄒᆞᆯᄉᆡ 浪奔走一番ᄒᆞ고 一句話도 說不得ᄒᆞ니 一步에 一腔血이오 二步에 二腔血이라 今番에ᄂᆞᆫ 決意要斷送這冤讎ᄒᆞ리로다 如此懷恨之際에 那轎가 走得快ᄒᆞ야 癸童은 終是年紀小라 趕不上ᄒᆞ고 又肚裏에 要出恭 (厠間에 去)ᄒᆞ야 他心裡에 想道前面에ᄂᆞᆫ 只是還家的路라 料無別事ᄒᆞ리로 다ᄒᆞ고 住在後面ᄒᆞ더니 只見經童亨男이 在前面走將來라 尹氏在轎中看見 ᄒᆞ고 問轎夫道我家小廊主가 在後面麼아 轎夫道趕不上ᄒᆞ야 還在後面에 望不見이로소이다 尹氏大喜ᄒᆞ야 便叫亨男到轎邊來ᄒᆞ야 輕輕附耳道今夜 에ᄂᆞᆫ 我用計ᄒᆞ야 斷送了我家小孽畜ᄒᆞ리니 是必要爾師翁來ᄒᆞ야 商量這 件大事라 千萬勿忘的어다 亨男이 道我師翁이 受驚多次ᄒᆞ야 不敢進娘娘 的門ᄒᆞ나이다 尹氏道若是如此인ᄃᆡᆯ 今夜에ᄂᆞᆫ 不要進門ᄒᆞ고 只在門外ᄒᆞ야 以抛瓦爲號ᄒᆞ면 我出來門邊ᄒᆞ야 相會說話ᄒᆞ고 再看光景進門ᄒᆞ면 萬無 一失ᄒᆞ리라ᄒᆞ고 又向亨男ᄒᆞ야 頻以秋波送情ᄒᆞ니 亨男이 眼中出火ᄒᆞ야 恨不得向前抱住로ᄃᆡ 只礙看轎夫로다 尹氏再附耳道叮嚀叮嚀ᄒᆞ고 更道爾 도 夜間也來ᄒᆞ면 有好處ᄒᆞ리라 亨男이 顚頭聳胸的去了러라 尹氏先到家 中ᄒᆞ야 發送了轎夫ᄒᆞ니 癸童이 纔到了ᄒᆞᄃᆡ 天色이 將晚이라 尹氏叫兒子 ᄒᆞ야 同吃夜飯ᄒᆞ며 (1906.9.3)

514

14

△尹氏가 好言으로 安慰葵童道我兒子아 爾爺死了에 我只是睜睜兩眼으로 看得爾一個ᄒ야 爾頭也痛에 我頭也先痛ᄒ고 爾身也作苦에 我身的百骨이 如銷ᄒ야 朝飯에 減匙ᄒ면 我終日憂慮ᄒ고 夕飯에 減一匙ᄒ면 我終夜不寐ᄒ더니 爾今年且長成에 凡事을 與我弩強ᄒ니 却是何故오 葵童이 道兒子가 上無父ᄒ고 下無兄弟ᄒ니 單單是母子兩個가 相依爲命이라 以此零丁身世로 誰恃爲生이완딕 敢不從孃孃的命이리오만은 只爲外邊人이 有些言三語四ᄒ니 兒所以不伏氣로소이다ᄒ고 說罷에 淚如雨下라 尹氏回嗔作喜道我不瞞爾ᄒ리니 我當日에ᄂ 實是的細小的라 有此□老成ᄒ야 見得外邊에 惹出這等言語어니와 我今年에 已是三十有餘的라 懊悔前事無及이니 自今以後ᄂ 立定主意ᄒ야 只守着爾ᄒ고 淸淨過日ᄒ리라 葵童이 見是悔過的說話ᄒ고 收淚道若得孃孃의 如此면 兒子가 終身有幸이로소이다 尹氏滿斟一盃酒ᄒ야 與葵童道爾信我說이어던 須滿飮此盃ᄒ라 葵童이 吃了一驚에 想道莫不是孃孃이 懷着不好意ᄒ고 把這盃酒毒我麼아 (母子的情으로 猜疑至此ᄒ니 可發一嘆이로다) 接在手不敢飮ᄒ더니 尹氏見他沉吟에 曉他疑心ᄒ고 便道兒子아 母的賜酒를 何故不飮고 忙接他酒來ᄒ야 一飮而盡ᄒ니 尹氏再斟一盃酒ᄒ야 與葵童道我今已自悔故로 與爾如此說이니 爾若體爾母的心인딕 不把從前事記懷ᄒ고 快飮此酒也이다 葵童이 聽得此說ᄒ고 心裡歡喜ᄒ야 不敢推托ᄒ고 連飮了兩三盃ᄒ니 元來尹氏ᄂ 吃得酒어니와 葵童은 年小ᄒ야 吃不得多라 只這兩三盃에 覺得天旋地轉ᄒ야 只思倒頭去睡어날 尹氏又灌了幾盃ᄒ니 那年小葵童이 那裏支得가 昏醉倒了라 尹氏扶他上床臥ᄒ고 口裡暗喝道畜生아 爾今日에中了我計로다(心毒口毒) 方纔出去ᄒ야 靜俟黃經的消息ᄒ더니 忽聽得屋上瓦響ᄒ고 連忙出去ᄒ야 開了大門ᄒ니 只見亨男이 走將進來道師翁이立在門前ᄒ야 不敢進入이니이다 尹氏方欲出迎之際에 亨男이 却將尹氏一

抱어날 尹氏回轉身道狗才아 我前日에 有意久了로딕 但恨無間隙可乘이라
ᄒ고 同亨男走進外堂ᄒ야 雲雨事畢ᄒ고 再整了衣服走出ᄒ야 迎看黃經
ᄒ니 黃經이 道爾兒子ᄂᆞᆫ 何處住了오 尹氏道小孽畜은 已醉倒我房裡臥了
ᄒ니 正要與爾筭計ᄒ야 快快結果了他ᄒ리라 (1906.9.5)

15

△黃經이 一邊隨來ᄒ며 一邊道使不得이니 爾親生的兒子를 爾怎下得
毒手리오 尹氏道如此礙却我ᄒ니 論甚親生不親生이리오 黃經이 道就是做
了這事라가 有人이 曉得ᄒ면 後患이 不小ᄒ리라 尹氏道我是他親生的母
니 誰能認出我殺了他리오 黃經이 道我與爾做得這事라가 若是發覺了면
爾不過是故殺子孫的罪어니와 倘有對頭根究에 謂我是同謀면 我必償了他
命ᄒ리로다 尹氏道如此怕事면 做得甚事리오 我兩人의 山海的盟도 也且
罷了ᄒ다 黃經이 道何不討一房媳婦與了他ᄒ야 令他混在一處에 好合了
琴唱瑟和ᄒ면 他便做不得硬漢ᄒ야 礙不得爾了ᄒ리라 尹氏道不可不可ᄒ
다 娶得一女與他라가 倘不與我同心合意ᄒ면 反又多了一個做眼的니 更
是不便이라 不如結果了他ᄒ고 爾與我ㅣ 可以往來得蕩蕩이오 可以相處得
日長歲久ᄒ리니 爾何遲疑如此오 黃經이 道爾가 眞正斷送了爾子홀진딕
我有一個妙計로라 尹氏道甚麽妙計오 黃經이 道今次本郡의 守의 平日最
恨的ᄂᆞᆫ 是不孝的子라 有告着的ᄒ면 或打死ᄒ거나 或重罪牢囚ᄒ나니 爾
如今에 只出一狀ᄒ야 告他不孝ᄒ면 他也沒處辦이오 且爾親生的니 其誰
不信爾言이리오 就不得打他死라도 必然牢囚他ᄒ리니 豈不是妙計리오 尹
氏道倘若這孽畜이 極口說出這件事情來ᄒ면 可奈何오 黃經이 道爲人子
的가 安能說出母奸이리오 他若說出這事話頭어딘 爾便說是兒子不孝ᄒ야
汚口橫誣라ᄒ면 官府가 一直怪他是眞不孝인가ᄒ리니 誰肯信他며 況且捉

奸에 捉雙ᄒ나니 我與爾가 旣無實跡可執이라 縱他說短說長이라도 官府가
不過道是誣詞抵辨이오 決不爲他究問母奸ᄒ리니 這可決然放心이니라 尹
氏聽了ᄒ더니 道妙妙라 爾腹이 如此大이기로 做出如此言來로다 今日에
我曾叫他去上父墳이러니 他却不去ᄒ얏스니 是他不肯拜父墳이 已是一件
不孝實蹟이니 就好坐他了나 不可令他知得이로다 黃經이 道他在爾身邊ᄒ
야 爾不好弄手脚이라 我與衙門人으로 多是情熟ᄒ니 我等이 投然去訴ᄒ
야 差人이 進來他어던 爾那時에 纔可出頭指證ᄒ면 神鬼不覺ᄒ리라 尹氏
道必如此라야 方是便當이로다 雖然이나 只是我母子結果後에ᄂ 爾須至誠
待我가 爲可니 倘若有些背約이면 豈非枉送了親生兒子麼아 黃經이 道爾
要如何是好오 尹氏道我가 夜夜에 只要爾同睡ᄒ고 不要獨宿이로다 黃經
이 道或何日何夜던지 常常有人이 來要我通淫ᄒᄂ니 安能夜夜來리오

(1906.9.6)

16

△尹氏道爾或不能來的時에ᄂ 遣爾徒弟來相伴ᄒ야 無便我空房裡寒衾
冷枕에 獨自寂寞이어다 黃經이 道這個ᄂ 依爾言ᄒ리니 我兩個徒弟가 都
是我的心腹이오 極是知趣的니 不必我不來時에 與爾相伴이라 就是我來
時節이라도 兩三個가 混作一團ᄒ야 通同取樂이 豈不妙哉아 尹氏見說에
淫興이 勃勃ᄒ야 同就堂中床上ᄒ야 極意舞弄了一回ᄒ고 嬌聲細語道我
爲爾ᄒ야 這親生兒子를 都斷送了니 爾不得忘了我니라 黃經이 指天發誓
道我負了娘子ᄒ면 我臍上에 生老松ᄒ리로다 黃經이 弄了一回ᄒ고 已覺
倦怠어날 尹氏ᄂ 興還未盡ᄒ야 對黃經道何不叫亨男來試오ᄒ더라 這間事
ᄂ 都是言之醜也라 不如一筆省了로다
且說尹氏가 一時에 應答兩個ᄒ고 纔覺心滿意足이라 向黃經道我今後

에는 沒了這個孽畜ㅎ야 此等樂事를 可以長做ㅎ고 再無拘礙ㅎ리라ㅎ고
恐怕癸童의 酒醒ㅎ야 收拾將別홀신 更囑道明日에 專等消息ㅎ리니 萬勿
有誤ㅎ라 千萬丁寧ㅎ노라 送出門去홀신 黃經이 前行이라 尹氏與亨男으
로 暗中에 抱了一抱ㅎ며 又做一個嘴ㅎ더니 方纔放了去러라 明日에 癸童
이 酒醒起來ㅎ야 見在母床裏臥了ㅎ고 吃了一驚道我昨夜에 直如此吃得
醉麼아 更思道孃孃昨夜的話가 是眞是假麼아 如此想來想去ㅎ더니 尹氏
見了癸童ㅎ고 尋事罵他道小孩子아 爾醉倒我床上了ㅎ야 我終夜에 沒處
安身이로다 癸童이 甚是惶蹙ㅎ야 不敢回答ㅎ더라 又過了一日ㅎ더니 忽然
淸早時分에 有人이 在外ㅎ야 敲門聲이 甚猛이어날 癸童이 心甚疑訝ㅎ야
走出來開了門ㅎ니 只見兩個官人이 一擁而來ㅎ야 把得一條繩子에 望癸
童頸子一就套어날 癸童이 驚道我犯甚麼罪완딕 爾要縛將去오 官人이 罵
道該死漢아 因爾家孃이 告了爾不孝ㅎ고 便要打死爾ㅎ니 爾更何說麼아
癸童이 慌了ㅎ야 大哭起來ㅎ며 道官人아 容我見孃一面ㅎ라 官人이 道不
得了不得了니라 尹氏聞得堂前喧譁에 癸童이 一聲哭來ㅎ고 已知是這事
了라 急急走出來ㅎ니 癸童이 抱住道孃孃아 兒子가 雖是不孝나 是孃孃에
生下的니 如何割棄了慈情고 父兮生我오 母兮育我라 喫盡許多辛苦에 養
成得無父孤兒ㅎ야 零丁相依에 扶持此衰微門戶ㅎ더니 那忍一朝에 去行
此不忍之事ㅎ나잇가 (1906.9.8)

17

△尹氏道誰叫爾凡事를 逆我ㅎ야 直是令人不堪麼아 爾且看我的手段
ㅎ라 癸童이 道兒子가 那件事를 逆了母親고 尹氏道只前日에 我叫爾去拜
父墳이러니 爾如何不肯去오 癸童이 道孃孃도 也不曾去ㅎ고 怎怪得兒子
니잇가 官人은 不知裡計ㅎ고 反喝道拜父墳은 是爾該去的니 那得推去爾

518

母리오 我們은 只謂爾是前親的所生이어나 或是側室之子이러니 今見說是親生的라ᄒᆞ니 必然是爾不孝라 更有何說이리오 快去見官이어다ᄒᆞ며 更向尹氏道娘子도 不得不去入官ᄒᆞ야 明白說某某件不孝이니 此是案前主的令甲이니이다 於是에 尹氏ᄂᆞᆫ 乘了轎子ᄒᆞ고 癸童은 被了縛鎖ᄒᆞ야 隨了官人入官ᄒᆞ니 此是郡守ᄂᆞᆫ 姓名李觀인ᄃᆡ 是個極廉明聰察的人이라 他平生에 最憎是忤逆漢子ᄒᆞ야 見他不孝狀詞ᄒᆞ면 必也嚴法峻治ᄒᆞ더니 却見癸童은 是十五六歲的童子라 心裏에 早疑道此小小年紀로 有何大惡이완ᄃᆡ 以致厥母의 來告不孝오ᄒᆞ며 因復著氣拍案道爾母가 告爾不孝ᄒᆞ얏스니 爾將何言으로 發明고 癸童이 道小子가 年紀ᄂᆞᆫ 雖小ᄒᆞ나 也讀得幾行書ᄒᆞ야 粗知孝悌忠信等訓戒ᄒᆞ니 安敢不孝ᄒᆞ리오만은 只是生來에 早失父親ᄒᆞ고 奉承慈母에 不能盡於道理ᄒᆞ얏사오니 即此是小子的罪라 憑城主打死ᄒᆞ야 以安母親ᄒᆞ소셔 小子ᄂᆞᆫ 無所發明이로쇼이다ᄒᆞ고 淚如雨下어늘 郡守聽說了에 不覺惻然ᄒᆞ야 心裏에 想道這個年紀로 會說這樣話ᄒᆞ니 豈是不孝之輩리오 再想道或者是能言的鸚鵡麼아 是亦未可知로다ᄒᆞ고 隨喚尹氏出轎來ᄒᆞ더니 只見尹氏頭着手帕ᄒᆞ고 裊裊亭亭히 走將上來어날 郡守가 叫尹氏擡起頭來ᄒᆞ니 見是年少婦人이오 又有幾分顏色이라 先自有些疑心了ᄒᆞ야 且問道爾兒子가 怎麼樣不孝ᄒᆞ던고 尹氏道小女가 自丈夫亡後로 只恃此一個爲生ᄒᆞ거날 此一個가 却不由小女管束ᄒᆞ야 凡事를 自主自長ᄒᆞ고 小女가 一開口ᄒᆞ면 他便惡言怒罵ᄒᆞ고 甚至於肆意毆打에 無所不至ᄒᆞ야 日甚一日에 月甚一月ᄒᆞ기로 小女가 不能堪過ᄒᆞ야 所以請官法處治니이다 郡守가 又問癸童道爾母가 如此說에 爾有何分辯고 (1906.9.8)

18

△癸童이 答道小子가 有何可辯이리오 小子之罪가 原當該死로소이다 郡

守가 道爾母가 莫不有偏私處麼아 癸童이 道母親이 原來慈愛이옵고 況是
生下小子一個오니 有甚偏私處리오 郡守가 又叫癸童到堂前ᄒᆞ야 密問道其
間에 必有緣故니 爾可明白說與我知ᄒᆞ라 癸童이 叩頭道無他緣故오 無他
事端이오 只是小子의 不孝之罪가 當死니이다 郡守가 道既然是爾不孝인
ᄃᆡ 我가 重棍으로 打死爾ᄒᆞ리라 癸童이 哽咽道小子가 罪重에 情願一死ᄒᆞ
노이다 郡守가 見這般形狀ᄒᆞ고 越加猜疑로ᄃᆡ 却是免不得體面ᄒᆞ야 喝叫
拿打了癸童에 毒打過數十棍ᄒᆞ고 郡守가 冷眼看尹氏ᄒᆞ니 他面上에 毫無
不忍之色ᄒᆞ고 反跪下道只願案前主ᄂᆞᆫ 一氣打死罷ᄒᆞ소셔 郡守가 大怒道
這毒婦아 此必是爾夫前妻之子어나 或惻室之子이기로 爾做人不仁ᄒᆞ야 要
行此傷心害理之事ᄒᆞᄂᆞᆫ다 尹氏道小妾이 安敢欺官府리오 實是小妾에 親
生的니 若是不信이어시든 再問了這兒子ᄒᆞ소셔 郡守再問癸童道這不是爾
親孃麼아 癸童이 大哭道實是小子에 親生之母니 怎敢道不是ᄒᆞ오리잇가
郡守道如此인ᄃᆡ 如何這等恨爾오 癸童이 道只是小子의 不孝之罪오니 小
子ᄂᆞᆫ 只求一死오 餘外에ᄂᆞᆫ 無他言이로소이다 郡守心下에 著實疑惑ᄒᆞ야
曉得必有別故ᄒᆞ고 反假意大喝道果然爾不孝면 不惜爾一個死라ᄒᆞ고 將手
一拍案ᄒᆞ니 尹氏見郡守의 說得如此ᄒᆞ고 連連叩頭道只求案前主ᄂᆞᆫ 早早
決絶了此孩子ᄒᆞ오면 小妾은 也蹈舞百丈ᄒᆞ오리다 郡守道爾有別的兒子커
나 或有繼續的麼아 尹氏道身無別個로소이다 郡守道既只是這一個인ᄃᆡ □
戒毒他一番ᄒᆞ고 留他性命ᄒᆞ야 養得爾後平生케ᄒᆞ리니 爾情願麼아 尹氏道
小妾이 但願自過日有是子오 不願有這等兒子로소이다 郡守道刑者ᄂᆞᆫ 不可
二續이오 死人ᄂᆞᆫ 不可復生이니 爾更加思重ᄒᆞ야 無遺後悔어다 尹氏咬牙
切齒道小妾이 不悔니이다 郡守睨眼一視ᄒᆞ고 緩緩道爾苟不悔ᄒᆞᆯ진ᄃᆡ 明日
에 買一棺木來ᄒᆞ야 領爾兒子屍去ᄒᆞ라ᄒᆞ고 且把癸童囚了牢中ᄒᆞ며 打發
(ᄂᆡ보ᄂᆡᆫ다)了尹氏ᄒᆞ더라 (1906.9.10)

△尹氏聞得這言ᄒ고 喜容이 滿面ᄒ야 望外就走ᄒ거늘 郡守가 直把眼
看他出了郡門ᄒ고 想道這婦人氣質이 是個不良之人이라 必有隱情이오 那
小兒子ᄂᆫ 却不肯說破ᄒ니 是知爲親諱過之道理者니 豈做不孝的事리오
我必剖明這一件事ᄒ리라ᄒ고 隨即叫一個眼明手快的官人ᄒ야 分付道那
婦人이 出去ᄒ니 爾亟亟隨着後看去ᄒ라 不論走遠走近ᄒ고 緊緊去隨ᄒ
면 必有人이 同他說話者ᄒ리니 爾看得是何等人物인가ᄒ며 聽得是何等說
話인가ᄒ야 不拘何樣人何等話ᄒ고 有一件이어던 報一件ᄒ라 報得眞的ᄒ
면 重重賞爾ᄒᆯ것이오 如有虛僞隱瞞ᄒ면 不免罪罰重大ᄒ리라 那郡守가
威命이 素嚴ᄒ니 官人이 那敢有違리오 密密地尾追了尹氏去ᄒ더니 只見
尹氏가 出門數步에 就有一個男子가 接着問道事得如意麽아 尹氏가 笑嘻
嘻道這事가 如意ᄒ니 只要爾替我買求棺材ᄒ야 明日領屍ᄒ어다 那男子
가 拍掌道這事가 已如此完成麽아 棺材ᄂᆫ 不必慮라 我明日에 自着人擡到
衙前來ᄒ리라ᄒ고 兩人이 做一路ᄒ야 說說笑笑去了ᄒ거날 官人이 着眼
看去ᄒ니 不是別人이오 是個本郡某面居姓名叫做黃某의니 因他讀經資生
ᄒ야 人都叫他黃經이라(官人心中에 明明認得黃經來歷) 即將此話ᄒ야 細
細歸報與郡守ᄒ되 郡守道果然有這事(不出所料)로다 可知要殺親子에 略
無顧惜이니 可恨可恨이로다 就寫一紙ᄒ야 付官人道明日에 這奸婦가 進
來어던 我叫喝爾擡棺木來ᄒ리니 爾此時에 可拆開看了ᄒ고 行事也ᄒ라
次日升堂에 尹氏早早進來ᄒ야 稟道昨承城主分付ᄒ야 棺材를 已備來에
領此不孝子屍首ᄒᄂ오이다 郡守道爾兒子가 昨被已打死了ᄒ니라 尹氏毫無
失容ᄒ고 叩頭道多謝城主에 明斷ᄒᄂ오이다 郡守叫快擡棺木進來ᄒ라ᄒ거
날 官人이 聽得此句ᄒ고 連忙開坼了昨日所封之帖ᄒ니 乃是朱點으로 寫
道立拿尹氏奸夫黃民ᄒ라ᄒᆫ 八字라 黃經此時에 自做了送死鬼ᄒ야 領了
負棺者ᄒ고 來等在郡門外ᄒ더니 官人이 直來擒住了ᄒ고 把朱筆帖與他

看ᄒᆞ되 黃經이 吃了一驚ᄒᆞ고 只得被捉了來見郡守ᄒᆞ니 (1906.9.11)

20

△郡守가 道爾與尹婦로 有何關係완ᄃᆡ 何故로 爲買了棺材ᄒᆞ고 又要雇
人擡來오 黃經이 一時에 說不得ᄒᆞ야 只得說道那婦人은 矣身에 姊妹行이
기로 矣身이 所以替他買棺이니이다 郡守가 大喝道爾爲人舅ᄒᆞ야 要殺爾甥
은 是甚麼事오 黃經이 道這是他家的事라 與矣身無關이니이다 郡守道既
是爾姊妹일진ᄃᆡ 他告狀時에 爾何不調停他ᄒᆞ고 他買棺材時에 爾却替人
擡來ᄒᆞ니 不是爾有奸謀면 何故如此리오 黃經이 將且開口抵辯ᄒᆞ랴ᄒᆞ더니
只見郡守一喝下에 左右夾棍者가 將棍將打來ᄒᆞ야 一一招出眞情ᄒᆞ니 尹
氏在庭下看了에 只得一暗暗叫苦라 郡守가 隨叫官人ᄒᆞ야 走獄中取出癸
童來ᄒᆞ니 癸童이 經過庭下ᄒᆞ다가 見得一具新材的棺木ᄒᆞ고 心裡에 擺着
慌了ᄒᆞ야 暗暗地口叫苦(尹氏로 暗暗叫苦ᄒᆞ고 癸童도 暗暗叫苦ᄒᆞ니 母的
子的가 同時叫苦로ᄃᆡ 一個叫苦ᄂᆞᆫ 是爲奸夫的오 一個叫苦ᄂᆞᆫ 是爲自身的
니 叫苦一句語ᄂᆞᆫ 同而叫苦之內容은 不同ᄒᆞ고 一個叫苦ᄂᆞᆫ 苦盡得甘ᄒᆞ고
一個叫苦ᄂᆞᆫ 苦上更苦ᄒᆞ니 苦之境은 同而叫苦之結果ᄂᆞᆫ 不同ᄒᆞ니 嗚乎라
母子之間에 一苦一樂이 逈然天壤이로다) 道昨日就獄時에 城主說話也好
ᄒᆞ야 料必不致傷命이러니 那知今日이 竟成絶命日也리오ᄒᆞ고 戰戰兢兢地
跪看ᄒᆞ더니 只見郡守가 問道爾可認得某村讀經客黃某麼아 癸童이 見說
ᄒᆞ고 假意道不認得이로소이다 郡守가 道是爾仇人을 如何不認得이리오 癸
童이 轉頭看時에 却見黃經이 被捉先在了어ᄂᆞᆯ 吃了一驚에 正不知個甚麼
緣故라 只得叩頭道案前主靑天神見이라 再無可說이로소이다 郡守道我昨
日問爾에 爾再三不肯說ᄒᆞ더니 不待爾說出ᄒᆞ야 我已一一査得了로다(癸童
此時에 此愧且懼且怒且喜ᄒᆞ리니 一人之心에 七情이 交發ᄒᆞ리로다)ᄒᆞ고

522

即將筆判之ᄒᆞ니 其中에 有云ᄒᆞ되 (1906.9.12)

21

惡毒哉아 黃民이여 因好肆毒에 唆殺他人之子ᄒᆞ니 天下之惡이 寧有
過是리오 千斬萬碎에 猶有餘罪이되 謀殺未遂에 罪至于絞ᄂᆞᆫ 是在律例
인바 依律定罪이라 云云ᄒᆞ고

其下에 更擬尹女之罪ᄒᆞᆯᄉᆡ 郡守ᄂᆞᆫ 一口呼來ᄒᆞ고 書吏ᄂᆞᆫ 一筆寫去之際
에 只見癸童이 在堦下ᄒᆞ야 叩頭乞赦母氏之罪ᄒᆞ되 叩得數回에 血流滿面
ᄒᆞ고 乞得悲涼에 哽咽不已ᄒᆞ며 且哭哭道不赦矣身之母ᄒᆞ오면 請先處斷
了矣身ᄒᆞ소서 只緣矣身에 不孝不敏ᄒᆞ야 久觸了母親之怒故로 今玆에 有
此獄事이오니 矣身之罪도 當處死이거ᄂᆞᆯ 城主ㅣ 哀矜不問ᄒᆞ시고 矣身의 母
ᄂᆞᆫ 以至慈之性으로 反罹不慈之律ᄒᆞ오면 小子ᄂᆞᆫ 百死也라도 不敢自惜이
로소이다ᄒᆞ며 叩頭流血에 血滴滴滿地라 郡守看見癸童的如此ᄒᆞ고 一口氣
歎道孝哉라 此子여 有子如此어ᄂᆞᆯ 反要殺之ᄒᆞ니 噫라 安用此奸婦리오 雖
然이나 淳于之女가 能除其父之肉刑ᄒᆞ얏스니 尹氏之子의 至孝로 豈不足
以減其母之母刑乎아 於是將其判詞中的尹氏罪案ᄒᆞ야 當行塗改ᄒᆞ고 喚起
尹氏道這奸婦毒婦아 爾罪가 本該死로되 看爾兒子面上ᄒᆞ야 留爾性命ᄒᆞ
이니 此後에 要去行慈行仁ᄒᆞ되 若有再犯이면 斷不饒爾ᄒᆞ리라ᄒᆞ니 尹氏到
此에 良心이 始發ᄒᆞ얏든디 怯於官威ᄒᆞ얏든디 下[3]淚汪汪ᄒᆞ면서 對郡守道
小妾이 該死罪라 一時性迷ᄒᆞ야 負了親兒ᄒᆞ얏스나 今後에ᄂᆞᆫ 情願守著兒
子에 待其成人成冠이오 再不敢爲非로소이다 於是에 母子兩個가 相抱了大
哭一場ᄒᆞ더라 郡守가 倂行打發了ᄒᆞ고 黃經은 遂依律定罪ᄒᆞ니 果然世事

---

3) 下: 원문에는 '不'로 나와 있으나 의미상 바로잡음.

가 難恻이라 誰却黃經에 要掩癸童的棺子가 反作黃經에 自葬其身之物이
리오 作善이면 降之祥ᄒ고 作惡이면 降之殃이라ᄒᄂᆞᆫ 古語가 豈有一子欺
人者리오 且說尹氏가 同兒子歸家ᄒ야 爾感我激에 遂爲母子如初ᄒ고 癸
童은 益益承顏順志ᄒ야 不敢有違ᄒ더라

　　桂巷稗史氏曰尹氏之奸惡은 固無足道어니와 惜哉라 癸童이여 憤黃經
之自肆ᄒ고 恥其母之不安於室ᄒ야 不能雍容規諫ᄒ고 反觸其母之怒
ᄒ며 至入官庭에 致暢其母之惡ᄒ니 雖其叩頭之情은 藹然是孝이나 前
後行事에 似孝非孝者ㅣ多矣니 噫라 豈年淺之故歟아 (1906.9.14)

踐私約頑童逞凶 借神語明官捉奸

1

△話說本朝成廟朝時에 順興郡碧波村에 有了一個饒戶ᄒ니 姓은 孫이오 名은 同이라 那孫同이 早生下一子ᄒ니 名叫做健兒인ᄃᆡ 這健兒가 富家愛子로 旣無家庭的敎訓ᄒ고 兼乏師友的勸戒ᄒ야 長得自主自張ᄒᆫ 故로 年近二十토록 全沒禮貌ᄒ고 惟日所事가 只是酗酒喝博等行色而已라 一鄕中人이 無不暗歎道孫同之家事여 無復餘運이라ᄒᆞᄂᆞᆫᄃᆡ 噫彼孫同은 厥子之惡을 曚然不知ᄒ고 一味地放任他ᄒ며 癡呆他ᄒ야 恒常其妻와 相對ᄒ면 聲聲道了ᄒᆞᄂᆞᆫ바가 只惜健兒의 婚事將晚ᄒ며 至於健兒의 優遊不學ᄒᆞᄂᆞᆫ 一節은 未嘗道及ᄒ고 廣求芳姿美貌的女子ᄒ더라

桂巷稗史氏曰孫同이 旣不克敎訓厥子ᄒ야 任其自成了放蕩頑悖之漢子ᄒ고 及求新人之日에 亦不論婦德如何와 女紅(女工)有無ᄒ고 惟芳姿美貌的女子를 是求是急ᄒ니 是則非婚姻也라 直招娼也오 是則非求

媳也라 直欲得玩好之具也니 嗚乎誤哉라 語에 云호딕 福生有基ㅎ고 禍生有胎라ㅎ니 孫氏之子의 禍가 其將胎於斯乎며 其將胎於斯乎ㄴ져 惜夫라

且說興州東南에 又有了一個村ㅎ니 名叫做繡蹄라 這繡蹄村은 碧波村과 略十五里地를 相隔ㅎ얏ᄂᆞᆫ딕 那村裏에 一個農民이 有ㅎ니 姓은 柳오 名은 宜春이라 這柳宜春은 只是鄕谷間守分食力ㅎᄂᆞᆫ 微氓으로 家産이 亦甚綿薄ㅎ고 更無他寸毫可稱之事로딕 但有一件可怪者ㅎ니 這個山農野婦의 貌不免醜的身子로 如何히 這般可喜娘을 生出ㅎ얏든디 宜春의 女子曰 翠姐니 翠姐가 芳年二八에 生得如花如月ㅎ고 沉魚落雁之致가 幷有함이 他的父母도 異樣珍愛할쌘더라 其芳姿逸致ᄂᆞᆫ 見者가 莫不魂銷神黯ㅎ야 嘆了道古之西子가 復生於世라ㅎ더라 (1906.9.15)

2

△雖然翠姐가 如此美貌나 誰知這個可憎兒가 終是金玉其外ㅎ고 敗絮其中ㅎ야 其心은 就層層疊疊的都是淫欲이라 家務料理에도 全不管意ㅎ고 寤寐思量ㅎᄂᆞᆫ바ᄂᆞᆫ 只願與一個俊逸的情郎으로 弄得佻兮達兮에 惹得雲情雨致者ㅣ 久矣러니 一日에 他的父親은 田事로 南畝에 走了ㅎ고 他的母親은 椿米次東隣에 亦往흐지라 那翠姐가 獨自無聊를 不堪ㅎ야 兩履를 珊珊히 憂了ㅎ고 門首에 凝立ㅎ야 遠景을 眺望ㅎ니 時維暮春이라 落花ᄂᆞᆫ 風便을 隨ㅎ야 四隣에 散亂ㅎ고 飛鳥ᄂᆞᆫ 空中에 上下喈喈ㅎ야 幽人을 解弄ㅎ며 遊絲ᄂᆞᆫ 綠楊枝와 共히 裊裊然萬端情緒를 惹引ㅎᄂᆞᆫ지라 翠姐가 不覺長吁道春아 爾寃殺我麽아ㅎ고 口內納指에 呆呆了半向晌ㅎ니 可謂柴門이 寂寂에 春懷가 渺渺라 臉如桃兮誰接이며 膚如脂兮誰撫며 目澄澄兮誰睹며 手纖纖兮誰援가 晝思가 猶云如是커던 況乎良宵야 若乃一輪이 中天

하고 四隣이 寂寥호딕 貯空庭兮花枝가 低亞호고 步淸輝兮杜鵑이 悲鳴이
라 吁嗟乎라 俯跡倩觀호면 豈讓玉環之朶朶며 臨水自窺호니 飛燕이 伊何
人矣아 旣自顧而黯然호니 懷美人兮安在오 暫將這般情曲호야 姑且却過
호고 且說翠姐가 半向呆了타가 忽將黛首호야 徐徐擡起호며 重發了一吁
道我가 入了罷어다호고 遂欲移了軟步터니 忽見一個俊總角이 兩手를 又
在背上호고 高高的唱一個曲兒道遊兮遊兮여 少年時候에 遊호리로다 老大
호면 豈得호가호고 跟跟蹌蹌히 直過門首去어늘 翠姐가 輕作咳嗽一聲호
고 將身子躱過호며 勤將面子露出호야 暗看了這個總角터니 這個總角도
聽得了咳嗽一聲호고 猛擡頭見得那個風流孽冤호지라 忽將曲兒取縮호고
故將兩脚에 徐徐地移開호며 目不轉睛호야 翠姐의 面을 鑿也似看호니 翠
姐가 自媒之心은 弸中호나 正顔相撞이 還有些恥라 進不易退亦難호야 正
沒計策터니 猛思了一法호고 露出身子에 故將兩臉호야 發個假嗔道總角
이 有甚麽緣故호야 敢犯男女有別的訓誡호고 不住地看我麽아호딕 那總
角이 停了兩脚호고 微微笑道娘子난 休嗔호라 我當初에 別無他意라 只因
狹路撞見에 無暇躱避러니 爾又不要自避홈이 我豈倒有了狂走的理麽아
看了一看에 不覺心醉了娘子嬌滴滴的容態호야 楓林紅葉에 自然停車忘
返이로니 娘子가 若是有情人인딘 庶幾容恕了苦心漢호리라호딕 (1906.9.17)

3

△翠姐가 遂欲趁勢再發了一個僞怒라가 反不覺滿臉堆下笑來道總角아
爾眞正要戲弄我麽아 我有甚麽顔色이완딕 爾便如此弄狂고호며 遂心內畧
忖道父的母的가 都經數個時辰然後에야 來了호리라호고 又鶯也似囀個笑
音道狂童之狂也여 眞正無禮的總角이로다 請入了我室호야 聽了老娘的訓
責也罷어다호고 遂挽了那總角的手(稱曰訓責而援之以手호니 豈不絶倒리

오)ᄒ니 那總角이 早知了蔗境이 漸至ᄒ고 遂故弱腕筋ᄒ야 笑嘻嘻地佯被他扯將入去ᄒᆯᄉ 低聲問道爾家에 無人麽아 翠姐가 略將眉端示意ᄒ고 遂相携入室(好個訓弄的處所)ᄒ니 俄者柴門邊女的春懷와 街路上男的歌趣가 天然吻合(吻字가 大妄發)이라 這間生同室穴의 金石牢約과 奇奇怪怪可駭可唾光景은 不必再煩了管城子로다 及到兩人이 力盡興餘ᄒ야 不得已 分手際에 翠姐가 右手로 執了總角的手ᄒ고 左手로 排開後窓ᄒ며 向外指点道(奇光이 陸離에 雲烟이 滿地로다)這個籬子가 不有離奇可鑽的孔隙麽아 爾看得麽아 爾可每夜從此入ᄒ야 輕輕開了此窓ᄒ고 夜夜歡會가 不其可樂麽아 我的父母ᄂᆫ 成雙兒宿了東偏房이니 可保無虞이라 那總角이 点頭道好ᄒ고 慌忙去了ᄒ니 因叙述이 忽忙ᄒ야 將那總角的來歷ᄒ야 一句也不曾道及ᄒ얏도다 他的姓은 是甚麽오 是貫鄕仁同的張이오 他的名은 是甚麽오 渠父六旬晩生에 錫汝嘉名的大慶이니 這張大慶의 住居的所ᄂᆫ 是那邊고 日本繡蹄村이라 是土著麽아 否라 然則是那裏來的오 本是楊州人로 早失父母ᄒ고 漂泊四方에 無依無托ᄒ다가 月前에 本村寡居ᄒᆫ 姨母石氏家에 來托ᄒᆫ 者러라 那張大慶이 一自翠姐와 奸通ᄒᆫ 後로 如得福地洞天ᄒ야 自春徂秋토록 每日夜深後와 每夜鷄鳴前에 窓前籬子孔으로 狗子와 如히 鑽入鑽出ᄒ야 如糖如蜜히 歡會ᄒ니 於焉間一村人이 無不暗暗料得ᄒ되 止瞞過宜春夫婦와 石寡婦三口兒러라 (1906.9.18)

4

桂巷稗史氏曰城隅之俟도 猶存預約이며 中篝之醜도 亦云馴致라 若夫翠姐ᄂᆫ 止以門邊無聊之春懷로 聽了狂童之淫曲ᄒ고 便施自媒之計ᄒ야 一嗔一喜之間에 遽成此鶉鵲之醜行ᄒ니 噫라 似此魔男孼女가 歡其可終乎아 厚其奸惡ᄒ야 傾者覆之ᄂᆫ 理之常也니 請觀後日ᄒ야 以存

凜省이 是所望於閱者로라

却說孫同이 廣求健兒的婚處ᄒ되 終無一個合意的女子ᄒ야 屢約屢破ᄒ고 正擁着一副愁容터니 一日은 偶從東南來人ᄒ야 猛聽得那個空前絕後ᄒ고 可驚可愕ᄒᆫ 柳翠姐的容姿ᄒᆫ지라 孫同이 喜出望外ᄒᆼ이 不覺如狂如醉道那個繡蹄村이 不過隔了十五里라 我的耳邊에 不曾遮罩이어늘 如何今纔聞得고 可怪昨夜에 燈心이 結花ᄒ고 今朝에 鵲噪가 報喜터니 果然天祐神證ᄒ야 奇緣이 妙湊로다ᄒ고 弄得距躍曲踊에 鬧得滿堂燎亂ᄒ니 斯日孫同家的光景은 眞是筆不盡意러라 雖然이나 一場歡喜가 那得便做了婚姻이리오 東鄰媒妁이 忽逢賺金的運會라 孫同이 要蒼頭招到那個媒婆ᄒ야 前後來歷을 一場說了ᄒ고 即時前往了柳宜春家ᄒ야 細探了柳翠姐的容態ᄒ고 火急回告ᄒ라ᄒ니라

却說柳宜春이 一日은 閒適無事ᄒ야 正히 三口가 共히 堂上에 坐了ᄒ야 團團說話ᄒ더니 忽見一個老婆가 自門外來入ᄒ야 微微地笑ᄒ고 上了堂來ᄒ야 向宜春妻作禮道老婆가 遠行ᄒᆼ이 筋力이 困疲ᄒ야 歇脚次入來(媒婆慣用的口嘴)ᄒ얏샤오니 萬望恕容ᄒ라ᄒ거날 宜春妻가 答道不必這般說了라 就坐了安歇ᄒ라ᄒ고 又問道老婆가 渴麼아 媒婆가 答道正在燥渴이라 若吃一椀淸涼的된 甚好了로소이다 這間媒婆가 早已看見了那翠姐라 暗暗歎道吾見美貌的女子ㅣ 多矣나 豈有如此人에 眩人眼光者리오 如此看來看去之際에 宜春妻가 忽然顧那翠姐ᄒ고 翠姐一聲을 呼了道爾將碗水與了老婆ᄒ라 翠姐가 欣然下了堂來ᄒ야 將一碗水遞與了老婆ᄒ고 一聲巧音으로 歷歷的道碗水가 汲置了多日ᄒ야 不甚淸涼이라ᄒ거날 媒婆가 又暗想道這個女子가 又甚婉曲周到로다ᄒ고 飮了碗水後에 仍然雙目이 着在翠姐面上ᄒ니 看一看에 尤可喜러라 (1906.9.19)

5

△眉如遠山이 聳翠ᄒ고 顔如芙蓉이 新舒ᄒ고 齒如含貝ᄒ고 腰如束素
ᄒ야 無一不配分得當ᄒ니 縱然鄉谷間貧寒所致로 裝飾이 掃如ᄒ고 衣衫
이 蕭條홀지라도 其秀雅ᄒ 氣像과 娥媚ᄒ 姿態가 人의 心神을 醉함이 媒
婆가 暗嘆不已ᄒ고 向宜春妻問道令愛의 容姿가 這般可愛ᄒ고 年紀가 又
已及簪ᄒ니 婚期가 遲了라 何不早速嫁了富戶ᄒ야 以結百年之佳緣고(不
曰貴門而偏曰富戶가 是何意乎아 老奸的媒婆로다) 宜春妻가 道誰好了這
個遲期的婚姻이리오 無奈家産이 貧寒ᄒ야 糊口之計도 尙且費心이라 那
裡有能辦婚姻的財産이리오 所以荏再到此로라 媒婆ㅣ聽罷에 微笑道若有
佳緣이면 財産一事ᄂ 不足慮也라ᄒ고 心中躊躇ᄒ다가 暗思道今日에 不
必說破라ᄒ고 遂起身道如有閒隙이면 異日에 當有以再訪이라ᄒ고 忙忙回
了ᄒ니라

再說孫同이 送了媒婆ᄒ고 其回音을 苦待ᄒ더니 略酉初時辰에 那媒婆
가 喘得呼呼不息ᄒ고 回來ᄒᄂ지라 孫同的一家口가 團團的圍坐了那個
媒婆ᄒ고 紛紛嚷嚷道如何樣如何樣ᄒᄂ지라 媒婆遂將所見的光景ᄒ야 細
細說了ᄒ되 一言이 纔罷에 滿堂이 莫不歡喜如雷어늘 媒婆道休這般歡喜
ᄒ라 今日은 只是片面的意思라 若要婚姻인딘 我須再起一次ᄒ야 牢定了
雙面的佳約이라ᄒ고 向孫同道娘家가 太甚貧寒ᄒ야 無以治婚이라 百爾思
之에 不如自此擔當ᄒ야 結了佳緣이라ᄒ되 孫同이 喜答道好了好了라 既
結佳約이면 即是我的婦媳이라 爲媳費財를 我豈吝焉가ᄒ고 其翌日에 復
送那個媒婆ᄒ야 結了婚約할시 孫同이 囑道作媒十餘年에 不能專對于娘
家가 可乎아 十分愼重ᄒ야 無負苦望ᄒ라ᄒ되 那媒婆가 仰天大笑道這個
女兒가 若生了豪門富室이런딜 老媒가 幾乎費盡了舌焦唇乾的心力이어니
와 今既這般貧窮ᄒ니 也不難一言動心에 再言得諾ᄒ야 以奏老媒的本事
(技能)ᄒ리니 如其不信인딜 明觀吾舌之猶在ᄒ라ᄒ고 遂飄然而去ᄒ더라

再說柳宜春이 老婆의 歇脚去了ᄒᆞᆫ 後에 向妻笑道這個老婆가 歇脚則歇
脚이 便了라 何故將吾翠兒ᄒᆞ야 細細看了ᄒᆞ고 更將婚事ᄒᆞ야 頻頻提了오

(1906.9.20)

6

△我在傍聽得了婚期遲了之一句ᄒᆞ매 不覺情緒가 感得凄凉이라ᄒᆞ고 忽
長嘆道這老婆的言도 實是不錯이라 我的女兒가 這般壯成而迄無忼儷之樂
(評曰已有矣)ᄒᆞ니 我的心曲은 雖然焦灼萬端이나 其奈力不從心에 何오ᄒᆞ
더라 及到了翌日ᄒᆞ야 朝飯畢了에 三口兒가 像了昨日ᄒᆞ야 坐在堂上터니
忽見昨日歇脚的老婆가 又笑着入ᄒᆞ야 上了堂來ᄒᆞ더니 向宜春夫婦作禮
(昨有止向其妻作禮ᄒᆞ고 今則並向其夫作禮ᄒᆞ니 眞正是媒婆身分) 道夜來
에 兩位가 萬福가ᄒᆞ고 坐了ᄒᆞ거늘 宜春이 向道老婆再來가 頗不尋常이라
莫不有事麽아 媒婆ㅣ 答道有事了라ᄒᆞ고 一掬笑容으로 坐了良久타가 將昨
日假托歇脚的緣由와 今日又來的事情ᄒᆞ야 一場細說ᄒᆞᄃᆡ 宜春이 愕然道
老婆가 元來是孫家媒婆로다ᄒᆞ고 畧帶悲戚的顏色道這般頂好的郎家에 若
得嫁了女兒된 眞所謂絲蘿가 托喬木이라 有何所靳이리오만은 其奈猝當了
這般大事면 諸多窘乏이라 進退兩難에 實不知作何調處ᄒᆞ노라 語未畢에
媒婆ㅣ 笑道有甚麽窘乏이리오 郎的父親이 已有定筭ᄒᆞ야 凡百所需를 一
一擔當ᄒᆞ리라ᄒᆞ얏스니 這事件는 不必再憂라ᄒᆞ거날 宜春이 聽了擔當的句
語ᄒᆞ매 雖覺有些少愧赧이나 不可以區區小節로 壞了奇緣이라ᄒᆞ야 仰空笑
道擔當擔當이여ᄒᆞᆯ 而已오 不能拒絶ᄒᆞ더라 媒婆가 見了宜春夫婦的十分動
心ᄒᆞ고 趂勢重將孫同的家産과 健兒的長處ᄒᆞ야 鋪張得是郡裡甲富라ᄒᆞ며
是男中人傑이라ᄒᆞ야 說來說去에 終得了快諾ᄒᆞ고 畧經半時辰ᄒᆞ야 忽起身
道日晷가 無幾ᄒᆞ매 不能多陪라ᄒᆞ고 忙忙去了러라 宜春夫婦가 媒婆를 送

第六話 531

了ᄒ고 羞喜交集ᄒ니 羞是担當이오 喜是全體라 羞居一分弱(些不足)ᄒ고 善居九分强(些有餘)ᄒᄆᆡ 自然羞被喜掩에 喜從心發ᄒ야 宜春이 撫了翠姐的背道女兒가 終是有福이라ᄒ더라 這間翠姐心曲은 是甚麼樣고 啞子가 嘗了黃柏ᄒᄆᆡ 苦味를 自家만 知ᄒᆷ과 如히 一句也說破치ᄂᆞᆫ못ᄒ나 其中은 就萬端焦灼에 憂心如搗라 (1906.9.21)

7

△暗暗思道婚姻은 人倫的大事라 如何脫却이리오만은 這張大慶은 豈不枉別了麼아 這個孫同의 家勢富饒ᄒᆷ은 正合了我的素願이나 那個健兒가 豈能勝過了大慶이리오 自愁自苦ᄒ더니

聽泉子曰眞正是淫婦醜女的心曲이로다 既悅孫同之富ᄒ고 繼慮健兒之或不合意ᄒ니 是則念念之不忘大慶者ㅣ亦非實心之所繼戀也오 只取其狀貌之俊美커나 或行淫之伎倆也라 語에 云盜賊도 有義라ᄒ니 於淫奔엔 何獨無焉이리오 令人唾罵不置矣로다

已而오 夜色이 漸黑ᄒᆞᆫᄆᆡ 他的父親이 和他的母親睡了ᄒᆞᆯᄉᆡ 翠姐다려 爾도 早早宿了ᄒ라ᄒᄂᆞᆫ데라 翠姐가 獨自空房에 還了ᄒ야 長吁短歎ᄒ고 伏枕恍惚터니 夜將闌에 大慶이 閃入ᄒ거날 遂飜身起來ᄒ야 大慶의 手를 挽了請臥ᄒᆞᆫ데 大慶이 揮手道不久相別的人이 挽我甚用고ᄒ고 頗有不快底意思어날 翠姐가 低聲問道爾今日에 如何這般變卦오 我不曾薄待爾로다 大慶이 發個塞咽的聲音道爾家에 來了ᄒᆞᆫ 媒婆一節을 我已聞知了鄰人이라 爾的佳郎이 豈不是孫同的兒子健兒麼아 如何瞞得我過리오 爾用如何巧計簧舌ᄒᆞᆫ던지 不能打破了這件事ᄒ야 黙黙看過코 却又要我同臥ᄒ니 豈不是面面流情的麼아 我想了舊情에 誠欲哭將起來오 且不覺切齒痛恨[1] (評曰四字가 若閃若伏ᄒ야 有如刀之出鞘와 火之引線이라 既拔且轟이면

532

寧不寒心)이라 今夜的來는 直不過一對了前容ᄒ고 快快了胡越不關的去
就코자ᄒ노라ᄒ거날 翠姐가 聽了這話ᄒᄋᆡ 不覺五內가 如裂에 凄其欲絶이
라 然而暗想道到此地位ᄒ야 進退維谷이라 不如略說事情ᄒ야 留待後日
之從長措處(評曰此四字가 如切齒痛恨四字로 暗暗相對)라ᄒ고 遂强作笑
容道我曾不知러나 爾心志가 這般狹隘고 爾須平心聽了我言ᄒ라 爾與我
從來에 無光明正大的婚禮ᄒ고 直不過穿籬相從에 暗地偸歡ᄒ니 深夜一
遇가 不及白日之長이며 片刻歡樂이 猶有恐懼之心ᄒᄋᆡ 風條響耳에 或愁
暗窺之跫ᄒ고 老枝暎窓에 猶疑捉姦之手ᄒ얏도다 這般苟且的情勢로 何有
衆中可言之義諦ᄒ야 容易地打破了父母所結的婚姻이리오 所以按住苦心
ᄒ고 無奈作嫁니 爾雖不言이나 我寧無心가 爾旣這般不快ᄒ니 我不得不
吐盡衷腸이라ᄒ고 (1906.9.22)

8

△遂附耳低言道我雖嫁得了健兒나 必也相機抽身ᄒ야 種種歸寧ᄒ리니
於此之時에 爾豈不渴飮飢餐가 斷緣이 時續이면 反覺爲妙리라 況用計之
道가 恢乎有餘地에 及爾偕老가 事甚不難이리오 檀公上策을 賣夜에 誰知
며 文君當爐를 亦復奚恥아 一生에 可得長歡이니 明日之事를 莫爲預愁ᄒ
라 今夜之樂을 不可抛過라ᄒ고 遂抱住大慶ᄒ디 這間大慶이 聽了翠姐的
前後說話ᄒ고 不覺憂霽喜開라 蹙眉를 一展ᄒ고 樂趣를 再尋터니 少焉에
鄰鷄가 一叫ᄒ미 大慶이 將去라 翠姐가 起坐長吁道一生之精魂이 旣孚ᄒ
니 終身之肝膽이 無貳라 爾將這佩刀解下ᄒ라 我將此指環相贈ᄒ야 以作
後日之信物이 可也라ᄒ디 大慶이 亦長吁道生則相歡ᄒ고 死則同穴로 與

---

1) 恨: 원문에는 '限'으로 나와 있으나 의미상 바로잡음.

子成說호라 山崩海渴이언뎡 此情을 誰間이리오 傳不云乎아 物不足以講大
事니 贈無益也라 雖然이나 爾旣如此ᄒ니 我獨何心으로 不有相贈가 于是
에 刀環을 交手相付ᄒ고 慘別離를 行ᄒᆯ식 大慶이 道娘子아 千萬保重ᄒ라
我는 方寸이 已亂이라 這個婚事前에는 不必再來니 唯願爾는 叮嚀叮嚀이
어다ᄒ고 四行眼淚로 相別ᄒ니라

却說孫同이 媒婆의 回了ᄒᆫ 後에 卽時婚禮日子을 擇ᄒ니 八月十五日이
是個生氣福德이 俱全ᄒᆫ 黃道吉日이라 相隔이 不過四五天ᄒ민 全家가 紛
紛嚷嚷ᄒ야 眼鼻를 莫開터니 及夫八月十五日ᄒ야는 一切幹事가 皆已淸
楚ᄒ야 道是娘家婚需라도 已所辦送이며 道是納幣節次라도 早是昨日經過
的事라 健兒를 烏帽紫袍로 裝出ᄒ야 一個白馬上에 扶上ᄒ고 繡蹄村으로
離發ᄒ니 其趨從의 衆多ᄒᆷ과 裝飾의 燦爛ᄒᆷ이 實노 興州郡男婚女嫁中初
有的壯觀이러라 及到了柳宜春家ᄒ야 奠鴈交拜를 畢了ᄒ고 孫氏父子가
心滿意足ᄒ야 擧趾가 自高ᄒ디 這柳宜春도 喜得滿面笑光ᄒ야 兩査及衆
賓이 盡日酒杯로 興高采烈ᄒ니 可謂天上月圓ᄒ고 地面人圓이러라 及到
于歸之時에 宜春이 向翠姐囑道女兒아 十分着念ᄒ야 善事了舅姑ᄒ며 敬
爾的丈夫ᄒ라 相距가 不甚遙遠ᄒᆫ즉 我當種種往見ᄒ리라ᄒ고 其發程을
促ᄒ거늘 翠姐가 臨發ᄒ야 帶着愁容ᄒ고 向自己的母親道父親은 相距不
遠이라ᄒ시나 母親은 咫尺이 千里라 歸寧一道外에는 實無相見的日이오니
母親은 千萬保重ᄒ소셔ᄒ고 卽時碧波村으로 發向ᄒ니라

桂巷稗史氏曰翠姐는 一淫女也而孫同이 以子娶焉ᄒ며 以其賄遷ᄒ
야 百年之長計ㅣ反成此醜穢不臧之地ᄒ니 已矣哉라 悔將何及고 媳不
可以貌取ㅣ有如是夫ᆫ져 (1906.9.24)

534

9

△再說孫同이 一行을 率了ᄒ고 眉花眼笑ᄒ면셔 碧波村에 歸了ᄒ야 即時一場大宴을 設ᄒ니 酒香餅氣ᄂ 一區에 薰騰ᄒ고 賀語笑音은 耳朵를 震動ᄒ며 肱喝飮餒ᄒᄂ 聲은 風雨가 亂至홈과 如ᄒᄃᆡ 甚麽外祖, 堂叔, 姑母, 姨從輩의 率來흔 兒孫們은 是菓是飴를 饕求無厭ᄒ야 東啼西喊ᄒᄂ 光景이 一個修羅場을 成ᄒ며 門外에서 大呼小叫ᄒ야 剩塊冷汁을 懇求ᄒᄂ 遊手輩ᄂ 寔繁有徒라 莫不弄手弄脚ᄒ야 疾趨先得의 勢를 相角ᄒ니 噫라 孫同家之宴이 無已太侈아 旣醉且飽흔 人은 滿心愉快ᄒ니 固無所論이어니와 月前或年前에 愧有顔皮ᄒ고 伏地乞憐ᄒ야 其千倉萬廂中數升紅腐를 求ᄒ다가 不給粮又破匏를 當흔 其人은 且將如何홀고 個個道是富ᄂ 曷喪고ᄒ야 其蕩家倒産ᄒᄂ 日이 定有ᄒ다ᄒ더라

孫同이 一自翠姐를 于歸흔 後로 如得千金粒子라 匪媳伊實에 課日歡喜ᄒ며 如珠似玉에 愛重萬端ᄒ야 些小勞務라도 執使치아니ᄒ고 縱擲了千金이라도 苟博翠姐的一喜ᄃᆡ 無不觀微察象ᄒ야 曲遂了其意ᄒ니 奇矣哉라 翠姐的運命이 一何其蚩英騰茂ᄒ야 前日的柳宜春女兒가 忽成了今日的孫同貴媳고 於分已足에 此外何求아 那個翠姐가 想必心滿意足ᄒ야 毫無了小悲大慽而怪矣哉라 天下事를 不可以易知者ᅵ有如是夫ᆫ져 這般快樂을 不關ᄒ고 翠姐ᄂ 就漸漸有懊悔的心曲ᄒ도다 是誠甚麽委折고 他也ᅵ初嫁了健兒的時에ᄂ 本以貧寒生長으로 忽落了安樂窩中ᄒ니 睡臥自便이 是可喜的며 衣服都麗ᅵ是可喜的며 飮食豊旨도 是可喜的라 件件事事가 比了前日에 眞是霄壤이 判然흔 則自然滿心快樂커니와 及夫秋節이 已過ᄒ며 三冬이 又盡ᄒ고 春光이 早到ᄒ야 於焉五六朔이라 自然樂久生豎ᄒ고 可愁的事만 暗來ᄒ니 可愁ᄂ 是甚麽오 健兒的不合己意가 就是了라 健兒的不合己意ᄂ 已在了五六朔前이나 止因此外的歡樂ᄒ야 不甚慽慽터니 今焉樂已豎而愁自來라 奈之何其不懊悔也리오 (1906.9.25)

10

△心內에 暗暗自語道這個健兒가 目子는 如何這般暴露며 鼻孔은 如何 這般朝天(발죡)이며 兩臉은 如何這般晦氣(우중充)며 口也手也脚也가 如 何通通地這般可憎고 攬鏡自窺ᄒ야도 我豈是這廝配匹(評曰然則是誰之 配匹고)이리오 可恨可恨이로다 這廝가 又如何夜間에 空醒了我的甘睡ᄒ니 這個時辰엔 眞是打殺也不快로다ᄒ고 獨自婚事를 懊悔ᄒ더니 一日은 神 思가 尤形難堪이라 開了小窓ᄒ고 流波를 試縱타가 不覺暗驚道春已深乎 아ᄒ니 這間心緒는 眞是黯然魂銷로다 彼翩者雲은 天風을 隨ᄒ야 卷舒自 在ᄒ거니와 我的心事는 如何這般如結이며 姸花芳樹는 好時節을 遭逢ᄒ 야 綠使人憐ᄒ며 紅使人愛ᄒ거니와 愛我者는 安在오 春은 舊日的春이거 날 人은 何故로 俛仰之間의 悲歡이 無常인고 于是에 翠姐가 暗暗長歎道 大慶(評曰二字放光)이 眞是我的可人이로다 糠餠(지쩍)을 食ᄒ고라도 大 慶만 一見ᄒ면 我心則悅이며 犬脛(지죵아리)과 如ᄒ 屋裡라도 大慶만 相 會ᄒ면 余心所蕩이지 山珍海錯이 縱然是美며 粉壁紗窓이 雖曰可喜나 健 兒를 一看ᄒ면 憂來塡胸에 頭痛이 忽作이로다 我不得不離了此家ᄒ고 歸 了本家ᄒ야 安貧樂道가 便了(評曰安貧樂道는 是士君子的所難而一個淫 女가 移用了醜事ᄒ니 豈不大落價値리오 道字絶倒)라ᄒ고 其抽身ᄒ 計策 을 求ᄒ니 百爾思之에 藉托歸寧的一法外에는 別無長策이라 遂移了自己 的房ᄒ고 到了堂上ᄒ야 舅姑兩位를 見了ᄒ고 陪坐良久라가 忽微笑道小 的의 本來父親은 種種來觀(省筆又照應)ᄒ시민 別無戀戀이오나 本家母親 은 眞是咫尺이 千里라 昨秋以來로 形骸가 渺然ᄒ니 小的의 情懷가 每常 不快ᄒ야 有如食物之不下ᄒ오니 萬望舅姑는 衷曲을 俯諒ᄒ시고 歸寧을 許ᄒ시샤 母女를 相逢케ᄒ소셔ᄒ딕 (1906.9.26)

11

△孫同이 聽罷에 大笑道不過五六朔間에 如何這般孺慕오 我亦云云이
러니 爾又如此ᄒ니 我將好好地治送ᄒ리라ᄒ고 當日에 一面으로는 轎丁을
招ᄒ야 明日飯後에 來待ᄒ라ᄒ며 一面으로는 飴筐餠箱을 準備ᄒ더니 及
到翌日食後ᄒ야 那個轎丁等도 早已待令ᄒ고 筐兒箱兒도 以若富家風度
로 東炊西打ᄒ야 一夜之間에 皆完備ᄒ지라 翠姐가 將欲發行ᄒᆯ시 孫同이
道爾須疾忙回來者어다 我當隨宜送轎ᄒ리라ᄒ딕 翠姐가 若有了所思타가
徐徐答道且觀下回如何ᄒ야 定了遲速ᄒ오리니 父親은 不必這般焦急이로
쇼이다ᄒ고 孫同夫妻에게 拜了ᄒᆫ 後에 即時發程ᄒ니 一個蒼頭는 筐箱等
物을 背負ᄒ며 一個小奚는 轎軸을 執了(조군치를 쇼아)ᄒ고 隨行ᄒ더라

　　桂巷稗史氏日翠姐가 稗販(假托之意)歸寧에 實逞淫醜ᄒ야 油嘴簧舌
로 謊了舅姑ᄒ고 載馳載驅ᄒ야 如渴奔泉ᄒ니 女也無良이 云胡至斯오
可哀哉라 健兒也여

却說張大慶이 一自翠姐를 別了ᄒᆫ 後로 寢食이 無味ᄒ고 萬事가 無心
ᄒ야 天地六甲을 都付忘域中去了ᄒ고 獨自搥胸長歎ᄒ야 翠姐의 歸寧만
苦待ᄒ고 或村後綺角山(今不可考)에 登ᄒ야 叢祠에 頂禮ᄒ고 所願을 暗
祝(亦非虛文)ᄒ며 或孫健兒를 無理懷恨ᄒ야 凶念을 時發(伏筆緊)ᄒ니 那
個石寡婦는 他의 神色이 比前有異ᄒᆷ을 驚訝ᄒ야 往往盤問호딕 只托有病
ᄒ고 五六朔餘를 一向如是터라 然ᄒ더니 今夫轎焉而自西北間來者ㅣ得非
翠姐其人麼아 他的母親은 以若骨肉至情으로 其所歡欣이 固無所論이어니
와 那個張大慶은 眞是意中喜報에 絶處逢生이라 稍憂將歡에 罷涕爲笑ᄒ
고 喃喃地日光을 罵落터니 既而오 夜色이 籠地ᄒᄂ지라 即時柳宜春家로
蹇一蹇到了ᄒ야 籬孔으로 探探頭試望ᄒ니 咄哉咄哉라 魔障이 猶存이로다
元來翠姐는 只爲大慶而來ᄒᆞ미 自然大慶을 爲ᄒ야 方便을 成ᄒᆯ 者라 自
己母親의 數日間만 同宿ᄒ자는 至情을 巧語謝過ᄒ고서 早早地宿了前日

自己的房이건만은 (1906.9.27)

12

△奈因那個可憎的小奚가 當日에 脚痲를 不堪ᄒ야 未趁回程하고 翠姐
的房內에 歇了하면서 姐姐도 疲困ᄒᆞ아하ᄂᆞ 聲이 蜂也似大慶耳孔에 到了
하ᄂᆞ지라 大慶이 掻首道不濟了不濟了라하고 一邊으로ᄂᆞ 力向臂躍에 怒從
心發이라 即欲一步闖入ᄒ야 蹴了那個小奚러니 又忽聽得撲的一聲이 想從
東偏房門出了하ᄂᆞ듸 暗得看西窓下에 衣影이 婆婆하며 那人이 笑道女兒
아 歷久廢了하얏든 房子를 又不炊乾하얏스니 豈不潮濕麼아 你平生에 不
從我的訓戒터니 歸寧的時에 又這般忍忍가하니 伊何人矣오 翠姐的母親이
러라 又暗聽得一聲巧音으로 答了這話道母親은 早早歸宿하소서 不必煩慮
라하니 此音이 誰音고 翠姐가 是了라 大慶이 認得了情人的聲音하믜 尤覺
眼跳胸灼하나 小奚가 猶云掣肘어든 況乎他的母親이리오 怨氣가 溢了頂心
ᄒ야 不得已歸了흔 後明發不寐하고 其翌日은 比了昨日에 尤不堪過하야
千萬着急터니 猛聽得那個小奚的回程消息흔지라 看看夜深에 起身自語道
歸去來兮어다 今已夜深이라 那個可憎的小奚ᄂᆞ 已屬渺然이어니와 翠姐的
母親이라도 如此夜深에 必當熟睡리라하고 放瞻便行하니라 此時에 翠姐도
正히 悄然不寐하야 大慶의 跫音을 苦盼터니 那個意中人이 果然籬隙으로
鑽入하ᄂᆞ지라 開門一迎하니 夢耶아 眞耶아 執手無言하고 脉脉相看者ㅣ久
矣러니 翠姐가 忽嘆了一口氣道你如何使我로 一日十二時에 都無生趣오
我本恨人이지만 你亦可憐하도다 大慶이 聽罷에 亦嘆了道我之不死了心火
病은 眞是究說不得이어니와 你ᄂᆞ 丈夫가 自在하니 必是大快樂이리라 翠
姐ㅣ聽了에 低頭若慚타가 忽將黛首하야 放了大慶懷中하고 喃喃地道快樂
甚麼오 若是快樂이면 我不歸寧이라 你休這般懷胎的語味하고 早早臥了하

538

라 我將慢慢地說話하리라 大慶이 慨然從之하니 這間光景은 眞是餓鬼가
相逢하미 說話一節은 積月苦債를 一場償了하고 各將情曲하야 低聲酬酌
하니 句句節節이 無非死生以之에 矢心相從이러라 (1906.9.28)

13

△這大慶이 翠姐의 歸家흔 後로 式日奔奔ㅎ야 一無虛夜터니 一日은 暗
想道我雖再逢了這個可喜的나 終是歸寧이라 偲家가 若送人促回면 豈不
再逢再別了麼아 那有再別三逢的時候리오 縱然又來라도 豈堪再苦了別離
麼아 我死也라도 必用了一個毒計ㅎ야 以圖了平生歡樂ㅎ리라ㅎ고 其措處
方略을 思去思來ㅎ다가 遂牢牢的決定ㅎ고 即時翠姐家로 向ㅎ니라

聽泉子曰看他定了凶計에 無奈何鬼索其氣ㅎ야 先自露出一死字ㅎ
라 凶其可逞乎아 噫吁嘻라 逞凶者ㅣ固無生法也니라

大慶이 心下에 定了一條凶計ㅎ고 夜深後에 翠姐와 相會ㅎ야 戲兮謔兮
에 無所不至라가 忽霍然起坐ㅎ야 愀然長歎道年未二十에 生日이 無多로
다ㅎ거날 翠姐가 大驚問道是甚麼話오 早早說罷ㅎ라 大慶이 假作失心ㅎ
야 聽若不聞ㅎ더니 翠姐가 執手慇懃에 緣由를 懇問ㅎ거날 大慶이 嘆了一
口氣答道我之爲生은 只因有爾라 苟不與爾永歡인듸 即泉臺之冤鬼耳라
苟欲免了這事情인듸 我는 只有一個法子而這個法子는 實非易行이라 所
以這般悲戚ㅎ노라 翠姐聽了에 已暗暗料道他必是我之歸程을 念慮ㅎ도다
ㅎ고 又問道爾我間에 有甚麼說不得的話리오 爾的事情은 我已料得이나
爾的法子는 究是甚麼인지 我沒分曉니 快快說出ㅎ야 以破疑團ㅎ라ㅎ듸
大慶이 面有難色타가 低聲問道健兒了爾的意麼아 翠姐가 直視良久道爾
가 中ㅣ狂麼아 如何戲弄我오 大慶이 遂附耳低言道既然恁他인 斷行素願
이 可也라 我意에 深夜白刃으로 快快結果了健兒ㅎ고 待爾孀婦ㅎ야 放心

長歡이로다 翠姐가 聽罷에 沉吟良久타가 遂答了道健兒가 雖然不中我意나 實無可殺的罪니 殺人獨子가 豈不是慘이리오 我가 昨年與爾別離時에 曾說下黑夜同走的計策ᄒᆞ여시니 如是ㅣ足矣라 何必乃爾리오 殺人은 是凶事오 國法은 是可畏니 爲吾地에 正宜尋個安全歡樂的方法而今若蹈此險境이면 無乃不可乎아 不知커니와 這條計ᄂᆞᆫ 決非長策일식ᄒᆞ노라 (1906.9.29)

14

△大慶이 笑道此言은 可謂但知其一이오 未知其二로다 若不殺死了健兒ᄒᆞ고 便行逃走면 這廝家에서 必然四路搜索ᄒᆞ리니 終是放心不下어니와 果能一手淨除了健兒면 他的家屬도 一個靑孀을 不甚管意ᄒᆞ야 任爾自便ᄒᆞ리니 黑夜逃走도 此時가 爲妙며 以言乎國法이라도 暗夜下手를 鬼神도 莫測이라 有甚麼可畏的리오 昨秋定下的計策을 我亦首肯이러니 今來思量에 大覺疎虞라 蔽一言ᄒᆞ고 除了我的計策外에ᄂᆞᆫ 別無上策이니 爾若有意딘 我便行了오 爾不我聽인딘 何難移刀自戕에 擲了一名가 我言이 止此에 我的能事가 亦不過如是ᄒᆞ니 聽與不聽은 在了爾的一言이라ᄒᆞ고 一聲長歎에 容色이 悽然ᄒᆞ거날 翠姐가 他의 情到詞迫홈을 見ᄒᆞ고 沉吟暗思道兩脚跨鞍ᄒᆞ고 兩手執餠이 豈不可笑리오 我既無意了健兒라 不得不委身了大慶이니 事雖慘惻이나 我許了罷리라ᄒᆞ고 連次点頭ᄒᆞ면서 低聲問道如何時辰에 端的(잠)行得고 大慶이 附耳道氣之所發에 即欲立刻行事나 若無內應이면 諸多疎虞라 早晚間爾的偲家가 送了轎丁ᄒᆞ야 爾也ㅣ言旋호리니 回程第三日夜에 我必袖了小刀ᄒᆞ고 暗走碧波村ᄒᆞ야 略待夜深後에 行了這事ᄒᆞ리라ᄒᆞ고 低頭略思터니 連口道險些兒(ᄒᆞ마트면)忘了로다ᄒᆞ면서 向翠姐道健兒의 常時歇宿的房은 是那裡며 家屋四圍에 有恢恢可入的地方麼아 翠姐ㅣ道健兒ᄂᆞᆫ 時或外堂에도 宿了ᄒᆞ나 回程後五六日은 定宿了我

的房ᄒ리니 我的房子ᄂ 是東偏突出的房子라 簷下에 葡萄架가 有ᄒ니 這是標誌며 家屋四邊은 就是砂石渾築的牆垣이니라 大慶이 聽了에 愕然道爾的房子ᄂ 我已領會라 若得入了牆內면 萬無錯認이나 我不曾飛簷走壁的어든 如何跳得這牆過리오 孟浪²⁾孟浪이라ᄒ거날 翠姐가 笑道無妨無妨이라 東牆邊에 有了一個小門ᄒ니 我ㅣ待了全家就睡ᄒ야 暗地免了門環ᄒ리니 輕輕推開ᄒ고 暗暗入來면 豈不濟事리오 (1906.10.1)

15

△大慶이 點頭ᄒ고 慌忙起身道鷄已亂唱矣라 當回予姨母的外舍리라ᄒ고 再三叮嚀道你的總家消息은 明朝來日이 都不可測이라 所以今夕에 急急說去ᄒ야 免了敗後頓足的事情이니 你須留神牢記了第三日ᄒ라더라

桂巷稗史氏曰翠姐之計ᄂ 不過是卓文君之故智也라 初無殺害健兒之意터니 及聽了點亡, 賴殺無釋之張大慶言ᄒᄆ 婆心이 變爲莩腸ᄒ야 言笑晏晏에 休健兒於指顧之間ᄒ니 是可忍乎아 誰豈不知翠姐之人其面獸其心이리오마ᄂ 噫라 是可忍乎아

却說孫同이 翠姐를 送了本家ᄒ 後略一月餘에 送了轎丁ᄒ야 翠姐를 促回ᄒ거늘 翠姐即日發行ᄒ야 總家에 到了ᄒ 後自己的房子에 處ᄒ니 那健兒가 果然連二日入宿ᄒ더라 其翌日은 健兒가 一個家畜的大公鷄를 持ᄒ고 隣鷄와 鬪了케ᄒ니 鄰人王三이 萬端懇乞道大郎的鷄子ᄂ 是長項尖嘴的어니와 我的鷄子ᄂ 是個出殼日淺의니 俯看薄面ᄒ야 饒我鷄ᄒ라 健兒가 聽罷에 怒得兩臉이 通紅道我不曾害你오 只是一時戲事어늘 你何如干涉고 且也你的鷄子가 被我鷄啄殺이라도 非我也오 鷄也라 爾認得我拳

---

2) 浪: 원문에는 '狼'으로 나와 있으나 의미상 바로잡음.

頭麼아ᄒ고 挈住隣人에 重重厚厚地將肩胛ᄒ야 打了三頓(評曰一場無理
說話와 強暴行動이 眞是富家驕子)ᄒ니 那隣人이 當下에 一片無烓火가
從心冲起ᄒ야 按住不得이나 禍哉斯世여 地位가 不均ᄒ야 理直勢屈은 從
古同嘆이로다 那隣人이 敢腹不敢口ᄒ고 健兒ᄂ 敗了高興ᄒ야 鬪鷄ᄂ 中
止ᄒ나 怒騰騰히 回了ᄒᆯ 後翠姐的房에 臥ᄒ야 不住地向翠姐道疲困疲困
이라ᄒ거ᄂᆯ 翠姐가 少不回視ᄒ고 一敎冷問道甚麼故아 健兒가 遂將鬪鷄
光景ᄒ야 一場說了ᄒᆫᄃ 翠姐가 猛推房門ᄒ고 起身出去ᄒ면서 喃喃地道
使了狂氣ᄒ고 却言疲困ᄒ니 左目인ᄃᆯ 誰瞬이리오ᄒ더니(此日이 是歸程第
三日) 及夫明日曉頭ᄒ야 翠姐가 自己的房으로 放聲哭將出來(大省筆)ᄒ
ᄂ지라 全家가 驚起ᄒ야 其緣故를 問ᄒᆫᄃ 翠姐가 欲言忽塞에 雙淚를 亂
揮(評曰如此假淚를 何處得來오 活個孼女)道入了我房ᄒ야 看了光景ᄒ면
(句) 孫同夫婦手脚이 慌亂이라 (1906.10.2)

16

△開了房門ᄒ니 只見健兒가 口開目張ᄒ고 儼然僵臥ᄒ얏ᄂᄃ 呼之不
應에 觸之莫覺ᄒ고 捫了身子ᄒᆫᆨ 鐵其冷矣오 驗了鼻子ᄒᆫᆨ 息已絕矣니
嗚呼死矣라 其死乎아 其不死乎아 不死면 伊何리오 孫同夫婦가 幾絕復蘇
ᄒ야 搥胸痛哭道天之亡我여 健兒가 那裡去也오ᄒ고 嗚嗚咽咽에 一聲百
轉ᄒ니 其情境의 慘惻은 眞是行路도 爲之流涕러라 翠姐가 亦在了其傍ᄒ
야 掩面假啼라가 忽發聲道舅姑ᄂ 姑且寬抑ᄒ고 且究得死者의 奄死的情
節ᄒ소서 孫同이 半哭半語答道中夜奄死的人을 是中風死的인지 中魔死的
인지 是將何術究得이리오 翠姐가 哭道舅姑ᄂ 且看死者的胸下ᄒ오 孫同
이 檢看得健兒的胸前에 有了一道慘黑的處ᄒ니 分明是何人에 猛打的라
孫同이 悲悷中에 更深得一疑團ᄒ야 呑聲道誰與爾有讐ᄒ야 下得如此毒手

오 翠姐가 哭道定是隣人王三也로소이다 昨日鬪鷄的場에 互相鬪打ᄒ다가 必然喫與了毒拳인듯(句) 孫同이 亦哭道我亦昨日에 略聞得吾兒에 與王三 鬪打的情節이러니 或者毒喫了這廝拳法ᄒ고 如此奄忽致命인가ᄒ고 幾時 間且哭且語ᄒ더니 翠姐가 苦苦勸道此必是王三의 毒拳으로 致命이 分明이 니 事情으로 告官ᄒ야 該漢을 償命케ᄒ소서 孫同이 啼啼哭哭을 良久ᄒ다 가 仍哽咽道依了爾言罷리라ᄒ고 一張告訴狀을 卽是寫赴官庭ᄒ니 寫道

　　本人의 兒子健兒가 從來無些少作寃於他人이ᅌᆞᆷ더니 昨日에 偶然一 時戲事로 家畜的公鷄를 持ᄒ고 隣人王三의 鷄와 接鬪矣러니 王三이 拒 絶不聽커늘 本人의 兒子가 嘖舌相爭之際에 噫彼王三이 便是毒手ᄒ야 一夜之間에 遽然致斃ᄒ니 其頑其毒은 口不忍說이오 其慘其酷은 目不 忍見이라 伏乞拘執凶漢에 克正王章ᄒ심을 呼天血祝云云

　　聽泉子曰大慶之犯에 王三則罹로다 翠姐嫁禍之計ㅣ 誠狡矣哉ᅟᅵᆌ 孫同이 那告訴狀을 卽時蒼頭로 送官ᄒ고 擲筆昏倒에 惟哭是務러라

17

　△却說興州郡守ᄂᆫ 是叫做崔鼎臣的니 那郡守가 莅任二載에 政績이 懋 昭ᄒ야 一路黎元이 福星是視터니 當日에 那告訴狀을 接ᄒ고 孫同家蒼頭 를 召入ᄒ야 事情을 二問了ᄒ 後에 沉吟道異哉라 毆打致命을 吾聞之矣오 見之矣로ᄃᆡ 致於被人毆打에 不曾一時叫痛ᄒ다가 奄忽致命於一夜之間者 야 世豈有之리오 此ᄂᆫ 非徒我的耳目에 未嘗記覩라 卽無寃錄中에 亦所未 載者로다 雖然이나 刑名之重이 莫最於殺人이니 獄情之初에 必先於檢驗 이라 我檢了罷어다ᄒ고 當日에 忤作(옥쇄장)行人(샤령)書記等을 帶了ᄒ고 一個小驢에 跨坐ᄒ야(評曰賢侯行色) 碧波村停屍處로 到了ᄒ 後 屍首를

擡置了明明處ᄒ고 檢驗ᄒᆞᆯ신 郡守가 看了一看ᄒ니 胸膈正前에 果有一道
黑處ᄒ고 兩手兩足에 却有索子緊結의 痕이라 郡守가 一倍叫疑道異哉라
道是驀地中魔死的인딘 如何有縛打的痕이며 道是被打死的인딘 如何死得
無聲無臭오 異哉로다 即時縛到王三ᄒ야 喝問道爾何故로 毒打了健兒致
命고 王三이 伏地告道矣身이 縱喫了健兒의 無數毒拳이나 却不曾一毫侵
傷了健兒로소이다ᄒ고 時時口吃에 抑寃이 弸中ᄒ며 問遍了左右隣證ᄒ야
도 皆答道只見健兒의 打到王三이오 却不見王三의 反打了健兒로소이다ᄒ
거늘 郡守가 暗暗想道以事以人에 王三은 實是可疑로다ᄒ고 沉吟良久ᄒ
ᄂᆞᆫ디 這間孫同夫婦가 偕翠姐在傍號哭ᄒ면서 王三의 粧撰을 大罵ᄒ고 郡
守爺爺의 明白斷罪를 伏乞ᄒ거늘 郡守가 忽將兩目ᄒ야 着了翠姐面上ᄒ
고 暗訝道這是死者的妻로서 如何虛張哭聲에 實無痛絶的光景고 又忽猛
思道這箇女娘이 姿色이 如彼ᄒ고 年又甚少ᄒ니 莫不是有了奸夫ᄒ야 通
共計殺ᄒ고 却將鬪鷄小事에 看作奇貨ᄒ야 空然圖賴(쎄딘다)麼아 思來思
去에 暗暗叫道是必是라ᄒ고 王三을 牢囚ᄒᆫ 後에 屍身을 還置ᄒ고 旅舍에
歇宿ᄒᆞᆯ신 (1906.10.5)

18

△看看夜黑에 四邊이 寂寥커늘 喚了一個廉幹的行人ᄒ야 碧波村을 遍
踏ᄒ야 翠姐淫行曾不曾을 委曲詳探ᄒ라ᄒ고 又囑道爾探知時에 切勿露
出了本案關係ᄒ고 只是過談戲語로 眞僞를 探來ᄒ라 那行人이 一聲應諾
ᄒ고 村裡에 遍走ᄒ며 到處마다 閑話를 先提ᄒ다가 忽長嘆道今日官司主
를 陪來ᄒ야 無意中에 逢了這個美人ᄒ니 眞是心蕩魂飛라ᄒ고 問了隣人
道爾若作媒면 我當厚酬리라 隣人이 聽了此言ᄒ고 莫不搖首道不濟了不
濟了라ᄒ거늘 行人이 問道莫不是有個貞節麼아 隣人이 道貞節은 未能遽

544

信이로딕 嫁入孫家的後로 終無淫行일뿐더러 況該家舅姑가 愛之如金如玉
호니 到今에 雖已是靑孀身世나 未必遽然毀節이니라 行人이 聽了此話에
假作落心的樣子호고 卽時忙忙走回호야 郡守에게 回告호딕 郡守가 兩眉
를 一蹙호고 默默良久호더니 又思了一法(評曰大智不窮)호고 其翌日에
像了昨日호야 王三을 盤問호다가 喝退호고 略至黃昏時辰에 更招到那行
人호야 囑道如此如此호라호니라 那行人이 依郡守囑授的計호야 望繡蹄村
走一遭호야 東西採問호야 捉了眞狀호고 罔夜回報호거날 郡守가 連忙問
了호딕 行人이 道官司主의 神明은 眞是人所不測이로소이다 果然宋女가
在室未嫁的時에 與該村石寡婦家에 來托혼 姓名張大慶的總角으로 無朝
無夕히 穿穴隙相從호고 及其出嫁에 每常恨恨터니 今春歸寧時에 又夜夜
相姦호얏다호기로 卽時石寡婦家에 往호야 一時歇脚을 求혼즉 果然一總
角이 迎接應諾호거늘 姓名相通호고 就他席間호야 話來話去호다가 觀相
者라 自稱호고 眉間에 凶氣가 有호야 惡死가 不遠이라혼딕 那總角이 手脚
이 慌亂호면셔 度厄的方法을 問호거늘 官司主分付딕로 登山禱神호라호얏
사오니 這間定下的山名은 是村後綺角山이며 禱告時辰은 來夜子正이로소
이다 (1906.10.6)

19

△郡守가 聽罷에 道果然不出我的所料로다호고 其日夜深에 一村이 盡
睡호야 四顧寂寂호거늘 郡守가 直時緇巾長袖로 打裝호고 那行人을 喚醒
호야 繡蹄村으로 直向호니라
　再說張大慶이 一自行凶以後로 神思가 恒覺戰戰不安호더니 一日은 那
觀相人을 得逢호야 度厄的方法을 受혼지라 其翌夜子正에 綺角山頂에 登
호야 伏地叩頭호고 暗禱道無罪惡을 自知호오니 望山神은 垂憐援手호소

서ᄒ고 略數時辰을 如此ᄒ더니(評曰我看世上頑人컨딘 大抵其性이 本愚) 忽然林叢中으로 從ᄒ야 一位頑人이 飄然出立ᄒ야 呼了大慶的姓名道張 大慶아 張大慶아 如此凡三聲ᄒ거늘 大慶이 擧首一望에 料得是山神이 顯 靈ᄒ고 戰戰慄慄의 貌樣으로 死罪死罪라 連叫ᄒ며 叩頭懇乞ᄒ딘 那山神 이 再叫了大慶的姓名道張大慶아 張大慶아 我已早知了爾罪ᄒ나 且觀爾 誠心이 如何ᄒ리니 爾快將犯罪的來歷ᄒ야 細細說了ᄒ라 若是眞了인딘 爾罪가 雖大이나 我將赦爾ᄒ올것이오 若是假了인딘 爾罪가 雖小이나 我將 殺爾ᄒ리라 大慶이 惴惴地立了ᄒ야 遂將通姦的前後來歷에 一一陳告ᄒ고 又將商議行凶的顚末에 箇箇吐盡ᄒᄂ지라 山神이 喝道爾當初에 謀以劍 殺ᄒ다가 後來에 何故變卦오 大慶이 道初心에ᄂ 只欲一劍快斷이더니 更 念ᄒ즉 大不可라 健兒가 旣與翠姐로 同宿了一房ᄒᄂ딘 若斫到健兒에 鮮 血이 淋漓滿房ᄒ면 十手所指가 不歸于翠姐면 誰歸며 十目所疑가 不在于 翠姐면 誰在리오 是故로 中夜白刃을 旋覺竦虞ᄒ야 與翠姐更議ᄒ고 以猪 毛一介로 乘熟睡伸入臍中ᄒ야 以致一夜之間에 輕輕斷送了那一命니로이 다 山神이 又喝(此是再喝)道手項(손목)的索子痕은 是甚麼오 大慶이 道手 項的索子ᄂ 是恐猪毛殺人이 猶屬虛誕이기로 其氣息已絶後에 却將索子 ᄒ야 緊結手足ᄒ고 以綿子로 塞其口를 良久ᄒ이다(評曰愚哉頑哉) 山神이 又喝道(此是三喝)胸面的慘黑處ᄂ 是甚麼오 大慶이 道無論何等殺法ᄒ고 旣殺在翠姐房內면 人疑翠姐ᄂ 是十之八九라 所以로 聞了健兒의 方纔與 王三鬪打的說話ᄒ고 以是로 看做奇貨ᄒ야 將劍柄一打胸面ᄒ야 要孫家 內外가 都認得健兒의 死去가 由王三的毆打케ᄒ이다 (1906.10.8)

20[3]

3) 현 영인본『황성신문』에는 제2303호(1906년 10월 9일자)가 빠져 있는바, 현재 이 마지
  막 회 부분은 그 내용을 알 수 없음.

546

癡生員驅家葬龍宮 孼奴兒倚樓驚惡夢

1

桂巷稗史氏曰宇宙가 廣大에 無變不有로다 癡人이 從古何限이리오만
은 若吳永煥의 驅全家入龍宮은 是今古第一等癡夢人이오 黠兒가 從古
何限이리오만은 若魚福孫의 逞頑心覆主人은 是今古無對的奇慘事니 悲
夫라 雖然이나 斯豈魚福孫의 黠哉아 吳永煥의 癡也로다 余往年에 遊藥
城(忠州古號)之古江村ᄒ니 其村人이 往往說魚福孫事라 聽未半에 不
覺鬚髮이 皆立ᄒ더라

話說開國四百六十四五年頃에(即我哲宗朝末) 忠州甘勿面古江村에 有
了一個士人ᄒ니 曰吳永煥이라 該吳永煥이 本來饒戶로 中間破敗ᄒ얏스나
門前에 尙有幾石落的沃畓ᄒ며 屋後에 尙有幾千株的松林ᄒ고 朝夕常用
的金銀器皿이 尙幾十副오 冬夏常着的錦繡衣服이 尙幾十件이오 祖先傳
來的家屋也什物也가 莫不精緻美麗ᄒ야 善繼善述ᄒ면 自足一生受用이건

만 這個吳永煥이 雖不曾貪酒嗜色커나 崇奢極侈ᄒᆞ야 以敗覆厥家事ᄒᆞ나 但是吳永煥은 也是極癡愚的人이오 兼且吳永煥的子弟로 也不免癡愚인 故로 家事가 都在點奴掌中에 左右任意ᄒᆞ니 那得不敗리오 比隣親友도 或 對吳永煥說明ᄒᆞ고 親近姻戚도 或爲吳永煥憂歎ᄒᆞ나 那吳永煥은 却道是 世傳奴僕에 吾家手足이라ᄒᆞ야 罷愛這點奴를 如子姪ᄒᆞ고 全用不疑ᄒᆞ더라

　　聽泉子曰蓄奴婢ᄂᆞᆫ 是東方惡習이니 是固不可不立法禁斷이라 今觀於 吳氏家事에 尤可悚然이로다

這點奴ᄂᆞᆫ 是甚麼姓名的人고 姓叫魚오 名喚福孫이라 那魚福孫이 生來 纔二十歲에 天性이 已奸猾過人ᄒᆞ고 不肯齷齪自在ᄒᆞ야 每對同類ᄒᆞ면 恨 歎不已ᄒᆞᄂᆞᆫ 聲이 但道我何人斯완ᄃᆡ 上不生於公卿富貴之門ᄒᆞ며 下不生 於鄕班士族之家ᄒᆞ고 落地爲奴子ᄒᆞ얏스니 此恨은 山高海深ᄒᆞ도다ᄒᆞ고 常 對吳永煥ᄒᆞ야 伏地乞道上典主□□此身의 贖良ᄒᆞ시면 小人이 結草報恩 ᄒᆞ리이다 吳永煥이 聽罷大怒ᄒᆞ야 縛倒了魚福孫ᄒᆞ고 笞二十度를 重打(私 家用刑이 可乎)ᄒᆞ니 福孫이 只得撫髀暗恨ᄒᆞ고 自此로 逢迎主人的意ᄒᆞ야 却得吳永煥의 這般寵任ᄒᆞ더라 (1906.10.10)

　　2

　△那魚福孫이 稟性凶慝에 巧詐百出ᄒᆞ야 指鹿爲馬ᄒᆞ며 將白爲黑ᄒᆞ니 一郡人이 莫不暗暗駭道叫吳永煥全家가 必向這奴子手中休矣라ᄒᆞ되 永煥 은 矇然不悟ᄒᆞ고 道是吾家忠奴라ᄒᆞ며 道是吾家人業이라ᄒᆞ야 不聽他人에 規諷的言ᄒᆞ고 唯魚福孫을 是愛是任ᄒᆞ니 福孫이 視主人家産을 如奇貨ᄒᆞ 고 欺永煥視聽을 如茶飯ᄒᆞ야 簸弄吳家를 如風靡的瓢子호되 永煥은 一味 癡昏에 但坐在黑甛鄕裡ᄒᆞ니 福孫이 尤得意恣行ᄒᆞ야 主人吳永煥을 遂弄 之於股掌之間ᄒᆞ더니

且說吳永煥이 早年에 中了鄕貢ᄒ고 兼解會式ᄒ야 成了壯元進士라 從此로 於宦京師ᄒᆯᄉᆡ 往來時馬夫ᄂᆞᆫ 便是這魚福孫이러라 魚福孫의 那腔子裡에ᄂᆞᆫ 早已排判六曹ᄒ얏스나 那言語時에ᄂᆞᆫ 或似不辨菽麥ᄒ니 癡哉吳進士ᄂᆞᆫ 不悟自己的癡愚ᄒ고 反惜這奴的癡愚ᄒᄂᆞᆫ도다 一日은 方自鄕第로 上京ᄒᆯᄉᆡ 一馬一策에 魚福孫이 前御ᄒ고 入城到了鍾路ᄒ야 擬却走訪舊日的舍舘ᄒ더니 驀然間回頭猛省ᄒ니 却是該近地에 有一親友家ᄒ야 不可過門不入이오 亦不可舍舘을 定然後에 往見이라 立馬躕躇를 良久ᄒ다가 叫了魚福孫道福孫아 接了馬者어다 福孫이 應聲道曉得이로소이다 吳進士ㅣ 下了馬ᄒ더니 顧謂福孫道福孫아 爾ᄂᆞᆫ 留在此어다 我且暫往至某進賜(나리)家ᄒ야 寒暄數句語ᄒ고 即回來ᄒ리니 爾ᄂᆞᆫ 留在此어다 雖然이나 此世ᄂᆞᆫ 何世오 沒爾眼이면 啖爾鼻ᄒᄂᆞ니 戒之哉어다 詩云戰戰兢兢ᄒ야 如臨深淵ᄒ며 如履薄冰이라ᄒ니라(評曰馬夫가 豈曾讀經來리오 可笑癡生이 喜用文字로다)

吳進士ㅣ 如此申戒了福孫ᄒ고 走了那親友家ᄒ야 一鍾茶도 也未及吃ᄒ며 一桶烟(담바)도 也未及燒ᄒ고 僅開口道平安一句ᄒᆫ 後에 趁即出來ᄒ니 馬也도 不見ᄒ고 人也도 不見이라 吳進士ㅣ 大驚異ᄒ야 疾聲叫道福孫아

福孫이 自何處로 應聲答道唯(예)ᄒ거ᄂᆞᆯ 吳進士ㅣ 彷徨四顧ᄒ다가 良久覓得ᄒ니 那福孫이 却向誰家牆壁下ᄒ야 手持空空的轡子ᄒ고 掩面伏地不起ᄒ거ᄂᆞᆯ 吳進士ㅣ 以杖打背ᄒ며 大叫道癡子아 起ᄒ라 爾何故로 伏在此며 且馬也ᄂᆞᆫ 安在오 福孫이 瞿然驚起道馬何處去오 馬何處去오 俄者에 進士主ㅣ 道此世ᄂᆞᆫ 何世오 沒爾眼이면 啖爾鼻라ᄒ기에 方且戰戰慄慄 立了ᄒ더니 忽然一人이 過去ᄒᄂᆞᆫ딕 却是兩眼은 淨淨地(말가케)雖存ᄒ나 鼻子ᄂᆞᆫ 盡被人啖去也沒有(評曰此必是梅毒病者)ᄒ고 如虫嚙鼠嚼에 奇怪可笑라 此人으로 觀ᄒ면 豈可以兩眼의 尙存으로 妄信鼻子의 不被人啖이리오 不覺捫鼻驚懼에 携轡伏地이옵더니

今者에 鼻子는 幸得無恙이오나 却被何許賊漢이 斬轡盜馬也去ᄒ얏스니 奈何奈何오 吳進士ㅣ 聽了에 雖覺胸火가 乍動ᄒ나 一邊思之에 責之도 不可오 怒之도 不可라 歎一口氣道癡子아ᄒᆞᆯ 而已러라(評曰誰是癡子오)

(1906.10.11)

3

△這點奴가 果然是點이로다 聽得吳進士가 叫道渠癡ᄒ면 心中大喜ᄒ고 聽得吳進士가 叫道渠點ᄒ면 心中大不喜ᄒ는 者라 今旣自托了癡愚ᄒ야 潛賣了馬匹ᄒ고 但望吳進士口에 中叫了癡子一句터니 那吳進士는 尙未得披雲看山ᄒ야 認得這點奴를 是癡奴ᄒ고 叫得這點奴를 是癡奴라ᄒ니 點奴의 用計가 尤豈不十分恢恢리오 一日은 是盛夏炎熱이 惱得人呼吸喘喘ᄒ야 汗流如雨에 扇子가 無功ᄒ고 煩鬱不堪에 不能對食ᄒ는ᄃᆡ

吳進士ㅣ 食味不甘ᄒ야 偶闕朝飯ᄒ고 腹中이 大覺枵然이라 招了魚福孫ᄒ야 以靑銅幾枚로 擲地道爾往前店ᄒ야 買了冷麪一器也來호ᄃᆡ 肉也若干이오 飯也若干에 冰子一片으로 令我可食케ᄒ야 速速也帶來者어다

福孫이 一口應諾ᄒ고 急步出門ᄒ더니 過了幾時量토록 蹤跡이 渺然이라 吳進士ㅣ 不勝飢枵ᄒ고 不勝憤悶ᄒ야 頻頻仰天道癡奴를 何處用고 癡奴를 何處用고ᄒ는 聲이 不絕于口ᄒ며 手持一個大杖ᄒ고 怒騰騰也坐ᄒ야 擬他魚福孫來時에 一杖猛打倒了터니

良久門外에 緩緩地曳履聲이 認得這魚福孫의 來也로다

吳進士ㅣ 十分着氣ᄒ야 疾叫道癡奴아(評曰福孫이 聞此句에 必復大喜) 爾往西域國來乎아 爾往閻羅國來乎아 左有店家에 是咫尺이오 右有店家에 亦是咫尺이어늘 左右咫尺之地에 冷麪一器를 也買去ᄒ야 旭日이 東昇에 與日候出ᄒ더니 夕陽이 西墮에 與日同歸ᄒ니 爾向那裡去來오 爾向那

裏去來오 爾癡奴아 曾爾로 □亂에 問藥去ㅎ면 殺人이 分明ㅎ도다

福孫이 聞得吳進士의 叱怒的聲ㅎ고 自門外로 縮縮地入了ㅎ는디 緊將 兩眼에 着在冷麪器上ㅎ고 却將右手十指ㅎ야 就了冷麪器中ㅎ야 蕩來蕩 去不已ㅎ거늘 吳進士ㅣ 尤不勝大怒道癡奴아 爾醜穢的手로 蕩盡了一器冷 麪ㅎ니 這冷麪은 誰當食고(評日福孫此時에 何不直日小人이 當食고) 福 孫이 緩緩道小人이 惶悚이로소이다 小人이 買冷麪來ㅎ다가 却被咳唾一聲 에 涕水一掬이 早落入器中去也ㅎ더니 蕩來蕩去에 不見形影이라 此穢物 은 不可不探出來오 欲探出來時에 却又無處模捉이기로 小人이 許多時往 來路上ㅎ며 獨自愁苦ㅎ다가 而今에 方纔持來로소이다

吳進士ㅣ 聽罷에 持杖亟起道爾癡奴가 飢了我를 許多時ㅎ고 這冷麪을 又汚穢不可食케ㅎ얏스니 罪死無釋이라 快來喫我一杖이어다ㅎ고 欲罰打 了一場ㅎ다가 一邊思之ㅎ니 又是可憐이라 這個癡兒를 又何足賞之罰之리 오 瞥然投杖道癡子아 此冷麪은 爾喫了라홀 而已러라 (1906.10.12)

4

△且說吳進士留住的舍館에 有了隔墙一家ㅎ니 即三牌淫娼에 名喚做 一枝紅的라 元來三牌는 有蝎虫的稱號ㅎ니 其行을 可知라 那一枝紅은 尤 是女中孤媚오 錢中餓虎라 聞得家勢稍饒ㅎ 忠州吳進士가 來往了隔墙外 某館ㅎ는지라 此好消息이 一打耳邊흠에 口頻頻的流涎ㅎ며 眼常常的懸 望ㅎ고 氣湧湧了千丈百丈ㅎ야 恨不兩腋生翼에 飛過了尺墙ㅎ야 一逢吳 進士ㅎ면

從此吳進士的金錢이 皆是我的金錢이오 吳進士的家産이 便是我的家 産이건만은 如何的方便道理(評日道理二字가 被汚了로고)로 一逢吳進士 홀고

如此ᄒᆞᆫ 情懷ᄂᆞᆫ 不可對人說이라 但有何人이 來渠家ᄒᆞ던지 寒暄一語後에 便著急道爾識吳進士麼아ᄒᆞ더라

若是ᄒᆞᆫ지 又幾日에 甚麼風이 吹送一客來로다

那客은 誰也오 姓名도 休提了ᄒᆞ고 且說那客에 行止ᄒᆞ리니 那客은 是吳進士에 莫逆(評曰莫逆莫逆이여 若有如此的兩個莫逆이면 大事生ᄒᆞ겟ᄂᆡ)的友오 一枝紅에 慣面的客으로서 晝向吳進士ᄒᆞ면 便是作詩乞酒李靑蓮이오 夜向一枝紅ᄒᆞ면 便是爲雲爲雨楚襄王이라

那一枝紅이 遇著了那客ᄒᆞ야 一盃後에 便提了爾識吳進士麼的一句ᄒᆞᄂᆞᆫ도다

那客이 莞爾笑(此是有意笑오 不是無意笑)道爾要吳進士安用고

一枝紅이 道毋問我의 用與不用ᄒᆞ고 先說爾의 識與不識ᄒᆞ오

那客이 道不識爾의 用處ᄒᆞ면 我便閉口結舌不言了ᄒᆞ리라

一枝紅이 道我問時에 爾必知라 爾來往吾家十餘年에 尙無這般事眼會(눈치치워)麼아 意在不言中ᄒᆞᄂᆞ니 又何勞開口說何處用何處用고

那客이 大笑道曉得是로다 雖然이나 爾且說今世上에 凡有錢有穀커나 有勢有力커나 有名譽커나 有才器라ᄒᆞᄂᆞᆫ 一般人이야 我豈曾有不識面的人가 爾與我相知十餘年에 尙不知我의 廣面廣足如此麼아 又何煩開口問識他與不識他리오 (1906.10.13)

5

△一枝紅이 將了一盃甘紅燒酒ᄒᆞ야 向那客且勸且飮ᄒᆞ다가 黛首를 一低ᄒᆞ며 兩眼을 乍閉ᄒᆞ고 朱脣을 忽啓ᄒᆞ더니 嬌笑道客아 我願一見吳進士ᄒᆞ면

那客이 不慌不忙ᄒᆞ고 緩緩地答道一枝紅은 願見吳進士ᄒᆞ나 吳進士ᄂᆞᆫ

不願見一枝紅ᄒᆞᆫ다

一枝紅이 道這廝ᄂᆞᆫ 是鐵肝石腸가 是人面獸心가(將不好色者ᄒᆞ야 反叫做獸ᄒᆞ니 可笑可笑) 是黃門郎가

那客이 道這廝ᄂᆞᆫ 是讀書種子라 好德ᄒᆞ고 不好色ᄒᆞᄂᆞ니라

一枝紅이 道雖然이나 我願一見吳進士ᄒᆞ노라

那客이 又道這廝ᄂᆞᆫ 是富家子오 守錢虜라 好財ᄒᆞ며 不好色ᄒᆞᄂᆞ니라

一枝紅이 道雖然이나 我願一見吳進士ᄒᆞ노라

那客이 垂頭略想ᄒᆞ더니 呀, 不濟了不濟了라고 我雖有懸河雄辯이나 往說他ᄒᆞ다가ᄂᆞᆫ 定遭他一頓搶白(편잔)ᄒᆞ리로다

一枝紅이 道怎麼事오

那客이 道這廝ᄂᆞᆫ 是鄕闇的生員으로 口中에 略說禮法ᄒᆞ고 是黃犢的頑性으로 耳中에 不入人言ᄒᆞᄂᆞ니 方今은 況是蒙喪(評曰吳進士蒙喪을 從那客口中補出ᄒᆞ니 省筆)中이라 自己的閨房에도 守禮不肯入ᄒᆞ려던 肯向此妓生家三牌家來리오 我三寸舌을 不可虛掉了一次로다

一枝紅이 道雖然이나 我願一見吳進士ᄒᆞ노라

那客이 但道不濟ᄒᆞ고 一枝紅은 但道願見ᄒᆞ야 如此說往說來了半日ᄒᆞ더니

那客이 道爾旣如此苦情인ᄃᆡ 我且緩頰一往ᄒᆞ리라

那客이 正其衣冠에 尊其瞻視ᄒᆞ고 酒後紅潮面에 之字的步로 望吳進士舍舘也來ᄒᆞ더라

纔及門에 高挑了一聲噫唾ᄒᆞ니 吳進士倚几問道誰也오 那客이 道某로라 吳進士開門揖入ᄒᆞ더니

座穩에 那客이 故將話柄ᄒᆞ야 汗漫拖長호ᄃᆡ 或論山林學者의 心性理氣的說ᄒᆞ며 或說古代書籍에 楚漢三國的事ᄒᆞ다가 稍稍將本案露出에 駸駸然引入佳境ᄒᆞ더니

吳進士聽未半에 眉暗暗蹙ᄒᆞ다가 忍氣不住ᄒᆞ야 遂拍案大叱道狗子아

速出去ᄒ고 無再來見我ᄒ라 我謂爾端人이러니 乃如是蕩人麽아ᄒ고 高聲不已ᄒ더니

這點奴魚福孫이(魚福孫이 又出來ᄒ다) 立了門外ᄒ야 自初至終을 一一聽得ᄒ얏도다 (1906.10.15)

6

△那客이 無聊退出하야 忙忙走了一枝紅家하ᄂᆞᆫ듸

兩臉이 乍靑乍紅하며 向一枝紅道爾□□□□□得了幾寸幾分하리 □□□□□了那客面ᄒ고 聽了那客言하니 早知這件事□已將不字了之이나

一心含骨(ᄲᅦ무러)之餘에 這或字가 猶在心頭하야

仍問道事何如오

那客이 但誦柏舟之詩云호ᄃᆡ 彼心非石이라 不可轉也며 彼心非席이라 不可卷也오 薄言往愬라가 逢彼之怒이네

將酒來解悶하고 爾一句我一句에 無端怨恨了吳進士하야 鄕生員吳進士여 守錢虜吳進士여하다가 良久에 席散ᄒ더라

一枝紅이 送了那客하고 悶悶獨坐하니 枕畔에 耿耿的孤燈이며 窓外에 姸姸的月色이오 近鄰에 吠吠的靑厖이며 遠村에 隱隱的雙砧이오 庭除수수黃葉聲은 欺人也殆甚하ᄂᆞᆫ도다(此恰是懷人情境이나 妓家懷人法은 原來與人自殊하야 但懷有錢人하고 不懷無錢人)

開了窓道月色이여

閉了窓하고 吹了燈하고 解了衣하고 就了枕하더니

猛聽得門外剝啄的一聲에 何人이 來叩門이로다

一枝紅이 自衾中으로 擧頭答道誰歟오 叩門者여 自門外로 低聲答道毋高聲하고 但開門하라

554

一枝紅이 捲了衾하고 整了衣하고 出開了門하니

曚朧睡眼中에 猛見得一個人이 頭戴了方笠하며 身披了喪服하고 立于月影之下하얏도다

一枝紅이 再問道誰歟오 來立者여

那人이 答道毋高聲하고 但入門하자 入門後에 又問誰歟오

那人이 答道休問我是誰하고 且想我是誰하라 我以喪人之身으로 尋常出入도 猶不能數數커던 況花樓酒場이야 縱有客懷나 豈可眈視리오 晝間에 某客이 來致爾情曲홀식 非不欲即時承諾이로딕 但十目所視와 十手所指에 如此造次行事하다가는 吳進士三字는 從此休矣라 是故로 故意叱退了那客하고 强抑情懷하야 夜深方來로라(評曰不唯一枝紅이 認得是吳進士라 讀者도 至此에 只謂是吳進士리라) (1906.10.16)

7

◎一枝紅이 欣然握手道喪主가 肯臨陋地麽아 喪主가 肯臨陋地麽아 請坐了罷ᄒ오소서

假吳進士ㅣ坐了로다

一枝紅이 進了茶ᄒ며 進了烟ᄒ며 再進酒ᄒ고 吃的는 吃了ᄒ오 飮的는 飮了ᄒ오

假吳進士ㅣ接了酒ᄒ더니

一枝紅아 喪人이 不敢聽이오 喪人이 不敢聽이나 我ㅣ愛情所鍾에 不願黃金一斗며 不願明珠百斛이라 只願汝勸酒詞一曲ᄒ노니 爾不靳一唱麽아

一枝紅이 道喪主的言인딕 身子도 不惜ᄒ려던 這一轉喉야 何足惜ᄒ리잇가

高聲唱李白將進酒詞道

君不見黃河之水ㅣ天上來ᄒ다 奔流到海不復廻[1]라

又不見高堂明鏡悲白髮ᄒ다 朝如靑絲暮成雪을

將進酒ᄒ니 莫停盃ᄒ오

將進酒하니 莫停盃ᄒ오

那一曲이 音調淸亮ᄒ야 聳得假吳進士雙肩이 如山이로다

假吳進士ㅣ 飮了酒ᄒ고

紅아 坐了膝ᄒ라

一枝紅이 整衣坐了ᄒ듸

假吳進士ㅣ 抱了一枝紅ᄒ고

紅아 伸了手ᄒ라

一枝紅이 將手伸了ᄒ듸

假吳進士ㅣ 把手也看ᄒ더니

居然吹燈就枕ᄒ니 魚水花蝶이로다 寸心을 論未盡ᄒ야 晨鷄가 報曉ᄒ니 無人駐淸景이라

假吳進士ㅣ 起身辭別道我ᄂ 罪人之身이라 天明이면 怕人知니

我ㅣ 去也리라

一枝紅이 起點燈ᄒ더니 假吳進士ㅣ 道不必點燈이라 我ㅣ 去也忙이로라 一枝紅이 道天明이 尙遲ᄒ니 點了燈ᄒ고 飮了一盞酒也去라도 綽綽有餘로소이다 假吳進士ㅣ 道去甚忙ᄒ야 無暇飮酒로라

我ㅣ 自今日爲始ᄒ야 每夜子時量에 來訪汝ᄒ리니 不必多辭라 我ᄂ 去ᄒ노라

一枝紅이 未及回答ᄒ야 早聽得開門響에 吳進士ㅣ 已出門去了리라

一枝紅이 暗哂道眞箇是鄕生員이로다 豈有人捉爾去완듸 乃如是狂走麼아(此數句語가 露出娼妓本色)

下了門ᄒ고 仍然就枕ᄒ더라

---

1) 廻: 원문에는 '逈'으로 나와 있으나 의미상 바로잡음.

556

翌朝에 睡起來ᄒᆞ니 呀, 這癡生이 遺落了孝巾(두건)也去로다

　聽泉子曰對面에는 進士主니 喪主니ᄒᆞ다가 背面에는 鄕生員이니 癡生이니ᄒᆞ니 嗚乎尤物이여 可畏可畏哉라

　離歌怊悵不堪聞掩面多情拭淚頻留却一枝河畔柳明朝又有遠行人이라ᄒᆞᆫ 這四句詩에 道盡妓女本色이로다 (1906.10.17)

8

△一枝紅이 拾了孝巾ᄒᆞ야 置了箱中ᄒᆞ고

這癡生이 今夜子正에 又訪我ᄒᆞᆫ다ᄒᆞ니 此時에 出給了ᄒᆞ리로다ᄒᆞ더니

抹淨ᄒᆞ다 這癡生이여 陰慝ᄒᆞ다 這癡生이여 譬如雲中鳥가 一去無消息이라 花債一分도 不來給ᄒᆞ네

頑迷ᄒᆞ다 這癡生이여 昏駭ᄒᆞ다 這癡生이여 走獸도 猶知母오 飛禽도 猶知父어늘 蒙喪孝巾을 不來索ᄒᆞ네

出門時一句語가 每夜子正에 來訪我ᄒᆞᆫ다기에 幾夜挑燈到曉天ᄒᆞ야 空然我淸油만 煎盡이로다

這廝가 人應아

一連三日을 都不見形影이로다

渠不來면 我能去ᄒᆞ나니 我ㅣ 忍住了二三日도 不是我의 一時建□이라 只恐爾의 貌樣羞痛이더니

爾旣藐視人如此ᄒᆞ니 我豈重顧爾貌樣이리오

開了箱ᄒᆞ야 搜出了孝巾ᄒᆞ고

紅粧을 淡抹ᄒᆞ며 新衣를 整着ᄒᆞ니 口裡喃喃痛罵聲이 終日吳進士로다

懷中에 摺置了孝巾ᄒᆞ고

長衣를 新拂ᄒᆞ며 蓮步를 輕移ᄒᆞ야 望了吳進士舍舘也來ᄒᆞᆯ식 心中에 懷

鬼胎라 這廝가 倘不逃走麽아호더라

今也에 休說一枝紅호고 且說吳進士호리니

吳進士ㅣ 當日下에 既叱退了那客호고 終夜嘆嗟호되

朋友는 五倫之一이라 父子君臣之道가 藉朋友之敎導호야 以立호며 夫婦兄弟之義가 賴朋友之箴規호야 以成호고 其他禮義廉防之不壞와 學問文章之不墜가 莫非由朋友以維之호나니

朋友之論이 果何如其重也오

一日無朋友호면 風俗頹而敎化夷호야 斯民이 化爲夷狄홀것이오 二日無朋友호면 紀綱淪而九法斁호야 斯人이 化爲禽獸홀것이라

所以로 昔賢도 云호되 朋友講習은 不可一日無라호얏거늘

惜乎라 今世上에는 何朋友之難見也오

如某客者는 吾雖未嘗以剛毅君子로 期之이나 亦嘗以疎放人士로 信之호야

來討草時에 與之草호고 來討酒時에 與之酒호얏더니

眞所謂易測十丈水深이나 難知一尺人心이로다

我與某客이 相交十年에 誰知其如此狂妄가 來誘喪人호야 要偕入靑樓酒家호니 此是甚麼意思오

如此獨言獨歎호야 幾乎睡不成眛라가(果若不寐러면 不爲假吳進士의 所欺이지) 到子時量에 方纔合眼호니라

翌朝에 睡起來(與一枝紅의 翌朝睡起來之句로 暗暗相照)호니 荷, 案上閣置的孝巾이 不知去處로다 (1906.10.18)

9

△孝巾이 何處去오

搜盡了房四隅ᄒ야도 也不見孝巾이오

大索了箱子裏ᄒ야도 也不見孝巾이라

孝巾孝巾이여 眞是咄咄怪事로다

舍主人이 安知孝巾所在리오만은 我且問舍主人ᄒ리라ᄒ더니

舍主人도 只道不知로다

魚福孫이 安知孝巾所在리오만은 我且問魚福孫ᄒ리라ᄒ더니

魚福孫도 只道不知로다

道是偸子所爲인딘 房中에 有了幾件什物ᄒ고 箱中에 有了幾兩孔方ᄒ니 雖是雙目靑盲的偸子라도 必不肯偸去此孝巾이지

道是兒戱所爲인딘 主人家에 旣爲蒙騃的幼兒ᄒ고 近鄰에 又無來往的童子쏀더러 況我의 常常着用的니 雖是對面爲賊的群童(杜詩에 南村群童이 欺我老無力ᄒ야 忍能對面爲盜賊)이라도 必不敢盜去此孝巾이지

百爾思之ᄒ야도 眞是咄咄怪事로다 不勝疑悶ᄒ야 連三日을 露髻也坐ᄒ다가

不得已, 喚了魚福孫道爾往某廛ᄒ야 裁斷了籬布一尺也來어다

魚福孫이 應聲道唯로이다

吳進士ㅣ送了魚福孫ᄒ고 猶然道咄咄怪事ᄒ더니

瞥然見一個美人이 叫開了門ᄒ고 輕輕步入來로다

下了長衣ᄒ며 脫了唐鞋ᄒ고 上了堂ᄒ더니 低了雲鬟ᄒ며 啓了朱唇ᄒ고 近前道喪主가 日來에 安寧麼아

吳進士ㅣ瞠然一視ᄒ니 路上에도 不曾目擊的오 夢中에도 不曾接面的라 昨日的孝巾도 是咄咄怪事어니와 今日的美人도 又是咄咄怪事로다

那美人이 嬌笑道喪主가 頓忘了一枝紅麼아

吳進士ㅣ兩臉이 乍紅ᄒ더니 勃然道妖女아 一枝紅인지 二枝紅인지 我何由知得了爾名이리오

一枝紅이 不憤가 丁寧吳進士(今日吳進士ᄂ 是丁寧吳進士어니와 向日

吳進士ᄂ 不是丁寧吳進士)로 忽然做生淸的語로다

忍住肚氣ᄒ고 再近了前ᄒ야 從容問道第三日前子正時에 身被了喪服ᄒ며 頭戴了方笠ᄒ고 密密地來叩門ᄒ며 再道無高聲者가 是誰家喪主麽아 紅아 坐了膝ᄒ라ᄒ고 抱住了紅的腰ᄒ던 者가 是誰家喪主麽아

紅아 伸了手ᄒ라ᄒ고 把住了紅的手ᄒ던 者가 是誰家喪主麽아

我ᄂ 喪人之身이라 天明이면 怕人知라ᄒ고 鷄一鳴에 急急走出門ᄒ며 每夜子時量에 必來訪汝라ᄒ던 者가 是誰家喪主麽아

喪主的春秋가 不過二十九(評曰此必假吳進士所傳어거ᄂᆯ 今纏向一枝紅口中說出ᄒ니 省文)라ᄒ시더니 健忘症이 已若是殆甚ᄒ니잇가

吳進士ㅣ 十分大怒ᄒ야 拍案大叱道妖女아 爾與誰家喪人으로 托情交好ᄒ고셔 却來誤認我오

速出去ᄒ라 不然이면 我ㅣ 憤頭에 撲殺汝ᄒ리라

一枝紅이 聽罷尤憤ᄒ야 自懷中으로 擲出了那孝巾道狗喪主아 雜喪主아 此是何人物件가 (1906.10.19)

10

△吳進士ㅣ 到此에 但是目瞪口呆로다

道是自己的孝巾인딘

自己가 不向妓家去어ᄂᆯ 孝巾이 那從妓家來며

道不是自己的孝巾인딘

長幾許며 廣幾許오 色半醜ᄒ니 分明是自己的所着이로다

昨日孝巾的不知去處가 不是咄咄怪事라 今日孝巾的料外來投가 眞是咄咄怪事로다

妖女아

560

爾以如何妖術로

偸我孝巾去라가

更以如何妖心으로

還我孝巾來오

孝巾은 索得ᄒᆞ얏거니와

幾十年操躬飾行ᄒᆞ던 忠州吳進士가 從此何面目으로 立於世리오

更向一枝紅問道妖女아 爾將我孝巾來ᄒᆞ야 却要我甚麼오(觀此語ᄒᆞ니 吳進士ᄂᆞᆫ 尙是夢中人이러고)

一枝紅이 發惡道狗喪主아 喚我堯女(語逼聖女ᄒᆞ니 可痛可痛)舜妻라ᄒᆞ던지 喚我娥皇女英이라ᄒᆞ던지 且償我花債來ᄒᆞ오

吳進士ㅣ 大喝道我豈曾夢見爾麼아 花債ᄂᆞᆫ 何花債오

一枝紅이 道頑喪主아 爾當夜에 飮酒幾盃도 且勿說ᄒᆞ며 吃烟幾竹도 且勿說ᄒᆞ고 試問爾不曾來了我家인딘 孝巾이 何故로 却來在我家오 這是有足的孝巾麼아 這是有翼的孝巾麼아

十二歲로 爲巫女ᄒᆞ야도 兩角的鬼ᄂᆞᆫ 今始初見이라ᄒᆞ더니

蝎甫稱號十餘年에 夢中에도 不見ᄒᆞ던 싀장이中에 上싀장이 忠州吳進士로다

吳進士ᄂᆞᆫ 旣是富家的子弟오 又是操修的士人이라 落地以後에 都無何托人이 來以惡聲相加터니

突然這一枝紅이 極弄了唇舌ᄒᆞ야 丙兒(싀장의 解)라 遽稱ᄒᆞ니 果然忍氣不住로다

疾聲道妖女아 狐女야 我何日何時에 向汝作丙兒行色이런고

一枝紅이 道喪主의 行色이 卽是丙兒만도 不如ᄒᆞ오

如此爭詰不決ᄒᆞ더니

冤讎相逢獨木橋라 向日에 以那件事로 被吳進士叱退ᄒᆞ던 某客이 昂然入來로다 (1906.10.20)

△且說那客이 偶過吳進士舍舘的門前去ᄒᆞ더니

猛聽得門內擾亂聲에 一箇的男子와 一箇的女子가 相對赤壁戰이로다 (俗諺에 大鬪鬨을 謂之赤壁戰)

這男子的聲音은 分明認得是吳進士로다만은 但這女子的聲音은 似是慣聽的나 也未能分明認得이로다

我入去觀光罷ᄒᆞ리라

入了門ᄒᆞ야 擡頭一看ᄒᆞ더니

呀, 異常ᄒᆞ다 一枝紅이 却在此惹擾ᄒᆞ네

上了堂ᄒᆞ야 向一枝紅道一枝紅平安麼아

一枝紅이 答道唯(에) 生員主平安麼아

入了室ᄒᆞ야 向吳進士道吳進士平安麼아

吳進士ᄂᆞᆫ 氣喘喘坐了ᄒᆞ야 人事對答도 也不曾ᄒᆞ다

那客이 心中不憤가 這廝가 昨日에도 空然作氣ᄒᆞ야 叱人如叱狗ᄒᆞ더니 今日에ᄂᆞᆫ 怒甲移乙ᄒᆞ야 親舊之間에 有問無答ᄒᆞ니 괘씸괘씸ᄒᆞ도다

仍向一枝紅問道何事件으로 如此面紅(낫불켜)麼오

一枝紅이 方向吳進士ᄒᆞ야 狐也似鳴ᄒᆞ더니 却向了那客ᄒᆞ야 鶯也似囀ᄒᆞ되

生員主아 生員主ᄂᆞᆫ 涇渭도 明ᄒᆞ시거니와 閱歷도 多ᄒᆞ시니 且聽我言ᄒᆞ시오 此世上에 這般狗雜的喪人을 豈曾見ᄒᆞ니잇가

那客이 道不知何事件이어니와 爾言이 太過ᄒᆞ도다(評曰那客이 豈肯護吳進士리오 體面所在에 不能無此一言)

一枝紅이 道生員主아 毋謂紅의 言太過ᄒᆞ고 且聽那件事의 顚末ᄒᆞ오

那客이 道爾第言之어다 我且聽之ᄒᆞ리라

一枝紅이 道數三日前에 一枝紅이 對了生員主ᄒ야 願見吳進士라ᄒ던 這句語를 生員主ㅣ 或未忘却麼아

那客이 道然ᄒ얏셧지 我雖善忘也나 飯時에 寧忘箸언졍 這句語야 豈忘却가

一枝紅이 道生員主ㅣ 要紹介了一枝紅ᄒ야 往見吳進士ᄒ다가 滿面紅潮로 歸來ᄒ던 這光景을 生員主ㅣ 或忘却麼아

那客이 道然ᄒ얏셧지 我雖善忘也나 葬時에 寧忘屍언졍 這光景이야 豈其忘却가

一枝紅이 左眼으로ᄂ 眈視吳進士ᄒ고 右眼으로ᄂ 接應那生員ᄒ며 怒中含笑道生員主아 這喪主가 其夜에 即來ᄒ얏더이다

那客이 愕然(不唯那客이 聞之에 愕然이라 讀者ㅣ 覽之에 亦必愕然)道然ᄒ얏던가 這喪主가 果然其夜에 訪汝ᄒ얏던가

復向吳進士ᄒ야 莞爾道然ᄒ얏던가 此是丈夫常事이거ᄂ 老兄이 當日에ᄂ 何如是固執ᄒ얏던가(評日吳進士ᄂ 想必默默不答) (1906.10.22)

12

△一枝紅이 道丈夫인지 馬夫인지(一枝紅과 吳進士와 姓名不傳的那客이 皆爲此馬夫漢의 愚弄不覺而這二字가 忽出自一枝紅口中ᄒ니 一枝紅은 固不知而言之ᄒ고 吳進士及那客도 亦皆不知而聽之이나 善讀者ᄂ 必然拍案一笑) 常事인지 初喪인지 休說了ᄒ고 且聽我言ᄒ시오

那客이 道爾有言이어던 言之ᄒ라 我兩耳가 不聾이니라

一枝紅이 道時ᄂ 子正이오 月色如晝라 纔送了生員主ᄒ고 挑燈獨坐ᄒ니 砧聲也搗搗ᄒ고 風聲也嫂嫂ᄒ고 無情也犬聲이오 欺人也葉聲인데(與上篇之所叙로 情境則同而文法이 畧變) 忽然那千般萬般可憎的聲中에 猛

聽ⵏ異常的一聲이 道是砧聲也不是오 道是風聲也不是오 道是犬聲葉聲이ⵏ도 也只不是라 撞撞撞ᄒ니 似是叩門聲이오 戛戛戛ᄒ니 似是劃墻聲이오 畫畫畫ᄒ니 似是人嘯聲이라(上篇에 寫得假吳進士來訪之光景에 單下叩門剝啄四字ᄒ고 且想當夜之事에 亦只這叩門剝啄之一聲이 足矣어날 但一枝紅이 鋪張太過ᄒ야 做得如此奇奇怪怪之聲出來) 兩耳를 乍傾ᄒ니 分明是情人이 訪我러이다

那客○그리셔(評曰以上에 然ᄒ얏섯지, 然ᄒ얏섯지ᄒᄂ 幾句ᄂ 其情이 緩ᄒ고 以下에 그리셔, 그리셔 ᄒᄂ 其句ᄂ 其情이 急)

一枝紅이 道忙倒屣下堂ᄒ면셔 亟問道誰也오ᄒ듸 但聞門外에셔 低聲答道ᄒ듸 毋高聲하고 但開門이라ᄒ데이다

那客○그리셔

一枝紅이 道開了門ᄒ면셔도 但道是南村乾客에 李生이 訪我ᄒ나 北村豪客에 趙同知가 訪我ᄒ나ᄒ얏더니 突然相對ᄒ니 却是八面不知ᄒᄂ 鶯樣衣와 掌樣帶오 鼎樣冠과 金樣巾에 一個喪主가 來立ᄒ얏데이다(一枝紅이 將守操喪人에 罵弄太狼ᄒ야 甚至於喪巾喪服을 箇箇以異樣字로 嘲之ᄒ니 讀者至此에도 猶必氣悶이어던 況當日吳進士야 以此怪妄之人으로 那能忍得고

那客○그리셔 (1906.10.23)

13

△一枝紅이 道一見ᄒ면 是初面이오 再見ᄒ면 是舊面이라 天下에 豈有落地便相知的이리오 魚水相契ᄒ면 新情이 或勝舊情일ᄼ ᄒ야 欣然再問道誰也오ᄒ듸 這喪主가 或是越獄逃走來ᄒ얏ᄂ지 只道無高聲ᄒ고 但入門이라ᄒ더이다

那客○그리셔

一枝紅이 道既入門ᄒ고도 尙不露出姓名ᄒ고 却道自己的事情호ᄃᆡ 是喪人之身으로 客中에 雖不無動心的時節이나 只是百忍字로 耐過得ᄒ고 雖或過靑樓花房的近側ᄒ다가 偶聽得琴聲歌聲ᄒ야도 不免掩面却走일ᄉᆡ 所以로 晝間에 那客이 來致爾意ᄒ니 中心則切이나 豈可造次應諾이리오 一時殺風景에 大聲叱退ᄒ고 懸懸望天際日落ᄒ야 直待到人定後方來라ᄒ더이다

那客○그리셔

一枝紅이 道細細事를 不可一一說得이로소이다

那客이 道望見ᄒ면 寺墟라 聞其略ᄒ면 知其詳ᄒ리니 數句語에 終之ᄒ소 一枝紅이 道勸酒歌一曲에 相携而臥ᄒ얏소ᄒ니

那客이 嚬眉蹙頞道(從古嚬眉蹙頞四字를 只以愁嘆悶恨之意로 用去ᄒ얏스나 於此에도 但作此意看ᄒ면 大錯大錯)這般情境은 不必長提라 爾不言ᄒ야도 我先知지

一枝紅이 道鷄一鳴에 這喪主汲汲走出門ᄒ며 却道若到天明人知면 吳進士頭上에 冠子ᄂᆞᆫ 不可復戴라ᄒ더이다

那客은 無語로다(評曰以上에 그리셔, 그리셔ᄒᄂᆞᆫ 幾句ᄂᆞᆫ 心方疑而情轉急也오 至此에 但曰 無語則疑已去而心方怒也)

一枝紅이 道請飮了一盞酒去라ᄒ야도 也只是不顧ᄒ더이다

那客은 無語로다

一枝紅이 道臨去時에 再三道夜夜子正에 來訪我라ᄒ더니 一去에 咸興差使러이다

那客이 歇了膝ᄒ다

一枝紅이 道朝起視之ᄒ니 孝巾이 遺落在地ᄒ얏더이다

那客이 放了手ᄒ다

一枝紅이 道花債ᄂᆞᆫ 也姑舍ᄒ고 孝巾도 竟忘却ᄒ기에 懷摺來ᄒ야 奉上

了這喪主ᄒᆞᆸ더니

那客이 回顧吳進士ᄒᆞᆫ다(評曰圖窮而匕首見) (1906.10.24)

14

△一枝紅이 道這喪主言內에도 孝巾은 自己的孝巾이라ᄒᆞ더이다

那客이 一聲咳唾ᄒᆞᆫ다

一枝紅이 道孝巾은 自己的孝巾이라ᄒᆞ나 自己ᄂᆞᆫ 不曾來一枝紅家라ᄒᆞᆫ이다

那客이 起了身ᄒᆞᆫ다

起了身ᄒᆞ더니 高聲向吳進士道吳永煥ㅣ

吳永煥은 聽了兩箇의 一喝一和ᄒᆞ고 氣悶悶坐了ᄒᆞ야 也只是不答ᄒᆞᄂᆞᆫ도다

那客이 再次高聲道吳永煥ㅣ忠州吳進士ㅣ

吳進士가 往日에도 既是洞觀他心腸ᄒᆞ고 今日에 又聽了終日酬酌ᄒᆞ니 不言中에도 可見那客의 重女色ᄒᆞ고 不重友道라 閉口無言이 眞箇是好이나 有問無答이 亦不近人情이라 不得已答道唯라 何以敎我오

那客이 道那孝巾이 分明是老兄的孝巾麽아

吳進士道這□是分明ᄒᆞ오

那客이 道老兄은 丁寧不向一枝紅家曾去麽아

吳進士道□□是丁寧ᄒᆞ오

那客이 瞋□□□□狗雜漢아 犢雛漢아 爾如此□□□과 如此的丁寧ᄋᆞ로 只將一個□□ᄒᆞ면 攘盡了隣家□□리로다[2]

---

2) 이 뒷부분에 연재상으로 20줄이 더 들어있으나 현재 이 부분은 판독이 불가능한 상태이다.

566

那客이 聽罷에 雙鬢이 蝟起ㅎ던니 大怒道鼠雛漢아

爾晝間에는 正衣冠ㅎ고 儼然坐ㅎ야 朋友가 談及色界上事ㅎ면 正色責之ㅎ고 夜深人寂後에는 衣冠喪服으로 靑樓房色酒家로 潛向ㅎ니 爾狗麗漢아

爾夜間에는 道多行雜ㅎ고 白晝對人에 不菩薩(아닌보살)로 自欺ㅎ다가 畢竟神目이 如電에 其眞賊이 綻露어날 尙且左支右梧에 不肯自首自服ㅎ니 飯粒으로 提雀ㅎ며 橡葉으로 掩前ㅎ는 爾虱瘁漢아 (1906.10.25)

15

△吳進士ㅣ道爾看我曾向一枝紅家去麼아

那客이 拍案大喝道爾尙如此雜談ㅎ는다

吳進士ㅣ道我口로 我自言커날 誰要爾來相干고 觀爾忠善ㅎ니 眞可做他人親患에 斷指孝子로다(評曰癡哉라 吳進士여 不知法遠拳近ㅎ고 尙此腸直口活ㅎ니 讀者도 亦必爲之悶嘆)

那客이 解了周衣ㅎ며 道此不可尋常實之라고

握拳近前ㅎ니 向日情往情來ㅎ던 朋友之義는 飛去了夕陽風이로다

一下拳ㅎ니 一枝紅은 坐了堂上ㅎ야 暗暗地叫快로다

再下拳ㅎ니 魚福孫은 立了門外ㅎ야 微微地掩笑로다(讀者至此에 快認得假吳進士否아)

一箇는 叫快ㅎ고 一箇는 掩笑ㅎ는 這中間에 死ㅎ리 吳進士로다

正初에 身數占이 不吉ㅎ더니 此是度厄的凶日麼아(評曰잘밋엇다) 昨夜에 夢兆가 乖常ㅎ니 此是協夢的惡日麼아(評曰讔語가 太甚)

聽泉子曰余讀桂巷稗談이라가 至吳永煥被人廝打홀ᄉᆡ 旣不能知人着察ㅎ야 防辱於未然ㅎ며 次不能隨事着應ㅎ야 却耻於已然ㅎ고 直而闇

ᄒ야 被一枝紅의 罵弄을 如此ᄒ며 愚而戾ᄒ야 遭那生員의 行悖을 至此
호디 尙不知反躬自省ᄒ고 蝟起却伏於悖拳之下ᄒ야 猶蚩蚩然自信曰
朕夢이 協朕卜이라ᄒ니 豈非聖人所謂其愚를 不可及者耶아 雖然이나
奚獨吳永煥이리오 且之以英雄志士로 自命者도 往往事不成則曰天이라
ᄒ니 嗚乎라 謂所天者ㅣ 安在오 夢歟아 卜歟아 蒼蒼者歟아 茫茫者歟아
勞於耕者를 天與之穀ᄒ고 勞於織者를 天與之衣ᄒ나니 天在吾手吾足
吾心이니라

氣憤憤ᄒ야 垂頭無言ᄒ고 任爾打百拳千拳이로다

那客이 蹴破了箱子ᄒ더니 抽出了十數緡靑銅ᄒ야 投與了一枝紅道爾勿
再來索花債也어다

休矣라 吳進士여 飽喫了許多毒拳ᄒ고도 不能答一拳ᄒ며 眼見了自己
箱槖에 破裂盡ᄒ고도 不能詰一句ᄒ더니

整膝坐了ᄒ며 只得長吁一聲이로다 (1906.10.26)

16

△一枝紅이여

一枝紅이 豈爲一夜之宿에 情義를 未忘而來리오 爲有所關事러니 所關
事淸楚了라 更無落地之飯에 可拾食이니 我去也리라ᄒ고 佩了錢ᄒ더니 起
了身ᄒ다

那客이여

那客이 豈爲朋友之道에 講習而來리오 偶然過去路라 過去路에 坐久了
로다 更無隣家之宴에 賞玩이니 我去也리라ᄒ고 納了履ᄒ더니 出了門ᄒ다
送了一枝紅ᄒ고 送了那客ᄒ니 這吳進士ᄂ 頰也도 被批ᄒ고 身也도 被打
ᄒ고 衣ᄂ 被破裂ᄒ고 錢也ᄂ 被掠去ᄒ얏스나 恰似龍蛇之亂에 寇賊이 退

568

平이라 呼得一樽酒ᄒ야 當得一次盪寇宴이로다

且說一枝紅이 將出門ᄒ다가 猛見得一個奴兒가 立了門前ᄒ얏ᄂᄃᆡ

該奴兒가 將兩眼邪睨ᄒ며 却也忍笑不住ᄒ니

噫라 我雖娼妓나 爾即奴兒로서 安敢向我惹笑ᄒᄂ다

聽泉子日以娼妓로 蔑視奴子를 若此ᄒ니 讀至此에 可想爲人奴者가
抱恨不盡이니라

雖然이나 異哉라 爾ᄂ 貧奴오 我ᄂ 富妓라 眞是風馬牛不及이어날 看爾
面貌ᄒ니 却似何處에서 常常慣見的이로다

我一回顧에 爾一笑ᄒ고 我再回顧에 爾再笑ᄒ니

我顧爾ᄂ 非愛爾라 是怪爾어니와 爾笑我ᄂ 非怪我라 是愛我로다

怪哉라 這奴兒여

旣出門ᄒ야 問了那客호ᄃᆡ

這門內에 微帶笑容ᄒ고 常常偸着眼覷我ᄒᄂ 頭着皮冠的這奴兒가 是
甚麼姓名的오

那客이 道是吳進士馬前에 常常服使的奴兒니 是該家世奴라 我是渠上
典的友人이오 渠是我友人的奴兒(評日吳進士有友人如此ᄒ고 有奴兒如
此ᄒ니 吳進士左右前後에 竟無一薛居州乎) 故로 渠向我問安時에 但聞其
稱小人而已오 渠上典使喚的際에 但聞其叫福孫而已니 這奴的甚貫甚姓이
야 我何由知得이리오 雖然이나 爾却要識他的姓名이 是甚麼意오

一枝紅이 道他的姓의 是馬是牛(評日他不姓馬姓牛라 姓魚)도 我不必
要知오 他的名의 是狗是豚도 我不必要問이오되 只爲他面目이 異常慣熟
ᄒ니 是何年何月何日何時에 相見的인지(評日爾忘了某年某月某日子正時
相見否) 眞是能見難思이기로 玆에 敢問ᄒ옵나이다 (1906.10.27)

17

△那客이 道鑄洞金祐東의 兩頰이 偏似這奴ᄒ더니 爾豈誤認麽아

一枝紅이 道否라 這金郎은 兩額이 突出ᄒ니 我瞳子가 雖鈍ᄒ나 豈如是 錯看人麽아

那客이 道泥洞李光雲의 長髥이 密似這奴ᄒ더니 爾豈誤認麽아

一枝紅이 道否라 這李郎은 鼻梁이 尖小ᄒ니 我神思가 雖矇ᄒ나 豈如是 誤看人麽아

如此說說笑笑間에 早已到一枝紅家로다

一枝紅이 上了堂ᄒ더니 顧了那客道這話를 姑閣了ᄒ오

開門了道琴女아 蒭酒的어다

有頃에 琴女가 上酒어늘 一枝紅은 執盞而歌ᄒ고 那客은 引頸而飮ᄒ더니 一枝紅이 掩口忍笑道生員主아

紅也가 閱人이 亦多ᄒ와 狂的狂이며 癡的癡와 昏昏的며 蒙蒙的와 洋洋 的며 蠢蠢的와 守錢的虜며 多慾的漢과 貧的富的와 貴的賤的를

紅也眼에 都閱過幾十幾百幾千人이로되 這個不人은 罕曾見이읍나이다 這廝가 是吝人인틴 何故로 却向紅家來며 是蕩人인틴 何故로 却好端膝坐 며 是癡人인틴 何處에서 學得欺人的術이며 是曉人인틴 何事로 牢諱己捉 的眞贓인지

生員主는 旣是吳進士慣熟親友라ᄒ니 必然洞識了這廝의 爲人이라 試 言其平日行事ᄒ오

那客이 莞爾道爾要識這廝行事에 更要甚麽오

這廝平日事가 不堪掛齒오 不堪長提라 聽來에 眞是令人可笑니라

一枝紅이 道這廝今日事가 已是令人忍笑不住어늘 生員主ㅣ却說這廝 平日事가 尤多可笑라ᄒ니 紅은 願聞其略ᄒ야 更作一笑ᄅ싯ᄒ노이다

那客이 道這廝의 酬人對客이며 居鄕行世가 件件可笑이나 不必張皇說

570

去오 擧其一ᄒ야 以例其餘ᄒ려니와 但恐爾笑胞(우슴보)가 裂盡이로다

一枝紅이 道紅의 笑胞가 甚大ᄒ야 生員主가 說得千般萬般的可笑話라도 紅의 笑胞는 依舊이지오

那客이 道第觀爾笑胞가 幾許大ᄒ려니와 但恐我一言에 爾不掩耳ᄒ면 定當掩口ᄒ리라

一枝紅이 道紅이 耳也도 不掩ᄒ고 口也도 不掩ᄒ리니 生員主는 但說去的어다

那客이 道我說一件事에 不能令爾笑一場ᄒ면 我飮爾一盃ᄒ리니 爾聽一件事에 不能忍爾笑一場커던 爾飮我一盃ᄒ라

一枝紅이 道唯로쇼이다 (1906.10.29)

18

△那客이 道爾家에 釀酒幾甕고

一枝紅이 道生員主는 無憂紅家의 酒盡ᄒ고 但憂紅也의 不笑ᄒ오

那客이 未及笑他一枝紅ᄒ야 想像那事件ᄒ고 自己先笑了一場ᄒ더니

一枝紅도 未及聽他話ᄒ야 觀看那貌樣ᄒ고 無情幷笑了一次로다(評曰那客此時에 叫必然釀酒來)

那客이 歛膝坐了ᄒ더니

仍向一枝紅道爾俄者에 一時錯認(評曰不是錯認)了慣面ᄒ던 這奴兒가 是巧詐百出ᄒ고 凶慝無比的漢子라 這個點奴가 遇了這個癡主ᄒ니 主人은 雖快認渠點이라도 使用機關이 猶自恢恢이거날 況癡主가 自許以曉人ᄒ고 點奴를 反認以癡奴ᄒ니 吳進士倩事는 實可寒心이라

我雖不記得這奴的姓字이나 亦曾記得這點奴的事狀ᄒ니 請爲汝說一二句ᄒ리니 爾聽的어다

年前牛疫이 盛行호실 忠州地方이 最甚호야 有一隻者는 折一隻호고 有 二隻者는 折二隻호더니

吳進士도 折斃了一隻農牛호고 翌年春에 農事는 方急호되 牛隻을 難求 호야 吳進士ㅣ 東奔西走호다가 一日은 偶到忠州治下호야 過訪了東城門 外白僉知家호니 白僉知는 是吳進士의 面慣情熟的人이라 見得庭下에 繫 了一隻牡牛호고 吳進士ㅣ 亟問道是將喂養的牛隻麽아 是將賣去的牛隻麽 아 白僉知가 道是賣去的라호거날 吳進士ㅣ 備說自己的事情호고 亟請折價 호야 以三十兩作定호니 由今日觀之호면 雖似太過나 由當時論之호면 却 是太歇이라 當時牛價가 高騰호야 一隻羸牛에도 尙至四十兩五十兩이거날 只是白僉知가 厚看吳進士面호야 歇價賣渡的라

吳進士ㅣ 汲汲歸來호야 周旋那價錢홀식 吳進士所居的古江村은 旣是 貧鄕이오 又當窮春호야 錢臭도 難聞이오 錢影도 難見이니 何處에 得辦三 十兩錢이리오

正憂愁間에 猛聽得隣家張某가 爲公事債帳의 所困호야 門前畓幾石落 을 賣渡了邑吏崔東玉호야 價文이 今方來到라호는지라

吳進士ㅣ 亟往見張某호고 懇借了三十兩호야 直叫這奴兒道福孫아 爾 佩此錢호고 走往邑內東城外白僉知家호야 買了牡牛一隻也來어다

(1906.10.30)

19

△一枝紅이 亟問道這奴兒가 雖黠이나 不過向酒肆花房호야 任意蕩用 這錢兩이지오

那客이 道否라 不然호다 爾且靜默호고 第聽我言호라 此是絶倒奇事이 니○○

572

吳進士言下에 這黠奴가 應聲而往ㅎ더니 古江村이 距忠州邑不過十數里라 這奴兒의 天生疾足으로 一日에 十往還이라도 亦可어늘

朝而往ㅎ야 暮不歸로다

吳進士ㅣ 當夕不食ㅎ며 當夜不寐ㅎ며 終日終夜嘆嗟聲이 我ㅣ 誤使這癡奴러고 我ㅣ 誤使這癡奴러고ㅎ더니

一枝紅○그러치요 這守錢虜가 오직 沓沓ㅎ얏시깃요

翌日午時量에 這奴兒가 方纔緩緩入來ㅎ는듸 牛一隻은 何處繫置ㅎ얏는지 單單一身이 只背負一穀包ㅎ얏도다

吳進士ㅣ 拍案大喝道爾從何處去완듸 至今方來오

這奴兒ㅣ 道小人이 從邑內來로쇼이다

吳進士ㅣ 道爾見白僉知麼아

這奴兒ㅣ 道唯로쇼이다

吳進士ㅣ 爾買牡牛一隻(수쇼흔마리)來麼아

這奴兒ㅣ 道唯로소이다

吳進士ㅣ 道牡牛一隻(수쇼흔말이)이 安在오

這奴兒가 解下穀包道秫一斗(수수흔말이)在此로소이다

近日에 秫價가 太歇ㅎ더이다 生員主ᄂ 秫一斗價에 却認是三十兩錢ㅎ시더니 小人은 只以二十五兩으로 買之ㅎ고 所餘五兩은 小人이 沽酒飮也로소이다

吳進士聽了에 只是氣塞(評曰鼻兩孔을 善裁)이라 仍下氣問道爾昨日에 果往邑內ㅎ야 見白僉知麼아

這奴兒가 道唯로소이다 小人이 果往邑內ㅎ야 見朴僉知로소이다

吳進士ㅣ 道白僉知在家麼아

這奴兒가 道唯로소이다 朴僉知在家러이다

吳進士ㅣ 道白僉知가 受爾三十兩錢ㅎ고 與爾一斗秫麼아

這奴兒가 道否로소이다 小人이 往朴僉知家ㅎ야 請一秫買賣흔즉 朴僉

知ᄂᆞᆫ 却道渠家에 不作農ᄒᆞ니 安得有秫이며 窮春絶粮的時節에 或因秫價之歇下ᄒᆞ야 時時買秫이나 所買者小ᄒᆞ니 安得賣秫이리오ᄒᆞ거날 小人이 再傳生員主分付ᄒᆞ온즉 朴僉知ᄂᆞᆫ 却又道生員主와 元無一面之分이요 且兩班令甲之下에 固不敢論面分之有無나 但是秫子ᄂᆞᆫ 貯一粒也不曾이라ᄒᆞ옵기에 小人이 自走了市中ᄒᆞ야 買得也來로소이다 (1906.10.31)

20

△吳進士ㅣ甚是疑訝ᄒᆞ야 暗忖道彼果向邑內ᄒᆞ야 訪白僉知ᄂᆞᆫ된 萬無一差이거ᄂᆞᆯ 這癡奴가 却從何處來오

再問道爾從邑內來면 不過十數里地에 何至經宿고

這奴兒가 愕然道此去槐山邑이 雖稱四十里나 實是五十里이옵거ᄂᆞᆯ 生員主ᄂᆞᆫ 那得道十數里라ᄒᆞᄂᆞ니잇가

小人이 昨日出門的時가 已是午時初라 入了邑內ᄒᆞ니 已申時末이오 坐了朴僉知家ᄒᆞ야 談話良久ᄒᆞ니 已酉時末이오 走了市買了秫ᄒᆞ고 回顧日影ᄒᆞ니 已駸駸西沒矣라 不得已하야 宿了馬粥店ᄒᆞ고 今方入來어날 生員主ᄂᆞᆫ 不知小人의 終日勞苦ᄒᆞ고 却如是責望多端ᄒᆞᄂᆞᆫ이닛가

吳進士ㅣ黙然良久에 但道癡漢아 要爾往忠州邑ᄒᆞ면 爾往槐山邑ᄒᆞ고 要爾訪白僉知家ᄒᆞ면 爾往朴僉知家ᄒᆞ고 要爾買牡牛一隻(수쇼ᄒᆞᆫ말이)ᄒᆞ면 爾却買秫一斗(수수ᄒᆞᆫ말)ᄒᆞ니 噫라 秫一斗價가 多不過四錢五錢이거날 爾却爲何許賊漢의 所欺ᄒᆞ야 浮送了三十兩錢ᄒᆞ얏도다

吳進士ᄂᆞᆫ 不知這奴가 是黠ᄒᆞ고 但道這奴가 是癡ᄒᆞ니 安知這奴가 將那錢飮酒喫肉에 腹也도 不曾痛이리오 那客이 說罷那話ᄒᆞ니 一枝紅이 掩住口忍住笑ᄒᆞ다가 不覺呵呵一次로다(此是一笑)

那客이 討酒來飮一盃ᄒᆞ더니 回顧一枝紅道爾再聽我一奇話어다 某年某

月的增廣을 爾亦記得麼아

那時科令下에 吳進士ㅣ來赴科日홀식 同伴이 數十人이오 子弟가 四五人이라 行至竹山ᄒᆞ야 宿長仙店홀식 該近山寺의 適上佛齋ᄒᆞ니 吳進士的同伴이 皆要吳進士同去觀光커날 吳進士는 本是謹拙的人이라 強而後可라ᄒᆞ고 留這奴兒ᄒᆞ야 留宿在房ᄒᆞ며 吳進士ㅣ起身道癡奴아 着實看守了行橐ᄒᆞ라 爾是天癡白癡라 無論某件事ᄒᆞ고 任爾手中ᄒᆞ면 我心中常常念慮不釋ᄒᆞ노라ᄒᆞ고 一齊連袂也去ᄒᆞ거늘

這奴兒가 挑燈也獨坐ᄒᆞ더니 又生一條妙計라 聽得一店翁小가 閉戶熟睡ᄒᆞ야 鼾鼾聲이 達于耳側ᄒᆞ거날 暗暗將一般擧子의 囊橐行具ᄒᆞ야 走了陰密林中ᄒᆞ야 藏置得淨ᄒᆞ더니 又暗暗地入回來房ᄒᆞ야 吹滅了燈火ᄒᆞ고 再三叫道主人主人ᄒᆞᄂᆞᆫ지라 (1906.11.1)

21

△店主翁이 方在睡熟中이라가 猛聽得這奴兒가 再三叫喚ᄒᆞ고 矇矓答道唯라 何故로 夜深不寐ᄒᆞ고 獨坐叫我오

這奴兒가 道主翁이 有鎖鐵(잠을쇠)이어던 請暫借我ᄒᆞ오

店翁이 暗暗嘖舌道這奴兒가 夜半에 要鎖鐵甚麼오

卽叫起店道萬石아 爾搜將一個鎖鐵ᄒᆞ야 去贈了這客郎ᄒᆞ야라

店奴가 持鎖鐵來ᄒᆞ더니 却問道如此夜深에 何以吹燈不寐오

這奴兒가 答道我正要睡로딕 只爲僉生員主의 幾百兩行資를 不可尋常擲置이기로 如此挑燈獨坐러니 偶然蛾子가 撲火滅了ᄒᆞ니라

店奴가 再道當此夜深ᄒᆞ야 要鎖鐵安用고

這奴兒가 答道我正要不睡로딕 只爲兩眼에 睡魔가 堅逼ᄒᆞ야 不能不就枕이나 終是僉生員主의 行橐錢兩을 不可不十分念慮일식 收置了壁藏ᄒᆞ

고 借爾鎖鐵ᄒ야 並鎖了壁藏的門일식ᄒ노라

店奴ㅣ道唯라 意思가 果然周專ᄒ오이다

這奴兒가 早知了得左邊이 是個壁藏이나 故向了右邊向外的小窓ᄒ야 將門環(문골이)鎖了ᄒ는도다

仍依壁睡了ᄒ더니

直到鷄鳴的時候ᄒ야 聞得門外人跡聲喧嘩聲에 認得僉生員主僉書房主ㅣ 來也로다

叩門一聲에 叫道福孫아

這奴兒가 和睡強應ᄒ고 出開了大門ᄒ니 僉生員僉書房主가 齊齊入來ᄒ야 怪問道何故로 吹燈滅了오

這奴兒가 答道被蛾撲滅的니이다

吳進士ㅣ 叫起店奴ᄒ야 點火來的어다ᄒ니 店奴가 吹了爐火ᄒ야 松肪(광술)一枝에 點火也來ᄒ거늘

點了燈ᄒ고 回顧房內ᄒ니 一般擧子的行具가 無一個存在的라

問了這奴兒道爾將一般行具ᄒ야 任置了主人麼아

這奴兒가 行具는 不必問이로소이다 小人이 收置得淨ᄒ야 藏置了壁藏裏ᄒ니이다

衆人이 信之不疑ᄒ고 一齊就睡러니 鷄三鳴에 早飯將發홀식

這奴兒가 急喚了主人ᄒ야 請借了開鐵(렬쇠)ᄒ야 去脫了小窓門環的鎖ᄒ더니 愕然道呀, 壁藏은 何處去ᄒ고 却見是坦坦大路오 (1906.11.2)

22

△這奴兒ㅣ再咄咄道行具도 行具이어니와 何許賊人이 有力如虎ᄒ야 並壁藏也折去오(評曰果然是點奴로다 那能作如是癡語오)

一行이 莫不瞠目相視ᄒ더니

吳進士ㅣ 以杖拍頭道癡奴아 爾向何處認壁藏고

這奴兒가 回頭答道昨夜에ᄂ 此處가 是壁藏이러니다(昨夜壁藏이 今日何處去오)

可笑一行擧子가 眼睜睜地對立ᄒ야 便作同類丙兒의 裂盡了一槖子로다

一個ᄂ 道誰怨誰咎리오 都是滄浪自取이지 佛寺供齋를 生來不曾見ᄒ얏나○○○

一個ᄂ 道好快事(즐쾌산이)러고 觀景에ᄂ 成狂이여 空然夜半에 亂攪人睡ᄒ더니○○○

一個ᄂ 道少年은 例事어니와 四十五十者가 觀光이 何事인지○○○

一個ᄂ 道何許狗子가 先要去ᄒ얏던지○○○

一個ᄂ 捫髥道休矣哉어다 空然擾亂ᄒ네○○○

一個ᄂ 道今番科擧ᄂ○○○

一個ᄂ 道無盤纏無路需ᄒ니○○○

一個ᄂ 道我今番路備ᄂ 近二十兩이더니○○○

一個ᄂ 道二十兩이나 二百兩이나 言之何益○○○

一個ᄂ 道我上來時에 做得龍夢ᄒ야 自期必中이더니○○○

一個ᄂ 道龍夢, 鰍夢, 虎夢, 狗夢○○○

一個ᄂ 嚬眉ᄒ고

一個ᄂ 撫膺ᄒ고

一個ᄂ 嘆不已ᄒ고

一個ᄂ 默默無言ᄒ고

一個ᄂ 要上ᄒ고

一個ᄂ 要下ᄒ다

店奴ᄂ 來開門ᄒ더니 道夜深燈滅ᄒ딕 以手捫驗ᄒ다가 壁藏인지 外窓인지 那能辨得이리오○○○

店翁은 來觀光ᄒᆞ더니 道閉了戶下了窓ᄒᆞ면 雖有升天入地的偸兒라도 定當無隙可入이어늘 夜半에 空然喚醒了他人的甘睡ᄒᆞ고 請借了鎖鐵開鐵 ᄒᆞ더니○○○

吳進士ᄂᆞᆫ 仰天嘆一口氣道甎已破矣라 言之何益이리오

這一般擧子가 便似何處嶺上에 被了綠林客의 白奪了行裝이라

或은 丐兒行色으로 上了京ᄒᆞ고 或은 喪狗貌樣으로 歸了家ᄒᆞᄂᆞᆫ도다

福孫아 福孫아 爾是何許癡嫗에 産下的오(評日福孫이 不是癡嫗의 産下라 一般擧子가 皆是癡嫗의 産下) (1906.11.5)

23

△一枝紅이 聽了這話ᄒᆞ고 又費了一盃酒ᄒᆞ얏도다

那客이 飮了酒ᄒᆞ고 擬再提出這奴兒의 一件奇事ᄒᆞ더니

一枝紅이 低頭罣想ᄒᆞ더니 愕然道第三日前子正夜에 孝巾方笠吳進士가 不是這奴兒的假粧麼아

怪矣哉며 奇矣哉라 這吳進士ᄂᆞᆫ 便是紅에 終夜握手相看的어늘 左看右看에 都似不曾見的一般이오 這不知姓的福孫은 即是紅에 寡人南海君北海어날 瞥眼相着에 却似何處慣見的一般이니

紅이 俄者에도 不敢認當夜來的가 是吳進士라 只認遺落孝巾的가 是吳進士이기로 一時憤頭에 不以面ᄒᆞ며 不以目ᄒᆞ며 不以耳ᄒᆞ며 不以鼻ᄒᆞ며 不以音聲ᄒᆞ며 不以儀貌ᄒᆞ고 只以紅也手中에 捉有爾眞臟이라ᄒᆞ야

彼不肯招에 我如是勒招ᄒᆞ며 彼不肯認에 我如是强認ᄒᆞ야 半疑半信的 這吳進士를 既如是弄了紅也的舌ᄒᆞ고 再如是煩了生員主의 拳ᄒᆞ야 致此一 場的殺風景ᄒᆞ얏스나

入門擡頭時에도 却不似當夜吳進士오 低眉叙禮時에도 却不似當夜的吳

578

進士오 大是小非的時에도 却不似當夜吳進士오 說往說來的時에도 却不似正夜吳進士오

彼磨拳我擦掌ᄒ야도 却不似當夜吳進士오 我弩目彼張膽ᄒ야도 却不似當夜吳進士라

縱不是當夜吳進士나 既是這廝的姓이 是當夜吳進士的姓이오 這廝的名이 是當夜吳進士的名이오 這廝的孝巾이 是當夜吳進士的孝巾이니

爾雖不是當夜吳進士나 我安得不認之以當夜吳進士리오

我既認之以當夜吳進士ᄒ야 罵之也에도 罵之以當夜吳進士ᄒ며 辱之也에도 辱之以當夜吳進士ᄒ고 看來思去에 終不是當夜吳進士러니

出門時에 突然見這奴兒ᄒ니 依稀是當夜吳進士오

聽得這奴兒的平生行事ᄒ니 分明是當夜吳進士로이다 (1906.11.6)

24

△那客이 聽罷ᄒ더니 呵呵大笑ᄒ다

荷荷

這點奴가 果然是點이로다 千萬古癡男子忠州吳進士의 被了這點奴所欺ᄂ 姑舍勿論ᄒ고도

我ᄂ 是東出西沒에 風磨雨洗ᄒᆫ 八足的虫로 爲這奴兒의 所欺ᄒ야 竟絶了十年情友(評曰情友乎情友乎여 爾是情友乎아)ᄒ고

爾ᄂ 閱人歷客에 山陣水戰ᄒᆫ 窈窕的娘으로 爲這奴兒의 所欺ᄒ야 妄費了半日唇舌ᄒ얏스니

點哉라 這奴여

我常笑這癡主의 爲這點奴의 所欺러니 我如今에 却被了這點奴에 果所欺ᄒ야 非爾言이면 我竟不覺ᄒ리니

以這點奴로 爲我家奴러면 我亦不免爲吳進士ᄒ리로라

點哉라 這奴여

噫라 兩的가 相對ᄒ야 叫罵了吳進士的癡ᄒ더니

突然變卦ᄒ야 贊歎了這奴兒的點ᄒᄂ도다

點哉라 這奴여 點哉라 這奴여

爾一句我一句에 但叫點哉라 這奴여ᄒ더니

似樵子가 看仙棋라 斧柯爛盡也不覺이로다

居然陽烏가 西沒ᄒ고 金蟾이 東上ᄒ니 前簷에ᄂ 是點點螢火오 後簷에
ᄂ 但蕭蕭禿柳라 秋虫은 訴秋ᄒ고 秋鴈은 驚秋ᄒᄂ디

秋人那得不悲怵리오

人間如此夜에 兩人이 相對坐로다 紅아 釀酒來ᄒ라

我更說這癡主這點奴의 一件奇事(評曰甚麼話오 客이 再開口擬說這話
ᄒ다가 竟未果ᄒ니 我甚鬱鬱欲知)ᄒ리니○○

紅아○○○

一枝紅이 微微地笑道生員主○○

言未發ᄒ야 猛聽得門外剝喙的一聲이로다

一枝紅이 開了窓ᄒ더니 呵呵問道何人麼아 吳進士麼아

自門外로 答道唯라 我不是吳進士라 是魚進士이오 (1906.11.7)

25

△一枝紅이 緩緩地步出하야 開了大門하니

總角丱兮여 突而弁兮라

某夜的孝巾方笠吳進士가 黑笠子綠周衣로 來立了門外로다(那時에 經
過三年고)

580

一枝紅이 問道是誰오

○○ 答道是我이지

一枝紅이 再問道我是誰오

○○ 答道我是我이지

一枝紅이 笑(評曰非問答之語가 惹動此笑라 已問答之前에 懷存此笑로딕 只因此問彼答하야 遲了此一笑이니 讀者는 且黙想此笑가 爲何而笑)

道爾訪誰오

○○ 笑(此又因何而笑)道我訪爾이지

一枝紅이 再笑道爾是誰오

○○ 笑道爾是爾지

一枝紅이 忍笑不住한다

爾入來的어다

○○ 未及階하야 擡頭一看하더니

望見了那客하고 俯伏道小人魚福孫(一枝紅이 到此에 纔知了福孫的姓)問安하노이다

那客이 掀鬚道唯라

爾健在麽아

魚福孫이 道小人은 伏蒙下澤하와 賤軀無恙하오이다

那客이 道進士主安寧麽아(是譜語麽아)

魚福孫이 道進士主는 近以感患으로 數日叫痛了로소이다

那客이 道然麽아 汝上典主ㅣ元來是多病的이지

魚福孫이 不復再答하고 儼然上了堂하더니

突然來하야 批了那客的頰道頑癡漢아

那客이 愕然道爾不是失性麽아 安敢如是無禮오(評曰事到此境에 尙欲以班氣로 壓之하니 其可得乎아 我謂客은 是了了者러니 此亦是吳進士一流人物이러고)

吳進士ㅣ 有何罪완티 爾肆施老拳이며 魚福孫이 有何情이완티 爾斥呼
尊啣이며

往日에는 詩酒徵逐에 曰兄曰弟라ᄒᆞ더니 一朝에 不顧舊誼ᄒᆞ고 更行劫
打ᄒᆞ니 爾不近人情이며

俄者에 爾手로 打倒了吳進士ᄒᆞ고 今者에 爾口로 飜問了吳進士安否ᄒᆞ
니 爾誰欺오 欺天乎아 (1906.11.8)

26

△那客은 面赤赤口黙黙也坐ᄒᆞ고

一枝紅은 眼轉轉心脉脉也立ᄒᆞ고

魚福孫은 氣揚揚頰蹙蹙也笑로다

猛見得壁上에 掛了六絃琴一張ᄒᆞ더니

福孫이 欣然道呀, 王先生(王仙鶴이 始製六絃琴)舊物麽아

携起來ᄒᆞ야

援琴一鼓ᄒᆞ고 高聲唱道勇猛은 西楚覇王項籍이오 智略은 漢丞相諸葛
亮이라 英雄이 雖多ᄒᆞ고 豪傑이 不少ᄒᆞ나 아마도 我東方間氣人物은이아니
魚先生인가(評曰笑笑라 點奴가 自負如此)

捨了琴ᄒᆞ더니

向一枝紅道不敢請이나 固所願一盃解渴ᄒᆞ노라

一枝紅이 方悄悄低頭聽來ᄒᆞ니

這歌聲이 遙徹雲衢ᄒᆞ고 乍拂林木ᄒᆞ야

繞樑兮餘音이 不絶兮如縷ᄒᆞ니 爾不是秦靑後身麽아

我ㅣ到此에 不敢謂爾是鄕人이오 不敢謂爾是常人이어던 況敢謂爾是奴
兒며 況敢謂爾是癡生員的奴兒리오(評曰南郭先生이 聽得天籟地籟人籟ᄒᆞ

니 今之依几者ㅣ非昔之依几者로다)

我有茶ᄒ고 我有酒ᄒ니 要吃的어던 爾吃ᄒ고 要飮的어던 爾飮ᄒ오(君
請擇於斯二者)

這奴兒가 飮了酒ᄒ더니(評曰不說一枝紅의 與之酒ᄒ고 先說魚福孫의
飮了酒ᄒ니 大是省筆) 向那客道生員主아(忽稱狂癡漢ᄒ고 忽稱生員主ᄒ
야 弄之如小兒ᄒ니 眞箇是令人不堪) 看福孫的無禮ᄒ니 倘不氣憤應잇가
雖然이나 生員主도 閱歷이 已多ᄒ와 此中涇渭을 必然曟曟曉來라 靑樓裡
에 安有班常이며 樽酒前에 安有尊卑리오 福孫이 死罪라 生員主ᄂ 無至掛
懷ᄒ쇼서

那客이 畏福孫的拳ᄒ고 畏福孫的口라 焉敢再言이리오 只得應口道我
豈以此로 掛懷리오 我亦粗解涇渭的로라

福孫이 道萬悚이로소이다

旣而오 那客은 納履而去(必是無味而去)ᄒ고 單單是兩人이 促了席ᄒ니
爾贊我手段ᄒ고 我感爾容色ᄒ야 終夜不寂寞이로다 (1906.11.9)

27

聽泉子曰嘗考佛說之因果컨디 凡一切器世間有情世間이 皆由衆生業
力의 所造니 其最大業力之集合點은 卽全世界(卽所謂器世間)가 是也
오 於此群業力集合點之中에 又各各自有特別之業力ᄒ야 相應以爲善
別ᄒᄂ니 卽個人(卽所謂有情世間)이 是也라 故로 一世界今日之果가
卽食前此所造之因이오 一個人前此之因이 卽爲今日所受之果ᄒ야 首尾
相合에 前後相照라 吾人이 今日也에 受玆惡果어던 當知其受之於幺匿
(卽個人)之惡因者ㅣ幾何며 受之於拓都之惡因者ㅣ幾何오 吾人이 後此
에 欲食善果어던 則一面은 須爲幺匿ᄒ야 造善因ᄒ고 一面은 更須爲拓

都ᄒ야 造善因이라ᄒ니 此說也를 驗之於全世界而固然이로ᄃ| 驗之於全世界가 不若驗之於日用常行이 尤爲親切이오 驗之於日用常行이 雖曰親切이나 又不若驗之於一個人에 已往之蹟이 尤爲可警이니 人有不信이어던 請讀桂巷稗談이어다 我觀客(即所稱那客)而信之ᄒ고 我觀吳進士而信之ᄒ고 我觀魚福孫而信之ᄒ노니 蕩之因은 其果也以蕩ᄒ고 癡之因은 其果也以癡ᄒ고 黠之因은 其果也以黠이라 孰不曰善樹에 結善果며 惡樹에 結惡果리오

桂巷稗史氏曰出乎爾者| 反乎爾라 客이 忘舊誼而辱親朋에 福孫이 忘等級(等級이 若天)而肆悖拳이니 使客으로 言或不忠ᄒ고 行或不篤이라도 但不至十年之舊友를 一朝에 絶棄之如路人ᄒ면 福孫이 雖悍이나 亦何心哉아 詩云自求多福에 永言配命이라 書에 曰自作孽은 不可活이라ᄒ니 豈惟大者爲然이리오 即觀於瑣瑣小事라도 其捷이 甚於影響이로다

(1906.11.10)

28

△且說當時에 有一個宰相ᄒ니 是正是帶得熏天炙日的勢力人이라(此宰相之是爲誰某的ᄂ 姑不必說出而當時에 帶得熏天炙日的勢力人이 果是何人고 讀者| 可揣得之) 家世ᄂ 是四世五公이오 子弟ᄂ 皆青紫金玉이라 起居則左右가 扶掖ᄒ고 咳唾則奴僕이 趁風ᄒ야 何曾이 日食萬錢에 尙嘆下箸之無所ᄒ고 武安이 居宅奢侈에 猶請考工之治第ᄒ니 奄奄冰山에 蜂擁蟻赴而從之者| 定不知幾千幾萬人이라 那宰相이 現居吏曹判書之任ᄒ야 黜陟百官ᄒ며 勢振朝廷ᄒ니 無官而求官的며 有官而求陞的며 無面分而求一面的며 有面分而求親密的며 既親密而尤求親密的며 自東來的며 自西來的며 自南來的며 自北來的며 初試請的며 會試請的며 大科請的며

584

守令請的며 蠅營狗苟的며 吮癰舐痔的며 朝夕承顔的며 昏夜乞哀的가 絡繹不絶于門庭ᄒ니 孟嘗門下三千客이 定可較誰多誰少로다 雖然이나 千人之諾諾이 不如一士之諤諤이라 安用這不可思議無量數人衆爲리오 咄哉로다

那宰相이 不喜接客□고 喜晏眠ᄒ니 世無尹楸灘其人이라 誰以

夢中若見周公聖 爲問當年吐握勞

這二句詩로 箴之며

那宰相이 不喜求人ᄒ고 喜賂囑ᄒ니 世無賈浪仙其人이라 誰以

薔薇花謝秋風起 荊棘滿庭人始知

這二句詩로 譏之며

那宰相이 大驕奢ᄒ니 誰以荀³⁾子의

驕奢不與敗亡期而敗亡自至

這十二字로 正之며

那宰相이 大多慾ᄒ니 誰以蔡澤의

日中則昃月盈則虧四時之序成功者去

這十六字로 諷之리오

那宰相이 志高氣滿에 擧趾益高ᄒ야 自謂良平奇才도 是我오 韓彭將略도 是我오 房杜姚宋도 是我오 韓范富歐도 是我오 我的外ᄂᆫ 雖天下之廣이나 便有一笑之槪러라

聽泉子曰讀者到此에 休問那宰相之結局ᄒ고 且看魚福孫之契遇哉어다

(1906.11.12)

---

3) 荀: 원문에는 ‘筍’으로 나와 있으나 의미상 바로잡음.

29

△那宰相이 旣如是豪貴ᄒ고 旣如是驕亢ᄒ니 視彼滔滔來者에 於我何有리오 正是泰山頂上에 下視塵寰ᄒ니 萬國都城如垤蟻千家豪傑盡醯鷄라 擬將一般家客ᄒ야 一竝謝絶之ᄒ고 留下四五個緊食口ᄒ야 以備服使之役而已ᄒᆯᄉᆡ

命門下客某ᄒ야 大書特書로 粘其門首ᄒ얏ᄂᆞᆫ딕

其辭에 云ᄒᄃᆞ딕

客아

有敢入吾門內一步的어던

兩班이 通國內第一

人物이 通國內第一

文章이 通國內第一

辯舌이 通國內第一

此四者에 有一件的非第一이라도 無敢入吾門ᄒ며

此四者에 無一件的非第一이어던 無敢不入吾門ᄒ고

非此四第一이어던 雖昔日親親密密的라도 無敢入吾門ᄒ며 無敢不入吾門ᄒ며

若此四第一이어던 雖昔日疎疎遠遠的라도 無敢不入吾門ᄒ라

不可入吾門而敢入ᄒ면 是汚穢吾門的니 有斯人이어던 投之廁中ᄒ고

可入吾門而不入ᄒ면 是蔑視吾門的니 屛之遠方ᄒ고

可入而入的ᄂᆞᆫ 吾謹下陳蕃之榻ᄒ리니

客아

爾中에 孰有此四第一者오

某年月日에 書示ᄒ노라

於是에 朝夕問安的가 躑躅而不敢入ᄒ고 昏夜請謁的가 趑趄而不敢進

ㅎ고

向日門下一隊的衆客이　莫不嘈嘈唧唧에　稱怨了我大監ㅎ나　都無一個
人이　有敢大膽進來的라

這奴兒魚福孫이

猛開得兩耳ㅎ고　聽得了這好消息ㅎ얏도다 (1906.11.13)

30

△福孫이　聽得了這消息ㅎ더니　不勝之喜로　日時哉時哉라ㅎ고

投下了皮冠ㅎ고　換着了統營笠ㅎ며　脫下了周衣ㅎ고　整着了大道袍ㅎ며
東市에　買一鞋ㅎ며　西市에　買一帶ㅎ고

曉頭에　走了吳進士寢宿的房門外ㅎ야　咳唾一聲ㅎ다

吳進士ㅣ自衾中으로　問道誰歟오

魚福孫이　答道小人이로소이다

吳進士問道福孫歟아

魚福孫이　答道唯로소이다

吳進士ㅣ道有事歟아

魚福孫이　道本無別事이읍고　但小人이　當走東門外一遭ㅎ야　仮明日에나
方纔回來로소이다

吳進士ㅣ道有故麽아

魚福孫이　道本無別故이읍고　但小人이　本來孤單的漢子로　無他切近之
親戚이읍고　小人幼時에　依希聞得小人이　有了一個八寸的族弟오나　至今不
知下落이읍더니　昨日에　方纔得聞ㅎ온즉　於情於義에　不可不一次相面이읍
기　小人이　擬走往東門外ㅎ야　專尋那八寸的族弟일싰ㅎ노이다

吳進士ㅣ道唯라　任汝이다

魚福孫이 忙忙走出門ᄒ더니

過訪了一枝紅家ᄒ야

話幾句ᄒ며

飮了酒數盃ᄒ고

待到旭日東昇了三丈ᄒ야

直走了那宰相宅ᄒ니

壯哉偉哉라

長安甲第高入雲에 可知居住霍將軍이로다

入了門ᄒ니

墻底黃菊花ᄂᆞᆫ 秋色正艶ᄒ고

上了堂ᄒ니

瓶中遊魚隊ᄂᆞᆫ 天機自得이로다

物之不齊ᄂᆞᆫ 物之情乎아 爾積何福德ᄒ야 如是好家居에 如是長安樂고

似泗上亭長이 縱觀了秦皇帝威儀라 不覺歎一口氣道大丈夫ㅣ當如是로

다 (1906.11.14)

31[4]

△入了房ᄒ니

那宰相이 不冠不網ᄒ고 但頭上一宕巾으로 依几坐ᄒ얏ᄂᆞᆫᄃᆡ

何其長也오 髥垂過腹ᄒ고 何其肥也오 腹垂過膝(評曰寫出富貴氣)

魚福孫이 向前一拜ᄒ니

那宰相이 似泥塑人坐了라 都不曾一擧眼이로다

---

4) 『황성신문』 연재에는 연재 회수가 '三二' 표기되어 있는데, 순서로 보면 31회가 맞다.
　 이하 회수 표시는 일괄 조정하였음.

魚福孫이 向前再拜ᄒᆞ니

那宰相이 似木居士坐了라 都不曾一擡頭로다

三拜ᄒᆞ야도 也不顧ᄒᆞ고

四拜ᄒᆞ야도 也不顧로다

不管爾不顧ᄒᆞ고 我只管拜了ᄒᆞ리라 腰不痛麽아 恰似神廟祭官의 終日拜, 伏, 興, 平身ᄒᆞ니

拜到幾十次에 那宰相이 故意不顧ᄒᆞ다가 不覺滿臉堆下笑來로다

問道誰歟오

答道小生의 姓은 魚오 名은 甲이로소이다

再問道何處居오

答道小生의 父與祖ᄂᆞᆫ 是南村生長이오 小生은 落鄕十年에 現居竹山龍潭이로소이다

那宰相이 問道入門時에 看得那門首書粘的麽아

魚福孫이 答道唯로소이다 小生이 已是看過了千百遍也로소이다

問道然也닌 爾果是四第一麽아

答道唯로소이다 小生이 果是四第一的로소이다

那宰相이 拍案大怒(佯怒)道看爾貌ᄒᆞ니 只是鄕谷愚氓이라 那敢道是第一的兩班麽아

魚福孫이 向前跪膝道請大監은 息怒ᄒᆞ소셔 小生이 不敢欺大監이로소이다

夫所謂兩班云者ᄂᆞᆫ 如何라야 方可下得這名이니잇고 若是初不識面的行人이라도 便都認得是兩班ᄒᆞ면 豈不是第一的兩班麽잇가

那宰相이 道然ᄒᆞ지

魚福孫이 道然則小生的班閥은 不唯通國內第一이라 卽天下的第一이로소이다

那宰相이 道爾且註明的어다 何許盲眼이 却謂爾是爾兩班麽아

(1906.11.16)

32

△魚福孫이 道小生家가 至貧ᄒ오이다(評曰兩班本色)

艱難이 冤讎故로 小生이 叩屨織席으로 以資生計이옵ᄂᄃᆡ 貧者ᄂᆫ 賤自隨라 賤人身上에 兩班二字가 果不堪이라 只願人이 叫我爲牛爲馬ᄒ고 不願人이 叫我爲金爲玉이오나

本色을 難掩이오 萬目을 難欺라 持屨往市ᄒ면 依然是屨商이오 負席往市ᄒ면 依然是席商이어날 如何滿市人이 偏認我的是兩班ᄒ야

東邊人에 請買屨一隻者도 却叫道此兩班이라ᄒ며

西邊人에 請買席一箇者도 却叫道彼兩班이라ᄒ고

去了槐山市ᄒ야도 市人的興成者가 都叫我是兩班이라ᄒ고

去了忠州市ᄒ야도 行人的交涉者가 都叫我是兩班이라ᄒ야

買屨買席三十年에 無一人不認我是兩班ᄒ니

大監은 身愈貴ᄒ시니 易認是兩班이어니와 小生은 身愈賤ᄒ오나 輒叫以兩班ᄒ니

小生이 豈不是通國內第一的兩班麽아

那宰相이 聽罷ᄒ더니 掀髥大笑來로다

再問道爾容이 如許痘ᄒ고 爾身이 如彼鈍ᄒ니 爾攬鏡自照어다 爾人物이 是通國內第一麽아

魚福孫이 道小生이 自贊是第一人物이라도 大監이 必不信이오 大監이 快信是第一的人物이라도 他人이 必不許라 此則無論이어니와

但男子人物的高下ᄂᆫ 豈非女人의 所最善辦的이닛가

那宰相이 道然ᄒ지

魚福孫이 道許多靑樓花房에 蕩妓淫蝎的所言은 不可盡信이어니와(一枝紅도 不可信否) 其最可信的ᄂᆫ 豈非自家的妻妾麽잇가

那宰相이 道然ᄒ지

魚福孫이 道小生이 與小生的閨人으로 解衣同枕的時候에 若問天下第一人物이 是誰오ᄒ면 便道是小生이라ᄒ더이다 (1906.11.16)

33

△那宰相이 問道能何文고

魚福孫이 道小生이 于小生門中에 行列最高ᄒ오이다

那宰相이 問道能何辯고

魚福孫이 道小生이 言一句에 大監이 笑一度ᄒ시니 豈不是能辯麼잇가

那宰相이 笑哈哈起來ᄒ야 心中暗歎道奇哉라 魚生이여 壯哉라 魚生이여ᄒ야 雖不能快認其來歷ᄒ나 必然是山林巖穴中一代豪士라ᄒ더라

喚了家僮ᄒ야 携出了家釀的菊花酒一瓶ᄒ야 欣然對酌ᄒ더니 寸心을 論未了ᄒ야 前路에 日將斜로다

魚福孫이 起身道日暮矣라 小生은 要去ᄒ노이다

那宰相이 道何如是忽忽麼아

魚福孫이 道明再明間에 再進來承安일ᄉᆡᆼᄒ노이다

那宰相이 道可得源源相見麼아

魚福孫이 道唯로소이다

將出門홀ᄉᆡ 那宰相이 注目良久道我數十年來로 初見的奇士로다 雖其外貌ᄂᆞᆫ 似人家奴僕(評曰閱人之多故로 知人之明也)ᄒ고 雖其擧動은 似鄕谷愚人ᄒ나 滑稽之口가 喋喋如此ᄒ니 是再世淳于오 是更生蘇秦이로다

旣出門ᄒ더니 這奴兒仰天咄嘆道我生不遇ᄒ야 不能爲范叔의 入秦ᄒ며 不能如曹沫의 見公ᄒ고 却向了這箇竪子ᄒ야 折我腰幾次로다

只因這宰相이 勸飮幾盃酒홀ᄉᆡ 這時에ᄂᆞᆫ 却像了樊將軍에 披入了項王帳中ᄒ야 巵酒를 安足辭리오ᄒ더니

有酒無量ᄒᆞᆫ 這奴兒의 大腹으로도 不勝了酒力ᄒᆞ야 立得東來에 倒了西ᄒᆞ고 立得西來에 倒了東이로다

蒲伏進來ᄒᆞ야 見了吳進士ᄒᆞ니 吳進士ㅣ 聽得酒香이 撲鼻ᄒᆞ고 吃驚道 爾何處에서 飮得了許多酒來오

魚福孫이 道八寸이 雖遠이나 猶是兄弟之誼라 初面相對에 以酒爲情ᄒᆞ니 於義에 不敢辭라 所以飮得太多이오니 小人(小生이 忽變爲小人)이 萬死로쇼이다

吳進士ㅣ 再問道爾謂以明日來러니 那得如此神速麽오 這奴兒ㅣ 答道小人이 明知了進士主手下에 無他下人이라 安敢遲延이리잇고 (1906.11.17)

34

△這癡生員吳進士ᄂᆞᆫ 不知這奴兒의 巧點出人的伎倆이어니 安知這奴兒의 魍魎出沒的情態리오 只信這奴兒口頭에 無何鄕裡鳥有的八寸ᄒᆞ고 但道這奴兒가 從這處來라ᄒᆞ야 却向這奴兒道爾醉矣오 且日暮矣니 爾退的어다 這奴兒ㅣ 答道唯로소이다

且看這奴兒가 退向何處去오 夜則一枝紅家오 晝則那宰相宅이라 對一枝紅ᄒᆞ면 每樣大笑了吳進士的癡ᄒᆞ고 對那宰相ᄒᆞ면 只得暗笑了吳進士癡러라

噫라 這奴兒對那宰相에 何故로 不能大笑ᄒᆞ고 只得暗笑오

盖吳進士ᄂᆞᆫ 雖癡ᄒᆞ고 魚福孫은 雖點ᄒᆞ나 一是主오 一是奴라 對那宰相ᄒᆞ야 若笑吳進士ᄒᆞ면 奴謗主人을 其誰肯信이며 且這奴兒의 來見了那宰相이 非敢求一般勢力ᄒᆞ야 壓倒了吳進士며 非敢要一個官啣ᄒᆞ야 駕出了吳進士라 我只有一張所懷草ᄒᆞ니 這所懷ᄂᆞᆫ 是何오 只是某年某日에 曾向吳進士ᄒᆞ야 請自己贖良ᄒᆞ다가 被了一張唾叱ᄒᆞ고 銘心刻骨에 已有了許

多歲年이라

如何這癡生은 迷信了世奴二字ᄒ야 以人爲畜에 終不肯放手ᄒ고 如何這點奴ᄂ 憤恨了主人一叱ᄒ야 以譎爲技에 終不肯回頭ᄒ니

聽泉子曰由此觀之ᄒ면 魚福孫之前後行事가 固多可誅나 未必非吳進士의 陋儒迂執이 不能打破奴主之域ᄒ야 以釀成其禍也니 噫라 凡我國內에 養蓄奴婢之人은 不可不三復此文이니라

這奴兒의 來見那宰相은 不是別意思라 只願借那宰相一言ᄒ야 要自己名字ᄂ 割出了奴籍ᄒ나 初來에 不是假做了兩班名色ᄒ면 無以通謁了那宰相이오 再來에 便說自己的根本ᄒ면 安知那宰相籍或怒或嘻리오 所以로費盡許多心力ᄒ고 用盡了許多機詐홈이니 這事ᄂ 且詳下文ᄒ고 今也에且說那宰相ᄒ리니 那宰相은 不唯今日之魚福孫之親密往來的라 卽亦昔日吳進士之朝夕問安的리라 (1906.11.19)

35

△且說吳進士ㅣ自成進士後로 卽出入那宰相門下ᄒ야 歲時歲饌과 間間苞苴오 甚至自己ᄂ 無憂樂이라 以那宰相的憂樂으로 爲憂樂ᄒ며 自己ᄂ 無喜怒라 以那宰相的喜怒로 爲喜怒ᄒ니 異哉라 吳進士的偏性傲氣가獨向了那宰相ᄒ야ᄂ 却如何這般消融인지(俗諺에 云호ᄃ 南村宰相이 遇了北村宰相ᄒ면 猶然換却了腸子ᄒ나니 況吳進士) 坐云則坐ᄒ고 立云則立ᄒ야 戰戰慄慄地對那宰相이로ᄃ 可歎是或字欺人數十年ᄒ야 銅章金印은 盡向了別人也去ᄒ고 自己ᄂ 尙不免忠州吳進士ᄒ니 吳進士ㅣ那得不冤抑麽아 空然那門首數行的告示로 謝了來客ᄒ더니 吳進士的奴兒魚福孫의 無難出入處를 却也嚇退了魚福孫的上典吳進士ᄒ니 吳進士ㅣ那得不痛憤麽아 雖然이나 吳進士ᄂ 尙今不知中이라 知之면 將若何오 讀者ᄂ 仔

細着眼的이다 這奴兒魚福孫이 藏了本色ᄒᆞ고 秘了蹤跡ᄒᆞ야 往來了宰相門下ᄒᆞ나 一邊躑躅念慮的狀態ᄂᆞᆫ 自是不能免的라 中夜依枕ᄒᆞ야 輾轉思惟ᄒᆞ다가 猛省得一法ᄒᆞ고 蹷然起坐道不可遲了로다ᄒᆞ고

翌日平明에 直走了那宰相宅ᄒᆞ더니 良久立了門外ᄒᆞ더니 忽聽得那宰相이 依枕(與上文之中夜依枕四字로 同이로ᄃᆡ 一是憂慮之枕이오 一是酣寐之枕이니 奚同乎哉아 然이나 一切境이 唯心造ᄒᆞ나니 使汝憂慮者ㅣ誰며 使汝酣寐者ㅣ誰오 一言以斷之曰非枕不同이며 非人不同이며 非境不同이라 唯爾心不同이로다) 作一聲欠伸道日已晚乎아 這奴兒가 明明認得了那宰相的睡覺了ᄒᆞ고 即掩面作了哭泣的貌樣ᄒᆞ야 嗚嗚咽咽的不已ᄒᆞᄃᆡ 那宰相이 猛聽得來有間ᄒᆞ더니 駭然推窓道不祥哉라 來哭者ㅣ何人麼아 魚福孫이 聽得了推窓的響子ᄒᆞ고 遂不住地大哭起來ᄒᆞ니 淚滂滂如珠落地ᄒᆞ며 故作哽咽的聲音ᄒᆞ야 向了那宰相前陳訴ᄒᆞᄃᆡ (1906.11.20)

36

△小人이 死罪로소이다 小人이 果然死罪로소이다 死罪로로로로로소소소소소소 語不分明ᄒᆞ고 但咽咽地哭來不住어늘 那宰相이 開了窓道攎爾頭ᄒᆞ라 爾是誰오 這奴兒ㅣ攎了頭ᄒᆞ며 哭哭道小人이로소○○○ᄒᆞ고 攎來頭어늘 那宰相이 視之不是別人이오 這便是三第一的魚福孫이라 那宰相이 不勝驚訝ᄒᆞ야 愕然道魚君아 魚君아 爾爲甚麼緣由ᄒᆞ야 作此光景來오 魚福孫은 也只不管ᄒᆞ고 只管哭來로다 那宰相은 只是眼睜睜也開ᄒᆞ고 呆呆了看來ᄒᆞ더니 魚福孫이 泣涕漣漣ᄒᆞ다가 良久에 方纔止哭ᄒᆞ며 向前道小人이 果然死罪로소이다 那宰相이 道魚君아 作了甚麼死罪오 魚福孫이 道惶悚이로소이다 小人은 忠州古江村吳進士宅世傳奴子姓名叫魚福孫的가 便是로소이다 小人이 落地來로 緊抱得絕大難忘的寃恨ᄒᆞ와 苟可伸得了此恨

594

也 ᄒᆞ면 投之烈燄이라도 也不敢辭오 溺之深淵이라도 也不敢避오 稽首慈
雲大師前ᄒᆞ노니 莫生西土莫生天ᄒᆞ고 我只有一縷難解的衷曲ᄒᆞ니 只願解
得了這件이라 所以敢來大監尊前이오니 死罪로소이다 小人的名은 是福孫
이오 不是甲이로소이다 言纔訖에 又哽哽咽咽哭將起來어ᄂᆞᆯ 那宰相이 問道
吳進士的姓名은 是甚麼오 這奴兒ㅣ 也只不管ᄒᆞ더니 任渠哭一場ᄒᆞ고 方
纔恭恭敬敬地起立答道小人的上典吳進士ᄂᆞᆫ 是永字煥字的二名이로이다

那宰相이 聞得了吳進士的名永煥ᄒᆞ더니 首肯道然麼아 爾是吳永煥家奴
麼아 魚福孫이 道大監이 面得吳進士麼잇가 那宰相이 道豈惟面이리오 十
餘年를 無一日不相接見的러니라 (1906.11.21)

37

△那宰相이 仍問道這廝가 虐待爾麼아 曰否로이다 這廝的兄弟們이 虐
待爾麼아 曰否로이다 這廝的妻子們이 虐待爾麼아 曰否로이다

那宰相이 再問道無人虐待爾也ㅣㄴᄃᆞᆫ 爾却爲甚麼事哭哭起來오

魚福孫이 道小人도 億萬人類之一이오나 不知父祖以上何時何代에 落
下了這坑塹인지 尺小之蠅도 屈伸任意ᄒᆞ며 枝樓之鷦도 飮啄隨分이거ᄂᆞᆯ
彼蒼者天이여 此何人斯온지 塊然此七尺之軀가 便非我所有라 呼我以爲
牛에 應之以爲牛ᄒᆞ고 呼我以爲馬에 應之以爲馬ᄒᆞ야(鄭康成的婢가 能解
毛詩러니 吳永煥之奴ᄂᆞᆫ 能讀莊子ᄒᆞ니 古今奇對) 言忠行篤ᄒᆞ야도 閭里殘
氓이 羞與爲朋友ᄒᆞ며 年高髮白ᄒᆞ야도 鄰家寸童이 呼之如儕類ᄒᆞ며 甚則
或受了某宅書房主의 無情之撻楚ᄒᆞ며 又甚則或被了某宅道令主의 不當
之責罰ᄒᆞ야 上典之外에 不知有幾百上典ᄒᆞ니 此生何處에 可以免此이올ᄂᆞᆫ
디 人或聞之ᄒᆞ면 必謂小人이 是僭越踰分的漢子라홀지나 大監如天之度에
一次念及ᄒᆞ소셔 天下에 豈有斯人麼잇가 世上에 豈有斯人麼잇가 所以로

小人이 冒死唐突了大監前ㅎ니

　小人이 死罪로소이다 小人이 雖愚魯이오나 豈敢妄犯威嚴이오며 豈敢掩
藏本色이리오만은 一來는 不如是면 不可承了儀顏이오 二來는 不如是면
不可按了警咳이라 所以로 有此一時的觸犯이오니 死罪死罪로소이다

　　聽泉子曰觀魚福孫之前後行事에 事事가 都令人髮竪者로딕 但以上
數欵에 自陳說爲奴之悲境ㅎ야 說得字字句句沈痛悲涼ㅎ니 嗚乎라 同
是人也로딕 或爲善人ㅎ고 或爲惡人은 天也어니와 同是人也로셔 或居
上等ㅎ며 或居下等도 是天乎아 詩에 云不以人廢言ㅎ나니 讀者ㅣ至此
에 毋忽畧過之어다

今日에는 生的도 是大監이오 死的도 是大監이로소이다 (1906.11.22)

38

△那宰相이 不勝惻隱道福孫아 我觀爾才器ㅎ니 眞可惜爲人之奴子了
로다

　魚福孫이 呑聲道居大監之地ㅎ야 山可移오 海可退라 大監이 乃曰可惜
魚福孫이라ㅎ시니 魚福孫은 從此讀解冤經이로소이다

　大監이 果然肯惜麽잇가

　那宰相이 道我第念之ㅎ리라ㅎ고 喚了家僮來ㅎ야 進甘紅酒飮了福孫ㅎ
딕 福孫이 却不摧辭ㅎ고 直飮到十餘回ㅎ더니 起身道小人은 醉矣라 退ㅎ
노이다

　那宰相이 首肯커늘 魚福孫이 起身홀식 音聲也哽咽ㅎ고 淚珠也滂沱ㅎ
야 正是拭却千行又萬行이라 那宰相이 尤不勝悶惻ㅎ야

　向魚福孫道福孫아 爾無然也ㅎ라 我第念之ㅎ리라

　魚福孫이 正要表一言感謝ㅎ다가 喉咽咽不能作聲ㅎ니 正是此中有深意

596

ㅎ나 欲辦已忘言이라 那宰相이 尤不勝悶惻ㅎ야

再向魚福孫道福孫아 爾無然也어다 我不忘之ㅎ리라(評曰不忘二字가 較第念二字에 有深)

魚福孫이 再要開口陳情ㅎ다가 又哽咽起來ㅎ야 只得再拜也退로다(評曰何不作初見之時에 一拜又一拜也) 且將這話ㅎ야 姑一筆閣下ㅎ고 轉向吳進士身上說去ㅎ리니

一自那宰相이 謝客不見以來로 這吳永煥이 雖不敢入那宰相的門內一步ㅎ나 旣是這門下多年出入的蹤跡이라 安能將那宰相家一切大小等事ㅎ야 頓付之忘域이리오 是故로 一邊에는 野俗的想이오 一邊에는 嚮往的念인듸 幸賴那宰相門下緊客에 不在逐中的가 尙有朝朝夕夕에 聲氣相通ㅎ니 由此一件ㅎ야 頗不寂寞터니

那宰相門下에 有姓柳的一人ㅎ니 是吳進士莫逆的友인듸 是日也(是日은 何日고)에 將一封書傳致于吳進士어늘 吳進士ㅣ接而視之ㅎ니 封皮面에 但大書急急開坼四字라 忙手坼閱ㅎ즉 除煩ㅎ고 但將魚福孫의 初來變名魚甲ㅎ고 自稱三第一ㅎ며 後來에 大哭一場ㅎ고 吐出了胸中多少情事ㅎ던 前後光景을 一一陳說去ㅎ얏는듸 其末에 便道此奴가 必亡君家라ㅎ지라(評曰吳進士가 若肯放釋也,ㄴ듸 這奴가 何足以亡人之家오) 吳進士ㅣ讀來未半에 眼熱熱火上ㅎ고 手戰戰不已ㅎ면서 (1906.11.23)

39

△以足頓地道將奈何오 這奴兒를 將奈何오 這奴兒的祖也도 是忠奴오 這奴兒的父也도 是忠奴어늘 這奴兒는 是何等厲氣에 鍾出麽오 我亦數十年來風磨雨洗的로서 被了這點奴(至此에 始認得點否아)의 瞞過至今ㅎ니 何面目으로 立於世리오

再嘆了一口氣道我何用自苦如此리오 將這奴兒名字ᄒ야 割出了奴籍ᄒ고 從今以後로난 彼爲彼我爲我ᄒ야 這奴兒난 無將吳永煥叫做上典ᄒ며 吳永煥은 無將這奴兒認做家奴ᄒ고 但作行路人一般ᄒ면 便是萬事淸楚라 我何用自苦如此리오만은 我但惜這大監이 中了點奴的蠱惑ᄒ야 敗了自己 的名(評曰何其多事也오 皺盡了一池春水달干卿甚事오)ᄒ고 亂了人家的 事(評曰爾不管這奴兒ᄒ면 這奴兒가 雖有大魔術이나 那得亂爾家事리오)

如此自歎自歌ᄒ며 咄咄書空ᄒ다가 忽然瞋目攘臂ᄒ며 拍案蹶起道我亦 稟命爲丈夫ᄒ고(這奴兒난 獨非丈夫麽) 承家爲班種ᄒ야 寧死언정 豈忍坐 視了幺麽奴兒의 飛騰自由리오 如此면 何以對妻子며 何以對朋友리오 我 雖孱弱書生이나 那堪他人의 都叫我無腸公子리오 縱使我吳永煥全家로 葬盡了古江村龍潭(潭名)裏巨魚腹中(嗚乎此數句가 竟作言讖)ᄒᆯ지라도 決 不任這奴兒의 揚尾吐氣也自得ᄒ리로다

提起來一個木枕ᄒ야 依着門立道噫, 這奴兒가 今日에 絶命了ᄒ리로다 擊虎不急ᄒ면 反爲虎噬ᄒ나니 留下這奴兒라가 安知他日에 亡秦者ㅣ不是 胡也리오 爾如今에난 猶是吳永煥的家奴라 爾今夕入來ᄒ야도 平生不肯的 小人二字가 將由爾口中出이오 擧口欲呑的上典冤讐가 猶令爾低首庭下ᄒ 리니 我從此時ᄒ야 呵叱一聲ᄒ고 放將這條木枕에 中碎他頭腦ᄒ야 像了 朱亥力士의 擊殺晉鄙的四十斤鐵椎ᄒ면 他雖蚩尤的銅鐵頭額이라도 也應 片片粉碎ᄒ고 直待了七竅流血也死ᄒ리로다

又黙黙想去了良久ᄒ더니 下了木枕ᄒ며 搖了頭道險些兒誤了로다 聖人 이 云ᄒ샤ᄃᆡ 小不忍則亂大謀라ᄒ시니 用心除去了這奴ᆫ딘 不患無策이어 늘 何必作此危想에 更勞我自將擊之리오ᄒ고 戰戰兢兢地汗出如漿ᄒ며 算來算去ᄒ난ᄃᆡ (1906.11.24)

598

40

△猛聽得一人이 植立庭下ᄒ며 高聲道進士主ㅣ何念之深이니잇고 吳進
士ㅣ右手에 提了木枕ᄒ며 口中에 含了烟管ᄒ고 萬念이 徘徊에 且坐且立
ᄒ다가 斗然驚覺ᄒ며 落下了烟管ᄒ고 出門道老丈이 日來에 安寧ᄒ니잇가
侍生은 別無所念이로소이다 何故로 不上堂來ᄒ시고 駐立庭下ᄒ시ᄂ잇가
ᄒ며 正要倒屣下迎ᄒ더니 但見那人이 惶忙伏地道進士主ㅣ老妄應잇가 何
故로 忘記了小人이니잇가 吳進士ㅣ見得這貌樣ᄒ고 方再定睛看來ᄒ니 不
是別人이오 乃魚福孫이라 吳進士ㅣ紅潮滿面ᄒ며 只得粧撰道乃爾歟아
我ㅣ年來에 偏添了眼暗症ᄒ야 每每錯認了他人ᄒ니 噫라 爾上典은 不過
早晩間黃泉客이니 只願爾爲進士及第ᄒ야 睥睨了三韓甲族ᄒ면 我魂魄也
起舞ᄒ리라 這數句語에 直嚇得魚福孫의 大驚小怪ᄒ야 再不敢作聲ᄒ고
只得怏怏退出ᄒ야

開了自己宿處的房門ᄒ며 長吁了一聲ᄒ다

入了房ᄒ야 飜身落下了房中ᄒ며 再次長吁了一聲ᄒ다

以掌拍地道此生이 何罪오ᄒ면셔

黙黙瞑目也坐ᄒ더니 自門外로 衣影이 婆娑ᄒ며 履聲이 卓卓커늘 從門
隙觀看ᄒ니 是上典主吳進士ㅣ出去了라 尤不勝嗟訝道有甚麽事오

依枕長臥了ᄒ니 萬想이 塞胸이로다 我的往來了這宰相門下를 吳進士
ㅣ已知得麽아 知之면 將奈何리오만은 人不言이면 鬼不知ᄒ나니 誰將我的
蹤跡ᄒ야 漏洩了(杜詩云漏洩春光有柳條라ᄒ니 漏洩者ㅣ非柳姓應아) 這
廝耳中고 這廝的喪精失魂에 數十年庭下的奴兒魚福孫을 如此錯認도 一
可疑오 忽然將進士及第天上的物ᄒ야 爲畜奴發大慈悲도 二可疑오 馬也
도 不騎ᄒ며 俺也도 不帶ᄒ고 秘密獨出了가 尤可疑로다 我不慮他漏洩이
오 我不懼他恨怒나 知彼知己라야 百戰百勝ᄒ나니 只任他認得了我的蹤跡
ᄒ고 我不曾探得了他的動靜ᄒ면 雖曰牛遂不破的事라도 安得無後來噬臍

리오 (1906.11.26)

41

△這奴兒가 如此懷了鬼胎ᄒ고 恨恨不已ᄒ다가 突然推枕道我ㅣ得了로
다ᄒ고 直走了某洞柳生家ᄒ더라

且說那柳生이 目擊魚福孫的前後事狀ᄒ고 雙炷火가 自眼中突出이라
向使吳進士로 初不生面的路人이라도 有可助一臂之力인딘 不避艱險ᄒ고
左右周旋ᄒ려던 況吳進士ᄂ 是自己의 如膠如漆的情友라 豈忍作隣家火
灾에 不肯分一盆水的羌虜人心이리오 爲先將這件消息ᄒ야 汲汲通寄ᄒ고
像了歲暮行客의 歸家的貌樣ᄒ야 忙忙馳還了本第ᄒ니 日已西沈矣라 入
門歎一口氣道綱常이 壞矣(是堯舜所敷之五典歟아 是三代所明之五倫歟
아 柳生이 誤讀書乎ㅣ져)로다 依了枕ᄒ고 左思右想호딘 這奴兒를 將奈何
오 這奴兒를 將奈何오 嗚乎吳進士여 爾與我가 非尋常交分이언만은 我將
何以求爾오 念之再三ᄒ야도 終不似他人家事로다하고 呼了家奴(柳生家奴
ᄂ 不似吳進士家奴否아)道萬童아 爾向前店去ᄒ야 沽了一壺酒來어다 萬
童이 道曉得이로소이다만은 前店酒姑가 移舍向他處去了로소이다

怒甲移乙은 自是人情常態라 柳生이 只爲這魚福孫的事ᄒ야 也帶了磨
拳撑掌的氣ᄒ고 怒騰騰也坐라가 聞得這萬童의 適纔所言ᄒ고 只道是推
避라ᄒ야 不覺拍案大叱道這漢這漢千妖萬惡的這漢, 爾脚痛麼아 爾體重
麼아 爾亦兩班麼아 爾亦三第一麼아 東門外에도 必有一酒家오 西門外에
도 必有一酒家오 南門北門外에도 必有一酒家오(評曰北門外에야 那得有
酒家오 豈謂北門外之十里二十里地否아) 門外門內八萬長安百萬家에 不
乏了幾百酒家라 纔出了大門十餘步에 處處旗燈이 多如滿天星宿ᄒ니 是
豈皆豆粥家歟아 是豈皆肉水湯家歟아 某洞兵判大監이 竝許爾脫出奴籍

600

否아 魚福孫은 姑舍ᄒ고 爾縱是龍福孫이라도 我不如吳進士의 屛弱ᄒ리니 爾不信爾上典의 視爾如腐死狐雛否아ᄒ며 拳坼流血了토록 拍案不已ᄒᄂ 디 猛聽得門外一聲咳唾로다 (1906.11.27)

42

△柳生이 大聲道誰歟오 咳唾者여 今世上에ᄂ 許多可畏之人이라 自家手下的僮奴輩도 莫不爲虎爲狼에 爭來噬我ᄒ나니 來者ㅣ誰也오 我不願我不願이로라

這咳唾的ᄂ 是誰오 是吳進士라 吳進士ㅣ憤恨了魚福孫ᄒ야 撑滿肚氣로 熟視不見泰山高ᄒᄂ디 這奴兒的前來問安을 錯認了柳生的老從祖某氏의 特來委訪ᄒ고 正要握手慇懃에 苦訴了自己的所遭ᄒ다가 老年花似霧中看이라 誰知這可敬可仰的柳生員이 猛看是可痛可憎的魚福孫이리오 直待這奴退出ᄒ야 黙想了一回ᄒ더니 自問自答道兩人이 一心에 其利斷金ᄒ나니 我何不走往了柳生家一遭ᄒ야 商議了一次리오ᄒ고 一節獨出ᄒ야 走訪了柳生홀시 纔及門에 咳唾一聲ᄒ더니 被了柳生의 一句槍白ᄒ고 不覺泫然出涕道柳君아 爾亦薄待了吳永[5]煥麽아 炎涼世態가 變幻無常이라ᄒᄂ달 爾胡忍若是오 只爲我의 失了那宰相的歡心ᄒ야 奴僕이 不以我爲上典ᄒ고 朋友가 不以我爲朋友ᄒ니 將亦妻不以爲夫며 子不以爲父로다 爾胡忍若是오 柳生이 見得是吳進士ᄒ고 瞿然驚起道噫라 吳君歟아ᄒ고 欣然握手ᄒᄃ 吳進士ㅣ方知柳生的這一怒가 元來有爲而發이오 不是厭惡了吳永煥如此라 只得收涕道吾家事를 將奈何오 柳生이 道不必勞焦오 且待商議라ᄒ고 再喝了萬童ᄒ야 速速沽酒來ᄒ라ᄒᄃ 那萬童은 一時無情之

---

5) 永: 원문에는 '泳'으로 나와 있으나 의미상 바로잡음.

責에 垂頭立了ᄒ다가 何幸吳進士主入來ᄒ야 號令이 稍霽ᄒ고 沽酒來一句가 便似九重天上에 赦書下來라 不敢再請了沽酒價錢ᄒ고 典了周衣一襲ᄒ야 買將一壺酒也來홀식 不敢躕躇中路ᄒ고 忙忙歸來ᄒ더니 何言之多인지 房內兩個生員主ᄂ 挑燈促膝에 畳畳話不絶ᄒ고 誰家之子인지 門外一個突鬢漢은 獨往獨來ᄒ며 密密地傾耳窺聽ᄒᄂ도다

　萬童이 不勝驚疑ᄒ야 故發了一聲咳唾ᄒ듸 這突鬢漢이 瞥然擡頭來ᄒ더니 飛也似走去ᄒ더라 (1906.11.28)

　　　43

　△萬童이 進了酒道這門外漢이 是何人麼잇가 柳生이 瞿然道門外에 有人麼아 萬童이 道門外에 有何許漢이 往來若竊聽者라 被小人의 咳唾一聲ᄒ야 去如脫兎ᄒ더이다 柳生이 起了身開了窓ᄒ며 大發驚訝道這不是魚福孫麼아 倘被這奴兒의 一一竊聽ᄒ면 甚麼是好오 這又是狼狽了로다ᄒ며 顧了萬童道萬童아 爾胡如是輕率고 爾若故意不顧那門外漢하고 暗暗入來通寄러면 我可以明明認得這奴兒홀걸 吳進士ᄂ 搖頭道否否라 這奴兒가 何由得到此리오 必然是過去行人이지 柳生이 嘖舌道每事를 如此魯莽ᄒ면 安得不寒心이리오 君且思之어다 這若是都無關係的人이면 如此夜深에 那肯徘徊于門外리오 是ᄂ 不必實一點疑ᄒ고서 直可認得出魚福孫的어날 却道是過去行人麼아 這奴兒가 非鬼非神이니 那能認得吾輩兩人에 聚此處談此事ᄒ야 直來竊聽ᄒ리오 柳生이 道這奴兒가 無此一段的敏性이면 何以得點奴的名이리오 但以吾輩兩人的慧竇로ᄂ 與這奴兒易地以處ᄒ면 固不能見得及此어니와 子非魚라 安知魚리오(吳進士ᄂ 何不答之曰 子非我어니 安知我之不知魚) 他姑無論ᄒ고 君은 幾年來那宰相門客으로 一朝에 無故被逐ᄒ고 這奴ᄂ 當初八面不知的漢子로 一見那宰相에 愛之

如手足ᄒ고 待之如朋友ᄒ니 這奴兒的才氣가 若非勝吾輩十倍的면 那得如此리오 君이 如今에도 視魚福孫을 尚以舊日之奴兒否아(評曰柳生이 得之矣로다 雖然이나 明知魚福孫之不可視以奴兒ᄒ고 必欲以待奴兒之法으로 待之ᄂ 何也오 亡六國者ᄂ 非秦也라 六國也오 滅秦者ᄂ 非天下也라 秦也라ᄒ나니 噫라 豈魚福孫之亡吳進士乎아 抑吳進士之亡吳進士乎아 此ᄂ 看官의 所當自擇이어니와 無論魚亡吳吳亡吳ᄒ고 即柳氏도 不能無責於其間焉耳로다) 吳進士ㅣ 道然則奈何오 柳生이 道君且退矣어다 容再思之ᄒ리니 君은 但其善察這奴兒的動靜以來(評曰吳進士가 何術로)ᄒ오

44

△吳進士ㅣ與柳生으로 兩兩商議到夜深에 竟不得段落ᄒ고 席散歸了ᄒ야 過了門廊(문ᄉᆞᆨ방)ᄒ다가 一條窓光에 燈影이 爛熳커늘 從窓隙窺視(奴善竊聽ᄒ고 主善窺視ᄒ니 的對로고)ᄒ니 見得這奴兒가 磕頭打睡에 臥在黑甛鄉中이라 暗暗叫喜道果然不出吾料(善料)로다 看得這奴兒의 困睡如此ᄒ니 認得這奴兒의 不曾來彼로다 這奴兒가 苟聽得吾輩的說話면 那能無思無慮히 闔眼睡去리오ᄒ고 入了房ᄒ더니 解了衣就寢道我有柳生이라 何憂這奴리오ᄒ니 嗚乎라 吳進士ᄂ 竟不知這奴兒의 明白聽得了爾兩人的說話ᄒ고 却來作假寐了로다 因事雜文擾ᄒ야 中間的一段緊話를 許久闊過ᄒ얏스니 讀者아 得不悶鬱ᄒᆞ아 今且順勢說及ᄒ리니 當初魚福孫이 向了那宰相ᄒ야 陳說衷曲的時節에 左諦右視ᄒ야도 都無一個的作了不平思想者ᄒᄂᄃᆡ 唯獨那宰相手左에 何許長髯的客(柳生之長髯은 從魚福孫口中補出ᄒ니 是省文)이 眼交黑白ᄒ고 面幻青紅ᄒ며 兩唇이 乍開乍闔ᄒ니 異哉라 爾與我가 自來無怨亦無恩이니 我哭我歌가 干爾甚事이완ᄃᆡ 爾

却來如此作不緊想고 我來看吳進士的怳忽情態ᄒ야도 認得這廝의 已有所通寄오 再看了吳進士的秘密出入ᄒ야도 認得這廝의 已有所相招(柳生이 未嘗相招ᄒ니 此ᄂ 魚福孫의 誤解)로다 我往探之ᄒ리로다ᄒ고 潛躡了吳進士的後ᄒ야 直到了柳生家ᄒ니 何幸這廝的接賓室이 向路傍開了小窓ᄒ야 尤好竊聽得這廝兩個의 促膝的說話로다

這兩個의 附耳密密的計議를 我縱不能明明白白地聽得이나 我本聞一知十이라 大畧揣得컨ᄃᆡ 但道是那宰相的第二令郎이 性禀이 太峻ᄒ야 遐鄕土班이 稍示倨傲的樣子라도 尙不能忍住肚氣ᄒ야 往往喝退了許多ᄒ얏스니 若用了一條妙計ᄒ야 使之厭惡了這奴兒ᄒ면 這令郎이 自然諫勸了那宰相ᄒ야 使之退逐了這奴兒케ᄒ리니 然後에 結果了這奴兒的性命ᄒᆫ달 誰敢問我리오 這妙計ᄂ 非他라 這令郎이 好賂ᄒ니 將了吳進士的南昌(忠州地名)農庄三十斗落ᄒ야 獻了這令郎ᄒ면 事當成就了라ᄒ거날 魚福孫이 道休矣어다 空然白失了爾農庄ᄒ리라ᄒ고 正待曳履歸了라가 被了萬童의 咳唾一聲ᄒ야 急步로 倒走來ᄒ야 入了房假寐ᄒ더니 (1906.11.30)

45

△吳進士ᄂ 只由人이 都道這奴黠ᄒ야 只得隨口道這奴黠이라ᄒ나 却未曾到底認得如何是黠이라 所以로 見得這奴兒의 假寐ᄒ고 只謂這奴의 熟睡라ᄒ야 翌日에 柳生이 問及這奴兒의 竊聽也曾不曾ᄒᄃᆡ(問諸吳進士ᄒᄂ 柳生도 亦癡로다) 吳進士ㅣ 答ᄒ되 昨夜에 歸探了動靜ᄒᄃᆡ 這奴兒 兩鼻孔에 但聽得雷聲이 擾亂ᄒ니 是未曾竊聽來가 也却分明ᄒ더라 柳生은 吾斯之未能信이라ᄒ나 吳進士ᄂ 也不實一點疑ᄒ고 却也書托了自己的長子ᄒ야 向日의 金護玉惜ᄒ던 一座農庄을 寧歇價라도 放賣也來케ᄒ니 誰知這奴兒의 已自明明探得에 却也用計恢恢리오

桂巷稗史氏曰異哉라 風聲習氣之膠結人心也여 今也에 將無情之偎儡綯索ㅎ야 一人이 俯伏而禱祝之曰此神聖神聖이라ㅎ면 二人焉以至三人四人ㅎ야 駸駸焉以至千人萬人而神聖之라 既神聖之면 雖有武丈夫라도 不敢遽然蹴踏焉ㅎ나니 嗚乎라 何其愚也오 男有配ㅎ며 女有偶는 天之所定也어날 迂禮謬習이 一束縛之에 全國孀婦가 墮在地獄矣오 賢者在位ㅎ며 不肖者在下는 理之所命也어날 門閥陋見이 一裁制之에 許多英才가 骨朽空山矣니 是遵何道也오 盖其始也에는 即猶有歎之者惜之者悶之者恨之者라가 及其久也엔 習以爲常矣며 習以爲當然矣니 既以爲常ㅎ고 既以爲當然矣라 故로 有從此地獄中出者ㅎ면 於是乎駭然群起而擠之曰爾는 地獄中人生이라 當從地獄中生活이오 不可擡頭見了我天日이라ㅎ나니 噫라 此는 風聲習氣之所點染에 迷信而不能自脫故也로다 昔에 衛靑이 起於人奴ㅎ야 官至大將軍ㅎ니 今不可以奸妖之魚福孫으로 僭擬古人이나 吳永煥之沮害魚福孫은 固非以其奸妖라 憤其以奴而脫奴也니 試念本來面目ㅎ면 孰爲主孰爲奴오 雖然이나 吳氏가 猶可어니와 柳生이 尤怪로다 無徒曰福孫之可誅哉어다 (1906.12.1)

46

△且說那宰相的胤郎이 有二件酷好的ㅎ니 縱是捨得自己的性命이언정 倒不肯捨了這二件ㅎ나니 這二件은 是何오 曰好賂오 好色이라 只爲這二件ㅎ야 那一身에 有二箇綽號ㅎ니 一個는 是臭錢狗오 一個는 是色中鬼라 既好賂ㅎ고 又好色ㅎ나니 假令一銅山이 在左ㅎ고 一西施가 在右흔딕 苟要那宰的允郎ㅎ야 直說道二者를 不可得兼이니 君請擇其一흐라ㅎ면 其將取銅山乎아 其將取西施乎아 噫라 銅山도 也好ㅎ고 西施도 也好ㅎ나 我却是宰相之子며 宰相之孫이오 先正의 後裔(地閥也好)라 男兒何處乏黃金이

리오만은 恐美人兮遲暮라 我必取西施라홀지니 是以로 他得臭錢狗的綽號
는 知者는 知ᄒ고 不知者는 不知어니와 他色中鬼三字는 下至閭巷間婦人
童子ᄭ디라도 無人不知ᄒ니 叫提了他的姓名ᄒ면 或瞠目相顧ᄒ야 再問他
是誰로딕 但道色中鬼三字ᄒ면 莫不點頭道唯(응)他是那宰相之第二子라
ᄒ더라

　這色中鬼가 果然是名不虛得이라 但有美人二字가 打過耳朶ᄒ면 使他
是天上地下也在라도 也應窮索去ᄒ나니 況不在天上地下的며 使他是貴家
或良家的女라도 也應千巧百計去取他ᄒᄂ니 況不是貴家良家的女子리오
所以로 東舍에 看花發ᄒ고 西隣에 問酒熟ᄒ야 正是

　黃金不惜買娥眉 歌舞敎成心力盡이나 可惜飛燕이 太瘦ᄒ고 玉環이 太
肥ᄒ야 閱盡了許多萬千的蠔首蟬鬢兒로딕 都無一個兒投着我眼孔的러니

　何幸天賜了奇緣ᄒ야 却得靈犀相照的友人이 爲我來報好消息ᄒᄂ딕

　這友人이 來訪了色中鬼라가 寒暄纔了에 汲汲問道爾曾見眞介美人麽아
這色中鬼가 歎一口氣道美人美人이여 何處에 有美人麽아 我曾忘寢廢食
ᄒ야 探得這一件事로딕 世無其人인지 我無其緣인지 人言是美人이로딕
我見不是美人이오 昨見美人이로딕 今見不是美人이라 窈窕淑女(此四字가
大不着題)를 寤寐求之ᄒ야 焦盡了靈臺主人ᄒ고 勞盡了孔方賢兄이로딕
至今十許年에 未見得一美人이라 今有說西子復生ᄒ고 楊妃再世라도 我却
也不信ᄒ리라

　那友人이 莞爾一笑ᄒ더니 不慌不忙ᄒ고 將那美人說來ᄒᄂ딕

(1906.12.3)

　　47

　△那友人이 一聲長吁道爾曾前的所見은 只是莫毋濃粧이오 無鹽施粉이

라 可惜那枉畫了娥眉로라

色中鬼道爾所見은 果何如오

那友人이 再一聲長吁道我有筆不能畫오 我有詩不能贊이라 我見他時에 只覺兩眼烟霧로 矇朧地見他ᄒ고 我迷黯精神으로 怳忽地見他ᄒ니 我安得形容他리오 我只將李淸蓮淸平調二句詩ᄒ야 爲爾誦之호리니 若非群玉山頭見이면 正是瑤臺月下逢이라 不得已形容他ᅵ딘 只是這樣兒니라

色中鬼가 促了膝近前道只恐爾慌言이로다

那友人이 正色(非正色之語)道我豈曾慌言麼아 我不曾向爾求官爵來오 我不曾向爾求錢財來라(眞言否) 只爲爾是風流漢子라 向爾讀解冤經來어늘 爾却謂是謊言客가

色中鬼가 津津的流涎道這般可喜娘이 現在何處麼오

那友人이 是不在天涯的오 是不在地角的라 只與爾隔墻兒相對어늘 可怪爾不曾見이로다

色中鬼ᅵ道這般可喜娘이 叫做甚名고

那友人이 道是在昭陽殿裡에 當叫做燕燕的오 是在西廂記中에 當叫做鶯鶯的니 我不識他是甚名이로다

色中鬼ᅵ道爾母這般的問東答西ᄒ고 且說那名叫甚麼ᄒ오

那友人이 道爾可自揣得來어다 色中鬼道是紅蓮麼아 是秋月麼아

那友人이 掉頭道不是不是

色中鬼道是蘭香麼아 是翠翠麼아

那友人이 掉頭道不是不是

然則甚麼오 除却千紅又萬紅ᄒ고 提名單叫一枝紅흥딘 這色中鬼가 嗟訝不已道是蜀姬麼아 是越姬麼아 這般可喜娘은 只在我國內인딘 那曾不到我耳邊來오 楊家有女子太眞에 生長深閨人未識이라ᄒ니 是不是隱君子麼아 那友人이 道這不是隱君子로딘 只爲枝頭에 春尙早ᄒ야 蜂蝶이 到來稀라 所以로 尙不曾打得爾耳朶니라 色中鬼가 慌忙整着衣ᄒ더니 (1906.12.4)

△要那友人이 道爾肯偕我往一遭麼아 那友人이 呵呵道爾將我作後行麼아
將我作函夫麼아 第隨爾往ᄒ리라 童子아 提燈的어다 提了燈ᄒ고 一前一
後에 去叩了門ᄒ니 我來也晚이라 爾豈作海棠的睡去인지 我來也非晚이라
爾豈有鴛鴦的對浴인지 千呼萬喚不出來ᄒ고 但隱隱揣得門內孤燈影에 似
有人兩兩相對話로다

這却爲甚麼事오 只是一枝紅的眷眷服膺ᄒᄂ 魚福孫이 來坐也로다

魚福孫이 來訪了一枝紅ᄒ야 茶也도 未及喫ᄒ며 酒也도 未及吃ᄒ고 纔
得一握手致慇懃ᄒ얏ᄂᄃ

猛聽得門外에 何人來ᄒ야 剝剝啄啄的不已라 停了話端ᄒ고 傾耳聽得
來良久ᄒ더니 突然吃驚道呀誰歟오 莫不是色中鬼的聲音麼아

一枝紅이 嗟訝道色中鬼色中鬼這莫非某宰相的胤郞麼아 魚福孫이 道
正是正是라 爾曉得이로다 便起身道我ᄂ 去也리라

一枝紅이 道何必爲這廝ᄒ야 爾去也리오

魚福孫이 道否否라 我豈畏這廝며 我豈嫌這廝리오만은 我既有一件難便
的處ᄒ니 我ᄂ 去也리라

一枝紅이 道甚麼是難便處오

魚福孫이 道言之甚長이니 且待明日說向爾ᄒ고 我今去也리라

一枝紅이 道雖然이나 爾何必去리오 爾ᄂ 退藏了後房的어다

魚福孫이 低頭畧想ᄒ더니 道唯唯라ᄒ고 走後房去了ᄒ더라

一枝紅이 呼童出開了門ᄒᄃ 有了兩風流漢이 入來ᄒ니 一個ᄂ 是連日
慣面ᄒ던 某書房이오 一個ᄂ 是生面的나 聞名如見ᄒ던 爾色中鬼러라

某書房(則色中鬼之友人)이 指着了色中鬼ᄒ야 向一枝紅道爾ㅣ認得是
何人麼아 一枝紅이 低頭(作態)答道不知(故意)로소이다 某書房이 道是正

是某宰相之令郎이라ᄒ고 略將願見之夊心ᄒ야 替他說明ᄒᄂ디 此時에 這色中鬼가 定睛向一枝紅看來ᄒ니 (1906.11.5)

49[6)

△果然那友人的所言이 不虛로다 齒如含貝며 腰如束素오 美目盼兮巧笑倩兮라 我今日에야 初見爾美人이로다

爾芳齡이 幾何오

羅敷答使君호디 二十은 尙不足이오 十五ᄂ 尙有餘로소이다

爾解音律麽아

鳴箏金粟柱로 素手玉房前에 時時誤拂絃ᄒ나 周郎이 猶未顧로소이다

爾解詩麽아

新燕이 也解語ᄒ고 矯鶯이 也解囀이나 只願作逢迎詞오 不願作別離詩로소이다

一枝紅이 進酒來어날 那友人은 纔數巡了에 便起身道我有要事라ᄒ고 挽之不聽에 飄然出去ᄒᄂ디라

於時에 兩個가 歡握了ᄒ고 山盟海誓와 金言石約이 爾一句我一句에 經夜不休로다

誰知一個ᄂ 歡歡ᄒ고 一個ᄂ 喜喜ᄒ나 一個的歡喜ᄂ 是眞歡喜오 一個的歡喜ᄂ 是假歡喜리오

爾爲甚麽事ᄒ야 不作眞歡喜오 我不敢忘魚福孫이오 彼不能忘一枝紅ᄒ나니 這色中鬼야 果是何等物고

背面에 何無情이며 對面에 何有情고 對面時情이 亦是背面時情이나 背

6)『황성신문』에는 '四十'으로 그 연재 횟수가 잘못 표기되어 있어 바로잡았다. 이하 횟수도 모두 조정하였음.

面來에 增爾貌오 對面來에는 羡爾錢이니 使爾로 錢也도 無호고 貴也도 無러면 爾雖是色中的夜叉라도 我但叫如律令急急謝破阿흘지니 豈肯留爾宿了一夜리오

我願作兩袒女호야 東家食而西家宿호려호나 世間何事를 可得如此圓滿가

話也도 未盡호고 情也도 未洽호며 睡也도 未熟호야 紅日이 東昇來三丈커날

一盃酒로 相送罷호고 走出了後房호야 見了魚福孫호니

魚福孫이 微微地笑道爾如今에 始得佳偶麽아

一枝紅이 道爾嘲弄我麽아 人生衣食眞難事라 不及鴛鴦處處飛호나니 我所以冒廉沒恥에 無情的認作有情的가 只爲這一件難事라 若以這廝로 叫做一枝紅的衣飯椀則可커니와 認做一枝紅的佳配偶則不可니라

魚福孫이 道我는 終夜에 一邊懊悔호고 一邊歡喜호니 (1906.12.6)

50

△懊悔的는 爲甚麽事오 懊悔我千金美人이 任這色中鬼弄得이오 歡喜的는 爲甚麽事오 我且緩緩說去하려니와 卿憐我我憐卿하는니 爾能爲我하야 濟得一件事麽아

一枝紅이 道甚麽事오 死生契濶에 與子成說하야 生則同室코 死則同穴하리니 爾要我升得天入得地하면 是는 我ㅣ不能이어니와 我力的所及이야 我豈敢辭리오 爾第言之어다

魚福孫이 道可惜可惜이로다 一枝紅이 道甚麽事가 如此可惜고

魚福孫이 道爾肯濟我這件事하면 可惜一枝紅이 不知去作了誰家春色이오 爾不肯濟我這件事하면 可惜魚福孫이 不知竟作了何山冤鬼로다

一枝紅이 向前趞問道這是甚麼事완ᄃᆡ 却如此令人駭聽고 爾且說去的어ᄃ아 我鬱鬱不堪이로다

魚福孫은 也只不答하고 但長吁了一聲이로다

一枝紅이 再問道這是甚麼事완ᄃᆡ 爾如此不肯言고

魚福孫이 道我非不肯言이라 只是不堪言이로다

一枝紅아 爾道魚福孫이 是何人麼아

　一枝紅이 道我早知魚福孫이 是吳永煥的家奴호라

魚福孫이 道爾如此愛我하니 爾肯隨我去하야 作了吳永煥家的汲水婢兒麼아

　一枝紅이 道此事ᄂᆞᆫ 死也라도 不能이로라

魚福孫이 道若然也ᆫᄃᆡᆫ 我兩人的金盟石約은 爾不復記憶麼아

　一枝紅이 道此言은 死也라도 不忘하리라

魚福孫이 道雖然如此나 不忘何益이리오 魚福孫은 不能脫奴籍하고 一枝紅은 不肯入婢籍하니 東飛伯勞西飛燕이 何時에나 可合이리오 自古로 道配偶ᄂᆞᆫ 天排定이오 離合은 神指揮라하ᄂᆞ니 爾與我有緣하면 今日離라도 明日合하리니 夫何憂리오 且爲我濟得這件事하면 (1906.12.7)

51

△一枝紅이 見得那欲說不說ᄒᆞ고 再三問道這事가 甚麼오ᄒᆞᆫᄃᆡ 魚福孫이 將酒來解悶ᄒᆞ고 緊握了一枝紅手道天下可畏的ᄂᆞᆫ 是女將軍이라 西施가 亡夫差ᄒᆞ고 貂蟬이 殺董卓ᄒᆞ나니 爾能濟得魚福孫的事麼아 爾能濟得魚福孫的事麼아 爾果有意了ᆫᄃᆡᆫ 這是何難이리오 抱了腰道雖然이나 從此一枝紅은 非復我眼兒的一枝紅也로다 一枝紅이 不悶가 轉了臉向魚福孫道爾開口作斷腸語ᄒᆞ고 終不肯向我說가 魚福孫이 纔得將前後事狀ᄒᆞ야

痛說了一場ᄒ더니 復長吁道我與這柳生으로 前生에 未必有寃이오 此生에 不曾作讐이나 此是我眼中釘을 也不能不拔去라 爾肯濟了我事어던 須用了一條妙計ᄒ야 除去他一種怪酸兒ᄒ고 直待我沒有障礙ᄒ야 來去也淨淨地也好로다 一枝紅이 道這是甚麽妙計오 爾且說來的어다 魚福孫이 道一枝紅아 爾眞是如此癡呆아 抑爾胸中에ᄂ 自是明明白白地曉得他ᄒ면서 故向我作得如此癡呆的語句麽아 一枝紅이 道呀魚君아 我原是胸中的癡呆어날 爾却認口頭的癡呆아 無嘲我癡呆ᄒ고 且說妙計어다 魚福孫이 道這色中鬼가 却是何等愛爾오 一枝紅이 道恐只是一時風流蕩情으로 像了貪香狂蝶이 暫也留戀了路傍花枝라가 俄頃間에 又是倏然東西飛去了이니 豈由彼今日愛我ᄒ야 又認彼明日愛我리오 魚福孫이 道否否라 不然ᄒ다 這廝之綽號曰色中鬼니 可知是貪色性甚緊이라 以此貪色的性子로 是兩目不盲的인딘 必也不肯捨一枝紅이오 不唯不肯捨一枝紅이라 必也情死了一枝紅ᄒ리니 旣是爲爾情死ᄂ딘 必也言聽計從에 牝鷄司晨ᄒ리니 爾從此時ᄒ야 要逐退了這怪酸兒ᄒ고 濟得了魚福孫的事也ᄂ딘 眞箇臥食豆餠也一般이라 爾不肯이언정 肯也ᄂ딘 誰道難이리오 (1906.12.8)

52

△一枝紅이 愀然掩了面不答커날 魚福孫이 起了身ᄒ며 握了一枝紅的手道紅아

紅이 也只是不答이로다

接了一枝紅的臉道紅아

紅이 也只是不答이로다

放了手ᄒ며 悵然起立道紅아 爾終不肯濟了我事麽아 一枝紅이 嘆了一口氣道魚君아 魚君이 爲一枝紅死도 也不惜이오 一枝紅이 爲魚君死라도

也不惜이니 若是我力的所及인딘 死也不辭어니와 但可惜魚網之設에 鴻則罹之로다 魚福孫이 聞了此言ᄒ더니 再不打話ᄒ고 忙忙然出了門也去ᄒᄂ딘 也不曾一回首로다(就事荊卿이 不顧而去) 一個ᄂ 挽不來ᄒ고 一個ᄂ 推不去라 自是로 好像了鷄鶯同配的樣子ᄒ야 日未三丈에 說說笑笑로 來醒我甘睡的도 是這色中鬼오 月未東昇에 奔奔急急히 來叩我門子的도 只是這色中鬼로다

　連日無話ᄒ고 直待到爾情我誼가 密密熟熟的時候ᄒ야 纔說到這件事로다
　燈也闌ᄒ고 酒也熟ᄒ고 人也定ᄒ고 樓也寂ᄒ고 錦衾也暖ᄒ고 角枕也粲ᄒ딘 爾抱我持ᄒ고 情話也方濃ᄒ다가
　一枝紅이 忽然背臥了ᄒ며 撫膺長吁了一聲ᄒ다
　色中鬼ㅣ抱住腰道紅아 爾爲何長吁오
　　一枝紅○○○○
　色中鬼ㅣ轉着臉道紅아 爾爲不語오
　　一枝紅○○○○
　色中鬼ㅣ道紅아 我有喜事에 惟向爾笑ᄒ고 我有憂事에 惟爲爾煩ᄒ야 一嚬一笑를 惟爲爾一枝紅이어늘 紅아 爾却有甚麽事완딘 只是獨嘆獨愁ᄒ고 不曾向我說來ᄒᄂ다
　　一枝紅은 只是長吁也不已로다
　色中鬼ㅣ道紅아 爾要我黃金인딘 我有金如土ᄒ고 爾借我勢力인딘 我有燄如火ᄒ니 翻手爲雲ᄒ고 覆手爲雨라 爾不向我說甘說苦ᄒ고 只是長吁也甚麽意오
　　一枝紅은 只是撫膺也不休로다 色中鬼長吁(爾ᄂ 胡爲長吁오)道紅아

(1906.12.10)

53

△爾終不語麼아 爾終不語麼아 一枝紅이 哽哽咽咽的作聲道我豈肯不語리오만은 我不向爾說에 只是斷我腸이어니와 我旣向爾說ᄒ면 幷是斷爾腸이니 爾休問이어다 我不語ᄒ리라 色中鬼道病要向人說이오 冤要向人訴니 爾向我說時에 安知無一件好道理리오 紅아 爾說的어다 我堅要知ᄒ노라 我見爾如此ᄒ고야 爾不向我說ᄒ야도 也斷我腸이오 我不向爾問ᄒ야도 也孤爾情이니 紅아

一枝紅이 道我不難說이어니와 無益이라 只添得爾惱ᄒ리로다 色中鬼道爾向我說ᄒ면 是減得我惱어니와 爾不向我說ᄒ면 反添得我惱니라

一枝紅이 起坐了ᄒ며 淚頻頻拭來ᄒ더니 道書房主아 書房主아

爾不能伸人之冤이언정 爾倘能憂人之憂否아

此一段憂ᄂᆫ 我至今獨憂獨恨的니 爾果能憂人之憂ᄒ면 我將此說去ᄒ리니 書房主아

色中鬼愕然道紅아 爾譖語麼아 爾欺我麼아 爾胡作無情之語也오

我已向爾道生死同歸오 憂樂同甘이라ᄒ니 這是何件事완ᄃᆡ 忍令爾獨憂리오 爾要褰裳投漢江江水去ᄒ야도 我ㅣ從之去也리니 紅아 爾如是不諒我心가

一枝紅이 道紅은 三歲에 失父ᄒ고 五歲에 失母ᄒᆫ 薄命的女子로소이다

色中鬼道然麼아 爾眞可憐娘이로다

一枝紅이 道自六歲로 養於外家ᄒ야 長於外祖母膝下로쇼이다

色中鬼道然麼아 爾眞可矜兒로다

一枝紅이 道天下無用的ᄂᆫ 女子로소이다

色中鬼道無女子면 無男子라 尋常的女子도 不可無커던 也誰道爾的無用가

一枝紅이 道天下殺無赦的ᄂᆫ 女子로소이다

色中鬼嚬眉道爾何言之迫切如此오 且爾有何無赦的罪아

一枝紅이 道殺無赦殺無赦라 殺無赦的女子는 單箇是一枝紅이로이다

色中鬼○○○○

紅이 無母ᄒ와 以外祖母로 爲母ᄒ고 紅이 無父ᄒ야 以外祖父로 爲父이
더니 撫我育我十數年에 也不能一時反哺하고 居然日迫西山ᄒ야 外祖父母
兩堂이 俱沒ᄒ시나 病不視藥ᄒ며 死不赴斂ᄒ고 三年內不問이오니 無用
的女子오 殺無赦[7]的女子로소이다ᄒ고 (1906.12.11)

54

△即放聲哭不住어늘 色中鬼ㅣ在傍慰解道紅아 自古로 道死者는 不可
復生이라ᄒ나니 爾雖哭得兩眼流血也라도 將何益이리오 紅아 止哭了어다
一枝紅이 哽咽作聲道我固知死者는 已矣라 焉知我苦리오만은 所不能忘者
는 我外祖父母ㅣ單單留下了一個孩子ᄒ고 奄忽去世이온즉 紅也的塵刹報
效가 只在這一個어늘 眞箇是無用的가 是女子오 死無赦的가 是女子라 這
一個的前途生死도 且未可知오 明日安危도 有未可期어늘 我不能隻手救
得來ᄒ고 眼睜睜地坐看他ᄒ오니 瓶之罄矣ㅣ惟罍之恥오 鮮民之生矣ㅣ不
如死之久矣라 父兮母兮여 胡爲生我오ᄒ고 言訖에 復大哭起來어늘 色中
鬼道這孩子는 是甚麼姓名이며 這前途는 是甚麼事件고 爾且說得來快快
어다 一枝紅이 良久에 收淚答道這孩子가 今已長成得大ᄒ야 剛纔三十多
小的年齡이오 有儀秦的舌辯ᄒ며 有荊聶的氣槪이온ᄃᆡ 不幸渠父渠祖의 地
處가 寒賤ᄒ야 生來로 受了人許多氣ᄒ고 至今落拓了ᄒ더니 何幸天高聽
卑라 即聞北村[8]某宰가 大發得佛菩薩的慈心ᄒ야 將這孩子愛惜得甚ᄒ며

---

7) 赦: 원문에는 '𥄉'으로 나와 있으나 의미상 바로잡음.

8) 村: 원문에는 '材'로 나와 있으나, 의미상 바로잡음.

交際得密ᄒ고 這孩子도 視那宰相을 如父母神明ᄒ며 仰那宰相을 如泰山
崎嶽ᄒ느니 早晩間東風이 借便ᄒ야 可憐落淵的花藥가 重得飛昇了光明
世界어늘 惜哉라 許多妖魔가 前遮後障ᄒ야 不惟飛騰을 難期라 彼千仞深
窂에 失足을 可慮이니 書房主아 怎麽得好오 嗟乎一枝紅은 是一箇無用的
女子로소이다 色中鬼聽得了一場에 早己猜得了八九分이나 不便說出ᄒ야
只得再問道 孩子姓名이 是甚고 一枝紅이 答道這孩子ᄂᆞᆫ 魚的姓이오 福孫
的名이로소이다 色中鬼點頭道唯唯라 是這奴兒麽아 然則所謂妖魔[9]ᄂᆞᆫ 莫
不是柳姓的人麽아 一枝紅이 嗟訝道然ᄒ이다 書房主ㅣ 從何聞知오 色中
鬼笑道這件事ᄂᆞᆫ 我比爾에 早己曉得了分明이니라 一枝紅이 問道誰向爾
說得如此詳細오 色中鬼微笑不答ᄒ더니 良久에 道爾所言北村某宰ᄂᆞᆫ 卽
吾家大監이니라 (1906.12.12)

55

△紅이 愕然近前然麽아 某宰가 果然是尊堂大監麽아 自古로 道死中得
活이오 絶處逢生이라ᄒ더니 正是道這件事로다 若然也ᄂᆞ딘 我安用自苦며
我安用憂愁리오 只是我有情的가 助得我一臂ᄒ면 海也도 可塡이오 山也
도 可移라 我幾多日滂滂涓涓的眼淚가 總是多事也流得來로다ᄒ며 坐了色
中鬼的膝ᄒ야 握了色中鬼的手道爾肯麽아 爾不肯麽아 爾肯救得這可憐
的人麽아 爾不肯救得這可憐的人生麽아 爾肯也ᄂᆞ딘 執子之手에 與子偕
老ᄒ려니와 爾不肯也ᄂᆞ딘○○○○ 色中鬼道我不肯不肯ᄒ노니 天尊地卑
에 乾坤이 定矣오 卑高以陳에 貴賤이 位矣니 魚福孫이 雖聰慧나 終是上
天定下的奴兒오 吳進士가 雖愚劣이나 自枯死不變的班骨이니 以常蔑班도

---

9) 魔: 원문에는 '摩'로 나와 있으나 의미상 바로잡음.

猶有罪어던 以奴逼主ᄒᆞ야 烏可赦리오 我奇爾愛爾ᄒᆞ나 決不由爾一人的寃
憤ᄒᆞ야 壞盡了數百年風化的大關이니라ᄒᆞ고 天然正色也坐어날 紅이 不勝
千萬落膽ᄒᆞ야 不敢再提話來ᄒᆞ고 轉身面壁ᄒᆞ며 將羅衫頻頻拭眼ᄒᆞ더니
凡數時㓮을 坐不動ᄒᆞ고 但聽得長吁短歎的聲이 續續接得來不絶이라 色
中鬼暗暗獨語道這奴兒的罪ᄂᆞᆫ 雖不可恕나 這娘兒的情도 亦不可恝이니
爲楚乎아 爲趙乎아 我計將安出고 既而오 又猛然自責道王侯將相이 本無
種子니 豈有定分가 魚變而爲龍ᄒᆞ고 川流而爲海ᄒᆞᄂᆞ니 物猶有然이어던
人何足怪리오 假使奴反爲主ᄒᆞ고 班降爲常ᄒᆞ야도 是我不關痛癢的라 我豈
由這件事ᄒᆞ야 負了我千金佳約이리오

　喚了一枝紅道紅아

　　紅이 不答○

　再喚一枝紅道紅아

　　紅이 不答○

　遂將手挽了一枝紅道紅아 爾謂我眞談麼아 爾謂我薄情麼아 我力的所
及에ᄂᆞᆫ 雖要我赴湯蹈火라도 也不辭어날 這是胡大事완ᄃᆡ 豈謂我不肯麼아

(1906.12.13)

56

　△且說吳進士ㅣ經營辦備的가 皆已清楚라 要柳生往見了臭錢狗ᄒᆞᄃᆡ
柳生이 即時起了身ᄒᆞ야 亟走了那宰相家ᄒᆞ더니 未謁大監主ᄒᆞ고 先入了
小舍廊ᄒᆞ야 開門道日氣가 甚寒이로고 入門道興石아 書房主ㅣ安在오 興
石이 道書房主ㅣ昨夜出去了ᄒᆞ시더니 至今未還이로소이다 柳生이 問道何
處去오 興石이 道不知로소이다만은 書房主ㅣ連數日夜를 或朝出暮歸ᄒᆞ시
며 或暮出朝歸ᄒᆞ시며 或昨日出今日歸ᄒᆞ시나니이다 柳生이 嗟訝道怎麼事

로 怎麽處去오 爾不曾曉得麽아 興石이 道未曾曉得이로소이다 柳生이 只
得道咄咄怪事라ᄒᆞ고 良久坐待了ᄒᆞ더니 頃之오 咳唾一聲에 外門的響子가
艾阿了ᄒᆞ니 認得了這臭錢狗來也로다 開了門커ᄂᆞᆯ 柳生이 欠身起立道日
來에 平安麽아 臭錢狗가 突然發聲(旣是狗也니 發聲則必콩콩)道平安平安
甚麽道平安, 爾向爾父에도 道平安이며 爾對爾祖에도 亦道平安가 爾本是
上無名祖ᄒᆞ며 下無顯祖ᄒᆞᆫ 一箇鄉谷柳同知의 子로셔 幸得出入이 兩班門下
ᄒᆞ야 揚眉吐氣에 據鞍顧眄ᄒᆞ니 爾所得이 莫非我兩班的恩이라 爾雖愚蠢
也莫甚이나 亦當思効萬一이어날 眞所謂奸臣이 忘國ᄒᆞ고 黠奴가 背主로다
柳生아 爾是何物件이완ᄃᆡ 敢向我單平安一句麽아 柳生이 不憤가만은 只
得袖手無言ᄒᆞ고 受得了許多氣ᄒᆞ더라

　　聽泉子曰色中鬼ᄂᆞᆫ 加柳生以叱咤怒罵호ᄃᆡ 柳生이 不惟忍受라 且事
之恭謹ᄒᆞ고 魚福孫은 尊柳生以父母上典호ᄃᆡ 柳生이 不惟哀憐이라 又
嫉之를 甚於仇讐ᄒᆞ니 斯其故ᄂᆞᆫ 何哉오 誠究解不得者也로다

　　臭錢狗ㅣ喝道柳生아 爾去ᄒᆞ야 無復來見我眼前的어다 柳生이 只得起
身退去ᄒᆞ며 仰天嘆一口氣道這事가 又狼狽了로다 (1906.12.14)

57

　　△看官이 讀至此에 定然道魚兒가 得雲雨에 向天飛騰이어니와 雖知時
來風送滕王閣ᄒᆞ고 運去雷轟薦福碑라 那宰相이 不是泰山이오 只是氷山
이니 皎日이 一出에 安能長久也得이리오 炙手可熱的勢力이 一朝傾覆ᄒᆞ
야 被罪遠配에 驅車出都ᄒᆞ니 春明門外即天涯로다

　　雖然이나 這機微를 吳進士도 也未知得하고 柳生도 也未知得이오 獨這
奴兒魚福孫이 知之라 魚福孫이 平生鬱結的恨을 定向他慈悲大監求解러
니 嗚呼歲星이 不照ᄒᆞ고 人事가 多變ᄒᆞ야 這大監이 雖恤福孫이나 我躬弗

閣이로다 晝不甘飯ᄒᆞ며 夜不甘寐ᄒᆞ고 等得來千百回ᄒᆞ더니 忽然蹶起ᄒᆞ야 携了枕子ᄒᆞ고 亟走吳進士面前道小人이 情願下去ᄒᆞ노이다 吳進士ㅣ不知 其由ᄒᆞ야 嗟訝道爾胡爲下去오 魚福孫이 道小人이 近得河魚之苦ᄒᆞ와 不 得不還鄕理病이로소니다 吳進士ㅣ訝甚ᄒᆞ야 不卽承諾ᄒᆞ고 直待柳生的來 訪ᄒᆞ야 將首末細說一遍ᄒᆞᆫ딕 柳生이 側着了頭子ᄒᆞ고 沈吟了良久ᄒᆞ더니 猛然想道我昨夕之所聞이 也必不虛로다 吳進士ㅣ問道爾何所聞고 柳生道 我昨夕에 偶從某人ᄒᆞ야 畧聽得那宰相的消息ᄒᆞ니 那宰相이 從今以後로 ᄂᆞᆫ 是西沒之日이라 每一刻에 一倍駸駸ᄒᆞ고 二刻에 二倍駸駸ᄒᆞ야 定像了 東流之水가 一去不還ᄒᆞᄂᆞ니 這奴兒가 莫非爲這件事麽아 吳進士ㅣ道果 有這件事ᄒᆞ면 這奴兒가 何必下去리오 柳生이 道是則不可臆解로딕 不然 이면 這奴兒가 定不要無事下去ᄂᆞ라

吳進士ㅣ亟問道然則將奈何오 (1906.12.15)

58

△柳生이 道爾若有些小能力에 可以處置他無憂면 將何以處這奴兒오 吳進士ㅣ弩目切齒道爾何用更問我오 我非無腸公子라 受得這奴兒의 許 多的氣ᄒᆞ고 豈不曾拔釖斫地에 求快一朝之忿이리오만은 乃鬱鬱忍得至今 ᄒᆞ니 苟有可乘之機와 可爲之道면 我早已結果了這奴兒ᄂᆞ라 柳生이 道若 然也ㄴ딕 爾何必自苦如此오 我說一件好道理ᄒᆞ리니 爾肯聽麽아 吳進士 ㅣ道爾有何說고 柳生이 道爾不敢任意操縱了這奴兒ᄂᆞᆫ 莫不是尙畏那宰 相的氣燄이 未盡漸滅麽아 吳進士ㅣ道然ᄒᆞ다 柳生이 道這奴兒가 一離此 地ᄒᆞ면 便是蛟龍이 出水라도 其死其生을 那宰相이 豈復肯下問了리오 吳 進士ㅣ擊節道爾言이 良是로다 到翌日에 這奴兒가 下職次拜辭了어ᄂᆞᆯ 吳 進士ㅣ便欺這奴兒가 是不識字的奴子라ᄒᆞ야 付去這奴兒ᄒᆞᄂᆞᆫ 家書中에

滿幅張皇的說話가 都是這奴兒可殺的罪狀이오 前後無嚴的事件이라 其末에 單道若不早早結果了此奴兒ᄒᆞ면 忠州古江村에 將見蓬蒿滿目ᄒᆞ리니 毋躕躇ᄒᆞ며 毋沉淹ᄒᆞ고 即日快下毒手ᄒᆞ야 以絶後患ᄒᆞ라 我는 當隨後下去ᄒᆞ야 觀汝的果從吾言與否ᄒᆞ리라 我非不欲趂今下去ᄒᆞ야 我手로 行此事ᄒᆞ려니와 但在京에도 亦有許多的未了事ᄒᆞ야 故此一書로 備言其故ᄒᆞ노니 全家上下가 將此書輪覽ᄒᆞ고 早絶禍根으로 爲計ᄒᆞ라 忽忽止此ᄒᆞ노라 寫訖에 投之庭下ᄒᆞ니 這奴兒가 將手奉上ᄒᆞ야 拾置了懷中ᄒᆞ고 再拜道進士主는 何時下來ᄂᆡᆺ가 吳進士ㅣ 道吾亦從此逝矣라ᄒᆞ고 再將盤纏若干兩ᄒᆞ야 投與了這奴兒ᄒᆞ니 (1906.12.17)

59

△魚福孫이 拜辭了吳進士ᄒᆞ고 出門歎一口氣道魚福孫은 其從此已矣로다 我豈不能南走越裳國ᄒᆞ고 西走天竺國이리오만은 我生에 既與這廝兒로 爲緣이니 誰興誰亡ᄒᆞ던지 誰生誰死ᄒᆞ던지 我ㅣ 如此鏖戰ᄒᆞ다가 豈可敗走리오 行至松坡江ᄒᆞ야 躕躇船頭ᄒᆞ며 捧出了這書角道此中에 何所有오 若不道杖殺了魚福孫이면 必然道劍斫了魚福孫이니 我雖不識字나 寧被這廝兒的所欺리오ᄒᆞ며 像了殷洪喬快濶的手氣ᄒᆞ야 付去了萬頃蒼波ᄒᆞ고 却也自手的諺書로 模倣了吳進士的字樣(評曰這奴兒가 不識漢字로딕 能解國文ᄒᆞ니 免得無識二字)ᄒᆞ야 寫得一封諺簡ᄒᆞ고 封皮에 大書吳進士本第即傳等字ᄒᆞ고 幷書某在某洞等字ᄒᆞ야 藏置了囊中ᄒᆞ니라

且說這奴兒가 歸了本鄕ᄒᆞ야 不曾先入了自己家中(評曰尙是奴子本態) 忙忙趂了吳進士本第ᄒᆞ야 向庭下拜道魚福孫問安ᄒᆞ노이다 小上典(即吳進士的子)書房主ㅣ 答道爾善來應아 進士主安寧應아 福孫이 道唯로이라 再問道進士主書信이 安在오 魚福孫이 將書角奉上커늘 坼而視之ᄒᆞ니 却闕

620

了一張寄兒書ᄒ고 只有一封諺札커늘 起入內堂ᄒ야 奉與渠慈看去ᄒ니 幷無他米鹽柴水等瑣瑣說話ᄒ고 單道魚福孫이 是忠奴오 奇奴니 夫人은 視之如兄弟叔侄ᄒ고 兒子은 尊之如父母師友호ᄃᆡ 無敢以奴子로 待之ᄒ라 我下去後에 期欲將吾嬌蓮玉ᄒ야 付與魚福孫ᄒ랴ᄒ노니 世間에 安有班常이리오 不失人道ᄒ면 不可謂常이니 安有奴主리오 德勝上典ᄒ면 不可謂奴라 美如陳平에 必無長貧之理ᄒ니 彼魚福孫이 豈是常爲人奴者哉아 我不以爲婿ᄒ면 他人이 以爲婿ᄒ리니 敎兒擇日以待케ᄒ라 云云ᄒᆫ지라 夫人이 看未半에 大驚失色ᄒ며 向兒子道汝父가 忽然失性ᄒᆞ아

(1906.12.18)

60

△原來吳進士ᄂ 他人的佛이오 自家的虎라 於朋友鄉黨間에ᄂ 當怒不能怒ᄒ며 當言不能言ᄒ야 恰似了活坐的銅佛ᄒ고 對了自家的妻子ᄒ면 終日咆咆哮哮發起喊來ᄒ야 擾亂得全家內外ᄒ고 煩惱得全家上下ᄒ니 所以로 他人은 視吳進士를 與天癡一般이로ᄃᆡ 家人은 畏吳進士를 與虎狼一般ᄒ야 罔敢去拂他性子ᄒ니 一拂來ᄒ면 咬盡牙齒ᄒ고 再拂來ᄒ면 破盡家産ᄒ고 三拂來ᄒ면 拳頭에 不知有妻子ᄒ며 四拂來ᄒ면 眼中에 不知有自己ᄒ니 這性子를 誰復敢拂來리오 所以로 他在家時ᄂ 姑捨ᄒ고 雖他在京的日이라도 那書札中에 但道某事ᄂ 若何措置ᄒ고 某事ᄂ 若何施行이라ᄒ면 一言이 未落에 星火擧行ᄒ더니 今也에 坼看了這書札ᄒ고 果不覺口呆目張이로다 在京十餘年에 只得此風疾ᄒᆞ아 我千金萬金嬌愛的女子를 豈可投與了這奴兒리오 常人이면 猶可어니와 況奴子며 他家的奴子면 猶可어니와 況吾家奴子에 魚福孫이리오 想一想來에 汗出沾背로다 再向兒子道汝父가 狂ᄒᆞ아 不是狂也닌ᄃᆡ 烏得有此言이리오 愛之如金ᄒ며 惜之如玉

ᄒ야 挽盡鬚也不顧ᄒ고 碎盡膝也不覺ᄒ야 我蓮玉蓮玉이라ᄒ던 這口中에
烏得有此言고 這不是小狂이라 是大狂이로다 既而오 又欵一口氣道平生這
愚蠢的性子로 在家號恫에 一言百諾ᄒ야 罔敢去拂他一番ᄒᄂ 故로 壓視
家人에 便沒有一毫周謹的意ᄒ고 心之所存이면 任意行去로다 雖然이나
這事야 我豈從이리오 我ㅣ死也라도 豈從이리오 兒子야 爾無向隣人親友ᄒ
야 或說此事어다 此何等的貌樣羞痛고 那兒子ㅣ道慈主아 我豈是三歲的
小童가 何必申托了此言이니잇고 然이나 慈主ᄂ 低聲的어다 恐或打過蓮玉
的耳子也去니이다 (1906.12.19)

61

△倉庚鳴矣에 蚕月條桑이라 夫人이 道蓮玉아 爾往某田去ᄒ야 摘桑來
的어다 蓮玉이 云曉得이로소이다 桂枝爲籠鉤에 提筐向陌上ᄒ더니

魚福孫이 猛見得來ᄒ고 暗暗地隨後趕去ᄒ야 闖入了桑田道小姐아 摘
桑來니잇싸 蓮玉이 道爾問得은니라

蓮玉은 是箇吳進士的長女라 現方二八芳齡에 容貌姿色이 亭亭裊裊ᄒ
야 迥非村家閨中的女子라 魚福孫이 撫心獨語道異哉라 瞽之子ㅣ舜歟아
鯀之子ㅣ禹歟아 這可憎可痛的吳進士로셔 那能産下得這般可喜的蓮玉小
姐麽아

向前道小姐아 誰遣小姐來摘桑麽니잇가 蓮玉이 道夫人的命이니라 魚福
孫이 道有小人ᄒ고 有小人的妻어ᄂ 那敎小姐來니잇고

小姐ᄂ 休憩的어다 小人이 替小姐也摘ᄒ리이다

魚福孫이 上了樹ᄒ야 摘得數枝來ᄒ더니

忽然到撞下來ᄒ면서 絶叫道小姐아 救我救我ᄒ오 小人은 今死也로소이다

蓮玉은 是深閨生長的라 以吾度他어니 安知是詐리오 將手來撫道福孫아

福孫아○○

福孫이 答道小人은 忽然滿腹如刺ᄒᆞ야 痛絶欲死로소이다 蓮玉이 不勝慌怯ᄒᆞ야 戰聲道將奈何오 我去白書房主ᄒᆞ야 使人來曳爾去麼아

福孫이 張目磨牙ᄒᆞ며 突地亂叫道小姐아 小져[10]ᄂᆞᆫ 那用此遲綏的語니잇고 往往來來間에 小人은 早己僵麻死去也ᄂᆞ이다 小져아 我聞後寺的童子石佛이 甚有靈驗ᄒᆞ야 但得誠心祈禱ᄒᆞ면 他便明白明白的論生論死ᄒᆞ며 又或指示靈藥ᄒᆞᄂᆞ니 小져아 肯憐小人이어던 請勿辭勞苦ᄒᆞ고 去問他一遭ᄒᆞ소서 (1906.12.20)

62

△蓮玉이 大喫了一場恐劫ᄒᆞ고 慌慌忙忙히 望了後寺也去ᄒᆞ니 閨中處子가 除他歲時秋夕等名節ᄒᆞ고는 隣家出入도 不能任意어던 況豈曾一步到得這山寺來리오 回互重疊的石逕에 三回五次顚衣倒裳ᄒᆞ며 披離密亂的荊棘에 千番萬遍血指汗顔ᄒᆞ고 艱艱辛辛到得了這寺ᄒᆞ니 但見得一座廢院에 四顧也無人ᄒᆞ고 前面에ᄂᆞᆫ 是一道淸溪오 後面에ᄂᆞᆫ 躑躅이 亂開ᄒᆞᄃᆡ 仰靑天ᄒᆞ니 何如是廣闊이며 望四野ᄒᆞ니 何如是蒼茫고 這是欠伸打頭的矮屋에 蹙蹙似獄囚的一般타가 忽然置身了泰山頂上ᄒᆞ니 恰似了入定老僧이 再出了人世라 不禁歎一口氣道呀, 此是何處오○○○○

噫라 如此好景에 非不欲閒散心立一回去언만 奈寃讐的魚福孫이 命在了頃刻ᄒᆞ야 只叫我蓮玉小姐救得去ᄒᆞᄂᆞ니 我不可久駐也로다

再尋到該院的後面ᄒᆞ니 果然一層石壁下에 奉坐了一個石佛이라 恭恭敬敬的心에 不敢擡頭諦視ᄒᆞ고 叉了兩手에 低低伏地ᄒᆞ며 暗暗地道부처님부

---

10) 져: 한자로는 '姐'가 되어야 함.

쳐님 蓮玉은 下土愚昧的人生이오 深閨鎖囚的女子라 無所知오 無所解오 無所聞無所見이옵더니 今日에 偶携了魚福孫奴兒ᄒᆞ고 摘收桑葉也來라가 瞥眼間這奴兒가 腹痛欲絶ᄒᆞ며 只叫道救我救我ᄒᆞ니 不唯奴主之情에 不可但任其生死라 兼且所見이 甚悶이 莫知奈何오니 伏惟靈佛은 萬鬼之大王이오 蒼生之導師이오니 願부쳐님은 大發慈悲ᄒᆞ사 特活此將死的奴兒ᄒᆞ소서 부쳐님○○

言未訖에 自何處로 隱隱作聲道蓮玉아 爾肯憐這奴兒ᄒᆞ야 要救得這奴兒的生命인딘 快將爾腹部也去ᄒᆞ야 向這奴兒腹下溫存一次ᄒᆞ면 這奴兒叫痛叫苦가 倏然雲捲靑天ᄒᆞ고 爾亦將來에 享福無窮ᄒᆞ려니와 不然이면 這奴兒ᄂᆞᆫ 卽地絶命ᄒᆞ고 爾他日身世ᄂᆞᆫ 只是悲風淚雨中過去ᄒᆞ리라 蓮玉이 慌忙下來ᄒᆞ야 向魚福孫道福孫아 (1906.12.21)

63

△且說魚福孫이 要蓮玉小姐去禱了某寺靈寺ᄒᆞ고 卽地起身에 別路望某寺走去ᄒᆞ야 藏在後院林子裏ᄒᆞ야 這小姐伏地拜禱的時辰에 暗暗叫道數句合腹的說話ᄒᆞ고 又別路走來ᄒᆞ야 依前倒在平地에 左轉右轉ᄒᆞ며 三反五覆ᄒᆞ고 頻頻叫道蓮玉小姐救我救我호딘 蓮玉的履聲이 近一近에 福孫的叫聲이 高一高ᄒᆞ더니 明明聽得蓮玉小姐가 霎然近ᄒᆞ며 鶯也似囀了福孫兒一句어늘 福孫이 猛然開了眼子道小姐來麼아 小姐ᄂᆞᆫ 救我ᄒᆞ오 蓮玉에 撫了魚福孫的項子道福孫아 爾勿恐死어다 彼寺靈佛이 明白指示生路ᄒᆞ더라 魚福孫이 道靈佛이 何語러니잇가(評曰靈佛이 在此) 蓮玉이 答道只我兩人이 將腹部溫存一次ᄒᆞ면 便是爾痛痛苦苦的暴疾이 不藥而奏效라ᄒᆞ더라 這點奴魚福孫이 聽得這溫存一句ᄒᆞ더니 暗暗叫奇ᄒᆞ며 實實搖頭道小姐아 忍開口說這話ᄒᆞᄂᆞ니잇가 小人이 不敢不敢이로이다 小人이 死也라도

不敢이로소이다 蓮玉이 道福孫아 此不必固執이니라 人命이 至重ᄒ니 生死在即에 更說何體貌며 更論何道理오 且我身이 非金玉이며 爾腹이 非糞土니 一次溫存에 有何損益이리오 福孫아

魚福孫은 猶然搖頭道不敢不敢이로소이다 小人이 死也라도 不敢이로소이다 蓮玉이 道爾何愚昧如此오 爾黃泉他日에 倘不反噬爾臍麼아 況這件事는 非徒爲爾라 爾不自惜이어니와 我有何罪오 爾若不聽我言ᄒ면 爾不免即地暴死ᄒ고 我不免他日窮苦ᄒᄂ니 爾愚昧的奴子아 魚福孫이 道此是某寺靈佛이 如此指示ᄒ더잇가 蓮玉이 道然ᄒ다 魚福孫이 遂強起身子道小人은 不足惜이어니와 若是小姐가 有禍라ᄒ면 小人이 安敢違慢이리오 遂近前抱住ᄒ고 直逼淫將來라 蓮玉이 大驚急叫(評曰嗚乎晚矣)道福孫아 爾是何事오 腹已溫矣니 爾退退 (1906.12.22)

64

△任爾叫長叫短ᄒ라 我只管我事리라 某寺靈佛이 活人麼아 蓮玉小姐가 活人麼아

俄者에ᄂ 我只道不敢ᄒ고 爾只道無傷ᄒ더니 今也에ᄂ 爾只道速退ᄒ고 我只管不退로다

凡幾時頃을 一箇ᄂ 但微微叫痛叫苦ᄒ고 一箇ᄂ 但乍罵乍驚ᄒ더니

魚福孫이 方纔起身ᄒ야 惶恐伏地道小人이 死罪로소이다 小姐的大慈大悲로 肯憐小人ᄒ와 下汚了小姐如金如玉的身體ᄒ오니 小姐將來에 子孫滿堂ᄒ고 富貴榮華ᄒ시려니와 小人은 死罪로소이다 小人은 萬萬死罪로소이다

蓮玉은 珠汗이 滴滴ᄒ며 低頭無言ᄒᄂ지라 魚福孫이 將手押腹道無嚴哉라 此腹이여 可殺哉라 此腹이여 小人이야 豈敢如此리오 如此的ᄂ 是小

人之腹이로소이라 再上了樹道小姐아 請上了筐子的어다 魚福孫은 恰似了
回虫的症에 飮下了理中湯一貼ᄒᆞ야 頓忘了俄者苦痛이오니 小人이 替小姐
也摘桑ᄒᆞ리이다

小姐야 如此厚勞ᄒᆞ고 那能復有摘桑的氣力麽아

摘得滿筐來ᄒᆞ더니 再來挽了蓮玉的手子道蓮玉아(小姐가 忽變爲蓮玉)
爾以士夫家未嫁的女子로 將淸淸潔潔的身子ᄒᆞ야 却爲家奴魚福孫的所汚
ᄒᆞ니 得無憤痛麽아

雖然이나 爾一汚爾身ᄒᆞ나 再汚爾身ᄒᆞ나 汚身은 一般이지

蓮玉이 正色道奴子가 不得無禮니라 我ㅣ 一次汚身도 已是憤痛欲死어
던○○○○

魚福孫이 雖再有意나 旣被蓮玉的嚴拒ᄒᆞ고 又西日이 已漸漸近墜어늘
恐自吳進士家로 有人來尋ᄒᆞ야 遂放了ᄒᆞ니라 (1906.12.24)

65

△蓮玉이 且憤且恨ᄒᆞ며 且歎且泣ᄒᆞ며 聲聲罵某寺靈佛이 陷人不義ᄒᆞ
고 歸了家ᄒᆞ니 老夫人이 怪得蓮玉兩眼에 淚滴如珠ᄒᆞ고 大驚問道爾有痛
麽아

蓮玉이 道有痛이로소이다

老夫人이 道何處痛고

蓮玉이 口不能言ᄒᆞ며 頭不能擧ᄒᆞ며 直走了越房去ᄒᆞ더니

披了重衾ᄒᆞ고 裏頭也臥ᄒᆞ야 勸食不肯食ᄒᆞ며 問苦不肯言이로다

翌日에 吳進士ㅣ 自京下來ᄒᆞ야 家人安否는 姑舍ᄒᆞ고 爲先問了魚福孫
安在ᄒᆞᄂᆞ딕

魚福孫이 猶然蔑視了吳進士的懦劣ᄒᆞ야 不知是包藏殺機ᄒᆞ고 猛然出

頭道小人이 在此로소이다

　吳進士ㅣ却也緩緩地答道汝ㅣ善在麽아

　魚福孫아 爾有幾件可治的罪ᄒ니 我不可放過로다

　魚福孫이 道小人이 有可笞的罪ᄒ면 任進士主笞去ᄒ고 有可殺的罪어던 任進士主殺去어니와 敢請小人的罪名ᄒ노이다

　吳進士ㅣ只不答話ᄒ고 直叫道今突아 龍雲아

　今突龍雲等이 承命前來어늘 吳進士ㅣ道爾携長索來ᄒ야 鎖魚福孫的手足ᄒ라

　魚福孫이 此是에 猶恃自己懸河的口舌이 可敎他解怒爲笑ᄒ고 又未慮吳進士가 含毒如此라 是以縛之鎖之에 安以受之ᄒ더니 吳進士ㅣ再叫道爾携大囊來ᄒ라

　魚福孫이 到此에 方纔大驚ᄒ야 直思逃脫ᄒ니 身已被繫이라 只得張口亂嚷에 自說有功無罪어늘

　吳進士ㅣ只是不顧ᄒ고 將魚福孫ᄒ야 藏入大囊裏ᄒ더니(評曰魚入網中에 得無漏脫否) 叫今突龍雲等道爾與我將此可殺的奴子ᄒ야 去向龍潭中投去的어다 (1906.12.25)

66

　△蓋吳進士所居的古江村相去三里에 有了一大沼ᄒ니 曰龍潭이라 吳進士ㅣ擬將這奴兒ᄒ야 投將了這潭中일ᄉᆡᄒ듸 今突龍雲等이 齊伏庭下道福孫이 雖有可殺的罪오나 進士主豁達大度에 特加一恕ᄒ쇼셔 吳進士ㅣ道否否라 我已受得了這點奴의 許多的氣니라 今突等이 苦乞道雖然이나 進士主ᄂᆞᆫ 再恕一次ᄒ쇼셔(評曰狐死兎悲에 懼傷其類) 吳進士ᄂᆞᆫ 只道不可ᄒ고 今突等은 只道且恕ᄒ야 相爭了終日ᄒ다가 吳進士ㅣ大怒道不有爾

等이라도 我自戮魚福孫ᄒ리라 一時揮退了今突等ᄒ고 帶將這囊子ᄒ고 二路喘ᄒ며 一路望龍潭[11]走去ᄒ더니

未及二里ᄒ야 氣甚喘ᄒ고 力甚憊ᄒ 中에 適有一店屋이 當前이라 將這囊子ᄒ야 掛了門扉ᄒ고 也去休息了少許ᄒ니 那時에 白日이 西沉ᄒ고 月已光亮東昇矣러라

且說魚福孫이 有了一箇姑夫的子ᄒ니 姓名喚做金正八이니 那金正八은 是箇靡家靡室ᄒ고 流離四方的라 性이 癡愚莫甚ᄒ더니 巧哉라 何必是夜로 到得了這店門扉下ᄅᄂᆫ지 月色依迷中에 悅見得門扉上的所掛ᄒ고 猛然作怪道這是何物고 魚福孫이 明明認得是金正八的聲音이라 暗暗作聲道兄아 金正八이 愕然道爾是誰오 爾非魚福孫麽아 福孫이 答道然ᄒ니다 金正八이 道爲何故로 却住此中고 魚福孫이 道兄主ㅣ何知오 今日은 是三月晦日이라 若將大囊子ᄒ야 掛了門扉ᄒ고 經過了幾時刻ᄒ면 一年身數가 太平安樂ᄒᄂᆫ니이다 金正八이 道果然麽아 果然인된 爾暫許我麽아 魚福孫이 道我不許他人이어니와 豈不許兄主리오 遂解脫了囊中ᄒ며 斷去了縛鎖ᄒ고 那金正八이 替在囊中ᄒ된 魚福孫은 死中得活이오 絶處逢生이라 遂飄然遠去ᄒ더니 有頃에 吳進士ㅣ出來ᄒ야 將囊子負了ᄒ고

(1906.12.26)

67

△望龍潭走了홀ᄉᆡ 金正八이 自囊中으로 問道魚福孫아 爾將我向何處去오 吳進士ㅣ大笑道我聞以張良求張良이라ᄒ더니 乃今魚福孫이 反呼魚福孫ᄒ니 可謂千古的對로다 爾前日作罪時에 不知有今日麽아 爾是揚揚

---

11) 潭: 원문에는 '雲'으로 나와 있으나 의미상 바로잡음.

意氣로 出入了宰相門下홀식 誰料今夜에 去作龍潭中鬼리오ᄒ며 以杖打頭ᄒ거늘 金正八이 方纔大驚ᄒ야 知爲魚福孫所瞞ᄒ고 苦叫道小人은 非魚福孫이로소이다 吳進士ㅣ 哈哈笑道爾非魚福孫이면 誰是魚福孫고 金正八이 哀叫道生員主아 聽我聲音的어다 小人은 分明非魚福孫이로소이다 吳進士ㅣ 那裏肯信가 再不答話ᄒ고 直向千丈萬丈的龍潭裏[12]投去ᄒ니 嗚乎哀哉라 此金正八이 果有何罪오 只爲魚福孫姑從之罪也로다

且說吳進士ᄂᆫ 只道魚福孫이 已葬龍潭裏魚腹中이라ᄒ야 快快得如拔痛齒러니 居數月에 嘗白晝閑坐라가 見得一人이 頭戴宕巾ᄒ며 身被氅衣ᄒ고 閃然入來ᄒ야 俯坐庭下道小人은 問安ᄒᄂ이다 吳進士ㅣ 大驚道爾非魚福孫麽아 答道然ᄒ니이다 吳進士ㅣ 問道爾有何魔術이완ᄃᆡ 能自龍潭中逃生麽아 魚福孫이 仰天大笑道小人이 被了進士主厚澤ᄒ야 今官居中軍營將ᄒ고 富貴無極이로소이다 吳進士ㅣ 嗟訝道爾重被某宰相恩眷麽아 魚福孫이 道否否라 小人이 且說水國光景ᄒ리이다 小人이 居常에 都不信水宮龍王等說이러니 小人이 今乃目覩ᄒ고 現又仕宦於此로소이다 小人이 當日에 藏在大囊中ᄒ야 投向龍潭去홀식 不唯進士主가 謂小人必死라 小人도 亦自分必死러니 茫茫下投了幾千丈ᄒ니 乃者天地가 重闢ᄒ고 日月이 照耀ᄒ더이다 (1906.12.27)

68

稗史氏曰吳進士之驅家葬龍宮一節은 何其不近人情之甚也오 使水中而果有龍宮ᄒ고 使魚福孫而果己顯達於此라도 必不肯爲吳進士之薦主오 豈惟不肯爲薦主哉아 必將殺之害之而不惜이니 此ᄂᆫ 三尺小童之所

---

12) 裏: 원문에는 '裹'로 나와 있으나 의미상 바로잡음.

可斷得者어늘 何吳進士之眛劣如此오 噫라 吾知之矣로다 昔에 明末劇盜張獻忠은 是一日不見人血ᄒ면 即鬱鬱終日者也라 世傳其據蜀稱帝之後에 一朝所誅殺이 常至數百人이로ᄃᆡ 猶以爲未快ᄒ야 乃詐發科令ᄒᆫᄃᆡ 纔披而來集者ᅵ 數萬人이라 遂盡殺之ᄒ고 又三日에 發科令ᄒ야 又如是ᄒ며 又五日에 發科令ᄒ야 又如是ᄒ니 凡三屬而士三集이라 嗚乎라 科宦之毒人也여 一不得則熱中ᄒ고 再不得則發狂ᄒ야 發狂之極에는 有誘之者曰科宦이 在水火鼎鑊이라ᄒ야도 猶將趨之焉ᄒ니 其誰謂吳進士ᅵ 獨愚며 其誰謂吳進士ᅵ 獨狂고

吳進士ᅵ 亟問道然則爾何以見水國尊王고 魚福孫이 道小人이 纔墜到這中에 即時魚頭鬼面之卒이 爭來安慰ᄒ고 特賜召見便殿ᄒᆯᄉᆡ 以小人的家世卑賤으로 不許文官ᄒ고 許蔭武ᄒ더이다

吳進士ᅵ 大喜道我到此中ᄒ면 淸宦美職에 可以道無所礙로다 福孫이 道然ᄒ리다ᄒ며 再將那宮闕之壯麗와 衣食之美好ᄒ야 說得口津津涎出ᄒ니 吳進士ᅵ 如狂如醉ᄒ야 再不謀議於家人ᄒ고 盡驅家産什物과 妻子奴僕ᄒ야 一齊望龍潭進發ᄒᆯᄉᆡ 今突龍雲이 不欲이어날 令魚福孫으로 推之入水ᄒ며 老妻稚子等이 不欲이어늘 吳進士가 自手推之ᄒ야 (1906.12.28)

69

△原來古江村은 只是吳進士一家라 廊下附屬에 除了今突龍雲的二個夫妻外에는 都無半子隻腿的隣家오 左右山谷에 無路可通ᄒ고 前有一路ᄒ니 是走向龍潭的路라 未及龍潭數里ᄒ야 只有一酒店ᄒ니 有了一個老婆가 賣酒爲生ᄒ고 過龍潭更數里許라야 方纔坦坦大路라 所以로 魚福孫的售此奸計에 一無如何阻礙ᄒ니 哀哉慘哉! 只緣吳進士的癡愚蠢暴ᄒ야 無罪的妻子奴僕를 淨淨地埋葬了龍潭裏ᄒᄂᆫ도다

聽泉子曰彼妻子奴僕이 豈人皆吳進士歟아 必有一人焉知龍潭之可以
死人이어늘 知其必死而不能脫ᄒ니 是果魚福孫之智가 有以誘惑之歟아
曰否라 奸臣이 挾天子以令諸侯[13]에 諸侯가莫敢不從ᄒᄂ니 盖吳進士
一墮於魚福孫之愚弄ᄒ고 一人妻子奴僕等諸人은 壓於吳進士之威燄이
니라

吳進士全家가 盡被驅入水中也去ᄒ고 惟有蓮玉一人이 尙在라 將褰裳
向水面一躍ᄒ더니 魚福孫이 挽了手道蓮玉아 爾看這萬丈深潭ᄒ라 一去ᄒ
면 不復來ᄒᄂ니 有何水國이며 有何龍宮이리오 況爾ᄂ 與魚福孫으로 已托
了百年佳約ᄒ니 豈可隨爾父爾母浪死리오 蓮玉此時에 無生之心ᄒ고 有死
之情이라 只得疾呼道爾放我放我ᄒ라 生死ᄂ 由我意ᄒ리라 魚福孫이 那裡
肯聽가 扯住雙手ᄒ고 回望古江村歸來ᄒ니 蓮玉이 自心獨恨我腔腸이 如何
軟弱이완듸 不能卽地推刀ᄒ야 早向桑樹下死去며 我如何多羞多愧인듸 不
能將此被汚的事情ᄒ야 早向父母前說去일ᄂ지 於是에 咋舌噴血ᄒ며 大罵
魚福孫不已어늘 魚福孫이 情知事不濟了라 遂抽腰刀ᄒ야 斫倒了房中ᄒ고
卽起身欲待他走ᄒ더니 看看日已西沉矣라 遂上樓獨睡ᄒᆯ싀 忽然似夢非
夢間에 吳進士家妻的婦的子的女的가 一齊擁到庭下ᄒ며 大叫魚福孫在
此麼一句ᄒ거늘 斗然驚起에 精神이 恍惚ᄒ야 獨語道此處에 不可久留라
ᄒ고 待了天明ᄒ야 收拾行裝ᄒ더니 茫茫無定處ᄒ더라 (1906.12.29)

70

且說全羅珍山郡吏房(且休道其姓名)이 新得了一個親友ᄒ니 姓名叫做
魚克龍이라 留之家中數月에 益奇其爲人ᄒ야 每事를 必相議ᄒ더니 却也

---

13) 侯: 원문에는 '候'로 나와 있으나 의미상 바로잡음.

那魚克龍이 得了瘧疾ᄒ야 間日叫痛ᄒ니 衆藥이 無效에 所見이 甚悶이라 俗說에 有瘧疾者ᄂ 但有大驚怯一次하면 即時快差라ᄒ거늘 該吏房이 自恃與郡守親分ᄒ고 入白道小人이 有一件事仰請ᄒ오니 極是無嚴이로소이다 郡守ㅣ道何言고 第言之ᄒ라 小人이 有了一個交厚的人ᄒ야 來留幾日에 偶罹毒瘧ᄒ와 叫痛叫苦에 全無藥效라 那人이 實是無家無室에 流離四方的로서 得此無妄之疾ᄒ니 伏乞案前主ᄂ 下念此窮民ᄒ소서 郡守ㅣ道我非良醫이니 雖念之나 奈何오 吏房이 道若捉入官庭ᄒ야 這無罪的를 却認作有罪的ᄒ야 左笞右杖에 一時號喝ᄒ면 這瘧疾的邪思가 自然退走了十里ᄒ리이다 郡守ㅣ許諾ᄒ고 即時分付公差等ᄒ야 捉入那魚克龍홀ᄉᆡ 左棍右杖에 威風이 凜然이라 郡守ㅣ拍案大喝道爾知爾罪應아 爾雖藏蹤秘跡ᄒ고 來隱此中ᄒ나 天日이 在上에 欺瞞不得이니라 那人이 惶恐答道魚福孫이 有何大罪니잇고 那郡守ᄂ 是吳進士近戚이라 方聞吳進士家暴亡的近信ᄒ고 不勝悲慘ᄒ더니 猛聽得魚福孫三字가 出自那人口中ᄒ이 滿心着訝ᄒ야 極力究問ᄒ니 那魚克龍이 遂將前後事狀에 一一自服ᄒ고 自言本名福孫이더니 因逃走來後에 變名克龍이라ᄒ거늘 郡守遂捉囚郡獄ᄒ고 移文忠州處斷ᄒ니라

聽泉子曰暗室欺人에 神目이 如電ᄒᄂ니 孰謂惡之可爲오 甚哉라 爲惡之禍여 始禍他人ᄒ고 旋及自己ᄒᄂ니 嗚乎라 可不戒哉아 (1906.12.31)